U1003033

（日）竹添光鴻 箋注

毛詩會箋

貳

鳳凰出版社

毛詩卷第五

竹添光鴻會箋

齊雞鳴詁訓傳第八　毛詩國風

箋曰、漢書地理志云、齊郡臨淄、師尚父所封、又云、少昊之世、有爽鳩氏、虞夏時有季萴、湯時有逢公柏陵、殷末有薄姑氏、皆爲諸侯國此地、至周成王時、薄姑氏與四國共作亂、成王滅之以封師尚父、是爲大公、太公姜姓、本四岳之後、其子丁公嗣位于王官、後五世哀公政衰、荒淫怠慢、齊之變風始作、史記齊世家云、哀公之弟胡公始徙都薄姑、而周夷王之時、哀公之同母少弟山殺胡公而自立、是爲獻公、因自薄姑徙治臨淄、據此則齊唯胡公一世居薄姑耳、大雅烝民仲山甫徂齊、傳曰、蓋去薄姑遷於臨淄、以爲宣王之時・始遷臨淄、與世家異者、史記之文、事多疏略、毛公在馬遷之前、其言當有準據、臨淄在今山東青州府治、薄姑在今府北博興縣、釋丘云、水出其左營丘、孫炎曰、今齊之營丘・淄水過其南及東、是也。水所營繞故曰營丘、以丘臨水・謂之臨淄、與營丘一地也、應劭以營陵爲營丘者、徒以史記有營丘邊萊、萊侯與之爭之說、營陵去萊差近耳、不知武王之世、太公未嘗就國、金縢言二公穆卜、又言二公問諸史、展喜對齊侯曰、周公太公股肱周室、成王勞之、而賜之盟、書大傳言太公報政、與伯禽同時、是太公就國在成王之世也、安得如史記所云、豈太公之見反出於逆旅主人下哉、則此事全不足信也、馬瑞辰曰、治國以禮義者、禮義積而民多信讓、治國以功利者、功利積而國多富强、世或謂信讓之衰、流爲微弱、嘗於魯徵之、富强之弊、失在荒淫、可於齊見之、然齊太公之報政也、曰因其俗、蓋因其强毅之俗、非因其荒亂之俗也、曰簡其禮、蓋簡其繁重之禮、非簡其婚姻之禮也、通工商之業、非使其舍業以嬉也、便魚鹽之利、非教其民好利無恥也、齊風十篇皆刺詩、內刺哀公者二、刺襄公者五、其三刺時刺衰刺無節、其一刺魯莊仍以刺齊襄也、從禽無厭、昏禮不行、實其君之荒淫有以致之、豈太公之報政、簡易近民有未善哉、趙佑曰、齊自太公以暮年遭遇、洎乎建國、有惟日不足之思、不暇爲周魯之雍容寬博、而先之尊賢尙功、務富强以立國勢、要於王道本末自具、後嗣不能濟之以禮樂、浸假而流爲功利夸詐、至於春秋益無復太公之遺蘊矣、

雞鳴。思賢妃也。 箋曰、哀公爲大公玄孫、變風莫先於此、 **哀公荒淫怠慢。故陳賢妃貞女** 箋曰、古之君夫人也、 **夙夜警戒相成之道焉。** 箋曰、夙・早也、早夜謂東方未明時、陳道卽陳古義也、文與女曰雞鳴相變、釋文、警本又作敬、胡承珙曰、箋於首章云、夫人以蠅聲爲雞鳴則起早於常禮、敬也、次章云、夫人以月光爲東方明則朝、亦敬也、三章云、無使衆臣以我故憎惡于子、戒之也、此正用序敬戒二字、毛傳亦云、古之夫人配其君子、亦不忘其

敬、孔叢子引孔子曰、於雞鳴見古之君子不忘其敬也、據此知序警當作敬、陳啓源曰、詩譜言懿王烹哀公、變風始作、孔疏申之謂、公羊傳及世家但言周烹哀公、不言何王、惟徐廣以爲夷王、然哀公烹後立弟胡公、胡公於夷王時被弑、其立必非夷王時、夷王之前有孝王、孝王無失德、受譖烹人定是暗主、本記稱、懿王之立、王室遂衰、明是懿王受譖矣、胡公歷懿孝而夷、一君當三王、謚法保民耆艾曰胡、知胡公歷年久矣、益明烹哀公非夷也、孔此言當矣、案汲冢紀年、夷王三年、王致諸侯、烹齊哀公於鼎、徐廣應本此爲說、然紀年之書、非先儒所取信也、又案、書顧命齊侯呂伋逆子釗、昭十二年左傳・楚子言呂伋事康王、則齊丁公伋與周康王同時也、康王後歷昭穆共、至懿凡五王、丁公後歷乙公癸公及哀僅四君、較其世次、以哀値懿、猶爲疏也、不應更後矣、又史記三代年表、亦以哀公當共王世、胡公當懿王世、此皆證據之顯然者、不僅如孔氏所云也、鄭譜應不誤、

雞既鳴矣。朝既盈矣。雞鳴而夫人作、朝盈而君作、**匪雞則鳴。蒼蠅之聲。**蒼蠅之聲、有似遠雞之鳴、○蠅餘仍反、延文本、傳夫人作下、君作下、並有也字、

箋曰、此詩人陳古刺今、設爲此警戒之詞耳、首章擧君夫人可以起之時、次章擧君夫人可以朝之時、以爲立言之次第、非眞有兩度語也、末章又自言警戒之故、非兩促之不起、至蟲飛時又促之也、春官雞人、夜呼旦以號百官、玉藻・朝辨色始入、君日出而視之、朝言朝者也、左傳朝至未已、卒章之會亦

言會者也、書大傳云、雞鳴、大師奏雞鳴于階下、夫人鳴佩玉于房中、告去也、此傳所謂雞鳴而夫人作也、大傳又曰、然後應門擊柝、告辟也、然後少師奏質明于階下、鄭注、應門・朝門也、辟・啓也、此傳所謂朝盈而君作也、賢妃侍寢、心常恐晚、玩兩既字矣字、目甫交睫、忽然警覺、如有所聞、以爲雞鳴、又疑非雞之鳴、或者爲蒼蠅之聲、惝怳想像自驚自疑、皆心之十分警惕所致也、爾雅・蠅醜扇、注云、好搖翅自扇作聲、羅願曰、蒼蠅比于青蠅而小、其色蒼、好集几案食飲上者是也、說者或疑於蠅聲不先雞鳴、胡承珙謂、蠅雖不夜飛、或火光所照、宿蠅亦有時群飛作聲、北方多蠅、夜起每逢此景、毛以爲似遠雞鳴者、實工於體物之言、況蠅以驚飛作聲、惟夜靜乃聞、若天明羣籟俱動、轉未有聞蠅聲者、

東方明矣。朝既昌矣。 東方明則夫人纚笄而朝、朝已昌盛、則君聽朝、 **匪東方則明。月出之光。** 見月出之光、以爲東方明、○纚色蟹反、延文本、傳聽朝下、東方明下、並有也字、

箋曰、昌猶殷其盈矣之殷也、月先日而出、是晦前之數日矣、賢妃被蒼蠅驚、遂不寐以待旦、又以月亮爲日出也、賢妃唯恐雞之鳴而偏不聞、而雞鳴於是乎入耳、乃遂曰、雞既鳴矣、唯恐東方之明而獨不見、而東方於是乎觸目、乃遂曰東方明矣、須體會其衽席上、先有一段無聞自聞、無見自見意思、故一觸其似聞似見者、而蹶然起矣、蠅聲月色、皆極形容之詞、亦非眞境、傳云、夫人纚笄而朝者、朝夫人之朝也、云君聽朝、朝君之朝也、此卽易家人・男正

位乎外、女正位乎內之義也、碩人傳、君聽朝於路寢、夫人聽內事於正寢、君與夫人各自有朝、文義與此正同、特牲饋食、及士昏禮皆云、纚笄綃衣、注云、綃、綺屬、此衣染之以黑、其繒本名曰綃、則首服纚笄必以綃衣配之、纚縚髮、纚廣充幅、長六尺、笄今時簪、士妻始嫁、及助祭、皆用纚笄、追師注云、王后之燕居、亦纚笄總而已、據毛傳則夫人日視朝之服亦纚笄、凡后夫人常服纚笄、其盛飾副笄、副不用纚、詳君子偕老篇、

蟲飛薨薨。甘與子同夢。古之夫人配其君子、亦不忘其敬、**會且歸矣。無庶予子憎。**會、會於朝也、卿大夫朝會於君朝聽政、夕歸治其家事、無庶予子憎、無見惡於夫人○薨呼弘反、惡烏路反、於夫音符、延文本、傳敬下、夫人下、並有也字、於君下有之字、

箋曰、蟲飛、飛鳥也、古人飛走之物皆名蟲、大戴禮易本命篇稱羽蟲毛蟲介蟲鮮蟲倮蟲是也、蟲亦可名鳥、夏小正丹鳥白鳥、指螢與蚊蚋是也、大雅桑柔如彼飛蟲、時亦弋獲、疏云、蟲、鳥之大名、與鷄鳴之蟲飛同、薨薨蟲飛衆多之聲、如螽斯薨薨、甘者甘寢甘瞑之甘、心所嗜也、同夢、同寢也、安井氏曰、傳古之夫人配其君子解甘與子同夢、亦不忘其敬解會且歸矣、言配其君子之時、宜若無敬畏之心、然而猶能知蟲飛薨薨、是不忘其敬也、先解下句者、於文便、亦者亦以禮相接時也、○會且歸矣、傳云會於朝、承上章朝盈朝昌而言也、且歸者、既朝者且將厭倦而欲歸也、無庶予子憎者、庶、庶幾也、予、與

也、干旄何以予之、論衡率性引作何以與之、正義引定本・予子憎作與子憎、與猶遺也、遺猶貽也、與子憎、卽貽子憎、猶言父母貽罹、左傳貽寡君羞也、言無乃近於貽君以衆之憎惡也、憎字巳藏在歸字內、君未視朝、臣亦豈敢自散、云會且歸者、特其言自警切如此耳、賢妃始誤於耳、又誤於目、至此敬告君曰、與君同眠、至鳥雀羣飛、妾亦所甘也、然君視朝惰、則朝者必憎君矣、妾唯恐之、故警告君、而不使君安牀第、實妾之罪也、不曰君之荒於內、而言己之甘於同夢、不曰以君之故憎我、而反言以己之故憎君、其言最微婉、傳云無見惡於夫人者、夫人猶曰人人、謂卿大夫也、

雞鳴三章章四句

還。刺荒也。 箋曰、禽荒也、內作色荒、雞鳴也、外作禽荒、還也、 **哀公好田獵。從禽獸而無厭。** 箋曰、孟子從獸無厭謂之荒、 **國人化之。遂成風俗。** 箋曰、化於上者謂之風、習於下者謂之俗、序所云正是一國之事繫一人之本也、不說上之荒於獵、而但言國人之逐禽、述其交相稱譽、則其俗由於上之化導可見、此詩人立言之妙也、 **習於田獵。謂之賢焉。** 箋曰、賢當爲儇字、音近之譌、序本經文以立訓、賢卽首章儇字、猶下句閑於馳逐謂之好、卽釋二章好字也、 **閑於馳逐。謂之好焉。** 箋曰、閑亦習也、不知德行道藝

之爲貴也、儇兮茂兮昌兮、並美出獵之氣象也、儇兮好兮臧兮、並馳逐射殺之良也、不容混看、

子之還兮。遭我乎峱之間兮。還·便捷之貌、峱·山名、**並驅從兩肩。揖我謂我儇兮。**從·逐也、獸三歲曰肩、儇·利也、〇峱乃刀反、儇許全反、延文本、傳貌下、名下、並有也字、

箋曰、一人馳馬而入山間、則既有先已揚鞭者、因抗聲曰、還哉子乎、遂並鑣郎禽、各逐一豜豵之、其人揖而呼曰、子寔儇矣、子之還兮·已譽人也、謂我儇兮·人譽己也、並驅則人已皆有能也、詩人直述其詞、而不加一語以致美刺之意、然齊人矜誇之俗、昭然不容掩矣、釋文·還音旋、韓詩作嫙、嫙·好貌、釋文又云、便捷本亦作便旋、作便旋是也、還當讀爲旋、史記日者傳·旋式正棊索隱、楚辭招魂旋入雷淵注、並云·旋轉也、列子黃帝·鯢旋之潘爲淵、注、旋謂盤旋也、此字方贊其旋轉、至於輕利等字·是儇字意、又釋文引說文云、峱山在齊、崔集注本作嶩、峱嶩一聲、方言以相近而訛、元于欽齊乘曰、峱山在臨淄縣南十五里、〇並驅從兩肩、從如字、固有逐意、然不可訓逐、釋文·肩本亦作豜、音同、說文豕部引此詩作豜、豳風之豜、周禮注引又作肩、可知肩豜同物、馬瑞辰曰、作豜者正字、作肩假借字、豜從豕、小爾雅云、豕之大者謂之豜豝、說文亦云、豜三歲豕、是豜本三歲大豕之名、而爾雅云、鹿絶有力麉、麕絶有力豜、麉豜音義同、是凡鹿麕之大者通名豜矣、此詩傳云、獸三歲曰肩、豳風傳亦曰三歲爲豜、是凡獸三歲者曰肩、通名豜矣、後漢書馬融傳注引韓詩

傳曰、獸三歲曰肩、呂氏春秋知化篇高誘注・獸三歲曰豣、並與毛詩同、而伐檀篇毛傳又曰、三歲曰特、王肅謂、三歲者有二名、非也、廣雅・獸一歲爲豵、二歲爲豝、三歲爲肩、四歲爲特、其言豵肩・均同毛傳、則四歲爲特・亦當本毛傳爲說、古四字積畫作三、易譌爲三、疑毛傳本作四歲曰特、傳寫者誤爲三歲耳、周官大司馬先鄭注、三歲爲特、四歲爲肩、與廣雅互易、蓋由傳聞異說、抑或上下互譌、以毛詩說文證之、當从廣雅爲正、○揖我謂我儇兮、荀子榮辱靡之儇之、注、儇・疾也、方言說文並曰、儇・慧也、慧利同意、首句還字言其善於周旋、就容儀說、末句儇字言其縱送敏捷、就技藝說、子之還兮謂我儇不過互相稱譽以自詑、鄭云謂我儇以報前言還也、拘矣、胡承珙曰、鄭箋云、子則揖耦我謂我儇、譽之也、按揖耦者、謂以揖相親耦也、大射儀揖以耦、注・言以者、耦之事成於此、意相人耦也、聘禮每曲揖、注・以相人耦爲敬也、公食大夫禮・賓入三揖、注・相人耦、匪風箋云、人偶能烹魚者、人偶能輔周道治民者、正義引論語注云、人偶・同位人偶之辭、禮注云、人偶相與爲禮儀皆同也、中庸仁者人也、注・人也讀如相人偶之人、以人意相存問之言、據此各注所言、人偶猶曰親近、所謂同則相親者、字當從二伐爲耦、說文耒廣五寸爲伐、二伐爲耦、諸注多借相人之偶爲之、此箋作耦乃正字、檜匪風篇載馬瑞辰說、宜參看、

子之茂兮。遭我乎峱之道兮。茂・美也、並驅從兩牡兮。

揖我謂我好兮。

箋曰、茂美其氣勢盛壯也、說文、茂・艸豐盛、首章還謂旋轉周旋、遠而望之之詞也、次章言其形體豐盛、則稍近矣、三章言其氣象光昌、則更近矣、一層近似一層、風詩之體例也、閑於馳逐謂之好、技好由才美也、

子之昌兮。遭我乎猺之陽兮。昌・盛也、並驅從兩狼兮。

揖我謂我臧兮。狼・獸名、臧・善也、○延文本、傳名下、有也字、

箋曰、昌亦美其走馬之英氣躍躍也、山南曰陽、釋獸曰、狼・牡貛、牝狼、其子獥、絕有力迅、說文、狼似犬、銳頭白頰、高前廣後、陸疏曰、其鳴能小能大、善爲小兒啼聲以誘人、其膏可煎和、其皮可爲裘、周禮庖人掌共六獸、辨其名物、鄭司農云、六獸・麋鹿熊麕野豕兔、鄭康成云、獸人冬獻狼、夏獻麋、又內則無熊、則六獸當有狼、而熊不屬、又獸人注・狼膏聚、麋膏散、正義亦引內則狼臅膏爲證、內則又有狼去腸語、是狼實古人供膳所用、至熊蹯雖見經傳、其物珍貴、非田獵所常有、不可以充庖、故周禮六牲、當以後鄭爲正、肩爲大獸、故首章舉其大者言之、秦風奉時辰牡、則田獵貴牡、故次章舉所貴者言之、陸疏云、狼猛捷、自是難獲之獸、故末章舉最猛者言之、此所以互相夸譽以爲戲樂、○謂我臧兮、美其强弓殪狼之勢也、射則臧兮之臧、讀此而齊之泱泱表

海、富强莫敵者可見、而其急功利・喜夸詐之習・亦不掩矣、詩可以觀、豈不信哉、

還三章章四句

著。刺時也。 箋曰、刺時俗也、 **時不親迎也。** 箋曰、昏、有迎禮、有俟禮、禮惟天子不親迎、諸侯冕而親迎、下可知也、經曰、壻往婦家、奠鴈再拜稽首、降出、婦從、此迎禮也、又曰、壻乘其車先歸、俟于門外、婦至、揖以入、此俟禮也、昏義亦迎禮俟禮分別言之、俟爲親迎之末節、而後世好簡略者、往往不行親迎、而以俟禮當之、此詩著庭堂皆指夫家言、至夫家著庭堂・才見其人、其不親迎也可知矣、不言其不迎、而止言其俟、不言俟之非禮、轉言其俟之可誇、以見壻家不以禮往、婦家不以禮求、習爲固然、遂成風俗、國史所謂刺時也、

俟我於著乎而。充耳以素乎而。 ○俟・待也、門屏之間曰著、素・象瑱、 **尚之以瓊華乎而。** 瓊華・美石、士之服也、○著直居反、延文本、傳瑱下、有也字、

箋曰、我・嫁者自謂也、俟我言夫之俟我也、著・夫家之著也、爾雅門屏之間謂之宁、著與宁音義同、陳氏禮書言、大夫以簾、士以帷、則無屏矣、詩曰俟我於著、蓋簾帷之爲蔽限、亦謂之屏、既以著爲宁、則賈疏所謂路門之外、屏樹之內、李巡所謂正門內兩塾間、韓詩說所謂門屏之間曰闥、皆不在大門之外、

而儀禮注、門外謂壻家大門外、則俟於門外、非著也、當時古禮盡廢、既無壻往婦家之節、而婦至壻家、其禮亦復簡略、曰俟著、不復行俟於門外之禮矣、曰俟庭、不復行寢門揖入之禮矣、曰俟堂、不復行升自西階之禮矣、節節與記傳所引者相反、毛傳祇云門屏之間曰著、未嘗明指夫家或婦家、序下正義謂、毛意是受女於堂、出而至庭至著、乃以鄭義述毛、不知傳以三章各一人、則俟著俟庭俟堂、本非一人一事、無容疑於先後失次、若從箋說爲壻在婦家相待之事、則親迎之禮、當壻受女於堂、然後出而至庭至著、今先著、次庭、次堂、明是女已至壻門、從外而入之次、非壻在女家受女、自內而出之次也、士昏禮序婦從降自西階、在壻降之後、則壻先出不與婦竝行可知矣、何由揖於著庭邪、況揖讓之禮、皆賓主共之、士昏禮親迎時、女父爲主人、壻爲賓、婦至壻門而後壻稱主人、壻自升堂至降出、竝不言揖者、蓋女父不降送婦、又無賓其夫之理、故無與爲揖也、壻授婦綏時、惟有曲顧之禮而已、故知三章皆陳不親迎之事、非述親迎之禮、但著之素、庭之青、堂之黃、明是三人也、不然每俟異所改飾、於理不通、當從毛以每章一人者爲正、詩唯寫親迎之禮廢、輕忽日甚耳、乎而、蓋齊魯間方言、○充耳以素、充耳瑱也、但此主紞而曰以素也、瑱與紞合而謂之充耳也、瑱以玉石牙角爲之紞懸瑱之繩也、垂冠兩旁、以素者素絲織之也、充耳非一物、先以纊塞、後以玉加之、大戴記子張入官篇曰、古者冕而前旒、所以蔽明也、黈絖塞耳、所以弇聰也、黈莊子淮南子俱作黈、玉篇、黈訓黃色、絖卽纊字、說文、纊、絮也、或从光作絖、西京賦薛綜注、黈纊言以黃緜大如丸、縣冠兩邊當耳、又士喪禮瑱用白纊、據此則古者充耳之制、當耳處用纊、其纊之上、乃綴玉爲瑱、金鶚曰、瑱之制、縣之以紞、上係于笄、紞與瑱通謂之充耳、淇奧篇言充耳琇瑩、彼都人士篇言充耳琇實、此指瑱而言也、著篇言充耳以素乎而、此指紞而言也、旄邱篇言褎如充耳、此兼紞與瑱而言也、毛公以淇奧充耳爲瑱、得之、而以著篇充耳爲瑱則非也、尙之以瓊華、與充耳以素句相承、瓊華當爲瓊、尙者加也、謂瑱加于紞也、曰素曰青曰黃、明是紞之色、若以此爲瑱、則瓊華等爲何物邪、鄭箋以素青黃爲紞、以瓊華瓊瑩瓊英爲瑱、是也、有女同車篇言佩玉瓊琚、渭陽篇言瓊瑰玉佩、別瓊於玉、瓊之非玉可知、說文訓瓊爲赤玉、鄭箋亦以瓊爲玉、非也、瓊非玉、亦非必赤色、玉藻言佩玉、有白與山玄水蒼等色而無赤、詩言佩玉瓊琚、瓊非赤色明矣、瓊華瓊瑩瓊英爲諸侯大夫士之瑱、瑱不應皆用赤色也、瓊石之似玉者、謂以美石爲瑱也、瓊英瓊華言石之有英華者、所謂美石似玉也、毛傳言首章士之服、次章大夫之服、末章人君之服、小序云刺時不親迎、是通上下而言、士卑、故俟于著、大夫尊、故俟于庭、人君更尊、故俟于堂、毛說自確、鄭箋以爲三章皆指人臣言、則旣俟著、何又俟庭而俟堂、旣充耳以素、何又以青而以黃乎、其說不可通矣、據此詩兼君臣言、是諸侯至于士、瑱皆用美石、但石之中又自有差等耳、然大夫士亦有用象瓊者、楚語•子張驟諫靈王、王病之、曰、子復語不穀、雖不能用、吾憖寘之於耳、對曰、賴君用之也、故言、不然巴浦之犀犛兕象、其可盡乎、其又以規爲瑱也、韋注云、瑱所以塞耳、言四獸之牙角可以爲瑱、是謂象瑱角瑱也、子張以牙角皆可爲瑱、瑱以塞耳、故泛言以爲拒人規諫之喩也、檀弓言練有角瑱、是角瑱惟喪服有之、喪服用角瑱、則象瑱爲吉服所用也、弁師言諸侯皮弁亦用玉瑱、故知象瑱爲大夫士所用、大夫親迎服冕、士親迎服爵弁、著詩言親迎之禮、而云充耳以瓊華瓊瑩、是大夫士服冕與爵弁、皆不以象爲瑱、然則象瑱當惟皮弁韋弁服有之也、毛傳言士親迎用象瑱、然素實非瑱、不足據也、著詩言諸侯大夫士之禮、是諸侯黃紞、大夫青紞、士素紞、魯語云、王后織玄紞、言爲天子織、是天子玄紞、大戴禮言黈纊塞耳、黈爲黃色、亦人君黃紞之證也、玄色象天、黃色象地、故天子玄紞、諸侯黃紞、君臣之分也、然黃爲中色、亦人君之象、諸侯在國爲君、則黃色亦宜、冕弁皆有紘、紘與紞相似、天子朱紘、諸侯青紘、見祭義、大夫士緇紘、士緇組紘見士冠禮、禮器以管仲朱紞爲僭、鄭注謂、大夫當緇紞、此說是也、天子玄紞朱紘、諸侯黃紞青紘、大夫青紞緇紘、士素紞緇紘皆不同色、昭其文也、紘紞相類、故左傳連言之、紘止一采、則紞亦止一采可知、魯語言天子玄紞、其非五采明矣、鄭箋謂、紞織之、人君五色、臣三色、蓋以此詩皆言人臣之禮、紞具素青黃三色也、然旣合三色爲一絛、何以先見素、次見青、次見黃邪、玄紞明見于魯語、安得謂人君五色邪、冕繅天子五采、諸侯三采、紞何以天子與諸侯同邪、謬亦甚矣、婦人充耳當與夫同、君子偕老詩云、玉之瑱兮、此亦石之似玉者、通稱爲玉耳、非眞玉也、追師疏謂、諸侯夫人用玉瑱與玉后同、誤矣、○尙之以瓊華、尙、加也、瓊是美石似玉者、華謂色有光采、其美如華、故比而美言之、尙書華玉仍几、穆天子傳賜以左佩華、注、玉華之佩、華瑩英取協韻以贊其玉之色澤也、著庭堂三地、素青黃三色、瓊惟一玉、而以華瑩英贊之、虛實位置如此、毛傳以瓊華爲士服、瓊瑩爲卿大夫之服、瓊英爲人君之服、正義述之以爲見其身之所佩者、蓋以傳言服・當爲衣服之飾、不知冠冕皆可言服、南山傳云、冠緌服之尊者可見、禮人君冕而親迎、儀禮士昏服爵弁、周禮冕弁皆用玉、則瓊華等自是冕弁之飾、素紞在冕弁之下、而加之以瓊華曰尙、若身之所佩、不得言尙之矣、詩言充耳兼冕與弁言之、非冕弁何以有衡笄、無衡笄則無充耳矣、故知充耳貴者之服也、卿大夫親迎皆服冕、士爵弁、亦有衡笄有充耳也、則此篇不得泛作庶人之禮矣、何楷謂、惟冕服用充耳、一命以下不得用、則士喪禮所謂瑱用白纊、檀弓所謂練角瑱者、何以爲說、小雅彼都人士充耳琇實、此尤爲士人用瑱之明證、況昏禮主人爵弁、何士不可用瑱之有、

俟我於庭乎而。充耳以青乎而。青・青玉、尙之以瓊瑩乎而。瓊瑩・石似玉者、卿大夫之服也、傳者字揩本無、延文本、傳玉下、者下、並有也字、

箋曰、堂下至門謂之庭、門外之地亦庭也、謂之門庭、然對堂而稱者必非門庭、○尙之以瓊瑩、瑩字雖从玉、仍是熒義也、爾雅木謂之華、草謂之榮、夏小正榮菫・榮芝・榮鞠・皆言華也、瓊瑩亦言美玉如華也、山海經、黃帝取峚山之玉榮、注、玉華也、傳瓊瑩石似玉者、此與上章瓊華下章瓊英同義、曹氏曰英華瑩皆光采、是也、但傳以瓊華爲美石、以瓊瑩爲石似玉、以瓊英爲美石似玉、語有深淺、蓋卽以此爲君卿大夫士之別、瓊瑩者謂石色如瓊玉之瑩、猶

淇澳琇瑩耳、必非以瓊瑩爲二物、毛傳三章皆石、瓊不可以爲石、故當連華瑩與英釋之、非謂華瑩英皆石名也、說文、瑩・玉色也、从玉熒省聲、引逸論語曰、如玉之瑩、

俟我於堂乎而。充耳以黃乎而。黃・黃玉、**尙之以瓊英乎而。**瓊英・美石似玉者、人君之服也、○延文本、傳黃玉下、有也字、

箋曰、爾雅榮而不實者謂之英、然則英亦華之別名、瓊英猶瓊華也、英華是玉光色耳、離騷懷琬琰之華英、又登崑崙兮食玉英、易林飮食玉瑛、从玉後世字、

著三章章三句

箋曰、陳啓源曰、序叙云刺時、東方之日叙云刺衰、東方未明叙云刺無節、皆不斥言所刺之君、孫毓以爲自哀至襄、其間八世、未審刺何公、孔疏以此三詩在還詩後、定是刺哀公、此特舉上以明下耳、源謂、孫說良是也、孔子刪詩、去作詩時世、近者百餘年、遠乃六七百年、如商頌則千年矣、典文放失必多、美刺所指、固無容悉知、叙者存其信闕其疑、故時君號謚、或著或略、不獨齊三詩然矣、如以爲舉上明下、則魏風七篇檜風七篇・叙皆不

斥言何君、何嘗有上篇可明乎、補傳言、詩敘亦考其人於史、魏檜亾已久、并其史而亾之、故聖人不能知其詩爲何世、而太史公亦不能爲世家、信夫、

東方之日。刺衰也。箋曰、變風刺淫、莫猥褻於是詩、曰刺衰者、甚之也、蓋齊俗潤達、及其淫放、亦有甚於列國者也、**君臣失道。男女淫奔。**箋曰、君臣示日月之有寓意也、禽荒成俗見於還、君臣色荒之傷國人亦可知、**不能以禮化也。**箋曰、東門之墠亦曰不待禮、子曰、有犯淫亂之獄者、則飭昏聘之禮、婚聘禮廢如著、而君臣不知飭之、淫亂至此、亦何以正之、禮化字可玩、不與經中履字相涉、

東方之日兮。彼姝者子。在我室兮。興也、日出東方、人君明盛無不照察也、姝者初昏之貌、**在我室兮。履我即兮。**履、禮也、○姝赤朱反、延文本、傳貌下、有也字、

箋曰、賦也、東方既明、淫女來而在室也、不畏日月之光明、而恣其淫行、衰亂之甚也。人雖甚淫、無不憚日月者、是詩稱日月者、寓君臣在上、人無忌憚之意焉、此序所示也、非以東方之日直比齊君也、時君臣色荒、男女之禮不正、故衰至此、或曰、文選李善注引韓詩薛君章句曰、詩人所說者顏色盛也、言

美如東方之日出也、古者喻人顏色之美、多取譬於日月、宋玉神女賦、其始也、耀乎若白日初出照屋梁、其少進也、皎若明月舒其光、曹植洛神賦、髣髴兮若輕雲之蔽月、又云、遠而望之、皎若太陽升朝霞、皆本此詩、然非詩義也、彼姝者子、姝者與靜女之姝同、乃指女子之美、鄘風指大夫言者、猶美人可以稱婦女、亦可以稱盛王也、○履我卽兮、履讀爲踐履之履、卽、就也、男卽女相謔、夜深而歸寢、女踐其迹而來、則天既旦矣、不知耻已甚、履我者以著非唯是女爲妻豬、而是男蛩已爲艾豭之意、傳箋並訓履爲禮、失之、

東方之月兮。彼姝者子。在我闥兮。月盛於東方、君明於上若日也、臣察於下若月

也、闥、門內也、在我闥兮。履我發兮。發、行也○闥他達反、

箋曰、月是既生魄之後也、男以昏間行、而女踵之復來也、夫邪淫不避日月、是國如無主宰、君子寓意所存也、馬瑞辰曰、傳門內當爲內門之譌、文選古詞傷歌行李善注、引毛傳曰、闥、內門也、是其證矣、漢書樊噲傳排闥直入、顏師古注、闥、宮中小門也、薛綜西京賦注、宮中之門、小者曰闥、又闥與闈同、後漢書桓帝紀章懷注、引廣雅作闈謂之闥、爾雅宮中之門謂之闈、與闥爲內門義正合、案闥毛訓門內、蓋切言之則闥爲小門、渾言之則門以內皆爲闥、馬說似失傳義、○履我發兮、廣雅、發、舉也、發爲發足、謂啓行也、卽卽我也、發發彼也、

東方之日二章章五句

東方未明。刺無節也。箋曰、無節言不夙則莫也、朝廷興居無節度。箋曰、興·晨起也、居·是帶言、唐石經摺本無度字、號令不時。箋曰、號令言召之令之、挈壺氏不能掌其職焉。箋曰、是緊要句也、無是句則顚倒衣裳不可知其爲何故、夫君不夙則莫、漏刻之遲速、唯其心所欲、而使挈壺氏告時於朝、故夙則朝者顚倒衣裳也、鄭歸罪於挈壺氏大誤、挈壺氏掌漏刻者、夏官序挈壺氏注云、壺盛水器也、世主挈壺以爲漏、挈者懸繫之名、置箭壺內以爲節、而浮之水上、令水漏而刻下、以記晝夜昏明之度數也、挈壺之法、孔疏據周禮注謂、每氣分爲二箭、周歲二十四氣、爲四十八箭、率七日彊半而易一箭焉、此漢法也、周禮疏云、箭各百刻、水淹一刻則爲一刻也、其定刻·孔氏謂浮箭壺內、以出刻爲度、賈氏謂、漏水壺內、以沒刻爲度、浮沒不同、大槩則一矣、案唐制、銅烏引水而下注、浮箭而上登、則孔氏浮箭之說、亦據唐制而言、挈苦結反、

東方未明。顚倒衣裳。上曰衣、下曰裳、顚之倒之。自公召之。箋曰、顚者二物互錯上下也、倒者一物表裏錯之也、君蚤起、使挈壺氏報曉、故士大夫忽狼狽如是、是日突然蚤朝故也、顚倒之間、又自公促之、所謂號

令不時也、朝辨色始入、君日出而視之、自是常禮、臣無用其促遽、君無待於召令、此所以爲得中、中故可常、今不依節、而上下紛紜如此、夫豈可常者哉、安井氏曰、自公召之、述所以顚倒衣裳之意、卽序所云朝廷興居無節・號令不時也、唯興居無節・號令不時、故挈壺氏不能守漏刻、早晩從君所令、是不能掌其職也、

東方未晞。顚倒裳衣。晞・明之始升、**倒之顚之。自公令之。**令・告也、○晞音希、

箋曰、晞・乾也、蒹葭云、白露未晞、湛露云、匪陽不晞、皆同、此亦言東雲得日而燥白也、傳云明之始升、亦是意、或曰、晞者昕之叚借、說文、昕・旦明、日將出也、讀若希、昕與晞一聲之轉、故通用、廣雅、昕・明也、小爾雅、烣・晞也、昕猶烣也、傳知晞卽昕、故以爲明之始升也、○自公令之、令謂號召臣下、非出令也、

折柳樊圃。狂夫瞿瞿。柳・柔脆之木、樊・藩也、圃・菜園也、折柳以爲藩圃、無益於禁矣、瞿瞿・無守之貌、古者有挈壺氏、掌以水火分日夜以告時於朝、**不能辰夜。不夙則莫。**辰・時、夙・早、莫・晩也、○瞿俱具反、莫音暮、脆七歲反、傳爲字、卷子古本無、

箋曰、比也、柳雖不足爲樊、狂夫猶且瞿而顧之、不敢犯也、以比輿居僅有節、則人皆自戒、不至狠狽顚倒焉、楊之細莖小葉者曰柳、爾雅、桑柳醜、條也、郭注、阿那垂條、傳玄柳賦云、阿那四垂、凱風振條、是柳稱條也、葉長枝軟、其華名柳絮、采薇之楊柳、小弁菀柳之柳皆同、陶貞白以爲卽水楊者非是、唐本草注、柳與水楊全不相似、水楊葉圓濶而赤、枝條短硬、柳葉狹長青綠、枝條長軟、樊・圃之藩也、謂藩蘺也、種菜之地謂之圃、其外藩籬謂之園、柳易植、折而挿地則植、蓋古實有是樊、而詩人詠之也、瞿瞿集傳驚顧貌、說文、瞿・鷹隼之視也、字从隹从䀠、隹・鳥之短尾者、䀠・左右視也、檀弓、瞿瞿如有所求而弗得、注云、瞿瞿・眼目速瞻之貌、荀子非十二子瞿瞿然、楊倞注、瞿瞿・瞪視之貌、安井氏謂、此章傳蓋以爲興也、柳柔脆之木、折柳以樊圃、無益於禁矣、以喩挈壺氏狂惑之人、守漏以限時、驚變不能掌其職矣、雜記・見似目瞿聞名心瞿、注・瞿然驚變也、驚變卽無守也、狂夫唯懼違上意、不能自守其職、故傳云無守之皃、無守者・卽序所云朝廷興居無節・號令不時・挈壺氏不能掌其職也、李黼平謂、如序言・是由人君無節、雖有挈壺氏、亦不能守其職也、經首二章言羣臣顚倒衣裳、卒章責挈壺不能時夜、而兩言自公召之、則無節者在公矣、歸咎挈壺、乃詩人微旨、亦猶杜蕢揚觶飮曠飮調之義也、序達經意、故專其咎于朝廷、傳箋皆責挈壺、以序已明・令人於言外得之、安李二說蓋得毛義、然非經旨也、傳云以水火分日夜者、謂以水爲漏、夜則以火照之、冬則冰凍不下、又當置火於傍、故用水用火、○不能辰夜者、莊子齊物論、見卵而求時夜、釋文引崔注云、時夜司夜、謂雞也、此蓋以時爲司、時亦訓節、呂覽盡數、食能以時・注、時・節也、傳但以辰爲時、只當如正義云不能時節此夜之漏刻、不必又轉時爲司、若集傳云辰夜之限甚明、則誤以辰爲晨矣、不夙則莫者、言君之興居全無節、故挈壺氏不能辰夜、噂旦不早則晚、若常夙則豈至顚倒衣裳乎、苟莫則日出三竿、欠伸假寐・亦見於言外矣、從來衰亂之君、動止不常、忽而未明求衣、諸務廢弛、忽而一事獨急遽、其號令總不可測、其緩急無常度、其輕重無定衡、詩人特據興居一節、以例其餘、故此篇之旨、全在不夙則莫、前二章須合併看、直注到末一句、人臣辨色入朝、東方未明早矣、而公又召之不可從容一刻、其夙如此、及其莫也則又不然、所謂無節也、莫字一層、不用明寫、只從末句一點、而無限宴眠怠息情狀、一一含蓄、

東方未明三章章四句

南山。刺襄公也。

箋曰、襄公名諸兒、僖公子、以下六篇、皆以襄公敗國終之、

鳥獸之行。淫乎其妹。

箋曰、襄公之妹、魯桓公夫人文姜也、

大夫遇是惡。作詩而去之。

箋曰、衞人之刺宣曰籧篨、齊人之刺襄曰雄狐、逆理亂倫、人心共憤、雖國君之貴、不得奪是非之公也、而此詩之辭尤顯著、故云大夫遇是惡也、作詩而去之、於詩大有發明、以其爲大故、不可一日立於其朝矣、若不去則是詩不可以訓、巳延文本、惡下有也字、作下有是字、

南山崔崔。雄狐綏綏。 興也、南山・齊南山也、崔崔・高大也、國君尊嚴如南山崔崔然、狐相隨、綏綏然無別、失陰陽之匹、**魯道有蕩。齊子由歸。** 蕩・平易也、齊子・文姜也、 **既曰歸止。曷又懷止。** 懷・思也、○崔子雖反、易夷鼓反、延文本、傳匹下有矣字、易下有貌字、

箋曰、比也、首二句已冒全篇、南山崔崔喩齊國强大・其勢可畏也、雄狐綏綏喩襄公邪媚之行、安綏無忌憚也、魯桓弑兄自立、有畏心焉、結昏於齊、歸田於鄭、成亂於宋、樹三强以自固、尤屬望者齊耳、齊襄恃强以行淫、文姜挾齊以縱欲、桓之不能力制、以齊之勢重也、襄之敢於恣淫、以桓之中怯也、齊南山卽孟子之牛山、在臨淄縣南十里、晏子春秋・景公遊於牛山、北臨其國城而流涕、左思齊都賦、牛嶺鎭其南、水經注、天齊水出南郊山下、卽牛山也、據此則南山之卽牛山無疑、牛山南郊山非二山也、雄狐者、對文則飛曰雌雄、走曰牝牡、散則可以相通、左傳曰、獲其雄狐、亦謂牡爲雄也、綏綏垂尾有求、卽鳥獸之行也、目君曰雄狐、猶魏之碩鼠、直諫去君、故爲是激辭也、周禮外內亂鳥獸行則滅之、是大夫去之之義也、有狐傳、綏綏訓匹行、此傳亦當爲匹行、雄狐言獸之雄者、惟雌之匹而無別也、云雄狐相隨者、非謂二雄相隨、謂雄狐但與其類相隨、鳥獸之性、淫不避親、配非其正、故曰綏綏然無別・失陰陽之匹矣、無別者・郊特牲取於異姓、所以附遠厚別也、別者別其類之謂、司空季子曰、異姓則異德、異德則異類、今襄淫於其妹、非別類矣、故曰無別、

正義謂雄狐相隨、爲二雄相隨、非傳義也、○魯道有蕩、水經汶水注、汶水又南逕鉅平縣故城東、而西南流、城東有魯道、詩所謂魯道有蕩者也、汶爲齊魯境、魯道對南山在齊言、蓋指初入魯境之道、故後人遂名鉅平縣城東、爲魯道耳、此詩及載驅篇皆言魯道有蕩、又云行人彭彭、言文姜之嫁、百兩送迎、儀仗之盛、焜燿大道、行人皆觀、豈可復宣淫播醜乎、齊子由歸者、子・女子也、齊子謂其爲齊之子、而非齊之婦也、不曰姜而曰齊者、諱其氏而爲一國之通稱、此所以爲齊人之作也、由・從也、婦人謂嫁曰歸、言文姜既以禮從此道嫁于魯侯也、○曷又懷止、曷又者可以止之辭也、猶言何可更復思慕者哉、懷者懷思弗措之謂、止・語辭、草蟲亦既見止亦既覯止、抑告爾舊止皆同、據史記・襄公素與妹淫、申繻諫桓公、亦知是姦故也、猗嗟序可照考、在室之醜尚可翳也、播於諸侯已甚、故曰曷又懷止、天下有道、九伐之法・無大於滅之、國滅則大夫亦滅、故烈諫以去矣、

葛屨五兩。冠緌雙止。葛屨・服之賤者、冠緌・服之尊者、**魯道有蕩。齊子庸止。**庸・用也、**既曰庸止。曷又從止。**○緌如誰反、延文本、傳兩者字下、並有也字、

箋曰、比也、比貴賤上下各有配耦焉、複下曰舄、禪下曰屨、禪者單也、下者底也、用葛爲之曰葛屨、用皮爲之曰功屨、兩・二屨也、屨必兩隻相配、故以一兩爲一物、書牧誓序疏・引風俗通說、車有兩輪、故稱爲兩、猶屨有兩隻・亦稱爲兩、朱傳謂屨必兩、緌必雙、物各有耦、不可亂也、甚明、屨與屨爲耦、雖五兩之

多各相耦、冠緌之雙、亦自爲耦、襄公文姜非其耦也、毛傳亦謂隨其服之尊卑各自爲耦耳、箋說甚鑿、詩以兩與雙見其耦、非以兩與雙相爲耦也、士冠禮曰、夏葛屨、冬皮屨、此言葛屨、舉葛以槩其餘也、魏風葛屨疏・夏之有葛屨、特爲便於時耳、非行禮之服、若行禮・雖夏亦當用皮、然周禮屨人掌王及后之服屨、爲赤舄黑舄赤繶黃繶靑絇素屨葛屨、而士冠禮屨夏用葛・冬用皮、士喪禮夏葛屨・冬白屨、則亦未嘗非禮服也、惟朝祭不用葛屨耳、至所以言五兩、屨人注・有繶屨黃屨白屨黑屨散屨爲五兩、士冠禮記屨夏用葛、其下卽云玄端黑屨・素積白屨・爵弁纁屨・則是葛屨亦未嘗不可備纁黑諸色、韓非子履雖五采必踐之於地、亦非一履五采也、說苑修文篇言親迎之禮、諸侯以屨二兩加琮、大夫庶人以屨二兩加束脩二、曰某國寡小君使寡人奉不珍之琮、不珍之屨、禮夫人貞女、又夫人受琮、取一兩屨以履女、是古者親迎有送屨之禮、故取葛屨五兩爲喩、內則、冠緌纓、鄭注・緌者纓之飾也、蓋緌者別爲絲組、既結纓乃箸於纓之兩端、玉藻疏云、惟績緌爲異、其靑組纓與士同、是孔亦以緌纓爲二物矣、又玄冠紫緌注云、緌當用績、諸侯玄冠丹組纓、而緌當用績、則鄭亦以纓緌爲二、檀弓喪冠不緌、玉藻大帛不緌、注皆謂凶服去飾、此亦纓緌異材之證、冠系有二、有笄者爲紘、紘用一條組、兩端上屬、而下不結、無笄者爲纓、纓用兩組、左右武各系一組而下結於頷下、纓用二組・則緌亦雙垂、緌以雙垂爲飾、猶屨必兩始成用、皆以取譬二姓合好各有所宜〇齊子庸止、孟子盡心篇、山徑之蹊間、介然用之而成路、正與此傳用字義合、曷又從止、安井氏曰、序言刺襄公、毛意必與序同、則懷止從止當

斥襄公、從·就也、謂就而與之淫也、諸春秋經傳所書皆是也、

蓺麻如之何。衡從其畝。蓺·樹也、橫獵之、從獵之、種之然後得麻、**取妻如之何。必告父母。**必告父母之廟、**既曰告止。曷反鞠止。**鞠·窮也、○蓺魚世反、延文本、傳獵作蹢、下同、經取作娶、鞠居六反、

箋曰、興也、取妻自納采以至親迎、必待六禮備、而後成昏、夫豈苟哉、故必告父母、而以蓺麻爲喩也、一橫一從、興父與母焉、大司徒云、教稼穡樹蓺、則樹蓺皆種之別名也、釋文·蓺本或作藝、技藝字耳、衡音橫、亦作橫字、又一音如字、衡卽訓爲橫、韓詩云、東西耕曰橫、從足容反、韓詩作由、云南北耕曰由、古由從二字同義、故通用、說文、疇·耕治之田也、劉向說苑·蔡邕月令章句·韋昭國語注·並以麻田爲疇、與說文義正相成、賈思勰齊民要術曰、凡種麻·耕不厭熟、縱橫七遍以上、則麻無葉也、傳言衡獵之者、正謂耕治其田、獵之言捷獵也、春秋郲公子名捷菑、田一歲爲菑、捷獵正取耕治之義、田獵爲獵、耕田亦得爲獵、猶之田獵爲田爲甸、耕田亦爲田爲甸、正義謂獵非耕治、失之、○娶妻如之何·必告父母、說文、取·捕魚也、娶·取婦也、今娶作取亦省借、箋云、取妻之禮、議於生者、卜於死者、此之謂告、毛言廟者、以惠公仲子俱歿、桓娶文姜無父母可告、故以爲告廟耳、箋言生死則廣其所未言也、曲禮齊戒以告

鬼神、昭元年左傳楚公子圍云、圍布几筵告於莊恭之廟而來、是娶妻自有告廟之法、安井氏曰、卜必於廟、不吉則止、是亦告之也、○曷又鞠止者、鞠・窮極其欲也、言魯侯既告爲己妻、襄公何又爲是鞠凶之行乎、曰鞠曰極、皆目其禽行至醜、序所謂惡也、朱傳謂・今魯桓公既告父母而娶矣、又曷爲使之得窮其欲而至此哉、此說不是、此詩凡四章、第五句以下・同一句法、首章曷又懷止、襄公懷之也、二章曷又從止、襄公相從也、然則鞠也極也亦謂襄公窮極淫穢、何必揷入桓公以分罪乎、顧此解自鄭箋而然、蓋泥三四章有娶妻告父母語、以爲刺桓公、殊不知以爲刺襄公、倍覺痛切、言桓公固已告父母之廟、備六禮以迎之、襄公乃敢肆行淫泆、其不知恥甚矣、且如集傳必補使字、然後始得通已、

析薪如之何。匪斧不克。 克・能也、 **娶妻如之何。匪媒不得。既曰得止。曷又極止。** 極・至也、○析星歷反、

箋曰、興也、析薪以喩離親、析・離析也、禮嫁女之家、三夜不息燭、思離親也、唯斧能割一木爲二、媒亦析親、析親所以合親也、○既曰得止、左傳於嬴之會云成昏于齊、杜注・公不由媒介、自與齊侯會而成昏、非禮也、然詳詩云既曰得止、乃有媒之明文、且前是公與齊侯陳侯鄭伯有稷之會矣、烏知其無爲之媒介者乎、曷又極止、曷又者譏其不改前惡、又重其醜也、鄭箋非魯桓公、序所不示、其誤斷然、大夫去國大事也、何遑指擿外人、

南山四章章六句

甫田。大夫刺襄公也。無禮義而求大功。不脩其德而求諸侯。箋曰、安井氏曰、大功謂勝敵斥境、與求諸侯自別、經田甫田是求大功、思遠人是求諸侯、故序分別言之、正義混而一之、非也、志大心勞。所以求者。非其道也。箋曰、不求以其道也、釋卒章、襄公於魯桓公十四年十二月卽位、十五年會艾定許、始有主盟之志、於後殺鄭子亹、納衛惠公、遷紀圍郕、見於春秋經傳者、皆其求大功求諸侯之事也、鄭語云、齊莊僖於是乎小伯、韋注・小伯主諸侯盟會、襄卽莊孫、僖子、父祖已作盟會之長、又國大民衆、故欲求爲霸也、至其弟桓公、卽求而得之、但襄公無德而不可求耳、辨說以此未見其爲襄公之詩、故泛指爲戒時人而作、夫讀詩者原有引伸觸類之法、故楊雄法言引之以說修身、李和伯於此悟進學、然而風人當日則實有所指、必非泛作格言・了無關係、旅獒不寶遠物則遠人格、論語遠人不服則修文德以來之、左傳懷遠以德、漢書終軍曰、遠人必有慕義而來者、自古遠人總無泛指、以詩之言遠人者、證之春秋傳襄公事、無不脗合、故篇次在雄狐之後、何氏古義反以爲舊說相傳與詩不合何也、序不修其德・唐石經摺本並無其字、延文本、求下、有之字、無田甫田。維莠驕驕。興也、甫・大也、大田過度而無人功、終不能獲、無思遠人。勞心忉忉。忉忉・憂勞也・○莠羊九反・忉音刀、延文本、傳獲下、有也字、

箋曰、興也、求大獲於分外者、不勝其莠、以興不能邇而圖遠者、勞而無功焉、田謂耕治之也、釋文無田音佃、廣韻曰、佃・營田、小雅倬彼甫田・車攻東有甫草・傳皆云甫大也、莠・亂禾粟之草也、一本或數莖、穗多芒、類狗尾、俗呼狗尾草、實小於粟而形長、初生時草全似禾、故生於禾中、必成穗乃可辨耳、說文、禾粟下生莠・蘩傳作禾粟下揚生莠、徐鍇云、謂禾粟實下、播揚而生、出於粟秕、農桑輯要亦言、穀種浮秕去則無莠、二說皆不然也、秕無實、安得復有所生、然則說文所謂揚・莠生挺出直上、非若禾粟向根下垂、故謂之揚生、以其能亂禾粟、故常於禾粟下揚生也、其實莠非禾類、不耕之地・處處有之、月令・藜莠蓬蒿竝興、左傳門上生莠、今時猶然也、驕驕・張王之意、思遠人謂求諸侯也、田必自其小者始、小者之有餘、而甫田可圖矣、思遠人則必自其近者始、近者之既服、而遠人自至矣、甫田非不可耕、遠人非不可致、今言無田無思者、言襄公求之者非其道耳、若謂以若所爲求若所欲、則必不可得也、勞心臬臬者、臬當通作惆、惆之爲臬猶䑟之爲舠耳、說文、惆・失意也、荀子禮論篇惆然不慊、

無田甫田。維莠桀桀。桀桀、猶驕驕也、無思遠人。勞心怛怛。怛怛

猶忉忉也、○怛旦末反、

箋曰、桀是桀驁之桀、猶驕驕、驕驕桀桀並有强梁跋扈之意、怛怛・慘切貌、檜詩中心怛兮、傳、怛・傷也、

婉兮孌兮。總角丱兮。未幾見兮。突而弁兮。婉孌・少好美・兒、總角・聚兩髦也、丱・幼穉也、弁・冠也、○孌力轉反、見兮延文本、作見之、

傳少字卷子古本無、摺本無美字、延文本、貌下有也字、

箋曰、比也、釋文總本亦作揔、總字說文訓聚束也、徐鉉曰、今俗作揔非、總角束髮以爲兩角、內則云、男女未冠笄者、總角衿纓、是也、詳衛風氓篇、吳樹聲曰、丱卽卵之古文也、五經文字、丱古患反、見詩風、字林不見、又古猛反、見周禮、說文以爲古卵字、九經字樣曰、說文作丱、隸變作卵、案今說文有卵字無丱字、然闕从䜌聲、䜌是說文亦有丱字、特於卵字下佚其重文耳、據張氏兩書、則唐時說文尙有丱字矣、又據汗簡亦以丱爲古文卵字、則宋初說文亦尙有丱字矣、丱爲卵之古文、傳寫者又訛爲卝、周禮丱人又借爲礦、說文・卵凡物無乳者卵生、作本字本義者、國語魯語鳥翼鷇卵、韋注・未孚曰卵、莊子知北游・故九竅者胎生、八竅者卵生、此用本字本義者也、用本字引申之義者・禮內則・濡魚卵醬、鄭注卵讀爲鯤、鯤魚子也、用古文作丱、取其引申叚借之義者、本詩總角丱兮、毛訓爲幼穉者、人由幼穉而來、鳥必由卵生、其義一也、故叚爲幼穉字、周禮丱人、鄭氏第曰丱之言礦、並未改音也、金錫藏於礦、

猶鳥之藏於卵也、故亦叚借之、丱人字今讀礦音者非、胡承珙曰、或據一切經音義礦古文丱同、是說文石部之丱當作卝、不知鄭注明以丱礦爲二字、若果有從石之卝、則周禮多古文、注不必轉丱爲礦矣、或又據高誘注呂覽本味篇云、丸古卵字、不應又有丱爲古卵字、不知高注謂古字或以丸爲卵、是以聲義相近假借、非以丸爲卵之本字也、丱訓幼穉、猶是人以稚子爲雛之意、嚴緝乃云、兩角如丱字之形、鑿矣、○未幾見兮、釋文、見兮一本作見之、一本非也、詩之大體、韵在辭上者其韵下助句之字必同、此章四句末悉是兮字、不得此句獨爲之字也、未幾、未多時也、言再會回頭恍如昨夢、故曰未幾見兮、童子有日長之道、馴致其道至加冠也、以比以其道求之、則有益於得焉、有禮義則大功可得、脩其德則諸侯可得、是似迂却捷、故曰未幾突而弁、突是突兀之義、乃高貌、突而、猶突然也、正義本作突若弁兮、云、若猶爾也、故箋言突爾加冠爲成人、猗嗟頎若、言若者皆然耳之義、古人語之異耳、定本云突而弁兮、不作若字、據此則定本作而、唐石經從定本、後各本因之、周禮掌冠冕者、其職謂之弁師、則弁者冠之大號也、弁與總角對文、鄭箋云、人君內善其身、外脩其德、居無幾何、可以立功、猶是婉孌之童子、少自脩飾、丱然而稚、見之無幾何、突爾加冠爲成人也、蘇傳呂記皆從其說、呂謂、苟由其道而循其序、則小者俄而大、微者俄而著、厥德修罔覺、非計功求獲者所能與也、良是、詩人不欲竟絕之、而諷以求之自有道也、用意忠厚如此、范氏乃謂、襄之求大功求諸侯、猶童子效成人冠服、嚴氏亦謂、以喻襄之躐等躁求、說自可通、然不如箋疏之深婉矣、

甫田三章章四句

盧令。刺荒也。襄公好田獵畢弋。箋曰、畢以掩兎、弋以射鳥、而不脩民事。百姓苦之。箋曰、苦・樂之反、二句發詩之髓、故陳古以風焉。箋曰、齊語及管子小匡篇・皆稱襄公田獵畢弋不聽國政、公羊傳載、莊四年公與齊侯狩于郜、左傳載、莊八年齊侯田于貝丘、此足爲襄公好田之明證、說者多謂、此詩與還意略同、不知還詩揖我謂我等語、是自夸其從禽之事、故通篇直刺其荒、此詩云其人者、是想望之詞、故序以爲陳古、詳繹經文、國人喜望之神・溢於言表、自非有德之君、不足以當之、序謂陳古以風、其寄意尤深、若說與還同、是詩不錄可矣

盧令令。其人美且仁。盧・田犬、令令・纓環聲、言人君能有美德、盡其仁愛、百姓欣而奉之、愛而樂之、順時遊田、與百姓共其樂、同其獲、故百姓聞而說之、其聲令令然、

○傳言字、卷子古本無、延文本傳然下、有之世二字、

箋曰、犬有田犬守犬、戰國策云、韓國盧・天下駿犬也、東郭逡・海內之狡兎也、韓盧逐東郭逡山三、越岡五、兎極于前、犬疲于後、俱爲田父之所獲、秦策又云、譬若馳韓盧而逐蹇兎也、故盧爲田犬也、古者田獵、有以犬從禽、說文以狁爲犬田、是也、故盧令見於此、而載獫歇驕載於秦風、少儀云、犬則執緤、守

犬田犬則授、擯者旣受、乃問犬名、可見田獵用犬、犬亦有名、由來已久、故韓盧宋鵲楚獷、馳名戰國、而鬪雞走狗、必歸之齊也、令令・耳聞其環聲而欣欣喜也、令卽鈴之省借、故正義卽以鈴鈴釋之、以今字明古字、易而說之、疏中每有此例、廣雅釋訓亦云、鈴鈴・聲也、呂記引董逌曰、韓詩作盧泠泠、此雖與毛異字、然泠泠、當亦指聲言、說文作獜、而義爲健、蓋據齊魯詩、下二章言重環重鋂、則此章作環聲爲是、蓋田犬頷下有環、必先聞其聲、而後見其狀、故於首章言令令、情景最合、環在犬之頷下、如人之冠纓然、故傳云、令令、纓環聲也、仁言其恩、鬈言其容、偲言其才、美則統言其德也、文與叔于田章末、相似、而氣象縣殊、故傳釋彼以美爲美好、此則以爲美德、言固各有當耳、其人字須着眼、謂盧以人重、非其人則狗馬之玩不足道也、風刺之旨宛然、傳人君有美德以下、言百姓所以悅君之意、孟子謂梁惠王曰、今王田獵於此、百姓聞王車馬之音、見羽旄之美、舉欣欣然有喜色、而相告曰、吾王庶幾無疾病與、何以能田獵也、此無他、與民同樂也、則百姓悅之也、傳於美且仁歸之平日、而田獵又以順時共樂同獲、義亦本末兼盡、傳文多簡、而此獨詳者、自以詩刺襄公、故詳述人君之事也、

盧重環。重環・子母環也、其人美且鬈。鬈・好貌、○鬈音權、

箋曰、重環謂環相重、故知爲子母環、大環貫一小環也、兩環相戞自有聲、下重鋂同、說文髟部、鬈・髮好貌、是鬈之本義、此傳但言好貌、則是由髮好引申

爲凡好之稱耳、鬈通作婘、玉篇、婘・好貌、或省作卷、澤陂碩大且卷是也、箋讀鬈爲權、權乃攉字之譌、張參五經文字攉字注云、从手作攉者、古拳握字、是攉者拳之異體、古亦假爲捲勇字、說文、捲・气勢也、引國語曰、有捲勇、乃古拳勇字、故箋云、鬈當讀爲攉、正義謂、若鬈是好貌、則與美是一也、故易之、不知美是美德、首章傳甚明、好指儀容、與美異義、何嘗一乎、此詩序云陳古以風、故三章皆以美德爲主、而仁則又有其政也、鬈則又有其容也、偲則又有其才也、容貌與才技、雖非美仁之比、然詩人頌君、往往及之、終南之顏如渥丹、駟鐵之舍拔則獲、皆是矣、

盧重鋂。鋂・一環貫二也、其人美且偲。偲・才也、鋂音梅、偲七才反、延文本、傳也作者、才作材、

箋曰、重鋂與重環別、則與子母之環當異、故知一環貫二、謂一大環貫二小環也、說文、偲・彊力也、引此詩、徐鍇曰、偲之言材也、鄭箋廣韻皆云多才也、彊力與才義亦近、集傳訓鬈爲鬚髮好、訓偲爲多鬚、而引左傳宣二年于思語爲證、則兩章意複矣、況說文鬈髮好貌、不云鬚也、左傳杜注云、于思多鬢貌、釋文正義載賈逵注云、白頭貌、皆不云鬚也、且合于思二字爲義、非偏釋一思字也、夫仁愛之君、民仰之如父母、每飯無不感戴其德、及聞其出狩、老幼婦子相携、以俟于巷、如嬰兒之慕慈母、見君之面和適、皆喜曰、吾君庶幾無疾病歟、何以能田獵也、盧令之詩須以是觀感之、短章有何限雋永、白公之亂、楚人不許葉公之冑而掩面、仁君之面、民爭而瞻望之、不亦宜乎、然廢序則妄呼爲淫詩亦可也耳、

盧令三章章二句

敝笱。刺文姜也。箋曰、齊女也、故不稱魯、齊人箋曰、自此三篇皆稱齊人、齊魯相錯故也、惡魯桓公微弱。箋曰、桓公曰惡、莊公曰傷、脩辭不苟、不能防閑文姜。箋曰、防所以止水、閑所以扞物、故防閑有禁制之意、周禮注、閑・梐枑也、防守之物、名之曰閑、使至淫亂爲二國患焉。箋曰、文姜淫亂・言會于濼遂如齊・襄公又通焉、詩作於桓公遇害之後、故曰爲二國患也、首序言刺文姜、是全詩本旨、其下云齊人惡魯桓微弱不能防閑文姜、則因敝笱之喩、而推原文姜淫亂之所由來、莊公於文姜其子也、桓公則其夫也、夫爲妻綱、如笱制魚、子之於母・猶曰弗克、夫不能制妻、則同敝笱耳、故敝笱刺夫、猗嗟刺子、序說各有所當也、陳啓源曰、序以爲惡魯桓微弱、是也、朱傳以爲刺莊公、失之矣、案女子之歸有三、于歸也、歸寧也、大歸也、舍是無言歸者、文姜如齊・始于桓末年耳、時僖公已卒、不得言歸寧、又非見出、不得云大歸、則詩言齊子歸止、定指于歸無疑、然于歸時、文姜淫行未著也、末年如齊、桓卽斃於彭生之手、詩何得責其防閑而以爲刺哉、蓋嘗考之矣、魯桓弒君自立、惟恐諸侯見討、急結婚於齊、以固其位、文姜又僖公愛女、於其嫁也、親送之讙、則嫁時扈從之盛、與文姜之驕逸難制可知、桓既恃齊以自安、勢不得不畏內、養成驕婦之惡、已非一朝、特於晚年

發之耳、然則筍之敝也・不敝於彭生乘公之日、而敝於子翬逆女之年矣、詩人探見禍本、故不於如齊刺之、而於歸魯刺之、旨深哉、

敝笱在梁。其魚魴鰥。興也、鰥・大魚、**齊子歸止。其從如雲。**如雲・言盛也、○笱古口反、鰥古頑反、延文本、傳鰥上有魴字、魚下有也字、

箋曰、比也、敝笱比桓公、魴鰥二魚以比文姜、笱以竹爲器、而承梁之空以取魚者也、魴鰥魚之可制者、爲其笱之敝敗・而不能制也、文姜本可以防閑而制之、由魯桓微弱・致文姜驕伉而難制也、敝笱二字、狀其不能防閑、醜詆不堪、魴詳周南汝墳篇、傳云大魚者、魴也鰥也魚之形體差大者、故曰大魚、非必盈車之魚而後謂之大也、次章傳云魴鱮大魚、則此云魴鰥大魚者、亦其大與魴鱮正相類、但視之川池小魚乃爲大耳、正義引孔叢子衞人得鰥魚其大盈車以證之、殊不知孔叢是寓言、猶莊周鯤鵬之類耳、不當据以解詩、若果盈車之魚、固不能入笱、何問笱之敝不、鰥之形狀、傳注無明文、鄭箋、鰥・魚子也、李巡曰、凡魚之子總名鯤也、潘岳西征賦、弛靑鯤於網鉅、解赬鯉於黏徽、鯤與鰥古正同音、但鰥爲魚名、故與魴鱮並列、若以爲鯤鮞之鯤、則鯤爲魚卵、尙未成魚、不得云其魚魴鯤矣、且魚卵無入笱中之理、何爲因敝笱而詠之乎、鄭說失之、○齊子歸止、與南山齊子由歸同、本其初嫁言之、如雲如雨如水、皆言其從者之盛、而文姜驕伉難制之意、隱然言外、而絕不提文姜淫佚之行、所謂旨婉而多風也、鄭箋乃以三如字皆爲從者心意無定可

善可惡之比、正義遂云、由文姜淫泆故從者亦淫、大非、

敝笱在梁。其魚魴鱮。魴鱮大魚、齊子歸止。其從如雨。如雨言多也、○鱮才呂反、

箋曰、魴鰥魴鱮、總連魴字、蓋魴美魚、詩人多詠之、鰥與鱮取換韻脚耳、陸佃曰、鱮魚似魴而弱鱗、其色白、北土皆呼白鱮、西征賦云、華魴躍鱗、素鱮揚鬐、性亦旅行、故其制字從與、亦或謂之鰱、正義引陸疏曰、鱮似魴、厚而頭大、魚之不美者、故里語曰、網魚得鱮、不如啗茹、其頭尤大而肥者、徐州人謂之鰱、或謂之鱅、幽州人謂之鴞鶌、或謂之胡鱅、

敝笱在梁。其魚唯唯。唯唯出入不制、齊子歸止。其從如水。水喻衆也、○唯維癸反、延文本、傳制上有可字、制下有也字、

箋曰、淮南子兵略篇、魚笱門高注云、竹笱所以捕魚、其門可入而不得出、然則出入者、傳亦就笱以設喻也、唯唯釋文引韓詩作遺遺、言不能制也、義與毛同、唯唯卽遺遺之假借、柯氏曰、遺遺猶言委蛇也、戰國策・出遺遺之門、管子樞言篇・遺遺乎若有從治、此詩言大魚委蛇自得、故云言不能制也、其從

如水、葢有大決所
犯傷人實多之勢、

敝笱三章章四句

載驅。齊人刺襄公也。 箋曰、序例、鄭詩不書鄭、齊詩不書齊、而特表國者四、牆有茨都人士白華及是也、皆有其義、此篇正恐讀者但見詩稱齊子、嫌獨刺齊子而魯人作、不辨其何以刺襄、故加齊人以著之、使知載驅若指文姜、當其發夕于魯、齊人何由見其薄薄、惟屬之襄公、則知簟茀者國君之路車、非夫人之翟茀、固以齊人目擊襄公之薄薄載驅、遂想見齊子之發夕魯道、而後詩意了然、

無禮義故。盛其車服。 箋曰、諸侯朝會、宜從禮節而盛車服、故曰無故、故事之所因也、易曰、知幽明之故、又曰、明於憂患與故、孟子曰、苟求其故、今非因會同朝覲、而盛服疾驅、適足以播惡、

疾驅於通道大都。 箋曰、疾驅起發詩中意也、通道言魯道也、

與文姜淫。播其惡於萬民焉。 箋曰、惡、醜惡也、南山序所謂遇是惡之惡、播、左傳播於諸侯之播、萬民因行人彭彭而成辭也、魯莊公時、文姜宣淫不忌、是詩必在其時矣、毛鄭以上二句示襄、下二句指姜、朱傳改爲刺文姜、嚴華谷言、四句分作二人、詞意斷續、必竝言文姜、文方貫也、此說不然、春秋莊二年冬、夫人姜氏會齊侯于禚、杜注齊地、傳曰、書姦也、

七年春會齊侯于防、杜注魯地、傳曰齊志也、杜氏以爲至齊地則姦發夫人、至魯地則齊侯之志、詩中四舉魯道、兩言汶水、始終不及齊境、正杜所謂至魯地爲齊侯之志者、況首言載驅薄薄、明已在道疾行、末言齊子發夕、明是聞襄來而暮夜啓行赴之、若敘一人之事、豈容先在道而後啓行、總之齊人作詩刺上、不應反舍襄公而不一及焉、傳箋不可易也、

載驅薄薄。簟茀朱鞹。薄薄、疾驅聲也、簟、方文之席也、車之蔽曰茀、諸侯之路車也、朱鞹者言有朱革之質而羽飾也、

魯道有蕩。齊子發夕。發夕、自夕發至旦也、○薄普各反、茀音弗、鞹苦郭反、

箋曰、薄薄、序所謂疾驅於通道大都也、寫襄公之姦心如火、蕈笰以竹爲席、蔽車後戶、用竹爲席、其文必方、故傳云方文席也、爾雅釋器、輿革、前謂之鞎、後謂之茀、竹、前謂之禦、後謂之蔽、鞎茀禦蔽、皆前後闌車、其用革用竹各有異名、此析言之也、渾言之則茀蔽不專稱輿後、翟茀以翟羽飾車、當指輿前者言、此簟茀當指輿後者言、雖謂婦人之車亦言茀、然婦人言翟茀、不言簟茀、齊襄公方叔之車以簟茀、衛夫人之車以翟茀、此婦人男子車蔽之別也、詩三言簟茀、釋文惟此从竹、玉篇竹部笰下云、輿後笰、且引此文、然說文竹部無笰、注疏唐石經竝从艸、碩人傳、茀、蔽也、此傳車之蔽曰茀、是茀取茀蔽爲義、當以从艸爲正、朱鞹者、皮去毛曰鞹、白虎通義云、天子大路、諸侯路車、大夫軒車、說文、軒、曲輈藩車也、軒車闕南方前面無蔽、蔽在車兩旁、故又謂

之藩車、唯路車前後皆有蔽、其後蔽以竹爲之無飾、謂之簟茀、其前蔽亦以竹爲之、覆之以染朱革、而又飾之以羽、此卽朱鞹也。安井氏曰、序言盛其車服、則巾車所掌五輅之外、當時別有盛飾之車、楚王圍服秦復陶翠被、鄭子臧聚鷸冠、皆非禮制所有、而公然服之、無所疑沮、蓋春秋之時、禮制崩壞、爭爲侈靡、而羽飾其所好尚、服既有之、車亦當然、毛氏之說、傳自孔門、其所言卽當時所見、不當以禮經無文而疑之、鄭以羽飾嫌於文姜所乘、仍申傳曰、此車襄公乃乘焉而來、則亦以傳羽飾爲是也、安說是也、齊人自刺其君、其辭宜隱、故簟茀四驪、但言其車馬馳驟之盛、無所指斥、而以齊子對照言之、其彼此來會、同心淫縱、而其爲惡又自襄公倡之者自見、所謂言隱而旨顯也、〇齊子發夕、發夕猶夕發也、是倒用法、言以夜發出、不待曉也、蓋文姜聞襄公之來、其時已晚、隨卽發行、不待明日也、婦人不夜行、發夕言犯禮而行也、微詞入妙、傳云發夕發至旦也者、言終夕在道也、韓詩釋發爲旦、雖古有此訓、非其義也、

四驪濟濟。垂轡濔濔。 四驪、言物色盛也、濟濟、美貌、垂轡、轡之有垂者、濔濔、衆多也、

魯道有蕩。齊子豈弟。 言文姜於是樂易然。〇驪力馳反、濟子禮反、濔乃禮反、豈弟延文本、作愷悌、傳貌下、者下、然下、並有也字、擢本、傳有字多字並無、

箋曰、四驪四馬皆驪、驪・馬黑色也、夏官校人云、凡軍事物馬而頒之、注云、物馬齊其力、言四言驪、道其物色俱盛也、蓼蕭傳・鋚革・轡首垂也、此傳云垂轡轡之有垂者、正謂鋚也、云濔濔衆多也者、干旄傳云四馬六轡、所謂衆多也、釋文、爾本亦作濔同、據此則陸氏所據者本作爾爾矣、說文、爾・麗爾、猶靡麗也、說文薾字从爾、薾華盛、是爾有盛義、衆亦盛也、故傳訓爲衆、○齊子豈弟、豈弟言喜色欣欣・恬不怍人、發夕始就道也、豈弟途中得意也、豈弟訓樂易、本國語文、美詞也、而以言文姜無異詞者、葢樂易於正則爲中心安仁之君子、樂易於邪則爲小人而無忌憚也、翱翔遊敖、由是而生、

汶水湯湯。行人彭彭。湯湯・大貌、彭彭・多貌、**魯道有蕩。齊子翱翔。**翱翔猶彷徉也、○汶音問、湯湯失章反、延文本、傳兩貌下、並有也字、

箋曰、鄭箋云、汶水之上、葢有都焉、襄公與文姜時所會、汶水有二、出泰山萊蕪縣原山者、西南入濟、此徐州之汶也、酈道元云、汶水又南逕鉅平縣故城東、而西南流、城東有魯道、今汶上夾水有文姜臺、考鉅平在今山東兗州府寧陽縣東北、春秋時魯之成邑、此齊入魯境之處、又說文汶水出琅琊朱虛縣東泰山、東至安邱入濰、東泰山卽沂山、朱虛故城在今青州府臨朐縣境、安邱亦屬青州、此青州之汶也、水經於二汶源流、詳略迴異、則以出萊蕪入泲之汶、書詩春秋所稱皆卽此水、而朱虛之汶、其流短促、非經傳所言故也、原山之汶、以今輿地考之、自萊蕪泰安肥城寧陽至東平入濟、綿亙數百里、

或分或合、出入皆在魯境、據此知箋云汶上有都者、依序大都言之、不必定在汶水切近之處、嚴緝以春秋姜氏五會齊侯、無會汶之事、此不必拘、春秋可以補詩之亡、詩亦可以補春秋之闕也、郭緣生述征記有五汶之名、曰北汶、曰嬴汶、曰柴汶、曰浩汶、合經流爲五、所謂泰山郡水皆名曰汶者也、胡承珙曰、酈注水經、雖不言五汶、而所叙牟汶石汶柴汶等、皆不過汶水支流、惟出萊蕪原山至安民亭、入沸之汶在齊南魯北、出入二國之境、此詩與魯道連言、則必其在魯地者也、案成二年齊侯伐我北鄙圍龍、注・龍在泰山博縣西南、桓三年公會齊侯于嬴、注、嬴・齊邑、今泰山嬴縣、哀十一年會吳子伐齊克博、壬申至于嬴、然則嬴博以南屬魯界、龍以北屬齊界、酈氏云、汶水屈從博縣西南、流經龍鄉故城南、益知齊魯往來要道實在嬴博、當今甯陽東平間、故襄公之來會由之、扼要之地、卽爲大都通邑也、○齊子翺翔、翺翔者逍遙遊步也、哀十七年左傳横流而方羊、漢書司馬相如傳消搖乎襄羊、禮樂志郊祀歌・周流常羊思所并、後漢書張衡思玄賦・悵相佯而延佇、文選宋玉風賦・倘佯乎中庭、竝與彷徉同、

汶水滔滔。行人儦儦。 滔滔・流貌、儦儦・衆貌、 **魯道有蕩。齊子遊敖。**

滔吐刀反、儦表驕反、敖延文本、作遨、

傳流貌下、衆貌下、延文本、並有也字、

箋曰、豈弟則安然樂易無慙恥之色、翺翔則迴翔從容而後去、游遨則游觀愜適而忘反、雖止鋪叙齊子、而襄公無禮無義之迹、不可掩矣、

載驅四章章四句

猗嗟。刺魯莊公也。箋曰、此十之餘也、載馳木瓜在十之內、齊人傷魯莊公箋曰、上下冒國、載驅木瓜一例、有威儀技藝。然而不能以禮防閑其母。箋曰、子而可以防閑母者、唯是禮而已、周公以來豈有君母會諸侯之禮乎、與敝笱同語、而添以禮二字精矣、失子之道。箋曰、使母入載驅之詩、非子之道也、人以爲齊侯之子焉。箋曰、公羊傳、夫人譖公於齊侯、公曰同非吾子、齊侯之子也、史記襄公故嘗私通魯夫人、及桓公來而襄公復通焉、蓋私通既久、所以有是流言也、是詩譏刺之意皆在言外、嗟歎再三、而莊公所大闕者、不言可見矣、莊公卽位之時、纔十三歲耳、難責以防閑其母、其卽位後二年至七年、文姜屢會齊襄、莊公身已弱冠、責以不能防閑、固已無所逃罪矣、說者或謂、此詩作於莊二十二年如齊納幣之時、安井氏駁之曰、詩人陳古以刺今則有之、未有舉既往之過以追刺之者也、序言不能以禮防閑其母、則此詩之作、必在文姜與齊侯頻會之時、案春秋莊二年冬十二月、夫人姜氏會齊侯于禚、四年二月夫人姜氏享齊侯于祝丘、冬公及齊人狩于禚、五年夏夫人姜氏如齊師、七年春夫人姜氏會齊侯于防、詩三章皆陳莊公善射、蓋齊人與莊公狩于禚、親見其儀容與善射、而惜其不能以禮防閑其母、故作此詩以諷之也、莊公以桓六年生、至四年狩于禚爲十七歲、二章曰儀既成兮、三章曰猗嗟孌兮、此皆稱贊少君之言、又此詩狩于禚年所作之一證也、至二十二年如齊納幣、莊公年已三十五、恐不可以儀既成兮稱之、

猗嗟昌兮。頎而長兮。 猗嗟・歎辭、昌・盛也、頎・長貌、 **抑若揚兮。** 抑・美色、揚・廣揚、 **美目揚兮。** 好目揚眉、 **巧趨蹌兮。射則臧兮。** 蹌・巧趨貌、○猗於宜反、頎音祈、趨七須反、蹌七羊反、延文本、傳辭下、貌下、廣揚下、眉下、巧趨貌下、並有也字、

箋曰、猗嗟歎美也、猗訓歎辭、有稱猗者、潛猗與漆沮是也、有稱猗嗟者、此詩是也、文姜與襄公身行獸行、魯桓附大縱妻、則直言明揭其醜、至莊公不幸而處母子之變、情隱難言、詩人特以咨嗟之氣、行褒美之詞、唱嘆發韻、寄慨無窮、昌・言容止美盛、公羊傳云、宋萬曰、甚矣魯侯之淑、魯侯之美也、天下諸侯宜爲君者・惟魯侯耳、然則魯莊之美、當時蓋侈稱之矣、○頎而長兮、正義云、若猗然也、引史記頎然而長爲證、又云、今定本云・頎而長兮、而與若義並得通也、是孔本原作頎若長兮、又甫田突而弁兮、而本亦作若、正義若猶爾也、故箋言突爾加冠爲成人、猗嗟頎若・言若者亦然爾之義、定本不作若字、合二疏觀之、是孔作疏所據本・倘皆從若而與若固皆形容之辭、然作而則其義易溷、非是、所謂定本未詳出何時何人、而正義屢言之、○抑若揚兮者

言進退高下不失其宜也、抑與懿古通用、楚語作懿以儆、韋注、懿・詩大雅抑之篇也、懿讀曰抑、是也、爾雅、懿・美也、故傳以抑爲美色、云廣揚者、猶曰廣顙、揚者顙之別名、是傳以揚爲實字、似失之、○美目揚兮、方言・好目謂之順、燕代朝鮮洌水之間曰盱、或謂之揚、是揚爲好目貌、美目揚兮與下章美目清兮・碩人詩美目盼兮句法同、皆狀其目之美、邱光庭曰、揚者目開之貌、禮記揚其目而視之、是也、傳云好目揚眉者、揚眉猶言盱衡、漢書王莽傳盱衡厲色、盱・舉眼也、李善注魏都賦・引漢書音義曰、眉上曰衡、謂舉眉揚目也、然則毛傳正以揚眉形目美、謂好目於揚眉見之、故美目謂之揚、揚屬目、不屬眉、末章清揚婉兮、乃總上二章揚兮清兮而言、婉者好也、皆謂目之好、毛云婉好眉目者、渾言之、其實揚眉卽揚目耳、○巧趨蹌兮、射則臧兮者、序所謂有威儀技藝也、行而張足曰趨、禮有徐趨疾趨、爲之有巧有拙、故美其巧趨蹌兮、楚茨傳・蹌蹌言有容也、蹌有趨之美也、但非翼如之謂、書曰鳥獸蹌蹌、文從足不從手、周語目以定體、足以從之、左傳視不道容、此曰美目揚而巧趨者、美其目以導進退周旋之巧、而目體相應也、將射而進之儀矣、臧・善也、猶子善於某乎、三章有次序、始概言其射之臧、下乃詳言其所以爲臧、不出正言其中、射則貫言其中而有力、四矢反言其再射又中前處也、三者所以爲臧也、

猗嗟名兮。美目清兮。目上爲名、目下爲清、**儀既成兮。終日射侯。**

不出正兮。展我甥兮。 二尺曰正、外孫曰甥、

箋曰、猗嗟名兮、名明古通用、檀弓・子夏喪其子、而喪其明、冀州從事郭君碑作喪子失名、名當讀明、明亦昌盛之義、淮南子説林訓・長而愈明、高注・明猶盛也、首句歎美其容貌之美盛、三章皆同、美目清兮者、目中黑白分明、如水之清也、胡承珙申毛曰、此傳目上目下當讀爲視不上於袷之上、不下於帶之下、謂目之仰視俯視也、爲名爲清、卽所謂視容清明也、名與明通、至目下爲清、卽清揚之清、彼清與揚對、揚爲舉目、則清爲低目、此清與名對、名爲上視、則清爲下視、其義一也、胡氏蓋得毛意、自孫炎郭璞誤讀爾雅目上爲名、爲在上之上、孔氏正義因幷謂目之下爲清、皆誤也、然猗嗟名兮、與猗嗟昌兮、猗嗟孌兮、句法相同、若以名爲目上、則昌與孌將何屬也、朱傳謂名猶稱也、言其威儀技藝之可名也、此説亦不然、此詩三章、自首達尾、皆道莊公容貌技藝之美、而無一言及才德、頌中有諷、美中有刺、故名字必解爲容貌之美、方與猗嗟昌猗嗟孌句對、而與下美目清句協、倘以爲名稱、則如反稱其才德之美、而與前後上下句不類、○儀既成兮、鄭云、成猶備也、周禮射人以射法治射儀、詩下言終日射侯、則儀當卽指射儀、淮南俶眞訓・善射者有儀表之度、如工匠有規矩之數、泰族訓・射者數發不中、人敎之以儀則喜矣、此言莊公善射、惟其射儀既備、所以終日不出正也、正義泛作威儀釋之、誤矣、○終日射侯者、射皆三番而止、而云終日射侯者、美其久射而常中也、不出正兮者、射侯有正鵠、中庸鄭注云、畫布曰正、棲皮曰鵠、釋文云、大射則張皮

侯而棲鵠、賓射則張布侯而設正也、金鶚曰、正之爲言正也、鵠之爲言直也、射義云、射者內志正、外體直、然後持弓矢審固、持弓矢審固、然後可以言中、故侯中之的、名之爲正鵠、以示中者之必在於正直也、鄭注射義云、內正外直、習於禮樂有德行者也、正鵠之名出自此也、鵠與梏聲同、爾雅釋詁云、梏·直也、梏轉聲爲較、故釋詁較亦訓直、較與覺聲同、緇衣引詩云、有梏德行、大雅抑篇作有覺德行、毛傳、覺·直也、鄭注天官司裘云、鵠之言較、較者直也、所以直己志、其注射義則云、鵠之言·梏也、梏·直也、然則鵠本當作梏、或作較、其作鵠者、古假借耳、司裘注云、謂之鵠者、取名於鳱鵠、鳱鵠小鳥而難中、是以中之爲雋、其注大射、又云正亦鳥名、齊魯之間名題肩爲正、後儒因謂、正鵠皆小鳥之黠捷難中者、此說非也、古人果取義於鳥、則侯中必畫此鳥、乃皮侯獸侯以獸爲之、而反取名於鳥、不亦繆乎、采侯中不畫鳥、而以鳥名、不亦妄乎、正鳥屬之賓射、鵠鳥屬之大射、又何所取義乎、故知正鵠之名、但取正直之義而已、蓋直則必正、正則必直、故連言曰正鵠、兼取正直、正屬內志、直屬外體、對文則別也、單舉之或曰正、或曰鵠、正直皆兼志體、散文則通也、其義一也、正鵠本取正直之義、正字當讀如字、釋文正皆音征、是主取義鳥名之說、又因齊風不出正兮、與成甥諸韻叶、故讀爲征、殊不知古無四聲、詩中平去爲韻者甚多、正亦何必讀征乎、黃以周曰、周官司裘、王共虎侯熊侯豹侯、設其鵠、諸侯共熊侯豹侯、卿大夫共麋侯、皆設其鵠、此大射之侯也、其侯用虎熊豹麋之皮、又方制之、以爲鵠、是謂皮侯、梓人所謂張皮侯而棲鵠、則春以功、是也、司裘曰設鵠、梓人曰棲鵠、竝不言正者、大射之侯、有鵠無正也、射人以射法治射儀、王射三侯五正、諸侯射二侯三正、孤卿大夫射一侯二正、士射豻侯二正、此賓射之侯也、其侯亦用虎熊豹麋豻之皮、而中畫五采以爲正、是謂采侯、梓人所謂張五采之侯則遠國屬、是也、射人曰五正、梓人曰五采、竝不言鵠者、賓射之侯有畫采之正、而不棲鵠也、鄉射記曰、凡侯、天子熊侯白質、諸侯麋侯赤質、大夫布侯、畫以虎豹、士布侯、畫以鹿豕、凡畫者丹質、此燕射之侯也、天子諸侯用皮侯、大夫士用布侯、取熊麋虎豹鹿豕之屬、是謂獸侯、梓人所謂張獸侯則王以燕息、是也、其曰白質赤質丹質、而不言正鵠者、質與正鵠、異名同類也、大射有鵠、賓射有正、燕射有質、鵠居侯三分之一、梓人所謂爲侯、廣與崇方、三分其廣、而鵠居一焉、是也、正與質之制無明文、若先鄭說十尺曰鵠、四尺曰侯、二尺曰正、四寸曰質、是鵠正質同在一侯也、後鄭不從其說、賈景伯注周禮則云、四尺曰正、正五重、鵠居其內而方二寸、據此則正大於鵠、又異先鄭鵠大於正之說、後鄭於射人注已破之矣、後鄭據司裘言鵠、射人言正、而謂大射有鵠無正、賓射有正無鵠、鵠乃用皮、其大如正、此說之確不可易者也、或曰、子之說於射人三侯二侯一侯、謂用虎熊豹麋之皮侯、鄉射記熊侯麋侯謂亦用皮侯、白質赤質丹質、謂與正鵠同類、異後鄭說何也、曰射人以射法治射儀、王以六耦射三侯五正、若王大射則以貍步張三侯、據後鄭說、以六耦射三侯、謂五正三正二正之侯、以貍步張三侯、則爲虎熊豹之侯、上下同文異解、不如先鄭三侯虎熊豹、二侯熊豹之說爲安、且王三侯五正、謂虎熊豹之侯皆五采耳、經云王五正、而後鄭則云有三正二正、未免舛錯、鄉射記言、大夫士布侯用畫、則天子熊侯諸侯麋侯之爲皮也可知、質謂質的、天子熊侯用白的、諸侯麋侯用赤的、則大夫士之畫侯、亦必有的也可知、凡畫者丹質、爲大夫士畫侯、言其制也、人有大夫士之異、侯有虎豹鹿豕之分、故曰凡以統之、人有天子諸侯及大夫士之異、侯有飾皮及畫布之分、故曰凡畫者以別之、據後鄭說、熊麋亦是畫侯、質是采地、熊畫白質、畫麋赤質、與下文凡畫丹質語相觸礙、而因以凡畫丹質爲畫賓射燕射之侯、畫熊白質、畫麋赤質爲畫正、亦失經意、記又曰、禮射不主皮、後鄭注、禮射謂大射賓射燕射、是矣、記言不主皮、則天子諸侯大射賓射燕射之爲皮侯也可知、後鄭謂賓射燕射用畫侯不用皮、是未審也、或曰、毛傳二尺曰正、與先鄭合、然則毛傳亦不足信歟、曰、毛傳此就五正內之朱色言之爾、後鄭梓人注曰、正之方外如鵠、內二尺、內朱、白次之、蒼次之、黃次之、黑次之、與之相同、而賈注鵠方二尺、先鄭二尺曰正、實因誤讀毛傳耳、梓人張皮侯、張五采之侯、張獸侯、三制廻別、而金氏榜禮箋謂皮侯即五采之侯、不言棲鵠、蒙上皮侯省文、不知五采之侯、雖亦用皮、而正不用皮、故大射賓射渾言之俱可謂皮侯、而析言則別、記文張皮侯之後、又云張五采之侯、析言之也、張皮侯之下又云棲鵠、恐其與采侯混、又別言之也、五采即五正、既云張五采之侯、其設正可知、初非蒙上文省言棲鵠也、皮侯采侯、對文廻別、金氏乃欲混言之、亦非也、小雅賓之初筵、發彼有的下有馬瑞辰說、須參看○展我甥兮、鄭云、展・誠也、姊妹之子曰甥、據箋說・我字直指襄公之身言之、毛傳云外孫曰甥者、不過如左傳云我之所自出耳、文十四年公羊傳、接菑晉出也、玃且齊出也、何休注・以出爲外孫、爾雅・女子子之子爲外孫、儀禮喪服緦麻三月章有外孫傳以外孫爲甥、據齊國爲言也、不指襄公之身、鄭義爲優、安井氏曰、展我甥兮、齊人誇張之詞、美中含刺、言容貌儀藝如此、誠我甥也、而不能防閑其母何也、鄭云、言誠者拒時人言齊侯之子、蓋據序言之、然序所云人以爲齊侯之子者、舉時人調戲之言、以傷莊公不能防閑其母耳、不然文姜以桓三年歸魯、六年生莊公、其間未嘗如齊、人豈有實以爲齊侯之子者哉、

猗嗟孌兮。孌・壯好貌、**清揚婉兮。**婉・好眉目也、**舞則選兮。射則貫兮。**選・齊、貫・中也、**四矢反兮。以禦亂兮。**四矢・乘矢、○延文本、傳壯作佼、傳貌下、齊下、矢下、並有也字、

箋曰、首句受我甥、而言其妙年可憐之姿、婉孌出甫田侯人、不可施於巨人、莊公十三喪父、二十一而襄公弑、其年可推、○舞則選兮者、詩三章俱言射事、則舞亦射時之舞、周官鄉大夫・鄉射教五物、一曰和、二曰容、三曰主皮、四曰和容、五曰興舞、此詩巧趨蹌兮、儀既成兮、卽五物之和容也、不出正兮・射則貫兮、卽主皮也、皇侃論語疏釋興武曰、射容與舞、趣與相會、進退同也、則此詩舞則選兮、卽興舞耳、周官大司樂・大射王出入令奏王夏、及射令奏騶虞、詔諸侯以弓矢舞、樂師、燕射帥射夫以弓矢舞、皆射時有舞之證、說文・選一曰擇也、選擇所以整齊之、故選又爲齊、爾雅既差我馬、差・擇也、宗廟齊豪、

毛詩會箋

戎事齊力、田獵齊足、齊豪齊力齊足、皆選擇之事、故選可訓齊、史記平準書曰、吏道益雜不選、謂雜出不齊也、亦選有齊義之證、選韓詩作纂、薛君曰、言其舞應雅樂也、義同毛傳、卽禮所云容體比於禮、其節比於樂者也、選纂雙聲、古通用、○射則貫兮、馬瑞辰曰、儀禮鄕射禮・司射命曰、不貫不釋、注、貫猶中也、古文貫作關、今按貫有三訓、有以貫爲彎弓之假借者、史記伍子胥傳、胥貫弓執矢、嚮使貫弓、列子黃帝篇、引之盈貫、後漢祭肜傳、能貫三百斤弓、皆以貫爲滿張弓、卽孟子所謂關弓、文選注引作彎弓是也、有以貫爲中者、此詩射則貫兮、及儀禮不貫不釋、是也、淮南子說山訓、矢之發無能貫、待其上而後有穿、貫猶穿也、古貫字作毋、說文、毋・穿物持之也、从一橫貫、象寶貨之形、穿與中義相成、能中卽穿之矣、其字亦與關通、雜記・見輪人以其杖關轂而輠輪者、疏云、關・穿也、關蓋貫之叚借、箋訓習、以貫爲慣之叚借、非詩義也、○四矢反兮、鄭云、反・復也、禮射三而止、每射四矢、皆得其故處、此之謂復、莊子田子方篇、列禦寇爲伯昏無人射、引之盈貫、措杯水其肘上發之、適矢復沓、釋文、適丁歷反、郭注、箭適去、復往沓也、沓之言、重沓也、列子仲尼篇、善射者能令後鏃中前括、發發相及、矢矢相屬、謂四矢皆能復其故處、正此詩四矢反兮之謂、韓非子曰、夫新砥礪殺矢、彀弩而射、雖冥而妄發、其端未嘗不中秋毫也、然而莫能復其處、不可謂善射、無常儀的也、此亦足爲箋說之證、周官保氏五射、鄭司農以參連居其一、賈疏・參連者前放一矢、後三矢連續而中、亦與詩四矢反兮義相近、不出正兮、言其巧也、射則貫兮、言其力也、四矢反兮巧之中又有巧焉、所以詳言其射之臧也、釋文云、反如字、韓詩作變、變，易也、韓詩訓變爲易、言每射四矢皆易其處、此保氏五射所謂井儀者、賈疏云、四矢貫侯、如井之容儀、是也、淮南子云、越人學遠射、參矢而發、適在五步之內不易儀、世已變矣、而守其故、譬猶越人之射也、然則井儀之法、每射四矢各易其儀、不守其故處、與參連之四矢皆復其故處者正相反、而要皆五射之事矣、以禦亂兮言莊公弓矢之精、可以禦亂、觀其以金僕姑射南宮長萬則可見矣、禦亂寓不能防母亂之歎、嚴粲曰、變風之體、意在言外、有全篇首尾皆託之他詞、但中間冷下一二語、自然使人默會、如此詩自猗嗟而下、句句稱美處、節節是歎息不滿處、詞不急迫、而意深切矣、

猗嗟三章章六句

箋曰、顧廣譽曰、莊於始生舉大子禮、儲位早定、桓死莊卽立、魯請以彭生除惡、而齊殺彭生、其心猶有畏於魯也、莊之元年春、正距桓宛已歷三時、姜猶留齊不敢歸、歸而魯人責以大義、旋卽孫齊、至二年爲禚之會、姜始肆行無忌、故始之通桓縱之、後之姦莊成之也、顧氏日知錄述劉原父說、左氏曰、夫人孫于齊、不稱姜氏、絕不爲親、禮也、謂魯人絕文姜、不以爲親、乃中禮爾、夫文姜之反於魯、必其與公之喪俱至、其孫于齊、爲國論所不容而去者也、於此而遂絕之、則臣子之義伸、而異日之醜行、不登於史策矣、莊公年少、當時之臣、不能堅持大義、使之復還於魯、憑君母之尊、挾齊之强、而恣睢淫佚、遂至於不可制、易曰、君子以作事謀始、左氏絕不爲親一言、深得聖人之意、顧氏此言、尤爲探原之論、陸氏詩學亦曰、夫人親與

乎弑、如鄭莊之寘姜氏於城潁而誓之、乃爲權而得中、趙氏所云誠敬以事母、威刑以馭下、第可施於穆姜、非所施於文姜也、意與顧合、乃其禍端則桓實成之、申繻曰、女有家、男有室、無相瀆也、易此必敗、使魯桓能用其言、亂何從生、故曰、禮之防人也徼、其止邪也於未形、集傳備載始末於南山篇後有以也、

齊國十一篇三十四章百四十三句 箋曰、延文本、十下有有字、

魏葛屨詁訓傳第九　毛詩國風

箋曰、漢書地理志・河東郡河北詩魏國、輿地廣記曰、河中府永樂縣、古魏國漢河北縣、唐分芮城、置永樂、唐河中府治河東縣・卽今山西蒲州府治永濟縣也、永樂故城在今永濟縣東南百二十里、又南卽解州芮城縣也、魏在商爲芮國地、與虞爭田、質成於文王、至武王克商、封姬姓之國、改號曰魏、左傳襄二十九年晉叔齊云、虞虢焦滑霍揚韓魏皆姬姓、因此知與周同姓、其爲何人之後則莫得而詳也、春秋魯閔公二年、周惠王之十七年、晉獻公滅魏、以爲畢萬采邑、後萬子孫與韓趙分晉、是七國之魏、爲畢公高之後也、劉瑾以爲魏始封爲文王子畢公高之後、此悞以七國之魏爲十五國風之魏矣、左傳僖二十四年・富辰歷數文之昭十六國、有畢無魏也、史記魏世家言、武王封畢公高於畢、後絕封爲庶人、或在中國、或在夷狄、不言封魏也、畢在長安縣西北、魏在河東、截然兩國也、成康時・畢公以三公爲東方伯、又受保釐之命、書顧命康王之誥畢命諸篇、紀其事皆稱畢公、則不改封於魏可知也、水經注云、魏國故城、西南二面並去大河二十餘里、北距首山十餘里、處河山之間、土地迫隘、是魏國在雷首之南、鄭譜以爲在雷首之北、恐誤、檜者鄭滅之、魏者晉滅之、二國滅久、文獻無徵、故時世無傳、魏滅入晉、故附於唐之前、蘇氏曰、魏地入晉久矣、其詩疑皆爲晉而作、此說不然、左傳季札觀樂曰、爲之歌魏、又曰爲之歌唐、足明魏詩作于魏、非爲晉而作矣、若魏詩爲晉而作、猶邶鄘之爲衛而作、則彼曰爲之歌邶鄘衛、此亦應曰爲之歌唐魏矣、況魏諸詩、葛屨刺褊、汾沮洳刺儉、園桃陟岵爲國小而役于大國、絕異晉獻以後氣象、又魏與唐接壤、唐諸詩或刺僖、或刺昭、僖公昭公皆在晉獻以前、而變風已作、則魏之變風、何必不作在晉獻以前哉、班志云、魏在晉之南河曲、故其詩曰彼汾一曲、寘諸河之側、此爲詩作於魏世之明驗、至彼汾之公路公行公族、後儒以宣二年傳晉成公宦卿適子爲公族、餘子爲餘子、庶子爲公行、因以彼汾之公行公族爲晉官、而疑實晉詩、夫吳有太宰、陳鄭宋魯亦有太宰、鄭有少正、魯亦有少正、晉有公行、齊亦有公行、見於荀子大略篇、安見晉有是官、而魏必無之、況魏滅于春秋閔元年、至宣二年凡五十有四年、晉始有公行公族之官、當其時晉承文公之覇、雄長諸侯、視晉獻時更異、又接靈公之侈、必無采莫采桑儉以能勤之事、則公族公行之爲魏官、而魏詩之非爲晉作、信矣、

葛屨。刺褊也。 箋曰、刺褊者刺俗也、褊與儉異、儉本美德、儉之失乃爲褊、褊者瑣屑蹙迫之謂、今以佩象揥之貴、而冬服夏屨、責未成之新婦爲不急之賤工、則其鄙猥甚矣、此其褊心所爲、詩之所明言也、歸本於其君儉嗇褊急無德教以將者、詩之所未及言、廣序爲原其意云爾、民俗巧利、非甚弊俗、蓋國奢則示之以儉、國儉則示之以禮、轉移之權、操乎君上、故廣序專爲君言也、 **魏地陿隘。其民機巧趨利。** 箋曰、地陿則耕作無所、衣食不足、其民爲機變之巧以射利、亦自然也、陿音洽、隘於解反、 **其**

君儉嗇褊急。而無德以將之。箋曰、將·德將無醉之將、帥也、機巧趨利、則其君當以德敎率下、乃儉嗇不能施、褊急不能容、務小利而不能振國俗、所以刺也、是序曰無德、次曰不得禮、次曰無德敎、與季札所謂以德輔此明主也、正相符合、嗇音色、延文本、德下有敎字、之下有也字、

糾糾葛屨。可以履霜。糾糾猶繚繚也、夏葛屨、冬皮屨、葛屨非所以履霜、摻摻女手。可以縫裳。摻摻猶纖纖也、婦人三月廟見、然後執婦功、要之襋之。好人服之。要·褸也、襋·領也、好人·好女手之人、〇糾吉黝反、摻所銜反、襋紀力反、延文本、傳霜下、之人下、並有也字、

箋曰、小雅大東亦有首二語、彼以貧乏、此以儉嗇、其意正同、皆實賦其事、此言男子穿糾糾繩繚之葛屨也、朱傳以爲興、不是、說文斗部云、斗·相糾繚也、又云、糾·繩三合也、糸部云、繚纏也、史記屈賈傳索隱·引通俗文合繩曰糾、後漢書張衡傳注、糾·纏結也、以葛爲屨、必糾合而纏結之、朱傳因繚字通爲繚戾寒涼意、以合下履霜、然此四字乃霜空秋氣之云、非所以言屨者也、〇摻摻女手、摻摻爲女手之狀、則爲纖細之貌、文選古詩十九首纖纖出素手、注引韓詩作纖纖、文選上林賦嫵媚纖弱、注、纖弱謂容體纖細柔弱也、纖纖女手、猶言此纖細柔弱之女手耳、纖細柔弱之女手、卽使之縫裳、言其勤也、傳

云糾糾猶繚繚、摻摻猶纖纖、皆以今語釋古語、糾繚疊韻、摻纖雙聲、韓詩作纖、乃以訓詁字代經文耳、可以縫裳者兩可字、正與衡門之下可以棲遲・泌之洋洋可以樂饑之可同、婦人入夫家、三月而廟見、然後執婦功、未三月未成爲婦、今言女手、是未成婦也、若舅姑在、亦三月而後助祭于廟、未助祭亦未成婦、今謂可使未成婦縫裳者、利其事也、下言要襋、兼衣裳言、而上止言縫裳者、詩以裳與霜韻、故言裳以該衣、非謂女專縫裳也、○要之襋之者、要、裳要也、襋、衣領也、猶曰裳兮衣兮、之字鸐之鴿之一例、要襋卽成衣裳之事、要與縫裳非兩事、安井氏曰、上四句是虛序、以述魏俗、其俗如是、故要之襋之、便使未廟見之好人服治之、此則實序也、上虛序、故云可以、此實序、故云要之襋之、此說是也、傳要褄也者、玉篇、褄・襻也、類篇・衣系曰襻、據此知褄是系、猶今人言紐、非人身要領之要、又非衣之要、鄭箋云褄也領也在上者、要領皆以他物聯合於衣裳者、故云謂屬著之、觀褄也領也、卽承傳文、而以在上及屬著申釋之、益知此褄非指衣之要、若衣身之要、但當云縫紩緶緝之、不得言屬著矣○好人服之、古亦有以美人佳人爲男子之稱者、然美與佳本有大訓、此好人只當作容好解、方言、自關而西秦晉之間、凡美色或謂之好、是也、服之言事也、傳云三月廟見者、禮記曾子篇、孔子曰、三月而廟見、稱來婦也、白虎通義嫁娶篇・婦入三月、然後祭行、舅姑既沒、亦婦入三月奠采于廟、三月一時、物有成者、人之善惡可得知也、然後可得事宗廟之禮、安井氏曰、雖有舅姑、三月必見祖廟、故曾子問及此傳、皆言三月廟見、或疑士一廟無祖廟、不知婦之祖廟卽舅姑之禰廟、不始妨三月廟見也、好人提提。宛然左辟。佩其象揥。提提、安諦也。宛、辟貌。婦至門、夫揖而入、不敢當尊、宛然而左辟、象揥所以爲飾、維是褊心。是以爲刺。○提徒兮反、宛於阮反、辟音避、揥勑帝反、延文本、揥作楴、

傳同、傳貌下、飾下、並有也字、傳婦下、有人字、

箋曰、提爲媞之假借、釋訓、媞媞·安也、郭注見詩卽此詩、媞媞爲安諦、正義引孫炎曰、提提行步之安也、傳言安諦·謂行步安舒而審諦也、宛然左辟、宛有委曲順從之義、古人以右爲尊、故讓者避右就左、傳箋以好人爲女稱、女爲未成婦稱、但左辟未協、曲禮客還辟辟拜大射儀賓辟、注云、辟·逡遁不敢當盛、蓋禮婦始見舅姑、拜於阼階、以著代也、左者阼階而辟之、言讓如此、似更於新婦義備○佩其象揥、揥所以搔首、亦所以爲飾、用象爲之、佩猶飾也、西京雜記言、武帝宮人搔頭皆用玉、後世亦有玉搔頭之語、搔頭正揥髮之義、蓋揥之遺制、朱傳訓好人猶大人、遂謂古人男亦有髮、象揥非必定爲女飾、然徧考諸經、男子無佩象揥之制、況爾雅說文、媞媞从女、則好人爲女子可知、佩其象揥、又與君子偕老象之揥也文符、明是女子尊貴之飾、且以提提云云爲大人威儀服飾之美、則揆諸上之履霜下之褊心、亦不甚協、傳義不可易也、魯語·公父文伯之母曰、卿之內子爲大帶、命婦成祭服、列士以下加之以朝服、自庶士以下皆衣其夫、好人提提三句、新婦初入門拜舅姑事、言是女容飾之盛如是、卽卿大夫之妻未成婦、而其夫遽使服縫衣裳之功、所

以爲褊心而可刺、○維是褊心、漢石經魯詩殘碑、維作惟、經典維惟二字皆通作語辭、東晉古文尚書禮記竝用惟字、左傳論語又通用唯字、毛詩爲古文、多作維、三家爲今文、多作惟、是古今字之異、維是卽指上女手縫裳言之、言女子始嫁治其禮儀如此、而遽可使之縫衣裳乎、魏俗如此、由其用心褊急、吾是以刺之、褊心斥魏俗、未是斥君、魏之褊急不止此人、卽此人之褊亦不止使新婦縫裳一事、而舉一事、可以見其人、舉一人可以見其餘也、風人從無說出所以刺之之故、而此詩明言之者、以儉本美德、原無可刺、儉而太過至於褊急、則不能無譏矣、詩人之意、正使後世驕侈惰慢者、不得以是詩爲口實也、

葛屨二章一章六句一章五句

汾沮洳、刺儉也。其君

箋曰、釋文作其君子、云一本無子字、是陸氏以有子字者爲正矣、正義云、王肅孫毓皆以爲大夫采菜、崔靈恩集注序、亦作君子儉以能勤、今定本及諸本序直云其君、義亦得通、孔云義亦得通耳、其所從本與王肅孫毓集注序同、詩所指當卽指貴官、故舉公路公行以例之、言與其職不相稱耳、魏卽儉嗇、亦何至以國君而躬身采菜哉、作君子爲是、延文本亦有子字、

儉

以能勤。刺不得禮也。

箋曰、非刺儉也、刺其不得禮也、蓋儉勤與儉嗇異、儉而有禮、與儉而不中禮者又異、

蓋儉勤者儉以持己、而所以奉上惠下者不嫌豐、儉嗇者吝於與人、而所以持身涉世者無不隘、儉而有禮者、儉其所當儉、如禹之菲飲食・惡衣服・卑宮室、是也、而孝鬼神、美黻冕、於禮所不當儉者、必有以協於中、儉而不中禮者、如魏之葛屨履霜、彼汾采莫是也、而異公路、異公族、異公行、於禮所不當儉者、無一不趨於簡、魏非儉以能勤之失、乃儉而過嗇之失也、亦非僅儉嗇之失、乃儉而不中禮之失也、

彼汾沮洳。言采其莫。汾、水也、沮洳、其漸洳者、莫、菜也、**彼其之子。美無度。美無度殊異乎公路。**路、車也、○汾扶云反、沮子豫反、洳如豫反、莫音暮、延文本、車下有也字、

箋曰、傳以汾爲水名、地理志・大原郡汾陽北山汾水所出、西南至汾陰入河、汾陰漢屬河東郡、今山西蒲州府榮河縣、水經注・汾水西逕耿鄉城北、古耿城在河津縣東南十二里、自河津縣西南至榮河縣九十里、河津爲耿地、則魏境不得踰汾矣、蓋魏國之境、狹而長也、詩曰彼汾一曲者、汾水入河之處、稍折而西南、自南望之爲汾曲也、蓋汾・晉水也、魏北汾西河、汾逕西南以入於河、則汾曲卽河曲矣、西境言河、北境則言汾耳、魏都芮、蒲坂已爲魏之北境、蒲州至榮河縣百二十里、汾水尙在縣北、擧汾言者、水經・河水南出龍門口、汾水從東來注之、其自龍門以至華陰、皆汾水入河所會流、故詩擧晉水爲言、其實魏無汾也、沮洳・水浸處、下濕之地也、蒼頡篇・沮者漸也、沮漸同義、故傳謂沮洳卽漸洳、說文、溼・漸溼也、溼卽洳字、列女傳仁智篇・河潤九里、漸

洳三百步、廣雅釋詁、漸洳・溼也、桓三年左傳・曲沃武公伐翼逐翼侯於汾隰、杜注・汾隰、汾水邊、史記晉世家作汾旁、汾沮洳猶之汾隰汾旁矣、言采其莫者、有公路就汾水漸濕之處、而手自采是菜、以供家啖、猶臧孫織蒲之意也、陸璣曰、莫・莖大如箸、赤節、節一葉、似柳葉、厚而長、有毛刺、今人繅以取繭緒、其味酢而滑、始生可以爲羹、又可生食、五方通謂之酸迷、冀州人謂之乾絳、河汾之間謂之莫、本草羊蹄、陶隱居注云、又有一種極相似而味酸、呼爲酸摸、與陸疏言酸迷者同、是酸迷一名酸摸、省言之則曰莫、莫又轉無、爾雅釋草・須薞蕪、郭注・似羊蹄、葉細味酢、可食、薞蕪卽酸摸之轉音、正此詩莫菜也、○美無度者、儉以能勤、寔是美德也、故先揚之、而後抑之、鄭箋曰、美無有度言不可尺寸、度當讀如尺度之度、地官大司徒、施十有二教、九曰以度教節、則民知足、無度則不知足、得寸則寸、得尺則尺、不可限量、卽是儉不中禮之意、下二章美如英美如玉、猶言虛有其表也、正義以爲其美如是、信無限度、殊失鄭意、○殊異乎公路者、殊亦異也、乎猶於也、儉勤雖大禹遺風、身居公路之官、自執卑賤之事、與細民爭利、此所謂不得禮者、而與孟獻子所謂畜馬乘不察於雞豚者異矣、亦與公儀子爲魯相、拔園葵出織婦相反、不似夫貴人也、故曰殊異、公路者掌公之路車、君行乘公之屬車而從、所謂秏車亦屬車之一矣、周官巾車掌王之五路、車僕掌戎車之倅、分路車戎車爲二、此詩亦分公路公行爲二、公路掌德車、主居守、公行掌戎車、主從行、閔二年左傳・晉太子申生伐東山皐落氏、羊舌大夫爲尉、大戴記衞將軍文子篇、言羊舌大夫爲公車尉、盧辨注・公車尉公行也、此公行掌戎車之證、宣二年左傳宦卿之適子以爲公族、又宦其餘子、亦爲餘子、其庶子爲公行、餘子是適弟之稱、杜注以旄車爲公行之官、正義因以公路公行爲一官、不思左傳果以趙盾爲公行、何以不直曰公行、而曰爲旄車之族、鄭以公路爲主旄車之官、蓋亦無他證、然左傳有爲旄車之族之文、魏者晉之因國、官制當有仍其舊者、因以公路爲主君之旄車、而引趙盾之事以實之、其說應不謬矣、左傳有餘子而無公路、此詩有公路而無餘子、公行以庶子爲之、公路較公行爲尊、當即以餘子爲之、餘子主公路、而不以公路名、猶公行主庶子、而不以庶子名、趙盾本卿適、今以公族讓屏季、是讓適、而已爲餘子也、則固宜得公路矣、不應更下爲公行以就庶子之列、杜之謬解、宜据詩以訂正之、公路公行、周官無文、不得不以左傳釋之、左傳先言晉驪姬之亂、詛無畜羣公子、自是晉無公族、成公卽位、始立此三官、疑魏之公路公行公族、亦皆以同姓爲之、末章傳云公族公屬、亦謂公族屬也、然魏制亦未必盡同於晉、惟三章自當各爲一官、必謂公路即公行、則孔疏之誤耳、

彼汾一方。言采其桑。彼其之子。美如英。萬人爲英、美如英。殊異乎公行。公行、從公之行也、

箋曰、公行在一方、我自一方望之、史記扁鵲視見垣一方人、司馬貞注、方猶邊也、言能隔牆見彼邊之人也、言采其桑、采桑妾婦之事也、非公行熊羆之

任也、夫儉以能勤、而不顧禮、則苟可以得者無不爲也、采莫采桑、詩人特擧其一事耳、○美如英、英・華也、顏如蕣英之英、美無度與美如玉・皆以器物爲喩、不得謂英獨指人、如英猶云如玉、變文以協韻耳、○殊異乎公行、公行於路車無與焉、與公路明是別官、二官據左傳而擬其貴賤可也、然以晉成公時事、遡而斷卿之餘子庶子不可也、

彼汾一曲。言采其藚。藚・水舄也、**彼其之子。美如玉。美如玉殊異乎公族。**公族・公屬也、○藚音續、舄音昔、延文本、屬下有也字、

箋曰、公族在水曲流處、而采筆頭菜也、藚俗名杉菜、其花穗曰土筆、釋草曰、藚・牛脣、郭注曰、水蕮也、如續斷寸寸有節、拔之可復、○殊異乎公族、安井氏曰、傳云公族公屬、則毛以公族爲與公有族屬者、蓋謂貴介公子而親采藚以爲菜、刺其儉不知禮也、鄭以上公路公行有職掌、爲此公族亦有所掌、非毛意也、此說得之、詩人之意猶曰貴介如此、爲岷庶者當何如、難乎其爲下也、在位如此、爲其君者亦復可知、所謂半身美人、於不畫處著精神者、刺在位、卽所以刺君、三章皆有公字、亦詩人風規之巧也、朱傳云、公族掌公之宗族、晉以卿大夫之適子爲之、此說謬、蓋前時晉君出行、群公子輩從行護衞、尤親密、如後世所謂親隨、獻惠以後不畜群公子、於是親隨無人、至成公之時、署卿之適爲親隨、如前時群公子之職、故命其官爲公族、志舊職也、是攝

代公族之義、左傳所謂公族大夫是其長官矣、總衆公族者也。

汾沮洳三章章六句

園有桃。刺時也。箋曰、刺時政也、大夫憂其君國小而迫。箋曰、迫于大國也、魏與秦晉接境、後爲晉獻所滅、而儉以嗇。不能用其民。箋曰、民懷惠者也、其君儉嗇、而民不爲之用、而無德教。日以侵削。箋曰、二而字相對、國雖小迫、而儉嗇不能用民、又無德教、故國日見削也、曰迫、曰侵削、以示心之憂四出之意、故作是詩也。箋曰、首三篇魏之所以削小也、次二篇言其削小也、又次二篇儉嗇之弊、遂貪以亡也、

園有桃。其實之殽。興也、園有桃其實之食、國有民、君得其力、心之憂矣。我歌且謠。曲合樂曰歌、徒歌曰謠、不我知者。謂我士也驕。彼人是哉。夫人謂我欲何爲乎、子曰何其。心之憂矣。其誰知之。其誰知之。

蓋亦勿思。○殽音爻、摺本、傳無君字、

箋曰、比也、園之有桃、以喻國之有民、桃實之可肴者、以培植灌漑之故也、以喻下民之力得爲國用者、以有德教治之故也、釋文殽本作肴、殽者肴之叚借、賓之初筵篇殽核、傳殽豆實也、以與核對文、此傳但以食解肴、卽彼箋云非穀而食之曰肴也、說文、肴・啖也、蔡邕注典引云、肴・食也、傳食字一本作殽、非也、此傳以食解殽、非複舉經文、呂記引傳文亦作園有桃其實之食、安井氏曰、國有民、得其力人君所務、而魏君儉嗇不施恩、不能用其民、猶園有桃不能食其實、乃後世所謂反興也、傳意與序合、鄭云薄公稅省國用、是乃明君之事、詩人何以刺之、至云不取於民食園桃而已、則天下古今寧有此事乎、蓋儉嗇者規模狹小、不能施恩澤於民、而又無德教以將之、此所以不能用其民也、序傳之言、深得經意、○我歌且謠、歌謠猶墓門歌以訊之、長歌哀謠以風於人也、歌而且謠者、只是不一歌而足之意、詩唯舉食桃、而下述何限憂心、是不易曉、故序數國將覆亾之勢、使人曉大夫所以大憂也、傳云曲合樂曰歌者、周語瞽獻曲、韋注、曲・樂曲、此曲之義也、樂卽琴瑟、行葦傳曰、歌者比於琴瑟是也、歌謠對文則別、散則歌爲總名、未必合樂也、○不我知者、猶論語云不患莫己知、古人自有倒語耳、謂我士也驕、我字讀斷、鴻雁曰謂我宣驕句法同、士爲人臣之通稱、尙書秦誓疏云、士者男子之大號、臣通稱之、是也、驕猶傲、偃蹇之謂、指歌謠而言、不我知者咎我曰、士也傲人矣、或曰我士與彼人對稱、彼人謂所刺之人、我士卽詩人自謂也、謂我士也驕、設言

旁人以我指斥時事爲過甚有似於驕、安井氏則曰、鄭風褰裳豈無他士、傳云、士事也、此不訓士字、則亦以爲事矣、蓋傳意指上歌謠爲我事也、言不知我者、謂我驕於世、故唯事歌謠也、又曰、傳合釋四句夫人在謂字上、則指不知我者爲夫人、非釋經彼人也、夫人謂我欲何爲乎、則以彼人所爲爲是、是彼人指君與用事者甚明、故傳不復釋焉、鄭恐後人以傳夫人爲釋經彼人、故云彼人謂君也、乃申毛義、非易傳也、以上二說皆通、是・蹔也、曰語詞也、彼人是哉設爲不我知者之言、言彼人所行、未爲非也、子憂之何乎、何其與何居同、史記集解引鄭注尙書若之何其云、其・語助也、齊魯之間聲如姬、與檀弓何居注云居讀如姬姓之姬、齊魯之間語助也正同、言彼人節儉、有何不韙、子之歌謠、果是何故邪、二句表儉嗇成俗、人皆以織蒲種葵爲是耳、再言心之憂矣、比前又進一步、因人之議我、而益重其憂也、其誰知之、疊一筆淒然、安井氏曰、忠臣憂國、而世無知己者、其憂無聊、實有難爲心者焉、蓋亦勿思、歎其不可如何之辭、非恐得罪而自止也、或謂、衆人不知我憂者、蓋亦以弗思之耳、苟能思之、人皆知我所憂矣、義雖可通、頗傷於輕脫、息軒說是也、魏小而偪於大國、事有可憂、而當國者不知、且自以爲是也、附和者同聲是之、有知而憂之者、且羣起而非之、於是無識之人、隨俗浮沈、置是非於不問、而可憂之事、果無有知之者矣、其敝皆由於膜視國政、而不與分憂、以至此也、庸臣誤國、大抵如斯、

園有棘。其實之食。棘・棗也、**心之憂矣。聊以行國。不我知**

者。謂我士也罔極。極，中也。彼人是哉。子曰何其。心之憂矣。其誰知之。其誰知之。蓋亦勿思。

箋曰、棗樹高、故从重朿、棘叢生、故从並朿、對文則異、散文則棘亦訓棗、周官外朝三槐九棘、孟子告子篇養其樲棘、並通以棘爲棗、與此詩同、據下言其實之食、故知棘卽棗、不與凱風之棘、青蠅之止于棘、楚茨之抽其棘類也、古人愛棗、爾雅載棗十一種、夏小正豳詩並有剝棗、史記·應侯因秦飢請發五苑棗栗、可概見矣、聊以行國、聊·且略之辭、安井氏曰、憂悶無聊之時、散步自寬、人之常情也、鄭以爲觀民事、拘矣、○謂我士也罔極、廣雅、極·已也、罔極謂求責之無已也、衆皆咎我滋甚、曰士也歌謠、蔑上傷俗、是舉一國而無知我憂者也、甚言弊俗滔滔以結之、故下只反覆前章、是詩人命意所存、牛運震曰、此詩之義、後惟李翺幽懷賦·與歐陽文忠跋文足稱同心、歐文云、予最後讀幽懷賦、然後廢書而嘆、嘆已復讀不自休、恨翺不生于今、不得與之交、又恨予不生翺之時、與翺上下其論也、其賦曰、衆囂囂而雜處兮、咸嘆老而嗟卑、視予心之不然兮、慮行道之猶非、又怪神堯以一旅取天下、後世子孫不能以天下取河北以爲憂、嗚乎、使當時君子皆易其嘆老嗟卑之心、爲翺所憂之心、則唐之天下、豈有亂且亡哉、然翺幸不生今時、使見今之事、則憂又甚矣、奈何今之人不憂也、余行天下、見人多矣、脫有一人能如翺憂者、又皆疏遠與翺無異、其餘光榮而飽者、一聞憂世之言、不爲狂人則以病癡、不怒則笑之矣、嗚呼在位而不肯自憂、又禁他人使皆不得憂、可嘆也夫、嘗謂歐公一生心事、皆在此文、而於懷人憂世之志、一篇之中、三致意焉、其小雅之遺音與、讀園桃詩、知古今人有同慨云、

園有桃二章章十二句

陟岵。孝子行役思念父母也。國迫而數侵削。箋曰、日以侵削、將侵而亡之辭也、數侵削、皮幣玉帛不得免之辭也、卷子本旁注云、本或作國小而迫數見侵削者誤、役乎大國。箋曰、爲大國所徵發、此魏國所以有征役也、父母兄弟離散。而作是詩也。箋曰、凱風美孝子、所以示淫風流行也、雅有蓼莪刺幽王也、魏風有陟岵、豈唯爲一孝子而錄乎、

陟彼岵兮。瞻望父兮。山無艸木曰岵、父曰嗟予子。行役夙夜無已。上慎旃哉。猶來無止。○旃·之、猶·可也、父尚義、○岵音戶、旃之然反、延文本、傳之下、義下、並有也字、

箋曰、彼岵彼屺非一山也、有跋涉升降日遠庭闈之意、客路悠遠、行行不已、每至山高望豁處、乃顧瞻故鄉、悄然之心生焉、昔狄仁傑登大行山、望白雲而思其親之在下者、是也、孝子至情、全在瞻望二字、其親之念已祝已、俱從望中想像出來、蓋岵父・屺母・岡兄・皆以諧聲起義、陟岵則思父、陟屺則思母、陟岡則思兄、聲音之道、與人心通、屬辭之意、可見矣、爾雅多草木岵、無草木峐、與毛傳相反、馬瑞辰曰、說文、岵・山有草木也、屺・山無草木也、玉篇廣韻並云、岵・山多草木也、屺・山無草木也、玉篇廣韻兼取爾雅說文、說文多本毛傳、爾雅說文既同、則今本毛傳相反、爲傳寫之誤無疑、釋文云、王肅依爾雅、疑王肅所見毛詩未誤、本同爾雅、非必王肅依爾雅改也、釋名・山有草木曰岵、岵者怙也、人所怙取以爲事用也、山無草木曰屺、屺・圮也、無所出生也、釋名之說亦當本之毛傳、足證正義本傳寫之譌、屺爾雅作峐、爾雅釋文・引三蒼字林聲類並云、峐卽屺字、蓋古音讀亥如已、故通用、峐之言荄、基也、基荄初具、未有草木也、此當以爾雅說文釋名爲正、○父曰嗟予子、此五字句、子與已止韻、次章季寐棄韻、三章弟偕死韻、行役夙夜無已六字句、無已・行而不已也、小雅北山或不已于行、箋云、不已猶不止、義與此同、○上愼旃哉、隸釋載熹平石經殘碑・上作尙、足證上爲尙之假借、儀禮鄉射禮上握焉、注・今文上作尙、覲禮尙左、注・古文尙作上、此可見古文多借上爲尙、論語草上之風、孟子滕文公上作尙、論語亦古文也、又足爲毛詩多古文之證、尙者庶幾也、夫軍旅之際、原不可貪生而失之怯、亦不必輕生而傷於勇、此其道惟在於愼、愼之云者、詳審而斷以義也、旃字左傳多出、爲之焉之合聲、故此傳訓之、罙苓箋訓焉、○猶來無止、言猶且來歸、勿久淹於遠方矣、猶來云者、原非期以必來也、義猶可來乃望其來、蓋欲其立功而生還、非敎以貪生而苟免也、猶來無止、作兩句讀、父曰母曰之文、繫於陟山瞻望之下、明不必父母之有是戒、而孝子曲體親心如是也、不直述己所以念親之意、而反想像其親念己祝己之言、所以存諸心者益切、不言己之自愼、而言親之欲其愼、則所以保其身者益至、由是推之、親或不幸先亾、亦安往不可想像哉、嗟乎此古人所以一出言不敢忘父母、一舉足不敢忘父母者也、

陟彼屺兮。瞻望母兮。山有艸木曰屺 **母曰嗟予季。行役夙夜無寐。**季・少子也、無寐無者寐、 **上愼旃哉。猶來無棄。**母尚恩也、○屺音起、者常志反、延文本、傳寐下有也字、

箋曰、詩人自季子、瞻望兄之語、可以見矣、尤憐愛少子者婦人之情也、○夙夜無寐、卽早起晏寢也、故傳云無者寐也、者與嗜通、言役事鞅掌、不遑安寢也、望父望母望兄、望中有無限瞻依光景、却想出一段叮嚀告戒苦心、不脫一愼、愼功名以報國、愼忮求以交友、愼飢渴以保身、愼固遠行護身符也、曰無已、曰必偕、是王事靡盬、從事勤勞、男子行役本色語、至曰無寐、思及寢處、依然襁褓時至情、體驗親心、一至于此、○猶來無棄、棄・言棄母而不歸也、

陟彼岡兮。瞻望兄兮。兄曰嗟予弟。行役夙夜必偕。偕俱也、上慎旃哉。猶來無死。兄尚親也、

箋曰、山脊曰岡、岵也屺也岡也、皆山之高處、而可以瞻望者、詩人各取其一以協韻耳、因父母而念其兄、骨肉至情、葛藟亦以父母與昆爲三章、○夙夜必偕、謂必與其儕同作同止也、必與衆偕、則不得獨息、而百事多厭煩、亦憐之也、○猶來無死者欲生還也、曰止曰棄者、體父母之心、不忍正言子之死、但恐其久止於外、或其不歸耳、於兄始正言之、以著客死亦多也、

陟岵三章章六句

十畝之間。刺時也。箋曰、是時民有離散之勢、而上不省、故風之、言其國削小。箋曰、釋十畝也、前序曰魏地陿隘、次曰國小而迫、次曰國迫而數侵削、此曰國削小、立辭皆變、民無所居焉。箋曰、釋行與子逝兮也、經之十畝甚言之、故是句亦甚言之也、安井氏曰、古者諸侯各家其國、子其民、恩情結於下者數百年、自非暴虐殘酷之君、民亦親之如父母、非後世守令朝來暮去者之比、此封建之所以勝郡縣也、朱熹習見郡縣之俗、以國削民稠爲無理、何其不通情理之甚也、晉雖取魏、而地名仍舊、不

妨稱居其地者爲魏人、共滕二國衞所亡、爲衞邑已久、而其渡河東徙、傳云益之以共滕之民、春秋之時、此例極多、而李黼平以文十三年傳稱魏人爲晉之證、踈矣、

魏民不遷于

十畝之間兮。桑者閑閑兮。閑閑然。男女無別往來之貌、行與子還兮。

或行來者、或來還者、○傳貌下、延文本、有也字、傳來字、延文本作桑、

箋曰、釋文畝古作畮、俗作畝、皆同、司馬法云、六尺爲步、步百爲畮、畮百爲夫、十畝之間、只是桑生之地也、漢書食貨志曰、田中不得有樹、用妨五穀、據此則古者農田不樹桑、而詩言畝、又言桑、故張橫渠謂、周制、國郭之外、有聽爲場圃之地者、疑家授十畝以毓草木、朱傳卽本此爲說、無稽不可從、呂氏云、橫渠謂魏地侵削、外無井授之田、徒有近郭園廛而已、是亦不然、果如是、民將何所食乎、況詩所謂十畝者、特甚言之耳、未可以爲定數也、劉克謂、名詩以十畝之間者、如孟子五畝之宅、合二家所受則爲十畝爾、殊不知以制度言之、五畝之宅、樹牆下以桑是也、邑里間空間之地、往往樹桑以共蠶事、亦無妨、何定制之有、桑地十畝而成一區域、甚言其陋小也、要之風人情性之言、不必屑屑求合、詩中言多則曰則百斯男、言少則曰靡有子遺、言廣則曰日開國百里、言窄則曰一葦杭之、十畝亦此類也、桑者采桑者也、古西北之地多植桑、與今絕異、故指男女之私者、必曰桑中也、釋文、十畝之間、與閑閑

字竝从月、云閒閒音閑、本亦作閑、漢賈誼傳注、閒讀曰閑、疏廣傳注、閒卽閑字也、曲禮疏云、閒謂淸閑也、然閒可通作閑、而防閑馬閑、不得通作閒、義有異同也、葢閑閑無事之貌、國削小、田畝不足耕墾以居生、卽桑亦無多、故桑者亦閑閑無事矣、傳解閑閑之義曰閑閑然男女無別往來之貌者、下章泄泄爲多人之貌、此閑閑義當略同、惟其地隘人多、故閑閑然男女無別、莊子齊物論・大知閑閑、小知閒閒、釋文引簡文云、閑閑廣博之貌、閒閒有所閒別也、然則廣博者無所閒別、與此傳閑閑爲無別、義亦有合、皇矣臨衝閑閑傳云、閑閑動搖也、此閑閑往來者、亦羣動紛紜之意、故廣雅云、閑閑盛也、然似非經旨、○行與子還兮、行猶去也、還・還家也、桑者相告曰、子去則我亦偕還矣、呼侶以歸、無所聊也、

十畝之外兮。桑者泄泄兮。 泄泄・多人之貌、 **行與子逝兮。** ○泄以世反、泄泄唐石經作洩、傳同、延文本、傳貌下有也字、

箋曰、在外者・非來采者則采而歸者矣、但在桑地左右卽是、非隣圃之謂、泄泄、怠沓弛緩之貌、采桑雖多、人亦皆怠矣、傳訓泄泄爲多人貌者、大雅泄泄、傳云泄泄猶沓沓也、與孟子同、孟子所謂沓沓・疑亦誻誻之叚借、荀子正名誻誻然而沸、注、誻誻・多言也、此與雄雉泄泄字異、與板泄泄同、當訓多言貌、多言由於多人、故此傳以泄泄爲多人也、又傳前云男女無別、卽可見其多人、此云泄泄多人、又可見其無別、二傳互相足也、○行與子逝兮、上傳云、或

行來者、或來還者、是傳解逝爲往、逝與還文義相反、民怠而不懷生、既有離散之勢、碩鼠呼大邦爲樂土、則十畝之爲苦境、誰安居之、故序云民無所居、以示含相携而去之意、

十畝之間二章章三句

伐檀。刺貪也。箋曰、儉嗇之弊、遂至於貪、在位貪鄙。箋曰、因懸貆懸鶉、無功而受祿。箋曰、因取禾、君子不得進仕爾。箋曰、因首三句、夫魏有君子而不見用、所用者皆尸位之流、時事不可爲矣、文選上林賦注・張揖引齊詩曰、伐檀刺賢者不遇明主也、漢書王吉傳、吉上疏曰、今使俗吏得任子弟、率多驕驁、不通古今、至於積功治人、無益於民、此伐檀所爲作也、宜明選求賢、除任子之令、王吉習韓詩、見儒林傳、其以伐檀爲刺不用賢、正與齊詩不遇明主同義、季札聞歌魏曰、美哉、以德輔此則明主也、歎其下多有德之士、而不知求以自輔也、蓋不遇明主者、詩人之傷賢、而貪鄙在位者、詩人之傷國、一詩函二誼也、延文本、爾下有也字、

坎坎伐檀兮。寘之河之干兮。河水淸且漣猗。坎坎・伐檀聲、寘・

置也、干・厓也、風行水成文曰漣猗。伐檀以俟世用、若俟河水清且漣猗、

不稼不穡。胡取禾三百廛兮。不狩不獵。胡瞻爾庭有縣貆兮。

種之曰稼、斂之曰穡、一夫之居曰廛、貆・獸名、

彼君子兮。不素餐兮。

素・空也、○坎苦感反、猗於宜反、貆音桓、餐七丹反、延文本、傳聲下、兩猗下、用下、名下、並有也字、行下有而字、搢本、傳曰漣猗無猗字、

箋曰、首三句比也、坎坎叚借字、此亦純借其聲、於本義無取者、漢石經魯詩殘碑欿欿伐輪兮、據此則首章三章當亦同、坎古通作欿、廣雅、欿欿・聲也、鼓聲爲坎坎、伐木聲亦爲坎坎、檀木性芳而堅、伐檀爲車、本可致遠、而寘之河干、不爲人用、喩君子負才而不得仕進、處閒散地也、河水濁而俟其清且成波文、喩君子待時也、其必取義伐檀者、爲實以古聖賢成已成物之學、厚自期待、而不肯貶屈以從時趨也、不素餐之根原、早立於此、河以濁顯、而此詩三章皆言其清、取義必在是、若止指隱居之地、則言河足矣、何必取濁水而加以清名、毛雖不言興、然云伐檀以俟世用・若俟河水清且漣、則其不以爲賦體明矣、鄭本序文、以首三句、爲君子不得進仕、中四句爲在位貪鄙・無功受祿、末二句君子・斥伐檀之人、仕有功乃肯受祿、詞旨明通、朱傳易之、直以首三句爲賦、則魏河當龍門以下濁駛之流、豈有清漣之致、若謂北人得水皆謂之河、當指北境涑澮潙汭諸水、則詩書六經言江河者、從無方言假借

渾言則獵通於晝夜、狩兼於四時、若周禮云大田獵、王制佐車止則百姓田獵、不必皆宵田也、駟鐵云從公于狩、不必皆冬獵也、貆傳但云獸名、不言貆爲何獸、草人鹹瀉用貆、鄭注以貒釋之、貒卽貛、說文、貛・野豕也、淮南修務篇、貛貉爲曲穴、又齊俗篇、貆貉得埵防、弗去而緣、高注云、貆貉・豚也、貆貉當依脩務篇作貛貉、爾雅、貒子貗、郭注、貒・豚也、一名貛、然則貛貒一也、故今從野豕解、曰爾曰彼、詩主刺貪故也、舉庭縣者、以著其貪鄙而納賄賂也、三言胡瞻爾庭、爾字顯斥貪者、朱傳以爲不獵不可以得獸、是以甘心窮饑而不悔、是竟抹去爾字矣、○彼君子兮不素餐兮、言彼河干君子、不若爾無功受祿也、是詩自旁詠君子小人之態、美高潔而刺素餐、朱傳、餐・食也、蓋餐恒食之名、所謂加餐可以見矣、素餐謂無能而食祿也、猶無功而爵曰素封、無實而空猛曰素厲也、曾國藩曰、素字與乾字白字同意、史記張湯傳・始爲小史、乾沒、服虔曰、乾沒・射成敗也、如淳曰、豫居物以待之、得利爲乾、失利爲沒、按二說皆望文生訓、非本義也、沒者沒入人之財物也、凡財物入官者曰籍沒入官、子女入宮者曰沒入爲奴爲婢、或曰沒入奚官、乾沒者謂無故而沒入人財物、晉書潘岳傳・汝當知足、而乾沒不已乎、謂無故而取高爵厚祿、當知止足也、韓愈乾愁漫自解、謂無故而自愁也、乾死窮山竟何俟、謂無故而枉死也、又有曰白者、與乾字義略相等、通鑑晉劉毅上疏、徒結白論、而品狀相妨、胡注、白・素也、又陳頵遺王導書曰、先白望而後實事、胡注・白望猶空名也、又劉裕有白直隊、杜佑曰、白直無月給之數、又元魏爾朱榮乞追贈亡者、白民贈郡鎭、胡注・身無官爵曰之白民、猶言白丁也、按白望謂無故而獲譽望也、又有曰坐者、與乾字自字素字義亦相等、後出師表使孫策坐大・遂幷江東、此謂無故而自致强大也、蕪城賦驚沙坐飛、此謂無故而自飛也、此四字注家多失之、

坎坎伐輻兮。寘之河之側兮。河水淸且直猗。輻・檀輻也、側・猶厓也、直・直波也、不稼不穡。胡取禾三百億兮。不狩不獵。胡瞻爾庭有縣特兮。十萬曰億、獸生三歲曰特、彼君子兮。不素食兮。○延文本、傳特下、有也字、

箋曰、傳云輻檀輻也者、蒙上章伐檀而言、輻在車輪中輳轂者、考工記・輪人爲輪、斬三材必以其時、輪也者以爲利轉也、輻也者以爲直指也、牙也者以爲抱固也、輪輻三十、以象日月也、老子所謂三十輻共一轂也、皆伐檀爲之、輻也者欲其直指也、故下云河水淸且直、輪取其轉、淪小風水成文轉如輪也、詩人用字之精如此、爾雅釋水・直波爲徑、直有徑遂之義、故曰徑也、釋名徑作逕、云、逕・徑也、言如道徑也、管子度地篇、水之出於山而流入於海者、命曰經水、亦謂水之直流者爲經也、徑逕經同、傳以直波釋直者、直訓徒也、徒波無風自波也、以見上章漣・下章淪・皆是水波、漣淪必言風、因風而成其大

小之波文、若直波則不必風矣、說文云、波水涌流也、○胡取禾三百億兮、鄭云、十萬曰億、三百億禾秉之數、秉・把也、謂刈禾之把數、聘禮注云、秉謂刈禾盈把、是也、𥟖以其祿言、故先之、億以秉數言、故次之、囷是積秉、故後之、是詩之叙也、數有上中下之分、有古今之異、漢徐岳數術記遺曰、黃帝爲法、數有十等、及其用之也乃有三焉、十等者億兆京垓秭壤溝澗正載也、三等者謂上中下也、其下數者十十變之、若十萬曰億、十億曰兆、十兆曰京也、中數者萬萬變之、若萬萬曰億、萬萬億曰兆、萬萬兆曰京也、上數者數窮則變、若萬萬曰億、億億曰兆、兆兆曰京也、楚語・百姓千品、萬官億醜、又曰、官有十醜・爲億醜、韋注、醜・類也、以十醜承萬、爲十萬、十萬曰億、古數也、今人乃以萬萬爲億、然則毛傳所云古數也、三百億爲禾秉之數、蓋指其露積者而言、楚茨我庾維億、傳云露積曰庾、正義以一庾之積、方一尺而長二十七萬尺、立方開之、幾六十五尺、非倉所能容、故爲露積、然則三百億者、亦極言其露積之多、萬屬十約略其辭、不比出於田而貯於倉者・數有定限、無庸疑其與上𥟖下囷之數相遼絕也、○胡瞻爾庭有縣特兮、齊風還傳曰、三歲曰肩、豳七月傳曰、三歲曰豜矣、則此傳獸三歲曰特、三當作四、說詳齊風、爾雅有豕生三豵・二師・一特之文、此家畜非田豕、傳於騶虞之豵不用爾雅、則知此詩之特、亦不用爾雅、此詩上章言貆、此章亦言獸爲是、

○彼君子兮不素食兮、食亦謂仕者俸祿也、

坎坎伐輪兮。寘之河之漘兮。河水淸且淪猗。 檀可以爲車輪、

漘・厓也、小風水成文轉如輪也、**不稼不穡。胡取禾三百囷兮。不狩不獵。胡瞻爾庭有縣鶉兮。**圓者爲囷、鶉小鳥也、**彼君子兮。不素飧兮。**熟食曰飧、○漘順倫反、囷丘倫反、飧素門反、傳車字摺本無、延文本傳車輪下有也字、小鳥也作鳥名也、

箋曰、伐檀是奇、而伐輻伐輪相偶、鈞是檀、則其爲良材一也、輪謂牙也、輪人注、鄭司農曰、牙讀如跛者訝之訝、謂輪輮也、世間或謂之罔、書或作輮、釋文・漘亦作脣、說文、脣・口耑也、漘・水厓也、口耑謂之脣、水厓謂之漘、其義一也、河水清且淪猗、釋文引韓詩順流而風曰淪、淪・文貌、順流則波恒小、亦與爾雅小波爲淪義合、釋名、淪・倫也、水文相次有倫理也、理亦順也、義正與韓詩同、○胡取禾三百囷兮、囷・圓倉也、蓋積禾秉、圓而葺屋之者、億因三十輻、囷因輪、詩人措辭之巧也、說文、囷・廩之圜者、从禾在口中、圜謂之囷、方謂之京、○胡瞻爾庭有縣鶉兮、鶉之爲鳥、人所共知、此獨訓小鳥、明其爲鷂鶉之鶉、莊子徐無鬼云、吾未嘗好田・而鶉生於宎、本是詩以爲說也、鶉爲田獵者所資取、今人捕鶉者、五更伏草中效其雌鳴、則雄者羣至、乃掩而羅之、足高者爲雄、足卑者爲雌、烹以爲羹、勝於雁鶩、內則所謂鶉羹也、○彼君子兮不素飧兮、孟子滕文公篇、饔飧而治、趙注、饔飧・熟食也、朝食曰饔、夕曰飧、此對言則異也、小雅祈父傳孰食曰饔、此傳又曰孰食曰飧、此散言則通也、蓋毛於饔飧皆謂熟而可食者、若周官掌客之飧饔、與常食不同、且多生腥、不盡熟物

也、故大東有饛簋飧、傳云飧熟食、謂黍稷也、此飧自指客禮、然毛必以孰食專屬黍稷、正由牲牢不皆熟物故耳、尤可見此但言熟食者、必非指禮食之飧矣、鄭云飧讀如魚飧之飧者、字林、飧・水澆飯也、釋名、飧・散也、投水於中解散也、玉藻疏、飧謂用飲澆飯於器中也、魚飧蓋置魚飯中、有似水澆飯者、遂名魚飧、漢書王莽傳・爲設飧粥、注云、飧古湌字、然則飧本訓夕食、其訓作以水澆飯者、皆是湌之假借、說文湌字云、餐或从水、從水者有以水澆飯之義、鄭讀飧如魚飧之飧、是以飧爲湌之假借、從三家詩今文爲訓、正義云、鄭以爲魚飧之飧、則非傳所云熟食也、且云飧爲飯之別名、試卽以飯言之、又豈得謂非熟食乎、

伐檀三章章九句

箋曰、鄒忠胤曰、魏風此詩最爲近古、大戴禮投壺篇云、凡雅二十六篇、其八篇可歌、鹿鳴貍首鵲巢采蘩采蘋伐檀白駒騶虞也、蔡操曰、古琴有詩歌五曲、鹿鳴伐檀騶虞鵲巢白駒、夫列國之詩、賦以見志者固多、被之弦歌者或少、伐檀獨與南雅並列、儀禮所謂鄉樂惟欲者、此類是邪、汪梧鳳曰、晉書樂志、魏武平荆州、獲漢雅樂郎河南杜夔、能識舊法、傳雅樂四曲、一曰鹿鳴、二曰騶虞、三曰伐檀、四曰文王、皆有聲辭、及太和中、左延年改夔騶虞伐檀文王三曲、更自作聲節、其名雖存、而聲實異、惟因夔鹿鳴全不改易、後又除古伐檀、重用鹿鳴、或以爲伐檀音節自此銷亡、不知鹿鳴

本漢章帝大樂食舉之第一曲、夔所傳者、亦漢法也、

碩鼠。刺重斂也。箋曰、國削小而上入不足、貪鄙者唯算浚民已、遂以滅亡、**國人刺其君重斂。**箋曰、是臣刺其君也、凡經傳稱國人者、皆兼臣民而言之、延文本、君下有之字、**蠶食於民。**箋曰、蠶食者、蠶之食桑、漸漸以食、使桑盡也、食黍而及麥、遂食苗、是蠶食也、國削小、民離散、皆前出、故此不言及、**不脩其政。**箋曰、能脩其政、則可以無蠶食矣、曰德、曰禮、曰德教、曰政、義各有所當、**貪而畏人若大鼠也。**箋曰、畏人是陳風愿而無立志之類、畏大國而不知國無小、自棄而不脩其政也、經不必說及畏人、然曰畏人、猶左傳葛藟猶能庇其本根、比之體旁通、可以觀古義也、左傳抑君似鼠、晝伏夜動、不穴於寢廟、畏人故也、古稱鼠則有畏人之意、亦可見、辨說曰、託於碩鼠以刺有司之辭、嚴氏亦謂、碩鼠指聚斂之臣、臣之奉行·由君政使然、謂刺其君重斂可也、便以碩鼠爲稱其君不可也、不知左傳抑君似鼠、易晉九四爲諸侯之位、亦曰晉如鼫鼠、詩特深疾重斂、故以碩鼠刺之、鼠食物且貪且畏、四顧不寧、喩貪畏者莫切于此、然畏人猶有慙赧恐懼之心也、後世之苛政直猛于虎矣、呂氏春秋舉難篇、甯戚擊牛角疾歌、高誘注云、歌碩鼠也、馬融傳注·引說苑甯戚擊車輻而歌碩鼠、蓋皆相傳以此爲賢人去國之詩、必有所據、碩鼠在齊桓時已有、亦可證魏詩之不作於晉

世矣、

碩鼠碩鼠。無食我黍。三歲貫女。貫事也、莫我肯顧。逝將去女。適彼樂土。樂土樂土。爰得我所。○貫古亂反、女音汝、

箋曰、比也、以鼠比君、猶齊之雄狐、爲去者之辭、故激甚、碩大也、碩鼠不必爾雅鼫鼠、說文以鼫鼠爲五技之鼠、云鼫鼠五技、能飛不能上屋、能游不能度谷、能緣不能窮木、能走不能先人、能穴不能覆身、此則荀子之所謂梧鼠、荀許皆未嘗以爲詩之碩鼠、陸疏云、今河東有大鼠能人立、交前兩腳於頸上、跳舞善鳴、食人禾苗、人逐則走入樹空中、亦有五技、或謂之雀鼠、則又別有一種、卽古所云禮鼠者、非卽五技鼠也、世儒動好辟異、釋相鼠以爲禮鼠、釋碩鼠以爲鼫鼠、大率無謂之擾也、詩人取喻、何必不恒見之物、亦只人家常鼠耳、碩則其中大者、序云貪而畏人若大鼠也、但言畏人則此尋常鼠也、言其貪食以致肥大、取之以比其君、故以言之耳、○三歲貫女、三歲言其久也、古者三載考績、此仕而有職司者也、非小民、鄭以爲民刺其君、故以三年大比解之、然民之於君、不得言事、未免爲牽强、漢石經貫作宦、越語入宦于吳、韋注云、宦爲臣隸也、左氏宣二年傳乃宦卿之適子、注、宦仕也、宦於人者、事於人者也、訓爲仕、亦有事義、貫卽宦之叚借、機以爲宦卽貫字、恐未然也、○逝將去女適彼樂土、逝發語辭也、出日月篇、貫女者去女、則庶民離散可知

已、樂土有希望之意、而未指定其所也、○樂士樂土、爰得我所、爰·於也、不是說樂·正是說苦不是說得所、正是說失所、借彼說我、深情可泣、今本韓詩外傳兩引此文、竝作逝將去女適彼樂土、適彼樂土爰得我所、又引次章、亦云逝將去女適彼樂國、適彼樂國、爰得我直、然攷石經魯詩殘碑、適彼樂郊下重樂郊、是魯詩與毛文同、元槧本韓詩外傳仍作樂國樂國、陸氏及見韓詩、而釋文亦不言毛韓文異、則知今本韓詩外傳重上句者、乃後人轉寫之誤耳、

碩鼠碩鼠。無食我麥。三歲貫女。莫我肯德。逝將去女。適彼樂國。樂國樂國。爰得我直。直·得其直道、○延文本、傳道下有也字、

箋曰、食黍又食麥、重歛如是、而民人離散、三諫不聽、君子可以去矣、○莫我肯德者、德·惠也、月令·命相布德施惠、是也、肯德肯勞與首章肯顧一例、是就上之人說、鄭云不肯施德於我、不肯勞來我、是也、若謂不以我爲德、不以我爲勞、則與肯顧不類矣、且臣而欲君之以我爲德、亦非立言之體、○爰得我直者、毛以作此詩者爲士、故云得其直道、鄭以爲民、故云直猶正也、謂得遂其性·不違生人之正道、五畝之宅、百畝之田、所也、養生喪死、不飢不凍直也、

碩鼠碩鼠。無食我苗。苗·嘉穀也、**三歲貫女。莫我肯勞。逝**

將去女。適彼樂郊。樂郊樂郊。誰之永號。 號、呼也、○勞力報反、

箋曰、食黍不足而食麥、食麥不足而食苗、苗者、禾方樹而未秀也、食至此、其貪甚矣、公羊莊七年傳無苗注、苗者禾也、生曰苗、秀曰禾、淮南本經訓長苗秀、注、苗、稼也、凡穀皆有苗、故苗亦爲穀之總名、論語苗而不秀者是也、與禾稼同意、說文、苗艸生于田者、从艸从田、穀亦艸也、故从艸、傳云、苗、嘉穀也、亦似指嘉穀之苗、嘉穀、黍稷稻粱也、○莫我肯勞、勞當讀爲勞還帥之勞、德字勞字相耦、而承一顧字、仕者而莫肯德莫肯勞、則民可知、○適彼樂郊者、民有寢廟、獸有茂草、樂土也、百室盈止、婦子寧止、樂國也、饁彼南畝、田畯至喜、樂郊也、○誰之永號、呂氏春秋音初篇高注、之、其也、誰之永號猶云誰其永號、永是長歎長噫之長、魏民方悲號於野、故曰樂郊、豈有悲號永歎若是苦境乎、言無永號者也、詩唯變是一句、通篇精神在此、安井氏曰、毛意蓋謂、樂郊之地、人皆喜說、誰是長呼訴憂者、鄭雖訓永爲歌、亦以爲歌號泄憂苦、猶園有桃心之憂矣我歌且謠之歌、故云誰獨當往而歌號者、孔以歌號爲喜悅得所、非鄭意也、

碩鼠三章章八句

箋曰、夫魏國小民貧而介於强大、則役繁而賦寡、財不足以集事、則必至於加賦、賦加則民愈貧、而輸納不前、於是乎迫之以追呼、威之以敲扑、民

苦之甚、而至於不可受、則逝將去之、而賢者先去矣、國勢至此無術可以支之、而後知魏之亡於貪殘、非亡於儉嗇也、故魏風終於碩鼠、黃以周曰、周禮大宰以九職任萬民、一曰三農、生九穀、二曰園圃、毓草木、三曰虞衡、作山澤之材、四曰藪牧、養蕃鳥獸、五曰百工、飭化八材、六曰商賈、阜通貨賄、七曰嬪婦、化治絲枲、八曰臣妾、聚斂疏材、九曰閒民、無常職、轉移執事、以九賦斂財賄、一曰邦中之賦、二曰四郊之賦、三曰邦甸之賦、四曰家削之賦、五曰邦縣之賦、六曰邦都之賦、七曰關市之賦、八曰山澤之賦、九曰幣餘之賦、九職者任夫力也、任夫力以興功、故九職亦謂之九功、九賦者斂田地之租也、田地爲正稅、故九賦亦謂之九正、鄭注云、賦謂口率出泉、是說非也、口錢起自漢武帝、可援之以釋周禮乎、大府職曰、關市之賦以待王之膳服、邦中之賦以待賓客、四郊之賦以待稍秣、家削之賦以待匪頒、邦甸之賦以待工事、邦縣之賦以待幣帛、邦都之賦以待祭祀、山澤之賦以待喪紀、幣餘之賦以待賜予、此言九賦田地之租、司會職所謂以九賦之法令田野之財用、是也、田地之稅、其所入者多、故其待用者廣也、大府職又曰、凡萬民之貢、以充府庫、此言九職力役之征、閭師職所謂掌國中及四郊之人民、六畜之數、以任其力、以時徵其賦、是也、力役之征、其所入者少、祗以充府庫、不若九賦之待用廣也、田野之稅、有貢助徹之法、三代之所異、而稅皆什一、三代之所同、載師職曰、凡任地國宅無征、園廛二十而一、近郊十一、遠郊二十而三、稍縣都皆無過十二、唯其漆林之征二十而五、此言任地稅園廛之法、亦在九賦中、故先鄭據此以釋九賦是也、以此當田野之通稅、亦失其義、古者任田任地之法、各不同也、鄉大夫閭師兩職言力役之征、民之就役者、以任其力、其未就役者、以時徵其賦、非既役之且賦之也、鄉大夫職言國中自七尺以下六十、野自六尺以及六十有五皆征之、或就役、或舍役、是九職任民之法、國語曰、任力以夫、而議其老幼、正謂此也、閭師言任農貢九穀、以至任虞貢其物、各以其所有穀物、以充力役之征、是九職徵賦之法、司會職曰、以九功之法令民職之財用、正謂此也、若夫民之受田地而不耕毛者、出里布屋粟、民之不受田地而轉移執事者、出夫家之征、一以懲惰民、一以懲間民、皆示罰也、非若九職九賦之爲正稅也、至孟子言廛無夫里之布、則知戰國時、以成周所以罰惰民間民之征、爲經常之賦、是於田租力役外又增一夫家布縷之征矣、後世有丁口賦、蓋昉於此、乃周末造之法、非周初之法也、周初征民之常經、祗有九職九賦二法、而其國用之所仰給者、祗在九賦之一征、故九賦曰九正也、九職力役之征、祗以充府庫、以備非常之需、而里布夫家之征、特以禁惰間之民、尤非國用之所待給也、周公之制本如此、後世國用日緐、九賦不足、則給於九職矣、幷九職而不足、且仰給於夫里之賦、無論有職事無職事、而一征之民矣、漢元帝時、貢禹請民年二十乃算、以爲古民亡賦、算口錢起武帝征伐四夷、重賦於民、產子三歲則出口錢、故民重困、至於生子輒殺、宜令兒七歲去齒、乃出口錢、年二十乃算、算謂力役之賦、是漢武帝於田租力役外又增一口率出泉之法、蓋沿戰國夫家布之橫征也、古者田地不鬻、皆君之所給、故至秋而斂其賦、年七十以上、十六以下、皆君之所養、故至壯而任其力、其稅之也有名、其取之也有制、故以九職任萬民、以九賦斂財賄、而民各安焉、後世之君、不給民田、俾老幼失所養、則令之任役納賦、已失三代征民之意、而況既賦之既役之、且令出口錢乎、自漢武帝後、遂視口錢爲經常之征矣、至唐時、有田則有租、有家則有調、有身則有庸、租納粟、調輸布、庸役力、攷周禮九職中、有貢九穀、貢布帛二職、農貢九穀則不出布帛、嬪貢布帛則不出九穀、非一人竝征之也、唐之租、外有調、則竝征之矣、是非沿戰國粟米布縷力役三征之弊政乎、自後或併庸調於田租、又於田租外增庸調、征求愈重、去古愈遠、古聖王之征諸民者、以九職任民夫之力、九賦斂田地之稅而已矣、此外無苛求也、

魏國七篇十八章百二十八句

毛詩會箋卷第五

毛詩卷第六

竹添光鴻會箋

唐蟋蟀詁訓傳第十　　毛詩國風

箋曰、唐本爲堯舊都、堯初稱亦曰唐侯、故唐城在幷州晉陽縣北二里、叔虞封於此、故曰唐叔、史記世家曰、西有河、西與秦接竟、北邊翟、東至河內、晉語曰、景霍以爲城、汾河涑澮以爲淵、此就獻公以後言之也、晉陽縣今山西太原府太原縣也、晉之遷徙不一、自叔虞始封於晉陽、其後三世至成侯、自晉陽徙曲沃、八世至穆侯、自曲沃徙絳、十世至昭侯、自絳徙翼、自昭公以曲沃封桓叔、至其孫武公幷晉、又自曲沃徙絳、曲沃故城在今絳州聞喜縣東、絳在今平陽府大平縣南二十五里、翼在今平陽府翼城縣東南十五里、馬瑞辰曰、水經云、晉水出晉陽縣西縣甕山東、過其縣南、又東入於汾水、縣甕山卽縣雍也、舊謂晉侯燮因晉水始改唐爲晉、故史記晉世家云、唐叔子燮是爲晉侯、但考國語叔向曰、昔先君唐叔射兕於徒林、殪以爲大甲、以封於晉、呂氏春秋重言篇亦言、成王於是遂封叔虞於晉、又史記周本紀云、晉唐叔得嘉穀獻之成王、唐叔冠以晉、猶康叔冠以衞也、是晉之名、唐叔時已先有之、詩不言晉而言唐者、從乎其始封、實有取乎其遺風也、吳季札觀樂、爲之歌唐、則唐風之稱、實沿其舊、至季札云其有陶唐氏之遺風乎、蓋第取蟋蟀二詩言之、此序說堯之遺風所自來也、朱右曾曰、唐之得名以堯虛、晉之得名以晉水、唐叔封晉陽、賈服班鄭無異說、至皇甫謐則云、堯及爲天子、都平陽、于詩爲唐國、臣瓚謂、唐今河東永安是也、去晉四百里、又云、堯居唐、東于彘十里、順帝改彘曰永安、案地理志於平陽下不言故唐國、應劭曰、縣在平河之陽、水經注曰、平水出平陽縣西壺口山、東逕平陽城、南東入汾、俗以爲晉水、非也、左傳趙朔爲平陽大夫、趙鞅入于晉陽以叛、截然兩地、不得以平陽爲晉陽也、既無晉水、安得爲晉之所都、則謐說非也、霍爲文昭、武王時封、至春秋閔公元年始滅於晉、地理志曰、河東彘縣故霍國、唐霍豈竝處一二十里之間乎、且去晉四百里、何取乎晉之名以名其國乎、則瓚說非也、顧氏左傳補正曰、翼絳北距晉陽七百餘里、卽後世遷國遠不相及、況霍山以北、皆戎狄之地、自悼公以後、始開縣邑、又據世家唐在河汾之東一語、謂翼城正在二水之東、而晉陽在汾水西、不合、此尤目不見睫之論也、杞遷東國、許遷容城、楚遷壽春、或千餘里、或七八百里、何云遠不相及、晉封太原、逼近戎狄、故祝鮀述唐叔之封曰、疆以戎索、然當成康之世、周道郅隆、狄亦不能爲患、故詹桓伯曰、肅愼燕亳、吾北土也、周官職方氏、幷州澤藪曰昭餘祁、地理志曰、太原鄔縣九澤在北、幷州藪、則晉陽正在幷州之域、安得謂皆戎狄之地乎、成侯徙都、計其時蓋當穆王共王之世、是時周道始衰、徐戎侵洛、翟人侵畢、畿輔近地猶有戎狄之轍、而況太原、成侯之徙、有由然也、顧氏乃以春秋之時勢、上例宗周之盛何哉、水經言汾水過平陽縣東、郡縣志言平陽縣東有汾水、則平陽故城亦在汾西河東、可見史記東字、原本作間字、今傳刻

訛耳、否則云唐在汾東、於義已足、何必言河、顧氏之辨、亦未之思也、

蟋蟀。刺晉僖公也。箋曰、史記晉世家・唐叔至靖侯五世、靖侯十七年周厲王出奔于彘、大臣行政、故曰共和、十八年靖侯卒、子釐侯司徒立、釐侯十四年周宣王初立、十八年釐侯卒、釐與僖同、僖公卽釐侯、是僖公在共和宣王世矣、**儉不中禮。故作是詩以閔之。欲其及時**箋曰、朝會軍國之暇也、**以禮自虞樂也。**箋曰、詩卽以禮自娛之辭也、延文本、虞作娛、**此晉也。**箋曰、以下論唐詩、**而謂之唐。本其風俗。憂深思遠。儉而用禮。乃有堯之遺風焉。**箋曰、序云、憂深思遠、儉而用禮、主蟋蟀而汎論唐詩、季札曰思深哉、其有陶唐氏之遺民乎、不然何憂之遠也、國史君子所作詩、其音其義皆存古也、胡承珙曰、孔叢子引孔子曰、於蟋蟀見陶唐儉德之大也、左傳襄二十七年、鄭伯享趙孟、印段賦蟋蟀、趙孟曰、善哉保家之主也、此皆以儉爲美德、後漢書馬融上廣成頌云、臣聞孔子曰、奢則不孫、儉則固、奢儉之中、以禮爲界、是以蟋蟀山樞之人、竝刺國君、諷以大康馳驅之節、蓋此詩因刺僖公儉不中禮、故全篇皆言中禮之事、中禮則樂而無荒、仍不害其爲儉、不中禮則不可謂儉、祇見其不樂而已、經之大旨如此、每章前四句、似爲

荒樂者代述其言、後四句又似戒其耽於逸樂、其實不然、前謂吾君亦姑行樂、毋一於儉、後則謂樂自有節、乃是奢儉得中耳、所云憂深思遠者、正在於此、鹽鐵論通有篇引孔子曰、不可大儉極下、此蟋蟀所爲作、此尤足見序說之古、

蟋蟀在堂。歲聿其莫。今我不樂。日月其除。 蟋蟀・蛬也、九月在堂、聿・遂、除・去也、

無已大康。職思其居。 已・甚、康・樂、職・主也、

好樂無荒。良士瞿瞿。 荒・大也、瞿瞿然・顧禮義貌也、○蟋音悉、蟀所律反、聿允橘反、莫音暮、大音泰、瞿俱具反、蛬俱勇反、延文本、傳遂下、甚下、樂下、並有也字、

箋曰、在堂對在野之辭、是詩述歲將暮光景也、候蟲紀時、上古常習、陸疏・蟋蟀似蝗而小、正黑有光澤如漆、有角翅、一名蛬、一名蜻蛚、楚人謂之王孫、幽州人謂之趨織、里語曰、趨織鳴嬾婦驚、是也、豳詩七月在野、八月在宇、九月在戶、十月蟋蟀入我牀下、在宇在戶入牀下、皆可以堂統之、○歲聿其莫、文選江賦注引韓詩薛君章句、聿・辭也、春秋傳引詩聿懷多福、杜注云、聿・惟也、亦以爲語助、詩中聿曰適三字互用、禮記引詩聿追來孝、今詩作適、七月篇曰爲改歲、釋文云漢書作聿、角弓篇見晛曰消、釋文云韓詩作聿、劉向同、是也、其將然之辭、說文、莫・日且冥也、从日在茻中、是卽昏莫字、後又加日作暮、莫者晚也、十月以後、歲事已晚、不必定謂歲終事、可無泥於周正夏正之異、然据左傳・晉用夏正、獻公滅虢之月、平公時絳縣老人甲子、其文可以互證、卽

以晉詩而論、綢繆之三星在天、毛以三星爲參、在天爲始見東方、謂秋冬爲昏姻正時、此亦據夏正言之、蓋平王以前、晉國仍用周正、竹書、曲沃莊伯改用夏正、本注云、莊伯之十一年十一月、魯隱公之元年正月也、○今我不樂日月其除、今・急詞也、我可樂之日月其將除去也、○無已大康、以下以禮自樂之事也、無字與毋通、猶勿也、下同、已爲已甚之已、已者甚之詞也、大康・過樂也、無已大康、預戒其甚過也、職思其居、職字與思字連、是思之專主也、十月之交篇、職競由人、巧言篇職爲亂階、大東篇職勞不來、晉范宣子責戎曰、言語漏洩則職汝之由、職皆訓主、言主當如此、非實字也、朱傳既訓職爲主、復云顧念其職之所居、則又以爲職任之義、自相乖戾、況經言職思其外、不言思其職外、若以職爲職事、則經文爲不辭矣、居謂現在所居之位也、言人生不能無樂、須迨日月未除・人人自樂其樂、然甚大樂不可也、人隨其地位、各有當務之事、此乃所當主而思者也、○好樂無荒、受上樂字、今我不樂是好樂之辭、荒廢亂也、凡人作事、所慮者荒爾、惰于居者不能先時計率作、是謂力荒、弛于思者不能豫事籌規畫、是謂神荒、後時者功不集、失事者筭不酬、是謂業荒、甚而荒之害、釀于好樂、故言無荒于職思之後、一勸之、一戒之也、傳訓荒爲大者、荒者廣遠之義、好樂過甚、其情蕩然、無復簡制也、○良士瞿瞿、言須無荒而傚良士所爲焉、良・善也、瞿瞿・懼顧之貌、說文䀠部、䀠・左右視也、讀若拘、又若良士瞿瞿、如許讀瞿瞿卽䀠䀠也、左右視與傳云顧禮義正合、爾雅、瞿瞿休休・儉也、李巡曰、皆良士顧禮義之儉也、儉本美德、詩言樂必以禮、乃爲儉而不中禮者刺、傳與雅本無兩意也、此篇開口一語、便意緒蒼涼、感物序之催遷、鼓人生之行樂、開晉魏時對酒當歌一派、思居未已、忽又思外、忽又思憂、一步加緊一步、瞿瞿蹶蹶、形容良士、可謂摹神、至休休則從勤得裕、自是至理、

蟋蟀在堂。歲聿其逝。今我不樂。日月其邁。邁·行也、 無已大康。職思其外。外·禮樂之外、 好樂無荒。良士蹶蹶。蹶蹶·動而敏於事、○蹶俱衞反、延文本、傳禮上有謂·字、之外下、有也字、事下、有也字、

箋曰、歲聿其逝、逝晚於莫、莫猶老也、逝·將無也、是詩之叙、○職思其外、外卽居之外也、不思其外、必有外謗外侮外患、左傳盍釋楚以爲外懼、如歌舞室中而不知耳附于垣、亦必有後患、傳云禮樂之外者、人君終歲所事者、賓祭鄉射食饗之類、皆莫非禮樂也、故其他慮事變者、指之爲禮樂之外也、○良士蹶蹶、釋訓、蹶蹶·敏也、言知慮旁射、周身之防、而無釁可乘也、蹶有僵與跳二義、呂氏春秋云、此蹶痿之機、僵也、狐援聞而蹶往過之、跳也、此當從跳義、有振作之氣、無衰止之形、上章瞿瞿、第寫其顧慮周旋之狀、未見于爲也、至此則亟見于爲矣、蓋思之雖周、而爲之不敏、則亦無益也、

蟋蟀在堂。役車其休。今我不樂。日月其慆。慆·過也、 無

已大康。職思其憂。憂可憂也、好樂無荒。良士休休。休休・樂道之心、

○慆吐刀反、延文本、傳心下有也字、

箋曰、役車方箱駕牛、可載任器以供役、收納禾稼亦用此車、役車其休、是農事已畢、士功亦畢、役車無所事也、若夫庶人乘役車、別是一事、不當挾說、○日月其慆、蕩篇天降慆德、傳、慆慢也、書湯誥無卽慆淫、傳、慆慢也、慆無過義、東山慆慆不歸、御覽三十二引作滔滔不歸、慆蓋滔之借字、慆猶云滔滔也、楚辭謬諫、年滔滔而日遠兮、注、滔滔行貌、滔滔訓行者、言年光之去、如水之行、滔滔然去而不復返也、滔滔有行義、故傳訓過、除・去也、邁・行也、而慆有逝而不復來之意、是用字之巧也、○職思其憂、憂・合居與外言之、首言居猶是本分常事、未及其餘也、次言外則及其餘矣、然猶是過而備之耳、未切於憂也、言憂則操心危、慮患深、常在多凶多懼之地、而比上之思備其餘者益切矣、○良士休休、說文、休・息止也、休休連文者、書秦誓其心休休焉、鄭注、休休・寬容貌、公羊文十二年傳其心休休、注、休休・美大貌、訓寬容、訓美大、皆止息中引申之義、所謂心廣體胖也、以其能思憂、而無憂也、瞿瞿在目、蹶蹶在足、故傳於休休曰心、瞿瞿有所顧於居、蹶蹶有所慮於外、而休休則寬樂而已、必瞿瞿蹶蹶、而後得止息者、蓋以此休休者皆竭蹶所餘也、掉尾一語、打入欣動、是老成人瞻望深情、

蟋蟀三章章八句

箋曰、詩無刺儉之意、勸以不可不樂、卽戒以不可過樂、語氣之開合如此、顧廣譽曰、歲云莫矣、而不及時自樂、則是終歲張而不弛、固不可、然世人言樂、徒求諸淫佚縱恣之中、故卽繼以無已大康焉、樂不過度、而惟職思其居、則分內之責無不盡矣、職思其外、則意外之慮無不周矣、職思其憂、則事後之患無不防矣、好樂無荒、又承無已大康而申言之、蓋至瞿瞿者、無念不在禮義、蹶蹶者無動不在禮義、然後終以休休而安焉、夫樂至於安而止矣、是所謂以禮自樂也、以禮自樂、則仍無忘其儉、而能得乎儉之中道、故足樂也、

山有樞。刺晉昭也。箋曰、昭公是僖公玄孫、而文侯仇子也、在位七年而見殺、當平王時、樞·烏侯反、不能脩其道以正其國。箋曰、先總提下三不能之事、以發端也、夫道者政之本也、本之不脩、則無其政、何以正其國、故有財則不能用、有鐘鼓則不自樂、有朝廷則不能洒掃、此之謂政荒、國政既荒、則民散而之四方、危亡將至、故爲四鄰所窺、而昭公猶不悟、是誠可刺也、延文本、唐石經、脩下無其字、

有財不能用。箋曰、亦儉不中禮也、財·在詩衣裳車馬酒食也、序所示則府庫之財皆財也、

有鐘鼓不能以自樂。箋曰、況能與人樂乎、不鼓瑟不永日、亦不能自樂也、有

朝廷不能洒埽。箋曰不能清明朝廷、與士大夫議政也、經下詳之、延文本、洒下有以字、洒所懈反、政荒民散。將以危亾。箋曰、詩就淺而易見者言之、而義無不包、夫服食起居音樂、雖人生至淺近事、而道卽行乎其中、況人主尤當振刷志氣、使綱擧目張、不可一日以怠、觀序接言政荒民散、知詩及序所云、原非謂行樂之事也、四鄰謀取其國家而不知。箋曰、發明詩人之志也、所以稱他人正在此、每章下二句殆涉過激、故丁寧釋之、以示其所以然之意、桓二年左傳・惠之二十四年晉始亂、故封桓叔于曲沃、杜注云、晉文侯卒、子昭侯元年危不自安、封成師爲曲沃伯、此序云四鄰謀取其國家、當主桓叔言之、國人作詩以刺之也。箋曰、詩人以大難將至、而昭公如處堂之燕子、夷然不槩於心、故說得死期將至、無限沉痛、以冀昭公之及時猛省也、他人暗指成師、若曰成師一來、則身且不保、國非子之國也、反不如及其未至而行樂耳、非寬慰之詞、乃痛極之辭耳、詩主昭侯、而泛曰子、微辭也、辭不目君、則曰宛其死矣・不嫌亟遽出之、曰他人・非其子孫之謂也、延文本、作下有是字、唐石經、序末無也字、

山有樞。隰有榆。興也、樞・荎也、國君有財貨而不能用、如山隰不能自用其材、子有衣裳。弗曳弗婁。子有車馬。弗馳弗驅。婁亦曳也、宛其死矣。他人

是愉。宛・死貌、愉・樂也、○愉以朱反、臾以世反、婁力俱反、宛於阮反、愉以朱反、苤田節反、傳其材、摺本作其財、延文本、傳材下、貌下、並有也字、

箋曰、比也、比人有其物、物有其宜焉、樞楡二木同類、故駢、傳取興亦善、山隰有材木、不能自用、祇以供人之用、正以興下他人所愉、引起全詩、釋文、樞本或作蓲、烏矦反、說文蓲下云、草也、不以爲樞莖字、是毛氏詩作樞也、隸釋載石經魯詩殘碑作蓲者、字之假借、蓲本草名、非木類、不得言山有矣、爾雅从艸作蘊、所以別戶樞字耳、是後人所加、下文他人是愉、釋文・愉毛以朱反、鄭作偷、他侯反、據此則樞與愉韻、毛正讀如戶樞之樞、鄭氏始讀烏侯反、毛在西漢初、應以毛讀爲古矣、況中間婁驅二字、皆以入虞模韻者爲本音、樞字亦當以戶樞字爲本音也、蘊樞同从區聲、亦不當以从區者爲與朱反・从蓲者爲烏侯反也、爾雅蘊莖、郭注・今之刺楡、廣雅云、㯓・刺也、㯓與莖聲義同、莖之爲言猶刺也、方言・凡草木刺人者、自關而東或謂之梗、郭注・梗今之梗楡也、是梗楡卽刺楡、刺楡卽今山楡、葉小於常楡、陸疏云、其針刺如柘、其葉如楡、瀹爲茹、美滑如白楡、楡之類數十種、葉皆相似、皮及木理異、爾齊民要術云、刺楡木甚牢韌、可以爲犢車材、爾雅、楡・白枌、陳東門之枌傳、枌・白楡也、楡有赤白二種、赤楡先著莢後生葉、白楡先生葉後著莢、以此爲異、白楡皮白、剝其麤皺、中更滑白、楡北方多有之、秦漢故塞其地皆楡、故曰楡塞、○子有衣裳、弗曳弗婁、子是詩中人也、非直指昭公呼之、然昭公是意中人、故風規所寓亦切矣、釋文引馬融注云、婁・牽也、婁者摟之古文省借字、玉篇引詩正作弗曳弗摟、孟子踰東家牆而摟其處子、劉熙注、摟・牽也、爾雅釋詁、摟・聚也、

角弓式居婁驕、箋、婁・斂也、斂亦聚也、曳者引而開之、婁者聚而合之、卽衣被之謂也、馬注與孟子注俱訓牽、又斂與聚二字引申之義矣、○子有車馬弗馳弗驅、走馬謂之馳、策馬謂之驅、序云有財不能用、經云他人是愉、則弗馳弗驅猶弗鼓弗考、謂不能自樂也、昭公庸主、不能脩政散財、以結人心、徒保嗇貨財、以爲有國之策、而不知民心既離、其所蓄藏、反肥他人之腹、故設一貴人儉嗇者而諷之、夫山隰之材以供國用、則人君之衣裳車馬、不用之民人社稷、將焉用之、說命惟衣裳在笥、卷阿君子之車、君子之馬、據之則亦賞功求賢之用也、此風規所寓焉、曰弗曳弗馳者、婉而成章耳、○宛其死矣、釋文云、宛本亦作苑、宛卽苑之叚借、管子地員、其葉若苑、注、苑謂蘊結、繁露循天之道篇、鶴之所以壽者、無宛氣於中、是故道者亦不宛氣、淮南本經訓、故閉四關則身無患、百節莫苑、高注云、苑・病也、又俶眞訓、形傷於寒暑燥溼之虐者、形苑而神壯、注云、苑・枯病也、苑讀南陽苑之宛、皆足爲毛傳死貌之證、秦風宛在水中央、鄭云、宛坐見貌、此爲思見其人而言之、朱傳乃用以釋此篇之宛、於義疏矣、宛其死矣他人是愉二語、甚爲悲痛、言生而不用、則死而爲他人之樂、不如迨其身以保生樂也、漢書司馬相如傳集注・荀子王霸・形體好佚而安重、間靜莫愉焉、楚辭東皇・大穆將愉兮上皇、注並云、愉樂也、愉訓爲樂、是其本義也、亦作媮、漢書地理志、引詩他人是媮、文選西京賦、鑑戒唐詩、他人是媮、薛綜注引詩同、說文、媮・巧黠也、古無偸字、當卽作媮、故引申爲偸盜、鄭以三家詩有作媮者、讀愉爲偸、偸・取也、然毛於首章言樂、次章言安、語有次第、鄭以愉爲偸取、是保爲居、則次章與末章入室、意義無別、故應

從毛爲正、

山有栲。隰有杻。栲、山樗、杻、檍也、子有廷內。弗洒弗埽。子有鐘鼓。弗鼓弗考。洒、灑也、考、擊也、宛其死矣。他人是保。保、安也、○

栲音考、杻女九反、灑色蟹反、延文本、傳檍也作檍木、

箋曰、栲杻二木多壽、故騈、栲名山樗、而實非樗類、郭注爾雅云似樗者、或謂其葉及皮色之似耳、豳風小雅毛傳、皆云、樗、惡木也、此詩取興於山隰之木可爲材用、不應及樗、且此及小雅、皆以栲杻竝舉、杻既彊韌中爲車輞、則陸疏以栲爲栲櫟、葉如櫟木、皮厚數寸、可爲車軸者近之、杻陸疏云、葉似杏而尖、白色、皮正赤、爲木多曲少直、枝葉茂好、二月中葉疎、華如楝而細、蘂正白、今官園種之、正名曰萬歲、既取名于億萬、其葉又好、故種之、材可爲弓弩幹、陸疏可爲弓材、與考工記取幹之道七、柘爲上、檍次之合、先鄭注周禮、檍讀爲億萬之億、與陸疏官園種之、正名曰萬歲者合、謝眺詩風動萬年枝、卽此、郭注爾雅云、杻似棣、細葉、材中車輞、一名土橿、然則杻與栲亦同爲彊韌有用之木可知、○子有廷內、大雅抑篇、洒埽廷內、維民之章、大夫有私朝者而可稱廷內、王引之曰、一章之衣裳車馬、此章之廷內鐘鼓、皆二字平列、字各爲義、廷與庭通、庭謂中庭、內謂堂與室也、序曰有朝廷不能洒埽、朝謂正寢、

廷謂正寢之庭也、周官寺人、王之正內五人、鄭注曰、正內路寢、夏小正傳曰、燕操泥而就家入人內、此皆兼堂室而言之者也、廷內謂廷與堂室、非謂廷之內也、王說得之、亦有專謂室爲內者、韓子內儲說篇曰、燕人李季好遠出、其妻私有通於士、季突至、士在內中、史記淮南衡山傳曰、閉太子、使與妃同內、褚少孫續外戚世家曰、女亾匿內中牀下、漢書鼂錯傳曰、家有一堂二內、此皆專指室而言之者也、弗洒弗埽者、洒从水西聲、西古音先、孟子音義、洒之謂雪其恥也、洒本音銑、故亦借爲洗滌字、銑洗一聲也、灑埽字本亦作汛、說文、灑汛也、又汛灑也、文選劇秦美新・況盡汛埽前聖數千載功業、注・灑與汛同、灑汛一聲、故通叚、灑・散也、周書大匡賦灑其弊注・文選駭浪暴灑注・竝云灑・散也、訓灑爲散者・謂散水以溼地、埽時塵土不起也、洒爲灑之叚借、埽从帚、帚从彐持巾埽冂內、从土・所埽者也、从帚土會意字、俗作掃、不惟从手複、且意不全矣、○子有鐘鼓弗鼓弗考、朝堂君所與羣臣論政、鐘鼓君所與羣臣燕樂、是風規所寓也、昭公實懶朝、而燕禮廢、故聞者足以戒、釋文鼓如字、本或作擊、非、馬瑞辰曰、詩序正義引詩正作弗擊弗考、本句正義曰、今定本云弗鼓弗考、注云、考・擊也、無亦字、義竝通也、據此知注疏本經原作弗擊弗考、傳原作考亦擊也、文選二十六李善注、引毛詩曰、子有鐘鼓、弗擊弗考、毛萇曰、考亦擊也、李所引與孔本正同、亦擊正承上弗擊而言、與上文婁亦曳也同例、今注疏本誤从定本、失其舊矣、竊謂經弗鼓・當爲弗鼓之譌、說文、鼓・擊鼓也、讀若屬、經作鼓訓擊、鼓與擊爲雙聲、故傳寫者通作弗擊、釋文云鼓如字、以鼓卽爲擊・不煩改字、故又云本或作擊非也、說文缶字注、秦人鼓之以節歌、韵會鼓作擊、此鼓擊通用之證、此詩弗鼓・合毛傳孔疏釋文證之、鼔亦當作鼓、考者攷之叚借、說文、攷・敂也、敂・擊也、惟經上作弗鼓訓爲擊、故擊鼓也、从支从壴、壴亦聲、二字義殊、形亦殊矣、案詩惟山有樞之弗鼓、及車傳云考亦擊也、陳啓源曰、說文云、鼓郭也、春分之音从壴、支象手擊之也、鼓鄰鹿鳴常棣鼓鍾四篇鼓字是鼓擊義、當从支、餘皆樂器之鼓、當从支也、楚薺白華之鼓鍾・箋疏皆云鳴鼓鍾、靈臺之鼓鍾・箋云鼓與鍾、伐木之鼓我・箋云爲我擊鼓、則皆樂器、非攷擊義矣、支攴形相近、近本多溷、不可不辨、又鼓字玉篇作鼓、从㞢正是隸體、毛晃謂鼓是篆文、非也、又攴本章移切、从手持半竹、但說文云象手擊、是取其形、與攴字義無預、○他人是保、保猶抱有也、言以爲已物也、傳保訓安、雖古義不切、崧高南土是保、鄭箋、保・守也、周禮春官保章氏注、保・守也、周語・故能保世以滋大注、晉語・乃攝固保其土房注、皆云保・守也、他人是保・猶他人是守也、安與居・皆守字引申之義也、

山有漆。隰有栗。子有酒食。何不日鼓瑟。君子無故、琴瑟不離於側。**且以喜樂。且以永日。**永・引也、**宛其死矣。他人入室。**○漆音七、延文本、傳故上有大字、側上有其字、側下有也字、引也作長也、

箋曰、車鄰詩亦漆栗二木相駢、是人朝夕所見之木、○何不日鼓瑟、上章鐘鼓不言日、此言何不日鼓瑟者、以士大夫無故不徹琴瑟也、只言瑟不言琴

者、登歌惟王備琴瑟、諸侯有瑟而無琴、燕禮登歌有瑟而已、所以別於王也、二章廷內鐘鼓、盛於衣裳車馬、而卒章以酒食結之何邪、馳車馬而遊觀、鳴鐘鼓而與人樂之、非酒食無以合歡故也、夫飲食仁君所以懷士民、而貪君却浚民以生、是風意也、○且以永日、朱傳云、人多憂則覺日短、飲食作樂可以長此日、安井氏亦曰、人徒憂愁不知所下手、則百慮聚於胷、常苦日不足、飲食歡樂、則百事皆忘、悠然如坐於春風之中、此之謂永日耳、呂氏曰、詩人豈眞欲昭公馳驅飲樂哉、蓋曰、是物也、行且爲他人所有、曾不若及今爲樂之爲愈、所以激發之、非勸其爲樂也、呂祿棄軍、其姑呂嬃悉出珠玉寶器散堂下曰、毋爲他人守也、乃此詩之意、末章尤可見、

山有樞三章章八句

箋曰、唐俗儉嗇、不應此詩忽作曠達語、是時曲沃勢盛、昭公不能制、日就危亡、故詩人作此以諷之、朱子乃以爲答蟋蟀之詩、相勸行樂、然蟋蟀本非行樂之詩、若又以此爲答前篇之意、則前篇尙以好樂無荒爲戒、而勸之者乃遽怵以死期將至・他人且來、是欲相率而入于流蕩放曠之域、尙得爲陶唐之遺風哉、車馬廷內鐘鼓與瑟、亦非農家所有也、

揚之水。刺晉昭公也。昭公分國以封沃。

箋曰、大割地以封曲沃、故

曰分國、左傳・晉甸侯也而建國、是也、桓二年左傳云、惠之二十四年晉始亂、故封桓叔于曲沃、魯惠公二十四年晉昭公之元年也、昭公文侯子、桓叔穆侯子、文侯弟成師也、蓋文侯薨時、桓叔必有爭立之事、故左傳曰、晉始亂、曰故封桓叔于曲沃、因亂故封、實不得已而分國耳、史記年表、晉昭侯元年注云、封季弟成師于曲沃、曲沃大于國、君子譏其亂自曲沃始矣、安井氏曰、年表書封成師於昭元年、則亦以爲昭侯封之、其不言叔父而云季弟者、下將言晉亂自曲沃始、故本諸左傳兄其替乎之語、係之文侯耳、非謂文侯封之也、朱右曾曰、葵丘之五命曰、無有封而不告、趙岐注曰、無以私恩・擅有封賞、疏謂、如楚取彭城以封魚石、是也、左傳晉滅偪陽以予向戌、向戌辭曰、是臣勤諸侯以自封也、史記・楚昭王將以書社七百封孔子、是國與邑可通言封也、左傳封桓叔於曲沃、亦祇賜之以邑耳、但大都耦國、禍亂之基、故師服曰、晉甸侯也、而建國、本既弱矣、言晉祇甸侯、而成師在沃、儼然敵國、能無亂乎、乃孔氏正義遽倡爲沃國之說、椒聊疏云、桓叔能修國政、撫民平均、別封於沃、自是鄰國、不得以傾宗阻邑爲罪、違義傷敎、莫此爲甚、

沃盛彊。昭公微弱。 箋曰、左傳本既弱矣、其能久乎、考上下篇、昭公以儉嗇微弱、曲沃以好施盛强、

國人將叛而歸沃焉。 箋曰、故君子詠其狀以喩昭公也、嚴緝云、將叛者潘父之徒而已、國人拳拳于昭公無叛心也、異時潘父殺昭公迎桓叔、晉人發兵攻桓叔、桓叔敗還歸曲沃、皆可以見國人之心矣、亦唐風之厚也、諸家皆謂國人助之而匿其情、且引陽生夜至于齊、國

人知之而不言爲比、不知晉人之心異于齊也、自桓叔至武公、屢得志矣、而晉人終不服、相與攻而去之、其後更六世、逾六七十載、迫于王命、而後不敢不聽、在昭公之初、晉人心豈從沃哉、若助桓叔而匿其情、則此詩不作可也、嚴氏此論最爲當理、考事亦切實、但因此遂謂序謬則不必然、潘父卽國人也、況又有陘庭南鄙事、但不得概誣九宗五正之徒耳、胡承珙曰、詩所謂刺其君者、非徒刺之已也、必實有愛君憂國之心、而事有不容顯言者、故其慮深、其情切、而其詞轉隱、或且有詭詞以託意、反言以著事者、如此詩託爲叛者之辭、云旣見桓叔而樂、又反言聞命而不敢告、乃正所以告之、此所謂主文譎諫、風人之旨也、鄭風之叔于田・大叔于田、皆刺鄭莊、而詩詞反似言叔段之美、與此揚之水・椒聊皆刺晉昭、而詩反似言桓叔之美者同意、蓋其美者非眞美也、彼以大都耦國、孽子傾宗、而爲人所歸附如此、爲之上者、任其包藏禍心、而不早爲之所、其可刺孰甚焉、故此序云刺昭公、是國史推見至隱之語、其下云沃盛彊、昭公微弱、國人將叛而歸之、乃是據事直書、今考毛於國風三揚之水、惟鄭風有傳、此及王風皆不明興意、然其於白石鑿鑿、云鑿鑿然鮮明貌、次章云皓皓潔白也、三章云粼粼清澈也、皆不過謂激揚之水微弱無轉石之力、徒使之鮮明潔白、以興昭公微弱無制桓叔之權、徒坐視其彊盛而已、鄭箋以揚水喻桓叔、白石喻民、旣與王風鄭風自相乖異、卽案之本詩、亦多不合、固未必得毛旨也、秦氏詩測曰、素衣朱襮、從子于沃、褚炤所云不知汝家司空、以一家物復與一家、亦復何謂也、云何不樂、云何其憂、則如徐廣所云君爲宋朝佐命、身爲晉朝元老、悲歡故是不同、前二章已有微詞、不特末二語爲發潘父之邪謀也、淩氏濛初云、素衣朱襮、何等服物、我聞有命、何等密謀、而明明見之篇什、且不敢告人一語、直同兒戲、不虞敗乃公事邪、意此陽雖爲沃、陰實聳晉、猶廝養卒所云、名爲求趙王、實欲燕殺之也、承珙案、以上數說、頗得詩人微婉之旨、集傳以爲叛者所自作、天下有欲叛之人、而乃爲此、以自彰其事乎、且叛人之詩、又何錄焉、此不煩言而破者也、

揚之水。白石鑿鑿。興也、鑿鑿・鮮明貌、**素衣朱襮。從子于沃。**襮・領也、諸侯繡黼丹朱中衣、沃・曲沃也、**既見君子。云何不樂。**○鑿子洛反、襮音博、沃烏毒反、樂音洛、黼音甫、延文本、傳貌下有也字、

箋曰、比也、凡水深大則石隱、水清淺則石見、此昭沃之喻也、激揚之水、雖迅疾而實無力、故王風鄭風兩揚之水詩、皆言不流束薪不流束楚、此詩揚之水亦以喻晉昭微弱・不能制桓叔、而轉封沃以使之强大、則有如水之激石、不能傷石、而石常足以梗水之行、乃石在水益形其鮮潔、故以白石鑿鑿喻沃之盛强耳、說文、鑿・穿木也、是鑿爲器名、漢書刑法志・其次用鑽鑿、淮南氾論・喉中有病、無害於息、不可鑿也注、鑿・穿也、爲鑿竅、荀子哀公・五鑿爲正、注、鑿・竅也、五鑿謂耳目鼻口及心之竅、楚辭九辯・圜鑿而方枘兮、吾固知其鉏鋙而難入、此云鑿鑿者、蓋由竅鑿引申之義、猶後世所謂瓏瓏剔透也、○素

衣朱襮者、素衣蓋以素絲爲之、謂冕及爵弁之中衣也、皮弁朝服・玄端麻衣也、中衣用布、凡服先以褻衣親身、次加襦袴、冬則次加裘、裘上加裼衣、衣上加上服、素衣而朱爲緣、其領繡黼、諸侯朝祭之中衣也、大夫中衣亦素、無繡黼爲異、從子于沃者、子指桓叔也、玩一從字、當時君側之人、視弱主爲不足恃、思樹功于强臣、以希封拜、素衣朱襮、其陳橋之黃袍也、其不斥正服而舉中衣、猶是風人之情、然欲推戴爲君之意昭然矣、爾雅釋器・黼領謂之襮、傳既釋襮爲領、而又明中衣領有繡黼、用爾雅黼領之義也、郊特牲・繡黼丹朱中衣、大夫之僭禮也、鄭注・繡黼丹朱、以爲中衣領緣也、孔疏云、繡黼爲領、丹朱爲緣、此傳本郊特牲文、而必明言諸侯者、亦謂禮唯諸侯中衣則然、大夫用之則爲僭、古者裘有裼衣、裼衣又謂之中衣、其上有上衣、裼以見美爲敬、裼衣者對免上衣而言也、中衣者對不免上衣而言也、金榜云、掩合上衣謂之中衣、袒而露見謂之裼衣、是也、胡承珙曰、正義云、考工記、白與黑謂之黼、五采備謂之繡、傳意繡得爲黼者、繪是畫、繡是刺之、雖五色備具乃成爲繡、初刺一色、即是作繡之法、故繡爲刺名、傳言繡黼者、謂於繪之上、繡刺以爲黼、非訓繡爲黼也、孫炎注爾雅云、繡刺黼文、以褗領、是取毛繡黼爲義、其意不與箋同、不破繡字、義亦通也、此疏申傳甚諦、鄭據魯詩素衣朱綃、破繡爲綃、正義云、五采備謂之繡、若五色聚居、則白黑共爲繡文、不得別爲黼稱、繡黼不得同處、明知非繡字也、故破繡爲綃、承珙案、繡既爲刺繡、自不妨與黼連文、漢書郊祀歌・黼繡周張、賈誼傳・美者黼繡、皆以二字連稱、故不必破繡爲綃也、又黃氏生義府、據呂覽高誘注、訓襮爲表、遂謂朱襮非領、不知郊特牲繡黼丹朱是二事、繡黼爲黼領之襮、丹朱當從鄭注爲中衣之純、經傳未有言中衣以朱爲表者、詩之朱襮、亦祇謂中衣以朱爲緣・以黼刺領、首章之襮、次章之繡、其義一也、至黼領爲襮、亦自有表暴之義、鄭注士昏禮卿大夫之妻制黼以爲領、如今偃領、孫炎作襣領、方言、袚謂之襣、郭注卽衣領也、袚卽玉藻深衣之袷、袷者交領也、蓋別以綺繒爲之、加於領上、故謂之襣領、又謂之襮、亦取義於表襮也、胡說是也、古曲沃今山西絳州聞喜縣、今之曲沃則古之新田也、屬平陽府、○既見君子、云何不樂、君子指桓叔也、二句是虛擬之辭、云語助、有君子在、而以沃人爲君子、唉可畏也、見君子而後樂、則今之不樂可知、與云何其憂互發、觀上篇昭公儉嗇、民憂而不樂可知、故詩人告之、使昭公驚懼改厲也、

揚之水。白石皓皓。 皓皓・絜白也、 **素衣朱繡。從子于鵠。** 繡・黼也、鵠・曲沃邑也、 **既見君子。云何其憂。** 言無憂也、○皓古老反、延文本、傳曲沃下有之字、

箋曰、唐石經初刻作皓、後改作晧、晧字是也、說文白部無皓字、是晧本從日、廣韵三十二晧亦無皓字、○素衣朱繡者、朱卽丹朱、繡卽繡黼、朱繡卽朱襮也、奉素衣朱繡以從者、必非小臣也、以告大臣有傾於桓叔者、昭公不可不戒焉、從子于鵠者、水經注・涑水又西南逕左邑縣故城南、故曲沃也、晉武公自晉陽徙此、秦改爲左邑縣、詩所謂從子于鵠者也、如酈注則左邑乃爲曲沃、而鵠卽其所都、鵠與曲沃一耳、若如正義、鵠爲曲沃旁邑、則桓叔方在曲

沃、國人何乃從之于鵠邪、傳以曲沃爲大名、鵠是其都、故曰曲沃之邑、非謂曲沃之旁別有邑名鵠也、馬瑞辰曰、鵠古通作皋、易林・否之師、曰揚水潛鑿、使石絜白、衣素表朱、戲遊皋沃、義本此詩、皋沃卽此詩從子于沃從子于鵠也、皋與鵠古同聲、皋通作鵠、猶周禮皐舞當爲告、皋者澤也、易林戲遊皋沃、豫之大過、又作遊戲皋澤、是知沃亦澤也、澤也、皋也、沃也、蓋析言則異、散言則通、襄二十五年左傳鳩藪澤、牧濕皋、井衍沃、此析言也、鶴鳴傳訓皋爲澤、易林皋沃一作皋澤、此散言也、曲沃本取沃澤之義、故詩別稱皋鵠以協韻、三家詩从本字作皋、毛詩假借作鵠、馬說亦可備一通、○云何其憂、今日方憂而不樂、故曰何故復憂、

揚之水。白石粼粼。粼粼、清澈貌也、**我聞有命。不敢以告人。**聞曲沃有善政命、不敢以告人、摺本、傳無貌字、傳政命之命、卷子古本作令、延文本、傳命下、人下、並有也字、

箋曰、釋文云、粼本又作磷、同、文選劉楨贈從弟沈約新安江詩注引作磷磷、○我聞有命、不敢以告人、言我聞子之有密命、然不敢洩、子可以入焉、左傳・晉潘父弒昭公而納桓叔、不克、所謂命者、是潘父內應桓叔行期之命也、嚴緝云、時沃有纂宗國之謀、而潘父陰主之、將爲內應、而昭公不知、其曰我聞有命、正所以發潘父之謀、其忠告於昭公者、可謂切至、嚴說得之、通篇皆忠臣設爲叛人之言、以警發君者、故至末章則叛人勸桓叔速來代者也、傳云

聞曲沃有善政命者、毛意言桓叔將謀大事、故降恩命以懷國人、當如齊陳氏厚施之類、潛通逆黨、收拾人心、不敢以告人者、恐曲沃爲翼所疑、爲之隱也、言人心皆歸於曲沃如此、若不悛將爲其所幷、詩人見微知著、故曰聞之而不以告人者、正所以告之也、

揚之水三章二章章六句一章四句

椒聊。刺晉昭公也。君子見沃之盛。彊能脩其政。箋曰、應不能脩道以正其國、政荒民散、延文本、盛彊二字無、卷子本傍注云、二字本無、**知其蕃衍盛大。**箋曰、盛大非詩之碩大、**子孫將有晉國焉。**箋曰、故作是詩以風之也、通篇言桓叔之强、而不及昭公、其意則憂昭公之弱、而非主桓叔、言在此而意在彼也、讀是詩者、當知防微杜漸・强幹弱枝之道、然鑒於此、而踈其骨肉、翦其宗支、致國祚潛移於權臣外戚之手、則又不若此楚弓楚得之爲愈矣、此伐木常棣諸篇、所以聖人之宏猷茂德・爲不可及也、

椒聊之實。蕃衍盈升。興也、椒聊・椒也、**彼其之子。碩大無朋。**朋・比也、**椒聊且遠條且。**條・長也、○衍延善反、延文本、條作脩、傳同、次章亦同、比必履反、

箋曰、比也、椒樹甚茂、而實盛升、比桓叔盛强、而子孫振振焉、盈升言多也、釋文、椒・木名、東門之枌貽我握椒、傳、椒・芬香也、漢書司馬相如傳、桂椒木蘭、注・椒卽所食椒樹也、王莽傳、自前殿南下椒除、注・椒取芬香之名也、離騷雜申椒與菌桂兮、注、椒・香木也、以上椒皆从木、其子可以入食物、可以作佩玩、說文、椒作茮、从艸尗聲、椒結子皆作毬形、或數十子、或十數子、纍纍叢生、最爲蕃衍、故以取喩、傳不以聊爲語辭、椒聊疊字疊韻、單呼曰椒、累呼曰椒聊、陸疏以聊爲語助、然聊爲語助、且又語助、恐難成句、劉向九歎、懷椒聊之蔎蔎兮、王逸注、椒聊・香草也、椒聊二字連讀、亦不以聊爲語辭、王逸以爲香草者、猶說文以茮入艸部、蓋草木散文得通耳、爾雅・椒樧醜莍、莍卽梂也、又云、朻者聊、朻亦卽梂也、兒觥其觓觓每作觩、斗求通也、爾雅此句、專爲唐風而釋、椒聊卽椒莍也、鄭箋一梂二字、正釋聊字、梂・毬也、其形如毬、而子實於中、故名梂、正義云、梂謂椒之房裏實者、一裹之內、惟有一實、是也、○蕃衍盈升、一切經音義十九、引應劭漢官儀詩曰、椒聊之實蕃延盈升、衍亦讀夷然切、音延、見集韵、周禮春官大祝衍祭、鄭君云、衍當爲延、聲之誤也、盈升盈匊者、猶云以升計、以匊計耳、盈升者不止一升、盈匊者不止一匊、方合語氣、後漢書獻帝伏皇后紀注、引漢官儀云、皇后稱椒房、取其蕃實之義、是也、鄭箋欲合沃盛反常之喩、轉謂椒性少實、蕃衍者非其常、失經意矣、○彼其之子者、詩作于晉人、爲告昭公、故稱桓叔爲彼、外之之詞也、碩大無朋、謂桓叔之德宇寬弘無與比也、稱碩大以規昭公之褊嗇也、史記桓叔好德、晉國之衆皆附焉、好德言好施也、○椒聊且遠條且、比也、首二句以椒實之蕃衍、比桓叔子孫之蕃衍、此二句又以椒香之遠長、比桓叔之德政有遠聞、子孫將有晉國也、傳云、條・長也、鄭云、椒之氣日益遠長、是條者芬香條暢之謂、延文本、遠條作遠脩、脩條古同聲通用、史記周勃封爲條侯、注曰、條・表皆作脩、漢書地理志信都國脩縣、注曰、脩音條、括地志作蓨、是其證矣、條亦長也、漢郊祀歌・聲氣遠條、又律志、萬物條鬯、樂記・感條暢之氣、禹貢・厥木惟條、孔傳、條・長也、遠條二字以氣言之、不以枝言之也、

椒聊之實。蕃衍盈匊。兩手曰匊也、**彼其之子。碩大且篤。**篤・厚也、

椒聊且。遠條且。言聲之遠聞也、○延文本、匊作掬、九六反、

箋曰、釋文、匊本又作掬、匊者掬之古文省借字、宣十二年左傳舟中之指可掬、杜注、兩手曰掬、義與毛傳同、小雅采綠不盈一匊、毛傳亦曰、兩手曰匊、宋董氏引崔集注、以爲匊大於升、云古升上徑一寸、下徑六分、深八分、陳祥道亦言、二升曰匊、周禮考工記陶人疏・引小爾雅云、匊二升、二匊爲豆、豆四升、陳說應本於此、據是則匊多於升、首章言升、次章言匊、益加蕃衍也、蓋古量一升當我九勺八撮有奇、二升約略與兩手所掬相當、○碩大且篤、篤公劉之篤、言其篤於民、以風昭公、昭二十六年左傳・晏子曰、陳氏厚旋焉、民歸之矣、後世若少惰、陳氏而不亾、則國其國也已、厚施與傳篤厚之訓合、○椒聊且遠條且、覆是二句者、著沃必幷翼之形也、傳於上章云條長也、是總兩章條字釋之、次章云言聲之遠聞也、是總兩章遠字釋之、且上章解言椒氣之

長、次章解喩桓叔聲聞之遠、此訓詁互相足之例、不嫌於經同而傳異也、聲字與馨字音義相近、漢人每假借、故衡方碑・耀此聲香、亦借聲爲馨矣、然此傳聲字、不必改作馨、鳧鷖傳、馨香之遠聞也、彼經文本馨字、傳自作馨、與此不同、

椒聊二章章六句

綢繆。刺晉亂也。箋曰、後序所謂昭公之後大亂五世、此其始也、**國亂則昏姻不得其時焉。**箋曰、凡言昏姻得時不得時者、率謂男三十娶、女二十嫁之時、若月之早晚不爲失時、詩之所陳、皆不指此、惟男女竝過其當昏嫁之年、且猶有遂有不遂、此詩人所爲歎耳、陳啓源曰、綢繆杕杜羔裘三詩、叙不言刺何君、疏以其在椒聊鴇羽之間、槩判爲昭公詩、殆非也、鴇羽叙云刺時、竝不云刺昭公、又言昭公之後大亂五世、明是亂後始作、鴇羽非昭公詩、則綢繆諸篇可知矣、昭公之立、左傳雖云晉始亂、然在位僅七年、迨潘父弑之、亂斯甚爾、昭公時未至大亂致民間昏姻失時、父母莫養也、成師乃昭公親叔父、昭公又以曲沃封之、不得爲薄其宗族也、昭之後歷孝鄂哀小子緡五君、而後併於曲沃、綢繆以下四詩、當作於最後一二君之世、此時晉亂已久、容有昏姻失時、父母莫養者、而曲沃已在晉君五服之外、則所謂同父同姓、自目其君之近屬而言、義固無不通也、孔疏誤解叙意矣、

綢繆束薪。三星在天。興也、綢繆猶纏綿也、三星・參也、在天謂始見東方也、男女待禮而成婚、若薪芻待人事而後束也、三星在天、可以嫁娶矣、**今夕何夕。見此良人。**良人・美室也、**子兮子兮。如此良人何。**子兮者嗟茲也○綢直留反、繆亡侯反、參所金反、傳謂字卷子古本無、傳芻字延文本作蒭、傳矣字作之、子兮下更疊子兮、

箋曰、首一句比也、詩人每以薪喩昏姻、如漢廣翹翹錯薪、南山析薪如之何、是也、薪木各別植、束之則合而爲一把、猶男女異性、配之則合而爲一體、故以束薪喩嫁娶也、鄭箋則以束薪爲賦、朱傳既從毛爲興、而又云、詩人敘其婦語之詞曰、方綢繆以束薪也、而仰見三星之在天、則似此夫婦自爲束薪之事、昏夕負薪、不合情理矣、○三星在天者、參之言三也、參十星惟上三星特明、因指此爲三星、毛以秋冬娶妻爲昏姻正時、十月參見東方、故謂三星爲參星、不用分月之說、特是一夕所見、而以在天在戶在隅爲得時、然在天在中天也、亦以所見爲言耳、傳以詩言婚禮、故必以初昏爲說、又以在天爲見於東方、然始見於東方則低矣、豈得曰在天哉、鄭則據周禮媒氏仲春會男女之無夫家者、以二月爲正昏之時、故謂三星爲心星、心爲大火、三月火始見、則時已晚矣、故以在天爲三月末四月中、在隅爲四月末五月中、在戶爲五月末六月中、皆爲失時、然經傳以星紀候、自堯典夏小正、以至春秋內

外傳、無不指其見者言之、從無既指某星爲候、而又取其將見未見之時以言之者、鄭云、心有尊卑夫婦父子之象、又爲二月之合宿、故嫁娶者以爲候焉、昏而火星不見、嫁娶之時也、夫既不見矣、何以爲候、古人觀象授時、所以明民、民所不見何以示之、○今夕何夕者、幸之之辭也、蓋惟男女失時、益見遂其昏姻者之可樂也、說苑稱、鄂君與越人同舟、越人擁楫而歌曰、今夕何夕兮、得與搴舟水流、今日何日兮得與王子同舟、彼歌意嘉美此夕、蓋出於此詩、見此良人者、小戎云厭厭良人、妻謂夫爲良人、孟子其良人出、儀禮良席在東、鄭注、婦人稱夫曰良、是也、傳以良人爲美室、是謂妻之美、然經傳未見稱女爲良人者、○子兮子兮者、作喚旁人語、唐詩所謂君不見之類耳、居亂世室家不能相保、既成昏、而懼其失之也、則曰子兮子兮當如此良人何、究竟是諮謀之語矣、纔卜偕老之懽、已虞新昏之別、如此何、如此何、憂方來而非慨已往也、新昏者如此、國之亂甚矣、生民之失所可思矣、傳嗟茲、王引之曰、嗟茲卽嗟嗞、說文嗞嗟也、廣韻、嗞嗟・憂聲也、秦策曰、嗟嗞乎司空馬、管子小稱篇曰、嗟嗞乎聖人之言長乎哉、說苑貴德篇曰、嗟茲乎我窮必矣、楊雄青州牧箴曰、嗟茲天王附命下土、皆歎辭也、或作嗟子、楚策曰、嗟乎子乎、楚國亡之日至矣、儀禮經傳通解續・引尚書大傳曰、諸侯在廟中者、愀然若復見文武之身、然後曰、嗟子乎、此蓋吾先君文武之風也夫、是嗟子與嗟嗞同、經言子兮、猶曰嗟子乎・嗟嗞乎也、故傳以子兮爲嗟茲、胡承珙曰、爾雅釋詁、嗟咨⿰镸差也、此嗟咨亦當作嗟嗞、鄭箋以子斥娶者、固誤、集傳言男女自謂曰子兮子兮、則從古無自稱爲子者矣、

綢繆束芻。三星在隅。隅，東南隅也、**今夕何夕。見此邂逅。**邂逅，解說之貌、**子兮子兮。如此邂逅何。**○邂戶懈反、延文本芻作蒭、逅作覯、傳同、胡豆反、

箋曰、芻卽薪也、周南之蔞、鄭風之束蒲、可徵、在隅在戶、亦變文諧韻耳、隅只是屋角、三星稍傾、當屋角而見也、傳云東南隅者、日加巳位謂之隅中、是東南隅曰隅也、○見此邂逅、釋文、邂本亦作解、逅本又作覯、說音悅、說文無邂逅字、古邂作解、逅作遘、或作構及覯、廣雅、解·悅也、學記相說以解、傳蓋以解有悅義、故釋爲解說之貌、鄭風唐風皆言邂逅、兩傳釋之、義各不同、俞樾曰、邂逅乃古語、莊子胠篋篇、解垢同異之變多、解垢卽邂逅也、與同異竝言、是邂逅二字、各自爲義、邂之言、解散也、逅之言、構合也、故亦作解構、淮南子俶眞篇、孰肯解構人間之事乎、高誘注曰、解構猶合會也、構爲合會、解非合會、而連言之曰解構、古人之辭、往往如此、史記刺客傳、多人不能無生得失、因失而連言得、倉公傳、緩急無可使者、因急而連言緩、後漢書何進傳、先帝嘗與大后不快、幾至成敗、因敗而連言成、皆其例也、野有蔓草篇邂逅相遇、毛傳曰、邂逅不期而會、是專說逅字之義、此傳曰邂逅解說之貌、是專說邂字之義、毛公生六國時、猶通古語、固知邂逅二字各自爲義、但於野有蔓草篇、謂因逅而連言邂、於此篇又謂因邂而連言逅、故前後異義也、毛說此經必與彼異者、蓋亦順文爲說、彼經云邂逅相遇、故從逅字取義、訓爲不期而會、此經云見此邂逅、若從彼說則不可通、故從邂字取義、訓爲解說之貌、婚姻

失時、男女睽隔、其志鬱結不舒矣、今夕見之、皆得解說、然解說在心者不可見、解說在貌者則可見、故傳以貌言之、是說猶悅也、今夕何夕見此邂逅、謂見此怡悅之貌也、

綢繆束楚。三星在戶。參星正月中直戶也、**今夕何夕。見此粲者。**三女爲粲、大夫一妻二妾、**子兮子兮。如此粲者何。**○粲采旦反、直音値、

箋曰、在戶者、三星西低、當戶而見也、卽是西出外戶也、非南出室戶、我邦封建時、士大夫得作雙扇門、庶人皆隻扇矣、漢土後世亦然、想古亦應然、其隻扇者、雖在外牆亦惟稱戶而已、論語誰能出不由戶、以外戶而言也、孟子昏暮叩人之門戶、雖閉戶可也、戴記外戶而不閉、皆可證、○見此粲者、傳云三女爲粲、大夫一妻二妾、王肅因曰、言在位者亦不能及禮、此泥粲字之訓耳、是詩豈爲在位作邪、國語雖曰女三爲粲、而又曰粲美物也、是言美女也、說文、糲米一斛、舂爲八斗曰糳、爲米六斗大半斗曰粲、伐木於粲洒埽、傳鮮明貌、大東粲粲衣服、傳鮮盛貌、漢書董仲舒傳粲然有文、注明貌、粲訓鮮明、訓鮮盛、訓明、訓美、皆粲米字引申之義、云粲者猶之云美者也、此詩設爲嫁娶人之辭、見此良人、嫁者之辭也、見此粲者、娶者之辭也、見此邂逅、總括之辭也、首章之子兮子兮、婦私自念、恐以時事艱難累其夫、故曰如此良人何、次章之子兮子兮、夫婦共念、一夕之盟、終身以之、何以能形影相隨、不致仳離

失所、故曰如此邂逅何、末章之子兮子兮、夫私念恐以不能相保負其婦、故曰如此粲者何、蓋當亂世、憂昏姻之難常聚、而有危心也、杜詩今夕復何夕、共此燈燭光、夜闌更秉燭、相對如夢寐、四語合參之、方知此詩之妙、

綢繆三章章六句

杕杜。刺時也。箋曰、自此三篇一轄、此刺君、次刺大夫、次君子不遇、故皆曰刺時、**君不能親其宗族。骨肉離散。獨居而無兄弟。**箋曰、宗族也、骨肉也、兄弟也、其言重複、所以深致意於親親也、獨居釋獨行、無兄弟因詩、極言其寡特也、**將爲沃所并爾。**箋曰、本支戰伐、人心不定、公族亦必多黨沃者矣、此篇所刺、序不斥爲何君、或昭公後孝鄂哀小子緡君、鑒昭公封成師而弱、因薄其宗族、如後日因驪姬之亂、詛無畜羣公子、詩人緣以爲刺耳、然晉之前日、因不親宗族骨肉離散、而爲沃所并、晉之後日、因不畜羣公子、卒無公族、而爲六卿所分、其覆轍一也、郝敬曰、是詩朱子改爲人無兄弟者、求助于人之辭、非也、晉自昭公被殺、與沃五世相攻、宗族離叛、公室孤立、詩人以杕杜特生比晉、椒聊蕃衍比沃、一盛一衰、比晉將折而入沃也、如王風葛藟、鄭風揚之水、皆親戚叛之、所以不振、安得目爲泛泛行道之語乎、

有杕之杜。其葉湑湑。興也、杕・特生貌、杜・赤棠也、湑湑・枝葉不相比次也、獨行踽踽。豈無他人。不如我同父。踽踽・無所親也、嗟行之人。胡不比焉。人無兄弟。胡不佽焉。佽・助也、○杕徒細反、湑私敘反、踽俱禹反、佽七利反、傳生字次字、宋本並無、延文本、次作近、

箋曰、比也、傳以杜爲赤棠、棠詳甘棠篇、裳裳者華其葉湑兮、傳、湑・盛貌、二章菁菁、傳云葉盛、則首章湑湑亦當爲葉盛貌、說文湑字注、一曰露貌也、引詩零露湑兮、露之濃貌爲湑、木之盛貌爲湑湑、其義一也、言特生之杜、以其葉盛、故鬱然不孤、以比人之一身有宗族兄弟而多賴焉、有杕之杜序武公寡特、亦取杜爲喩、然此詩其葉湑湑、其葉菁菁、皆言葉之盛、則杜雖孤特、猶有葉以爲蔭芘、與有杕之杜取興微異、傳云枝葉不相比次者、蓋其枝葉茂密重沓、故無比次行列也、正義申之爲柯條稀疏、殊失傳意、○獨行踽踽者、孟子踽踽涼涼、乃孤特無伴之貌、說文、踽・疏行貌、字亦作偊、列子力命、偊偊而步、後世禹步字本此、列子或用古字作禹禹而步、後人遂以之誣大禹矣、不如我同父、同父・兄弟也、雖有他人、不如兄弟、踽踽誰依乎、○嗟行之人、行・道也、行之人猶言路人也、荀子性惡篇曰、塗之人可以爲禹、胡不比焉、胡・何也、比・親比之比、胡不佽焉、正義曰、佽・古次字、呂記引崔靈恩集注云、佽作次、車

攻決拾既佽、箋云、謂手指相次比也、亦是以佽爲次、凡物之次第相比者、皆有相助之義、故傳訓佽爲助、爾雅、佴・貳也、郭注、佴・次、爲副貳、說文、佴・佽也、又曰、貳・副益也、佽益皆助也、詩設爲不得于兄弟者・望兄弟比助之辭、言我獨行無偶、豈無他人可共行乎、然終不如我兄弟也、苟以他人爲可恃、則嗟彼行道之人、胡不自相親也、凡人無兄弟、胡不外求佽助也、行之人卽上他人、以見他人莫如我兄弟也、卽常棣凡今之人莫如兄弟之意、兩胡不・非望詞、乃決詞也、人無兄弟一句、是夾入成章者、朱傳乃曰、行路之人、何不閔我之獨行而見親、憐我之無兄弟而見助乎、夫上既曰豈無他人可與同行、不如我兄弟、下又仍望他人閔我憐我、自爲乖戾、又不如我同父、明是有兄弟人口氣、乃曰此無兄弟者自傷其孤特、並謬、左傳云、扞禦侮者、莫如親親、故以親屏周、今曲沃間晉、其爲外侮大矣、而君不知以親自屏、使骨肉叛渙、故君子作是詩、以喩非宗族不足以據之理也、

有杕之杜。其葉菁菁。 菁菁・葉盛也、 **獨行睘睘。豈無他人。不如我同姓。** 睘睘・無所依也、同姓・同祖也、 **嗟行之人。胡不比焉。人無兄弟。胡不佽焉。** ○睘求營反、

箋曰、君以一身居萬民之上、其亦不杕之杜乎、然宗族相親附、如木葉之庇其本根、則名器鬱然、可以本支百世矣、○獨行睘睘、釋文・睘本亦作焭、又作

煢、書洪範正義引此詩作煢、王逸注楚辭九思、李善注文選思玄賦、引皆作煢、毛於此傳訓無所依、於小雅正月哀此惸獨、周頌閔予小子嬛嬛在疚、皆無傳、蓋以睘惸嬛爲一字矣、正月之惸獨、孟子引作煢獨、閔予小子之嬛嬛、釋文引崔集注本作煢、似毛詩本皆作煢、釋文云又作焭者、焭卽煢之異文、小爾雅寡夫曰煢、又作儝、方言、儝・獨也、楚曰儝、郭注、古煢字、說文、煢・回疾也、段注云、回轉之疾也、引申爲煢獨、取褢回無所依之意、○不如我同姓者、姓・生也、是本母而言、猶同產也、非姓氏之姓、唐書謂同母姊妹爲同生、與此同、麟趾篇公姓傳曰、姓之爲言生也、禮父兄子姓、注曰、子之所生爲姓、皆可證、馬瑞辰曰、昭四年左傳問其姓、釋文云、女生曰姓、姓謂子也、姓从女生會意、上古賜姓、皆因其母之所生、如神農母居姜水・因賜姓姜、黃帝母居姬水・因賜姓姬、是也、又如禹祖昌意以其母呑薏苡生、因賜姓姒、殷契以其母呑元鳥子生、因賜姓子、是古賜姓由母之證、此詩同姓對前章同父而言、又據下文人無兄弟言、明謂同母生者、公羊傳所謂母弟稱弟、母兄稱兄也、與左傳同姓於宗廟謂同始祖者異矣、胡承珙則曰、古稱同姓、有親疏之別、周官司儀・土揖庶姓、時揖異姓、天揖同姓、注云、庶姓無親者、異姓昏姻也、則此同姓乃統宗族言之、襄十二年左傳・同姓於宗廟、注云、所出王之廟、此同姓亦統言之、禮記大傳・四世而緦、服之窮也、五世袒免、殺同姓也、六世親屬竭矣、其庶姓別于上、而戚單于下、昏姻可以通乎、疏云、四世謂上至高祖・以下至已兄弟、同承高祖之後、相報緦麻、是服盡于此、五世袒免殺同姓也者、謂其承高祖之父者也、言服袒免而無正服、減殺同姓也、其庶姓別于上者、五世以後、庶姓別異于上、與高祖不同、各爲氏族、不共高祖、別自爲宗、是別于上也、庶·衆也、高祖以外、人轉廣遠、分姓衆多、故曰庶姓也、據此則以共承高祖者爲同姓、高祖以上爲庶姓、此詩對他人言之、則同姓當謂共始祖者、上章同父舉其至親、下章同姓舉其至疏、所謂以兩頭該中間也、傳以同姓爲同祖、乃統宗族言之、非卽以祖爲祖父、若謂曲沃亦晉同姓、服屬未遠爲疑、則虞東學詩云、桓莊武三世弒逆、律以春秋之義、絕不爲親、詩人所言同父同姓、義別有屬、不得疑此謂非爲沃事也、胡說得毛義、然恐非經旨、

杕杜二章章九句

羔裘。刺時也。箋曰、自昭公封沃、至武公幷晉、六十餘年、本支戰爭、骨肉相屠、是時也猶晦夜、故三序曰刺時、**晉人刺其在位之人。不恤其民也。**箋曰、在位釋羔裘豹袪、不恤釋居居究究、其民釋我人、詩義了然、謂之刺時者、倨究一時成風也、今晉勢日衰、而在位不恤其民、失爲上之道矣、而曰豈無他人、維子之故、足見風俗之厚、不忍去大夫、正以不忍去君也、夫國家危急之秋、尤以民爲邦本、倘虐用其民、民將叛之、誰與之守、幸而不叛、亦與之同盡爾、聖人存羔裘、見唐民有不渝之忠義、亦見君臣無立國之經猷也、唐石經摺本、之人二字無、延文本有之字無人字、

羔裘豹袪。自我人居居。

袪・袂也、本末不同、在位與民異心、自・用也、居居・懷惡不相親比之貌、

豈無他人。維子之故。

○袪起居反、延文本、傳心下、貌下、並有也字、

箋曰、袂是袖之大名、袪是袖口之小稱、釋文本・定本、皆傳袂下有末字、僖五年左傳疏引亦有末字、遵大路正義云、唐羔裘傳云、袪・袂末、唐風取本末爲義、故言袂末、亦有末字、有末字・是也、遵大路傳已云袪袂也、散文得通、此可無庸復傳、但因取喩本末、故謂袪爲末、與謂裘爲本作對文、非袪爲袂之末也、裘者本也、袪者末也、裘用羔、袪用豹、所謂本末不同也、裘袪本末、言在位與民、羔豹不同、言在位與民異心、襄十四年左傳・余不說初矣、余狐裘而羔袖、羔裘袖不同物、言始終不同轍、與此詩傳意略同、鄭云、羔裘豹袪、在位卿大夫之服也、實指卿大夫之服而言、此毛鄭異義、安井氏曰、羔裘豹袪非禮服、故毛以喩在位與民異心、若是禮服、不可以喩官民異心、正義引鄭風羔裘豹飾、以證鄭箋卿大夫之服、然飾緣也、與袪自別、不得引彼以證此○自我人居居者、自・用也、尙書多見我人言我之人、豳詩哀我人斯亦同、爾雅釋文、居又音據、說文居處字作凥、蹲踞字作居、是居爲蹲居箕居本字、引之爲倨傲字、作居者漢書酷吏郅都傳・丞相條侯至貴居也、注、居・怠傲、讀與倨同、亦或借裾、趙禹傳・禹爲人廉裾、注・裾亦傲也、讀與倨同、荀子子道篇・子路盛服見於孔子、子曰、由是裾裾何也、汝服既盛、顏色充盈、天下且孰肯諫汝矣、裾裾與居居同、亦謂其有倨敖之色也、傳曰不相親比、卽倨傲之意、李巡注爾

雅曰、居居不狎習之惡、不狎習卽不相親比、皆由倨傲起義也、居字以讀去聲爲是、○豈無他人、維子之故、他人・暗斥曲沃也、子・指在位者也、故・故舊也、安井氏曰、大夫之於其民、本有恩好、治我既久、亦可稱故、此說是也、正義乃謂、在位者幼少未仕時、與此民相親愛、故稱故、殊泥、

羔裘豹褎。自我人究究。褎・猶袪也、究究・猶居居也、豈無他人。維子之好。○褎徐救反、

箋曰、說文、褎・袂也、俗作袖、是褎亦袂矣、褎袪本義不同、故傳云褎猶袪也、○自我人究究、孫炎注爾雅曰、究究窮極人之惡、說文、究・窮也、曰究究者、窮究到底、不留餘地、斯時沃勢張甚、晉則一君弑、復立一君、皆晉大夫力爲禦侮、故征調之間、不順人情、其實不得已也、但用民之力、究究然、必窮極之、祇見其不堪命也、楚辭九懷涕究究兮、王逸注、究究不止貌也、其訓與窮極義相通、祈招詩云、形民之力而無醉飽之心、所謂形民之力、斯與窮極人者異矣、○維子之好、好・情好也、謂故舊之好、故不必好、是故而好者也、鄭詩亦先不寁故、而後不寁好、

羔裘二章章四句

鴇羽。刺時也。昭公之後。箋曰、既卒之後也、故大亂五世・不數昭公、大亂五世。

箋曰、揚水椒聊亂之本也、綢繆亂也、杕杜君不親宗族、而羔裘在位不恤民、遂致大亂、五世孝侯鄂侯哀侯小子侯晉侯緡也、鄭以昭孝鄂哀小子侯爲五世非也、叙既云昭公之後、自不應併數昭矣、緡在位二十八年、視前數君獨久、又滅緡之後、曲沃武公始繼晉、而作無衣之詩、不容言晉亂者・反闕緡而不數也、桓七年左傳云、冬曲沃伯誘晉小子侯殺之、八年春滅翼、其冬王命虢仲立晉哀侯之弟緡于晉、九年秋虢仲芮伯荀侯賈伯伐曲沃、小子侯於七年冬被弒、緡於八年冬立、則八年春滅翼之時、緡已逋竄、至冬始求得而立之也、於時緡雖立、而曲沃正强、虢仲奉王命在先、欲終其事、故復合三國伐曲沃以定之、他國猶會師、豈本國全無徵發、君子從役、當在此時、左傳序虢仲于三國之上、明此舉亦是王命、故經言王事靡盬、承連年爭戰之後、故有不能蓺稷黍之言、

君子下從征役。箋曰、君子卽作是詩者也、賢者而編於卒伍、故曰下從、

不得養其父母。而作是詩也。箋曰、刺時者言時勢迫之而然、非盡君上之虐用其民也、顧此時晉亂極矣、猶屢言王事靡盬者何哉、蓋曲沃貪心、通國讐之、晉之遺臣、往往假王命以鼓勵人心、如王命虢公立小子侯、王命虢仲立侯緡、王命虢仲芮伯欒伯荀侯賈伯伐曲沃、是以其民以王命爲尊、忠義自効、不肯從曲沃之逆、而抗兵相拒、雖至危困之極、但仰天呼之、無一語怨其君者、可以見其忠、不能蓺黍稷、而悲父母何怙、可以見其孝、一詩之中、忠孝具備、唐風之所以爲厚與、自此而晉之遺民幾盡矣、自此而曲沃有詩、晉無詩矣、

肅肅鴇羽。集于苞栩。興也、肅肅・鴇羽聲也、集・止也、苞・稹、栩・杼也、鴇之性不樹止、**王事靡盬。不能蓺稷黍。父母何怙。**盬・不攻緻也、怙・恃也、**悠悠蒼天。曷其有所。**○鴇音保、苞補交反、栩況羽反、盬音古、蓺魚世反、稹之忍反、杼食汝反、延文本、傳稹下有也字、

箋曰、比也、肅肅亦叚借字之純取音者、與本義全不相涉、小雅鴻雁肅肅其羽、義同、是皆重文、若單文亦爲聲、祭義云、肅然必有聞乎其容聲、史記孝武紀云、神君來則風肅然、是皆以肅爲聲也、兔罝肅肅兔罝、小星肅肅宵征、思齊肅肅在廟、烝民肅肅王命、黍苗肅肅謝功、雝至肅肅、與此皆不同、陸疏、鴇鳥連蹄、性不樹止、樹止則爲苦、釋文・鴇似雁而大、無後趾、無後趾卽陸疏所云連蹄也、羅願云、鴇亦水鳥、上林賦・鴻鸛鵠鴇羣浮乎其上、是也、詩蓋以水鳥之集樹爲失性、喩君子之下從征役爲失所耳、六義有比、皆與下文不相照應、但寓正指于寄託之中、以後另自起論、如此詩、起云肅肅然之鴇羽、而乃集于苞栩、正是說不便勞苦之人、而乃久從征役、不煩更擧者也、下却另言、因此遂致不得耕田以供子職、但取承上、不取應上、凡前後比義皆如此、

集・止也、爾雅孫注・物叢生曰苞、齊人名曰稹、郭注・今人呼物叢緻者爲稹、箋以根相迫迮梱緻解之非也、下泉浸彼苞根傳、苞本也、斯干如竹苞矣、生民實方實苞、長發苞有三櫱、傳皆同、毛於他處訓本、而此獨訓稹者、蓋所謂苞者由本下叢生之枝條、非本上岐出之枝條也、其義一也、此詩三苞字宜著

眼、鴇乃大鳥、乃集於叢生之苞栩、言勞苦之餘、不暇擇其所而棲也、栩樹高二三丈、小則聳枝、大則偃蹇、葉如櫧葉、其木堅而理邪、故匠石以爲不材之木、而作薪炭則他木皆不及也、四五月著華、黃色、子名芧、又名橡、圓銳、儉歲可以禦飢、狙公之所賦、仲治之所拾、皆是物矣、此詩苞栩、及秦風之苞櫟、皆有柞櫟之名、陸疏於苞栩苞櫟、雖各爲說、然其說苞栩云、栩今柞櫟也、徐州人謂櫟爲杼、或謂之爲栩、其子爲皁、或言皁斗、其殼爲汁、可以染皁、今京洛及河內多言杼斗、謂櫟爲杼、五方通語也、其說苞櫟云、秦人以柞櫟爲櫟、河內人謂木蓼爲櫟、椒椴之屬也、其子房生爲梂、木蓼子亦房生、故說者或曰柞櫟、或曰木蓼、璣以爲此秦詩也、宜從其方土之言、柞櫟是也、據此陸雖以柞櫟與木蓼之櫟爲二木、然於唐秦之苞栩苞櫟、皆爲柞櫟、仍一木也、說文・栩柔也、從木羽聲、柔栩也、从木予聲、讀若杼、樣・栩實也、从木羕聲、艸部・草斗櫟實也、一曰象斗、从艸早聲、此則栩柔樣櫟並爲一木、樣卽今之橡字、〇王事靡盬者、謂王事之堅固嚴密也、所以我不可輕脫也、不當以靡盬屬我之行事、正義因蠱盬聲近、又皆下從皿、故爲字異義同、然盬从鹽省古聲、說文有明文、不从皿也、盬爲不練之鹽、故天官鹽人云、凡齊事鬻盬、鬻卽練也、鹽不練謂之盬、尤易敗、故引申之、謂物不堅緻爲盬、此傳云盬不攻緻、四牡傳云盬不堅固、其義同也、鹽人、祭祀供其苦鹽、注・杜子春讀苦爲盬、典婦功辨其苦良、注・鄭司農讀苦爲盬、苦本爲良苦字、自借爲五味字、而假借盬字、盬苦皆从古聲也、史記五帝紀皆不苦窳、正義・苦讀如盬、漢書食貨志集注・苦或作盬、方言、盬・雜猝也、郭注、皆倉卒也、又盬、且也、亦苟且之意、漢書息夫躬傳、器用盬惡、卽不堅固之謂、左傳襄二十九年、子展曰、詩云、王事靡盬、不遑啟處、東西南北、誰敢寧處、堅事晉楚、以蕃王室也、王事無曠、何常之有、此謂固事晉楚乃所以蕃屏王室、卽王事無不堅固之意、○不能蓺稷黍、父母何怙者、蓺・樹也、怙・恃也、子少則怙父母、既壯則父母怙子、所謂相依爲命也、稷黍非君子所自蓺、特久從征役、念及父母之養、而以不能躬自種蓺爲言耳、安井氏曰、不能有二焉、有力不足而不能者、有無暇而不能者、無暇而不能者、意與不得同、此當謂在役所而不得蓺稷黍、安井說是也、鄭謂既則罷倦不能播種五穀、正義因謂、雖歸而不能、誤矣、黍稷詳王風黍離篇、○悠悠蒼天、呼天而問也、曷其有所、曷何日也、所・處也、廣雅、處・止也、曷其有所、猶言曷其有止、與下二章曷其有極曷其有常同義、謂其不得所而不安也、

肅肅鴇翼。集于苞棘。王事靡盬。不能蓺黍稷。父母何食。悠悠蒼天。曷其有極。

箋曰、羽翼行是詩之叙也、羽以一身而言、翼以兩翼而言、蜉蝣亦先羽後翼、苞棘猶叢棘、○父母何食、不唯何怙、○曷其有極者、周語、神人百物、無不得其極、當然而不然、是極也、

肅肅鴇行。集于苞桑。行・翮也、**王事靡盬。不能蓺稻粱。父**

毋何嘗。悠悠蒼天。曷其有常。翮戶革反、

箋曰、馬瑞辰曰、鴇行猶雁行也、雁之飛有行列、而鴇似之、說文、𠦜相次也、蓋鴇之飛、比次有行列、故字从𠦜會意、鴇行訓作行列爲是、行之訓翮、經傳無徵、○不能蓺稻粱、稻卽我邦所食稻米、色白如霜、性尤宜水、故別設稻人之官、掌稼下地、而漢世亦置稻田使者、以其均水利故也、稻一名稌、然有黏、有不黏者、今人以黏者爲糯、不黏者爲秔、然在古則通得稻稌之名、秔或作稉、稉俗作粳、粱卽支那北方之小米、言其色則曰黃茂、粱與黍苗葉相似、而穗與粒不同、黍一莖數穗而散垂、其粒長、粱一莖一穗而堅壯、其粒圓不黏者以爲飯、黏者以爲酒、猶秔與稉也、稷粱二穀見於經者、判然兩事、秦漢以後、多溷而一之、又古不以粟爲穀之名、但米之有孚殼者皆稱粟、漢以後以穀之最細而圓者爲粟、則古之粱也、○父母何嘗、嘗·口試其味也、黍稷稻粱、非成熟於一時者、而今皆不得蓺、見從役非一日矣、○曷其有常、常復其常也、鴇之連蹄而樹止、失常之甚者、故曰何時免苞桑之苦、奉菽水之歡、以得我常乎、三章上二句言君子從征役之苦、下五句恨不得供養父母之辭、

鴇羽三章章七句

無衣。美晉武公也。武公始幷晉國。箋曰、左傳桓八年、武公滅翼、王立晉侯緡、

爾後二十六年、而王命武公爲晉侯、中間不記晉事、武公并晉在莊十六年、其事迹曲折、都不可知、**其大夫爲之請命乎天子之使。** 箋曰、晉世家・晉侯緡立二十八年、曲沃武公滅之、盡以其寶器賂獻釐王、王命列爲諸侯、考左傳・自桓八年始立緡於晉、至莊十六年、王使虢公命曲沃伯、以一軍爲晉侯、計其年數止二十七、則史記有不合、抑傳言一軍、是名雖爲侯、猶從小國、其命數蓋未備、或武公因是更賂以請命、而後正爲侯伯、其事自在莊十七年、乃緡之二十八年、左所闕書、而史別補之與、然則天子之使、卽虢公也、**而作是詩也。** 箋曰、美晉武公者其大夫美之、非序者美之也、此所謂美者、正如符命美新、九錫美魏、作史者但據事直書、而其惡自昭揭于萬世而不可揜、此序之書法亦如是而已、正以著曲沃大夫黨惡之情、刺意不言自見、姜炳璋曰、曲沃反噬、成師弑二君、鱓弑一君、稱弑三君、晉惟鄂侯令終、其餘六世、皆不得其死、自古亂臣賊子之禍、未有如斯之酷者、周天子歷年命將討賊、百端救援、延至六十七年、僖王卽位、正値齊桓圖霸尊周、王不能號召諸侯、以救其危亡、反受賊賂、命曲沃伯爲晉侯、遂使通國事讎、而晉以定、此厲幽宣平桓莊所必不爲者、而周室更微矣、故錄賊臣美其君受服之辭、使千古讀之、知前之衣何以不寒而慄、今之衣何以安吉而燠、諸侯何以不敢討、遺民何以不敢貳、王實使之、皆王之咎也、斯亦隱而彰矣、夫子作春秋、往往歸罪奬亂者、卽斯旨也、故于新故相承、列是詩于中、覺以前爲討曲沃之王師、今爲爵亂賊之王命也、前爲忠臣義士之呼號、今

爲亂臣賊子所誇美也、其痛心于王也至矣、

豈曰無衣七兮。侯伯之禮七命、冕服七章、不如子之衣。安且吉兮。

諸侯不受命於天子、則不成爲國君、○搢本傳無受字、

箋曰、傳釋經之七爲七命、七命故冕服七章、周禮典命云、侯伯七命、其國家宮室車旗衣服禮儀、皆以七爲節、鄭周禮注、鷩冕七章、衣三章、一曰華蟲、畫以雉、卽鷩也、二曰火、三曰宗彝、皆畫爲繢、裳四章、一曰藻、二曰粉米、三曰黼、四曰黻、皆絺以爲繡、唐叔本侯爵、則晉固有七命之服、春秋間諸侯命圭用舊物而已、但武公以孽奪宗、心有未安、故請命服也、古者稱卿大夫士通曰子、序云請命乎天子之使、則子者卽指天子之使言、安者、服美不安、於女安乎之安、吉者、以天子之休命言之、不如者・正求其能如之也、諸侯有七命六命之衣、天子之使亦有七命六命之衣、此述其請命之辭、若曰子之衣乃王命之服也、但已未得王命、則雖有衣六衣七、而不如子服命服之安且吉安且燠也、所以要之令爲請命于王・而賜服耳、大車傳曰、天子大夫四命、其出封五命、如子男之服、正義曰、毛意以周禮出封爲出於封畿、非封爲諸侯也、尊王命而重其使、出於封畿卽得加命、則知天子之卿六命、來使於晉亦假以七章之服、故詩兩言子之服、一言其加服、一言其本服、周官典命云、王之三公八命、其卿六命、大夫四命、及其出封皆加一等、出者加一等、則入者宜

減一等、覲禮、侯氏乘墨車、此正入減之證、天子之卿六命、出使則加爲七命之服、侯伯七命、入天子之國則減爲六命之服、故晉侯亦得如天子之卿有衣七衣六之異、傳於首章言侯伯之禮七命、冕服七章、於二章曰天子之卿六命、車旗衣服以六爲節、但據常禮言之、至天子卿大夫出封加一等、義已著於大車傳、則其義固可推而知也、此詩述其賂王請命之意、似恭而實倨、以著其無王之心也、後世篡竊之徒、紛紛賜劍履加九錫、皆自爲之、而要天子之命以爲重、五代劉仁恭嘗謂使者曰、旄節吾自有、但要長安本色爾、正與此詩意合也、兩無衣・秦風純乎感慨激厲、唐風純乎跋扈、襄王拒文公請隧、末曰若叔父有地而隧焉、余安能知之、是隱料其不難自爲、破之使不敢然、此首云豈曰無衣七兮、是直告以不難自爲、脅之使不得不然、僖視襄更孱、宜其崩墊莫通于諸侯也、朱傳以子爲天子、然古未有指天子單稱子者也、或又以子指武公、如公子翬謂隱公曰百姓安子、諸侯說子、是諸侯之臣亦呼君爲子、以此爲作於晉大夫美其君始得王命之時、然使果謂武公服其命服、安且吉兮、則命服章數有定、次章何復以衣六爲言、皆不可通、

豈曰無衣六兮。 天子之卿六命、車旗衣服、以六爲節、 **不如子之衣。安且燠兮。** 燠・煖也、○燠於六反、

箋曰傳釋經之六爲六命、六命故車旗衣服以六爲節、毛於首章七兮云冕服七章、此但依典命文車旗衣服以六爲節、不言六是章數者、三公毳冕則

孤卿絺冕、絺冕衣一章、裳二章、止有三章、而此云六章之衣、故不言章也、車旗者謂卿從車六乘、旜旗六旒、衣服者指謂冠弁也、飾則六玉、冠則六辟積、又典命云、王之卿六命、及其出封加一等、其國家宮室車旗衣服禮儀亦如之、是謂天子之卿之禮也、侯伯七命、天子之卿六命、然天子之卿、出封視侯、而侯伯亦入爲卿、是本相敵、七六非有升降、蓋詩人以七六分章、實一意爾、非有所不敢必而爲謙也、朱傳亦襲箋疏之謬、○不如子之衣安且燠、燠者以身如挾纊言之、釋文、奥本又作燠、據釋文則毛本作奥、別本又有作燠者爾、奥卽燠古文之省借、小明日月方奥、傳、奥・煖也、据此則毛本作奥益可信矣、書洪範曰燠時燠若、史記宋微子世家作曰奥時奥若、恒燠若作常奥若、內則問衣燠寒、釋文本又作奥寒、奥爲屋之㴱奥處、凡㴱奥處必煖、故奥有燠義、

無衣二章章三句

有杕之杜、刺晉武公也。武公寡特。箋曰、一句意住、下句卽寡特之實、兼其宗族、而不求賢以自輔焉。箋曰、賢言宗族之賢者也、武公入自支別、盡臣其宗族、不求其賢、而孤寡特立、故詩人詠孤特者求賢之意以規之也、蓋武公懲已之以孽傾宗、而虞宗族中或效其尤、每事多所猜防裁抑、雖有賢者、不復與共

大計、舍近而圖之疎遠也、武公實啓其漸、于是獻公遂有與士蔿謀去羣公
子事、驪姬之亂、又有詛無畜羣公子事、歷經削除、而晉遂無復有公族爲執
政者、春秋列國、皆重世卿、而尤先公族、其後魯之三家、終延弱魯、齊晉
最强大、而先亡者、皆以無公族見奪於强臣也、延文本、族下有矣字、

有杕之杜。生于道左。興也、左・道之陽、人所宜休息也、**彼君子兮。噬肯適我。**噬・逮也、**中心好之。曷飲食之。**○傳左字休字、卷子古本無、

箋曰、比也、前杕杜傳、杕特生貌、杕杜・孤特者以自比焉、杜不皆杕、凡言有杕
者、皆取喩於特貌、詩人設爲孤特者之言曰、身之孤如獨木之生於僻地、孑
然誰據乎、管子輕重丁篇云、途旁之樹、未沐之時、五衢之民、男女相好、往來
之市者、罷市相睹樹下、談語終日不歸、男女當壯、扶輦推輿、相睹樹下、戲笑
超距、終日不歸、父兄相睹樹下、論議玄語、終日不歸、是古者道旁皆種樹、可
作休息之證、道左、言僻地也、左僻於右、故曰道左、舊說以左爲道之陽者、王
制、道路婦人由左、東也南也、然左爲左、右爲右、從行人命之耳、道路豈必南
北、何必以東爲左、○噬肯適我、噬韓詩作逝、發語辭、邶日月逝不古處、魏碩
鼠逝將去女皆同、肯猶惠然肯來、願其肯來我家也、傳從釋言、訓噬爲逮、逮・
及也、謂及今肯可適我乎、安井氏曰、肯・心可之也、心冀其來而不敢必也、○
中心好之、曷飲食之、兩之字爲韻、曷・何也、曷飲食之、與小雅何錫予之同句
法、安井氏曰、愛之欲飲食之、人之情也、曷飲食之、言將以何飲食之、若求其

物而未獲焉、愛之至也、此二句陳待賢者之心、若詩人自述其意、實以誨武公也、

有杕之杜。生于道周。周・曲也、**彼君子兮。噬肯來遊。**遊・觀也、**中心好之。曷飲食之。**

箋曰、曲又僻於左、言道所周繞迂回也、釋文云、韓詩曰、周・右也、是訓周爲右、與上章道左對文、非以周直爲右字、周右以疊韻爲訓、毛則取周旋之義、故云周曲也、○噬肯來遊、來遊昵於適我、君子卽宗族之賢者也、下受以飲食、大宗伯職以飲食之禮・親宗族兄弟、文王世子公與族燕・與父母齒、族食世降一等、大傳合族以食、是詩再覆飲食、喻族食族燕之禮也、

有杕之杜二章章六句

葛生。刺晉獻公也。箋曰、刺其多殺國人也、**獻公好攻戰。**箋曰、獻公以魯莊十八年立、僖九年卒、左傳伐驪戎、滅耿、滅霍、滅魏、伐東山皋落氏、滅下陽、圍上陽、滅虢、執虞公、敗狄于采桑、是其好攻戰也、**則國人多喪矣。**箋曰、喪・死也、于野・于域・百歲之後・其居・其室、明是哀死喪也、詠一嫠婦、而著國之死喪若澤蕉、是詩人之志也、夫驅之强戰、而

殺人之夫、使其妻抱無涯之荼毒、不仁甚矣、詩人殊爲是哀慘凶語以警之、非尋常離曠、程子以爲思存者、天下豈有其夫尙存、而遽言塋域者乎、或謂戰而死、暴骨他國、安有塋域在其郊野、不知春秋時、戰敗者多棄其屍、如二陵之暴骨、邲之戰楚欲作京觀、是也、若戰而獲勝、或不至甚敗、凡將士死國、必載其尸而還、如齊杞梁戰死於莒、其妻迎其喪、魯公爲與其嬖僮汪錡乘皆死皆殯、臧武仲敗于狐駘、國人迎喪者皆髽、獻公攻戰、所至皆克、爲國死事者、正如秦白起所云戰死之士厚葬之是也、又何疑于塋域乎、摺本唐石經、也下無獻公二字、

葛生蒙楚。蘞蔓于野。興也、葛生延而蒙楚、蘞生蔓於野、喻婦人外成於他家、**予美亾此。誰與獨處。**○蘞音廉、延文本、蔓上有而字、家下有也字、

箋曰、賦也、蒙・覆也、楚・木也、蔓・延也、陸疏云、蘞似栝樓、葉盛而細、其子正黑如燕薁、不可食也、幽州人謂之烏服、其莖葉煮以哺牛、除熱、首二句互文、葛言生則蘞亦生、蘞言蔓則葛亦蔓、葛言蒙則蘞亦蒙、蘞言于野則葛亦于野、楚及棘墓禁也、葛及蘞、宿草也、野卽夫之葬地、地在野中、故先言野、連寫三物、荒塜纍纍、祭埽悲哀之景、宛然在目、江淹所謂蔓草縈骨、拱木斂魂、亦自此出、毛傳以此二句爲興、非是、云外成於他家者言嫁也、白虎通、嫁者家也、婦人外成、以出適人爲嫁、○予美亾此、誰與獨處、予美・謂己之所美者、指其君子也、亡・不在也、如時其亡之亡、此指己之所處、言君子不在此而在彼野域

之閒、將與誰共居也、徒煢然獨處耳、誰與卽獨處、僅四字而意則兩轉、
與不遠伊邇・莫怨具慶・云徂何往、句法相同、易亦有之、匪寇婚媾、是也、

葛生蒙棘。蘞蔓于域。 域・塋域也、 **予美亡此。誰與獨息。** 息・止也、

箋曰、墓門有棘出陳詩、生字一字百感、塋域古爲葬地之稱、說文、塋・墓地也、是也、又爲界域之通稱、周官小宗伯、兆五帝於四郊、鄭注、兆爲壇之塋域、典祀掌外祀之兆守、皆有域、鄭注、域・兆表之塋域、是壇兆得名塋域也、小司徒乃分地域、賈疏謂、建邦國之等、各有塋域疆界、是經畫邦國都鄙鄉遂、通名塋域也、塋之言營、謂經營而區域之、卽今所謂地界耳、詩則專指墓地、○誰與獨息者、息・安息也、謂寢臥、斯干篇乃安斯寢、安息同義、易隨卦象傳、嚮晦入宴息之息、獨處是統言、息就夜言、旦則自夜至旦也、

角枕粲兮。錦衾爛兮。 齊則角枕錦衾、禮・夫不在、斂枕篋、衾席韣而藏之、 **予美亡此。誰與獨旦。** ○齊側皆反、篋口牒反、韣徒木反、傳斂字卷子古本無、

箋曰、粲爛・華美鮮明之貌、枕粲衾爛・是其嫁未久也、夜則就枕衾而寢、旦則舍枕衾而興、此承上處與息、而更進一層、因閨中之枕衾粲爛、益念荒塚之荆棘淒涼也、角錦美其辭耳、詩所指宜廣而新昬之別更可傷、此舉其新以見其舊也、極慘苦事、忽插極鮮豔語更難堪、傳以嫠婦無角枕錦衾之理、引

內則夫不在斂枕篋簟席𧝝而藏之、蓋妻不得服用也、故謂婦攝夫之祭、齊則出其枕衾、因覩物而思也、然枕衾常物、婦亦有之、不必定爲夫之用、而別言齋具、○誰與獨旦、獨旦獨寢至旦也、二章承首章言、處・居也、居則必息、故曰誰與獨息、此章又承二章言、君子以嚮晦入宴息・息則必旦、故曰誰與獨旦、角枕錦衾皆息之具也、旦・天明也、知承上章言、則旦字不突出、此言旦猶之小宛言明發也、

夏之日。冬之夜。言長也、**百歲之後。歸于其居。**

箋曰、以日屬夏、以夜屬冬、則各以其長者言之、夏非獨思於日、但思因夏日而益永、冬非獨思於夜、但思隨冬夜而俱長、總晝夜計之、則思亦無冬無夏矣、言日之遲遲、夜之漫漫、唯是沈痛悲泣、以至身死也、百歲亦言自今至死期之月日久遠也、似恨不速死、居・壙墓也、其字指君子、歸於其居、所謂死則同穴也、胡承珙曰、後漢書蔡邕傳、百歲之久、歸乎其居、注云、詩晉風也、毛萇注云、居・壙墓也、今注疏各本居壙墓也四字、是箋非傳、當從章懷所引作傳、蓋傳於居訓壙墓、故下章傳云、室猶居也、箋乃更申之曰、室猶冢壙、則以居爲兆域、室爲窴穴別之、若毛於居無訓、而下忽云室猶居也、不應鶻突至此、

冬之夜。夏之日。百歲之後。歸于其室。室猶居也、

箋曰、冬夜夏日、反復言之、鄭氏所謂極言之以盡情也、由夏而冬、復由冬而夏、無時不思、卽無歲不思、必死同穴而後止也、一語不及攻戰、而憂悲不一

出、長歌哀於痛哭、歸于其室、室猶滕公墓銘・佳城鬱鬱三千年見白日、于嗟滕公居此室之室、呼墓穴爲室、以歸骨於夫、其意愈切、上三章以三誰字三獨字、呼起下二章兩歸字、則非獨處獨息獨旦矣、此實悼亾之賦非望遠之吟也、朱子謂、久役不歸、今觀角枕錦衾之句、何嘗雜凶、然此乃覩物思人、于野于域明是墓有宿草之象、後二章應是少年嫠處、其言情寫境、怨而多姿、可想貞婉之性、

葛生五章章四句

采苓。刺晉獻公也。箋曰、刺其多殺骨肉也、獻公好聽讒焉。箋曰、好字照前篇、獻公聽讒、惟驪姬之事爲最著、由詩人之言考之、正指其事也、詩人刺其好讒、而戒其審、庶幾其悟也、

采苓采苓。首陽之巔。興也、苓・大苦也、首陽・山名也、采苓細事也、首陽幽辟也、細事喩小行也、幽辟喩無徵也、

人之爲言。苟亦無信。舍旃舍旃。苟亦無然。人之爲言胡得焉。苟・誠也○苓力丁反、旃之然反、唐石經巓作顚、延文本、傳辟作僻、行下無也字、爲言作僞言、下同、

箋曰、比也、巓・山項也、邶簡兮言隰有苓、則苓不生於山巓、苦・苦菜、生田澤中、經霜甘美、所謂菫荼如飴是也、則山下不必有苦、葑・菜名、谷風云采葑采菲

無以下體、葑生於圃、則首陽未必有葑、倶就人所易知、以諷讒人飾妄言以眩人焉、苓解見邶風、此首陽在晉言晉、故正義謂在河東蒲坂縣、與左傳宜子田于首山注同、王氏地理考引水經注、雷首山臨大河、北去蒲坂三十里、一統志、雷首山在蒲州永濟縣南、一名首陽山、一名歷山、一名薄山、一名襄山、一名蒲山、一名中條山、一名獨頭山、一名甘棗山、一名渠豬山、一名吳山、此山西起雷首、東至吳坂、長數百里、蓋隨地異名也、永濟卽漢蒲坂、蒲州後升爲府、集傳首陽首山之南、蓋本之輿地廣記山南曰首陽之說、但於下首陽之東難通、當如論語集注云首陽山名、馬瑞辰曰、夷齊所隱之首陽、與唐風所言之首陽、名同而地自異、後漢書黨錮傳、范滂繫黃門北寺獄、曰身死之日、願埋滂於首陽山側、上不負皇天、下不負夷齊、注云、首陽山在洛陽東北、又文選阮籍詠懷詩、步出上東門、北望首陽岑、下有釆薇士、上有嘉樹林、文選注、河南郡圖經曰、東有三門、最北頭曰上東門、是漢晉諸儒、多以偃師首陽爲夷齊所隱、宋翔鳳曰、元和郡縣志、河南偃師縣首陽山、在縣西北二十五里、盟津在縣西北三十里、武王伐紂、二子叩馬而諫、在渡盟津、後隱於首陽、當不甚遠、斷在洛陽東北、水經注、濟水南當鞏縣北、南入於河、鞏與偃師相去數十里、當濟水入河處、故曾子云二子居河濟之間、○人之爲言、卽蒙釆苓而言、爲言猶爲說也、苟亦無信、傳、苟・誠也、箋、苟・且也、易繫辭下傳、苟非其人虞注、秦策苟愼其道注、皆云誠也、易繫辭上傳・苟錯諸地而可矣疏、禮器・苟無忠信之人疏、皆云且也、是苟有誠意、亦有且意、苟與姑雙聲、訓且者以苟爲姑之假借、此詩苟字、當從箋訓且、謂姑置之勿信勿與勿從也、釋文、爲言于僞反、或如字、下文皆同、本或作僞字、非、陸因箋云爲言謂爲人爲善言以稱薦之、故讀經爲言如相爲之爲、以詐僞之義爲非、正義云、王肅諸本作爲言、定本作僞言、正義從定本、故皆作僞言、毛意則似當作僞言、古僞與爲通、毛蓋以苟爲決詞、苟亦無然者、世上多采苓之說、故人之言、先舍之而不用、徐察其虛實、無遽聽以爲然也、然與信有別、信存於心、然可也、行之於事、既曰苟亦無信、又曰苟亦無然、委曲商量、似從醉夢中輕輕喚醒、最是婆心、人之爲言四句、本是述一事、鄭乃分爲二、云舍之舍之謂謗訕人欲使見貶退也、然其下文再舉人之爲言、而不舉舍旃舍旃、知非二事、人之爲言胡得焉者、言讒言者無所得也、讒人似是之言、能投於卒然之頃、而不能不露於審察之後、故舍旃舍旃、欲其察之詳、而聽之審也、能如是則雖誑之以理之所有、其計且有所不行、況欲昧之以理之所無、其計果孰得而行哉、小人之爲讒譖、或積小以成大、或飾虛以爲實、人君徐察而審聽之、則造言者無所遁其情、而被讒者亦可以免禍矣、

采苦采苦、首陽之下。苦、苦菜也、**人之爲言、苟亦無與。舍旃舍旃、苟亦無然。**無與、勿用也、**人之爲言、胡得焉。**

箋曰、荼以苦名焉、必是味苦而可食者、內則、濡豚包苦、儀禮公食大夫・士虞・特牲、饋食記、鉶芼用苦、苦皆苦荼也、邶谷風及大雅緜謂之荼、傳云荼苦菜、

是苦與荼同物、故鄭注禮以爲苦荼矣、荼詳邶風、○苟亦無與、吾與點也之與、

采葑采葑。首陽之東。葑菜也、**人之爲言。苟亦無從。舍旃舍旃。苟亦無然。人之爲言胡得焉。**

箋曰、葑出邶谷風、先言苟亦無從、後說無然、蓋輕聽之主、言甫入而毅然從之、迅擧疾施、而事已成矣、故先把從字用力抑住、猶云且忍耐一刻、然後漸漸勸他無然、若當下便說其言不然、則彼從之益堅、此與愚人說事之法、夫驪姬之譖申生、其事至易明也、曲沃之胙、置諸宮中已六日矣、未有毒在肉中六日而不腐者、苟亦無信、則其情立見、而惜乎其遽信而遽從之也、唐德宗以郜國公主之故、欲廢太子而立舒王、李泌爭之、且請從容三日、究其端緒、間一日、上開延英殿、召泌流涕曰、非卿切言、朕今日悔無及矣、太子仁孝無他也、此則舍旃舍旃之明驗也、小弁之詩曰、君子不惠、不舒究之、舒究云者、舍旃而徐察之謂也、俞樾曰、首章言采苓、二章言采苦、三章言采葑、詩人蓋託物以見意、苓之言、憐也、苦之言、苦也、讒人之言、往往飾爲哀憐辛苦之辭、動人之聽、故以采苓采苦采葑爲興也、此詩刺晉獻公聽讒而作、采苓采苦、其卽驪姬之夜半而泣乎、首陽者元首之象、以喩君也、一章言首陽之巓、二章言首陽之下、見讒人之在君側也、三章言首陽之東、則更有意義、碩人篇傳曰、東宮齊太子也、正義曰太子居東宮、然則采葑采葑首陽之東、正見

讒人之言、切近太子矣、千載而下、以意逆志、猶可得其微意也、范逸齋則謂、工讒者始以甘言投之、譬則苓、苓味美也、繼以苦言動之、譬則苦、苦味惡也、終則甘苦之言竝進、譬則葑、葑味上美而下惡也、驪姬始請使申生居曲沃、此甘言也、繼夜半而泣、言申生將行彊於君、此苦言也、又請君老而授之政乃其釋君、此甘苦竝進也、范說亦曲而中、第苓非甘草、未免微誤、

采苓三章章八句

唐國十二篇三十三章二百三句

箋曰、延文本、十下二上有有字、

箋曰魏源曰、讀唐風無衣之詩、知西虢必滅於晉、而王轍從此不西矣、讀唐風由杕杜至采苓、知晉必三分以滅於秦、而周祚從此不延矣、夫東周何以不西哉、以虢滅於晉、失崤函桃林之險、而西歸道絕也、晉何以必滅虢哉、以曲沃之叛、王命虢公伐曲沃、及翼侯之滅、虢仲又偕芮伯荀侯賈伯連兵致討、使釐王不貪晉賂、則晉武不敢自立爲諸侯、而虢不亡、虢不亡則豐鎬故畿之聲勢不隔、是東周之不西、無衣請命之詩爲之也、秦何以能亡晉哉、晉室三分爲之也、晉何以三分哉、則懲驪姬之亂、詛無畜羣公子、權移世族爲之也、夫晉國形勢、天下莫強焉、西河之地、斗入關中七百餘里、函關武關門戶、皆爲晉有、秦人僻處西陲二百年、無能東出一步、王室雖衰、而恃晉之宗盟翼戴、秦楚屏伏而不敢動、自三家分晉、力分勢

毛詩會箋

渙·不足以抗秦、秦遂取崤函·收西河而晉亡、晉亡而周隨之矣、惠公懷公文公及子雍、皆自秦入、成公悼公皆自周入、主器之子、寄命他邦、尾大枝强、勢歸卿室、采苓之詩萠於杕杜、君子不謂晉亡於無畜羣公子之日、而亡於滅桓莊之族之日也、晉武賂王得立、而異日三晉卽師其故智、賂王而三分其國、無衣請命之詩、君子不以爲曲沃簒國之始、而以爲三家分晉之漸也、嗚呼好還者天道、致冰者履霜、衆人知之於既著、君子識之於其微焉、讀一詩而但詠一事、其爲興觀羣怨者幾何、故曰誦其詩論其世、又曰可以興可以觀、上觀千古、下觀千古之謂也、或曰、魯之政逮於三桓、卒至陪臣執國命、而費惠公且代魯、烏見用親之勝於用疏耶、曰、國家之勢、不內重則外重、外重之權在異姓、內重之勢在宗藩、晉分於韓趙魏、齊簒於陳氏、此外重之弊也、魯政移於三桓、以慶父之弑二君、而卒立其後爲孟孫、以公孫敖之淫佚、而卒歸其喪、相忍爲國、君僅守府、此內重之弊也、秦起西戎、楚起蠻夷、而自春秋迄戰國四五百年、兩國常雄長諸侯、秦則親賢并用、然國無世及之卿、故權不久擅、不養游談之士、故官程實功、其能以耕戰致富强宜矣、楚則以令尹執政、自子文以後、鬬氏成氏蔿氏薳氏陽氏皆公族子孫、世無異姓、然一有罪、卽誅之無赦、子玉子反以喪師誅、子上以辟敵誅、子辛子南以貪縱多寵誅、是無齊晉外重之虞、而收其用、有魯任宗親之善而無其弊、苟晉人能師秦之參用親賢、師楚之賞功罰罪、立師保之官、以教世子、而不宦之於外、則國寄專、而根本盛、國法行而紀綱立、三家安得而分之、秦烏得而并之也哉、姬姓之衰、宗周之替、

皆武獻涼德以啟之、君
子讀唐風、所爲三歎也、

毛詩會箋

秦車鄰詁訓傳第十一　毛氏國風

箋曰、秦國名、堯時有伯翳者、佐禹治水、水土既平、舜命作虞官、掌上下草木鳥獸、賜姓曰嬴、鄭語云、嬴伯翳之後、地理志云、嬴伯益之後、則伯翳伯益聲轉字異、本一人也、其後中潏居西戎、以保西垂、六世孫大駱生成及非子、非子事周孝王、養馬于汧渭之間、馬大繁息、孝王封爲附庸、邑之于秦谷、今隴州南三里尚有秦城、是其地也、至曾孫秦仲、宣王命作大夫、始有車馬禮樂侍御之好、史記秦本紀曰、秦仲之子莊公伐西戎破之、幷得大雒之地、襄公子文公元年居西垂宮、三年冬居汧渭之間、文公孫寧公二年徙居平陽、寧公子德公元年初居雍、獻公徙櫟陽、孝公居咸陽、今秦州西南百二十里有西縣故城、古西垂也、襄公居汧、括地志曰、隴州汧源縣東南三里有汧城、汧源明省入隴州、今屬鳳翔府、西距秦州二百五十里、平陽故城在今郿縣西四十六里、雍故城在今鳳翔府鳳翔縣南七里、櫟陽故城在今西安府臨潼縣北三十里、咸陽故城在今縣東三十里、水經注・秦川有育故亭、秦仲所封也、秦之爲號始於是、縣志在縣東三十里、郿岐以西之地、至文公收周餘民有之、地至岐、岐以東獻之周、鄭譜、平王以岐豐之地賜襄公、遂橫有周西都宗周畿內八百里之地、與本紀不同、正義以終南在岐東南、大夫戒襄公、已引終南爲喻、則襄公亦得岐東、不惟岐西、如本紀秦東境終不過岐、而春秋傳秦境東至于河、襄公後更無功德之君、復自何世得之、顧棟高曰、終南山凡八百里、亘鳳翔岐山郿三縣、及西安一府之境、是岐西亦有終南、不得援以爲據、又史記秦武公十年伐邽冀戎、初縣之、十一年初縣杜鄭、滅小虢、汲冢周書·穆公二年滅芮、春秋傳僖十九年秦取新里、遂滅梁、是其累世蠶食非一日之故、而謂東遷之初、一舉手而橫有西都八百里之地、此理勢所必無者、足以駮正鄭譜、而發明史記之說、顧氏又謂、莊二十一年莊王與虢酒泉、猶在同州府澄城縣、而虢公敗犬戎于渭汭、猶在西周之封內也、自晉滅虢斷桃林之隘、而秦穆亦東竟至河、築壘爲王城、以塞其路、而周之遺地、遂盡入於秦、自秦穆始也、此又補史記所未及、歐陽辨蒹葭箋秦處周之舊地曰、以史記及小戎序考之、蓋自西戎侵奪岐豐、周遂東遷、雖以岐豐賜秦、使自攻取、而終襄公之世、不能取之、但嘗一以兵至岐而卒、至文公立十六年、始逐戎而取岐豐之地、金履祥亦曰、秦襄公與西戎世爲不共戴天之讎、其勢亦不兩立、平王以岐豐之地、使之自取、當時犬戎盤據岐豐之郊、平王不得不以許秦、秦亦不得不取之、然西戎方熾、父子力戰、二十一年而始得之、竝主史記爲言、李黼平曰、今以史記考之、如寧公滅蕩杜取蕩氏、武公伐彭戲氏、伐邽冀戎、皆戎地也、武公滅小虢、穆公滅梁滅芮、其初縣杜鄭與滅小虢連文、則亦虢邑、皆諸侯地也、然則當時岐以東之地、不屬戎卽屬諸侯、文公所獻諸周者、蓋如酒泉之類、殆亦無幾耳、黍離序過故宗廟宮室、盡爲禾黍、知豐鎬舊京之地、周固不能有、秦亦未之有也、所以殘廢至此、不然孫堅之討董卓、猶知修葺陵廟、曾謂秦襄而孫堅之不若乎、陳奐曰、地理志、襄公將兵救周有功、賜受岐豐之地、列爲諸侯、此班孟堅括史記襄公至德公以後而言、下文故秦地於禹貢跨雍梁二州、詩風兼秦豳兩國、亦統獻孝以後而言、自鄭誤讀班志、詩譜云襄公遂橫有周西都八百里之地、高誘注呂覽疑似篇、亦云受周故地酆鄗、其誤與詩譜同、志特言襄公所由列爲諸侯耳、詳其下云後八世穆公稱伯、以河爲竟自明、以上諸說皆是、至十五國次第、則陳啓源曰、以今國風較之吳季札所聞、止豳秦二風是聖心更定、餘皆國史之舊、源謂、國史次第、原無取義、夫子述而不作、各仍其舊文、獨更置豳秦以示意嚮、殿豳以近雅、先儒之說允矣、至抑秦於魏唐之後、其義猶缺然、竊嘗思之、唐卽晉也、春秋諸國、齊晉秦楚爲大、楚雄南裔、秦起西戎、惟齊晉更霸、有功王室、齊霸僅桓公一身、晉自文公以後、世爲盟主、晉失霸、天下無復宗周、春秋之不遽爲戰國、晉之力也、夫子先唐於秦、殆以存周室與、又案、十五國除周召王豳天子畿內・魏鄶先亡外、餘爲國者者七耳、其衞鄭齊陳曹五國、皆服於晉、雖先晉無嫌也、獨秦倔彊西垂、與晉世爲讎敵、如復先之則疑於二霸矣、故抑秦所以尊晉也、尊晉所以尊王也、

車鄰。美秦仲也。 箋曰、秦仲以行配國者、附庸未得爵命、無謚可稱也、國風唯秦有美詩三篇、他詩亦盛於列國、季札曰大之至也、其音可想、

秦仲始大。有車馬禮樂侍御之好焉。 箋曰、侍御釋寺人、好・容好、如窺見室家之好之好、車鄰敘云秦仲始大、駟驖敘云襄公始命、始大・國始大也、始命・命爲諸侯也、是秦仲尚未爲諸侯、然附庸之君、自君其國、則車馬禮樂侍御所宜有也、而秦僻在西陲、因仍舊俗、至仲入仕王朝、得見周京聲物之盛、效而爲之、初備其制、詩以創見故美之、夫王朝

公卿大夫、禮記謂之內諸侯、孟子亦云、大夫視伯、秦仲爲宣王大夫、自當備次國之制、非復附庸之舊、後儒泥於襄公始爲諸侯、謂此詩作於秦襄之世、秦仲時與詩語不類、殊不知鄭語史伯謂、秦仲齊侯姜嬴之雋、國大將興、卽其世保西垂、入仕王室、豈爲與詩不類乎、

有車鄰鄰。有馬白顚。 鄰鄰、衆車聲也、白顚、的顙也、 **未見君子。寺人之令。** 寺人、內小臣也、 ○令力呈反、

箋曰、釋文、鄰又作轔、漢書地理志引詩作轔、文選潘岳藉田賦注、王融曲水詩序注、並引作轔轔、今詩作鄰鄰者、古文假借字、廣雅、轔轔、聲也、正釋此詩、鄰鄰只是車聲、不必衆車、蘧伯玉車聲轔轔至闕而止、可証、崔駰東巡頌、天動雷霆、隱隱轔轔、雷聲謂之轔轔、車聲謂之鄰鄰、同、秦祖造父爲穆王御、非子爲孝王主馬、故首三篇皆言馬、猶周詩多農事、爾雅、的顙白顚、舍人曰、的、白也、顙、頟也、額有白毛、今之戴星馬也、易說卦傳、震爲的顙、說文曰部、旳、明也、引易作旳顙、旳之言的、謂白額的然著明、圓如射之有的也、的爲射堋中珠子、故爾雅注以戴星釋之、非泛以白爲的也、莊子曰、齊之以月題、蓋月題額上當顱如月者、所以象顚之白、然則馬之貴的顙也可知、故詩人亦以白顚爲言、○未見君子、寺人之令者、君子指秦仲也、將見則有侍人、傳君命令之也、其事嚴重有威、非昔日簡忽、釋文、寺又音侍、本或作侍字、毛傳訓寺人爲內小臣者、周禮天官、內小臣掌王后之命、寺人掌王之內人、及女官之戒

令、內豎掌內外之通令、諸侯之官・寺人兼掌內外使令、不必天子之備官、故傳以內小臣言之、燕禮云、遂獻左右正與內小臣・皆於阼階上、如獻庶子之禮、注云、內小臣奄人皆獻於阼階上、別於外內臣也、是諸侯本有內小臣之官、小臣師注云、師・長也、小臣之長一人、猶天子大僕正君之服位者也、又大射儀云、小臣師從者在東堂南面北上、注云、小臣師・正之佐也、正相君出入君之大命、又云、小臣正贊袒、小臣師以巾內拂矢、而授矢於公、是諸侯小臣之官有小臣正、又有小臣師、大射禮以小臣正當天子大僕之事、小臣師佐之、燕則禮輕、以小臣師一人・相君燕飲而已、小臣之與內小臣、判然各別至寺侍・音近義本相通、周官寺人注云・寺之言侍也、是已、侍者取其親近侍御之義、故大僕小臣皆得稱侍從、而侍人則奄官名也、豈可爲僕御侍從之臣通稱乎、詩寺人作侍、自是寺之古文、寺乃其假借字耳、嚴緝謂、三代侍御僕從、罔非正人、今秦用寺人爲失、郝敬因謂此秦作法之弊、趙高所以專制也、秦風首章未見君子寺人之令、次章乃云既見君子、見由寺人也、司馬騶奏事七日不得見之兆形矣、其實序但美秦仲有侍御之好、不過見其先僻處西陲、百事苟簡、至秦仲始大、能具傳宣命令之儀、飲食燕樂之禮、所以爲美、何得謂望夷之禍、遂肇於此乎、

阪有漆。隰有栗。興也、陂者曰阪、下濕曰隰、**既見君子。並坐鼓瑟。**又見其禮樂焉、**今者不樂。逝者其耋。**耋・老也、八十曰耋、○樂音洛、耋田節反、陂彼寄反、

箋曰、阪之有漆、隰之有栗、猶秦君臣之各得其宜、其取興與鄭風山有扶蘇・隰有荷華・正同、但彼以反興鄭忽之所美非美、此以正興秦仲之君臣皆賢耳、阪詳鄭東門之墠、隰者溼也、說文云、隰・阪下溼也、增一阪字者、許意蓋以下溼曰隰、其訓已明、爾雅又言下者曰隰、明此義對阪而言、田之陂陀不平者名爲阪、其下而平者卽爲隰、不必沮洳漸溼之處始名隰也、羅氏曰、燕秦千樹栗、故栗惟秦特饒、秦饑、應侯請發五苑之果蔬橡棗栗以活民、可驗也、○既見君子並坐鼓瑟者待寺人之令而入、則秦仲與士大夫燕而樂也、未見君子、寫出尊嚴、既見君子、寫出和樂、燕禮・公以賓及卿大夫皆坐乃安、此並坐猶云皆坐、非竝坐不橫肱之並、呂記謂並坐爲簡易相親・未有禮節之繁、此泥於竝字之誤耳、並坐與鼓瑟不連讀、燕禮・鼓瑟在堂上、有工坐之文、說者或因之以解並坐爲樂工竝坐、然鼓簧在堂下、詩亦言竝坐、將作何解乎、燕禮小臣坐授瑟乃降、工歌鹿鳴四牡皇皇者華、此升歌三終也、笙入立于縣中、奏南陔白華華黍、此笙入三終也、詩鼓瑟則見其升歌矣、鼓簧則又見其笙入矣、傳云又見其禮樂焉、又者對經既見言之、李斯上秦皇書曰、夫擊甕・叩缶・彈箏・搏髀而歌呼嗚嗚・快耳目者、眞秦之聲也、今鼓瑟鼓簧、非其舊聲、創見可知、○今者不樂、逝者其耋者、逝者對今者言、今者謂今日、逝者謂往後也、猶言從今逝去之日也、兩者字意輕、語助辭之類云、耋謂老之甚也、不必限年、僖九年左傳伯舅耋老、服虔云七十曰耋、易離卦大耋之嗟、釋文引馬云七十曰耋、與服虔同、說文年八十曰耋、釋名八十曰耋、耋・鐵也、皮黑如鐵、此傳亦云八十曰耋者、耋無正訓、故有七十八十之異、要爲老壽之稱則同、故爾雅以耋爲老、言今日不可弗盡歡、則後日耄耋至、欲爲此樂不可復得也、秦仲始有車馬禮樂之盛、秦人極言其樂耳、嚴緝云、言貴生前得意、不則虛老歲月耳、此彊毅果敢之氣、勇于有爲、已有安能悒悒以待數十百年之意矣、秦之能强者在此、而周人之氣象變矣、

阪有桑。隰有楊。旣見君子。並坐鼓簧。 簧·笙也、 **今者不樂。逝者其亾。** 亡·喪棄也○喪息浪反、

箋曰、楊·蒲柳、可以爲箭、左傳所謂董澤之蒲、亦名蒲楊、又名水楊、又名青楊、葉廣長、條短勁、華與柳同、陸疏云、有皮青皮白二種、白者大楊、青者小楊、皆可爲箭幹○竝坐鼓簧、鄭箋、簧·笙中金葉、吹笙則鼓動之以出聲者也、王風君子揚揚篇詳之、笙曰吹而簧曰鼓者、鼓·動也、離騷呂望之鼓刀兮、注、鼓·鳴也、周禮小師注·出音曰鼓、訓鳴·訓出音·由振動之義·引申而出也、易繫辭鼓之以雷霆、虞注、鼓·動也、素問瘧論·乃作寒慄鼓頷、注、鼓·振動也、簧謂之鼓者、蓋以氣振動之、莊子駢拇使天下簧鼓、謂必有以鼓簧者·而後簧鼓也、鹿鳴吹笙鼓簧同、尙書以琴瑟爲堂上之樂、笙簫爲堂下之樂、鼓瑟堂上、常御之樂也、鼓簧堂下、甚盛之樂也○逝者其亾、亾激烈於耋、言化爲異物也、古人言樂者、每及於日月易逝、壽命無常、樂府詩辭中多有之、不必疑其於頌美之詞作此語也、

車鄰三章一章四句二章章六句

駟驖美襄公也。箋曰、襄公・莊公之子、秦仲之孫也、在位十二年、始命。箋曰、命爲諸侯也、秦本紀云、周避犬戎難、東徙雒邑、襄公以兵送周平王、平王封襄公爲諸侯、有田狩之事。園囿之樂焉。箋曰、前序重出秦仲、下句合言之、此省襄公、下句分言之、文相變也、有蕃曰園、有牆曰囿、囿是域養禽獸之處、左傳曰、惟君用鮮、衆給而已、是天子諸侯有四時田獵之禮、大夫士不與焉、故鄭豐卷將祭請田、而子產不許、然則前篇但言車馬禮樂侍御、祇爲大夫所有、此篇盛稱其田獵園囿、自是諸侯之事、夫有國者視其始封之君、觀秦開國氣象、已屹然有兵雄天下之勢、下篇以出兵時言、見强敵有必摧之勢、此詩言平時講武、極其完備整暇、見在我爲習練之師、惟其爲習練、故知敵有必摧、惟其豫習平時、故出兵時、車甲可誇、從義甚勇、是駟驖正小戎之張本、是詩與小雅車攻吉日、氣象大小雖別、而有志經武則同、此其所以卒能力卻犬戎・而肇開富强之業也、

駟驖孔阜。六轡在手。驖・驪、阜・大也、公之媚子。從公于狩。能以道媚於上下者、冬獵曰狩、○延文本、傳驪下有也字、

箋曰、駟驖以君所乘車而言、四馬一色、君車之選也、說文引詩作四驖、段注・詩言四牡四騏四駱四黃皆作四、下一字皆馬名也、言駟介倀駟皆作駟、謂有所以加乎駟者、駟謂一乘也、故言馬四則但謂之四、言施乎四馬者乃謂之駟、今詩作駟驖駟騵而干旄疏引異義・及公羊隱元年疏說文驖字下皆作四、不誤、段說是也、說文・驖馬赤黑色、驪馬深黑色、析言之也、魯頌毛傳・純黑曰驪、是驖與驪有別、而此傳以驖爲驪者、渾言之也、月令孟冬駕驖驪、注云、驖驪色如鐵、是驖驪通稱之證、爾雅釋畜無驖、是驖本謂馬色、卽因以爲馬名、如驪與黃亦皆馬色、而詩有四驪四黃、卽用之爲馬名、是已、孔・甚也、阜・盛壯也、六轡在手者、每馬有二轡、四馬當八轡矣、言六轡者、以驂馬內轡納之於軜、故在手者惟六轡耳、在手謂把握其轡・能制馬之遲速・惟手之聽、言御之善也、○公之媚子從公于狩者、媚・愛也、媚子蓋公子之有寵者、孔叢子有媚女字、宣三年左傳人服媚之、注、媚愛也、傳媚於上下、謂爲上下所愛也、凡詩中曰媚于天子・媚于庶人・媚茲一人・思媚周姜・思媚其婦・皆美詞、嚴緝以便嬖當媚子、誤矣、秦之爲大夫始於仲、故上篇稱君子、其爲諸侯始於襄、故此篇稱公、言公于狩、四馬氣勢盛壯、御者執其六轡、左右周旋、唯手所命、寵子從公、意氣軒軒、車騾卒走、而至于獵所也、首章言始出、二章言方狩、卒章言獵畢、郝懿行曰、狩者・說文云、犬田也、按冬寒雪下、獸肥草枯、功狗在蹻、便於馳逐、詩言從公于狩、又云載獫歇驕、是冬田用犬也、段注犬田改爲火田、恐未然也、周語云、狩于畢時、夏小正云、十一月王狩、是狩以仲冬也、謂之狩者、詩叔于田及伐檀正義・引李巡曰、冬圍守而取禽・無所擇也、左氏隱五年傳、春蒐夏苗秋獮冬狩、杜預注、蒐・索擇取不孕者、苗・爲苗除害也、獮・殺也、以殺爲名、順秋氣也、狩・圍守也、冬物畢成、獲則取之無所擇也、正義引爾雅四時獵名與此同、說者皆如此注、故杜依用之、據此知杜依爾雅舊注、郭亦然也、經典言此四獵・多有異文、周語云、蒐於農隙、獮於既烝、狩於畢時、既闕苗名、公羊桓四年傳、春曰苗、秋曰蒐、冬曰狩、又闕夏田、穀梁傳・春曰田、夏曰苗、秋曰蒐、冬曰狩、雖具諸名、文復參差、獨周禮大司馬・及隱五年左傳・與爾雅合、又詩車攻云、駕言行狩、復云之子苗、苗狩互見、春秋屢書蒐狩、不言苗獮、偏闕二文、禮玉藻云、惟君有黼裘以誓省、鄭注、省當爲獮、獮・秋田也、經典所言・略備於此矣、

奉時辰牡。辰牡孔碩。時・是、辰・時也、冬獻狼、夏獻麋、春秋獻鹿豕群獸、**公曰左之。舍拔則獲。**拔・矢末也、〇舍音舍、拔蒲末反、

箋曰、奉・言虞人逐而至君所也、時是同聲、古文以時爲是字也、辰牡者、祭祀之牲不用牝、皆以牡爲貴、而獸之供食、各有時節、故謂之時牡、毛引周禮獸人文、以廣證時牡之義、不釋經之奉、故箋云、奉是時牡者、謂虞人也、王制・天子諸侯歲三田、一爲乾豆、二爲賓客、三爲充君之庖、以親耕親蠶之義推之、乾豆亦當以親殺爲重、親殺必射其時者、所謂事亾如存也、王引之謂、虞人驅禽以待射、斷無冬但驅狼、夏但驅麋之理、辰當作麎、麎・麋牝也、麎牡與騋

牝句法相似、安井氏曰、田獵之法、固不得但驅時物、然虞人爲君所奉、冬必狠、夏必麋、貴時物也、何妨辰訓時、此說是也、周禮獸人掌罟田獸・辨其名物、注謂以网搏所當田之獸、是獸人亦能取獸、非但獻以供膳、但下文舍拔則獲、言射禽之事、故箋以爲虞人驅禽、所以待射、騶虞傳云、虞人翼五豝以待公之發、若泥於無冬但驅狠、夏但驅麋之理、則騶虞之虞人、何以豝豵必五也、風人之詞不必膠執如此、碩・肥大也、〇公曰左之者、使御者轉車出獸之左也、在獸爲左、在車爲右、是取獸與車相嚮者爲左右、故左右相反也、蓋虞人翼以來、則獸嚮車而奔也、若獸前奔而車從之、則車之左亦獸之左、左右不相反也、然田獵之言、必主相嚮者、以此之右爲彼之左也、逐禽左爲五御之一、古者驅逐同義、故驅獸逆來亦得曰逐、非必逐後始曰逐也、胡承珙引毛詩明辨錄曰、逐禽左者、逆驅禽獸、使左當人君以射之、夫周人尚右、何以射獸必左乃爲中殺、蓋射必有傷、以實鼎俎・近於不虔、射其左而右體俱整、仍是尚右之意、古之逐禽、射於車上、與今騎射不同、騎射奔馬、可以逐獸、故有順驅而射者、車射必有步騎合圍、驅獸逆來、然後左向射之・能以中左、若車順驅、雖在獸左、人不能射其左也、承珙案、此解極細、何休公羊傳注、解第一殺第二三殺、皆自左膘射之達於右、膘・體前肉也、此雖以死之遲速爲言、但考儀禮特牲少牢、凡牲升鼎者、皆用右胖、載俎者亦皆右體、鄉飲鄉射用右體與祭同、惟既夕士虞・以凶禮反吉、乃用左胖、士虞記云、升腊左胖、腊爲田獸之肉、可見吉禮之腊、亦用右胖、射必中左、自以尚右之故、至驅禽待射者、卽係驅逆之車、田僕掌之、虞人乘之、吉日傳云、驅禽而至天子之所、又云、驅禽之左右、以安待天子、皆是、正義云、公命御者從禽之左逐之、此誤會箋語、箋云從禽之左射之者、謂當禽之左迎射之、若逐禽而出其左、轉不便於射矣、車攻正義云、凡射獸皆逐後從左廂而射之、亦誤、惟獸之來、未必定當車左、設出於車右、而旋車向左則相背、故公曰左之者蓋獸自遠奔突而來、公命御者、旋當其左、以便於射耳○舍拔則獲、賦公之善射也、不必言獸多、舍・放也、矢以鏃爲首、故拔爲末、說文、發・射發也、从弓發聲、古者以發矢爲發、其矢所發之處亦謂之發、發與拔古同聲通用、傳言拔爲矢末、箋以爲括、據釋名矢末曰括、括・會也、與弦會也、是傳箋義本相成、蓋言其弦會處曰括、言其爲矢所發處則曰發、而字通作拔也、傳箋訓拔爲矢末之括、正以拔卽發之借字耳、言虞人翼辰牡來、甚碩者决驟而迫公所、公乃執弓、命御者騁車當其左、一發而碩牡殪于前也、此章意一串、而各二句又自相連、各一句又自有意、只此便有四時講武遺意、富國强兵作用、不徒作校獵圖觀也、

遊于北園。四馬既閑。閑・習也、**輶車鸞鑣。載獫歇驕。**輶・輕也、獫・歇驕・田犬也、長喙曰獫、短喙曰歇驕、○輶由九反、鑣彼驕反、獫力驗反、歇許謁反、喙況廢反、

箋曰、獵畢而還、遊息于北園也、人遊而馬閑、車輕而犬休、見從容整暇之意、既者詩辭也、首章言出狩之勢、故馬唯美其盛壯、此言遊息、故馬亦美其儀容也、四馬卽謂上駟驖、以公之乘車言、而凡從者之車、皆在其中、閑是閑暇之閑、傳訓習者、還序云、習於田獵謂之賢、閑於馳逐謂之好、是閑習同義、書

大傳・戰鬬不可不習、故于搜狩以閑之也、閑之者貫之也、貫之者習之也、然於此章不切、○輶車鸞鑣者、輕車古爲戰車、田時蓋以爲副車、周官田僕掌佐車之政、鄭注、佐亦副、是周時田有副車之證、此詩輶車・卽田車之副、張衡西京賦云、屬車之簉、載獫猲獢、雖言漢制、實本此詩、簉卽副耳、箋以爲驅逆之車、非也、周官田僕掌佐車之政、又云、設驅逆之車、馭夫掌馭貳車從車使車、注、從車・戎路田路之副也、使車・驅逆之車、則副車與驅逆之車、固自有別、鸞鑣鸞字當作鑾、說文五經文字皆作鑾、鑾卽鈴也、古今注云、禮記行前朱鳥、朱鳥鸞也、前有鸞鳥、故謂之鸞、鸞口銜鈴、故謂之鑾、今或爲鑾、或爲鸞、事一而義異也、鑣・馬銜也、鑾鑣者、置鈴於馬銜之兩旁也、後漢書輿服志注引許愼曰、詩云八鸞鎗鎗、則一馬二鸞也、又曰輶車鸞鑣、知非衡也、蓼蕭傳在軾曰和、在鑣曰鸞、桓二年左傳杜注亦云、鸞在鑣、和在衡、又庭燎詩・鸞聲將將、毛傳將將・鸞鑣聲、商頌烈祖鄭箋亦云、鸞在鑣、四馬則八鸞、是鸞設於鑣、乘車亦然、此箋云置鸞於鑣、異於乘車者、蓋以韓魯詩言鸞在衡爲乘車、故以鸞在鑣者專指田車耳、左傳正義曰、考工記、輪崇車廣衡長參如一、則衡之所容惟兩服馬耳、詩每言八鸞、當謂馬有二鸞、鸞若在衡、衡惟兩馬、安得置八鸞乎、以此知鸞必在鑣、其辨甚明、詩言八鸞者四、采芑烝民韓奕烈祖、烝民兩以八鸞與四牡對文、明係一馬二鸞、尤足爲在鑣曰鸞之證、○載獫歇驕、釋文云歇本又作猲、驕本又作獢、是詩・有作猲獢之本、猲獢爲正字矣、作歇驕者、古文之假借、爾雅釋畜・長喙獫、短喙猲獢、正作猲獢、說文同、或曰、楚辭・意恣睢以拮矯、潘岳射雉賦・眄箱籠以揭驕、注曰、驍健貌、此歇驕蓋亦同義、語獫之狀也、非犬名、此說亦通、載載於車也、以車載犬、蓋以休其足力也、韓愈畫記有騎擁田犬者、亦此類、公狩畢遊觀于北園、馬既從容、無復怒色、駿狗亦因其獵獲有勞・而休息之、且寵異之也、皆田事既竣、矜能得意之狀、鄭箋以遊北園爲田獲以前、謂、載・始也、始田犬者・謂達其搏噬始成之也、鄭意謂、一田狩也、而既試習其馬、又試習其犬、公之愼重閱武者如此、載古訓始、卽才之叚借、始與善義近、始之卽調習之、魯頌思馬斯作、傳、作・始也、箋云、作・謂牧之使可乘駕也、以牧之使可乘駕、申明傳訓始之義、與此箋以載訓始・謂調習田犬、其義可互相證明、然非此章之義也、

駟驖三章章四句

小戎。美襄公也。備其兵甲。以討西戎。 箋曰、曰討、曰征伐、受前序始命文、以示奉王命以有事於西戎、是人心所以奮、故詩有興國氣象、 **西戎方強。而征伐不休。** 箋曰、言襄公數討之也、在史記伐西戎者秦仲莊公文公、而襄公只有十二年伐戎而至岐卒一句、序是古傳、非因史記、不啻是而已、 **國人則矜其車甲。** 箋曰、詩所以詠車行之盛也、 **婦人能閔其君子焉。** 箋曰、婦人必其卿大夫爲將帥者之妻也、君子・良人・溫其如玉・厭厭・秩秩・皆非士卒所能當也、通篇器械車馬、皆婦人美其武裝以勸厲之、後四句不是序其私情、亦非

閔其不堪勞苦、乃憂其無以奏功也、然非必眞家人所作也、亦詩人述其意以著其事耳、戎世爲秦患、而襄公時周有驪山之禍、戎患尤劇、敍所謂西戎方彊、征伐不休、是也、幽王亡於襄公之七年、秦救周有功、十二年伐戎、至岐而卒、此數年中皆征戎之時矣、襄公奉天子命、乘國人好義之銳心、終身不能平戎、方張之寇、信難以力碎也、子文公始敗戎、收周餘民而有之、至七世孫穆公、用內史廖之計、取其謀臣由余、益國十二、遂霸西戎、自此戎弱而秦彊矣、然襄公以義興師、民心樂戰、故子孫得收其成功耳、論者或以秦有天下、二世而亾、因歸咎此詩、此不識時務者之言也、蓋攘外所以安內、非威武無以爲功、駟鐵一篇、卽車攻吉日之旨也、小戎卽采薇六月之義也、特規模有廣狹、則王霸有異音、不可謂周則是而秦則非、秦之失在有國以後、不在造邦以前也、

小戎俴收。五楘梁輈。小戎、兵車也、俴、淺、收、軫也、五、五束也、楘、歷錄也、梁輈、輈上句衡也、一輈五束、束有歷錄、

游環脅驅。陰靷鋈續。游環、靳環也、游在背上、所以禦出也、脅驅愼駕具、所以止入也、陰、揜軌也、靷所以引也、鋈、白金也、續、續靷也、

文茵暢轂。駕我騏馵。文茵、虎皮也、暢轂、長轂也、騏、騏文也、左足白曰馵、

言念君子。溫其如玉。在其板屋。亂我心曲。西戎板屋、○俴錢淺

反、縶音木、輈陟留反、靷音胤、鋈音沃、茵音因、暢勑亮
反、轂音谷、馵之樹反、軫之忍反、句古侯反、揜於檢反、
箋曰、起五句一連說車、郤用駕我騏馵一語承住、戎·兵車也、蓋即指其君子所乘言之、乘車爲大則兵車爲小、董氏謂、天子戎車爲元戎、諸侯戎車爲小戎、非也、釋文引王肅云、小戎駕兩馬者、然下二章竝未別言車名、而曰四牡、曰俴駟、則王說亦非矣、埤雅謂、首章駕我騏馵、故王言兩馬、不知首章五楘梁輈、所以馭兩服也、游環二句所以馭兩驂也、若止兩馬、則游環脅驅何所用之、俴收者兵車前軫至後軫其深比乘車爲淺、考工記有兵車有田車、有乘車、俴收對乘車而言、不當對牛大車作解、人之升車自後登之入於車內、故以深淺言之、兵車以馳突攻擊爲事、取其便利故收從淺、考工記言車軫四尺、以明軫崇之度、於輿人記軫圍以明軫厚之度、於輪人記庇軫於輈人記軫間、以明軫廣之度、車廣六尺六寸、輿淺四尺四寸、其四面束輿之木謂之軫、詩則謂之收、收·聚也、謂聚衆材而收束之也、易井收勿幕、釋文引陸績注云、收·井榦也、是井闌謂之收、收有遮闌之義、軫爲輿下四面材、亦有闌義、故亦謂之收、考工記鄭注·軫謂輿後橫木、蓋據一面言之、此詩正義兼及前後、則其旁可知矣、升車皆從車後、故軫圍雖四面材、兩旁爲輢、前爲軓、其三面上有揜輿之版、納於輿下者不可得而見、輿後一面無揜輿之版、所可見者、唯此後軫而已、說文云、軫·車後橫木也、亦指可見之軫而言耳、考工記·軫之方也以象地也、又曰、輪人爲蓋弓四尺、謂之庇軫、又曰、五分其軫間、以其一爲之軸圍、使軫獨爲輿後橫木、則不得言方以象地、且庇軫庇輿庇軹、皆

指左右兩旁而言、非指輿後明矣、況記言五分其軫間、若獨爲輿後橫木、則不得言間矣、此皆四面爲軫之明證、但此經云俴收、自當以前後兩端言之、而不及左右兩旁、○五楘梁輈、輈卽轅也、考工記云、三分其長、二在前一在後、其制從後軫至前軫稍曲而上、以便兩服馬之進退、至施衡之處、則居衡之上、而轛下句之、衡則橫居輈下、因轅形穹隆上曲、如屋之梁然、故謂之梁輈也、衡者軛也、考工記・國馬之輈、深四尺有七寸、尺所一縛、宜爲五縛、正合詩五楘之制、服馬牽車、其力在輈、而其形上曲、恐其脆折、故五束固之、因以爲飾也、楘是纏束之名、非形容辭、王夫之曰、傳言束有歷錄則歷錄自爲一物、集傳云、歷錄然文章之貌、增一然字、刱一有字、文意遂成差異、古未聞以歷錄狀文章者、或因歷錄陸離聲相近而附會耳、說文、楘・車歷錄束交也、束交者、束之互相交・如畫卦交爻作乂也、廣雅曰、維車謂之麻鹿、麻鹿卽歷錄也、許愼說著絲於莩車爲維、莩車者紡車也、紡車相維之繩・上下轉相縈、則是歷錄者紡車交縈之名、而借以言車之楘也、輈之束有五、其束之或金或革、未詳其制、而於束之上更以絲交縈、如紡車之左右交縈、務爲纏固、此之謂歷錄、何文章之有邪、胡承珙曰王說是也、廣雅本方言、維車趙魏之間謂之轣轆車、墨子備高臨篇說連弩車之法、亦云以磿鹿卷收、蓋皆圍繞纏束之名、說文革部韅下云、曲轅韅縛讀若論語鑽燧改火之鑽、字或作韉、此卽所謂五楘、然則梁輈以革縛之、又纏束以爲固、謂之歷錄、故毛云束有歷錄、說文又云、鞪・車軸束也、軸束謂之鞪、與輈束謂之楘、其義一耳、集傳以歷錄爲文章貌、語本孔疏、漢儒無此解也、○游環脅驅、游環以皮爲環、釋名・游環在服馬背上、驂馬之外轡貫之、游移前郤無定處也、傳游環靷環也、釋文云、靳環、居覲反、本又作靷、沈云、舊本皆作靳、靳者言無常處、游在驂馬背上、以驂馬外轡貫之、以止驂之出、左傳云、如驂之有靳、居覺反、無取於靷也、此謂毛傳靳環之靳、而今定本作靷者非也、靷別是一物、驂馬所以引車、游環唯貫驂馬之外轡、不貫靷、故云無取於靷、夫轡以御馬、靷以引車、游環所以貫轡、非以貫靷、下句陰靷始言靷、則傳靷環當從沈重作靷環爲正、但沈云游在驂馬背上者、驂當作服、釋名云、在服馬背上、是也、靳・固也、所以固制驂馬使不出也、左傳之靳・卽此經之游環、以其靳制驂馬・言之謂之靳、以其爲環形而游動謂之游環、朱傳從正義作靷環、引左傳訛靳爲靷、後又云靷亦謂之靳、是誤合靷靳爲一物、皆因毛傳靳環後作靷環而誤、脅驅者、以二條皮、前係於衡之兩端、後係於軫之兩端、當服馬之脅、而隔斷于其外、所以驅驂馬使不得內入也、兩服馬駕句衡之下、旁有兩驂馬、齊於服馬之頸、懼驂之外出也、故以環貫驂之外轡、以禁其出、欲出則此環牽之、懼驂之內入亂服馬也、故以韋二條繫衡與軫、護服馬脅、以止驂之入、欲入則此皮從而約之也、傳云愼駕具者、說文、駕馬在軛中、鞁車駕具也、國語兩鞁將絕、韋注・以鞁爲靷、蓋駕具所包者廣原不止於靷、脅驅所以止驂馬之內入、而傳云愼駕具、則駕具當指駕中馬之具、蓋驂馬頸不當衡、若任其內入、恐傷駕具、故止其內入、愛愼乘駕之具也○陰靷鋈續、陰者・輿前式下板也、軓之爲物、蓋在輿前軫下正中、略如伏兎、爲半規形、以圍輈身、輈與輿之力在後軫、則有任正以持之、在前軫則有軓以衛之、故左右轉戾、不致敗折、此陰板掩乎輈前空處、下垂至輈上、竝軏亦揜之使不見、故陰卽名揜軏、且爲輿前容飾也、至陰靷者謂陰下之靷、正義謂繫於陰板之上、非也、說文、靷・引軸也、哀二年左傳郵良曰、我兩靷將絕、吾能止之、正義曰、古之駕四馬者、服馬夾轅、其頸負軛、兩驂在旁、挽靷助之、詩所謂陰靷鋈續是也、蓋靷從輿下而出於軏前、其革必須爲環以接續之、故曰鋈續、若靷繫於陰板之上、陰板非挽輿得力之處、何以引車、詩以陰靷連言者、殆以其自下而出於揜軏之前、故曰陰靷耳、軸在輿下者謂之橫任、靷引軸則當繫於橫任、橫任兩頭有靷、故左傳稱兩靷、蓋車衡之長六尺六寸、止容二服、驂馬之頸、不當於衡、故別爲二靷以引車也、廣雅、白銅謂之鋈、鋈乃白銅之名、從無沃灌之義、釋名乃云、鋈・沃也、冶白金以沃灌靷環也、鄭箋云、白金飾續靷之環、又云、軜之觼以白金爲飾、正義亦泥於爾雅白金無鋈名、遂誤以爲沃灌、說者遂以爲嵌銅、或又以爲鍍金塗銀之類、其實毛意鋈爲白金、鋈續者卽以白金爲續靷之環、鋈以觼軜者、以白金爲繫軜之觼、鋈錞者、以白金爲矛下之錞、但靷環等、似非白金之柔者所宜、則正義云、金銀銅鐵、總名爲金、此或是白銅白鐵、未必皆白銀、是也、鋈是物名、續是器名、靷端作環相接、謂之續、安井氏曰、蓋靷著驂馬之胷、繫其末於軸、然軸在輿下、每駕縛之、煩不可爲、故別爲一靷縛之軸、置環其末、將駕以著馬胷之靷末結之環中、以便駕稅、故謂縛於車軸者爲續靷也、鄭知續靷有環者、兩靷相結、而使馬牽之、稅駕之時、牢不可解、故知有環以續之也、此說是也、總而論之、梁輈句爲服馬引車之制、陰靷句爲驂馬引車之制、游環脅驅是分調驂服之制、以皮限脅、不特驂不能入、卽服亦不能出、故此句是調度四馬非止爲一驂也、一車之內、通計轡與革凡十二條、在手者六、卽服馬內外四轡、驂馬外二轡、是也、游環則總收六轡之皮圈也、係之車者其四爲革、卽脅驅陰靷各皮二條、其二爲驂內轡、卽軜是也、脅驅則係之衡與軫、靷則縛軸出于陰板之前、而軜則繫之于軾前者、各不容混、〇文茵暢轂、文茵者說文虍•虎文也、方言•虎江淮南楚之間、或謂之於䖘、於菟虎文貌、後漢輿服志文虎伏軾、皆文茵爲虎皮之證、傳不釋茵者、以人所易知也、許愼則云、茵•車中重席、釋名亦云、文茵•車中所坐也、第古者婦人及高年乘安車、餘皆立乘、則戎車文茵似車中之飾、非所以坐、至大雅淺幭卽以虎皮蒙軾原不盡爲坐具、然成二年左傳云、丑父寢於轏中、是兵車亦可坐臥、固未必無茵以藉之耳、暢轂者、暢•長也、轂所以貫車輪、外持輻內受軸者也、舊說、大車轂長尺五寸、兵車轂長三尺二寸、毛詩明辨錄云、車之廣僅六尺六寸、兩輪離車箱各七寸、故軌以八尺爲度、軸末出於轂外、以轄鈐之、是軸約長八尺五六寸足矣、轂之菑輻二在外、一在內、以置其輻、注云、輻外長一尺九寸、輻內長九寸五分、暢轂之軸、勢必兩末各長尺許、出於軌外、統計軸長、非一丈以外不可、然細考車人之制、未有直言轂長三尺二寸者、乃是漢儒以柯度故知其爲三尺二寸耳、然恐無此暢法、胡承珙曰、考工記云、六分其輪崇以其一爲之牙圍、參分其牙圍而漆其二、椁其漆內而中詘之以爲轂長、則轂長之度、未可謂經無明文、至鄭注考工云、轂當入輿下七寸、程氏通藝錄反覆考之、皆不能合、是轂限輿外、轂長者軸亦當隨之而長、故記云、衡任者五分其長、以其一爲之圍、五分其軫間、以其一爲之軸、爲衡任者軸也、軸圍一尺三寸五分寸之一、則所謂軸之長度、但指橫輿下者言之、而出輿外至轂末之長度不見、殆以隨轂之長度故歟、〇駕我騏馵、傳騏文、正義本作綦文、文選顏延之赭白馬賦注、引傳騏綦文、尸鳩傳同、出其東門箋作綦文、正本傳訓、正義本作騏綦文也、以綦解騏、詁訓之法也、說文、騏、馬青驪文如博棊也、蓋謂青與驪黑、圓文相雜、有如博棊、則毛傳古當作棊文、故說文本以作訓、尸鳩正義云、馬之青黑者謂之騏、又駟正義云、顧命四人騏弁注青黑曰騏、引詩云我馬維騏、是騏爲青黑色、不知鄭注言青黑爲弁文、不謂青黑弁、猶說文言青驪爲馬文、不謂青驪馬、仲達誤會、騏爲青黑馬、豈騏弁亦青黑弁乎、〇言念君子、君子、婦人目其夫也、溫其如玉、美之之詞也、蓋師克在和、和以御衆、故能制勝、非徒恃武勇而已、厭厭秩秩、尤可想良將風度也、鄭箋云、玉有五德、正義引聘義君子比德于玉爲證、但聘義言玉之德有十、與鄭言五德不同、又管子水地言玉有九德、荀子正行言玉有七德、惟說文云、石之美有五德、潤澤以溫、仁之方也、䚡理自外可以知中、義之方也、其聲遠揚、專以遠聞、智之方也、不撓而折、勇之方也、銳廉而不忮、絜之方也、與鄭云五德合、在其板屋者、漢書地理志云、天水郡隴西山多林木、民以板爲室屋、故秦詩云在其板屋、水經渭水注云、上邽、故邽戎國也、秦武公十年伐邽戎縣之、舊天水郡治、其鄉悉以板蓋屋、詩所謂西戎板屋也、邽戎卽西戎之一、秦本紀、武公十年伐邽冀戎、初縣之、襄公時猶爲西戎之地、作詩時戎地未爲秦有、正義謂秦之西垂民亦板屋、非詩意也、板屋與在邑相照、亂我心曲者、說文、曲、象器受物之形、心之受事、有如曲之受物、故稱心曲、猶水涯之受水處亦曰水曲也、言車器鮮明、材官踴躍、我君子以如玉之德、帥此車馬、在彼板屋矣、其果能奏績否也、徒使我瞀亂心曲耳、首尾一意、而婦人之勇于義亦見、亂我心曲者、西戎甚强、卽萬分愼密、猶恐疎虞、婦人亦知臨事而懼、秦之所以興也、

四牡孔阜。六轡在手。騏駵是中。騧驪是驂。黃馬黑喙曰騧、**龍盾之合。鋈以觼軜。**龍盾、畫龍其盾也、合、合而載之、軜、驂內轡也、**言念君子。溫其在邑。**在敵邑也、**方何爲期。胡然我念之。**○駵音留、騧古花反、盾順允反、觼古穴反、軜音納、延文本、傳其作於、之下有也字、

箋曰、秦之先有爲殷湯御、大戊御、穆滿御、其以御顯者久遠矣、首二句秦詩重出、其遺俗可想、是秦不徒以天閑之駿甲天下、實以駕馭之略雄天下也、○騏駵是中、騧驪是驂、所謂四牡也、此句法照應處、鄭箋云、赤身黑鬣曰駵、中、中服也、驂、兩騑也、說文、騮、赤馬黑髦尾也、駵卽騮字之省、說文、騧、黃馬黑喙、義本毛傳、爾雅釋畜、白馬黑脣駩、黑喙騧、釋文引孫炎本駩作犉、云與牛同稱、汝均反、孫本作犉、是也、但既作犉、以詩傳黃牛黑脣曰犉推之、則此白馬疑黃馬之誤、證以下句黑喙騧、說文及詩小戎傳並云黃馬黑喙、與黃牛黑脣其例正同、益知爾雅白馬必黃馬之誤矣、○龍盾之合鋈以觼軜者、盾

以木爲之、而謂之龍盾、是畫龍于盾也、合者合二盾載之、以爲車蔽也、盾狹而車廣、一盾不足爲衞、必以二盾比而合之、乃足爲衞、非防其破毀也、與二矛重弓意不同、○鋈以觼軜、此章只主言馬、不得以下章言器械雜之、觼軜承上六轡言、惟其驂馬收內轡於觼、故云六轡在手也、說文、觼・環之有舌者、鄭箋云、軜繫於軾前、正義曰、四馬八轡、而經傳皆言六轡、明有二轡當繫之、馬之有轡者、所以制馬之左右令之隨逐人意、驂馬欲入則偪於脅驅、內轡不須牽挽、故知軜者納驂內轡、繫於軾前、其繫之處以白金爲觼也、大戴禮盛德篇、六官以爲轡、司會均入以爲軜、盧注、軜在軾前、斂六轡之餘、詩曰、鋈以觼軜、盧所謂斂六轡之餘・正指驂內二轡爲餘、驂之外轡則御者執之、荀子正論篇・三公奉軶持納、楊注・納與軜同、軜謂驂馬內轡繫軾前者、傳解軜而不解觼、觼有舌環、時人所俱知也、中井氏曰、鋈以觼軜、元宜言觼軜以鋈也、詩語顚倒就韻耳、今馬鐙上頭、如環而有游舌、蓋鐙帶須時時伸縮、若結束之、則倉卒難了、伸縮又不如意、故帶貫環、而舌枝捂之、不用結束而自堅、倉卒之間、伸縮如意也、想驂之內轡、不在手中、但時時伸縮之、以制驂行之廣狹、故用觼而不結束耳、非若靷之用環而結束焉、一定不徙也、○溫其在邑者、邑・西戎之邑也、言溫溫廊廟之姿、而寢處於草鄙板屋下、從容籌畫、應無患害、蓋就如玉之德細思之、庶不至輿尸之患耳、○方何爲期、言將以何時爲還期、見君父之仇一日未復、則王師一日不旋、胡然我念之、胡然猶云何爲、爲自疑之辭、以見念念不可念之意、所以爲絕妙也、方之言將也、方將音近而義同、簡兮詩方將萬舞、呂覽愛士篇・見埜人方將食之於岐山之陽、

將、且也、方將猶連言且將也、行葦詩、方苞方體、正義以方爲未至之辭、是亦
訓方爲將也、方爲方正之稱、因又借爲正盛之辭、北山詩旅力方剛、節南山
詩燎之方揚、方
皆爲正、是也、

俴駟孔羣。厹矛鋈錞。蒙伐有苑。俴駟、四介馬也、孔、甚也、厹矛、三隅矛也、錞、鐏也、蒙、討羽也、伐、中干也、苑、文貌、**虎韔鏤膺。交韔二弓。竹閉緄縢。**虎、虎皮也、韔、弓室也、膺、馬帶也、交韔、交二弓於韔中也、閉、紲、緄、繩、縢、約也、**言念君子。載寢載興。厭厭良人。秩秩德音。**厭厭、安靜也、秩秩、有知也、○厹音求、錞徒對反、韔勑亮反、鏤魯豆反、膺於澄反、閉悲位反、緄古本反、縢直登反、唐石經作縢、厭於鹽反、紲息列反、摺本、傳厹下無矛字、延文本傳貌下紲下繩下並有也字、

箋曰首一句說馬引起、而連及器械弓盾之備、章法又變、釋文引韓詩云、駟馬不著甲曰俴駟、管子參患篇、甲不堅密、與俴者同實、注、俴謂無甲單衣者、又云、將徒人與俴者同實、注、俴、單也、言甲不堅與單身無甲者同、徒卒雖衆、無兵甲亦與單身同也、人無甲謂之俴、馬無甲亦謂之俴、其義正同、今馬不被甲、此未進戰時也、此詩小戎俴收、傳訓俴爲淺、故鄭箋於俴駟卽用俴淺爲義、謂以薄金爲介之札、介、甲也、古之戰馬皆著甲、以金爲札、金厚則重、故

云俴、謂以薄爲善也、然以淺爲淺薄之金甲、恐無此訓、成二年左傳鞌之戰、齊侯不介馬而馳、可知未進戰時、馬不被甲也、孔・甚也、甚羣者、言和調也、二字寫出馬德、是詩首章主言車、而駕我騏馵・豫以起次章之馬、二章主言馬、而龍盾之合・旣以起卒章之兵器、鋈以觼軜・又以蒙首章之車、三章主言兵器、而俴駟孔羣復蒙上章以言、此章法錯綜之妙也、○厹矛鋈錞、考工記廬人・凡句兵欲無彈、刺兵欲無蜎、鄭注句兵・戈戟屬、刺兵・矛屬、說文、刺・直傷也、是矛爲直刺之形、不爲旁句、釋名・矛長丈八尺曰矟、廣韻、槍・矟也、是知古之矛卽今之槍、三隅者刄有三角也、又釋名・仇矛頭有三叉、言可以討仇敵之矛也、其下卽言夷矛云云、劉意蓋以仇矛當考工記之酋矛、亦卽毛詩之厹矛、仇厹字固可通、如國策厹由、呂覽韓非史記淮南皆作仇由是已、而以爲頭有三叉、則與三隅不合、典禮孔疏云、矛如鋋而三廉、是亦但謂其鋒作三稜形耳、錞典禮作鐓、鄭注云、銳底曰鐏、取其鐏地、平底曰鐓、取其鐓地、是鐏錞異物、而說文云、錞・矛戟柲下銅鐏也、蓋鐏與錞對文則異、散文則通、故毛傳亦云錞鐏也、正義謂取類相明、非訓爲鐏、失之、○蒙伐有苑、龍盾蒙伐遙映、毛傳、蒙・討羽也、鄭云、蒙・尨也、討・雜也、畫雜羽之文於伐、故曰尨伐、蒙之訓討、經傳無徵、說文、討・治也、安井氏曰、討訓治・謂治其罪、亂訓治、則取義相反、其意自別、毛訓蒙爲討者、蓋亂則討之、故古謂凡物雜亂無次者爲討、此語在鄭時、已稍費解、故以尨釋蒙、以雜釋討、以申毛意、使後人易通曉耳、俞樾曰、蒙之言、蒙茸也、是有糾繚之義、尙書柴誓敽乃干、枚傳曰施女楯紛、正義曰、楯無施功之處、惟繫紛於楯、故以爲施女楯紛、紛如綬而小、繫於楯以持之、且以爲飾、鄭云敿猶繫也、以是言之、蒙有紏繚之義、蓋卽所謂敿乃干者、紏繚與敿繫同也、繫紛於盾、是謂蒙伐、以其爲盾之飾、故言有苑、傳箋所說、恐皆失之、俞說是也、夏官司兵掌五盾、各辨其等、注云、五盾干櫓之屬、櫓是大盾、故傳以伐爲中干、干伐皆盾之別名也、釋文、伐本或作瞂、玉篇盾部、引詩蒙瞂有苑、說文、瞂、盾也、廣雅同、伐犮聲相近、瞂爲正字、伐爲假借字、瞂又通作撥、孔子世家、矛戟劍撥、索隱、撥謂大盾也、是也、○虎韔鏤膺、傳弓室猶弓衣也、古者兵器多包以虎皮、莊十一年左傳蒙皐比而先犯之、杜注、皐比虎皮、虎皮皐比古音近、皐比卽虎皮之假借、樂記倒載干戈、包之以虎皮、名之曰建櫜、其字或作建皐、故服虔引以解此、左傳伐東山皐落氏、卽晁錯傳中周虎落、此皐卽爲虎之證、以虎皮爲弓室、猶以虎皮包干戈名建皋也、韔爲藏弓之室、因名弓之藏亦爲韔、故下云交韔二弓、韔亦作鬯、鄭風抑鬯弓忌、是也、又名櫜、見彤弓時邁二詩、又名韣、授以弓韣見月令、又名韇、右屬櫜韇見左傳僖二十四年、又名弢、伏弢嘔血見哀二年、爾雅・金謂之鏤、鏤卽刻金、膺謂弓室之胸、蓋韔之前面隆起者爲膺、而鏤金飾之也、釆芑崧高韓奕言鉤膺、上下皆言車馬之飾、則膺當爲馬胷帶、此首言虎韔、繼言鏤膺、下文又言交韔二弓・竹閉緄縢、皆言弓耳、不得以此鏤膺爲彼鉤膺、傳以膺爲馬帶非是、交韔二弓、交只是並植之義、朱傳謂・交韔謂顚倒安置之、不知顚倒又何爲、且古弓無上下定勢、亦何顚例之可言、○竹閉緄縢、閉・弓檠也、以竹爲之、狀如弓、弛弓則縛閉於弓裏也、旣縛之則又納之韔中、釋文、閉本一作䪐、䪐字與柲通、作閉者古文之假借、柲之言輔弼也、所以輔弓弩也、鄭注考工記弓人、引詩作韔、注儀禮士喪禮既夕禮、引詩作柲、皆就文易字、其實一也、正義謂閉一名韔、誤矣、傳云閉紲者、卽訓閉爲紲、不取紲系之義、正義謂以繩紲之、因名韔爲紲、失之、考工記、恆角而達、譬如終紲、非弓之利也、恆角者謂竟其角、達者謂長於淵、榦若達於蕭頭、如此則其弓不利於引紘送矢、其張之也如弛弓之常用紲然、故曰譬如終紲、是記所謂紲者卽弓韔也、小雅角弓傳曰、不善紲檠巧用、則翩然而反、蓋檠者藏弓定體之器、檠紲同物、以其能持弓謂之檠、以其能縛弓謂之紲、以竹爲之、故曰竹閉、紲字通作柲、荀子非相篇曰、接人則用枻、注云、枻者檠枻也、正弓弩之器也、緄、說文云、織帶也、帶亦繩之類耳、縢者縛之于弛弓、以定其體也、書金縢鄭注云、縢・束也、是縢本約物之名、因而所用以約者亦謂之縢、魯頌朱英綠縢、傳云、縢・繩也、是也、凡經文對則別、散則通、緄縢固俱可訓繩、今既對文、義當有別、云緄縢則是繩以約之也、○言念君子、此一句每章出之、以判上下、載寢載興者、方臥則起、方起則臥、寢只是頓睡也、吳語王枕其股以寢於地、可證、箋云、閔君子寢興之勞、朱傳云、思之深而起居不寧、鄭指君子言、朱指念君子者言、義皆可通、但上二章溫其如玉、溫其在邑、皆言君子、不應此章獨異、則箋義優矣、是篇無戚戚之辭、人氣方奮故也、○厭厭良人、爾雅、懕懕・安也、兵事惟靜鎭者能成大功也、詩作厭者古字、列女傳引作愔愔良人、湛露釋文、厭厭韓詩作愔愔、厭愔一聲、古人以口授經、故所傳者不同也、良人猶曰邦之良也、淑人令人一例、黃鳥哀三良亦曰殲我良人、雅之桑柔亦曰、維此良人、作爲式穀、良人爲君子通稱、秩秩德音、說文、秩・積也、蓋秩本積禾有次序之貌、而德音之秩然有序、亦謂之秩秩、曰秩秩則不可以邀功僨事、不可以欲速敗謀、已寓其中、傳云秩秩有知也者、爾雅、條條秩秩智也、古知智通用、言望之泰然邦之良、而胸中有刀尺、條理秩然也、德音只是言德也、解者泥音字說聲譽、所在苦解、

小戎三章章十句

蒹葭、刺襄公也。 箋曰、蒹葭詩何以爲刺襄公、蓋襄公初有岐西之地、以戎俗變周民也、豳部皆公劉太王遺民、久習禮教、一旦爲秦所有、不以周道變戎俗、反以戎俗變周民、如蒼蒼之葭、遇霜而黃、肅殺之政行、忠厚之風盡、意謂非此無以自強於戎翟、惟急霸西戎、不追禮教、遠開武靈騎射之風、近啓孝公富強之漸、流至春秋、諸侯終以夷狄擯秦、故詩人興霜露焉、商鞅說孝公以霸易王難、卽此詩所刺爾、刺之卽以告之也、

未能用周禮。 箋曰、與下篇能取周地應、夫周之遺賢、能用周禮者也、改肅殺之弊、宜反陽和、故序稱周禮以示大義、周禮主治民言之、不兼五禮及諸侯之事、

將無以固其國焉。 箋曰、辨說謂此詩不詳所謂、而斥序之鑿、試思作序者如果鑿空妄說、則必依附詩詞、若近世僞爲申公詩者、謂此乃秦之君子隱於河上、秦人慕之而作、必不憑虛而創一襄公不用周禮之說、與詩詞絕不相比附、以自納敗闕也、焦循曰、嘗觀序之言、如簡兮刺不用賢、芃蘭刺惠公、匏有苦葉雄雉刺衛宣公、君子于役刺平王、叔于田大叔

于田刺莊公、羔裘刺朝、蟋蟀刺晉僖公、山有樞椒聊刺晉昭公、有杕之杜刺晉武公、葛生采苓刺晉獻公、宛丘刺陳幽公、鳲鳩刺不壹、祈父白駒黃鳥刺宣王、賓之初筵衛武公刺時、魚藻采菽黍苗隰桑瓠葉刺幽王、抑衛武公刺厲王、求之詩文、不見刺意、惟其爲刺詩、而詩中不見有刺意、此三百篇所以溫柔敦厚、可以興・可以觀・可以羣・可以怨也、後世之刺人、一本於私、雖君父不難於指斥以自鳴其直、學詩三百、於序既知其爲刺某某之詩矣、而諷味其詩文、則婉曲而不直言、寄托而多隱語、故其言足以感人、而不以自禍、卽如節南山雨無正小弁等作、亦惻怛纏綿、不傷於直、所以爲千古事父事君之法也、若使所刺在此詩中卽明白言之、不待讀序卽知其爲刺某人之作、則何以爲主文譎諫而不訐、溫柔敦厚而不愚、宋明之人、不知詩教、士大夫以理自持、以倖直抵觸其君、相習成風、性情全失、而疑小序者、遂相率而起、余謂小序之有裨于詩、至切至要、特詳論于此、

蒹葭蒼蒼。白露爲霜。興也、蒹・薕也、葭・蘆也、蒼蒼・盛貌也、白露凝戻爲霜、然後歲事成、國家待禮然後興、

所謂伊人。在水一方。伊・維也、一方難至矣、**遡洄從之。道阻且長。**逆流而上曰遡洄、逆禮則莫能以至也、**遡游從之。宛在水中央。**順流而涉曰遡游、順禮求濟道來迎之、○蒹古恬反、遡蘇路反、宛紆阮反、薕音廉、摺本傳盛下無貌字、傳求字摺本亦同、卷子古本作未、傳之下、延文本有也字、

箋曰、比也、霜以喻肅殺、首二句固是現前寫景、而秋光滿目、一爲字幻甚、蓼彼蕭斯、零露湑兮、正與是反、是序提周禮、古義明徹、毛意以蒹葭興國、以霜喻周禮、蒹葭得霜而堅實中用、以喻用周禮而國可以固、似未盡詩義、爾雅、蒹薕、陸疏、蒹・水草也、堅實、牛食之令牛肥强、青徐人謂之蒹、說文、蒹・萑之未秀者、繫傳云、今人以爲簾薄、疑因此名蒹也、未秀謂其小、據說文則萑菼蒹薕爲一物、郭云似萑、則爲二物、恐非、爾雅又曰、葭・蘆、郭注・葦也、邢疏・葦卽蘆之成者、然則葦之未秀者爲葭、長大爲蘆、成則爲葦、一物隨時異名、空中而高大者、爾雅又曰、菼薍、郭注・似葦而小、實中、陸疏・薍或謂之荻、至秋堅成則謂之萑、然則萑之未秀者爲荻、爲菼、爲薍、長成者爲萑、一物四名、實中者、蒹與萑同類、唯以大小異名而已、蒼蒼與青青不同、是色將變而青退稍白者耳、傳云白露凝戾爲霜者、始皇本紀・剛毅戾深、事皆決於法、又赭白馬賦云、露滋月肅、霜戾秋登、然則戾自有嚴肅之義、安井氏曰、露爲霜、其質凝、其形戾、觀黑壤得霜墳起者可見矣、故云凝戾、非戾有燥義也、祭義說養蠶之法云、風戾以食、注云、使露氣燥乃食蠶、風戾掛桑葉於物、風拂戾之、露氣乃乾、故注云使露氣燥、孔偶失考、安井說是也、首二句詩人之觸物寄意、不可不深玩、夫秦地卽周地也、其民猶周民也、一旦棄而爲秦有、彼其世習西戎陋俗、輕戰鬬尙首功、而先王禮敎仁讓之道、至此而爲之一變、民生其間、較然春生秋殺之不相入、此露爲霜之喻也、未晞未已、是時秦甫得周地、周宣王德澤在人者、尙未盡泯、而當時有西周遺賢、見幾而作、瓢然於蒼葭水湄之間、詩人欲襄公求之與共圖國事、故作是詩也、所謂伊人尊重其人之辭、所謂盟主・所謂故國・古多語例、在是詩指周之遺賢也、是句出於白駒、亦指周賢之將隱者、在水一方者、史記扁鵲倉公傳、視見垣一方人、方猶邊也、水一方猶垣一方、下章曰湄曰涘、皆卽在水一方也、在水一方・言伊人在其地有可求也、下四句乃言逆求之則遠而難至、順求之則近而易見、非以在水一方爲喩遠也、〇遡洄從之、遡・說文作㴑、水部・㴑逆流而上曰㴑洄、㴑・向也、水欲下違之而上也、是遡字止可爲逆流之名、其字本從屰得聲、屰不順也、若使遡流順流同謂之遡、義不可通、爾雅釋水曰、湀闢流川、過辨回川、郭璞解上句曰通流、解下句曰旋流、此經洄字、卽彼回字、游字卽彼流字、謂水之本道、回乃洄之省、游與流古字通、漢書項籍傳必居上游、師古注曰、游卽流也、遡洄遡流、其爲遡也不異、湀闢說文作湀辟、云流水處也、過辨者漩水之名、釋文、過本或作渦、回又作洄、阻・險也、楚辭涉江篇・乘舲船余上沅兮、齊吳榜而擊汰、船容與而不進兮、淹洄水而凝滯、正與此詩意合、後漢明帝修汴堤、十里一水門、令更相洄注・柳文曰、環山洄江、又曰、導洑流、洄爲清池、註、洄・回水也、又曰有洄在石間、字義可以見矣、宛在水中央者、鄭箋云、宛・坐見貌、央亦中也、中坻中沚就首章而申言之、說文、央・中央也、从大在冂之內、大・人也、中無定在、大之所在卽中之所在也、荀子正論・今日或入其央瀆、竊其豬彘、注、央瀆・中瀆也、央爲中央字、此橫說也、引之夜有夜之中、時有時之中、庭燎夜未央、離騷時亦猶其未央、二央字亦當訓爲中、此竪說也、所謂伊人可思而不可見、可望而不可親、目前意中、脉脉難言、但一望蒹葭、心傷在水一方、從漂渺波光之外、若滅若沒、若隱若現、遡洄遡游而皆不可從也、雖不可從、遡游而遙指中央、又未嘗不在也、宛在二字、意想深穆、光景孤瀞、李白訪隱士詩云、只在此山中、雲深不知處、又訪戴道士詩云、無人知所在、遙指兩三松、既曰只在此山中則已知矣、何以又言不知、既曰遙指兩三松則又已知矣、何以言無人知、與此詩在水一方、道阻且長、宛在中央皆可意會、而不可言求耳、申毛者曰、順流而涉曰遡游者、公劉遡其過澗、傳、桑柔如彼遡風傳、皆云、遡・鄉也、文選東京賦、遡洛背河、薛注、遡・向也、說文、洄・回轉也、漢書食貨志爲渭漕回遠、注、回・曲繞也、言向其所在、而回轉曲繞以從之、勿怪其道阻且長也、說文、游・旗旒之流也、从㫃汓聲、又汓浮行水上也、从水子、游卽汓、列子能游者可教也、注浮水曰游、言向其所在、而浮水從之、則伊人固宛在水中央也、又傳云、逆禮則莫能以至、是本以經文道爲道路、下文云順禮求濟、道來迎之、此道卽指道阻之道、謂順禮則其道路漸移而近、由一方而至中央、蓋此岸對彼岸爲遠、至中央則較近矣、自王肅誤認傳中道字爲理道、呂記因之以所謂伊人猶曰所謂此理、古人文詞質實、斷無以人爲理者、不得泛以理道言也、

蒹葭淒淒。白露未晞。 淒淒猶蒼蒼也、晞・乾也、 **所謂伊人。在水之湄。** 湄・水隒也、 **遡洄從之。道阻且躋。** 躋・升也、 **遡游從之。宛在水中坻。** 坻・小渚也、○晞音希、坻直尸反、隒魚檢反、淒淒、延文本作萋萋、傳同、

箋曰、釋文、萋本亦作淒、萋淒同音、古字通借、淒淒寒涼之意、如淒其以風、與蒼蒼指色者不同、晞、乾也、爲霜一變也、未晞未已、其流風餘韻尚有未盡者也、○在水之湄、釋名、湄、眉也、臨水如眉近目也、巧言詩居河之麋、傳云水草交謂之麋、此用爾雅文、以麋爲湄之假借也、此傳獨以湄爲水隒者、說文、隒、崖也、崖、高邊也、下文道阻且躋、躋爲升義、故此以水隒見其高意、若從水草交之訓、則近於言平、故不用爾雅、○宛在水中坻、坻爲水中高地、中坻中央之坻也、爾雅小渚曰沚、小沚曰泜、而毛傳言坻小渚者、沚與坻散文則通、故說文亦曰坻、小渚也、

蒹葭采采。白露未已。采采猶淒淒也、未已猶未止也、**所謂伊人。在水之涘。**涘、厓也、**遡洄從之。道阻且右。**右、出其右也、**遡游從之。宛在水中沚。**小渚曰沚、○涘音俟、

箋曰、芣苢傳、采采非一詞也、蜉蝣傳、采采、衆多也、是采采蓋言其堅成可采也、白露未已、傳云猶未止者、已止之已、與已然之已不同、已然之已、詩或曰既、或曰已、已止之已詩或曰止或曰已、此其義別、○在水之涘、說文、涘、水厓也、厓、山邊也、蓋山邊水邊皆得名厓、王風葛藟傳亦云、涘、厓也、魏風伐檀傳云、漘、厓也、葛藟傳又云、漘、水隒也、爾雅、厓夷上洒下漘、夷上謂上平、洒下謂側水邊者斗峭、厓乃總名、漘是厓之別名、葛藟以涘與漘分言、故傳別涘爲

厓、湑爲水隒、伐檀經但言湑、故湑亦謂厓、皆對別散通之例○道阻且右、右不相値也、猶言相左也、言右取其涘沚爲韻、申毛義者曰、釋名・水出其右曰沚丘、小渚之名沚者、蓋與沚丘同義、亦有水出其右之象、故傳知右謂出其右也、水出其右、則沚已在左、詩下言宛在中沚、上卽云道阻且右、蓋言逆流從之、則隨水出其右而難至、順流從之、則可自右而左至其沚也、周人尙左、故箋以右爲迂廻、蓋右逆而左順、故禮皆袒左、請罪乃袒右、吉禮交相左、喪禮交相右、亦其義也、此言道阻且右、亦謂逆禮則莫能以濟、下文宛在水中沚、則言順禮而求、乃不在右而在左矣、亦卽所謂道來迎之者、故此章以沚與右相承爲義、不當但謂其取韻也、

○宛在水中沚、中沚・中央之渚也、

蒹葭三章章八句

終南。戒襄公也。 箋曰、詩文是美、而序言戒者、蓋於頌美之中寓戒勸之意、所謂以頌爲規也、 **能取周地。** 箋曰、逐西戎遂有其地、故曰能取、鄭語・秦莊襄於是乎取周土、莊是秦仲子襄公父、亦破西戎、史記・平王封襄公爲諸侯、賜之岐以西之地、曰戎無道侵奪我岐豐之地、秦能攻逐戎、卽有其地、與誓封爵之、襄公于是始國、正與序言能取周地始爲諸侯合、朱子舊說・襄公雖未能遽有周地、然既有天子之命矣、穀梁子曰、王者無外、命之則成矣、是也、 **始爲諸侯受顯服。** 箋曰、驅鐵序所云始

命·是也、**大夫美之。故作是詩。以戒勸之。**箋曰、序稱戒、列國唯是已、大雅有戒成王三篇、一以先祖、一以皇天、只卷阿就成王身上戒之、先游揚其美、而徵風切之、正與是詩符、中論爵祿篇曰、爵祿之賤也、由處之者不宜也、賤其人斯賤其位矣、其貴也由處之者宜也、貴其人斯貴其位矣、詩曰、君子至止、黻衣繡裳、佩玉鏘鏘、壽考不忘、黻衣繡裳、君子之所服也、愛其德故美其服也、此亦足證序受顯服而大夫美之之說、延文本故作而、之下有也字、

終南何有。有條有梅。興也、終南·周之名山中南也、條·槄·梅·柟也、宜以戒不宜也、**君子至止。錦衣狐裘。**錦衣·綵衣也、狐裘·朝廷之服、**顏如渥丹。其君也哉。**○渥於角反、槄吐刀反、柟如鹽反、延文本、傳槄下服下有也字、裘下有謂字、

箋曰、有條有梅則材木可用、有紀有堂則形勢可居、以名山之有良木形勝、興君子之有顯服焉、傳云宜以戒不宜者、謂言山所宜、以戒不宜也、終南周之名山中南也者、昭四年左傳司馬侯曰、中南·九州之險、終南卽中南、中終音相近、字通、胡渭曰、終南之山、唯見於秦風、而小雅則稱南山不一而足、又有北山、蓋南山謂都南諸山、終南太一在焉、北山謂都北諸山、九嵏甘泉巀嶭等也自詩美襄公以終南起興、說者遂以終南蔽南山、謂西起秦隴、東徹

藍田、横亙八百里、皆終南矣、案張衡西京賦云、於前則終南太一、潘岳西征賦云、面終南而背雲陽、又云太一巃嵸、李善注・漢書武功縣有太一、古文以爲終南、此賦下云太一、明與終南別山、西京賦云於前、則終南太一二山明矣、此說是也、竊意太一垂山皆禹貢之惇物、後人改名、離爲二山耳、水經注云、太一山一曰太白山、在武功縣南、去長安二百里、俗云武功太白去天二百、杜彥達曰、太白山南連武功山、於諸山冣爲秀傑、冬夏積雪、望之皓然、武功縣志云、太白山在縣西南九十里、亦名太乙山、接鄠縣及盩厔界、而垂山則但述漢志語、其形體若何、高大若何、莫能言之、葢垂山卽太一之北峰、無二山也、倶在縣東、故莫得而判焉、後人又以太一之南爲武功、其北爲太白、在禹貢則總爲惇物、郭景純所謂一實而數名者也、朏明說是也、提出終南、便有囊括全雍、尺地不可與人意、秦在西陲、而鎬則雍之東境、以河爲界、洛邑在河之南、其至東周、必自鎬而南、當其以兵勤王・渡河至洛・受服而歸、終南之山所必經也、故曰君子至止、則錦衣狐裘若與終南嘉木相輝映、末二句便見位尊責重、所以副天子寵命者、不容苟矣、故序曰戒也、有條有梅、爾雅、槄・山榎、郭注・今之山楸也、是楸榎本一木、但楸葉大・榎葉小、略異耳、故生於山者、名亦互通也、爾雅又曰、柚條、郭注・似橙實酢、生江南、無條槄之訓、釋文條本又作櫾、音同、此則別一木、與詩條梅字異、毛傳訓條爲槄者、攸聲舀聲古同部通用、淮南子墬形篇・東方曰條風、呂氏春秋有始篇作滔風、論語微子篇滔滔者・鄭本作悠悠、是其證也、傳蓋以條爲槄字之叚借、孫炎注爾雅槄山榎・引詩有條有梅、義正本毛傳也、南海異物志載治瑇瑁法云、以梟魚皮錯治之、後以枯條木葉瑩之、乃有光燿、我邦工人、猶以條葉瑩物云、說文、梅・柟也、又曰、某・酸果也、分梅與某爲二、是知酸果之梅、以某爲正字、作梅特假借耳、梅本柟之別名、郭注爾雅梅柟云、似杏實酢、此則誤合柟與楳爲一矣、朱傳不釋梅字、蓋亦以詩之梅卽今梅、然西北至今無梅花、而爾雅與毛傳並言梅柟、二物相去遠矣、梅實以貧葅醢、書之鹽梅・禮之梅諸・春秋之桃李梅實・自卽今之梅、此詩乃言終南所有材木之利、當是柟、而非今梅、陸疏・梅樹皮葉似豫樟、豫樟葉大如牛耳、一頭尖、赤心、華赤黃、子青不可食、柟葉大、可三四葉一藂、木理細緻于豫樟、一切經音義廿一引樊光云、荊州曰梅、揚州曰柟、益州曰赤楩、葉似豫章無子也、是樊光不以梅之名柟者爲似杏之梅矣、爾雅翼、柟・大木也、可以爲舟、又可以爲棺、故古稱楩楠豫章、以爲良木之類、陳啓源曰、柟字俗作楠、似豫章、其樹直上童童如幢蓋、高十餘丈、大者數十圍、氣甚芬芳、爲梁棟器物皆佳、良材也、或疑召南標有梅卽今梅明矣、何見此梅獨異、不知彼自南國之詩、周人采之者耳、此詩則周人自詠其本地者、故傳別言柟、而陸疏亦兩詩異釋、固甚分明、○君子至止者、至終南之下也、方叔洍止語例同、錦衣狐裘、謂以錦衣裼于狐裘之上、傳言狐裘爲朝廷之服者、謂諸侯在天子之朝廷服此服也、說詳于檜羔裘篇、狐裘・狐白裘也、古人之裘最重狐白、故天子以爲朝服、凡在朝君臣同服、惟卿大夫得衣之、蓋禮服之重者也、陳氏禮書以爲燕服、戾矣、下文顏如渥丹其君也哉、方言儀貌尊嚴、而獨舉其燕服、有是理乎、且先燕服而後祭服、又何義也、馬瑞辰曰、古者裼衣與裘色相稱、此詩狐裘、以玉藻證之・知爲狐白裘、則錦衣亦當從玉藻鄭注訓爲素錦、玉藻・君衣狐白裘、錦衣以裼之、鄭注・君衣狐白毛之裘、則以素錦爲衣覆之、使可裼也、又曰、凡裼衣象裘色也、疏云、凡裼衣象裘色者、狐白裘用錦衣爲裼、狐青裘用玄衣爲裼、羔裘用緇衣爲裼、是皆裼衣與裘色相稱之證、玉藻云、童子之節也・緇布衣・錦緣・錦紳・并紐錦束髮、皆朱錦也、按有未朱錦則有素錦矣、鄭云以素錦爲衣覆之、正與狐白裘色相稱、毛傳以錦衣爲采色、失之、馬說是也、顏如渥丹、渥・厚漬也、渥丹猶簡兮所謂渥赭、言顏色如厚漬之丹、謂赤而澤也、釋文、丹如字、韓詩作沰、撻各反、沰赭也、簡兮云赭者赭韵、○其君也哉者、立於廟朝、儼然有光、所謂有斯服而有斯容者也、是頌美之詞、嚴緝乃謂其者將然之詞、哉者疑而未定之詞、恐非詩旨、

終南何有。有紀有堂。紀・基也、堂・畢道、平如堂也、**君子至止。黻衣繡裳。**黑與青謂之黻、五色備謂之繡、**佩玉將將。壽考不忘。**○黻音弗、將七羊反、

箋曰、條梅・山之材、紀堂山之體、君也哉言今日、壽考不忘望於將來、詩之敍也、傳紀基也者、謂山基也、紀無基義、釋文紀如字、本亦作屺、正義謂・集注本作屺、定本作紀、據此則紀者屺之借字、紀屺皆從己得音、紀爲借字無疑、有堂者檀弓吾見封之若堂者矣、注、堂形四方而高、山海經大荒東經有大人之市、名曰大人之堂、注大人之堂亦山名、形狀如堂室耳、上二書爲此詩堂字確切注腳、毛傳云畢道者、爾雅釋丘、畢・堂牆、謂畢爲堂之牆、堂爲畢中間

之道、中間道平如堂、兩畔崖高如牆、毛云、畢道平如堂、據其平處、解經之堂也、鄭因傳言畢、故用爾雅解畢爲兩邊之如牆、互相發明、若專謂兩邊之如牆、則經初無牆字、但山之平處多矣、非牆無以見其爲堂、故釋丘與詩文、亦互相發也、李巡曰、堂・牆名、崖似堂牆曰畢、是李以堂卽爲牆名、與毛鄭異、逸周書作雒篇云、隄唐山廧、唐卽堂也、古字通借、此葢李說所本、韓子所謂行馬邑山中、深淵峭如牆、深百仞、是其形狀也、王引之曰、紀讀爲杞、堂讀爲棠、條梅杞棠皆木名也、紀堂假借字耳、考白帖終南山類、引詩正作有杞有棠、唐時齊魯詩皆亡、唯韓詩尙存、則所引蓋韓詩也、且首章言有條有梅、二章言有紀有堂、首章言錦衣狐裘、二章言黼衣繡裳、紀堂之皆爲木、亦猶錦衣黻衣之皆爲衣也、安井氏曰、紀杞堂棠古皆同音、音同義通、況有白帖可據、王說似可從矣、然詳考序傳、此篇宜以戒不宜、襄公既受顯服、是已基矣、當益脩其德以安其國、是猶構成其堂、傳既訓紀爲基、基堂相將之物、其宜以戒不宜之意自明、故止云道平如堂、不復釋其義耳、且梅柟大木、大山所宜有也、杞棠則皆小木、恐非所宜取喩、○黻衣繡裳、爾雅釋言、黼黻・彰也、又曰、衮・黻也、則直訓衮爲黻、是黻衣猶言衮衣、論語致美乎黻冕、黻冕猶言衮冕、此詩黻衣繡裳・猶九罭詩衮衣繡裳、衮衣與黻衣皆通言章服耳、兪樾曰、毛傳・黑與青謂之黻、五色備謂之繡、義本考工記、考工記畫繢之事、皆言作畫之法、與虞書十二章廻殊、益稷篇枚傳曰、黼若斧形、黻爲兩已相背、是黼黻皆以其形言、不以其色言、考工記則云、白與黑謂之黼、黑與青謂之黻是黼黻皆以其色言、不以其形言、兩者各成一義、必欲合而一之、則青與赤謂之文、赤與白謂之章、又於十二章何屬乎、是故言藻火粉米黼黻者、此一黼黻也、言文章黼黻者、又一黼黻也、禮記祭義篇曰、遂朱綠之、玄黃之、以爲黼黻文章、哀公問篇有成事然後治其雕鏤文章黼黻以嗣、此皆以色言也、不然何獨於十二章中舉此二章乎、毛傳引考工記、正謂其衣黑與青、其裳五色備耳、使謂考工記所言卽虞書之十二章、則何以有土有天有水乎、其不然一也、畫繢之事、止言作畫、並不言繡、其云五采備謂之繡、繡者五采備之名、猶之乎文章黼黻也、非刺繡之繡也、而黼黻皆繡而不繢、何得襍於畫繢之事、其不然二也、如謂五采備之繡卽刺繡之繡、則繡必五采備、而黼惟白與黑、黻惟黑與青、不備五色、不得爲繡矣、何以云黼黻皆繡之於裳乎、其不然三也、天也、土也、水也、既非十二章所有、而有所謂鳥獸蛇者、鄭以當華蟲之一章、賈疏因謂、言鳥以其有翼、言獸以有毛、言蛇以有鱗、遂使經文竟成廋語、其不然四也、明乎考工記之黼黻非十二章之黼黻、則此經所謂黻衣者、無可疑矣、○佩玉將將、將將卽鏘鏘之省、改玉改步、濟濟中節、○壽考不忘、四字兩語、壽考祈其天祿也、不忘望其德業也、猶曰如是君子、是實年祚永久、而德音不可忘者也、襄公以武功爲秦祖、故以燕翼垂統・子孫不忘之業望之、卽遊揚其美以戒勸之者、是詩風格迫雅、

終南二章章六句

黃鳥。哀三良也。

箋曰、穆公既死、所主在哀三良焉、三良非自死亦可知、

國人刺穆公

以人從死。箋曰、穆公名任好、德公子、殺人以葬、旋環其左右曰殉、文六年左傳曰死而棄民、則穆公有遺命可知、與序符合、是追刺也、非風刺、而作是詩也。箋曰、考史記襄公之後四世、武公初以殉葬、又四世穆公從死百七十七人、然左傳無多殉文、則史記恐雜說耳、獻公元年、始下令止從死者、然則自穆公以至康公、其國俗既以殉爲義、國亦不立法禁也、延文本、序末無也字、

交交黃鳥止于棘。興也、交交小貌、黃鳥以時往來得其所、人以壽命終、亦得其所、誰從穆公。子車奄息。子車氏、奄息名、維此奄息。百夫之特。乃特百夫之德、臨其穴。惴惴其慄。惴惴懼也、彼蒼者天。殲我良人。殲盡、良善也、如可贖兮。人百其身。○惴之瑞反、殲子廉反、贖食燭反、延文本、傳貌下、兩所字下、名下、德下、盡下、並有也字、

箋曰、以黃鳥之止棘爲不得其所、興三良之從死、爲不得其死也、棘楚皆小木、桑亦非黃鳥所宜止、小雅黃鳥詩無集于桑、是其證也、毛傳恐誤、交交小宛桑扈傳皆曰小貌、爾雅大簫謂之言、小者謂之筊、注、筊小也、足相證、桑扈箋飛往來貌、似因字臆義、或曰、交交通作咬咬、謂鳥聲也、文選嵇叔夜贈秀才入軍詩、咬咬黃鳥、顧疇弄音、李善注引詩交交黃鳥、又引古歌黃鳥鳴相追、咬咬弄好音、玉篇廣韻竝曰、咬鳥聲、毛詩作交交者、省借字耳、莊子咬者、

司馬彪及玄英云、哀切聲、棘也桑也楚也、皆失其所止、故聲咬咬然、此說亦通、注疏本章十二句、是讀交交黃鳥爲句、摯虞文章流別論曰、詩有七言者、交交黃鳥止于桑之類是也、則古讀連下三字爲句、○誰從穆公、穆公稱謚、則既死矣、從穆公從死也、從死失其止甚矣、子車奄息、子車左傳作子輿、輿車字異義同、左傳稱子車氏之三子、必是少壯之人矣、並俊才爲國人所許、而穆公寵之、遂命爲殉也、方言、奄・息也、廣雅同、是奄息二字同義、故古人取以命名、○百夫之特、柏舟詩實維我特、傳・特匹也、此傳乃特百夫之德、正訓特爲匹、匹之言敵也、當也、猶云乃當百夫之德耳、特字活讀、傳不言特匹者、以其義已見柏舟傳也、白虎通引禮別名記、五人曰茂、十人曰選、百人曰俊、千人曰英、倍英曰賢、萬人曰傑、萬傑曰聖、此皆言才德可當五十百千等人、與傳同義、然詩則以武臣折衝成辭、曰防、曰禦、亦同、鄭箋百夫之中最雄俊也、云最雄俊則似訓特爲特立之特、與傳義殊矣、○臨其穴、惴惴其慄、臨者秦人臨之也、穴讀竁則同穴之穴、卽壙也、徂其葬所而臨之者慕也、惴惴其慄者、鬼氣逼人、使臨穴者戰慄也、至於求代爲死不得、而哀孔長矣、以下六句、是秦人哀慕之辭、下二章亦反復淫咏、則語勢下屬明明、朱傳解此二句謬甚、詩止云臨其穴惴惴其慄、何以見其必爲三良之懼、又何以見其必爲生納之壙中也、夫死生之際、君子所重、詩人稱三良・不應道其臨死畏怯之狀、上云百夫之特、百夫之防、其英氣威風可想、下云三良臨壙惴惴其慄、一如婦人不能決然於死生之際、何其前後之不類也、且也秦始皇不仁浮於豺狼、故有工匠生閉墓中之事、春秋時風俗尚稍淳厚、卽用人爲殉、死則死耳、豈忍生納之壙中哉、安井氏曰、凡以死從君者、平日寵遇必絕於人、故君以此要之、臣以此甘之、非有罪以殺之也、爲嗣君者、應棺斂盡禮、以報其志、必不裸葬以辱之九泉、況敢生納之於壙中哉、若果生納之、左傳小序當深罪康公、而未嘗一言及康公、以此推之、其說不攻自破、○彼蒼者天、殲我良人者、俯則慄於穴、仰則號於天、是詩人之摸寫、誰從穆公、其辭隱而傷、不言穆公以人從殉也、不敢歸咎於君、而呼天以致其意、隱之至也、春秋莊十七年齊人殲于遂、公羊云、瀸者何、瀸積也、何注、瀸者死文、瀸之爲死、積死非一之辭、故曰瀸積、衆多也、瀸與殲通、積死非一、盡之意也、合三良而言之、故曰殲、良人卽善人也、古者婦稱夫爲良人、而不得以良人專爲婦稱夫之辭、猶婦亦稱夫爲夫子君子、而不得以夫子君子專爲婦稱夫之名也、左傳・君子曰、秦穆之不爲盟主也宜哉、死而棄民、先王違世、猶詒之法、而況奪之善人乎、詩曰、人之云亡、邦國殄瘁、無善人之謂、若之何奪之、此傳訓良爲善之義也、○如可贖兮、人百其身者、主一良而言之、故曰百、上百夫之特、言其才德可當百人、則下云人百其身、謂願以百人之身代之、兩百字相應、言人百其身者倒文也、鄭箋云、人皆百其身謂一身百死、似非經義、

交交黃鳥。止于桑。誰從穆公。子車仲行。維此仲行。百夫之防。防・比也、**臨其穴。惴惴其慄。彼蒼者天。殲我**

良人。如可贖兮。人百其身。

箋曰、桑人所嘗采、亦非安止之地、與棘相似、○子車仲行、鄭箋據古人五十以伯仲爲字、又晉狐突字伯行、與仲行相類、故獨以仲行爲字、然奄息鍼虎皆名、則仲行亦名耳、安井氏曰、左傳不用韻、而亦曰仲行、則仲行是名、非字也、春秋之時、有以伯仲叔季配名者、桓四年天王使宰渠伯糾來聘、傳云父在故名、是也、○百夫之防、傳讀防爲比方之方、鄭箋防猶當也、言此一人當百夫、除邈云、毛音方、鄭音房、周語不防川、注、防・障也、淮南脩務・陰以防雨、注、防・衛也、據上二訓則詩言防者、猶言障衛也、當依鄭音房、狄虎彌建大車之輪以當一隊、亦百夫之防也、防言一力抗百夫而防禦之、

交交黃鳥。止于楚。誰從穆公。子車鍼虎。維此鍼虎。百夫之禦。禦・當也、臨其穴。惴惴其慄。彼蒼者天。殲我良人。如可贖兮。人百其身。○鍼其廉反、延文本、禦作御、傳同、

箋曰、鍼虎無傳、亦當爲名、爾雅釋獸、熊虎醜、其子狗、絕有力麙、本或作㺟、鍼、當卽麙字之假借、麙卽虎類、故以鍼虎爲名、猶奄息二字同義也、百夫之禦者、禦猶防也、予曰有禦侮、言虎臣也、傳云禦・當也者、禦亂當亂、禦敵當敵、是禦有當義、百夫之當、言可當百夫耳、左傳君子是以知秦之不復東征、是詩

卽秦國變衰之始也、

黃鳥三章章十二句

箋曰、王氏地理攷載・括地志秦穆公冢在雍縣東南二里、三良冢在雍縣一里故城南、何楷因謂、二冢廻不相及、蓋從死而非同葬、然揚子云、秦大夫鑿穆公之側、服氏虔亦謂、殺人以葬、旋環其左右、蓋其葬別爲之穴、而總不離乎左右、若葬非同處、何云殉葬、三良冢恐出後人附會、未可盡信、

晨風。刺康公也。忘穆公之業。箋曰、穆公首拔五羖、授之以政、三用孟明、遂霸西戎、穆公是用賢而立業者、始棄其賢臣焉。箋曰、前序三始字、皆創業之美、至是又稱始反應之、此蓋見棄之臣刺康公也、所謂賢臣亦自其黨稱之耳、穆公富國强兵、以進取爲事、其所任使可知矣、說具權輿篇、

鴥彼晨風。鬱彼北林。興也、鴥・疾飛貌、晨風・鸇也、鬱・積也、北林・林名也、先君招賢人、賢人歸往之、駛疾如晨風之飛入北林、未見君子。憂心欽欽。思望之心。中欽欽然、如何如何。忘我

實多。今則忘之矣。○鴥尹橘反、鸇之然反、駛所吏反、延文本、傳貌下有也字、歸往作往歸、入北林下有矣字、心中作中心、然下有也字、矣作也、
箋曰、比也、以晨風比賢者、人君好賢則賢者歸之、如林木茂盛則飛鳥集之、北林・林之在國北者、晨風北林是秦聲之烈也、亦以著其人果毅、舍人曰、鸇・鷙鳥也、陸疏云、鸇似鷂、青黃色、燕頷句喙、嚮風搖翅、乃因風飛急疾、擊鳩鴿燕雀食之、孟子離婁篇爲叢敺爵者鸇也、鴥彼晨風・與小雅采芑鴥彼飛隼、獨此二文言鴥、說文、鴥・鸇飛貌、可知鸇卽隼矣、韓詩外傳引詩鷸彼晨風、鷸與鴥聲近通用、海賦鷸如驚鳧之失侶、正以鷸爲疾飛貌、鴥之通鷸、猶小雅謀猶回遹、韓詩作回鴥、水經注、泬水一作遹水也、晨依字當爲鷐、說文鳥部、鷐・鷐風也、又羽部・翰一名鷐風、毛詩作晨、省借字也、戴侗六書故云、晨風朝風也、猶云朝雲夜雨、鴥言風之凡也、然古詩晨風懷苦心、蟋蟀傷局促、又亮無晨風翼、焉能淩風飛、曹丕詩・願爲晨風鳥、雙飛翔北林、若非鸇何以言鳥言翼、何以與蟋蟀並稱乎、李陵詩・願因晨風發、送子以賤軀、此晨風亦指鸇言、發如宋玉言鯤魚朝發之發、以鸇飛急疾、故云願因晨風之發、託賤軀以相隨耳、易林小畜之革云、晨風之翰、又豫之咸、云晨風文翰、隨時就溫、雄雌相和、不憂危殆、亦足爲鳥名之證、鬱者林木積聚之貌、考工記函人鄭司農注・惌讀爲宛彼北林之宛、蓋本三家詩、內則・宛爲宛脾、鄭注・宛或作鬱、是二字互通、史記倉公傳・寒濕氣宛、卽氣鬱也、毛詩作鬱爲正字、菀柳傳、菀・茂木也、桑柔傳、菀・茂貌、宛菀皆鬱字之叚借也、亦別作蔚、後漢書仲長統傳・彼之蔚蔚、皆胸罥腹詘、幸我之不成、注、蔚與鬱古字通、○未見君子、憂心欽欽、君

子、指新君也、欽欽憂而不忘之貌、鼓鐘傳訓樂、此詩訓憂者、無論憂樂、在心而不能去也、訓敬者、以敬常在心而不能去也、亦此意也、○如何如何、忘我實多者、久得志而俄失之、故切責急迫、序所謂、始棄其賢臣、是也、多猶甚也、左傳君子不欲多上人、卽君子不爲已甚也、首二句喩願自效於新君也、中二句知新君情意已隔、而積誠願通也、末二句言新君忘己之甚也、序言忘穆公之業者、忘先人之故舊、必自忘其先人之業、乃探本之論、非卽指詩中忘字也、

山有苞櫟。隰有六駮。櫟、木也、駮如馬、倨牙食虎豹、**未見君子。憂心靡樂。如何如何。忘我實多。**○櫟盧狄反、駮邦角反、延文本、傳木下有名字、倨作鋸、豹字卷子古本無、

箋曰、比也、以物有其所、比人有其宜焉、失位家居、非我宜也、久得宜而俄失之、故懷舊憂今矣、木叢生曰苞、櫟與栩杼皆一物、詳唐風鴇羽篇苞栩下、六駮、陸疏云、駮、駮馬、駮馬、梓榆也、其樹皮青白駮犖、遙視似駮馬、故謂之駮馬、下章云、山有苞棣、隰有樹檖、皆山隰之木相配、當作木名爲正、草有似鳥者、卭有旨鷊、是也、木有似獸者、山有六駮是也、六見其盛多義、亦苞聚之類、苞言叢、六言數、各上一字爲虛字也、崔豹古今注云、山中有木、葉似豫章、皮多癬駮、名六駮木、是以六駮爲名、意卽所云犖駮也、以音同故通犖爲六耳、說者因謂六字當爲犖之聲借、此說未必然也、蓋本以色之駮犖而名此獸、梓

檢又以駮犖有似此獸而名、傳因引釋畜全文、以解駮耳、非謂此經駮卽是獸也、不然食虎豹者乃猛獸、或在深山、或在曠野、蹤跡無常、安得與苞櫟並舉、以爲山隰所宜有之物哉、毛傳體例、引古經舉古義、與本文不相關者間有之、如此傳是也、鄭氏於駮無所言、而第言山之櫟、隰之駮、皆其所宜有也、亦可以見矣、駮與駁古通用、此詩駮从交、豳風七月皇駁其馬、从爻、說文、駁、馬色不純、从馬爻聲、又駮獸名、如馬、倨牙食虎豹、从馬交聲、後人倨此、遂以从交者爲獸名、从爻者爲駮雜、不知爻卽交之古字、說文、爻、交也、象易六爻頭交也、又爲互、爻爲交、易之六爻卽六交矣、○未見君子、憂心靡樂者、未得見君子、心鬱鬱不自適也、如何如何、忘我實多、猶言我與先君同心以共天職、忘我者忘先君者也、將如先君之業何、序所謂穆公之業、卽賢臣所弼成也、

山有苞棣。隰有樹檖。棣唐棣也、檖赤羅也、**未見君子。憂心如醉。如何如何。忘我實多。**○棣音悌、檖音遂、

箋曰、棣解見何彼襛矣、○隰有樹檖、方言、樹植立也、樹檖蓋植立者、故對苞爲叢生言之、爾雅郭注、檖楊檖也、實似梨而小、酢可食、陸疏云、檖一名山梨、一名鹿梨、一名鼠梨、是檖卽山梨之小者、而爾雅說文以爲羅、毛傳言赤羅者、羅與梨一聲之轉、赤羅猶言紅梨耳、○憂心如醉者忽忽不自安也、

晨風三章章六句

箋曰、是詩朱傳改爲婦人念其君子之辭、而引扊扅歌爲證、扊扅戶牡、所以止扉、或作剡移、晉獻公滅虞、百里奚亡秦走宛、楚鄙人執之、秦穆公聞其賢、以五羖羊皮贖之、授以國政、後因作樂、所賃澣婦、自言知音、呼之授琴而歌、曰百里奚五羊皮、臨別時烹伏雌、炊扊扅、今富貴、忘我爲、因問之、乃其妻也、卽以此歌證秦俗、鄙誕殊甚、且百里奚之妻蓋虞人也、焉得曰秦俗、

無衣。刺用兵也。 箋曰、是詩宜與小戎反觀、 **秦人刺其君好攻戰。亟用兵。** 箋曰、詩次在黃鳥晨風之下、渭陽權輿之上、其君爲康公審矣、康公卒十年、而陳靈公弑、變風熄矣、康公數與晉戰、遂至東道不通、好攻戰亟用兵六字、發王于興師之義、 **而不與民同欲焉。** 箋曰、穆公伐戎、開地千里、民無謗言、與民同欲也、伐戎本王命也、康公荐與伯國構怨、豈民所欲乎、詩之四同二偕、是同欲相濟之謂也、夫征伐自天子出、三軍皆同心同德、有戰必勝之勢、詠歌之以刺其君亟戰・用離心之民於無名之師也、說者或以此詩爲莊公時、或以爲襄公時、或以爲穆公時、此皆泥詩中王于興師一語、以爲衰周之世、列國無有奉王命征伐者耳、不知莊公襄公之奉王命伐西戎、皆以敵王所愾、穆公會晉納王、事見史記、亦勤王之事、皆可美、而何以云刺、觀王于興師傳

云。天下有道則禮樂征伐自天子出、可見此經王字。乃思古之詞、所以刺康公非王法而興師、故蘇傳呂記嚴緝皆以爲陳古刺今之作也、

豈曰無衣。與子同袍。王于興師。興也、袍。襺也、上與百姓同欲、則百姓樂致其死、戈長六尺六寸、矛長二丈、天下有道、則禮樂征伐自天子出、仇。匹也、〇袍包毛反、襺古顯**脩我戈矛。與子同仇。**反、本亦作繭、

箋曰、卒伍相語之辭也、三軍同欲、則卒伍亦有奮心矣、唐風豈曰無衣六兮、彼文正與此同、豈曰無衣者、言有衣也、彼非無衣、但以請命爲重、此亦非無衣、但以同袍爲親耳、袍。衣裳連下至跗者也、玉藻云、纊爲襺、縕爲袍、鄭注。衣有著之異名也、纊謂今之新緜也、縕今之纊、及故絮也、然則純著新綿名爲襺、雜用舊絮名爲袍、說文以絲絮爲纊、不分新舊、縕爲亂麻、與鄭注異、散言之則袍襺可通稱、對言則以纊。縕爲別、此詩袍對澤言則當以內外長短爲別、玉篇、袍。長襦也、是包於外而長者爲袍、衣於內而短者爲澤、此詩同袍正當從玉篇長襦之訓、古人以袍爲裏衣、故喪大記云、袍必有表不襌、鄭注、袍。褻衣、然則袍襺俱私褻之服、左傳言重襺衣裘、亦非襌服、公羊哀十四年傳涕沾袍、蓋謂露溼裏衣、何休注以袍爲衣前襟、誤矣、〇王于興師者、秦君以王命出師也、小雅王于出征、言王命吉甫征伐也、正同、據史記、秦仲莊公命於宣王、襄公命於平王以討西戎、文公悉平岐以西、亦終平王命也、故小戎

亦曰征伐、是秦人所宜謳歌也、○脩我戈矛、考工記云、戈廣二寸、內倍之、胡三之、援四之、又曰、戈柲六尺有六寸、柲卽柄也、毛云戈長者、謂戈柄之長也、戈戟皆有內有胡有援、爲鑿於柲而橫入之、謂之內、其長四寸、其曲而下垂者謂之胡、取義於牛頷下垂也、其長六寸、其曲而傍出者謂之援、援・引也、其長八寸、說文平頭戟也、戈之倨句外博而謂之平頭者、對戟之有刺言之也、方言・凡戟而無刃、秦晉之間謂之釨或謂之鏔、吳揚之間謂之戈、謂無直刃也、直刃卽刺也、說文、刺・直傷也、然則目之爲刺、其用主乎直刃矣、有援以句之、復有刺以傷之、刺所以輔援之窮、說文、戟・有枝兵也、蓋戟刺直出、若木之有幹然、凡兵皆直刃而無枝、有枝者戈與戟耳、戈有枝而無刃、與戟之有直刃者異、故目戈爲平頭戟、而於戟獨舉其有枝、知其爲有枝之兵、而其直刃可悟矣、枝卽援也、釋名、戟・格也、傍有枝格也、戟則傍出如枝、可以句之使不得出、可以格之使不得入、故曰枝格、左傳子都拔棘以逐之、棘訓戟、亦謂其有枝如棘刺也、又左傳公戟其手、史言須髯如戟、皆謂如戟枝之傍出也、矛卽今之鎗、盧人酋矛、常有四尺、夷矛三尋、八尺曰尋、倍尋曰常、盧人六建既備、注・六建五兵與人也、五兵者戈殳戟酋矛夷矛也、夷矛不常用、故凡矛皆酋矛、傳云矛長二丈、謂酋矛也、○與子同仇、同仇則相與張膽恚目、軍有威怒矣、蓋舉事必先正名、不以爲敵・而以爲仇、未戰而氣已百倍、漢高爲義帝發喪、亦正名之義也、言豈謂無衣乎、願與子同袍矣、王命興師、我將執戈矛以與子同彼仇、我爾身也、飢寒死生、願與子如一矣、小戎之矜車甲、亦三軍同欲故也、仇・怨也、吳越春秋引詩作讎、讎與仇同義、箋云怨耦曰仇、得之、毛

訓仇爲匹、蓋謂同仇卽同伍、言聯爲軍伍、恐失之、

豈曰無衣。與子同澤。澤・潤澤也、王于興師。脩我矛戟。與子偕作。作・起也、

箋曰、與子同澤、言我非無衣也、且以子澤爲澤矣、澤・近身衣也、衣至于澤而愈親矣、釋名・汗衣近身、受汙汗之衣也、詩謂之澤、受汗澤也、裁足覆胷背、鄭箋云、澤・褻衣、近汗垢、論語紅紫不以爲褻服、鄭注、褻服・袍襗也、周禮玉府注、燕衣服者巾絮寢衣袍襗之屬、賈疏引詩與子同襗、則竝經字亦改爲襗矣、然箋不云澤當爲襗、說文襗下不引詩、可知許鄭皆未嘗以澤爲襗也、傳云澤・潤澤也、蓋本以澤爲衣名、其曰潤澤者・猶釋名云汗衣詩謂之澤・受汗澤也、傳文簡質特釋其義、未釋其名、故鄭擧其物而示之、因釋其所以名澤也、○脩我矛戟、考工記・戟廣寸有半寸、內三之、胡四之、援五之、又曰、車戟常謂之車戟者、以其建于車上・其制長丈有六尺也、戟有三鋒、刺鋒直前、胡下垂、援上向、○與子偕作、作・發出也、天王有命、吾君厲飭、我將致死敵王愾、我與子偕發矣、子莫我先、我不後子、旣爲同生同死之身、又何不同澤乎、子之澤猶我之澤、互相用而一視之、

豈曰無衣。與子同裳。王于興師。脩我甲兵。與子偕

行。行往也、

箋曰、裳下帬也、我二人各有衣、豈曰無乎、然下帬亦互相用、無有彼我矣、人情忘藝兩身爲一、○脩我甲兵、考工記、函人爲甲、犀甲七屬、兕甲六屬、合甲五屬、甲亦曰介曰函曰鎧、經言甲而不及鎧、則古者之甲以革爲之、後世乃用金耳、周官司兵、軍事會同建車之五兵、戈殳戟酋矛夷矛也、步之五兵、無夷矛而有弓矢也、然夷矛雖不施於步、而弓矢未嘗不設於車、是詩言同欲之師、則王于興師、固言先君之時、非康公時事也、言我與子同仇、而偕作偕行、投身於王事、在是行也我戈矛甲兵、唯子所用、我不獨生、子不獨死、偕行有踴躍樂從意、

無衣三章章五句

箋曰、無衣篇、朱傳極稱雍州土厚水深、其民重厚質直、周用之易以爲仁義、秦用之易以成富强、後世建國者、宜定都焉、陳啓源曰、晦翁此言、乃趙宋一代之習見、非萬世之通論也、藝祖嘗欲都關中而不果、後漸致削弱、故宋世謀國者、長以爲憾、率交口稱羡關中、推爲奥區神皋、殊不知古帝王之興、各因利乘便、相度時宜、以建立都邑、豈容執一乎、中井氏曰、水土厚薄淺深、唯强悍與柔弱之分而已、於民性善惡毫無干涉、若聖王施化、觀地之宜而制治、無往而不可、東夷之人、西夷之人、先聖後聖、其揆一也、何水土厚薄淺深之論哉、集傳又論文王若大得力于岐豐者、何視文王

之小也、後來明祖據金陵、以戡定天下、夫金陵南宋微弱之所都、而明祖以興、彼以詐力而已、苟有其人、斯有其功也、況仁人聖者之施化、陶鈞在手、其於水土厚薄・民性强弱、豈有所揀擇依賴哉、昔齊晉皆以富强成霸業矣、其未至於王者、豈以土薄・水淺之故耶、將其人無德無道、自不能至也、孟子稱、以齊王猶反手也、是固土薄水淺之齊耳、後儒豈有疑於孟子之言耶、

渭陽。康公念母也。 箋曰、康公罃穆公子、是詩先於黃鳥而作、然世子之詩・不關國家、唯取其念母、故錄是附編末、陳啓源曰、秦穆初心、本欲置重耳、惑於公子縶之謀、故先置夷吾、以罔利於晉、然二公子之仁不仁、秦人共知之、穆姬惓惓於宗國、縶之謀非姬之願也、況夷吾反國之後、首棄姊言、又背施閉糴、以召鄰釁、及身執於秦、姬復死爭以釋之、姬見夷吾之不仁、必益思重耳之仁、登臺履薪之時、康公與焉、母之宿心、知之深矣、今重耳反國、得如母願、回憶往事、自應愴然、故詩本送舅之詞、而序云念母、旨哉、

康公之母。晉獻公之女。 箋曰、左傳曰穆夫人、曰穆姬、申生同母姊、延文本、女下有也字、 **文公遭麗姬之難。** 箋曰、以讒出奔、○麗力馳反、本又作驪 **未反而秦姬卒。穆公納文公。康公時爲太子。** 箋曰、穆公納文公、十四年而卒、 **贈送文公于渭之陽。** 箋曰、送人以物

曰贈、因經文、**念母之不見也。**箋曰、下二句卽念中事、故省曰字、孟子多例、不見言不在也、母已前卒、不可復見、故繼之云、我見舅氏・如母存焉、詩二章曰、悠悠我思、卽所謂念母之不見也、序曰渭陽念母也、詩皆言送舅之事、因見舅而念母、思慕深極、言不盡意、故序主念母言之、正義以不見爲母之不見舅歸、則與下二句文意不貫矣、

我見舅氏。如母存焉。箋曰、文公之入、母宿志也、康公送文公、一喜一哀、唯爲母故、心綢繆於文公也、母之愛慕舅氏、其言在耳不忘、今而得見、髣髴言容・如見先妣也、延文本無我字、卷子古本亦無、

及其卽位。箋曰、李黼平曰、僖二十四年秦納文公、康公送之、至文七年康公卽位、經十有七年而詩始作、亦非無故、文七年左傳云、秦康公送公子雍于晉、曰文公之入也無衞、故有呂卻之難、乃多與之徒衞、是時晉人迎立公子雍、雍爲文公之子、康公發兵送之、念及文公之入、因思渭陽贈別、見舅如見母焉、今日舅且不存、便送其子而我更不得以見舅者見母、經所謂悠悠我思者此矣、安井氏曰、渭陽送別之時、康公已有是情、而不卽作者、是詩專於念母、當時穆公猶存、有慕死母而輕生父之嫌、非禮也、故必父卒己卽位、而述舊情以作是詩、所謂發於情、而止於禮義也、

思而作是詩也。箋曰、思母思舅也、故不曰念、

我送舅氏。曰至渭陽。母之昆弟曰舅、**何以贈之。路車乘黃。**

贈送也、乘黃四馬皆黃也、
○傳皆黃二字、揩本無、
箋曰、謂舅爲氏者、以舅之與甥、氏姓必異故、書傳通謂爲舅氏、○曰至渭陽、延文本曰作日、蓋唐代曰日不異、當時所據之本曰作日也、曰與粵通、發語辭、水北曰陽、渭陽在渭水北、至渭陽、不渡渭也、自雍至渭陽三百有餘里、古之送行、罕有若是之遠者、此必白於穆公而然、康之篤於舅、正以孝於母也其送公子雍、而多與徒衞、亦猶是心耳、鄭箋曰、秦是時都雍、至渭陽者、蓋東行送舅氏於咸陽之地、顧廣譽曰、李氏紬義以爲、水經渭水篇云、又東逕美陽縣南、雍水從北來注之、酈注、雍水合鄧公泉水、出鄧艾祠北、故名曰鄧公泉、數源俱發於雍縣城南、雍縣故秦德公所居也、雍水又合杜水漆水岐水中亭川諸水、南流入渭、此下渭水又東逕郿塢南、又東逕槐里縣南、又東逕槐里縣故城南、又東北逕渭城南、渭城卽秦咸陽也、是雍在渭北、由雍至咸陽、皆循渭水北岸東行、不須渡渭、故箋直言東行送舅氏於咸陽、正義謂雍在渭南誤、箋惟言至咸陽之地、正義謂晉在秦東、行必渡渭、亦非、陳氏疏亦以爲、渭陽在渭水北、送舅氏至渭陽、不渡渭也、攷咸陽在今陝西西安府長安縣、雍在今鳳翔府鳳翔縣西北、正義誤、案、二說一證古一據今、竝確、孔蓋以雍若在渭北、則詩言渭陽非所以識別、不知雍水雖與渭通、而秦當時所都、近雍而遠渭、故地以雍名、而陸路之距渭較遠、至咸陽而正當渭北焉、故漢元鼎時、徑稱以渭城、則渭陽非咸陽莫屬矣、水經又云、渭水又東過長安縣北、又東與沈水枝津合、又逕長安城北、然則渭城以東、城邑又在渭陰、始須渡渭而南、康公之送舅氏所由、至此而止云、疏說果誤、○何以贈之、路車乘黃、凡平人以物相與曰贈、其義爲送、自上與下曰畀、曰貺、曰賚、其義爲賜、爲予、路車諸侯之車也、御覽四百七十八引作輅車、釋名云、路亦車也、謂之路者、言行於道路也、書大輅次輅・周禮典路注引皆作路、輅字據說文非車名、後人通假用之、黃曰皇、馬之上乘也、書云布乘黃朱、明堂位、周人黃馬蕃鬣可証、康公送文公時、穆公尙在、坊記、父母在、饋獻不及車馬、路車非大子所有、此則康公受穆公命、於餞行贈之、如顯父之贈韓侯、實卽穆公物耳、

我送舅氏。悠悠我思。何以贈之。瓊瑰玉佩。

瓊瑰美石而次玉者、

○瑰古回反、傳美字者字、攟本並無、延文本、者下有也字、

箋曰、送舅而有所思、則思母也、通篇皆送舅之辭、而序云念母、則以經文悠悠我思一語斷之、送舅而有深長之思、非念母乎、○瓊瑰玉佩、言瓊瑰製造之玉佩也、玉者大名也、佩玉之制、唯天子用純、諸侯以下則玉石雜用、有女同車傳、佩有琚瑀所以納間、則瑰亦納間之玉也納間有琚瑀又有蠙珠、說文以瑰列珠類、傳云、石而次玉、或爲圜好之石似珠者歟、成十七年左傳瓊瑰、杜云瓊玉・瑰珠也、食珠玉、含象、此解誤、瓊者玉之美名、非玉名、瑰亦非珠名、大夫不得含珠、大夫含玉亦非白玉、聲伯夢食瑰則瑰爲石之次玉者、瓊瑰美石也、古玉石通稱也、重耳公子耳、而贈以路車乘馬、成其爲君也、致穆

之命也、瓊瑰玉佩、乃是康自致其情、如云從之以瑰玉者、以旗我中心之信也、舅氏入而改步、以覲天子、以臨諸侯、尙比德焉、以成我先妣之志、

渭陽二章章四句

箋曰、蓋錄是詩者、取康公孝思也、序欲示是義、故修多少辭以申明之、須知此詩爲孝子、不是賢甥、陳啓源曰、宋廣漢張氏謂、渭陽念母、康公之良心、然不能自克於令狐之役、怨欲害之也、誤矣、令狐之役、非修怨也、非貪利也、爲納雍也、秦之納雍、晉逆之也、初逆之、後距之、晉則無信、非秦之罪矣、源又謂、康公此舉、正其念母之心爲之、母之欲置文公、以其仁也、雍好善而長、文公愛之而宦諸秦、誠立之必能繼文之烈、晉又以無君而逆之、安得不納、納雍者是穆公置重耳之初心、非公子縶置夷吾之譎計也、康公乃以爲是足以慰母於地下矣、故於其入也、猶監於呂郤之難而多與之徒衛、其慮之也周矣、豈料晉之變計哉、故余謂、令狐之役、益見康公念母之心、且此舉若成、則秦晉和好當復如初、不至有河曲之師矣、古賀煜曰、張氏之說、信腐儒苛論也、按左傳晉襄公卒、趙盾遣使迎公子雍于秦、既而患穆嬴哀訴更立靈公、發兵拒破秦師、此所謂令狐之役也、夫趙盾爲一國大臣、不能審事于始、今日迎公子雍于秦、明日立靈公于國、事侔兒戲而秦既得晉使、則固宜送公子雍、既送公子雍、則固宜以兵護送、不意晉人狙詐反覆、掩我不備、則令狐之役、秦信無罪、而晉之罪通乎天矣、令乃云不能自克於令狐之役、予不知其自克者如何、將思舊好、三軍之

士・弛弓投戈、坐而待禽、然後快張氏之意乎、夫晉以姦詐取勝、使秦人肝腦塗地、秦擧國憤惋、斷不容無他日之一擧、以雪恥威敵、不然將使敵人益生侮慢之心、侵掠攻擊、無所不至、是一日之含忍、翻貽無窮之大患、可乎哉、夫兵者天下至急之務、聖人所愼、但不可輕用耳、宋儒槩以用兵爲非、不能平素講習磨鋒蓄銳、以供異日之用、一旦有風塵之警、至于敗衄塗地而不悔、豈不哀哉、論語子路曰、子行三軍則誰與、子曰、暴虎馮河死而無悔者、吾不與也、必也臨事而懼、好謀而成者也、蓋砭其先勇而後智、忽於事而疎於謀、非以問行三軍爲非、其懼事好謀、諄諄之誨、誠以戰者至急至重也、謝氏乃云至以行三軍爲問、則其論益卑矣、嗚呼以行三軍爲益卑、則天下底事更重於此乎、謝氏之謬與張氏同、故併駁之、

權輿。刺康公也。 箋曰、秦之先君、世烈相繼、至穆公遂霸、是詩與晨風相始終、以康公之衰終秦風也、 **忘先君之舊臣。** 箋曰、先君穆公也、在位三十九年、舊臣其久所任使、 **與賢人有始。而無終也。** 箋曰、釋權輿句也、夏屋有始也、無餘無終也、不承權輿、有始而無終也、唐石經賢人作賢者、卷子古本作人、

於我乎夏屋渠渠 夏・大也、 **今也每食無餘。于嗟乎不承權輿。** 承・繼也、權輿・始也、○延文本、今也下有我字、

箋曰、於之爲言、相連相及之意、如論語云君子之於天下、吾之於人、孝經云通於神明、光於四海、皆爲由此達彼之詞、是經典用於字之例、夏屋渠渠者、言穆公之寵也、揚子法言云、震風凌雨、然後知夏屋之帡幪也、是以夏屋爲屋宇、淮南本經・乃至夏屋宮駕、注、夏屋・大屋也、楚詞涉江篇・曾不知夏屋之爲丘、大招篇・夏屋廣大、沙堂秀只、王逸章句引詩於我乎厦屋渠渠、又厦一作夏、則屈宋皆以夏屋爲大室、崔駰七依說宮室之美、亦云夏屋渠渠、毛於屋宇無傳、自以屋室常語・不煩詁訓、鄭以屋卽爾雅釋言之握、故訓爲具、云設禮食大具、大具猶論語言盛饌、卽史記范睢傳所云・范睢大供具也、古者陳食、或稱具、或稱饌、說文、饌・具食也、內則・若未食則佐長者視具、鄭訓具爲饌、是具卽饌也、鄭必易傳爲大具者、以與下句每食相應也、安井氏曰、傳例・經字異本義者必釋之、今不釋屋字、則讀如字、謂屋宇也、今按、序云忘先君之舊臣、是經中必當帶說先君、王肅云、屋則立之於先君、深得序傳之意矣、序又云與賢者有始而無終、卽二章每食四簋、是其有始也、康成氏而下、皆疑屋宇之與食不相類、然人之處世、衣食宅三者最爲切要之物、而衣依爵命服之、故人君加恩意者、因宅與食而見之、如齊景公於晏子是也、此經云夏屋渠渠、則每食有餘可知、故下經云、今也每食無餘、以至薄承至厚、以影出昔之每食有餘、何不類之有、屋讀如字、則渠渠亦當讀爲巨巨、大貌也、陳喬樅曰、通典五十五引韓詩曰、殷商屋而夏門也、傳曰、周夏屋而商門、喬樅攷、太平御覽一百八十一居處部・引崔凱曰、禮人君宮室之制・爲殷屋四夏也、卿大夫爲夏屋、隔半以北爲正室、中半以南爲堂、殷商古並通用、殷屋卽商屋也、是商屋夏屋爲殷周宮室之異制、後人因以爲人君及卿大夫尊卑之等差、竊意、殷屋之名、取義於中、中・正也、商從冏、章省聲、章亦正也、尒疋釋山曰、上正章、是其義已、考工記曰、殷人重屋、堂修七尋、堂崇三尺、四阿重屋、注云、重屋・王宮正室若大寢也、御覽引桓譚新論曰、商人謂路寢爲重屋、商屋卽重屋、四夏卽四阿、夏者厦字之假借、以其正中爲室、四面有霤、重承壁於虞夏稍文、加以重檐四阿、故取名四阿、若今四柱屋、重屋・複笮也、然則殷材也、惟夏屋以近北爲正室、中半以南爲堂、其制與商屋殊、商門之制・亦爲重屋、古人宮室・中爲大門、左右爲塾、塾皆有堂室、攷工記云、門堂三之二、室三之一、是也、門堂當南北之正中、其室亦當左右塾前後正中之處、故曰商門、周人夏屋皆爲重簷、亦四面有霤、損益殷制而廣之、規模益備、故曰夏屋、夏之爲言大也、後人定宮室之制、人君宮殿・始有重屋四阿、卿大夫以下・但爲南北簷、皆以近北爲正室、中半以南爲堂、如周人夏屋之制、故亦稱夏屋耳、夏門者大門也、大門之爲夏門、猶高門之爲皐門・正門之爲應門也、漢有夏門、蓋沿古人之稱、李尤夏門銘曰、夏門値孟位、月在亥、其稱名之意・亦取義於大也、○于嗟乎不承權輿者、父作之而子承之、言今也康公不續先君之寵禮也、權輿二字、古人蓋恒用之、大戴禮云、孟春冰泮、百草權輿、淮南子云、東風而酒沈溢、造化權輿、逸周書周月解云、終則復始、是謂日月權輿、皆謂始也、安井氏曰、說文・權輿者天地之始也、天圓而地方、因名云、案圓謂權、方謂輿、俗說・作衡者先造權、作車者先造輿、故訓權輿爲始、不知古者一車經數工之手而成、輪人爲輪、輿人爲輿、輈人爲輈、又有車人掌其長短大小之度、各守其度、不謀而合、豈有先造輿然後取法於輿、以造輪輈蓋軸・若後世所爲之理哉、作衡經傳無文、然亦必攻金之工造權、攻木之工造秤、大小長短、各有其法、必不取法於權而後制其秤也、此理易明、然幼所習聞、迷溺難除、故爲一辨之、

於我乎每食四簋。四簋・黍稷稻粱、**今也每食不飽。于嗟乎不承權輿。**○簋音軌、延文本、今也下有我字、傳粱下有也字、

箋曰、上章先言居、再言食、此章單承食言、由無餘而至不飽、條理井然、上章一言居、下章皆言食者、以食可減而居不移故也、簋字從竹、本是竹器、考工記、瓬人爲簋、則後或用瓦耳、易損封、二簋可用享、注云、離爲日、日體圓、巽爲木、木器圓、簋象、則簋亦以木爲之、簋制說各不同、周禮舍人注、以爲圓器、孝經注・說文・以爲方器、釋文・內方外圓曰簋、外方內圓曰簠、未詳孰是、以諸侯朔月少牢四簋推之、四簋是以諸侯朔月之盛食禮賢者也、然秦大夫豈曰食四簋乎、盛其辭以言食膳之多耳、古者簋盛黍稷、簠盛稻粱、傳知四簋爲黍稷稻粱者、玉藻朔月四簋、亦謂黍稷稻粱、故知詩四簋非專言黍稷耳、簋與簠對文則異、散文則通、詩云每食四簋、又曰陳饋八簋、蓋皆言簋以該簠、正義謂、此言每食則是平常燕食、器物不具、故稻粱在簋、失其義矣、○今也每食不飽、玩兩每字、見非一次偶然、曰無餘猶可飽也、曰不飽則又甚矣、

權輿二章章五句

箋曰、此詩每句七字、於我乎下・于嗟乎下・並不可句絕、猶言于嗟乎騶虞・于嗟麟兮、當從延文本爲二章章三句、卷子本唐石經並作五句、非也、魏源曰、古之明君、得士者昌、則得明夷不食之士、非得觀我朶頤之士也、戰國之君、虛其國、疲其民、以養游士、士皆修其冠劍、多其談謔、矜其夸捷、以娛人主於檯題之下、孟嘗之門、食客三千、上客肉食乘車、中客魚飧、下客草具菜羹、其豢之也、殆狗馬無幾矣、湯得一士於莘野、武丁得一士於傅巖、文王得一士於渭濱、皆未嘗食三千之客於門下也、方秦穆之求士也、取由余於戎、得百里奚於宛、迎蹇叔於宋、求丕豹公孫枝於晉、且屢敗猶用孟明、善馬以食勇士、四方游士歸之如晨風之歍北林、此夏四篇所由來也、既而自老成者舊外、賢士百不得一、才士十不得一、依草附木、類多虛浮嗜利無恥之徒、抵掌游談、濫竽响沫、惟捷捷善諞言、俾君子易辭、蓋秦穆晚亦悔之矣、康公嗣位深厭之、乃不飽以困之、坐老旅食、垂死關中、而游士之風、爲秦人戒、使其民趨實去華、益勤於耕戰、蓋楚與秦、皆不棄親而用羈、病天下而不病其國者也、

秦國十篇二十七章百八十一句。

延文本小注云、凡二千九百八十字、

毛詩卷第六

毛詩卷第七

竹添光鴻會箋

陳宛丘詁訓傳第十二　　毛詩國風

箋曰、漢書地理志、淮陽國陳縣故陳國、今河南陳州府治附郭淮寧縣、陳故都也、左傳子產曰、昔虞閼父爲周陶正、以服事我先王、我先王賴其利器用也、與其神明之後也、庸以元女大姬配胡公、而封諸陳、以備三恪、杜元凱曰、周封夏殷二王後、又封舜後謂之恪、并二王後爲三國、杜說是也、蔡啟盛曰、三國自當從杜、恪爲借字、當讀爲客、路史有虞氏紀注正作客、必古本之流傳有如此者、蓋恪之正字作愙、小徐但知恪爲俗字、而仍以愙之訓敬說之、未識因聲以求之、宋稱客之見于周頌者不一、其後子孫亦以自稱、宋如此而杞亦可類推、其不見經傳、必因國小而往來于周者少耳、若謂獨厚宋而杞否、是又以古聖爲用權術矣、二王之後稱客、郎郊特牲與公羊說所謂二代陳本不在其列、而周則以昏姻之故、因亦躋之而列爲三、故曰以備三客、此與漢初之恩澤侯相同、可謂之推恩、必不可謂稱恪以示敬也、客必有三者、鄉飲酒義云、立三賓以象三光、賓與客對文有別、而散文通、則備三客者、亦郎立三賓之義矣、明乎此而後知鄭君所謂尊于諸侯、卑于二王之後者專指陳言、非指三國言、郎所以明陳之得列于三、而亦有別、子產諸于掌故、故詳言其受厚恩而非特尊、自說者不明恪之當爲客、遂不得其特言以備之意、蔡說是也、左傳史趙曰、胡公不淫、故周賜之姓、使祀虞帝、則胡公姓嬀武王所賜也、左傳又稱、夏后氏少康逃奔有虞、虞思妻之以二姚、虞思在胡公之前、仍爲姚姓、明是胡公始姓嬀耳、五世至幽公、當厲王時、政衰淫荒、所爲無度、國人傷而刺之、陳之變風作矣、春秋自齊桓以前、陳在衞下、以後則在衞上、終春秋之世、葢齊桓正王爵也、陳自幽公、至靈公、不出一明主、唯穆公無忝、齊桓之德爲美事、故季札曰、國無主、其能久乎、顧廣譽曰、漢志稱大姬婦人尊貴、好祭祀、用史巫、故其俗好巫鬼、鄭譜因曰、大姬無子、好巫覡禱祈鬼神歌舞之樂、民俗化而爲之、陳氏啓源謂、文王后妃之德化、及南國夫人大夫妻・與漢濱之游女、大姒親孫女獨不率敎、乃好事淫巫、開陳地數百年敝習、況昭八年左傳稱胡公不淫、斯亦足表正其封內、民顧不從君、而從夫人、皆理之難曉者、案春秋內外傳及陳世家、皆不載此事、匡衡疏始稱陳夫人好巫・而民淫祀、顏注・以大姬好祭鬼神、鼓舞而祀、引宛丘次章以證、而班志言陳俗好巫鬼、據宛丘次章東門之枌首章文、注皆以歌舞事神釋之、詳二詩、非巫舞亦非事神、是陳俗之敝・且不在巫鬼、而强以爲大姬好祭祀用史巫所致、何邪、考匡以齊詩兼習魯詩、班氏藝文志稱魯最爲近之、此必齊魯舊義、故取證並與毛異、鄭既主毛、仍引用其說、尤誤矣、

宛丘。刺幽公也。箋曰、幽公在位二十三年、**淫荒**箋曰、溺女色、**昏亂。**箋曰、喪聰明、

游蕩無度焉。箋曰、言其淫昬而佚遊之已甚也、朱傳以子爲泛指游蕩之人、則擊鼓舞羽至于無冬無夏、似非閭巷細民之所爲、且望者人所瞻仰、閭巷細民、何望之有、若閭巷細民鼓舞於宛丘、何係輕重、而國人作詩以刺之、又致大師錄是詩以冠陳風之首耶、說文云、陳宛邱也、舜後嬀滿之所封、則宛邱爲陳國都可知、名詩以陳所都之地爲言、則係於其國、非僅一方之風土所可言、序以爲刺幽公者、其必遠有傳授矣、

子之湯兮。宛丘之上兮。子、卿大夫也、湯、蕩也、四方高中央下、曰宛丘、

洵有情兮。而無望兮。洵、信也、○宛怨阮反、湯他浪反、搢本傳子下無卿字、

箋曰、君以士大夫出游、故呼叔伯爲子、非敢斥君也、公羊隱四年傳、公子翬謂隱公曰、百姓安子、諸侯說子、然呼君曰子、公羊濫稱耳、湯蕩古通用、楚辭王逸注引此詩湯作蕩、古文論語君子坦蕩蕩、鄭注魯論作坦湯湯、莊子天地篇、數如泆湯、釋文引司馬本作佚蕩、是蕩古文或借湯字爲之、此傳正謂經借湯爲蕩、初非以蕩訓湯訓、呂記云、陽雖訓蕩、與徑斥爲淫蕩者、辭氣緩急不同、誤矣、宛丘天下名丘五之一、其豪華可想、釋丘云、宛中宛丘、言其中央宛宛然、是爲四方高中央下也、郭璞曰、宛丘謂中央隆峻、狀如負一丘矣、與此傳正反、邵晉涵援釋山云、宛中隆、及此篇下云丘上有丘爲宛丘、以證宛中當爲中央隆峻、不知宛中隆者、謂中央下而四邊高、因其高處名之爲隆、釋丘據中言、故曰宛、此據外言、故曰隆矣、安井氏曰、爾雅恐人不曉宛中

宛丘之義、故重釋之曰、丘上有丘曰宛丘、言丘上四方有丘、其中宛然窪下、故名宛丘、卽上文宛中、而毛所云四方高中央下也、郭璞誤解以爲中央隆高、宛豈有隆高之義哉、馬瑞辰曰、釋名中央下曰宛丘、有丘宛宛如偃器也、案宛之言椀、其形如仰盂然、故釋名謂如偃器、廣雅、偃・仰也、晉語、籧篨不可使俛、韋注、籧篨偃人、卽仰人也、參同契曰、男生而伏、女偃其軀、偃對伏言、義亦爲仰、是皆偃仰同義之證、旣如仰器、則其形爲四方高中央下矣、凡从宛之字皆有曲義、馬屈足爲踠、貌委曲爲婉、睕爲目深、謂目上下高中深、正與宛丘同、說文、曲篆作𠃌、象器曲受物之形、爲外高而中下、方言、宛・蓄也、郭璞葬書言宛而中蓄、正合爾雅宛中隆之義、蓋四方隆起、則中央低下、如有所宛蓄者然、隆爲四方隆、非謂中央隆也、又爾雅、丘背有丘爲負丘、郭謂與宛中宛丘同、不知丘背有丘者、謂丘後別有一丘、如背負然、非中央隆峻之謂、水經渠水注、宛丘在陳城南道東、王隱云、漸欲平、今不知所在矣、○洵有情兮而無望兮、傳釋洵爲信者、作虛義解、不作實義解、有情者有情致可觀、此則眉宇之間、處處生情、望・人所瞻望也、易繫辭傳下萬夫之望、穆天子傳西王母謠曰、吹笙鼓簧中心翔翔、世民之子、惟天之望、上二望字、後世所謂物望重望也、不定指威儀說、鄭箋其威儀無可望而則效、未免太泥、此二句從容不迫、而其實所以痛責其淫昏無度也、首章先提子之蕩、後章因言其游蕩之無度、自上而下、而道、是詩之敍也、

坎其擊鼓。宛丘之下。坎坎・擊鼓聲、**無冬無夏。値其鷺羽。**値・持

也、鷺鳥之羽、可以爲翳、
○坎苦感反、値直置反、
箋曰、其語辭、坎是擊鼓聲、緩言之爲坎坎、急讀則爲坎、毛於伐木坎坎鼓我無傳、自應與陳風同訓、此亦借字之純取音者、下章缶爲瓦器、凡革木瓦石、聲多相近、故魏風傳又云、坎坎伐檀聲、○無冬無夏値其鷺羽、不避祁寒大暑之時、亦値其鷺羽、則常舞而無度矣、此商書所謂恒舞也、爾雅鷺春鉏、一作春鋤、陸佃云、鷺好涉淺水、以頂作低昂而行、如春如鉏也、陸疏云、鷺・水鳥也、好而潔謂白故之白鳥、齊魯之間謂之春鉏、遼東樂浪吳揚人皆謂之白鷺、青脚、高尺七八寸、尾如鷹尾、喙長三寸、頭上有長毛十數枚、長尺餘、毿毿然與衆毛異、欲取魚時則弭之、末章鷺翿傳、翿・翳也、是傳意以鷺羽卽下鷺翿、羽是翿之材、翿是羽之器、此箋謂、翳・舞者所持以指麾、而王風箋謂羽舞也、鄭注周禮、引匠人執翿・雜記作執羽葆、故郭注爾雅云、翿今之羽葆幢、此殆帥舞者所持以指麾之具、此翳是羽葆幢、自是析欶羽爲之、爾雅釋言、翿謂之纛、纛謂之翳、李巡孫炎皆謂、是舞者所執之羽、但有異名者、以羽舞所用・原有兩羽、其名翟者是雉羽、但執之以舞、而名翿者是鷺羽、則以之爲纛而執之、以指麾於舞者之列、使舞者或坐或伏、皆低仰有節、邶風簡兮右手秉翟、此舞者所執、王風君子陽陽左執翿、此導舞者所執、周禮舞師教羽舞、鄭注、羽析白羽爲之、豈卽鷺羽歟、說文、値・持也、同毛訓、漢書顏注立也、蓋以値爲植之借字、執之卽所以植之、其義相通、

坎其擊缶。宛丘之道。盎謂之缶、**無冬無夏。値其鷺翿。**翿・翳也、○缶方有反、翿音導、盎烏浪反、

箋曰、擊缶於道已甚、說文、缶・瓦器、所以盛酒漿、秦人鼓之以節謌、易坎卦六四・樽酒簋貳用缶、則缶是盛酒器也、襄九年宋災、左傳曰、具綆缶、則缶是汲水之器、然則缶可以節樂、又可以盛水盛酒、其形口微斂而腹大、卽今之瓦盆也、盎・盆也、急就篇以缶盆盎竝稱、實一物、史記藺相如傳・請奉盆缻秦王、以相娛樂、又李斯傳・擊甕叩缻、眞秦之聲也、缻俗缶字、此正秦擊缶之說也、然詩言擊缶、易離卦九三言鼓缶而歌、則樂器亦有缶、呂覽古樂篇・帝堯命質爲樂、置缶而鼓之、高注、鼓・擊也、國語云、缶絲尙宮、缶之爲器、中虛而善容、外圓而善應、中聲之所自出也、則缶之爲樂、又不專說秦人矣、蔡啟盛曰、缶蓋土鼓之遺制、禮運・蕢桴而土鼓、案、如鄭說摶土爲桴、則還擊土鼓、有不立碎者乎、況古人每取見成、何不隨取一木造作、而摶土爲之乎、是可見讀蕢爲凷之必非矣、若築土爲鼓、亦無論凷桴、試卽以大杖擊之、嗚乎否乎、是又可見築土爲鼓之亦非矣、杜君說爲瓦匡、謂以革爲兩面可擊、斯又不然、凡冒鼓貫革之調急、而瓦匡堅不受鑿、必不能使之急也、惟周禮壺涿氏職云、以炮土之鼓敺之、其文最爲明備、蓋器唯中空而外堅者、擊始有聲、土必得火炮而後堅也、鄭彼注謂、燔之炮之之炮、炮土之鼓・瓦鼓也、所見甚明、其不取以注戴記者、殆因彼言炮土之鼓、而記止言土鼓、不知彼詳言、而記約言、

其實不異、更觀于曲禮土工注云土工陶瓬也、則其官且獨以土名、又何疑于器之獨以土名乎、蒙謂、鼓之用、本以盛物、故廣雅云、斛謂之鼓、如左氏昭二十九年傳之一鼓鐵亦是、上古始事、無非因物及物、見轉蓬而造車者特其一、則此當是因汙尊而知土之可以盛物、遂摶土爲之、此用土之始事也、火炮之法、則當因燔黍而推之、鄭謂、釋米加于燒石之上、此說燔黍亦未確、時尚未知作飯、安知用水釋米、拌亦未知曝乾廩藏、當是以鮮米加于燒石之上、略如今之炒米耳、于此悟米因火氣而堅實、因推之而炮土使堅、此爲陶之始事也、鼓本所以盛物、或偶觸之而有聲、因擊以自樂、此又土鼓異用之始事也、但思小兒因觸器得聲、必卽喜擊此器、可悟太古音樂之原始亦必爾、後世既知冒革、而或仍用土鼓者、無非崇本尙質之意、則必卽取量鼓、覆而擊之、應無可疑、蕢則當讀爲蒯、非止檀弓杜蕢左傳作屠蒯、可明聲近假借也、籥章注引明堂位蒯桴、是鄭所見記文、有作蒯者、此用正字之本也、史記孟嘗君列傳蒯緱、集解曰、茅之類可爲繩、言其劍把無物可裝、以小繩纏之也、案左傳云、雖有絲麻、無棄菅蒯、可見菅蒯之賤、足代絲麻之貴、故劍把必纏繩使柔以宜手者、貧則以蒯爲之也、土鼓質堅而脆、不耐木擊、故亦必以繩纏其桴、今擊大鉦之椎、首纏麻、當是其遺意、蒯桴與土鼓相因、猶汙尊與抔飲相因、故二句之中、皆間而字、不似燔黍捭豚之平列、

宛丘三章章四句

東門之枌。疾亂也。箋曰、疾者深惡痛絕之謂、亂者男女無別、卽淫亂也、明言其人、疾故也、朱傳以末章視爾遺我似兩相親愛之語、故以爲男女自賦其事、不知所云爾我者、正由會聚之時、而二人自通情好、不以爲恥、詩人疾其如此、故卽其事而爾我之、以爲刺也、玩子仲之子、明是他人之言、不績其麻、直是刺其廢業、未有男女賦詩相樂、而自言不績其麻者也、幽公淫荒。風化之所行。箋曰、貴族者士民之表、衞之世族竊及孟姜、陳之子仲原氏歌舞於道、則一國之風俗、可從而知也、而其端又開於君上、序推本君之淫荒、良是、論者多歸咎大姬之好歌舞、率踵襲漢志之謬、左國言大姬皆崇而無貶、武王寵女、而在周公時、豈有淫祀巫風乎、男女棄其舊業。箋曰、延文本、其下無舊字、亟會於道路。箋曰、再提穀旦、故曰亟會、枌楡卽道路、歌舞於市井爾。箋曰、男女屢會於市井道路而歌舞、亂甚、白虎通曰、因井爲市、故曰市井、安井氏曰、正義所引諸說、白虎通說較近理、然因井爲市而謂之市井、以爲井名則可、恐不可以爲市稱、今案、周禮云市朝百畝、蓋畫百畝之地以爲九區、每區置廛肆、以爲藏物陳貨之處、其間縱橫通二道、以便交易、恰爲井字、畫井字於田以爲九區、故謂之井田、今分市爲九區、自然成井字、故謂之市井與、

東門之枌。宛丘之栩。枌·白楡也、栩、杼也、國人之交會、男女之所聚、子仲之子。婆

娑其下。子仲·陳大夫氏、婆娑·舞也、○枌符云反、栩況浦反、婆步波反、娑桑何反·杼常汝反、傳人字摺本無、延文本有、延文本、傳聚下有之也二字、氏下有也字、

箋曰、東門蓋陳國人往來聚會之所、故詩三有其篇、枌者楡之一種、其皮色白、故云白楡、詳唐山有樞、栩解見鴇羽、○子仲之子、子仲猶秦三良子車氏、蓋以祖先之字爲氏者、婆娑·說文女部引作嫛娑云、舞也、徐鉉曰、今俗作婆、非是、釋訓曰、婆娑舞也、李巡注云、盤辟舞也、則字當作嫛、文選神女賦注·婆娑猶嫛姍也、嫛姍猶般旋也、般旋婆娑俱字之疊韻、言或婆娑于枌之下、或婆娑于栩之下、明其非一時、非一處也、顧廣譽曰、傳文簡而明、如云東門宛丘國之交會·男女之所聚、則知詩兼東門南門以爲言矣、云子仲陳大夫氏、不言男者、單言子·男可知·女子之爲子、義必具於上下文也、云原大夫氏、則知釋爲原野之非、不言女者、以不績其麻足以明之也、水經注·宛丘在陳城南道東、是宛丘在陳南門外、與東門異處、子仲子常婆娑於枌與栩之下、貴家子之棄業遨游也、次章言原氏女亦棄其績麻、而婆娑於市、周官司市·命婦過市、罰一帷、衞南子招搖過市、孔子恥之、市非女子婆娑之地、此貴家女之棄業遨遊也、終章然後廣言國中男女交會相說、皆貴家子女爲之先矣、范氏補傳謂、宛丘自東門而出、失考、嚴虞惇曰、集傳云、子仲之子·子仲氏之女也、蓋其意不欲以南方之原、從毛鄭作原氏之女、而次章不績其麻、絕無所承、故不得不以子仲之子爲女、但兩章皆言女、而末章視爾如荍貽我握

椒・又爲男女相悅、則於上下文之脈絡・亦未見其爲妥帖也、又首章婆娑其下、次章市也婆娑、皆指女言、語亦煩贅、又首章言東門之枌、次章言南方之原、既往東門、又往南方之原、於理不順、又上言南方之原、下復言市也婆娑、原是郊原、市乃市井、一在國門之外、一在國門之內、既期會於南方之原、又婆娑於國中之市、揆之情事、俱未爲合、案首章之婆娑、子仲之男也、次章之婆娑、原氏之女也、末章越以鬷邁、乃道其男女之相悅、贈物以結好、則三章文意俱明曉通達、而無錯亂複疊之病矣、

穀旦于差。南方之原。穀・善也、原・大夫氏、**不績其麻。市也婆娑。**

箋曰、旦・明也、穀旦・謂霽日和風之晨也、吉日傳、差・擇也、擇讀擇不處仁之擇、原氏之女擇之也、晴明則出、風雨不出、是卽擇也、擇此穀旦而往市婆娑耳、

○差初隹反、延文本、傳氏下有也字、

○南方之原、春秋莊二十七年公子友如陳葬原仲、必是氏也、其族蕃、故稱南方分之、猶南阮北阮、鄭語有蠻芊荆芊、古言可推、朱傳於原下云無韻未詳、說者謂、皇矣度其鮮原、與上阿池韻、生民時維姜嫄、與下何韻、與此原字與麻娑韻同、鄘風瑳兮瑳兮、亦與下展袢顏媛爲韻、漢書音義如淳曰、陳宋之俗言、桓聲如和、其餘偏旁、尤多出入、若鑿从般、裸从果、驒鼉从單、皤嶓从番之類○不績其麻、績・繼也、謂繼續之也、謝疊山詩云、子規啼徹四更時、起

覗鬻稠怕葉稀、不信樓臺楊柳月、玉人歌舞未曾歸、今貴家之女、終身在歌舞場中、不知世間有女工、亦猶鬻桑之婦不信歌舞也、市也婆娑者、古者匠人營國、面朝後市、陳之市雖不可考、未必與東門宛丘同所、蓋由南方而之市、與首章各一事也、市非貴人所遊、今於市歌舞、其亂可疾、

穀旦于逝。越以鬷邁。 逝、往、鬷、數、邁、行也、 **視爾如荍。貽我握椒。** 荍、芘芣也、椒、芬香也、○鬷子公反、荍祁饒反、延文本、傳往下數下並有也字、

箋曰、必稱旦者、所謂朝夕不休息之意、逝乃東門宛丘及市也、越曰同、發語辭、以讀爲能左右之曰以之以、烈祖鬷假無言、傳、鬷、總也、長發百祿是總、釋文本又作鬷、據此則鬷乃總之借字也、總、聚也、會也、越以總邁、言男女成叢而邁也、至是章表出淫亂之狀、夫物之總集、其數必多、故毛訓鬷爲數、數讀爲數罟之數、豳風九罭傳緵罟、小雅魚麗傳作數罟、知緵有數義、數者促數、爲攢湊總會之意、故中庸引烈祖作奏假無言、奏猶湊也、亦會聚之義、鄭以數義難明、故以總訓申之、非與毛異也、○視爾如荍、貽我握椒者、少年思媚其女如愛華、則女亦貽以芬芳也、以爾我字狀之、健筆雋語、羅願云、荍、荆葵、蓋戎葵之類、比戎葵葉小、故謝氏云、小草多華少葉、葉又翹起也、華似五銖錢大、色粉紅、有紫紋縷之、一名錦葵、大抵似蘆菔華、故陸氏云似蕪菁華紫綠色、可食、微苦、是也、亦其文采相錯、故陳風男子悅女、比之曰視爾如荍、言如戎葵之華小而可愛也、傳椒芬香也、定本作椒芳物、內則佩容臭、鄭注、容

臭香物、蓋椒女子容臭所用、握字見手授、其褻黷可知、雜詩云、臂環致拳拳、指環致殷勤、耳珠致區區、香囊致扣扣、據此則貽容臭・亦情好之密也、于逝之逝、有忘返意、以鬷而邁、謂男女成羣、如雲如荼也、如荍之贊、男悅女也、握椒之奉、女暱男也、至是直與溱洧秉蕑之謔・勺藥之贈同風、無復先王家敎之遺矣、

東門之枌三章章四句

衡門。誘僖公也。 箋曰、僖公幽公之子、在位三十六年、當厲宣時、 **愿而無立志。** 箋曰、純愨自畫、不能勉強進取也、 **故作是詩。以誘掖其君也。** 箋曰、誘謂在前導之、掖謂在旁扶之、此篇與小雅鶴鳴篇同、純用比體、而正意宛然言下、惟鶴鳴如易之取象、詞氣莊重、故序曰誨、此則極淺近、極風致、而至理躍然、使人入耳情怡、而感發興起、序之所以爲誘也、序於十五國風・曰美・曰刺・曰勸・曰惡・曰思・曰閔・曰傷・曰疾・曰怨・曰責・曰止・曰懼・曰戒・曰哀・曰憂、其旨多矣、而言誘者獨見於此篇、歐陽謂、詩人以僖公性不恣放、可以勉進於善、而惜其懦無自立之志、故作詩以誘進之、善申序意、唯其曰小國亦可以有爲、則沿鄭說、是饒舌已、僖公時、諸侯未兼幷、序固不言其國小也、謚法・小心畏忌曰僖、朱子因謂、序詩者因僖公之謚、而配以此詩、故改爲隱居無求者之詞、然三百篇之作、吟

咏情性、以風其上、若徒爲詩人自適、亦復何關政教、且作詩時世、雖不可盡知、然序所指者、必皆有所依據、豈以謚法强配・欺天下後世者邪、誘音酉、愿音願、掖音亦、

衡門之下。可以棲遲。衡門・横木爲門、言淺陋也、棲遲・遊息也、**泌之洋洋。可以樂飢。**泌・泉水也、洋洋・廣大也、樂飢可以樂道忘飢、○泌悲位反、唐石經樂作㵰、延文本・傳水下無也字、飢下有也字、可以二字卷子古本無、

箋曰、通篇皆比也、閟宮楅衡、衡爲木、則知此衡亦爲横木、衡者横之假借字、衡門對門有屋者而言、劉楨毛詩義問云、横一木作門、而上無屋、是也、可以棲遲、說文・𠧪・鳥在巢上也、象形、日在𠧪方而鳥棲・故因以爲東𠧪之𠧪、或从木妻、是棲爲西之或體、故漢嚴發碑作西遲衡門、蔡邕焦君贊作栖遲偃息、召閔如彼棲苴、釋文棲謂棲息也、說文、遲・徐行也、因行之徐故有遲緩遲待諸義、棲遲疊韻字、凡言委蛇、委遲、委夷、委佗、意皆相近、說文遲或从尸、尸卽古夷字、故漢婁壽碑作㞒徲衡門、遲又作遟、李翊碑棲遟不就、是也、又作𨓈、隷釋繁陽令楊君碑㞒𨓈樂志、是也、此章可以二字是字眼、○泌之洋洋、可以樂飢、泌毖渾觱相通、渾沸泉出貌、邶風毖彼泉水、傳云、泉水始出毖然流也、此云泌泉水也、二傳正相應、當爲泉水之流貌、非謂泌爲泉水也、酈注水經瀙水篇云、有泌水、出瀙陰縣旱山、然不引詩、則衡門之泌、非水名審矣、洋洋流不已貌、蓋泌然流水・洋洋不竭也不曰忘饑、而曰樂饑、惟樂而饑、雖饑

亦樂矣、言人能立志、則無求於人、雖有時而飢、亦不至改其樂也、觀泌水之洋洋、其樂如恒、雖飢亦不能改、故曰可以樂飢也、夫窮居衡門、飢而飲水、人之至苦也、然古之人有安是艱苦、若將老身焉、無他、尙志也、今君生而坐夏屋、飽粱肉、受天之命、君臨千乘之國、而自畫自棄、不能奮志作興百事、何不以志士之苦節爲心、自激昂而用之民人社稷乎、乃所以誘之也、釋文、樂本又作𤻲、毛音洛、鄭力召反、沈云、舊皆作樂字、逸詩本有作疒下樂、以形聲言之、殊非其義、𤻲字當从疒下作尞、案說文云、𤻲治也、療或𤻲字也、則毛止作樂、鄭本作𤻲、下注放此、盧召弓曰、自案說文以下、陸語也、阮元曰、小字本・相臺本・經文皆作樂、唐石經初刻同、後加疒作𤻲、用鄭義也、沈云、舊皆作樂字、陸意不從沈、而不云檢舊本不如沈言、則作樂審矣、正義云定本作樂、是正義本卽作𤻲、標起止云至樂飢、或後改耳、釋文又作本・及正義本・皆沈所謂逸本也、然陸云毛本作樂、鄭本作𤻲、斯不然矣、鄭非於毛外別有本、但可易傳義耳、鄭本亦必作樂、陸欲調停逸本、失之、此箋不云樂讀爲𤻲者、以樂爲𤻲之假借、而於訓釋中改其字、以顯之也、逸本乃因此改經耳、阮說是也、列女傳老萊妻傳、文選蔡伯喈郭有道碑李注、引詩皆作可以療飢、據說文則沈說非也、从疒樂者、蓋人有疾則苦、治之則樂、故說文以𤻲爲正字也、或三家容有作療字者、亦𤻲之或體、

豈其食魚。必河之魴。豈其取妻。必齊之姜。 ○取音娶、下同、

箋曰、後二章似因首章、食魚自下句來、取妻自上句來、豈必二字是字眼、陸意所存也、夫魚不必魴、妻不必姜、以比事物之無必焉、以人論之、其有賢愚剛柔、性也、苟立其志、日進不已、雖愚必明、雖柔必強、舜何人哉、我何人哉、是詩之志也、陸佃舉里語曰、洛鯉伊魴、貴於牛羊、則魴乃魚之美者、姜・齊姓也、齊天子甥舅、而大師尙父之後、大姜邑姜其顯久矣、舊說以大國言之、未確、僖公卒後、齊莊公立、齊之興自莊公、事詳鄭語、

豈其食魚。必河之鯉。豈其取妻。必宋之子。

箋曰、鯉貴於魴、宋子尊於齊姜、二章之叙也、陸佃云、釋魚以鯉冠篇、神農書曰、鯉爲魚最、必宋之子者、子宋姓也、魚必魴必鯉、則食無魚、妻必齊必宋、則或爲鰥夫、立志者而曰必天才、則終身無成矣、夫魚不可不食、妻不可不娶、故志不可不立、苟立志則勉強刻苦、可以有爲焉、豈必才之美・而後爲明君賢主矣乎、一篇之意、特在可以字豈必字、而雋永無涯、

衡門三章章四句

東門之池。刺時也。 箋曰、如幽公淫荒・子仲婆娑、貴人宜淫、故曰刺時、下因釋三漚三晤之義、 **疾其君之淫昏。** 箋曰、時之淫亂、其君所使、故疾之、 **而思賢女以配君子**

也。

箋曰、是詩朱傳以爲男女會遇之詞、然叔姬非妖麗之稱、晤歌亦無戲浪笑傲之態、池水漚麻、以喻漸漬而不覺、淑姬晤歌、以見婉轉而善入、其非淫詩可知、且既云男女會遇、而經文曰彼美、豈是覿面之辭、卽以詞意而言、亦可見其不類矣、

東門之池。可以漚麻。 興也、池・城池也、漚・柔也、 **彼美淑姬。可與晤歌。** 晤・遇也、○漚烏豆反、晤五故反、

箋曰、以清水柔物、興淑女婉娩之化焉、諸詩言東門皆是城門、故傳以池爲城池、虞翻易注云、城下溝・無水稱隍、有水稱池、古者有城必有池、孟子鑿斯池也築斯城也、是也、池皆設于城外、所以護城、水經渠水注、陳城・故陳國也、東門內有池、池水東西七十步、南北八十許步、水至淸潔而不耗竭、不生魚、草木中有故臺處、詩所謂東門之池也、又元和郡縣志・東門池在陳州城東門內道南、詩陳風東門之池卽此也、此蓋後人因詩詠東門之池、因於陳之東門內鑿池、以附合之、若云城池、故當在城外也、可以漚麻者、鄭箋云、於池中柔麻、使可緝績作衣服、說文、漬・漚也、漚・久漬也、考工記、㡛氏鄭注、漚・漸也、此傳訓爲柔、廣雅潤漸漚並訓爲漬、是知柔亦漬也、故鄭箋云於池中柔麻、柔麻卽漚麻也、麻有兩種、程瑤田九穀考云、牡麻俗呼花麻、夏至開花、所謂榮而不實、謂之英者、花落卽拔而漚之、剝取其皮、是爲夏麻、夏麻之色白、詩言八月載績、夏刈之則八月可績也、苴麻俗呼子麻、夏至不作花、而放勃勃

卽麻實、所謂不榮而實謂之秀者、八九月間子熟則落、搖而拾取之、詩言九月叔苴、叔拾也、拾取子盡、乃刈漚其皮而剝之、是爲秋麻、色青而黯、不絜白〇彼美淑姬者、黃帝姓姬、炎帝姓姜、二姓之後、子孫昌盛、遂以姬姜爲貴婦人之稱、成九年左傳引逸詩云、雖有姬姜、無棄憔悴、是姬姜以貴族稱、非取其美也、淑釋文作叔、姬云、本亦作淑、全詩淑字、關雎君子偕老韓奕傳燕燕中谷有蓷尸鳩鼓鐘桑柔泮水箋竝訓淑爲善、唯此篇無注解、則經本作叔字矣、叔姬與叔女不同、叔字、姬姓、彼美叔姬猶云彼美孟姜耳、可與晤歌者、毛訓晤爲遇、鄭訓爲對、晤者遻之假借字、遻又作迕、爾雅、遇・遻也、遻・見也、又爾雅、遇・偶也、則遇亦對偶之義、是毛鄭義本相同也、可與遇者、言叔姬可與君子配偶、序所謂思賢女配君子・是也、歌者謂有琴瑟鐘鼓之樂、朱傳・晤猶解也、蓋我與歌之・彼自解之之意、如俗言會心、此說亦通、

東門之池。可以漚紵。彼美淑姬。可與晤語。〇紵直呂反、

箋曰、釋文・紵字又作苧、陸疏云、紵亦麻也、科生數十莖、宿根在地中、至春自生、不歲種也、荊楊之間、一歲三收、剝之以鐵若竹挾之、表厚皮自脫、但得其裏韌筋者、煮之用緝、謂之徽紵、今南越紵布皆用此麻、說文云、紵檾屬、今山東人呼麻種之麤作繩索用者曰蕒麻、卽檾也、紵爲檾屬、檾不作布、紵作布、故周禮典枲注云、白而細疏曰紵、疏猶麤也、左傳吳公子札聘於鄭、子產獻紵衣焉、杜注・鄭地貴紵、陳皆豫域、紵固其土宜也、迨晉世有白紵舞、江左歌

辭極狀舞衣之精妙、則吳地亦貴紵矣、延及唐時、通典言・貢苧布者宣常湖吉袁郢復岳郴朗凡十州、皆荊揚之產、陸所謂一歲三收者矣、此古今風土之變也、今之以土產苧布苧麻名者、爲江蘇州府安徽之池州府和州、江西之南昌袁州饒州廣信四府、湖北之黃州府、蓋揚又較多於荊矣、○可與晤語、語者委曲陳情也、言者只是接辭也、雜記・三年之喪、言而不語、窈窕淑女、琴瑟友之、晤歌也、辰彼碩女、令德來敎、晤語也、孌彼諸姬、聊與之謀、晤言也、

東門之池。可以漚菅。彼美淑姬。可與晤言。言・道也、○菅古顏反、

箋曰、左傳雖有絲麻、無棄菅蒯、蓋黃華者俗名黃苬、卽蒯也、白華者俗名白苬、卽菅也、菅以爲履、謂之苬鞵、鞵俗名鞋、陸疏云、菅似茅而滑澤、無毛、根下五寸中有白粉者、柔韌宜爲索、漚乃尤善矣、蓋此詩之菅、卽小雅之白華、彼傳云、白華野菅也、已漚爲菅、漚字卽本此詩、正義引已漚名菅之語、而繼之曰、未漚但名茅、是誤合菅茅爲一、夫已漚名菅、對未漚名野菅言耳、菅柔忍而茅脆、菅豈茅之謂哉、又朱傳云、菅莖有白粉、此用陸疏語、然陸云根下五寸中有白粉、不云莖、說文、莖・枝柱也、枝生於莖、故曰枝柱、根・木株也、徐曰、入土曰根、在土上曰株、然則根與莖別矣、況根下五寸乎、

東門之池三章章四句

箋曰、詩之思賢妃者、小雅之車舝、齊之雞鳴、及玆篇也、蓋后夫人佐理陰敎、君德之隆替、風化之貞淫、不爲無助、詩人見君德之不類、又不能格其

非心、無可奈何、思得淑女或者以朝夕晤言・化淫昬積習、斯誠忠臣愛國萬不獲已之想也、觀月出澤陂諸篇、陳風俗之淫亂、有不下鄭衞者、推所自始、知流失敗壞・必自宮闈、而思救正之、所以序不直曰思賢妃、而曰刺時也、

東門之楊。刺時也。 箋曰、此與丰皆親迎女不至、但彼陳女子追悔之情、此述男子守候之狀、所從言不同、皆以極其刺焉、

昏姻失時。 箋曰、其實丰所謂昏姻之道缺、是也、 **男女多違。** 箋曰、男違女・女違男者多也、 **親迎。女猶有不至者也。** 箋曰、五禮既成、至於親迎、違而不從、故曰猶、

東門之楊。其葉牂牂。 興也、牂牂然盛貌、言男女失時、不逮秋冬、 **昬以爲期。明星煌煌。** 期而不至也、○牂子桑反、傳然字卷子古本無、延文本、傳貌下冬下並有也字、

箋曰、賦也、東門蓋此人親迎之所、當時實有其事、而詩人作此以刺之、楊與柳雖別數種、而総之大小畧同、惟枝之揚起者爲楊、枝細而下垂者爲柳、江南多柳、北地多楊、其葉牂牂、牂牂爲將將之假借、此亦借字之純借音者、內則・炮取豚若將、注・將當爲牂、牂・牡羊也、疏云、將牂聲相近、字體一邊相似、據此則將牂字亦通用、爾雅方言並云、將・大也、北山傳、將・壯也、此傳牂牂盛貌、正與壯、大義近、詩之辭唯詠所見已、毛則以爲興、安井氏曰傳云盛貌・喻男

女盛壯未昏嫁、下乃釋興意、故云言男女失時、不逮秋冬、玩言字其意自明、○昏以爲期、明星煌煌者、日入三刻爲昏、明星謂啓明之星、非泛言大星也、小雅東有啓明、西有長庚、啓明長庚同一星也、故傳曰、旦出謂明星爲啓明、日既入謂明星爲長庚、庚・續也、是啓明一名明星之證、明星煌煌、謂天且明也、蒞壻既奠雁降出、而女不從、使壻執綏大門外、而久於婦車也、朱傳以爲始有私約、既而不從、夫昏以爲期、親迎之候也、明非私約、

東門之楊。其葉肺肺。 肺肺猶牂牂也、 **昬以爲期。明星晢晢。** 晢晢猶煌煌也、○肺普貝反、晢之世反、

箋曰、肺當沛之假借、文選吳都賦、常沛沛以悠悠、說文艸部、茷・艸葉多、茷字又作旆、此亦與肺聲相近、故肺肺亦爲盛義、生民荏菽旆旆、傳旆旆然長也、晉義亦同、○昬以爲期、明星晢晢、士昬禮・執燭前馬、是親迎之禮以昏也、用昏者取陽往陰來之義、晢與晣同字、庭燎晣晣、傳晣晣・明也、廣韻、晢・星光也、並從日、今本或作白色之晳、顯與音違戾、夫親迎而女不至、汔無人理、陳之君大夫、色荒如前篇、則國人如犬馬有自來矣、無主也夫、

東門之楊二章章四句

墓門刺陳佗也。

箋曰、僖公卒、四世爲文公、佗・文公子、桓公鮑之弟也、在位二十月、爲蔡人所殺、序稱陳佗與州吁同、

皆其所不君、故名、蓋得春秋不稱爵・書蔡人殺陳佗之旨、延文本、佗作它、下同、

陳佗。無良師傅。以至於不義。箋曰、不義之大、莫大於弒君也、**惡加於萬民焉。**箋曰、左傳桓五年陳桓公疾病、佗殺其太子免而代之、桓公卒而佗立、陳由是亂、國人至於分散、是佗不義惡加於民也、正義云、定本直云民無萬字、定本是也、觀左傳佗能勸桓公親仁善鄰、似非昏愚之質、及至如鄭涖盟、歃如忘、洩伯知其必不免、數年之間、情性變易如此、則其無良師傅可知、夫臨大事而如忘者、其心必專有在也、佗之黨非一人、謀非一日、而國人知之矣、此詩之作、作於桓公未疾之先、佗謀已成、而未動於惡、蓋直發其奸於桓公、使公鋤而去之也、其云斧以斯之、猶祭仲所云無使滋蔓也、國人知之猶鄭良佐知陳之將亂也、是時佗寵方盛、佗謀甚闕、公與太子懵然不知、國人雖知之而不敢言、詩人顯然作歌、揭其逆謀、以冀君之一悟、國史曰刺佗者、所以深著佗之罪・表詩人之忠也、末章顛倒思予、乃詩人先見之言、逆料其必至於此、猶云後君噬臍、序云至於不義惡加萬民、則作序時要其終而言之、非此詩作於陳佗弒逆之後也、若在桓公卒後、則佗已身爲大逆、而尚䰟䰟然追咎于其傅之不良、縱罪魁而誅黨惡、無此斷獄之法、尚得謂與春秋相表裏乎、

墓門有棘。斧以斯之。興也、墓門・墓道之門、斯・析也、幽間希行、用生此棘薪、維斧可以開析之也、**夫**

也不良。國人知之。夫傳相也、知而不已。誰昔然矣。昔久也、○

斯所宜反、已音以、析星歷反、
延文本、傳之門下有也字、

箋曰、比也、春官墓大夫職注云、墓塚塋之地、孝子所思慕之處、然則塋域謂之墓、王念孫引襄三十年左傳晨自墓門之瀆入杜注及楚辭天問何繁鳥萃棘負子肆情王注、謂此詩墓門亦是陳城門、然城門豈可行淫泆之地、況天問上文云、昏微遵跡、有狄不寧、王注云、人循闇微之道、爲淫泆戎狄之行、是亦以墓門爲幽僻之所、左傳襄二十五年鄭師入陳、陳侯扶其太子偃師奔墓、賈獲與其妻扶其母以奔墓、此陳墓可以避兵、其爲隱辟可知、故傳以爲幽間希行也、希者罕也、幽間之地、人所罕行、故云用生此棘薪、孟子盡心篇山徑之蹊間介然用之而成路、爲間不用、則茅塞之矣、是其義也、斧以析薪、故云維斧可以開析之也、棘梅喩陀、言墓道之門有棘、宜速剪除之、陀之蓄惡謀篡、不可不早爲之所也、斯者說文析也、析破木也、呂覽與之脯一朐、曰斯食之、注、斯析也、爾雅、斯離也、言離析之、韓非子使人伐樹、斧離數創、言斧伐之三四也、斯通作廝、史記河渠書乃廝二渠以引其河、集解引漢書音義云、廝分也、○夫也不良者、夫指陳陀、夫也猶曰彼人也、家語夫也中之矣、左傳云、是夫也不唯衞國之敗、又檀弓云、夫也爲習於禮者、不良猶不令、左傳以逆臣爲不令之臣、蓋佗之謀篡非一日、故曰國人知之、所謂司馬之心、行路皆知之也、傳釋夫爲傳相者、傳相卽師傅、郊特牲夫也者以知帥人者也、注・夫之言扶也、夫或爲傅、○知而不已者、言國人知、而君猶不知、寵祿之過、自昔然矣、已與論語三已之、孟子王曰已之已字同、謂黜退也、鄭箋・誰昔昔也、傳箋義本相承、朱傳云、誰昔猶言疇昔、其說是也、疇誰一聲之轉、爾雅疇・誰也、書堯典、疇咨若時登庸、史記五帝紀作誰可順此事、舜典疇若予工、五帝紀作誰能馴予工、尤爲疇誰同義之確證、疇轉爲誰、皆語詞、故箋以誰昔卽爲昔也、檀弓曰、予疇昔之夜、注云、疇・發聲也、昔猶前也、郭注爾雅・以誰爲發語辭、卽本鄭注、鄭訓昔爲前者、與此傳訓昔爲久同、昔之爲久常訓也、誰昔然矣、猶云由來久矣、段玉裁疑傳久字當爲夕字之譌、失之、昔對今言、故訓爲久、至經傳借昔爲夕、如樂酒今夕、楚詞王注引作樂酒今昔之類是也、然非此詩誰昔之義、如以誰昔爲夕、則檀弓疇昔之夜、旣言夕又言夜、爲不詞矣、宣二年左傳、疇昔之羊子爲政、杜注亦以昔爲前日、正與下文今日之事相對、華元殺羊食士豈在於夕乎、

墓門有梅。有鴞萃止。 梅・柟也、鴞・惡聲之鳥也、萃・集也、 **夫也不良。歌以訊之** 訊・告也、 **訊予不顧。顚倒思予。** ○鴞戶驕反、柟冉鹽反、延文本、傳聲下無之字、

箋曰、比也、梅柟詳終南篇、墓門幽僻之地、柟大樹、枝葉蕃茂陰鬱、鴞喜集之、以喩佗陰蓄異圖、惡師傅爲之謀主也、正義曰、俗說以爲鴞卽土梟、非也、陳啓源曰、說文鴞从号得聲、梟從鳥頭在木上、是字異也、鴞云鴟鴞鸋鴂、梟云不孝鳥、是物異也、胡承珙曰、鴟鴞可單稱鴞、卽陳風之有鴞、魯頌之飛鴞、皆

爲惡聲之鳥、幽風傳以鴟鴞爲鸋鴂、亦係惡鳥、與巧婦名同而實異、詩或言鴟、或言鴞、或言鴟鴞、皆一物也、馬瑞辰曰、以鴞爲服、其說見史記賈誼傳、楚人命鴞曰服、是也、但考漢書賈誼傳云服似鴞、則不以鴞卽爲服、周官哲蔟氏掌覆夭鳥之巢、注、夭鳥惡鳴之鳥、若鴞鵩、賈疏、鴞之與鵩二鳥、俱是夜爲惡鳴者也、是亦分鴞與服爲二、鴞蓋似服而非卽服也、據楚辭天問、何繁鳥萃棘、王逸注引詩有鴞萃止爲證、廣雅作鷩云、鷩鳥鴞也、則鴞卽繁、而非鵩矣、繁通作蕃、山海經北山經、涿光之山、其鳥多蕃、郭注、或曰卽鴞、是也、鴞之言、呼號也、繁之言、繁囂也、蓋皆狀其惡聲、因以命名、至其形、說者不一、有謂似鳩者、有謂似鷄者、蓋鴞之類大小不同、要其爲惡聲則同、○歌以訊之、釋文訊又作誶、音信、徐息悴反、告也、韓詩、訊、諫也、廣雅、誶、諫也、廣韻六至、引詩歌以誶止、王逸注離騷、引詩誶予不顧、江載錢段諸氏皆據此、以訊爲誶之誤、顧寧人則謂、古人以訊誶二字通用、歷引詩皇矣、禮記樂記、及莊子文選後漢書等、訊一作誶、誶一作訊、又荀子行遠疾速、而不可託訊、與偪塞忌置爲韻、張衡思玄賦、訊與內對爲韻、左思魏都賦、訊與匱粹等爲韻、王引之本之、謂訊誶同聲、故二字互通、引史記賈生傳弔屈原賦、訊曰、漢書訊作誶、又賈誼傳立而誶語、賈子時變篇誶作訊、楚辭九歎訊九魁與六神、王注一本作誶、漢書叙傳幽通賦旣誶爾以吉象兮、文選誶作訊、凡此者或義爲誶告而通用訊、或義爲訊問而通用訊、未必盡爲譌字、顧王之說是也、此詩釋文引徐邈息悴反、小雅莫肯用訊、竝無一本作誶、而釋文亦載徐息悴反、是徐邈已讀訊如誶、不始於陸也、又列女傳八、引詩歌以訊止、與廣韻六至引詩歌誶止、皆不作之字、此章歌以訊止、與上文有鴞萃止、以二止字相應爲語辭、猶上章斧以斯之國人知之、以二之字相應爲語詞也、今本止作之、因形近而譌耳、戴震曰、凡詩韵在句中者、韵下用字不得或異、惟不可休思譌作息、此譌作之、均宜改正、〇訊予不顧、猶訊不予顧也、倒字句法、古人屬文多如此、歌以訊之、非別有歌、卽此詩也、言我作是歌以告、猶且不顧、則顚覆將無日矣、必至於顚覆之日而後思予言、以噬齊耳、此卽告諫桓公之詩、非追咎也、

墓門二章章六句

箋曰、朱子謂、此不知何所指、夫事孰有大于殺君者、陳之有佗、猶衞之有州吁・鄭之有叔段、皆國家大故、采風而無刺、奚貴爲風、故陳風墓門、猶衞之終風・鄭之叔于田耳、州吁之殺曰衞人、無知之殺曰齊人、明其國尙有討賊之人也、若佗殺於蔡人、陳幾無一忠臣義士矣、得此一詩、以見忠孝之良、不泯於人心、

防有鵲巢。憂讒賊也。 箋曰、采葛曰懼讒、此曰憂、又加賊字者、文相變也、 **宣公多信讒。** 箋曰、桓公有四子、長太子免、次厲公、次莊公、次宣公、相繼而立、距桓公死・厘十五年矣、 **君子憂懼焉。**

箋曰、春秋莊二十二年、陳人殺其太子禦寇、史記陳世家曰、宣公有嬖姬、生子款、欲立之、乃殺其太子禦寇、禦寇素愛厲公子完、完懼及禍乃奔齊、此爲宣公信讒之證、宣公之殺太子、其事與衞急子晉申生無異、但陳國文獻無徵、莫能悉其顚末、

防有鵲巢。邛有旨苕。興也、防、邑名也、邛、丘也、苕、艸也、**誰侜予美。心焉忉忉。**侜張・誑也、○邛其恭反、苕徒彫反、侜陟留反、忉都勞反、誑九況反、摺本、傳無名字、

箋曰、比也、此章防與邛對言、猶下章中唐與邛對言、邛爲丘、則防宜讀如隄防之防、不得以爲邑名、隄防所築以捍水者、有防則有樹木、固宜有鵲巢、鵲巢其樹木、曠日綢繆而成、是以固、以比浸潤之譖・百方構之、費無極譖大子建、先勸王納其妻、而大城城父寘旃、踰年而以叛告、一言逐之、卽其類也、○邛有旨苕、說文、旨・美也、旨訓美、不必定是味美、卽文采可觀亦得爲美、此以其華之美曰旨苕、下章旨鷊同、陵苕緣木蔓延高登、以比自疏及戚・自賤及貴、履霜堅氷、舐糠及米之類、旨比其言甘也、盜言孔甘・亂是以餤、旨也、楊園之道・猗于畝丘、苕也、爾雅、苕・陵苕、黃華蔈、白華茇、小雅苕之華傳云苕陵苕矣、此云苕草者、以爾雅苕入釋草、故直謂苕爲草、與苕爲陵苕、詳略可互見也、正義引陸疏云、一名鼠尾、生下溼水中、七八月中華紫、似今紫草華、可染皁、煮以沐髮卽黑、如陸所說・卽爾雅葝鼠尾、可染皁者、然鼠尾自名陸翹、不名陵苕、陸說誤矣、本草唐注・苕卽淩霄也、霄苕聲近、淩霄引蔓於樹、必造其

巔、著處生根、狀如守宮之趾、葉銳而多岐、華似牽牛而大、赭黃色、唐注云、山中亦有白華者、○誰侜予美、爾雅、侜張・與譸張通、郭注、幻惑欺誑人者、引書曰無或侜張爲幻、說文、侜有廱蔽也、誑與廱蔽、義正相成、此詩之爲憂讒、誰侜予美一語可爲明證、侜字最盡讒人情狀、葢或訐以情之所有、或誣以事之所無、變幻百端、必中傷之而後快、小雅所以致歎於讒人罔極也、詩不直指其人、而曰誰、讒人潛蹤匿影、不可知其何人之辭也、予美爲我所美之人、謂宣公也、○心焉忉忉、心焉又出小雅、往來行言・心焉數之是也、忉忉序所謂憂也、齊甫田傳・忉忉憂勞也、

中唐有甓。邛有旨鷊。 中・中庭也、唐・堂塗也、甓・令適也、鷊・綬艸也、 **誰侜予美。心焉惕惕。** 惕惕猶忉忉也、○甓蒲歷反、鷊五歷反、惕吐歷反、延文本、傳令適作瓴甋、

箋曰、中爲中庭、在堂之下・門之內、堂途・堂下至門之徑也、古者庭而不屋、謂空中也、逸周書作雒解、隄唐山廧、孔晁注、唐・中庭道也、文選東京賦豐朱草於中唐、辥注、中唐・堂塗也、據此則中庭之道謂之中唐古語也、唐有空義大義、中庭之路空而且大、故謂之唐也、甓以甎敷道也、中唐有甓、非一甓也、必湊砌而爲路、以比內讒成黨、如出一口焉、麗姬與中大夫二嬖優人黨、以構太子、及欒郤黴於孟姬、妾棄向成黨於伊戾、是中唐之甓也、中唐比讒在內者、與防在外者對、傳令適、爾雅釋文引詩傳亦作令適、說文亦作令適、見土部墼字解、與詩傳同、後人傳寫作瓴、瓴瓶名、非瓦名也、墼與甓皆今之甎、但

墼未燒爲異耳、考工記匠人・堂涂十有二分、鄭注堂涂謂階前、若今令甓裓、
也、分其督旁之脩、以一分爲峻也、賈疏云、漢時名堂涂爲令甓裓、令甓則今
之瓴也、裓則瓴道也、瓴與塼通、古字祇作專、專者所以甃涂也、乃地下所踐
者、賈疏又云、名中央爲督、假令兩旁上下尺二寸、則取一寸於中、中央爲峻、
蓋甃以甋甎、中央稍高起也、釋文裓與陔通、說文、陔・階次也、鄭注言階前、而
引令甓裓爲證、是知裓卽陔、謂陔前之道也、古惟內朝有堂、有堂斯有階、有
階斯有甓、其外朝治朝、皆平地爲廷、無堂斯無階、無階斯無甓矣、令適卽甓
之合聲、爾雅・鴒甋謂之甓、郭注、甋・瓴也、說文甓・令甓也、又曰、墼・令適也、甓適
墼三字同韻、故通用、通俗文・狹長者謂之甋甎、據吳語韋昭注・員曰囷・方曰
鹿、則甋甎蓋甎之長方者耳、○卭有旨鷊、陸疏云、鷊・五色作綬文、故曰綬草、
爾雅郭注・小草有雜色似綬、似綬言其花、埤雅・鷊本鳥名、亦名綬鳥、咽下有
囊如小綬、具五色、傳所釋鷊草之名、因其似鷊鳥而取義、然則以其文采之
美曰旨鷊、以比緣飾邪慝、巧言如組焉、萋兮斐兮成是貝錦是也、綬草名鷊、
貝母名蝱、葒草名游龍、梓楡名駮馬、皆見詩、蕨名鼈、蓷名鵻、亦見詩傳、此植
物而以禽虫得名者也、爾雅・非人謂之丘、郭云、他自然生是也、防與堂途皆
人造也、匠人所掌、故對而成辭、苕與鷊草也、是宜於丘、故竝曰卭、○心焉惕
惕、序所謂懼也、易小畜・血去惕出、虞注、惕・憂也、文言傳因其時而惕、注、惕・怵
惕也、楚語豈不使諸侯之心惕惕焉、注、惕惕・懼也、怵惕憂懼、正所以畏讒賊
也、

防有鵲巢二章章四句

月出。刺好色也。 箋曰、鄭譜及正義以爲宣公詩、恐不然、桑中溱洧、與東門之枌、固是男女相說、未若此詩之勞心悄兮、其心志蠱惑爲尤深也、在位至此、所謂一國之事繫一人之本者、疑亦靈公時詩也、此曰在位、株林曰靈公、而澤陂曰君臣、則是蓋刺孔寧儀行父也、徵舒似女、亦似君、則孔儀之姦、先於君可知、月出先於株林以是也、詩無通篇形容美人若此者、夏姬有絕世之美、所謂佼人蓋指夏姬、 在位不好德。而說美色焉。 箋曰、德在位、所宜好也、德色不得竝時好之、既好色則不好德、此宜與女曰雞鳴序並看、

月出皎兮。 興也、皎月出光也、 佼人僚兮。舒窈糾兮。 僚好貌、舒遲也、窈糾紓之姿也、 勞心悄兮。 悄憂也、○佼古卯反、僚音了、窈烏了反、摺本、傳無出字、延文本、傳貌下有也字、

箋曰、說文、皎月之白也、此取於月以興焉、當月出之時、思其人僚然佼好、與皎月相映、所謂月下看美人倍覺妍素也、且憶其人于月下遲廻却步、脉脉以相思也、釋文佼字又作姣、方言云、自關而東、河濟之間、凡好謂之姣、碩人箋長麗佼好、還傳昌佼好貌、猗嗟傳昌佼好貌、釋文俱云佼本作姣、其作姣

者、史記司馬相如傳姣冶閑都、漢書東方朔傳、左右言其姣好、列子楊朱鄉有處子之娥姣者、是也、釋文・僚本亦作嫽、說文人部、僚・好也、从人尞聲、此其本義也、百僚之僚則寮之假借字、文選舞賦注、引毛傳作嫽、方言・青徐之間、謂好爲嫽、史記司馬相如傳索隱、一切經音義卷九、竝引詩姣人嫽兮、是嫽本又作嫽之證、○舒窈糾兮、蓋自舒而脫脫兮來、婦人行步・貴在舒緩、宋玉神女賦云、步裔裔兮曜後堂、又云、動霧縠以徐步、皆形容舒之意、窈糾疊韻字、與下懮受夭紹同、此詩每章第三句、皆有舒字、又皆以疊韻字形容舒之狀貌、史記司馬相如傳、青虬蚴蟉於東箱、正義云、蚴蟉行動之貌也、又驂赤螭青虬之蚴蟉蜿蜒、蚴蟉蚴蟉皆與窈糾同、卽洛神賦所謂矯若游龍者也、朱傳以舒窈糾爲舒幽愁之情、與下句相戾、文勢亦不順、又三詩皆兩字連綿竝爲一義、朱傳以窈糾二字分爲兩釋、尤屬臆見、○勞心悄兮、悄・默憂也、淮南修務訓云、今夫毛嬙西施天下之美人、使之施芳澤・正娥眉・設笄珥・衣阿錫、則雖王公大人有志嚴頡頏之行者、無不憚悇癢心、而悅其色矣、注、憚悇・貪欲也、癢心・煩悶也、此詩勞心悄兮、卽憚悇癢心之義、

月出皓兮。佼人懰兮。舒懮受兮。勞心慅兮。 ○懮於久反、唐石經作優、慅七老反、

箋曰、爾雅、皓・光也、唐詩白石皓皓、此以皓形容月色之白、○佼人懰兮、釋文作劉、云本又作懰、好貌、埤蒼作嬼、嬼・妖也、羣經音辨引詩正作劉、嬼與劉皆

劉之假借、廣韻、劉・美好、婠蒼訓妖、妖亦好也、○舒懮受兮、釋文云、懮・舒貌、玉篇心部云、懮受・舒遲之貌、廣韻同、集韻類篇亦同、竝引詩舒懮受兮、大氐蕭尤韻、多形容字、後世所用妖嬈・嬌嬈・僂傀・嫋裊・縹緲・杳嫋・夭嬌・窈窕、與是詩舒遲・形容相似、○勞心慅兮、爾雅慅慅勞也、說文動也、憂而至於勞、其心之動可知矣、悄慅同一憂、分靜與動也、

月出照兮。佼人燎兮。舒夭紹兮。勞心慘兮。

箋曰、照是月光之被物也、首章月初出、財有白光、故曰皎、次章月已出、如日之升、異于初出矣、故曰皓、三章月出當空、無不照見、故曰照、此其次序也、○佼人燎兮、燎受照字、言顏色照人也、○舒夭紹兮、夭紹亦舒之貌、此夭字當讀如上林賦・夭蟜枝格之夭、夭紹亦疊韻字、文選西京賦、要紹脩態、注・要紹謂嬋娟作姿容也、又南都賦・要紹便娟、又靈光殿賦、曲枅要紹而環句、注云、要紹曲貌、此諸言要紹者、皆與夭紹同、○勞心慘兮、慘當讀爲懆、與照燎紹相韻、懆从喿、有急義、懆亦从喿、說文訓懆爲愁不安、引詩念子懆懆、不安者必躁急、慅與懆同一愁、分緩急也、此三章之次序也、馬瑞辰曰、陳第及顧炎武戴震竝謂、慘當作懆、吳棫謂、八分喿多寫作參、因此致誤、又或謂魏晉間避曹氏諱、故喿多作桼、孔廣森曰、胥豪爲侵覃之陰聲、故慘轉爲懆、今按孔說是也、檀弓鄭注・繆讀如綃、說文・訬讀若毚、皆胥豪及侵覃音轉之證、廣雅曰、慘、操也、是字之从喿从桼者、聲近而義亦同、釋詩者當曰慘讀若懆、轉其

音不必易其字也、釋文於北山詩或慘慘劬勞、云字亦作懆、於白華詩念子懆懆・云亦作慘慘、至此詩及正月詩憂心慘慘・抑詩我心慘慘、釋文不曰本作懆、則古本皆作慘字、初無異本可知、張參五經文字云、懆千到反、見詩、不著何篇、蓋仍指白華詩念子懆懆耳、或謂此詩慘字張參五經文字作懆、失之、

月出三章章四句

株林。刺靈公也。箋曰、靈公平國・共公朔子、於魯宣公十年被弑、詩作在弑前矣、變風終於陳靈、淫乎夏姬。箋曰、夏姬・鄭穆公之女、陳大夫御叔之妻也、夏徵舒之母、以子氏稱、故曰夏姬、延文本乎作于、驅馳而往。箋曰、如載驅之薄薄、發明詩義、朝夕不休息焉。箋曰、延文本、夕下有而字、

胡爲乎株林。從夏南。株林・夏氏邑也、夏南・夏徵舒字也、匪適株林。從夏南。○延文本乎作于、摺本、傳無字字、株陟朱反、

箋曰、株爲邑名、故二章朝食于株、得單言株也、爾雅・邑外謂之郊、郊外謂之牧、牧外謂之野、野外謂之林、野與林對文則異、散文則通、株林猶株野也、傳

云株林夏氏邑者、隨文連言之耳、非以林爲邑名、國語・單襄公假道于陳、道路若塞、野場若棄、民將築臺于夏氏、其下乃言及陳、可證夏氏之邑在國都外、寰宇記、陳州南頓縣西南三十里有夏亭城、城北五里有株林、南頓城春秋頓子國、頓子迫於陳而奔楚、自頓南徙、故曰南頓、卽今商水縣、在陳州府西南九十里、從夏南兮者、徵舒祖字子夏、故爲夏氏、徵舒字子南、以氏配字謂之夏南、靈公欲適夏氏、有廉恥之心、以適株林爲辭而出、故詩人設爲問答辭、胡爲乎株林、怪問之也、從夏南、正對之也、安井氏曰、傳云株林夏氏邑、是以株林爲汎辭、夏南夏徵舒、是夏南爲切辭、言旁人爲不知公意之言、相謂曰君何爲乎之株林之邑乎、一人荅曰、是從夏南氏耳、非有事而之株林之邑、特從夏南氏、與其母淫耳、鄭爲靈公自荅之辭、失之、王肅爲反覆言之以疾靈公、近得毛意、此說是也、朱傳云、淫于夏姬不可言也、故以從其子言之、詩人之忠厚如此、不知夫死從子、夏姬在子家、言夏姬則必言夏南、此定理也、詎以是見詩人之忠厚哉、正義本、從夏南下有兮字、定本無兮字、卷子本同、今各本皆從定本删去兩兮字者、非也、

駕我乘馬。說于株野。乘我乘駒。朝食于株。大夫乘駒、○乘繩證反、說音稅、

箋曰、乘馬、四馬也、我者公之從者自稱也、公以適株林發命、故至于株野、稅駕少憩焉、然不斯須于此、而直馳至夏氏也、至而後朝食、則其見星而發亦

可知、卽朝夕不休息之摸寫也、株卽夏氏居、非林非野、公之從者或乘馬、或乘駒、以稅于野、食于株、有於陛下甚樂、羣下甚苦之意、正義云、說于株野、夕至也、朝食于株、朝至也、是拘序朝夕字耳、說于桑田、豈露宿之謂乎、駒亦馬也、變馬曰駒者、趁下文株字韻耳、猶漢廣次章楚馬爲韻、三章蔞駒爲韻耳、王肅見毛傳云大夫乘駒、遂以爲乘駒者謂孔儀從君適株、不知序但云刺靈公、竝未嘗及孔儀二人也、或又謂、靈公本以諸侯車騎出至株野、託言他適、乃舍之而乘大夫所乘之駒、以至于株、國語云、南冠已如夏氏、是靈公當日實有易服微行之事、此說亦近附會、釋文、乘駒作乘驕、云舊音駒、引沈重曰、或作駒字、是後人改之、皇皇者華云、維駒作駒、本亦作驕、以驕爲亦作、正義則竝作駒矣、周官校人鄭司農注及說文、竝云馬二歲曰駒、說文馬高六尺爲驕、引詩我馬維驕、漢廣傳五尺以上曰駒、此詩箋、馬六尺以下曰駒、與說文合、明非二歲曰駒之駒矣、驕駒聲相近、故株林以韻株、皇皇者華以韻濡諏、蓋讀驕如駒、非竟以駒代驕也、

株林二章章四句

箋曰、禮運、諸侯非問疾弔喪、而入諸臣之家、是君臣爲謔、鄭注卽援引陳靈公數如夏氏爲說矣、此詩首章兩株林兩夏南、轉換七個間字、將當時車馬簇擁、鄕民聚觀、囁嚅附耳、道旁指摘、無不一一勾出、次章將單襃公過陳、道茀不可行一段、隱括在裏、時君臣只知夏氏、擧國事民瘼賓客交

際、一齊置之、詩人只說一面、面面俱到、

澤陂。刺時也。箋曰、刺時俗之淫荒也、言靈公君臣淫於其國。男女相說。公卿宣淫於國・曰淫於其國、憂思感傷焉。箋曰、此乃時俗之淫荒也、是詩立格與宛丘同、通篇之意、括之首章、而二章三章則顧眄首章鼓吹之也、

彼澤之陂。有蒲與荷。興也、陂・澤障也、荷・芙渠也、有美一人。傷如之何。傷無禮也、寤寐無爲。涕泗滂沱。自目曰涕、自鼻曰泗、○陂彼皮反、延文本沱作池、

箋曰、比也、彼者身在此而望之、歆艷之意存焉、說文、陂・阪也、一曰、沱也、傳澤障卽沱、葢水旁淺灘、故蒲荷生之、非隄防之謂、蒲荷竝生水中、萋萋然相依而美、以比男女會以相悅焉、是女慕悅丈夫、而有奔隨之心、故言所見以寓感也、蒲水草也、似莞而褊、有脊、生於水厓、柔滑而溫、可爲席、荷詳山有扶蘇篇、淮南子高誘注・荷水菜、夫渠也、其莖曰茄、是茄爲荷莖之定名、鄭箋訓荷爲莖而不曰荷當爲茄者、荷茄古同音、因以荷爲茄之叚借、直以茄釋之、而不易其字、猶與子同澤、箋訓爲襗、而經仍作澤、可以樂饑、箋訓𤻲治、而經仍作樂也、漢書揚雄傳衿芰茄之綠衣兮、師古注・茄亦荷字也、見張揖古今字

詁、以茄荷爲古今字、蓋謂古茄荷字同音通用、彼借茄爲荷、猶此詩借荷爲茄也、此鄭有所本、然首章自當舉其大名、毛義爲正、○傷如之何、傷卽序憂思感傷之傷、雖感傷之甚、不能遂蒲荷之好也、二章三章皆含是意、故且卷下且儼下、須添是一句看、傳云傷無禮也者、毛意爲傷時世淫佚之變、有美一人卽指靈公、如之何者、猶鄘風子之不淑云如之何也、蓋謂其時君臣宣淫、詩人知大亂之將作、故傷之如此、上篇疏逖所爲、此篇親戚所作、不能無言、而不忍明言、但於比喩隱含其事耳、毛意固善、然未必合經旨、○寤寐無爲者、凡百皆廢、不翅不績其麻、國俗至此汔非人境、靈公君臣之淫惑、其流毒慘哉、涕泗滂沱、涕泗卽涕洟也、易萃上六・禮記檀弓・皆作涕洟、鄭注・自目曰涕、自鼻曰洟、說文、洟・鼻液也、泗卽洟之假借、洟沱者、易離云出涕沱若、是也、

彼澤之陂。有蒲與蕳。蕳・蘭也、有美一人。碩大且卷。卷・好貌、

寤寐無爲。中心悁悁。悁悁猶悒悒也、○蕳古顏反、卷其員反、悁烏玄反、

箋曰、蕳所謂水澤蘭也、非陸草、荷取其莖葉之青・與蒲如一、蕳取其香、菡萏取其美、鄭云、蕳當作蓮、蓮・夫渠實也、鄭欲改蕳爲蓮、意在合三章爲一物、其實詩人不必然也、胡承珙曰、此箋是謂傳蘭字當作蓮、非改經蕳字爲蓮、觀正義可見、正義申箋義謂蘭是陸草、非澤中之物、故知蘭當作蓮、此由誤認

蕳爲山蘭、故云陸草、不知神農本草經・蘭名水香、別錄又名蘭澤草、且鄭風秉蕳卽在溱洧之間、不得謂非澤中物也、或又疑蘭與夫渠不同時、亦由不知爲澤蘭故耳、○碩大且卷、釋文・卷本又作婘、廣雅、婘・好也、玉篇、婘・好貌、卷卽婘之省借、言容體鴻壯、眉目如畫、思之在茲、傷如之何、朱傳誤作女美、故以鬢髮之美言之、○寤寐無爲、中心悁悁、此以寤言之、卒章以寐言之、與則無須臾不憂思、後漢書張衡傳注、悁悁・憂也、陳蕃傳注、悁悁・恚怒、文選思玄賦注、引字林悁忿恨也、憂爲本義、憂之極而忿恨恚怒相因而生、至憂字固爲此字第一義也、

彼澤之陂。有蒲菡萏。菡萏・荷華也、**有美一人。碩大且儼。**儼・矜莊貌、**寤寐無爲。輾轉伏枕。**○菡戸感反、萏大感反、儼魚檢反、輾張輦反、

箋曰、卒章取變、是詩一蒲而與三物耦、以寓公與二卿通夏姬之意、淫風所自全在此、詩人之微意、故序曰、言靈公君臣淫於其國、說文・菡蔄・夫容華、未發爲菡蔄、已發爲夫容、萏卽蔄之省、高注淮南本經、亦云其華曰夫容、其秀曰菡萏、是荷華有此二名、而析之則爲已發未發也、爾雅翼引義疏云、扶渠華未發爲菡萏、已發爲扶渠、不知扶渠爲荷之異名、非華已發之異名也、陸說誤、○碩大且儼者、卷言其顏貌、儼言其容儀、詩惟不指女子、故曰碩大、又曰儼世未有說淫女、而稱其碩、大矜莊者、且此非抱布貿絲者之狀貌、雖曰刺時、風意所指乃在士大夫也、○輾轉伏枕、寢則不能安枕也、伏枕者身俯

而頹支枕也、是不臥不寐憂煩之光景矣、

澤陂三章章六句

陳國十篇二十六章百二十四句

箋曰、陳啓源曰、朱子於陳風十詩、惟取株林一敍、餘皆辨以爲非、其本屬有據而疑爲無據者、宛邱衡門墓門三詩也、首敍出自採風之官、所指時世、定有實據、幽公之游蕩、僖公之愿而不思自立、他典闕之、猶幸存於詩敍、可資後儒之見聞、陳佗之惡、見於左傳隱七年桓五年、墓門之刺、固其所宜、尤非無證也、其本非淫亂之詩、而斷爲淫詩者、東門之池、防有鵲巢二詩也、昏亂之君、忠言不入、惟賢妃與之共處、閨房燕笑之語、或可漸化其心、此忠臣愛國者、不得已之思也、齊之雞鳴・小雅之車舝・皆此意、朱子以爲男女聚會之作、淺之乎言詩矣、同一憂也、君信讒而憂者正也、男女有私而憂或間之、非其正矣、朱子舍正而取邪、與夫子一言以蔽之旨、何其不相類與、其本是刺淫之詩、而指爲淫人之自述者、東門之枌・東門之楊・月出・澤陂四詩也、天下雖至無恥之人、發其淫私之事、則赧然面赤、決無將已身淫汚之行・編爲詩歌以示人者、卽後世玉臺香奩之咏、及近今淫詞豔曲、皆是文人墨士寓興而爲之、未有淫者之自述也、況東門之枌云不績其麻市也婆娑、言其棄女工而不事、疾之甚也、澤陂云寤寐無爲

涕泗滂沱、言其更無他事、惟知戀色而已、鄙之之甚也、譏刺之意、已顯言于言中、豈淫者自道語邪、

毛詩會箋

檜羔裘詁訓傳第十三　毛詩國風

箋曰、釋文・檜本又作鄶、今河南開封府密縣東北有鄶城、是其地、左傳僖三十三年文夫人葬公子瑕於鄶城之下、服虔云、鄶城故鄶國之墟、杜預云、鄶國在滎陽密縣東北、新鄭在滎陽宛陵縣西南、是鄭非鄶都、故別有鄶城也、鄭併鄶而詩獨遠于鄭者、鄶詩不爲鄭作也、魏爲晉何也、魏之詩作於旣滅、其詩所爲作者晉也、至於檜風・檜之未亡而作矣、其後于陳者、以國最小、故季札自鄶以下無譏焉、詩譜云、檜者古高辛氏火正祝融之虛、祝融氏名黎、其後八姓、惟妘姓檜者處其地焉、世本・重黎之弟吳回生陸終、有子六人、第六子季連爲楚之祖、第四子會人、檜之祖也、楚語言顓頊命南正重、司火以屬神、命火正黎、司地以屬民、此以重黎爲二人、所言重爲南正、與左傳言少昊氏之子曰重、爲勾芒木正者無涉、大戴禮帝繫篇・及世本・皆言老童生重黎及吳回者、本謂老童有三子、重也黎也吳回也、若言生重及黎及吳回則不辭、故以重黎連言、重黎合吳回爲三人、而傳記多以黎爲吳回者、郭璞山海經注曰、吳回祝融弟、亦爲火正也、以其代黎爲祝融、故亦名黎、亦名祝融、高誘註淮南子曰、祝融・顓頊之孫、老童之子、吳回也、一名黎、爲高辛氏火正、號爲祝融、是也、詩譜言祝融氏名黎者、亦謂吳回耳、後世稱火神爲回祿者、正指吳回、檜詩之時世無考、故作序者不斥言何君、以匪風誰將西歸推之、其在西周時固無疑、然羔裘則不能自强於政治、匪風則憂及禍難、其去亾國當不遠、鄭語史伯云、鄶仲恃險、有驕侈怠慢之心、而加之以貪冒、其云驕

侈怠慢、正與詩合、安知非卽檜仲時乎、

羔裘。大夫以道去其君也。 箋曰、其言不用而去之、去之而又思之、且告之故、以冀君悟、可謂得去君之道矣、雄狐碩鼠雖所遇不同、致爲臣之道、唯羔裘可以爲模楷、故曰以道去、**國小而迫。君不用道。好絜其衣服。逍遙遊燕。** 箋曰、孟子所謂般樂怠敖自求禍者、燕・安也、**而不能自强於政治。** 箋曰、好絜其衣服、所謂驕侈也、逍遙遊燕不强政治、所謂怠慢也、序以小迫示之、則大夫作詩時、旣有亡釁也、魏小迫、以儉嗇亡、檜小迫、以奢敖亡、園有桃曰不能用其民、此曰不能自强、二大夫所深憂在此、若夫去留唯義所在、須知二詩並以不言言之、而二序並發其不言者以示之、**故作是詩也。** 箋曰、作詩以去之也、

羔裘逍遙。狐裘以朝。 羔裘以遊燕、狐裘以適朝、**豈不爾思。勞心忉忉。** 國無政令、使我心勞、忉音刀、傳政令、延文本、作治政、傳燕下朝下勞下、並有也字、

箋曰、羔裘狐裘・言其奢侈也、其爲奢侈、至卒章發揮之、先言燕、後言朝者、見君不能自强於政治、惟好逍遙、怱於聽政、故後言朝也、逍遙翱翔言其遊惰

也、以朝在堂言其不強於政治而事容觀也、俞樾曰、襄十四年左傳右宰穀曰、余狐裘而羔袖、杜注曰、言一身盡善、惟少有惡、正義引玉藻文、而曰狐貴於羔、然則狐貴羔賤・古人恒言、詩言羔裘逍遙狐裘以朝、序所謂好絜衣服、於此可見、鄭君必以爲是大蜡息民之黃衣狐裘、其意蓋欲使檜君以朝服燕、以祭服朝、見其好絜衣服耳、不知如鄭義則不稱其服、轉非絜矣、郊特牲云、黃衣黃冠而祭、息田夫也、野夫黃冠、黃冠草服也、然則黃衣狐裘特以象野夫、非祭服之盛者也、檜君果欲以祭服朝、何必息民之祭服乎、然則狐裘以朝、果何裘乎、卽所謂君衣狐白裘者也、終南篇序曰、能取周地、始爲諸侯受顯服、大夫美之、其詩曰、君子至止、錦衣狐裘、傳曰、狐裘朝廷之服、正與此傳義合、箋云、諸侯狐裘、錦衣以裼之、改玉藻君字爲諸侯字、則鄭意亦謂諸侯得錦衣狐裘矣、曾子問篇・天子賜諸侯大夫冕弁服於太廟、歸設奠服賜服、是諸侯大夫榮君之賜、歸則設奠祭於己之宗廟而服之、未嘗言此後不得服也、終南篇正義云、此言狐裘爲朝廷之服者、謂諸侯在天子朝廷服此服耳、歸在國則不服之、引曾子問篇爲證、誤矣、夫諸侯入天子之國、理宜貶損、覲禮篇曰、乘墨車、注曰、墨車大夫制也、乘之者、入天子之國、車服不可盡同也、以此推之、安有在天子朝廷得錦衣狐裘、而在其國・反不得錦衣狐裘者乎、玉藻云、朝服以日視朝於內朝、注云、朝服冠玄端素裳、此常制也、秦風錦衣狐裘、則因始受顯服而美之、此云狐裘以朝、則因檜君好絜衣服之故、是以皆舉其盛者而言也、○豈不爾思、三章三出、去君之意在是一句、去其君者、似不思其君、故曰豈不爾思、思之深至勞心忉忉、然言不聽、諫不行、當國家危急之日、素餐而無涓埃之報、是以謹致爲臣而去之、大夫忠厚似屈原、似孟子去齊氣象、蓋諫君不從、以道引去者、人臣事君之義、心不忘君、至於傷悼者、人臣愛君之忠、惓惓無已、冀幸其君之一改、非竟恝然已也、

羔裘翱翔。狐裘在堂。堂、公堂也、**豈不爾思。我心憂傷。**

箋曰、與首章同、義無深淺、翱翔猶逍遙也、晏子春秋、諫上篇、景公之時、雨雪、三日雨不霽、公被狐白之裘、坐堂側階、晏子入見、此諸侯之朝、亦得衣狐白之一證矣、然未必爲禮之正也、上言以朝、謂日出視朝、此云在堂、謂正寢之堂、人君日出視朝、乃退適路寢、以聽大夫所治之政、視朝在路門外治朝之宁、聽朝則在路門內燕朝之堂、毛云公堂者、以公所聽政之堂而名之也、凡朝、君臣咸立於庭、曾子問、諸侯旅見天子、雨霑服失容則廢、此路門外治朝無堂、唯路寢乃有堂耳、夫朝堂者人君所盡力政治也、而以容飾爲心、不近閨閤妾婦之居乎、

羔裘如膏。日出有曜。日出炤燿然後見其如膏、**豈不爾思。中心是悼。**

悼、動也、○曜羊照反、延文本、傳炤作照、膏下有也字、動作慟、

箋曰、如膏猶鄭風之如濡、謂如膏所膏也、正義言色如脂膏、讀作平聲誤、傳云、日出照燿然後見其如膏、當讀去聲、曜光貌、卒章變句以鼓前章、而前章

之羔也・狐也・皆躍如生色、檜君所用羔裘、澤如塗膏、旭日相映、曜然焜眩人目、言羔則狐白之美・不俟言矣、古者人君日出視朝、此章羔裘承上逍遙翱翔言、則日出視朝之時、已服羔裘遊燕、故不加禮服之裼衣、而裘毛乃得與日光相照曜、其美澤至此、則所用心可知、首章言以朝、次章言在堂、則游燕之後・尙有視朝適寢之時、末章但言羔裘、不及狐裘者、見其逍遙游燕之日多、而視朝之日少耳、夫不知國小迫多憂、以千金之裘・逍遙翱翔、寔何心哉、左傳車甚澤、此慶封所以滅亡也、故大夫悼之、○中心是悼、悼猶哀傷也、末句皆變其辭、以三致意於思君憂國、固非悻悻去者、氓詩躬自悼矣、傳云、悼傷也、此傳云悼動也、則從雙聲爲訓、古慟字只作動、論語子哭之慟、釋文引鄭注云、變動容貌、周禮大祝九𢷎、四曰振動、杜子春云、動讀爲哀慟之慟、然則悼動也卽慟字、故鄭申之以哀傷也、

羔裘三章章四句

素冠。刺不能三年也。

箋曰、主君大夫而作之、喪禮・子爲父三年、父卒爲母三年、三年之喪、實二十五月也、

喪禮初喪之日、至期之日凡十三月爲小祥、再期爲大祥、祥祭名、去凶從吉之義、至此不計閏凡二十五月也、又中月而禫、中間也、禫除服祭名、禫之言澹澹平安意也、通前爲二十七月、禫祭訖從月、則吉祭而樂矣、周衰禮廢、三年之喪不行、故詩人刺之、

庶見素冠兮。棘人欒欒兮。庶·幸也、素冠·練冠也、棘·急也、欒欒·瘠貌、**勞心慱慱兮。**慱·慱·憂勞也、○欒力端反、延文本、慱作團、傳同、徒端反、

箋曰、爾雅釋言、庶·幸也、又云、庶幾·尚也、單言庶、累言庶幾、皆爲幸之詞、庶見者不可必而望之之辭也、不說不見、郤說庶見、不說不見三年之喪、郤說庶見既練之服、用意婉紆之極、傳云素冠練冠也者、素冠·白布冠也、此冠練布使熟、其色白、是以謂之素、小祥之後、常服此冠、至大祥乃除之、襍記喪冠條屬、以別吉凶、三年之練冠、亦條屬右縫、鄭注云、別吉凶者、吉冠不條屬也、條屬者·通屈一條繩若布爲武、垂下爲纓、屬之冠、象大古喪事略也、吉冠則纓武異材焉、右縫者·右辟而縫之、三年之喪、初喪喪冠、小祥練冠、大祥縞冠、中月而禫綅冠、踰月吉祭、乃玄冠復平常、此詩毛鄭異說、毛就小祥說、箋則就大祥說、以素冠爲縞冠、据玉藻縞冠素紕既祥之冠也爲說、鄭說非也、間傳鄭注云、黑經白緯曰縞、此何·得以素冠爲縞冠乎、玉藻鄭注云、紕·緣邊也、此何得以素紕爲素冠乎、喪禮無素衣之文、故鄭於二章据喪服小記除成喪者、其祭也朝服縞冠爲說曰、朝服緇衣素裳、然則此言素衣者、謂素裳也、然朝服緇衣素裳、禮無其文、鄭以士冠禮云主人玄冠朝服緇帶素韠、以爲韠從裳色、故知素裳、然士冠禮止言素韠、非言素裳、卽使爲素裳、非言素衣也、何得改詩之素衣以爲素裳乎、朝服吉服也、小記不過言祥祭之日、得以借用其服、非朝服爲祥祭之服也、安得以朝服惟爲祥祭之服、而言此詩爲祥

祭服耶、且小記之說、本以成喪對殤喪、言此期功之喪皆是、非言三年也、胡承珙曰、孔疏申鄭有三、布不當名素、一也、刺不能三年、當謂三年將終少月日耳、若謂全不見練冠、是朞卽釋服、違禮之甚、序不應止於刺不能三年、三也、承珙案、周禮司服•大札大荒大烖素服、又云、士之齋服有玄端素端、以素與玄對、卽是白素之素、玉藻•年不順成、則天子素服乘素車、素服與素車連文、更不得謂經傳言素皆是白絹、郊特牲•皮弁素服而祭、素服以送終也、是則喪服稱素明矣、且朞而小祥、乃服練冠練衣、至大祥始除、詩人不見此服、自是當時不復行再期之禮、故云不能三年、若以素冠爲大祥之後、則呂記云、除喪之縞冠、雖使短喪、其除之也蓋亦服是冠矣、必謂刺不能三年者當先思其遠、不當思其近、殊不知近尚不能、何論於遠、若以素冠非練冠、而素衣專指祥祭之朝服素裳、無論轉裳爲衣、近於遷就、卽此不能三年者、豈其旣祥而練、已及再期、而獨不行大祥之祭乎、至朞而釋服、卽是不能三年、何必定是三年將終僅少月日、疏釋傳云、若在大祥之後、則三年已終、於禮自除、非所當刺、而申鄭又云、朞卽釋服、違禮已甚、今玩詩言傷悲蘊結、其感甚深、若果三年將終僅少月日、則魯人朝祥莫歌、夫子亦但曰踰月則善、詩人願見之意、亦何至如此其急急乎、又案、毛於素韠無傳者、自與素冠素衣同例、皆爲練後所有、不得以禮文不備•疑爲練服之所無、安井氏曰、素爲縞、稱衣裳則然、仲尼曰、麻冕禮也、今也純儉、古未有以縞爲冠冕者、雖稱素冠、無嫌於其用縞、故對玄冠立文、以見其爲喪冠耳、鄭說拘甚矣、李黼平以箋義爲長、云傳練冠亦謂縞冠素紕、引說文及昭三十一年左傳練冠麻衣以證之、然小祥練冠、禮有明文、既謂之練冠、不得釋爲縞冠素紕、季孫練冠麻衣者、時爲晉所責、故服喪服以謝罪、祇足以證爲小祥之服、而李引之以證練冠之爲縞冠素紕、牽傳以合箋、可謂强說矣、案喪服記云、衰三升、三升有半、其冠六升、以其冠爲受、受冠七升、蓋喪自始死至小祥、隨節變更、如絲有紀、故謂之喪紀、既練至大祥、不復變更、雖不能三年之人、亦必因變更之節而釋服、若能練冠、則亦能三年矣、故傳以幸見素冠見不能三年之義、箋以下蓋未達此義也、○棘人欒欒四字、寫出哀毀骨立情狀、呂覽任地篇・地可使肥、又可使棘、棘者欲肥、肥者欲棘、高誘注、棘・羸瘠也、詩云棘人之欒欒、言羸瘠也、正訓棘爲瘠、斯干傳以棘爲稜廉者、卽毁瘠骨見之義、此傳以棘爲急者、哀遽之狀也、君子之居喪、皇皇若無所容者是也、說文・臠・臞也、引詩棘人臠臠、廣韻、臠臠病瘠貌、臠正字、欒假借字、莊子在宥・乃始臠卷愴囊、釋文臠崔本作欒、可證、欒欒者因冠以想其人、因人以想其情狀、卽玉藻云、喪容纍纍、色容顚顚、言容繭繭、總是不忍死親之心、形爲癯瘁也、○勞心慱慱兮、鄭箋以慱慱屬之詩人、然三句文勢直下、正言素冠之人思慕專一・有終身之痛也、傷悲藴結、乃詩人自言、故以我字別之、傳以素冠爲練冠、則欒欒慱慱者正所謂練而慨然也、毛意似當以憂勞指素冠之人、文選思玄賦注・引詩曰勞心慱慱、六臣注作團團、慱與團古相通假、揚子大玄經、月闕其慱、假慱爲團字、說文、慱・圜也、圜・圓也、圜與圓同、古方圓字皆作圜、摶亦作摶、思玄賦志摶摶以應懸兮、誠心固其如結、言憂思結聚不散也、庶見素衣兮。素冠、故素衣也、我心傷悲兮。聊與子同歸兮。

願見有禮之人、與之同歸、

○延文本、傳歸下有也字、

箋曰、素衣卽麻衣、喪服記・公子爲其母麻衣、注引詩麻衣如雪、如雪者言其白也、據此則麻衣爲白衣、當卽此詩之素衣矣、衣是大名、裳亦可稱衣、但素裳乃朝服之裳、於喪服無涉、祥祭雖用朝服、而縞冠仍未純吉、故祥祭之服・異於吉服、若止言素裳、於朝服何別邪、此刺不能三年、當思見喪服、不當思見吉服、文王世子・公族有死罪、公親素服、左傳・秦伯素服郊次、曲禮・大夫士去國、素衣素裳素冠、重素不入公門、此皆素布非素帛可知、傳云、素冠故素衣也者、以冠衣當上下相稱、冠既練則衣亦練、故云素冠故素衣、謂既練之後・服此白布喪服、安井氏曰、素衣卽素布衣、鄭泥經傳稱縞爲素、謂指朝服之裳、然直舉朝服之裳、何以見其爲除喪之服哉、素・白也、經傳素衣素裳之素則訓縞、其餘訓白、訓空、此素衣蒙上章素冠、禮未有以素縞爲冠者、素冠爲素布冠、則素衣爲素布衣可知矣、毛恐後人或認爲素縞衣、故釋之曰素冠故素衣也、可謂簡而盡矣、○我心傷悲兮、傷其無此人也、大喪未終・而衣夫錦者多、如之何不傷悲、○聊與子同歸兮、傳訓聊爲願、箋訓爲且、與載馳章傳箋同義、願與且義正相承、聊之爲願、又爲且、猶憖之訓願、又訓且也、子卽首章之棘人也、歸如殊途而同歸之歸、言欲得行三年之人・與之同志所歸往、非謂歸其家也、下文聊與子如一、猶言與之一志同心、夫禮必上行之、

而可以化民、在下行之、無補益於民、故曰聊、以喩上之人、行是禮而施之國家、以救敝俗、是謂詩人之志、序所謂風刺也、

庶見素韠兮。我心蘊結兮。聊與子如一兮。子夏三年之喪畢、見於夫子、援琴而絃、衎衎而樂、作而曰、先王制禮、不敢不及、夫子曰、君子也、閔子騫三年之喪畢、見於夫子、援琴而絃、切切而哀、作而曰、先王制禮、不敢過也、夫子曰、君子也、子路曰、敢問何謂也、夫子曰、子夏哀已盡、能引而致之於禮、故曰君子也、閔子騫哀未盡、能自割以禮、故曰君子也、夫三年之喪、賢者之所輕、不肖者之所勉、○韠音畢、蘊紆紛反、唐石經蘊作薀、延文本、傳樂下及下勉下、並有也字、

箋曰、韠・蔽膝也、冕服謂之韍、其餘曰韠、素衣則素韠矣、君子庶見有旣練之服者、自冠至韠、三復不措、安井氏曰、傳不釋素韠、禮又無其文、未詳其故、然經言素韠、則古必有其禮矣、韠者服之始也、古者人先知蔽前、然後知蔽後、凡喪服亦象常服爲之、況韠・服之最古者、祭服謂之韍、則喪亦必有之、禮經殘闕、未可以無其文而疑此經矣、韠有赤蘊爵之別、唯大夫素韠、此稱喪服爲素韠、對三韠立文也、○我心蘊結兮、蘊結・思之不解也、薀說文从艸溫聲、引昭十年左傳薀利生孽、積也、又滯也、詘也、蘊俗字、○聊與子如一兮者、同歸唯是同方也、如一兩身爲一也、金谷詩、白首同所歸、河梁詩、與子如一身、與此同歸如一同義、言世上絕無素韠之人、庶見不得、使我心菀結、姑且與子如一、而不貳古禮耳、雖無補於世道、是禮不可不愼焉、欲使有補於世道

者、愼是禮者、洋溢於言外矣、詩人妙於風規如是、傳云賢者之所輕、言不以此爲難也、云不肖者之所勉、肖·似也、不肖者不有所似、謂愚人也、檀弓子夏既除喪而見夫子、予之琴、和之而不和、彈之而不成聲、作而曰、哀未忘也、先王制禮、而弗敢過也、彼說子夏之行、與此正反、疏云、家語及詩傳、與此不同、當以家語詩傳爲正、知者以子夏喪親無異聞、焉能彈琴而不成聲、而閔子騫至孝之人、故孔子善之、又淮南繆稱訓·閔子騫三年之喪畢、援琴而彈、其弦是也、其聲切切而哀、正與毛傳合、說苑修文篇引此事、亦與毛傳略同、但以子路爲子貢、所聞異也、夫子於門人未有稱其字者、毛公所傳、恐由記事者便文致然耳、古書經秦火後、傳聞異辭、不必執此以非彼、

素冠三章章三句

箋曰、萬斯同曰、短喪之說、不知起于何時、觀宰我欲短喪、謂鑽燧改火、期可已矣、而孔子責之、齊宣王欲短喪、曰、爲期之喪猶愈於已、而孟子譏之、是春秋戰國時、猶未廢三年之制也、乃滕文公欲終喪、而父兄百官謂、宗國魯先君莫之行、意者文公之前、魯先已短喪耶、魯猶如此、他邦可知、然其短喪也、或既葬而除、或期歲而除、均無可攷、要之定爲三十六日、則自漢文帝始、杜預言、秦亢上抑下、率天下皆行重服、經羅寒暑、彼秦皇豈肯行三年之制乎、天下不行、而強天下行之、無是禮也、至漢高呂后之喪、不知其制云何、然是時諸事率畧、禮文殆絕、豈能獨行三年之禮、文帝遺詔

所謂使重服久臨、以罹寒暑之數云云、殆亦臆度之詞、未必秦世及漢初果行三年之喪也、且古禮天子喪制、王朝之公卿大夫則三年、諸侯之大夫則七月、畿內之庶人則三月、畿外之庶人則無服、未嘗盡天下之人皆責以三年也、秦縱無道、然始皇卽位幼少、其服莊襄、必不能如禮、又不孝于母、幾絕母子之親、知其必不爲重服、若言始皇自爲身後之制、則胡亥卽位七月、而天下卽大亂、未始終三年之期也、何自而有率天下皆行重服之說乎、然則三年之制、自春秋至漢、久已盡廢、特前此無定制、至是始定爲制耳、

隰有萇楚。疾恣也。 箋曰、恣、言多淫不忌也、 **國人疾其君之淫恣。** 箋曰、淫恣卽猗儺、天沃之反、 **而思無情慾者也。** 箋曰、思寡慾而不耽色者也、曰無情慾者、因詩之三無也、國人之心如此、故君子吟詠之以風焉、序專示詩人之志、至其辭是女子慕士之寡慾廉色者也、夫國君荒淫於色、臣民有所難言、故此篇假女口微婉、以風內嬖多淫之人、寄託深遠、言在此而意在彼、其動人心之感、亦綽約微達、

隰有萇楚。猗儺其枝。 興也、萇楚、銚弋也、猗儺、柔順也、 **夭之沃沃。樂子之無知。** 夭、少也、沃沃、壯佼也、〇萇丈羊反、猗於可反、儺乃可反、沃烏毒反、銚音遙、傳順字、卷子古本無、

箋曰、三句比、一句賦、與凱風棘心同體、言萇楚之少、其枝柔順而不摧折、其光潤澤而不枯槁、以喻人之年少而無情慾者・亦如此也、猗儺二句、意本一串、呂記乃以倚儺爲柔弱牽蔓、喻人之旣長・多欲而可惡、回思其始芽・未有牽蔓之時・生意沃沃然、喻人之少時無情慾而可愛、以兩句作一曲折講、殊覺費力、陸疏云、萇楚今羊桃是也、葉長而狹、華紫赤色、其枝莖弱、過一尺引蔓於草上、神農本草經、羊桃一名鬼桃、一名羊腸、名醫別錄云、一名御弋、一名銚弋、陶注云、山野多有、似家桃、又非山桃、子小細、苦不堪噉、花甚赤、詩云隰有萇楚者、卽此也、蓋萇楚之爲羊桃、固無岐說、惟陸氏云過一尺引蔓於草上、與鄭箋不妄尋蔓正相反、陸氏又云今人以爲汲灌、重而善沒、不如楊柳也、近下根刀切其皮、著熱灰中脫之、可韜筆管、陸所言甚詳、當得其實、胡承珙曰、經義述聞云、萇楚之枝、柔弱蔓生、故傳箋竝以猗儺爲柔順、但華與實不得言柔順、而亦云猗儺、則猗儺乃美盛之貌矣、小雅隰桑有阿、其葉有難、傳曰、阿然美貌、難然盛貌、阿難與猗儺同字、又作旖旎、楚辭九辨曰、竊悲夫蕙華之曾敷兮、紛旖旎乎都房、王逸注曰、旖旎盛貌、詩云旖旎其華、承珙案、猗儺固可以美盛言、而亦未嘗無柔順之義、高唐賦・東西施翼、猗狔豐沛、此固近於美盛、若上林賦之紛溶萷蔘、猗狔從風、張揖曰、旖旎猶阿那也、南都賦・阿那蓊茸、風靡雲披、漢人詞賦、多本詩騷、此皆狀草木之柔靡、則不得以猗儺爲專指美盛、又司馬相如大人賦・又旖旎以招搖、張揖曰、旖旎下垂貌、楊雄甘泉賦・夫何旟旐郅偈之旖旎也、王襃洞簫賦・形旖旎以順吹兮、又云、其奏歡娛則莫不憚漫衍凱・阿那腲腇者已、注云、阿那腲腇舒遲貌、此則竝非草木、更不得泥於美盛之訓、蓋隰桑之阿難爲美盛、萇楚之猗儺爲柔順、言各有當、傳義不可易也、至華實皆附於枝、枝既柔順、則華與實亦必從風而靡、雖概稱猗儺不妨、○夭之沃沃、傳釋爲年少壯佼、指人言、殊於字義未合、夭如厥草惟夭之夭、謂萇楚始生之時也、漢書貨殖傳、澤不伐夭、師古注、夭謂草木之方長未成者、此經夭字、義與彼同、朱傳以爲形容辭、亦非、沃沃美澤也、卽氓篇所謂其沃若也、此句不承上文枝字、直謂萇楚之少好沃沃然、○樂子之無知、樂五教反、愛好也、知謂情竇開也、無知無情欲也、樂記・好惡無節於內、知誘於外、注・知猶欲也、此爲確詁、無知所以先於無家無室也、女子悅男子寡慾者曰、子實如隰中萇楚無知、我是以慕愛之不已也、有知而後有家、有家而後有室、正如萇楚有枝而後開華、開華而後結實、詩人章法例如此也、爾雅釋詁、知・匹也、鄭箋因訓知爲匹、與下章無室無家同義、莊子庚桑楚篇曰、知者接也、荀子正名篇曰、知有所合謂之智、凡相接相合皆得訓匹、爾雅、匹・合也、廣雅、接合也、知訓接訓合、卽得訓匹矣、又古者謂相交接爲相知、楚辭九歌、樂莫樂兮新相知、言新相交也、交與合義亦相近、但傳不釋知字、則毛以爲知識義也、

隰有長楚。猗儺其華。夭之沃沃。樂子之無家。

箋曰、詠草之柔弱夭美者、所以風情慾淫恣也、慕猗儺夭沃、則檜君之老嫖爲人所厭亦可知、○樂子之無家、左傳子圉棄其家、言妻也、

隰有長楚。猗儺其實。夭之沃沃。樂子之無室。

箋曰、無知無家、其意汎、至無室而始瞭然矣、愛人之無妻、非女子之辭而何邪、若特說國人之辭、樂字不妥、詩亦無味、是規淫恣者、故藉口於女子、朱傳以爲賦、然呼徽草爲子、而曰無家無室、不成說耳、

隰有萇楚三章章四句

匪風。思周道也。 箋曰、延文本、無道字、卷子古本亦無、 國小政亂。憂及禍難。 箋曰、憂爲大國所滅亡也、 而思周道焉。

箋曰、周道周之治道也、如孔子所謂我觀周道、幽厲傷之、是也、經文周道、雖託辭於道路、而意則在文武之政教、兩義可以合觀、是詩去檜之亾不遠、於此之時、諸侯已有漸相併吞之勢、周道不興、則小國無得自保矣、

匪風發兮。匪車偈兮。 發發飄風、非有道之風、偈偈疾驅、非有道之車、 顧瞻周道。中心怛兮。 怛、傷也、下國之亂、周道滅也、○偈起竭反、怛都達反、延文本、傳之風下之車下、並有也字、

箋曰、匪風匪車、與匪兕匪虎同格、非風而飄搖不寧、非車而軒輊無定、人居亂世、如在風中車上、其不遑寧處之象、有如此者、蓼莪飄風發發、傳發發疾

貌、此云發猶言發發也、長言之爲發發、短言之爲發也、偈偈漢書王吉傳引作揭揭、而以爲高舉、亦謂其疾驅揚起耳、非有異義也、當周之盛、諸侯撫封、小大相保、今也狡焉者、日思啓疆、而君不脩其政、國勢人心如飄風如奔車、何以固國、○顧瞻周道、顧爲迴顧、瞻爲瞻望、皆可望而不可卽之意、周道者天子巡守・諸侯會同・所由往來之道、今之官路也、凡詩周道、以大路之坦平、喩王道之正直則可、若鄭箋遂以爲周之政令則非、傳有道・卽指周道言之、中心怛兮者、中心心中也、說文、怛・憯也、傷與憯義相近、言政亂非復有周盛王之道、是以懷古而西顧、心爲之怛怛也、小雅周道如砥、睠言顧之、潸焉出涕與此正同、

匪風飄兮。匪車嘌兮。迴風爲飄、嘌嘌無節度也、顧瞻周道。中心弔兮。弔・傷也○嘌匹遙反、

箋曰、飄猶飄飄也、飄飄猶發發也、何人斯傳、飄風暴起之風、暴亦疾也、訓飄爲迴風非是、且回風是實字、嘌是形容語、亦不倫、嘌、說文・疾也、釋文云、嘌本又作票、漢書禮樂志・票然逝、師古曰、票然輕舉意、揚雄校獵賦・亶觀夫票禽之紲隃、師古曰、票禽・輕疾之禽也、是票本有疾義、與嘌同、嘌猶嘌嘌也、嘌嘌猶偈偈也、疾驅謂之偈偈、亦謂之嘌嘌、云無節度者、是亦疾驅之意、正義云由疾故無節度也、二句是如蜩如螗如沸如羹之意、狀騷擾不靜・阮陧不安

也○中心弔兮、左傳云、周公弔二叔之不咸、

誰能亨魚。漑之釜鬵。漑・滌也、鬵・釜屬、亨魚煩則碎、治民煩則散、知亨魚則知治民矣、**誰將西歸。懷之好音。**周道在乎西也、懷・歸也、○亨普庚反、延文本作烹、注同、漑古愛反、鬵音尋、又音岑、滌徒歷反、延文本、傳屬下有也字、

箋曰、興也、凡烹物者、水火既調、則不欲多以七箸動之、而魚爲甚、爲其脆疏而易散也、故老子曰、治大國如烹小鮮、言務安靜也、盛周之道、所謂綱擧目張者矣、然寬仁安靜、莫非行所無事、故譬之於烹魚、此二句全重一能字、不能烹魚、則有釜鬵亦屬無庸、誰能烹魚者、吾將爲之摡釜鬵、老子所謂若烹小鮮不可擾也、擾則民潰、有能烹魚者、能則不擾矣、則爲之漑釜鬵也、釋文漑本又作摡、說文、摡・滌也、引詩摡之釜鬵、又云、漑・水名、一曰灌注也、摡訓滌濯、漑訓灌注、二義各別、作摡者是也、漑字古文之假借、作摡者、周禮世婦・帥女官而濯摡、注、摡・拭也、楚辭哀時命・摡塵垢之枉攘兮、注、摡・滌也、一作漑、滌必以水、故叚借漑、滌必以手、故叚借摡、凡周禮禮經摡字本皆从手、無足曰釜、韻會引說文鬵土釜、劉向九歎鑿土鬵於中宇兮、王逸注、鬵・釜也、說文𩰫字注、秦名土鬴曰𩰫、讀若過、𩰫即今俗所稱鍋也、此皆鬵爲釜屬之證、釋文引說文鬵大釜也、一曰、鼎大上小下若甑曰鬵、陸意從許以合毛傳鬵爲釜

屬之訓、鬵與甑異、甑有七穿、見陶人、說文一說爲鼎、亦曰若甑、而非卽甑、不必如正義亨魚用釜不用甑之疑、○誰將西歸、懷之好音、是時周未東遷、檜在周之東、西歸是西面適周之辭、其實言歸周道而興復之也、懷言從而親附之也、好音言德音之美、諸侯苟有西歸之人、則我將歸附其令德、而免禍難矣、一誰字、徬徨顧望、有不拘何人意、前章之風也車也、聲之可厭者、受以好音、是辭之巧也、馬瑞辰曰、鄭箋云誰能者、言人偶能割亨者、誰將者、亦言人偶能輔周道治民者也者、漢時以相敬相親皆爲人偶、大射儀揖以耦、注、言以者、耦之事成於此、意相人偶也、聘禮每曲揖、注、每門輒揖者、以相人偶爲敬也、公食大夫禮賓入三揖、注、相人偶、此相敬謂之人偶也、中庸仁者人也、鄭注、人也讀如相人偶之人、以人意相存問之言、賈子匈奴篇、胡嬰兒得近侍側胡貴人、更進得佐酒前上、時人偶之、此相親謂之人偶也、說文、仁、親也、从人二會意、人二卽相偶也、

匪風三章章四句

檜國四篇十二章四十五句

曹蜉蝣詁訓傳第十四　毛詩國風

箋曰、漢書地理志·濟陰定陶縣故曹國、周武王弟叔振鐸所封、水經·濟水逕定陶縣故城南、酈注云、縣故三鬷國也、湯追桀伐三鬷卽此、是周之曹·夏之三鬷也、今山東曹州府定陶縣、縣東有三鬷亭、蓋檜亡於平王之初、檜滅而强凌弱、大幷小、五霸之所以興也、曹亡於魯哀公十一年、曹亡而諸國殆盡、七雄之所以起也、於曹之卒篇曰思治也、傷天下之無霸也、下泉之詩人其傷者天下無郇伯、以其時晉霸之不義、而小國困也、於檜之卒篇曰、思周道也、傷天下之無王也、匪風之詩人所傷者天下幷無桓文、以其時晉霸衰而小國就盡也、

蜉蝣。刺奢也。箋曰、檜風之首篇曰、羔裘如膏、日出有曜、曹風之首篇曰、蜉蝣之羽、衣裳楚楚、夫衣裘君所應有、豈便至于危亡、蓋留意于此、則軍國大計有所不暇、顧如後世無愁天子、未有不亡者、康王畢命曰、惟茲殷士、怙侈滅義、服有美于人、驕淫矜誇、將由惡終、士大夫且然、況國君乎、

昭公。國小而迫。箋曰、曹世家·自叔振鐸至昭公凡十五君、昭公以魯閔公元年卽位、僖七年卒、當周惠王時、釋文云、國小一本作昭公國小而迫、案鄭譜云、昭公好奢而任小人、曹之變風始作、此詩箋云喩昭公之朝、是蜉蝣爲昭公詩也、譜又云、蜉蝣至下泉四篇共公時作、今諸本此序多無昭公字、崔集注本有、未詳其正也、阮元曰、集注是也、觀前譜正義、蜉蝣序云昭公、昭公詩也、是正義所見鄭

譜、不云蜉蝣至下泉四篇共公時作、釋文所見乃誤本耳、翁方綱曰、朱子改刺昭公爲刺時人、第詩本詠歎之辭、非如史傳之文得所指實、安能必於本篇中確有可考而後信乎、序既云昭公、則卽是可考、凡讀詩序皆如此、昭公二字、卷子古本無、

無法以自守。箋曰、自守言己能守己國也、古文自字皆一例、夫無以法自保守、何以免侵削之憂、

好奢而任小人。箋曰、釋詩上二句也、

將無所依焉。箋曰、釋下二句也、檜曹皆小國、詩亦相似、檜之變風始於羔裘、曹之變風始於蜉蝣、羔裘刺絜其衣服、蜉蝣刺好奢、亦類也、羔裘之詩不及政治、序者以其逍遙游燕、而知其必不能自強於政治、蜉蝣之詩不及小人、序者以其將無所依、而知其所用皆小人故不足恃、

蜉蝣之羽。衣裳楚楚。興也、蜉蝣・渠略也、朝生夕死、猶有羽翼以自修。飾、楚楚・鮮明貌、**心之憂矣。於我歸處。**○蜉音浮、蝣音由、傳修字卷子古本無、延文本、貌下有也字、

箋曰、興之體芃蘭一例、王夫之曰、蜉蝣之說有二、一生水上、一生糞中、生水上者一名朝菌、狀如蠶蛾、一名孳母、海南謂之蟲邪者是也、其一似蜣螂而小、大如指頭、身狹而長、有角、黑色、甲下有翅能飛、夏月雨後叢生糞土中、此則一名渠略者也、二蟲彷彿相似、而生水上者但名孳母蟲邪、生糞土者名

渠略、則知毛傳當以生糞土中者爲是、且渠略甲下有翅、甲有衣之象焉、翅在其下、有裳之象焉、故以興衣裳楚楚、則尤足證糞中生者之爲蜉蝣矣、若朝生暮死之說、大要未足深信、淮南子詮言篇曰、蜉蝣不過三日、阮籍詠懷詩曰、蜉蝣玩三朝、此微子之蟲、又非人所畜飼、其生其死、無從知之、蠋蟯蟆蛸之類、大抵多變化而非死、但不久於其類耳、古人亦多已甚之言、如木槿開後數日方萎、初不如金錢花燕脂花之決於暮落、而謂之朝開暮落耳、王說是也、羽猶螽斯羽詵詵兮、言羣飛揮羽而自得也、蜉蝣不知其朝不及夕、羣飛自適、差池其羽、以興羣臣不知其危急、修飾衣裳、相歡洽焉。衣裳楚楚者、賓之初筵籩豆有楚、傳、楚、列貌、士冠禮籩豆有楚、注、楚・陳列之貌、此楚訓列、訓陳列、卽後世所謂齊楚淸楚也、首章楚楚贊其整齊、次章采采贊其華麗、三章如雪贊其鮮潔、意各有在也、朱傳解每章第二句、卽指蜉蝣言、夫蜉蝣而曰衣裳、是目其羽翼耳、首句言羽言翼、次句復言衣裳、不已複乎、且泛以衣裳借言猶可也、確指爲麻衣、愈不得以蜉蝣當之矣、況蜉蝣黃黑色、此爾雅郭注、而集傳遵用之者也、黃黑色而云如雪可乎、秦策・不韋使楚服而見、高誘注、楚服盛服、卽用詩楚楚之義、其非指蜉蝣之羽可知、蓋集傳於此以興爲比、誤與周南螽斯篇同、○心之憂矣、此句與羔裘豈不爾思、三章三出、並詩中之髓、於我歸處、猶言生於我乎館、死於我乎殯、欲其以我爲歸也、我・詩人自我也、處・謂以我居爲居也、息・謂休息永日也、說・謂且稅駕入也、葛生亦先處後息、是詩主無所依、故曰不能處則且息、若不能息則且說、此三章之序也、

蜉蝣之翼。采采衣服。采采，衆多也、 **心之憂矣。於我歸息。**息，止也、

箋曰、翼卽羽也、而前後之叙猶䳄羽、此采字乃文采字、月令·命婦官染采、注、采·五色也、漢書嚴安傳集注·引如氏采飾也、楚辭懷沙·衆不知余之異采、注、采·文采也、采采謂有文彩也、傳云衆多者、言君臣皆整飾其衣服也、上章楚楚爲鮮明貌、故於此章采采言衆多、互相備也、

蜉蝣掘閱。麻衣如雪。掘閱·容閱也、如雪·言鮮絜、 **心之憂矣。於我歸說。**○掘求勿反、閱音悅、說音稅、延文本、經蝣下有之字、傳絜下有也字、

箋曰、毛傳掘閱容閱者、卽所謂容頭過身、謂蜉蝣始生時、堀起解脫、葢閱與脫通、箋所謂解閱正此義、解閱猶言解蛻、說文、蛻·它蟬所解皮也、山海經·中山經·峽山多空奪、注云、空奪卽蛇皮脫也、舊軀壳謂之蛻、蛻·脫也、脫去舊壳也、化生之屬、由舊軀壳脫然而出、其色白、全身軟若緜、所謂掘閱殆此時乎、掘說文土部、引詩作堀、云堀突也、突爲犬從穴中暫出義、與管子掘闕得玉異、管子闕通穴、人力所穿也、此詩堀爲突、化蟲自出也或曰、掘字通闕、周官屈狄卽闕狄、左傳若闕地及泉、卽掘地及泉也、閱讀爲穴、文選宋玉風賦·空穴來風、李善注引莊子逸篇空閱來風、司馬彪云、門戶孔空、風善從之、據此則閱乃穴之借字、亦借兌字、老子塞其兌、閉其門、兌卽閱之省、謂塞其穴也、埤雅引管子掘闕得玉、今管子書竝無此語、惟山權數篇·北郭有掘闕而得

龜者、闕亦穴之借、卽穿穴而得龜也、則知此詩掘閱亦當訓穿穴、陸璣疏言、蜉蝣陰雨從地中出、郭璞言、蜉蝣叢生糞土中、皆與穿穴而出之義合、或說非是、○麻衣如雪者、首章詠其色之清楚、故曰楚楚、次章詠其采色之璀燦、故曰采采、三章詠其色之鮮潔、專就其質地言、故曰如雪、質地鮮潔、愈顯其齊楚而璀燦、三章意亦相聯貫也、麻衣當以鄭氏深衣爲的、三代時、棉種未入中國、凡所謂布皆麻也、吉凶俱用之、止以精粗爲辨、而吉服則染以玄黃之色、惟深衣不染、又與大祥同用十五升之布、但鍛濯灰治之、純之以采、則與祥服異焉、諸侯朝玄端、夕深衣、此本禮之定制、未見其奢、惟深衣以十五升布而鍛濯灰治之、詩言如雪者、見其功之至精、猶檜風刺好絜衣服而云羔裘如膏、羔裘亦人君所宜服、但狀以如膏則見其君不留意政治、而惟於衣服之間、力求精粹、侈心之萠、卽在於是、若非所當服而服之、是僭而不徒奢矣、○於我歸說、說讀如稅、當作稅舍解、甘棠詩亦先憩後說、所謂茇與處一意、

蜉蝣三章章四句

候人、刺近小人也。箋曰、昭公流弊、慣以爲常、**共公遠君子、而好近小人焉。**箋曰、遠·因候人、近·因其媾、下字不苟、共公襄·昭公子、在位三十五年、晉語·重耳過楚、成王引曹詩、卽候人也、是時共公立而十

六年、則此詩傳于文公未返國之前久矣、胡承珙曰、陸堂詩學云、楚成王之立、在惠王六年、曹共公之立、在惠王二十五年、晉公子如楚、在襄王十四年、楚成與曹共雖爲同時、然豈有曹之新詩、而楚君已成誦在口者、候人之刺共、與蜉蝣之刺昭、序說似皆未可從、殊不知風謠之作、列國流傳、曹詩偶傳於楚、而成王誦之、亦事所恒有、僖二十四年左傳、鄭子臧好聚鷸冠、君子曰、服之不衷、身之災也、詩曰、彼已之子、不稱其服、此記當時君子之語、亦正與曹共公同時、又何疑於楚王之成誦乎、至宋儒據范氏謂詩序出於衞宏、遂謂此序衞宏附會左傳爲之、不知毛傳於三百赤芾、云大夫以上赤芾乘軒、經文惟言赤芾、而傳益以乘軒、與左傳合、足見毛以前經師相承爲刺共之詩、必非衞宏之所能附會矣、

彼候人兮。何戈與祋。 候人、道路送迎賓客者、何、揭、祋、殳也、言賢者之官、不過候人、**彼其之子。三百赤芾。** 彼、彼曹朝也、芾、韠也、一命縕芾黝珩、再命赤芾黝珩、三命赤芾葱珩、大夫以上赤芾乘軒、○何延文本作荷、芾作茀、傳同、祋都外反、又都律反、芾音弗、沈又甫味反、揭音竭、又其謁反、殳市朱反、延文本、傳者下、揭下、不過候人下、並有也字、一作壹、縕音溫、黝於糾反、珩音衡、

箋曰、夏官序官、候人上士六人、下士十有二人、史六人、徒百有二十人、則諸侯之候人亦應是士、國語單襄公曰、周之秩官有之、曰、敵國賓至、關尹以告、行理以節逆之、候人爲導、則是何戈與祋者、卽負弩矢先驅之意、正義因候人職治其禁令以設候人、鄭注云選卒以爲之、卽引此詩、以此候人作候人

之徒屬、安井氏曰、卒徒不當言官、傳云其官、則不指徒明矣、何戈與祋者、乃其徒屬耳、而經云候人何之者、候人與何戈祋者伍、亦猶躬親何之、言其職賤也、此說得之、候人蓋當時有其人而詠之、猶簡兮伶人、○何戈與祋、玄鳥百祿是何、傳、何・任也、易大畜何天之衢、梁武帝音荷、云負也、噬嗑何校滅耳、荀爽曰、爲五所何、故曰何校、孔疏何謂擔何、說文、何・儋也、从人可聲、擔卽儋、本爲擔何字、後人通用荷、是古今字之異、戈見秦風無衣篇、殳卽杖、以積竹爲之、說文・殳以杖殊人也、禮・殳以積竹八觚、長丈二尺、建于兵車、旅賁以先驅、考工記廬人鄭注・凡矜八觚、矜亦杖也、說文、祋・殳也、或說城郭市里高懸羊皮、有不當入者而欲入者、暫下以驚牛馬曰祋、故从示、殳引詩何戈與祋、樂記行其綴兆、注云、綴・表也、所以表示行列也、詩云荷戈與綴、正義以爲三家詩、呂記引董氏曰、崔靈恩集注亦作綴、所謂綴者、大約以一木爲表、綴一物於上以爲識、故曰綴、長發爲下國綴旒是也、祋字从殳、殳之爲殳、其本義也、許氏以其从示聲、故又有高縣羊皮一義、縣羊皮者、蓋卽用殳懸之、以爲揭示、是亦立表之意、是祋與綴皆爲表識之義、三家詩有借綴爲祋者、而鄭氏注禮、卽用以證綴之爲表耳、實則其器爲殳、其名爲祋、其義爲綴、非祋與綴有二物也、釋文、祋都外反、與下芾字叶、一音都律反者、與掇輟音近、二字亦从叕音也、芾亦作紱、韍與叕之古音亦叶也、○彼其之子、三百赤芾、經文兩彼字、正相對照、傳於彼其之子云、彼彼曹朝也、則上彼字專指候人言、一則奔走道涂、一則委蛇朝宁、或遠或近、彼此相形、語意自分明、言三百者、極道其濫耳、是詩已傳播於諸侯、晉文公數乘軒者三百人、蓋因此詩也、采菽赤芾在股、箋・冕服謂之芾、芾本作市、說文、市・韠也、上古衣蔽前而已、市以象之、芾亦、作韍、玉藻一命縕紱、注・韍之言亦蔽也、亦从糸作紱、莊子在宥於是乎股無紱、釋文引或云紱蔽膝也、亦叚借芾、文選注引毛詩赤芾在股、又朱芾斯皇、周易乾鑿度、赤芾天子賜大夫之服、蓋惟列國之卿大夫命于天子者始服赤芾、故玉藻言再命三命皆赤芾、今赤芾多至三百、則皆曹伯私命之矣、傳一命以下皆玉藻文、縕・赤黃之間色、所謂韎也、珩佩玉之珩、詳鄭風、黑謂之黝、青謂之蔥、周禮公侯伯之卿三命、其大夫再命、其士一命、子男之卿再命、其大夫一命、其士不命、曹爲伯甸、其一命爲士、再命爲大夫、三命爲卿、縕芾卽韎韐、爲士之服、赤芾爲卿與大夫之服、經言赤芾、則縕芾乃類及之耳、韠常名也、尊之則稱芾、赤芾金舄、會同也、赤芾在股、來朝也、朱芾斯皇、軍行也、芾之用非專祭服、鄭注玉藻云、玄冕爵弁服之韠尊祭服異其名耳者、以玉藻上文擧祭服、故以祭服言之、非以芾爲祭服專稱也、

維鵜在梁。不濡其翼。 鵜・洿澤也、梁・水中之梁、鵜在梁、可謂不濡其翼乎、 **彼其之子。不稱其服。** ○鵜徒低反、稱尺證反、洿音烏、延文本、傳之梁下、在梁下、並有也字、

箋曰、興也、不濡不稱、語意相應、傳云、鵜在梁可謂不濡其翼乎、意與不稱其服戾、不濡者實不濡也、不稱者實不稱也、鵜者喞水竭汙澤、然後得魚、其勢亦至、今在梁之上、而竊人之魚以食、未嘗濡濕其翼、猶之子無功而竊祿也、鵜爲貪鳥、楚辭九思云、鵜集兮帷幄、章句言小人在尊位、亦以鵜喩小人也、

此鳥黑色高脚、爾雅郭注・今之鵜鶘也、好羣飛、沈水食魚、故名洿澤、俗呼之爲淘河、陸疏云、鵜水鳥、形如鶚而極大、喙長尺餘、直而廣、口中正赤、頷下胡大如數升囊、若小澤中有魚、便群共抒水滿其胡而棄之、令水竭盡、魚在陸地、乃共食之、故曰淘河、淮南子齊俗篇、鵜胡飲水、數斗而不足、莊子曰、魚不畏網、而畏鵜鶘、淘河卽鵜鶘聲之轉、傳云梁水中之梁、卽邶谷風傳所謂魚梁也、

維鵜在梁。不濡其咮。 咮・喙也、 **彼其之子。不遂其媾。** 媾・厚也、○咮陟救反、媾古豆反、喙虛穢反、

箋曰、咮、說文・鳥口也、咮亦作噣、鵜性沈水食魚、則濡其咮翼宜矣、今在梁上、非特不濡其翼、又且不濡其咮矣、說文、媾・重婚也、毛云媾厚者、疊韻爲訓、重婚媾者情必深厚、故媾爲厚也、晉語韋注、媾厚於其寵也、夫君之所寵・君之所厚也、厚卽榮寵、榮寵本出自君、君假之而彼得之、故曰其厚、言彼其之子、不能遂其榮寵也、不遂猶不終也、箋云遂猶久者、比方爲訓、遂訓成、亦訓申、皆有久意、故曰猶久也、

薈兮蔚兮。南山朝隮。 薈蔚・雲興貌、南山曹南山也、隮・升雲也、 **婉兮孌兮。季女斯飢。** 婉・少貌、孌・好貌、季・人之少子也、女・民之弱者、○薈烏會反、蔚於貴反、隮子兮反、孌力轉反、傳雲字卷子古本無、延文本、傳者下有也字、

箋曰、全章皆比也、木華海賦薈蔚雲霧、正用此詩語、薈蔚指朝隮、婉孌指季女、文義相應也、朱傳於薈蔚取草木鬱盛爲義者、蓋因二字皆從艸、故云然耳、毛以薈蔚爲雲興貌、謂南山朝隮雲如草木蒙茸、與呂覽山雲草莽同其形容、此二句喩小人相援並進、薈蔚雲蒸以作勢也、南山比朝廷、齊風亦然、詩兩言朝隮、蝃蝀之朝隮、承上章蝃蝀言、所謂朝隮、蝃蝀朝隮也、次句卽祟朝其雨、故朝隮之蝃蝀爲將雨之徵、本詩不言雨、空空言朝隮、則朝隮非言虹也、正義曰、隮升釋詁文、是知正義本止作隮升、正義又云、定本及集注皆曰、隮升雲也、是知定本及集注作升雲、集傳亦仍之、〇婉兮孌兮、季女斯飢、言季女婉孌自保、不妄從人而飢困、以比君子不附麗於羣小而憔悴焉、季女小女也、與采蘋有齊季女・車舝思孌季女逝兮之季女同、賢人潛修如處女然、故取爲喩、毛分季女爲二義者、小人柄國病害生民、彊力者猶堪自存、幼弱者必至大困、詩言斯飢、所以獨及季與女也、然非詩之指矣、此詩首尾皆以君子小人對擧、首章先言君子之擯棄、後言小人之柄用、末章先言小人、後言君子、用顚倒文法、二章三章專言小人、首章是賦體、以下三章皆是興、末章又申說首章之意、上二句自三百赤芾來、而末一句反應不濡翼不濡咮、曰婉孌言其美也、曰飢傷其遇也、曰季女飢嘆其守也、惟斯飢、然後見其爲季女、惟季女斯飢、然後愈見其婉孌耳、折中曰、國家之爵祿、原以待君子、非以予小人、一予小人、則爵祿不足以爲勸矣、且小人進則君子必退、小

　人之進者愈多、則君子之退者愈困、朝廷之用舍、盡與草野之好惡相反、則其國可知矣、

候人四章章四句

鳲鳩。刺不壹也。 箋曰、共公作事頗邪、士民不寧、故陳古以風焉、壹字貫通篇、詩之精神也、**在位無君子。** 箋曰、候人序言共公遠君子而近小人焉、此序承之、故云在位無君子、言共公遠君子而近小人、故在曹朝之位者、無有君子、其不言刺共公者、亦以承上序也、篇中曰正是四國、曰胡不萬年、自非人臣所能當、**用心之不壹也。** 箋曰、胡不萬年自後之辭也、故無陳古文、曹國此時陵晉已極、國人思得如古之君子表正國人、庶足維持傾否、亦匪風下泉之思也、朱子以爲、是美非刺、徒以詞而已、蓋詩人風刺之意、每在言外、如芃芃黍苗四句、若非上章有愾我寤歎之語、則極意頌美、何從而知其爲亂極思治之詩、蓋陳古刺今、益有深味、所謂正言之而若反也、

鳲鳩在桑。其子七兮。 興也、鳲鳩·秸鞠也、鳲鳩之養其子、朝從上下、莫從下上、平均如一、**淑人君子。其儀一兮。其儀一兮。心如結兮。** 言執義一、則用心固也、○鳲音尸、秸居八反、鞠居六反、延文本、傳其下有七字、朝作旦、莫作暮、傳義作儀、

箋曰、鳲鳩古字、但作尸、作鳲者今字也、列女傳引詩亦作尸鳩、與荀子勸學篇同、作鳲鳩此後人用今字改之耳、鳲鳩布穀也、詳召南鵲巢篇、李樗曰、上下之說無所據、說者但謂、鳲鳩之於子、使之各得其養、無使偏而已、不必以爲朝從上而下、暮從下而上也、李說是也、昭十七年左傳、鳲鳩氏司空也、杜注、鳲鳩平均、故爲司空平水土、說苑反質篇、引傳曰、尸鳩之所以養七子者一心也、君子之所以理萬物者一儀也、以一儀理萬物、天心也、列女傳慈母篇、引首章而曰、言心之均一也、鳲鳩以一心養七子、君子以一儀養萬物、一心可以事百君、百心不可以事一君、此之謂也、曹植責躬應詔詩序曰、七子均養者、鳲鳩之仁也、後漢書鮑宣傳言、陛下上爲皇天子、下爲黎庶父母、爲天牧養元元、視之當如一、合尸鳩之詩、其說皆與劉向同、○淑人君子、淑善也、凡詩稱君子者、單言已足、淑人與君子竝稱、惟小雅鼓鐘與此篇耳、蓋非實指其人、故連舉淑人君子、以寓其懷念之情、則當定爲思古人之作、而非現在也、其儀一兮、儀、法則也、左氏文六年傳引之表儀、儀與表同義、人之立木爲表曰儀、人之爲民表則亦曰儀、荀子、君者儀也、儀正則景正、故此詩其儀不忒、卽曰正是四國矣、是篇上半二章言脩身、下半二章言治國、而脩身治國、竝以其儀一起之、次章受之、傳云執義一者、肆師注、鄭司農云、古書儀但爲義、今時所謂義爲誼、胡承珙曰、儀之爲義、毛時通用、故不更爲儀字作訓、後漢時則禮義之義、與威儀之儀、截然各異、故鄭於人而無儀則云儀威儀也、於此儀則云儀義也、悉爲分別如此、惟言執義一、則所包者廣、緇衣、子曰、下之事上也、身不正言不信、則義不壹、行無類也、子曰、言有物、而行有格也、是以生則不可奪志、死則不可奪名、其末引詩曰、淑人君子、其儀一也、然則儀一謂執義如一、尤有明證、○其儀一兮心如結兮者、行有規矩、事有準繩、一德不易也、結有聚而不散、固而不解之義、再舉其儀唯重言起下而已、其儀一、心如結、內外兩平、不當論本末前後、集傳別下則字作遞送句法、非也、下章倣此、是詩首章由儀說到心、自外及內也、二章專言服飾、在外言外也、三章言正己以正人、由己及人也、四章言正人者沒世不忘、由今思古也、由今思古、援古正所以刺今、作詩者之指也、

鳲鳩在桑。其子在梅。飛在梅也、**淑人君子。其帶伊絲。其帶伊絲。其弁伊騏。**騏、騏文也、弁、皮弁也、

箋曰安井氏曰、其子雖在他樹、亦必養之均一、以喩仁君不以跡遠・不殊其恩、此說得之、梅當爲梅杏之梅、以下在棘在榛類之、知皆小樹、不得爲梅柟也、○其帶伊絲、此言衣服之一也、蓋用心一、則正其衣冠者、自有常度、都人士序・古者長民、衣服不貳、則民德歸壹、觀於蜉蝣、則當時衣服無常、可槩見已、帶在下體上、故與弁對言、其帶伊絲謂大帶也、玉藻說大帶之制云、天子素帶朱裏、終辟、諸侯素帶、終辟、大夫素帶、辟垂、士練帶、率下辟、是大夫以上大帶用素絲、故言絲也、注、辟讀如裨冕之裨、裨謂以繒采飾其側、辟緣之色・君朱綠、大夫玄黃、其辟緣之制・天子諸侯皆終辟、謂竟此帶盡緣之也、大夫

止辟其垂者卽紳也、士辟其垂之末而已、率卽綷、音律、謂緶緝也、此篇重在末句、故先言帶、其弁伊騏者、君子全體、只心如結兮盡之、而心形容不出、故於儀一上見之、而儀又形容不盡、又於其帶其弁上見之、弁制大于冠、古冠止撮髮、弁下覆額、黃以周曰、弁服有三、弁之制前後無旒、會有玉璂、天子五釆玉十有二、諸侯皆三釆、而玉璂亦眂命數焉、其一曰爵弁服、以韎韋爲之、故又謂之韋弁、韋其質也、爵其色也、其服玄衣纁裳、緇帶韎韐、赤舃、天子諸侯大夫以爲兵服、大夫亦以之禮聘賓、士亦以之祭于公、次二曰皮弁服、以白鹿皮爲之、制如爵弁、其服素衣素裳素帶素韠白舃、天子以之視朝、諸侯以之聽朔、卿大夫以之朝月朔、以之聘鄰國、而鄰國來聘又以之贊相、以之還玉、士亦以之釋菜、次三曰冠衣服、冠弁卽委貌、爲諸侯之朝服、凡弁冕皆有固弁之笄、有笄者紘、玄冠無笄、無笄者纓、纓屬於武、冠弁者、冠而如弁、亦設笄施紘、與玄冠別、故晉語有折委笄之文也、其服緇衣素裳緇帶素韠白舃、天子以之燕羣臣、養國老、亦以之田、諸侯以爲朝服、大夫士亦以之相會同宗廟之事、特牲少牢二禮、主人皆朝服而冠玄冠、是士大夫服朝服以祭于己者・不必用冠弁、而諸侯日視朝、君臣同服、未有不冠弁者矣、故冠弁服爲諸侯之朝服、論語云、緇衣羔裘、玉藻云、羔裘豹飾、緇衣以裼之、此謂大夫服朝服之裼衣也冠弁服之下・又有玄端、玄端、非諸侯之朝服也、故司服于冠弁服之外、又稱齊服之玄端焉、玄端玄冠、不用冠弁、故玉藻言天子玄端而居、玄冠朱組纓、諸侯之齊服玄端、亦玄冠丹組纓、冠而施纓、知無笄也、冠而無笄、知非冠弁也、冠弁卽殷之章甫、豈有衣玄端而冠章甫者乎、凡衣之

毛詩會箋

有襦裳者皆曰端、本爲冕服朝服之通稱、故冕服曰端冕、朝服曰端委、折言之則衣之端袂屬幅不侈袤者、謂之玄端、玄端非朝服也、故論語端章甫、端謂朝服、非玄端也、玄端、玄衣玄裳、而亦有朱裳素裳黃裳雜裳者焉、其韠、君朱、大夫素、士爵韋、大夫士私朝、朝玄端、夕深衣、其在公朝、大夫朝夕皆朝服、士朝朝服、夕玄端、是玄端與冠弁服有不得混者矣、玉藻・諸侯皮弁聽朔、朝服視朝、則朝服又次於皮弁矣、特牲・筮日服玄端、及祭而服朝服、則玄端又次於朝服矣、首服冕爲上、弁次之、冠爲下、冕服絲衣、冠服麻衣、爵弁皮弁次於冕、其衣仍用絲、冠弁近於冠、其衣則用麻、凡上衣用絲・中衣用帛、上衣用麻・中衣用布、故曰以帛裏布非禮也、黃說頗詳、金鶚說出小雅賓之初筵、宜參看、騏、傳・騏文也、鄭箋・騏當作璂、以玉爲之、釋文・騏音其、綦文也、說文作璂、云弁飾也、往往置玉也、或亦作堪、周官弁師會五采玉璂、鄭君引詩其弁伊綦、而此箋云騏當爲璂者、彼注云璂讀爲薄借綦、綦、結也、皮弁之縫中、每貫結五采玉十二以爲飾、謂之綦、引詩其弁伊綦、蓋本韓詩、以綦爲結、此箋云璂以玉爲之、卽以璂爲所飾之玉、其說與說文同、鄭於詩以璂破騏、於周禮以綦破璂、綦璂璂三字義相通、騏則假借字耳、綦之從絲、堪璂之從玉、以絲貫玉故也、此詩弁騏當從說文作璂爲正、璂從玉綦聲、則以絲結玉義亦幷包矣、皮弁以白鹿皮爲之、禮書曰、皮弁存毛、順物性而制之、文質具焉、韋弁去毛、違物性而又染之、文而已、此詩朱傳既主皮弁、則必非染皮爲蒼黑色者、而云騏馬之青黑色者、弁之色亦如此、誤矣、或曰、說文、騏青驪文如博棊也、列子說符篇釋文・引六博經云、博法用棊十二、故法六白六黑、是古者博亦用綦、馬文靑驪交錯、有似博綦、說文又曰、璂弁飾也、往往置玉也、繫傳云、綴玉於武冠、若綦子之布列也、是則馬文如博綦者謂之騏、弁飾如博綦者謂之璂、其義正同、古人以星羅綦布竝言、說文繫傳言弁飾如綦、正與會弁如星義合、或許君所見毛傳作綦文、因有博綦之說、但鄭君箋詩所見毛傳自作騏文、故易爲璂耳、

鳲鳩在桑。其子在棘。淑人君子。其儀不忒。忒・疑也、**其儀不忒。正是四國。**正・長也、○忒他得反、

箋曰、其儀不忒、其儀施及卒章、忒・爽也、不忒乃一也、女也不爽、士貳其行、言不爽之爲一也、君子喜怒當理、措置得中、其儀總無差忒、故人之不正者、歸於正也、四國猶然、況吾國乎、傳、忒疑也者、緇衣云、子曰、爲上可望而知也、爲下可述而志也、則君不疑於其臣、而臣不惑於其君矣、尹吉曰、惟尹躬及湯、咸有壹德、詩曰、淑人君子、其儀不忒、鄭注云、君臣皆有壹德、不貳則無疑惑也、傳以不忒爲不疑、與禮記釋詩正同、不疑猶壹也、○正是四國、言若有一德之君子、回在朝侈靡之習、革在野奇衺之風、國勢必振、遂足以正四方之國、而今不能正其國、舉古之至盛、以駁今之至衰耳、正是四國不重感化、只重我足以正四國也、傳、正・長也、閩本明監本長作是、是也、傳訓正爲是、謂是正之、呂覽先己篇・昔者先聖王成其身而天下成、治其身而天下治、故善響

者不於響於聲、善影者不於影於形、爲天下者、不於天下於身、詩曰云云、正是四國言正諸身也荀子富國篇・人皆亂、我獨治、人皆危、我獨安、人皆失喪之、我獨按起而治之、故仁人之用國、非特將持其有而已也、又將兼人、詩曰云云、據此引詩、皆謂正身以正國、與毛傳訓正爲是義同、

鳲鳩在桑。其子在榛。淑人君子。正是國人。正是國人。

胡不萬年。

箋曰、第一句第三句、通篇皆一而不變、蓋尊一德也、釋文、榛・木名也、字林、木叢生也、說文、榛木也、一曰菆也、菆卽叢字之或體、木名者簡兮山有榛、傳、榛・木名、是也、木叢生者、卽說文、一曰菆也、淮南原道隱于榛薄之中、注、藂木曰榛、文選魏都賦注・引服虔榛木叢生也、至于果實如小栗者說文作亲、从木辛聲、左傳曰、女摯不過亲栗、定之方中樹之榛栗、曲禮婦人之摯椇榛脯脩棗栗、周禮籩人、其實棗栗桃乾䕩榛實、字本作亲、亦作榛者叚借、此詩上言在棘、則在榛宜訓叢木、不得讀爲亲栗之亲、青蠅曰樊曰棘曰榛、傳云、榛所以爲藩也、○正是國人、將言與誦之存於國人、故重而言正是國人也、然先四國後國人、非詩之例、須玩四國在末句、國人在第四句、在末句者意盡矣、在中間者意未盡也、故四國與萬年對、非與國人對、而四字、萬字、都自一字、算出來、是詩人之巧思、○胡不萬年、此言國人至于今誦其一德不已也、與小雅遐不眉壽・所指不同、周語釋詩曰、萬年也者、令聞不忘之謂也、古之君

子、一德正國人、莫不欣戴、相傳稱詠其美、死而不朽、盛德之事也、故以是終焉、

鳲鳩四章章六句

下泉。思治也。 箋曰、匪風思周道、下泉思明王賢伯、亂極故也、**曹人** 箋曰、詩有周有邰、故曰曹人、**疾共公侵刻下民。** 箋曰、因苞稂蕭蓍皆困於水、延文本、刻作尌、卷子古本刻下有其字、**不得其所。憂而思明王賢伯也。** 箋曰、共公卽位在魯僖八年、是時齊桓始覇、挾天子以令諸侯、于洮、于葵丘、于鹹、于牡丘、于淮、共公幾盟會無不至、自晉文公入國、脩觀狀之怨、侵曹入曹執曹伯取濟西田、終共公之世、不得儕於盟會者、晉爲之也、左傳、曹伯之豎侯獳曰、齊桓公爲會封異姓、今君爲會滅同姓、是曹人明明言晉文之不如齊桓矣、此詩與候人、先後皆刺共公而作、候人刺招致晉禍之所由、下泉乃疾其旣遭晉亂、而不能脩德以進於自治、疾共公幷以惡晉侯、故疾其侵刻、而因念周之賢伯也、胡承珙曰、辨說謂、曹無他事可考、序因候人而遂以爲共公、然此天下之大勢、非共公之罪、此非通論也、共公寵任小人、羣邪用事、則其侵刻下民、勢所必至、獻狀之討、固由自取、然晉人執其君分其田、以其私憾、敗國殄民、虐亦甚矣、詩人憂之、而思明王賢伯者、所謂嫠不恤其緯、而憂宗周之隕、何得云天下大勢、非曹共之罪邪、呂記曰、匪風下泉思周道之

詩、獨作於檜曹何也、曰政出天子、則強不陵弱、各得其所、政出諸侯、則徵發之煩、供億之困、侵伐之暴、惟小國偏受其害、所以睠懷宗周爲獨切也、戰國房喜謂韓王曰、大國惡有天子、而小國利之、以此二詩驗之益明矣、

冽彼下泉。浸彼苞稂。興也、冽・寒貌、下泉・泉下流也、苞・本也、稂・童粱、非溉草、得水而病也、**愾我寤嘆。念彼周京。**○冽音列、稂音郎、愾苦愛反、唐石經冽作洌、下同、延文本、貌下粱下並有也字、病也作病矣、

箋曰、比也、寒水浸田、而禾穀爲稂、以比民憔悴於虐政焉、大東詩有冽沈泉、傳、冽・寒意也、冽字从仌、仌卽冰字、文選嘯賦・冽飄眇而清昶、注引字林冽寒貌、又高唐賦注引字林冽寒風也、據此則冽爲寒、爲寒意、引之爲寒風、凡訓寒者皆當从仌、正義引七月詩二之日凓冽云、字从氷、是遇寒之意、則正義原作冽、說文別有洌字从水、云水清也、引易井洌寒泉食、而不引詩、蓋以詩皆作冽、無作洌者、唐石經作洌、誤也、下泉謂泉穴在山阪高處涌出・而墜下者也、唯其始涌、所以寒冽、爾雅、沃泉縣出、縣出・下出也、此詩下泉卽彼沃泉、自上澆下曰沃、說文、澆・沃也、故沃泉亦泉自上下滴之義、夫泉以潤物、然寒冽則不適於用、徒以浸田、而禾穀爲稂也、釋文浸作𣸣、云本又作浸、說文・𣸣正字、俗从省作浸、此詩重三浸字、稂與蕭蓍、不過就眼前之物隨意拈取以協韻也、下泉曰冽、則不如陰雨之膏、苞稂曰浸、則異於黍苗之芃、兩相比照、其義自明、物叢生曰苞、爲艸木通稱、說文引書艸木蕲苞、是也、傳訓苞爲本

者、易稱繫於苞桑、謂桑本也、凡草木之類、其本根一而數莖叢生者謂之苞、桑也根也蕭也蓍也皆然、由其一本則謂之本、由其數莖則謂之叢生、唐風鴇羽篇・苞栩苞桑苞棘三苞字意同、稂說文作蓈、云、禾粟之采生而不成者謂之蕫蓈、陸疏亦曰、禾秀爲穗而不成、崱嶷然謂之童粱、今人謂之宿田翁、或謂守田也、邵晉涵曰、稂爲穀之有稃而無米者、南方農諺謂之扁子、禾不能成實則爲稂、豐年則無之、大田所以言不稂也、稂雖無米、亦稍有米皮、今南方用以飼鶩、又以飼馬、魯語所謂馬餼不過稂莠也、至於下泉之詩、則舉童粱之得水而病、以見嘉禾之不殖、竝及蕭蓍、以見庶草之盡、卒章言黍苗之盛・陰雨之膏・嘉穀自無稂莠、此詩人追思盛治、所由寤歎而不能忘也、安井氏曰、凡穀物尤忌冷水、稻本漑草、冷水漑之、其實必少、況陸種乎、故經以浸彼苞稂、喩共公侵刻下民、而傳以童粱釋之、言下泉所浸皆爲童粱、非謂下泉獨漑童粱而不漑禾也、箋疏旣誤會傳意、後儒又據郭璞稂莠類之言、以童粱爲稂一名、稂莠類、別是一草、非粱不實者、因疑稂害苗之草、鉏而去之、唯恐不盡、而詩人反憂其見傷何也、其護傳者則曰、三農失業、石田荒草、直有根無禾、皆非經傳之意也、○愾我寤歎、念彼周京、鄭云、愾・嘆息之意、祭義・出戶而聽、愾然必有聞乎其嘆息之聲、說文、愾・大息也、楚辭九歎注引作慨、玉篇心部、慨・太息也、愾字訓同、是慨愾音近義通、寤・覺也、寤歎者・一寤卽歎也、唯寐忘之之辭、大東曰、有洌氿泉、無浸穫薪、契契寤嘆、哀我憚人、則念彼周京、亦周道如砥・瞻言出涕之意、周京・天子所居也、詳大雅公劉大明二篇、下章京師亦同、冽彼下泉。浸彼苞蕭。蕭·蒿也、愾我寤嘆。念彼京周。

箋曰、蓼蕭傳亦云、蕭·蒿也、義疏云、今人所謂萩蒿也、京周猶周京也、一則曰念彼周京、再則曰念彼京周、三則曰念彼京師、其望之也深矣、

冽彼下泉。浸彼苞蓍。蓍·艸也、愾我寤嘆。念彼京師。○蓍音尸、

箋曰、傳蓍草也者、草名蓍也、說文、蓍·蒿屬、圖經·蓍生作叢、條直、秋後有花出於枝端、紅紫色、陸疏云、蓍似藾蕭、青色科生、中井氏曰、以蓍之爲筮用也、漢儒作荒唐之說以神之、故後人不求之目前山野、而必探窮僻之產也、是以往往不得焉、夫筮以求數而已、古用竹筯、故筮字從竹、後來用蓍草、取其便也、乃得大小齊同五十莖者、其用已足矣、豈求神於枯草哉、蓍邦名萩木、世俗謬以榛萩等字充之、或曰胡枝花、或曰天竺花、皆未詳當否、秋發紫花、或白花、○京師猶京周也、

芃芃黍苗。芃芃·美貌、陰雨膏之。四國有王。郇伯勞之。郇伯·郇侯也、諸侯有事、二伯述職、○芃薄工反、郇音荀、勞力報反、延文本、傳職下有也字、

箋曰、興也、小雅黍苗傳云、芃芃·長大貌、黍·嘉穀而芃芃、以喩民之壯旺、是苞根之反矣、民生既厚、而郇伯又勞來之、如芃芃黍苗、而陰雨又膏之、陰雨·天

陰而有雨、謂雨澤之厚也、前章三歎、使讀者心悄然矣、讀至卒章、則恍然如春風來而移人意然、膏以嘆不膏、勞以嘆不勞、一誦有餘慨者也、○四國有王、四國四方之國也、有王、二字依舊思周京、唯有內外耳、傳釋有王・云諸侯有事、是四國有王・言四國有勤王之事、凡會盟征伐皆是、而朝聘亦在其中、商頌莫敢不來王、左傳宋公不王、國語荒服者王、此謂朝觀貢獻也、襄十九年左傳云、以蕃王室、王事無曠、則凡勤王之事・所包者廣矣、○郇伯勞之郇同荀、左傳桓九年、荀侯賈伯伐曲沃、此荀爵爲侯之明證、又僖二十四年秦晉之大夫盟于郇、則郇地後入晉、蓋晉滅之以爲荀叔釆、服虔謂、郇國在解縣東、水經注云、今按竹書紀年、秦穆公送重耳、圍令狐桑泉臼衰、至廬柳、退次舍於郇、桑泉臼衰竝在解東南、明不至解、今解故城東北二十四里有故城、在猗氏故城西北、鄉俗名之爲郇城、服說與俗符、是郇在解縣東矣、傳二伯述職者、釋郇伯勞之、馬瑞辰曰、竹書紀年、康王二十四年召康公薨、昭王六年王錫郇伯命、是郇伯實繼召公爲二伯、毛公時竹書未出、以二伯釋郇伯、當別有據、箋以爲州伯、非也、白虎通・三歲一閏、天道小備、五歲再閏、天道大備、故五歲一巡狩、三年二伯出述職、引傳云、周公入爲三公、出爲二伯、中分天下・出黜陟、詩曰、周公東征、四國是皇、言東征述職、周公黜陟、而天下皆正也、又曰、蔽芾甘棠、勿翦勿伐、言召公述職、親說舍于野樹之下也、此以二伯出而黜陟諸侯爲述職、與毛傳諸侯有事二伯述職義合、與孟子諸侯朝於天子曰述職異義、正義乃引孟子以釋毛傳、失之、馬說是也、此詩末章四語、與小雅黍苗略同、彼云召伯、卽召穆公、觀大雅江漢所言、召穆公在宣王時、受九命圭瓚秬鬯之錫、明是繼其祖召康公爲東西大伯、故黍苗序云、卿士不能行召伯之職、以彼證此、彼召伯爲大伯、此郇伯亦當爲大伯矣、王制、分天下以爲二伯、此王朝三公總領于內者、書太保率西方諸侯、西伯也、畢公率東方諸侯、東伯也、八州八伯、是散在列侯就近兼轄者、大雅奄受北國、因以其伯、是也、此郇伯若依箋州伯之說、則一州一牧二伯之佐、祇各治其當州諸侯、郇在河東乃并州域、與兗州之曹遠、並非其管內、何能勞及于曹、而詩以爲言、蓋郇伯爲二伯之一、乃以諸侯入爲卿士、主東諸侯、當周京未移之前、而曹嘗被其勞來安定者也、據僖二十四年左傳富辰言、郇叔當是文王少子、則康昭之際、以懿親宿望・繼起保釐、情事自覺有合、至其後嗣則漸疏遠、觀入春秋不久、而并于晉、是其先已漸衰、西周之季、必不能爲伯矣、至旄丘序言責衛伯、箋亦釋爲州伯、彼則事已入春秋時、固久無大伯、卽衛之州伯亦是襲前、而非特命、但黎侯既就近而寓于衛、自宜轉告、所責者爲寓在州伯之國、而置若罔聞耳、蓋州伯非不與于諸侯之事、特有臨制在上、非可自專、故必不合于思賢王之下逮及之、此宜從毛爲大伯、固非衛伯所可例矣、

下泉四章章四句

曹國四篇十五章六十八句

毛詩卷第七

毛詩卷第八

竹添光鴻會箋

豳七月詁訓傳第十五　毛詩國風

箋曰、豳者戎狄之地名也、后稷之曾孫公劉自邰而出所徙焉、漢時屬右扶風栒邑、今豳城在陝西邠州三水縣西、豳之字爲邠、唐開元因改古文而改也、胡承珙曰、漢書地理志曰、昔后稷封邰、公劉處豳、大王徙郊、文王作酆、武王治鎬、其民有先王遺風、好稼穡、務本業、故豳詩言農桑衣食之本甚備、案此因言周秦風俗、而連類及之、非以七月一篇兼有文武時事、孔叢子引孔子曰、於七月見豳公之所以造周也、此實周公上述豳俗、以明農桑爲王業之本、與大雅公劉、尙書無逸同義、而其後創制周禮、遂以播之篇章、專官守之、若非追陳豳俗、何以名之爲豳、若非周公所作、又何以鴟鴞以下六篇皆周公之詩、而附於其後邪、又曰、歐陽本義謂、齊魯韓詩無七月、案齊魯詩・宋時久亡、卽韓詩在宋儒已有見、有不見者、故歐公謂祗存外傳、則何由知三家之無七月、此不過傳聞謬說、未檢釋文初學記太平御覽諸書所引韓詩・明明有七月耳、明人豐坊僞爲魯詩世學、妄改七月名邠風、而不知昭四年左傳云、七月之卒章藏冰之道也、篇名顯然、此眞所謂眯目而道黑白者矣、馬瑞辰曰、譜以公劉爲棄之曾孫、此誤也、國語及史記載祭公謀父諫穆王、皆曰、昔我先王世后稷、謂先王世爲后稷之官、非謂棄也、史記周本紀曰、后稷之興、在陶唐虞夏之際、皆有令德、后稷卒、子不窋立、按云皆有令德者、以不窋以前繼棄爲后稷者不一人、故以皆有令德·統之也、不曰棄卒、而曰后稷卒者、謂最後爲后稷之官者卒也、又史記劉敬對高帝曰、周之先自后稷堯封之部、積德累善十有餘世、公劉避桀居豳、是亦謂自棄至公劉、中歷十餘世矣、不窋爲后稷子、蓋爲最後官后稷者之子、非爲棄之子、鄭君誤以不窋爲棄之子、故以公劉爲棄之曾孫耳、國語言不窋失官竄於戎狄之間、今慶陽府安化縣有不窋城、城東三里有不窋冢、毛大可謂、公劉遷豳、應自不窋城遷、不應自部遷、今按、毛說非也、史記匈奴傳曰、夏道衰而公劉失其稷官、是知不窋失官以後、至子鞠時、必嘗復其稷官、復居於部、至公劉時、又遭夏桀之亂、復失其官、乃自部遷豳耳、以公劉詩陟渭爲亂考之、水經·渭水又東過武功縣北、酈道元注、渭水又東逕斄縣故城南、舊部城也、是部在渭旁、非自部遷、無由陟渭取材也、又公劉詩傳曰、公劉居於部、而遭夏人亂、迫逐公劉、乃避中國之難、遂平西戎而遷其民、邑於豳焉、按部今武功縣、豳今邠州、豳在部北百餘里、不窋城又在豳北二百餘里、使公劉自不窋城遷、是自外而遷於內、非所以避中國之難也、戴震又謂、部之封·自公劉始復、與史記言公劉失官、毛傳言公劉避難皆不合、部之復·蓋在公劉以前耳、譜又曰、公以夏后太康時、失其官守、按劉敬言公劉避桀居豳、是也、自后稷棄至公劉中有十餘世、則知失官不在太康時矣、史記匈奴傳·夏道衰而公劉失其稷官、又言其後三百有餘歲、戎狄攻大王亶父、按亶父當殷武乙時、去夏桀正三百餘歲、是公劉與桀同時之證、韋昭國語注謂、不窋失官在太康時、亦非、太康至桀二百六十餘年、公劉爲不窋孫、不能相距如此其遠、戴震據史記言孔甲淫亂、夏后德衰・諸侯畔之、謂不窋失官・當在孔甲時、蓋近之矣、馬又曰、豳風周公述祖德之詩也、太史因述周人頌公之詩、以附其後、意主於美周公、不得以爲變風也、以詩序證之、序云、王道衰、禮義廢、政教失、國異政、家殊俗、而變風變雅作矣、豳豈作於王道衰、政教失之時乎、或以豳詩作於周公遭亂之時、故爲變風、然常棣之詩亦爲閔管蔡作、胡不以爲變雅也、顧棟高曰、蓋豳詩不在采風之內、周世原無豳國、破斧四詩皆爲周公而作、列之周南既不可、而周公時尚未封魯、又不得爲魯風、因七月專言豳事、而豳爲王業始基、因取詩之言周公者、類附之豳、見周之王業所由盛者由周公也、而漢儒因列于十二國之後、遂妄指爲變風、豈不誤哉、昔程元問于文中子曰、豳之爲變風何也、曰、君臣相疑、能無變乎、使成王終疑公、則風遂變矣、變而克正、惟周公能之、此拘于漢儒之成說、而爲是言以文之也、豳風與無逸並稱、周公陳之以備矇工之誦、此蓋雅頌之遺、而其體則爲風、破斧四詩特以類附耳、○周禮春官籥章・掌土鼓豳籥、又言中春晝擊土鼓、龡豳詩以逆暑、中秋夜迎寒亦如之、凡國祈年于田祖、則龡豳雅擊土鼓、以樂田畯、國祭蜡則龡豳頌擊土鼓、以息老物、豳雅豳頌之名、始見於此、後鄭注以七月詩當之、其箋詩卽自用其說、而朱傳非之、以爲風中不得有雅頌、又一詩之中首尾相應、劉其一節而用之、恐無此理、於是備列三說、陳啓源一一取而駮之曰、一說謂、豳自有雅頌、今皆亡失、夫豳爲侯國、安得有雅頌、信有之則詩有三雅四頌矣、季札觀樂時、詩未删未火也、何不幷歌之乎、一說謂、七月全篇、隨事而變其音節、可爲風、可爲雅、可爲頌、夫風雅頌者詩之大名、非樂調之名、豈因音節而變乎、果爾則孰風孰雅孰頌、必待奏樂而後分、國史編詩、不得分以六義矣。一說謂、楚茨諸篇爲豳雅、噫嘻諸篇爲豳頌、今按、楚茨專言廟祭、信南山有皇祖祖考之文、甫田有社有方、大田亦曰來方禋祀、何嘗專樂田祖哉、至思文爲配天、臣工爲遣諸侯于廟之詩、又其詩明言維莫之春、噫嘻爲春夏祈穀、載芟良耜爲春祈秋報、皆與祭蜡息老物之文不合、惟豐年可通于蜡、然在周頌無文以證其爲豳、然則之三說者、于義皆未安矣、馬瑞辰曰、諸詩未有一篇之內、備有風雅頌者、而鄭君獨謂、七月一詩兼備三體、先儒嘗駁之矣、謹案、籥章以掌籥爲專司、故首言豳籥、先鄭謂、豳籥豳國之地竹、其說非也、禮記明堂位、土鼓葦籥伊耆氏之樂也、葢籥後世始用竹、伊耆氏止以葦爲之、豳籥卽葦籥也、郊特牲正義謂、伊耆卽神農、籥章祈年於田祖、鄭注、田祖始教耕者、神農也、又言祭蜡據史記小司馬補三皇紀、神農始作蜡、與郊特牲伊耆氏始爲蜡合、是伊耆卽神農之證、祈年所以祭神農、祭蜡亦行神農之禮、故仍其舊樂、祭以土鼓葦籥、籥章旣言土鼓、則知豳籥卽葦籥、不曰葦而曰豳、蓋豳人習之、因曰豳籥、猶商人識之謂之商、齊人識之謂之齊也、籥章專主吹籥、則統下豳詩豳雅豳頌三者、皆吹以豳籥也、古者風雅頌皆可吹以籥、籥章以豳籥吹豳詩及雅頌、故首以豳籥冠之耳、觀言逆寒暑吹豳詩、足證惟迎寒暑•方以豳籥吹豳詩、外此則不吹豳詩、豳詩指七月之詩、籥章特言豳詩以別之、將以明乎豳雅豳頌之不爲七月詩也、祈年吹豳雅、祭蜡吹豳頌、蓋祈年用雅、以豳籥吹之、因曰豳雅、祭蜡用頌、以豳籥吹之、因曰豳頌、總之觀籥章言祭田祖、言祭蜡、言土鼓、則知豳籥卽葦籥矣、觀籥章首言豳籥、而後言吹豳詩吹豳雅吹豳頌、則知三者皆吹以豳籥、而雅頌所以稱豳在是矣、觀迎寒暑吹豳詩、則知豳雅豳頌之不用豳詩、正不必强分七月一詩以備三體矣、馬說是也、皇國伶官所傳觱栗、以葦作之、蓋古葦籥之遺制也、

七月。陳王業也。 箋曰、不言周公、序之例也、 **周公遭變。** 箋曰、遭管蔡流言之變、舉兵而東征也、辯說引董氏曰、考七月詩、則陳后稷公劉所以治其國者、方風諭以成其德、故是未居東也、然左傳吳公子札之稱豳曰、美哉蕩乎、樂而不淫、其周公之東乎、其云樂而不淫、當指是篇居多、而復言其周公之東、則是篇之爲遭變作可信也、 **故陳后稷先公** 箋曰、后稷、大祖也、豳公亦纘祖業者、故云然、 **風化之所由。** 箋曰、所相承而漸廣也、 **致王業之艱難也。** 箋曰、致・馴致也、周公身遠成王、故陳是詩戒之、成王方有疑於周公、而顧爲是諄諄、此周公忠愛之誠也、朱傳以豳風之名、公所自題、蓋据周禮籥章以爲說、實則是詩本名七月、不名豳風也、古人詩多取篇首二字爲名、卽公所題鴟鴞亦然、左傳七月之卒章藏冰之道、其明證也、

七月流火。九月授衣。火、大火也、流、下也、九月霜始降、婦功成、可以授冬衣矣、一之日觱發。二之日栗烈。無衣無褐。何以卒歲。一之日、十之餘也、一之日周正月也、觱發、風寒也、二之日、殷正月也、栗烈、寒氣也、三之日于耜。四之日舉趾。同我婦子。饁彼南畝。田畯至喜。三之日、夏正月也、豳土晚寒、于耜、始脩耒耜也、四之日、周四月也、民無不舉足而耕矣、饁、饋也、田畯、田大夫也、○觱音必、耜音似、饁焱輒反、畯音俊、延文本、傳周下殷下夏下並有之字、風寒作寒風、

箋曰、首章總通篇大意以舉之、先衣後食、謀衣處止計其終、從反面寫出、謀食處專計其始、從正面寫出、蓋男耕女織、須一時並進、不得謀此事舍彼事也、又須先時經營、不得到此時纔謀此事也、通篇只重一豫字、○七月斗建申之月、夏之七月也、後凡言月者放此、火、心星也、心與房連、體獨明大、舉目易曉、故古人用以紀候而布令也、凡星每晝夜隨天左旋、至正南爲最高、猶日當午正爲最高也、故未中以前、漸升而上、既中以後、漸流而下、季夏昏火中、故孟秋之月初昏已過中、但見其西流耳、舉七月流火、蓋暑退寒來之初也、待寒而始求衣則晚矣、故寒事在冬、而衣褐之事始于秋、待秋而後求食則晚矣、故稽事在秋、而于耜舉趾之勞始于春、皆所謂早計也、夏小正五月初昏大火中、合於堯典日永星火、以正仲夏、此虞夏時厤也、此詩七月流火、

則火星之中在六月、合於左傳火中寒暑乃退・及月令季夏昏心中、此周秦時厤也、恒星東行約七十餘年而差一度、二千一百餘年而差一次、所謂歲差也、七月爲周公追述之詩、故卽以周時星象言之、郝懿行曰、火者古讀如喜、左氏襄卅年傳、或叫於宋大廟、曰譆譆出出、鳥鳴於亳社、如曰譆譆、譆譆卽火火之聲也、七月流火與九月授衣韵、是皆火讀如喜之證、又讀如燬、說文燬火互訓、明其聲同、七月流火與八月萑葦韵、是皆火讀如毁之證、二讀實一聲之轉也、今音又轉爲呼果切、故汝墳釋文引郭璞燬又音貨、是今音矣○九月授衣者、周官典婦功・掌婦式之法、以授嬪婦及內人女功之事齎、典絲・頒絲於外內功、皆以物授之、典枲・以待時頒功而授齎、凡言授者・皆授使爲之也、此詩授衣・亦授冬衣使爲之、蓋九月婦功成、絲麻之事已畢、始可爲衣、非謂九月冬衣已成・遂以授人也、衣食恒先言衣者、富貴之衣、可隨時製、農人一歲之衣無多、率于秋冬成之、衣既具而後春得專力于食、故以授衣首○一之日觱發、二之日栗烈、俞樾曰、七月篇或言日或言月、王介甫因有陽生言日陰生言月之說、殊近穿鑿、蓋前人徒以陰陽爲言、而未推其紀數之異也、一之日、二之日、三之日、四之日、以周正紀數也、四月五月六月七月八月九月十月、以夏正紀數也、公劉徙豳、當有夏中葉、則其俗必循用夏正、周公作詩陳后稷先公風化之所由、故卽本豳人之俗以立言、篇名七月、其曰七月流火九月授衣、皆夏正也、至夏正之十一月、在周爲正月、周公在周言周、故變其文曰一之日、以周正紀數、而又不與豳俗之用夏正者混而無別、正古人立言之善也、既曰一之日、遂繼之曰二之日、便於文也、既曰一之日、二之日、則夏正之正月二月、不得謂之一月二月、故從周正數之曰三之日四之日、自是爲蠶月、蠶月者夏之三月、以周正數之則五之日也、不言五之日者、以篇中有五月也、不言三月者、以篇中有三之日也、因取物候之有定者紀之而曰蠶月、不特屬詞之密、且正朔無定、而物候有定、則七月一篇所紀日月、皆定於此矣、安井氏曰、傳云夏正月殷正月周正月者、先舉三正、因以明周兼用夏正也、必明之者、此詩全用夏正、恐後人惑之也、堯典記舜攝位曰、正月上日、受終于文祖、鄭玄云、堯正建丑、舜正建子、此時未改堯正、故云正月上日、卽位乃改堯正、故云月正元日、然則武王伐紂、卽改殷正、不待周公制作禮樂也、周雖以十一月爲正、祭祀田獵之屬、凡以時舉行者、及表示民事、則皆用夏正、案周禮、其用周正者、月而不時、冢宰職正月之吉始和之屬、是也、用夏正者、時而不月、小宰職正歲帥治官之屬、及大司職春蒐夏苗秋獮冬狩、媒氏仲春之月、令會男女之無夫家者之類、是也、故隱元年經書元年春王正月、而左氏釋之曰春王周正月、王爲周王、則王正月爲周正可知矣、而傳必釋之者、傳中舉夏正者、不一而足、故加一周字、而斷之曰、春秋所書之月皆周正、非夏正也、以明傳所書、或用夏正、其示後人、可謂深切著明矣、周公作此詩之時、周既改正朔矣、故以一之日紀周正、傳知其意所在、故以三正及周四月解之、或因此詩、謂周人改月不易時、則春秋四時十二月、皆非夏正、是又何說也、觱發、說文仌部引作滭泼、云、風寒也、觱本羌人吹角、卽觱栗矣、寒風觸物聲相似、若觱頭吹觱栗是也、毛詩字多假借、卽借吹角之觱爲之、觱當讀爲滭、觱之通滭、猶采菽詩觱沸檻泉、說文作畢沸、司馬相如賦作滭沸、釋文云、發如字、詩中如匪風之發兮、四月之飄風發發、皆以發爲風、是也、栗烈下泉大東正義俱引七月作凓冽、董氏引崔恩集注作栗冽、云烈从火、不得爲寒氣、然釋文云、栗烈竝如字、四月箋又云、烈烈猶栗烈也、則毛本未必非如字、蓋作凓冽者正字、作栗烈者假借字也、論語使民戰栗、漢書楊惲傳不寒而栗、注、栗·竦縮也、列有破裂之意、內則·衣裳綻裂、釋文·本或作列、管子五輔大袂列、注·列裂同、荀子哀公·兩驂列兩服入廐、注·列與裂同、凓从栗、寒使人戰栗、冽从列、寒刺人肌膚使凍裂也、十一月待風而寒、故觱發爲寒風、十二月不風而寒、故栗烈爲寒氣也、○無衣無褐、何以卒歲、王夫之曰、許愼說、褐·麤布衣也、蓋枲之精者爲布、枲之麤者爲褐、許子衣褐、賤者之服麤也、織毛之毼从毛、麤布之褐从衣、音同字異、而義自別、古無今之草綿、非五十不衣帛、庶人之服、精者枲布、麤者枲褐也、集傳謂一之日于貉一章、爲終無褐之意、既於褐毼不分、且毼乃羊毛所織、而狐狸止任爲裘、盡古今通夷夏、未聞以狐狸之毛爲毼者、而裘褐不同·尤其易辨者、馬瑞辰曰、褐有三訓、一爲毛布、製如馬衣、孟子許子衣褐、趙注以毳織之、若今馬衣者也、玉篇、褐·馬背衵衣也、桂馥曰、衵衣者馬背覆衣無袖、如人之衵是也、一爲枲衣、孟子趙注·或曰、褐·枲衣也、蓋取未績之麻·編爲衣、與草雨衣相類、漢書貨殖傳、裋褐不完、顏注亦爲編枲衣、一爲粗布衣、說文、褐一曰粗衣、孟子趙注、褐·一曰粗布衣也、荀子大略篇豎褐不完、楊倞注、豎褐·童豎之褐、亦稱裋褐、史記秦始皇本紀·夫寒者利裋褐、玉篇、褐·袍也、袍·長襦也、顏注貢禹傳曰、裋褐謂僮豎所著布長襦也、顏注急就篇曰、短衣曰襦、自郄以上、釋名、袍、丈夫箸下至跗者也、襦蓋若今襖之短者、袍若今襖之長者、裋褐布長襦、卽袍也、故玉篇訓褐爲袍、蓋以粗布爲之、其形如褐、因稱裋褐也、孟子許子衣褐、以其不自織布證之、當从毛布之訓、此詩無衣無褐、以史記寒者利裋褐推之、當从粗布衣之訓、謂以粗布爲裋褐禦寒也、○何以卒歲、歲以夏正言之、豳人見火星之流、室家相告曰、寒將來、衣褐不具、不可以卒歲焉、翁嫗婦子皆守豳公之敎、而寒衣刀尺自七月豫之也、○三之日于耜、于語詞、考工記耜廣五寸、謂耒耑之金廣五寸也、二耜爲耦、一耦之伐、廣尺深尺、月令、季冬命農計耦耕事、脩耒耜、具田器、耒以木爲之、釋文、耜、耒下耓也、耒、耜上句木也、耒耜可偏舉、故周頌有略其耜、畟畟良耜、以起土者言之、祭義天子諸侯躬秉耒、以手所執柄言之、毛傳豳土晚寒者、謂晚而猶寒也、鄭於三章之鳴鵙、四章之其同、竝述傳此語、謬解爲至晚始寒、故其荅張逸、以爲晚寒亦晚溫、與傳意別矣、孫謂晚而猶寒、釋晚寒不誤、然謂寒來亦早、則于經文無徵、毛亦不言、正義據九月肅霜、以明寒來不早、是矣、蓋寒來無異于中土、而去則較晚、惟其來無異、故毛不必言其早晚也、惟其去較晚而耕晚、故毛必言晚寒于此也、安井氏曰、陳啓源駁箋疏晚寒之說、是也、其并非毛傳則失之、管子云、冬至後七十五日、首種入地、首種謂稷、雖節有早晚、冬至後七十五日、當在正月末二月初、經云黍稷種陸、則豳地亦宜稷、凡耕種之法、先耕而後種、若豳地非晚寒、而孟春始修耜、則其惰農事亦甚、田畯何喜、而周公亦何咏之以爲王業之基哉、陳又云、地氣溫寒之異、分南北、不分東西、咸陽豳鎬總在二三百里內耳、溫寒尤不應相異、是特知寒溫有南北之異、而不知有山川向背・人烟稀稠之殊、凡地勢南川北山溫、反之則寒、人烟稀少則寒、稠密則溫、相距二三十里、物候便不同、況於二三百里乎、豳地在梁山之北、而處山谷之間、又有涇渭二川・皇過二澗、必非溫鄉、安井說是也、但既非溫鄉、則爲多寒、寒來亦宜早、而不然者蓋寒溫之遞更、亦由于八風、觀東風之解凍、可類推其餘矣、豳之正西、與近北處、皆有極高之山障之、正西與西北之風難驟至、此始寒所以又同于中土、而異于北方也、且寒來雖不異、而去則晚、計之寒已多于中土、但竟曰多寒、則又無以異于朔漠、故不言多寒而言晚寒、措詞極其審慎、正義於鄭箋寒氣晚至之說、以月令校之有六事、然如倉庚之鳴・草木之落・非一鳴而輒止・一落而遽盡、紀其始則早、詠其繼則遲、何必盡同、季秋入室・乃言出令之初、未必限於本月、嘗稻嘗麻・乃屬天子之制、豈必同於農夫、季冬取冰・即是二之日鑿冰、藏之或遲一月、且月令亦未明言藏於何月也、正義又以穫稻晚於中國・爲寒氣晚至、然四章又言八月其穫、自是穀種不同、非由於寒來晚也、○四之日舉趾、四之日・四月之日也、周四月夏二月也、一之日爲周正月、則四之日爲周四月矣、趾古文作止、詳周南麟之趾、耕以足推、故舉止也、○同我婦子者、翁嫗之言也、與五章嗟我婦子相爲起結、饁彼南畝者、壯者皆在田、故老者率婦子而餉之也、說文、饁・餉田也、周人謂餉曰饟、餉・饋也、饁餉饟饋四字同義、僖三十三年左傳・臼季見冀缺耨・其妻饁之、此婦饋也、孟子滕文公篇有童子以黍肉餉、此子饋也、南畝詳信南山篇、○田畯至喜者、田畯見而喜之、著衆人之力田也、爾雅、畯・農夫也、爾雅之農夫則謂農官耳、畯不言田、省文也、農不言大夫、亦省文也、毛傳田畯田大夫也、田大夫卽農大夫、周語云命農大夫咸戒農川、韋昭注、農大夫田畯也、古人文字不拘、故有稱農大夫者、周語是也、有稱農夫者、爾雅是也、亦有稱農正者、周語云、農正再之、韋昭注、農正后稷之佐、田畯也、亦有單稱農者、郊特牲云饗農、鄭注、農田畯也、亦單稱田、月令云、命田舍東郊、鄭注、田謂田畯、主農之官、又淮南子四月官田、是也、然則田畯卽農官、故詩七月正義引孫炎曰、農夫田官也、俞樾曰、周禮無田畯、未知其爲何官、雖有田大夫之名、必非大夫也、其官本名田畯、而流俗稱之則曰田大夫、漢書高祖紀、蕭何爲主吏主進、令諸大夫曰、進不滿千錢、坐之堂下、師古曰、大夫客之貴者總稱耳、可知大夫有朝廷爵命之大夫、有流俗推重之大夫、高祖是時不過一亭長、而儼然在諸大夫之列、何疑田畯之稱大夫乎、周禮朝大夫、每國上士二人、下士四人、注云、此王之士也、使主都家之國治、而命之朝大夫云、然則田大夫亦若是而已、正義引鄭注周禮載師注爲說、按彼注云、公邑謂六遂餘地、天子使大夫治之、自此以外皆然、二百里三百里其大夫如州長、四百里五百里其大夫如縣正、並未云於田農之時、特命之主其田農之事、不得卽以此大夫爲田畯也、

七月流火。九月授衣。春日載陽。有鳴倉庚。女執懿筐。遵彼微行。爰求柔桑。倉庚、離黃也、懿筐、深筐也、微行、牆下徑也、五畝之宅、樹之以桑、春日遲

遲。采蘩祁祁。女心傷悲。殆及公子同歸。遲遲・舒緩也、蘩・白蒿也、所以生蠶、祁祁・衆多也、傷悲・感事苦也、春女悲、秋士悲、感其物化也、殆・始、及・與也、豳公子躬率其民同時出、同時歸也、○祁巨之反、殆音待、延文本、傳白作皤、蠶下有也字、

箋曰、二章言女子蠶桑、女功以禦寒爲要、故二章三章亦以七月流火起、與四章五章言男功者相變、主意所在、自第三句始、○春日載陽、有鳴倉庚、載始也、載見載見辟王、傳、載・始也、陽・陽氣也、釋名、陽・揚也、氣在外發揚也、莊子齊物論、莫使復陽也、釋文陽猶生也、春日陽氣初用事、故云春日載陽、鄭箋、陽・溫也、溫而倉庚又鳴、可蠶之候也、溫暖是陽字中之一義、博物志、蠶陽物也、喜燥惡溼、養蠶在三月、生蠶在二月、夏小正二月有鳴倉庚、與此詩有鳴倉庚合、二月采蘩、亦與此詩采蘩祁祁合、則詩兩言春日、皆指二月無疑、倉庚卽葛覃黃鳥是也、又謂之黃鶯者、桑扈傳、鶯然有文章也、黃鶯頸端細毛雜色、體毛黃而翅及尾黑色相間、文彩離陸、故又名黃栗留、栗留卽離陸、文章貌也、安井氏曰、倉・蒼通、其鳥小於黃雀、而色雜蒼黃、故又名離黃、至春載鳴、巧囀可喜、與黃鳥啄粟者別、○女執懿筐、小爾雅及楚辭王逸注竝曰、懿・深也、懿筐蓋對頃筐言之、頃筐淺而易盈、則懿筐深而難滿矣、遵彼微行者、行・道也、遵・循也、微行・小徑、桑間道也、桑穊遍植之處、地相逼則徑自隘、勢相錯則蹊自曲也、桑必畦種布行、齊民要術云、率十步一樹、行欲小掎角、不

用正相當、務本新書謂之桑隔、書有桑土、詩有桑田、明非專樹牆下、孟子特
言其無棄地耳、爰求柔桑者、柔桑、始生之桑、求者桑芽猶穉故也、此三句想
見女子性情、旁求博擇、惟恐不廣、惟恐不好之意、○春日遲遲、采蘩祁祁、遲
遲・長也、遲遲字着在桑女上、便覺冷妙、若以言農夫則無味矣、再言春日者、
蓋求桑之女、蠶之未出者則采蘩沃之、前後兩番紅女、各乘春光和煦之時、
不得不倶以春日引起、如無春日遲遲一語、似女既求桑更求蘩矣、此正見
前日既勤、後日更衆、通國無一女之不蠶、徐光啓曰、蠶之未出者、鬻蘩沃之
則易出、今養蠶者皆然、故傳云所以生蠶、朱子謂、蠶生未齊、未可食桑、故以
蘩啖之、蓋未嘗目覩此事、以意解之耳、○女心傷悲、猶云惻然動念也、殆及
公子同歸、殆訓危、引伸之凡將然之詞皆曰殆、傳以公子爲公之子、歸爲由
田野而歸、鄭箋悲則始有與公子同歸之志欲嫁焉、以公子爲女公子、歸爲
于歸、箋説是矣、諸侯之子、男女通稱公子、桓三年左傳・公子則下卿送之、昭
三年傳・公孫蠆以其女更公子而嫁公子、莊元年公羊傳、説築王姬之館云、
於群公子之舍則以卑矣、昭三十一年顔淫九公子於宮中、注云、女公子也、
豳公之女公子・及民之女子、有及時將嫁者、詩託此爲之辭曰、殆及公子同
歸、言將與公之子同時而嫁也、於言外見上下相視如一家矣、夫采蘩與公
子同歸何涉、詩人之言、離合斷續・不可思議、言治葛而忽及歸寧父母、言蠶
桑而忽及公子同歸、于不相涉處映帶生情、後來作者於體物叙事之詩、到
結句處、往往題外生意以爲警策、蓋祖述於此、毛公言春女悲、秋士悲、蓋觸
事成感、以之興懷、人情自爾、後人春閨秋興詩、是其類也、或以爲春女思男、

何其媟慢、或以爲悲遠離父母、又何其板腐、若云女子將嫁、故及時蠶桑、以爲奩具、則同癡人說夢矣、

七月流火。八月萑葦。薍爲萑、葭爲葦、豫畜萑葦、可以爲曲也、**蠶月條桑。取彼斧斨。以伐遠揚。猗彼女桑。**斨、方銎也、遠、枝遠也、揚、條揚也、角而束之曰猗、女桑、荑桑也、

七月鳴鵙。八月載績。載玄載黃。我朱孔陽。爲公子裳。鵙、伯勞也、載績、絲事畢而麻事起矣、玄、黑而有赤也、朱、深纁也、陽、明也、祭服玄衣纁裳、○萑、戶官反、斨七羊反、猗於綺反、鵙工役反、薍五患反、銎曲容反、荑徒兮反、延文本、傳曲作笛、

箋曰、三章言女子蠶績也、○八月萑葦、說文、萑、薍也、从艸萑聲、今經典或相承省艸作萑、與益母之萑溷、碩人篇、菼、薍也、大車篇、菼、萑之初生者也、蒹葭篇、蒹、薕也、皆萑也、騶虞碩人、蒹葭篇皆云葭蘆也、皆葦也、是菼薍蒹薕爲未成之萑、葭蘆爲未成之葦、夏小正七月秀萑葦、傳云未秀則不爲萑葦、秀然後爲萑葦、故先言秀、然則萑葦春生苗、至秋乃成也、月令、季春具曲植筥筐、鄭注、曲、薄也、植、槌也、方言、宋魏陳楚江淮之間謂之苗、自關而西謂之薄、宋魏陳楚江淮之間謂之植、自關而西謂之槌、郭注、槌、縣蠶薄柱也、曲苗古今字、萑葦爲曲、如今蘆蓆、可以棲蠶也、豫畜之以供來春養蠶、○蠶月條桑、蠶

月是季春之一名，以蠶功方殷命月也。月令，季春后妃躬桑，省婦使以勸蠶事，可證。章中言七月八月蠶月，皆是逐年如此，作去歲看亦可，作今歲明歲看亦可，不必拘拘分疏。蠶月條桑與四月秀葽文義一律，禹貢厥草惟繇，厥木惟條，此條字義與彼同，條桑言桑葉茂盛也。采桑之事，尚在下文，若此句已言斬條於地，就而采之，則下又云取彼斧斨以伐遠揚，於文複矣。且斬條於地而采之，亦不得但謂之條桑，箋義非也。○取彼斧斨者，隋銎曰斧，方銎曰斨，銎，斧孔也，即斧斤受柄處，隋孔形狹而長也，斨亦斧也，唯銎孔方耳。以伐遠揚，傳云枝遠者，謂長枝去人遠也，云條揚者，謂長條揚起者。○猗彼女桑，董氏引齊詩，猗作掎，云蕩掎而束也。毛傳云角而束之，則毛亦讀猗爲掎，引桑而取其葉，不斬其枝也。小弁伐木掎矣，彼傳云，伐木者掎其巔，說文，掎，偏引也。廣雅，捔，掎也，角與捔同。漢書息夫躬傳，躬掎祿曰，顏注，掎，從後引之也。後漢書馬融傳注，掎，偏引一足也。掎訓引，訓偏引，訓從後引之，蕩一手曳其枝下垂，以一手采其葉也，曳其枝下垂，勢必偏引，故曰掎也。女桑不高，故可以手曳引之。爾雅郭注，今俗呼桑樹小而條長者爲女桑樹，前云柔桑指葉之小者，此云女桑，指樹之小者，桑之小者爲女桑，牆之低者爲女牆，其義一也。傳云荑桑者，荑與薙音義同，謂芟荑復生者，桑樹芟荑彌茂，女桑每歲經芟荑者也。趙佑曰，凡養樹皆利斫條，於桑尤爲先務，農語云，鋤頭自有三寸澤，斧頭自有一倍桑，士農必用云，樹桑惟在稀科時斫，使其條葉豐腴早發，條可科去者有四，瀝水條，刺身條，駢指條，冗脞條，元人農桑輯要，備錄爲科斫之法，又有栽條等法，今南俗養桑，于秋冬剪去長冗橫枝，取短畱直，亦有全髡存榦如拳者、春生條葉肥澤、樹長嫩旺、其樹栽高數尺、柔荑掩映取便女手、是謂女桑矣、此法本出秦中、亦名剝桑、並見輯要、自蠶桑利移、而西北徙多野桑老樹矣。○七月鳴鵙、前章有二春日、是章亦再以七月起、鵙郎春秋傳之伯趙司至者也、夏小正作伯鷯、趙注孟子作博勞、皆以音近而變、其又名鵙、以其聲鵙鵙然也、伯趙司至、故小正月令五月書之、然鵙鳴盛于秋、是詩主其盛鳴而促人言之、非記其始鳴、蓋麻事之候也、但本草不著形狀、不能定爲今之何鳥、物產之古有而今無者固不少、正難求之於目驗也、逸周書芒種又五日鵙始鳴、及呂覽淮南等注皆云、五月夏至後、鵙應陰而鳴、與左傳伯趙司至悉合、總之月令諸書言五月者、紀其始鳴、詩則但言其鳴、爲將寒之候、以起下文載績、故以七月八月連言之、蔡邕所云、鵙應時而鳴・是爲陰候、楚辭恐鵜鴂之先鳴兮、使百草爲之不芳、是也、蓋伯勞以夏至鳴、冬至去、五月以後皆其鳴時也、鵙字當作鶪、作鴂者字之借、作鵙者字之譌耳、王肅以古五字如七、經文七月乃五月之誤、然趙注孟子引詩亦作七月、未必經文果誤、王引之曰、是詩紀月之例、或次第相因、七月流火、八月萑葦、四月秀葽、五月鳴蜩之類、是也、或相距一月、七月流火九月授衣、八月其穫十月隕蘀之類是也、其有相距不止一月者、則必轉韵以別之、如七月流火與八月萑葦韵也、而下句蠶月條桑、則與取彼斧斨爲韻、四月秀葽與五月鳴蜩韻也、而下句八月其穫則與十月隕蘀爲韵、蓋八月之去蠶月、五月之去八月、中間甚遠、故必轉韵、此七月一篇之例也、若作五月鳴鵙、則與八月載績相距兩月、文甫二句、而義已參差、韵復無別、於例爲不倫矣、肅說非是、〇八月載績、絲曰紡、麻曰績、績・緝也、絲所成曰帛、麻所成曰布、〇載玄載黃、我朱孔陽、言蠶績所成、皆染之也、玄黃泛語彩染之事、而包衆色也、非止二色、說文、絑・純赤也、纁・淺絳也、傳云深纁卽是純赤、絑今通作朱、毛以陽爲明、謂朱色光明也、黃以周曰、小戴月令篇曰、季夏之月、命婦官染采、黼黻文章必以法故、無或差貸、黑黃蒼赤莫不質良、毋敢詐僞、法故者・法之古者也、古染法有一染縓、再染赬、三染纁、五入緅、七入緇之敍、差貸者紊其法故之敍者也、質良者染之循法故、質實而良善者也、詐僞者質良之反、謂染之越次而成、或以草木之色代石染也、凡染絲帛必先以練、練絲帛之法、詳于㡆氏、一曰、以欄灰渥之、二曰、以蜃粉塗之、三曰、淸其灰揮其粉、而以水沃之、晝暴諸日、夜宿諸井、七日七夜而練成、染絲帛之法、爾雅有一染再染三染之文、鍾氏有三入五入七入之文、然祇詳其名色之別、不著其用物之異、染采之法、竊嘗攷之、凡絲帛、一入用草染、再入用木染、三入用石染、絲帛至三入爲色之小成、由是而再以草染木染石染更入之、至七入爲色之大成、縓者帛之一染用草、與韎之一入同、爾雅曰、一染謂之縓、毛傳亦曰一入曰韎、知其爲一染一入者、以其用茅蒐也、紅亦帛之一入者、鄭注論語曰、紅・草染、是一入用草染之證也、赬者帛之再染用木、說文作䞓云、赤色也、䞓、棠棗之汁、是二入用木染之證也、纁者帛之三染用石、鍾氏染羽三入曰纁、以朱湛丹秫、朱・石也、俗作硃、鄭注染人、引以證染帛、且云、纁石染、是三入用石染之證也、染赬者二入皆用木染、纁者三入皆用石、此所謂物之質良者也、爾雅曰、一染謂之縓、再染謂之赬、三染謂之纁、明纁三入以前、可以草木迭染也、若二入皆草染、而謂之赬、三入皆草木染、而謂之纁、此所謂物之詐僞者也、纁三入爲色之小成、由是更入赤汁、爲大赤之朱、鄭注士冠禮曰、三染謂之纁、朱其四入與其名曰朱、其染用石可知也、若以三入纁更入黑汁如前法一染、亦用草曰紫、故鄭注論語曰、紫・草染、明其爲纁之一入也、二染用木曰紺緅、并纁計之爲五入、故鍾氏曰、五入曰緅、說文緅作纔、云帛雀頭色、一曰、微赤色如紺、紺緅色不相遠、故鄭注論語曰、紺緅木染、明其爲纁之再入也、三入用石曰玄、并纁計之爲六入、六入爲色之大成、而其染亦用石、與纁同、鄭注染人曰、玄纁石染、染至玄纁、其草木石諸色俱齊、此所謂物之質良者也、玄必以纁爲質、其數六入、若有越次而入、不以纁爲質者、此所謂物之詐僞者也、七入曰緇、仍用石、與染朱同、周人染玄、以纁爲質、并纁計之爲七入、周人染朱、以黃爲質、并黃計之、亦七入也、何以知之、鄭注玉藻緼韍曰、緼、赤黃之間色、縓爲帛之一入、而說文曰、緅、帛赤黃色、緅緼皆一入赤汁而有黃色者、其以黃爲質可知也、黃之三入爲纁、其色仍赤而微黃、與纁之三入爲玄、其色仍黑而有赤相等、故纁與玄相對、亦謂之赤、乾鑿度曰、天子朱芾、諸侯赤芾、鄭箋云、芾者天子純朱、諸侯黃朱、則黃朱卽赤也、赤色又兼黃、則周人染朱、以黃爲質、愈可知也、鄭注序官曰、染草・藍蒨象斗之屬、說文曰、藍、染青草也、郭注爾雅曰、葝鼠尾、可以染皁、蒤虎杖可以染赤、茹蘆茅蒐・今之蒨也、可以染絳、攫烏階可以染皁、藐茈草可以染紫、此草染之說也、先鄭注大司徒其植物宜皁物、曰、皁物柞栗之屬、說文曰、栩其實皁梂黃、木可染者、經棠棗之汁、此木染之說也、說文曰、丹、巴越之赤石也、鄭注染人、以鍾氏朱湛丹秫爲染纁術、山海經曰、女牀山其陰多涅石、郭注曰、礬石也、楚人名涅石、秦人名羽涅、韻會曰、一名羽澤、有青白黃黑絳五種、此石染之說也、凡物、染草最多、其色亦最輕、染石最少、其色亦最珍、色之得青赤黃白黑之正者、皆石染也、其間色以草木染、曰綠紅碧紫騮黃、然鄭注玉藻、以緇纁爲赤黃之間色、竊以爲緇爲草染之一入、信間色也、若纁已三入、爲色之小成、不得以爲間色、凡禮服衣裳、皆用正色、玉藻、衣正色、裳間色、以燕居之服言、詩刺妾上僭、夫人失位曰、綠衣黃裳、謂黃宜爲衣、綠宜爲裳、此衣正裳間之說也、若謂間色于正服無所施、此乃王肅之陋說、藻之以綠、韍之以緇、經有明文矣、或謂紺緅亦以間色而不用、此又近人之誤說、爵弁之以緅、鄭注亦明言之、陳恭甫劉楚楨又謂、紺緅非間色、是仍囿于間色不用之見、而强爲之辭也、夫間色之有輕重、在於一入再入之分、紅爲纁之一入、而不能復爲白、其色白多而赤少、又不能自成其爲赤、紫爲纁之一入、而不能復爲朱、其色赤多而黑少、又不能自成其爲黑、綠與緇亦然、此等間色、止可施諸小物、而不可以爲衣、故綠用諸藻、緇用諸韍、紅紫不以爲褻服也、若紺緅爲黑汁之再入者、雖曰間色、而固自成其色矣、凡飾盛于衣、曰紅紫不以爲褻服、其不以爲飾也可知矣、曰不以紺緅飾、其可以爲衣也亦可知矣、凡冠盛于衣、爵弁且用緅、則衣用紺緅、亦未見其不可也、知紺緅可爲衣、而祭服必以纁玄三入之色爲裳衣、乃愈見其可貴焉、○爲公子裳、此就我朱一句而言、朱色殊美、我將獻公子、言民心親上也、古者女子不殊衣裳、而內司服王后夫人無裘服、故惟二章公子爲女、而三四章則否、不曰爲公之裳、而曰公子者、見君必夫人世婦蠶繅所出、以爲祭服、乃三代不易之法、是章女桑以上屬蠶、鳴鵙以下屬績、載玄載黃三句、合蠶與績言之、爲公子裳、蠶績已染、不自愛而以奉公子、君民至此眞如父子家人矣、爲公子裘、獻豜于公、亦此義也、

四月秀葽。五月鳴蜩。八月其穫。十月隕蘀。 不榮而實曰秀、葽・葽艸也、蜩・螗也、穫・禾可穫也、隕・墜、蘀・落也、

一之日于貉。取彼狐貍。爲公子裘。 于貉謂取、狐貍・皮也、狐貉之厚以居、孟冬天子始裘、

二之日其同。載纘武功。言私其豵。獻豜于公。 纘・繼也、功・事也、豕一歲曰豵、三歲曰豜、大獸公之、小獸私之、○葽於遙反、蜩徒彫反、穫戶郭反、隕延文本作殞、傳同、蘀音託、貉戶各反、貍力之反、豵子公反、豜古牽反、延文本、傳墜下有也字、

箋曰、四章言男子稼穡狩獵之事、○四月、麥秋也、稱月自四月始、是章始言男功、故首提四月、而五月、而六月、而九月、而二之日、是起句之叙也、凡物爲穗曰秀、故茅吐穗曰秀、然則葽是生穗之草耳、秀字原象禾實下垂、吐華非本訓也、不榮而實曰秀、榮而實者亦可通名曰秀、如黍稷言方華、亦言實秀、荼有華如野菊、而月令言苦菜秀、皆是也、爾雅華榮秀英四字、分別異名、所謂對文則別、散文則通者耳、鄭箋以夏小正之四月王萯秀當之、疏已爲疑

辭、穆天子傳、珠澤之藪、爰有萑葦莞蒲茅蓍兼葽、蓍與葽竝列、則王蓍非葽可知、宋曹粹中則據釋草葽繞注今遠志、斷以爲卽其物然、遠志以葽繞二字名、不單名葽也、其味固苦、而非卽苦葽、馮復京亦謂、遠志以三月開花、不以四月、又廣雅、葽・莠也、程瑤田辨之曰、莠秀於六月、非秀於四月、葽非莠明矣、葽未審何草、闕疑爲是、○五月鳴蜩、蕩詩如蜩如螗、毛云、蜩・蟬也、螗・蝘也、方言、蟬・楚謂之蜩、陳鄭之間謂之蜋蜩、宋衞之間謂之螗蜩、是蟬可名蜩、蜩亦可名螗、蕩傳以對文則別、此以散文通稱、陶隱居曰、蟬類甚多、鳴蜩嘒嘒者、形大而黑、五月便鳴、四五月鳴而小、紫青色者蟪蛄也、九十月鳴・聲凄急者寒螿也、七八月鳴而色青者蛁蟟、龜井氏曰、蓋秀葽鳴蜩、南訛之時、而農夫所候以趨事也、鳴蜩嘒嘒、農事既忙、六七月不必言、以八月其穫受之、猶前章流火受以授衣、萑葦鳴鵙受以載績、其爲農候必矣、舊說槩爲將寒之候、夫當四月將暑之時、不用心於南訛、而徒感將秋之理、不近人情、又濶於民務矣、據夏小正、鳴蜩自五月至七月、此省六七月、其意吻合、○八月其穫者、志穫之初也、隕蘀亦然、大東傳、穫・刈也、稻有早中晩、八月收穫以至十月穫稻而畢、此農夫所以候秀葽鳴蜩而忙急時事也、○十月隕蘀者、至于十月、則草木亦落葉、是狩獵之候也、說文、草木皮葉落陊地爲蘀、是蘀實爲落葉之稱、鶴鳴傳云、尙有樹檀、而下其蘀、是明以蘀爲乾葉、鄭風蘀兮傳、蘀・槁也、彼槁謂槁葉、猶此落謂落木、毛語簡質、無庸更加木葉字、鄭箋於蘀槁也申之云、槁・木葉落也、此訓詁繁簡因時之變、荀子王霸篇議兵篇皆云、若振槁然、振槁卽漢書汲黯傳之振落、然亦但言槁言落、此可以悟毛傳之訓蘀爲落、非零落之落矣、○一之日于貉三句、于貉・爰取貉也、狐狸亦一類之物、取貉則狐狸亦在其中、下文言獻狐狸、則其自私貉可知矣、毛傳于貉二字當讀、謂取二字當句、經不言取、故傳補言取、狐狸二字當讀、皮也二字當句、經狐狸不言皮、故傳補言皮、皆以補爲釋也、且狐狸言皮、明貉之爲皮可知、呂記解貉爲狐狸之居、因强合北狄貉字爲一義、埤雅以于貉爲周禮大司馬職祭表貉之事、解貉爲師祭、皆誤、如上文于耜、下文于茅、皆實有其物、則于貉爲取貉無疑、況傳引狐貉之厚以居、則貉與狐貍爲三物明矣、朱傳誤以爲一物、猶之下章誤以斯螽莎雞蟋蟀爲一物也、說文、貈似狐善睡、引論語作貈、段玉裁曰、貉古作貈、舟聲與貍裘合韻、徐實夫曰、貉頭銳鼻尖、毛黃褐色、其皮溫厚可爲裘、穴處貈伏、夜出捕食、性嗜睡、人或畜之、以竹叩醒已而復寐、今吳俗稱人嗜睡者謂之貉睡、貍口方而身有黃黑文、故楚辭九歌謂之文貍、貉賤而貍貴、故鄉黨狐貉之厚以居、左傳定九年、齊大夫東郭書衣貍製、箋云搏貉以自爲裘、取狐貍以共尊、是也、爲公子裘與前章爲公子裳、事文皆同、而意味自異、蓋爲裘是男子所爲、事又當然、說實事也、爲裳是女子所爲、本非爲公子染朱、及朱孔陽乃願供公子、事非當然、倏起虛想也、○二之日其同、同之言會合也、謂冬田大合衆也、周官惟田與追胥竭作、注謂、竭作者正卒羨卒俱行、故曰其同、下章我稼既同、傳亦訓聚、載纘武功、武功指田獵、凡事涉衣冠俎豆爲文事、涉弓矢戈矛爲武功、一之日是豳民自往取獸、二之日是邠公行田狩之禮、而通國皆行也、纘者謂舊年行之、今年復舉、蒐苗獮三者行之於前、而冬狩復繼之、使民不忘戰也、○言私其豵、獻豣于公、豵小而豣大、周禮大獸公之、小禽私之、不必問其歲、不必問豕鹿麕矣、此與大田雨我公田、遂及我私同、彼先公而後私、此先私而後公者趁韻耳、其急公之心則一也、豣還詩作肩、肩豣同物、齊風折中曰、兵可百年不用、不可一日不備、然聖人又恐養兵而費民之財也、習武而妨民之事也、故纘武功於衣食之間、於子月觱發之時、往而取貉、又取狐貍爲公子裘、而取獸之時、巡伺捕逐禦寇緝奸之法、已習於此矣、於丑月栗烈之日、使丁壯同出合圍羣獲、習爲戰陳、又使私其小者、爲養老之需、獻其大者、以充祭祀賓客及君庖之用、而愛親敬長之道、又習於此矣、蓋聖人於農桑之間敎兵戎、又於兵戎之間敎忠孝、故民從其化而不知、國享其福而不覺也、

五月斯螽動股。六月莎鷄振羽。七月在野。八月在宇。九月在戸。十月蟋蟀入我牀下。斯螽、蚣蝑也、莎鷄、羽成而振訊之、**穹窒熏鼠。塞向墐戸。**穹、窮、窒、塞也、向、北出牖也、墐、塗也、庶人蓽戸、**嗟我婦子。曰爲改歲。入此室處。**○螽音終、莎音沙、窒珍悉反、墐音覲、蚣相容反、蝑相魚反、訊音信、延文本、傳之下有矣字、窮下戸下並有也字、

箋曰、五章言男子力田卒歲之事、以一結之、○斯螽動股、爾雅、蜇螽本亦作蜇、詩作斯同、蜇螽卽斯螽、古斯析同義、陳風斧以斯之、箋云斯析也、是已、蚣

蝑亦爲春黍、蝗類、似蝗蜋、碧綠色、腹下淺赤、體狹長、項稍短而無斧、兩股相切作聲、至周南螽斯、猶鶩斯柳斯之類、斯爲語詞、傳亦以蚣蝑釋之、正義因誤合螽斯斯螽爲一物、是章言候蟲而包人事、是時也農夫豈可以息足乎、○莎雞振羽、傳振訊之者凡經典振訊奮訊、俱迅之叚借、故雄雉箋奮訊其形貌、公羊莊八年注故以振訊士衆言之、釋文竝云、訊本作迅、莎雞振羽、是時也農天豈可以須臾束手乎、莎雞之鳴、鼓翅也、故曰振羽、謂其鳴時也、鳴必以其不飛時、飛則不鳴也、朱傳云、振羽能飛、而以翅鳴也、義未圓、丘光庭云、諸蟲之鳴出于口喙者多矣、有脇鳴者有脰鳴者、有股鳴者、有羽鳴者、脇鳴者蜩蟬也、脛鳴者螻蟈也、股鳴者斯螽也、羽鳴者莎雞也、莎雞之名不一、爾雅釋蟲、螒天雞、郭注一名莎雞、又曰樗雞、釋文、螒字林作螒、蓋別於釋鳥之螒天雞也、釋鳥有螒天雞、郭注、赤羽、莎雞亦赤羽、故同有螒天雞之名、當以頭翅皆赤、俗呼紅娘子者爲是、以其生樗樹上、名爲樗雞、又有生莎草間者、故名莎雞也、○七月在野、自在野至入牀下、皆謂蟋蟀也、在者處而未徙之詞、亦將徙無定之詞、蟋蟀在野盛鳴、農夫豈可以坐臥於家乎、○八月在宇、宇•簷下也、然此對野泛指村里人居而言、非謂我家之簷宇、說文、宇•屋邊也、又云、齊謂之擔、楚謂之梠、又云、霤•屋水流也、釋名云、霤•流也、水從屋上流下也、霤亦爲溜、左傳曰、三進及溜、霤卽屋梠之溜水處、然則宇也霤也擔也梠也、異名而同實也、蟋蟀避涼就人簷下、是收藏之候、禾之先熟者可以收、可以剝棗斷壺、虞畜藏物、○九月在戶、戶謂民家外門也、隻扇故稱戶、論語孰能出不由戶、是也、避肅霜而入戶內、可以築塲圃、畢三務焉、○十月蟋蟀入我牀下、於是納禾稼滌場、而始休于家也、先言在野在宇在戶、而後以蟋蟀句總承之、是倒裝句法、前章其穫句爲人事、是章全不言人事、詠候蟲以形容之、蟋蟀爾雅謂之蛬、方言謂之蜻蛚・亦曰虹蠑・廣雅謂之促織、今所在有之、身灰黑色、軀短以夏生、秋始鳴、好鬭、勝輒振翼矜鳴、是與莎雞同以翼鳴、而實異族也、詳唐風、朱傳謂斯螽莎雞蟋蟀一物、隨時變化而異其名、然斯螽莎雞蟋蟀之當爲三物、卽以經文核之已明、一曰動股、一曰振羽、豈有一蟲而先以股鳴、繼以翼鳴者、卽謂隨時變化、則斯螽一月而變爲莎雞、莎雞一月而變爲蟋蟀、蟋蟀又何以歷八月九月十月而不變邪、凡蟲之變化、皆蠶蟲化羽蟲者、無羽蟲更相變化之理矣、蟋蟀文連十月、語勢之變化順逆如此、若云五月斯螽動股、六月莎雞振羽、七月蟋蟀在野、八月在宇、九月在戶、十月入我牀下、則直序無情、不待能文者而已知其不佳矣、藝文類聚文選注・並引蔡邕月令章句云、蟋蟀蟲名、斯螽莎雞之類、特以三蟲爲一類耳、禮記正義乃謂、蔡邕以蟋蟀爲斯蟲、誤矣、集傳又謂、覘蟋蟀之依人則知寒之將至矣、不知蟋蟀等亦假來紀時候、且取作事之規則也、非因此知寒也、○穹窒熏鼠、以下男子之內事、合三冬而詠之、與前章男子之外事、分一之日二之日而詠之、相顧眄成辭、穹窒與熏鼠及下塞向墐戶、四者相對成文、古穹與空同、韗人爲皋陶、穹者三之一、鄭司農云、穹讀爲志無空邪之空、呂覽伊尹生于穹桑、字或作空、文選西都賦注、陸機苦寒行詩注、引小雅皎皎白駒在彼穹谷、是穹空通、又節南山詩不宜空我師、傳訓空爲窮、說文、穹・窮也、是毛傳空窮之訓、亦以空爲穹之假借、穹・窮也、窮・治也、盡也、穹通作焭、廣雅㷮與糞寫竝訓爲盡、又曰、糞寫・除也、是穹謂除治之盡也、廣雅、窒・塞滿也、是知穹窒傳訓窮塞者、謂除治其室之滿塞也、周官翦氏掌除蠹物、以莽草熏之、正此詩熏鼠之事、赤犮氏掌除牆屋、凡隙屋除其貍蟲、注、貍蟲䗪肌蛷之屬、卽此詩穹窒之事、葢貍蟲隱於牆隙、易於窒塞、故必除之務盡、正義乃謂、穹塞其室之孔穴、失傳旨矣、穹窒與熏鼠爲二事、東山詩箋云、穹窒鼠穴也、亦誤合二者爲一、○塞向墐戶、向・牖也、明堂位注、鄉・牖屬、士虞記注、鄉・牖一名也、鄉者向之假借字、牖不必北方、但寒而塞者、多是北方、故傳曰北牖、但不當而硬解向字作北出牖耳、儒行注、蓽門・荊竹織門也、襄十年左傳注、蓽門柴門、則蓽戶當以柴竹爲戶、以其通風故泥之、是房室之戶、與上文在戶之戶不同、此只言物候及塞塗之事、便覺寒氣逼人、並未用一正筆寫寒、若用一正筆則犯觱發栗烈二語也、○嗟我婦子、嗟者憫憐之辭、又爲翁嫗之言、以應首章我婦子、此數語作悲苦氣息、以見前此有事場圃、未遑安處、歲晚功成、言念辛勤、故不覺相爲勞慰、而言外正傳出稼穡艱難來、曰爲改歲者、曰、語詞、漢書食貨志作聿、聿曰並訓爲辭、古多通用、故三家詩多以聿爲曰也、爲如字爲是、改歲卽指建寅之月、卒章朋酒羔羊在十二月、亦受十月滌場句、非以建子月爲改歲也、舊說以十月爲改歲、正與首章怫、此時歲猶未改、語其婦子曰、歲將改矣、可以入而安處此室也、葢塞塗旣畢而自慰之辭、非從前野居、而至此方入室也、季本曰、自公田爲廬舍起於穀梁、而諸儒遂以在野在邑、各分二畝半、以合孟子五畝之宅、若公田之中、去二十畝、止存八十畝、則制祿之時、又當割別井二十畝以足百畝之數、不惟失先王正疆界之意、而冬則入邑、春則出野、雖近郊之民、猶以搬運爲煩、而況遠郊之外、必使遠棄田疇、徙居國邑、人誰樂之、且孟子言五畝之宅、未嘗以爲廬舍也、信南山之詩曰、中田有廬、蓋其家各就田畔稍高處、苫小茅舍、以爲息勞之所、故曰廬、明非宅、不占公田二畝半而正當其中也、農夫所宅、必是平原可居之處、取於便農功、通饁餉、去田豈宜遠哉、故農夫之宅、與國中之宅迥別、農民之宅、鄕里也、卽制里而導其妻子使養老者也、國中之廛、市廛也、但爲士旅寄寓之所、工商懋遷之區而已、管子曰、四民勿使雜處、聖王處士就間燕、處工就官府、處商就市井、處農就田野、韋昭謂、國都城郭之域、惟士工商而已、此古法之僅存者也、輯說、先王量地以制邑、度地以居民、邑與田相離不遠、邑卽今之村落、論語舉其小者如十室之邑是也、舉其大者如千室之邑是也、五畝之宅、倶在邑中與田相近、故蠶桑饁餉・一時並舉、雞豚狗彘無利不與也、顧廣譽曰、漢志言、冬民既入、婦人同巷、相從夜績、必相從者所以省費燎火、同巧拙而合習俗也、是女工於冬宜增加、以今驗之猶然、豈豳民憂勤之俗・而反不然、詩中不復及者、以上八月載績、原謂績事始於是月、非謂績專在八月、義足包之也、毛氏絲事畢而麻事起、至確、

六月食鬱及薁。七月亨葵及菽。八月剝棗。十月穫稻。爲此春酒。以介眉壽。鬱・棣屬、薁・蘡薁也、剝・擊也、春酒・凍醪也、眉壽・豪眉也、**七月食瓜。**

八月斷壺。九月叔苴。采荼薪樗。食我農夫。壺·瓠也、叔·拾也、苴·麻子也、樗·惡木也。○薁於六反、亨普庚反、剝普卜反、苴七餘反、荼音徒、樗勑書反、棣大計反、蘡於盈反、醪老刀反、延文本、亨作烹、傳屬下有也字、

箋曰、六章言果蓏畜聚及時之事也、既結而又起、以六月爲首者、受前章起句五月也、兩層分說、上言養老、下言食農、宜豐宜儉、而零星點綴凡摘取之方、生熟之節、無一不指點分明、正如家長數家事、一蔬一果·逐事關心也、故愈瑣細、愈見王道潤大、毛傳云鬱棣屬、是以鬱爲唐棣之屬、劉楨毛詩義問云、其樹高五六尺、其實大如李、正赤、食之甜、本草云鬱一名雀李、一名車下李、一名棣、五月時實、言一名棣、則與棣相類、故云棣屬、鬱本棣屬、故陸疏云、唐棣有雀李車下李之名、而廣雅卽以雀梅雀李爲鬱、古人多以鬱與棣竝言、史記司馬相如傳隱夫鬱棣、漢書作薁棣、太平御覽引曹毗魏都賦若櫄郁棣、此所謂棣皆唐棣、薁郁皆鬱之通轉、鬱乃棣之類、一種之中又微有別、故晉宮閣銘云、華林園中、有車下李三百一十四株、薁李一株、此薁李卽鬱、與蘡薁之薁不同、說文、李棣皆在木部、薁蘡薁也、則在艸部、廣雅、燕薁卽蘡薁、蘡燕聲之轉、亦隸釋艸、正義以薁爲樹名、不知蘡薁自是蒲萄之屬、蔓生結子者、非晉宮閣銘所謂薁李也、齊民要術引陸璣詩疏云、嬰薁實大如龍眼、黑色、今車鞅藤實是、又引疏云、藟似燕薁、連蔓生、郭璞上林賦注云、蒲萄似燕蘡、可作酒、是燕薁實藟及蒲萄之屬、宋開寶本草注、燕薁是山蒲萄、亦堪作酒、但山蒲萄實小、與陸疏言燕薁實如龍眼者不合、山蒲萄蓋藟也、此

陸疏所云蘡似燕薁者、非卽燕薁也、燕薁爲車鞅藤、漢以前、中國尚無葡萄、故蘡薁亦爲名果、葡萄種入中國以後、於是別之爲山葡萄、卽野葡萄、品斯下矣、○七月亨葵及菽、趙佑曰、葵古人以爲菜食、烹葵邀上客、則唐人猶尚之、而孔疏不詳其實、爾雅、菺·蚍衃、注、今荆葵也、似葵、紫色、小草、多花少葉、疏、陸璣云、似蕪菁可食、微苦、是也、莃·菟葵、注、頗似葵而小、葉狀如藜、有毛、汋啖之、滑、芹、楚葵、注、今水中芹菜、菺戎葵、注、今蜀葵也、似葵、花如木槿華、又有蔠葵、蔠葵類、然云似葵、而葵之正實卒未詳、蓋以爾雅于草木主釋異名、不著常品故歟、農·桑輯要列葵于瓜菜卷中、備錄齊民要術·種子分畦澆糞剪掐之法、一歲之中、可得三輩、有春葵秋葵冬葵、皆供常食、撰其食法、當不離所謂汋啖之者、而今人罕知食、輯要原注、又載廣雅言邱葵、廣志言胡葵、有紫莖白莖二種、又有所謂鴨脚葵、考廣韻、葵·說文曰、菜也、常傾葉向陽、不令照其根、是今之向日葵、乃古正葵、與藿同稱、賈勰所謂白莖秋葵、六月種、秋堪實者、其子可炒食、則葉可知、蜀葵陳根、秋生苗葉、正如鴨脚、瀹食之、亦當與菊苗不殊、菽、釋文云、本亦作叔、叔者菽之古文省借字、漢書昭帝紀·以叔粟當賦、叔粟卽菽粟也、陳啓源曰、菽者衆豆之總名也、廣雅云、大豆·菽也、小豆·荅也、然實通爲菽矣、其角曰莢、葉曰藿、莖曰萁、詩所言菽、率皆大豆也、大豆有黑白黃褐青斑數種、今用作豉醬腐油者是、而黑者更可入藥、其小豆則有赤豆白豆綠豆登豆穭豆諸種、登豆亦名鹿豆、爾雅圈鹿藿、其實莥、是也、俗呼野綠豆、其胡豆則有豌豆蠶豆、而廣雅亦以踤䟳爲胡豆、別錄中品有藊豆、酉陽襍俎有挾劒豆、俗名刀豆、本草拾遺有黎豆、又名貍豆虎豆、而黎

毛詩會箋

豆者實爾雅之攝虎櫐云、玉篇曰、攝豆名虎櫐、是也、〇八月剝棗者、夏小正八月剝棗、傳、剝也者取也、廣雅亦曰、剝・取也、夏小正二月剝鱓、卽月令取鼉也、易剝釋文、引馬注剝落也、又象上傳剝不利有攸往、鄭注、萬物零落故謂之剝、齊民要術云、棗全赤卽收、收法撼而落之爲上、是取棗固不專用擊也、毛訓擊者、莊子人間世、夫柤梨橘柚果蓏之屬、實熟則剝、剝則辱、大枝折、小枝泄、此剝亦有擊義、就樹擊之、其聲剝啄、故訓擊、謂擊而取之也、擊爲取之一法、不若訓取訓落之義爲廣也、夏小正八月剝瓜、若依毛訓擊難通矣、八月在宇、收藏之候也、故是章兩八月以下、並詠儲畜之物、辭有照應、〇十月穫稻者、米之疏者曰秔、黏者曰稬、稬奴亂切、俗作糯、又作穤、稻則其總名也、自八月其穫至此畢收、是句主春酒繫之、〇爲此春酒、傳云凍醪者、醪是酒之別名、此酒凍時釀之、故稱凍醪、周官酒正、辨三酒之物、三曰清酒、卽此春酒、蓋以冬釀、經春始成、因名春酒、月令、孟夏天子飲酎、鄭注、酎之言醇、謂重釀之酒也、春酒至此始成、呂覽高注亦曰、酎・春醞也、是春酒卽酎酒也、說文・八月黍成、可爲酎酒、是黍亦可爲酎酒、而以稻爲上、聘禮注、凡酒、稻爲上、黍次之、粱亦次之、是也、此詩春酒承上穫稻、自謂以稻爲之耳、以介眉壽者、介助也、養老者必有酒以助養其氣、人年老者、必有毫眉秀出者、故知眉謂豪眉也、介眉壽特指春酒養老也、上五物不必老者之食、末句食我農夫、相對而互之、是章言栽殖竭力、及時食之畜之、非分老壯、朱注賓祭、殊覺蛇足、〇七月食瓜者、上段以六月起、故以七月受之、經傳所云瓜皆甜瓜甘瓜、非西瓜寒瓜、自五代胡嶠征回紇、得寒瓜之種、始名西瓜、先是陶宏景注本草、已言永嘉有寒瓜、而未徧中國、甜瓜非佳果、故古論瓜與蔬食菜羹類記、而是詩亦以列於壺苴云、○八月斷壺、毛讀壺與瓠同、爾雅釋器、康瓠、瓠卽壺、釋木壺棗、壺卽瓠、此皆壺瓠聲通之證、委人職、斂凡畜聚之物、注、瓜瓠葵芋禦冬之具、此亦畜瓠也、斷・言就蔓斷取之、食瓜斷壺、皆去圃、爲場之漸、瓠解見匏有苦葉篇、○九月叔苴、叔苴者、麻多種、苴・謂績皮爲布者之子、下章納穀之麻乃油麻、與此自別、說文又部、叔・拾也、汝南名收芋爲叔、徐曰、收・拾之也、是叔本訓拾、通假爲伯尗之尗、尗字從上從小、與季字從禾從子同爲會意、俱訓作幼小之偁、菽粟字本從草卡聲、茉乃豆之小者、對戎茉而言、戎爲大豆、知茉爲小豆也、亨葵及叔、同音假借字也、九月叔苴、本義正文字也、程瑤田曰喪服傳、苴絰者、麻之有蕡者也、牡麻者枲麻也、然則麻大名也、無實者枲、有實者苴、有實則有蕡矣、生枲曰蕉、北方藝麻、三月下種、夏至前後・牡麻開細碎花、色白而微青、屈原賦・折疏麻兮瑤華、洪興祖云、麻華色白、故比於瑤是也、苴麻不作花・而放勃、勃與花初胎時相似、名之曰蕡、卽麻實之稃者也、牡麻北俗呼花麻、花落後卽先拔而漚之、剝取其皮、是爲夏麻、夏麻之色白、詩言八月載績、夏刈之則八月可績也、苴麻北俗呼子麻、八九月間子熟則落、一莖中熟有先後、農人以數次搖其莖・而拾取之、拾取子盡乃刈、漚其皮而剝之、是爲秋麻、色青而黯、不潔白也、色不潔白之謂苴、故間傳曰、苴・惡貌也、管子書・天地苴萬物、注云、苴裹萬物・在天地之中、然則苴有薦籍包裹之義、故字从艸且、說文・且薦也、蕡之爲言蓬也、蓬蓬勃勃然・攢族生莖葉間、非若他穀之結實𠧪𠧪也、余以爲蕡以實言、幷其稃㲉碎葉而名之、苴以盛實之稃言、而因以名其皮與其皮之色、又遂因以名其實、故詩稱拾麻子曰叔苴、究之苴乃麻之有蕡者、非麻蕡卽苴也、牡麻有花無蕡、言蕡則子見、故禮經數穀但曰蕡、注者竝曰枲實、而孫炎直以麻子釋蕡也、○采荼薪樗、爾雅、荼・苦菜、月令孟夏苦菜秀、呂覽任地篇、日至苦菜死、是也、箋云乾荼之菜、乾荼以爲菜、則亦畜菜也、龜井氏曰、荼非美菜、則與樗對固有理、然苦菜非時物、且樗獨非食品、余不能安、小正、七月灌荼、言聚萑葦之花也、詩采荼、亦灌以爲壯者衣物著也、故與薪樗比、或曰、荼委葉、邢疏・穢草也、王安石以爲苦菜、然苦菜春夏乃成、九月采之非苦菜矣、當如王肅所云荼陸穢草、左傳藪之薪蒸是也、大曰薪、小曰蒸、二說皆有理、薪樗者、農隙多積之、大寒烘以取煖也、樗臭而不堅、故曰惡木、陸璣云、樗樹及皮皆似漆青色耳、其葉臭、通志云、樗似椿、北人呼山椿、江東呼虎目、葉脫處有痕、如樗蒱子、如眼目、故名、材易大而不中器用、莊子云、吾有大樹、人謂之樗、其大本臃腫而不中繩墨、其小枝卷曲而不中規矩、立之塗、匠者不顧、是也、荼與樗皆所以禦寒、壺也苴也、語勢雖主農夫、非分老壯、只是民食也、成王一舉而百珍皆具、惡知豳公之裁殖之、儲畜之勞勤而與民同食乎、故周公主數民食也、○食我農夫、曰我農夫者田畯之辭也、小雅我取其陳食我農夫、亦自上之辭也、首章所謂同我婦子、五章以嗟我婦子結之、所謂田畯至喜、是章是句應之、七章以嗟我農夫結之、田畯紀農、豳公之政也、

九月築場圃。春夏爲圃、秋冬爲場、 **十月納禾稼。黍稷重穋。禾麻**

菽麥。後熟曰重、先熟曰穋、**嗟我農夫。我稼既同。上入執宮功**。入爲上、出爲下、**晝爾于茅。宵爾索綯**。宵・夜、綯・絞也、**亟其乘屋。其始播百穀**。乘・升也、○重眞容反、穋音六、綯徒刀反、亟紀力反、延文本、傳冬下有築字、夜下有也字、

箋曰、七章言畢務築作之事也、○築場圃、築圃爲場也、是約字法、鄭箋、場圃同地、物生之時、耕治之以種菜茹、至物盡成熟、築堅以爲場也、序官場人注云、場築地爲墠、季秋除圃中爲之、蓋圃蔬既成、乃築場以治穀也、○十月納禾稼、此禾稼者爲凡穀之通稱、禾與稼對文則異、散文則通、毛傳種之曰稼、斂之曰穡、家語、良農能稼、不必能穡、此對文則異也、甫田曾孫之稼、鄭箋云、稼・禾也、此散文則通也、此詩禾稼連言、稼亦禾耳、納・內也、治於場而內之囷倉也、○黍稷重穋、說文引作種稑、重者種之渻借、穋者稑之或體、釋文云、重直容反、先種後熟曰重、又作種、音同、說文云、禾邊作重・是重穋之字、禾邊作童・是種蓺之字、後人亂之已久、穋音六、本又作稑、音同、說文云、稑或从翏、後種先熟曰稑、周禮內宰釋文云、案如字書、禾旁作重・是種稑之字、作童是穜殖之字、今俗則反之、陸云字書者、說文玉篇也、種者重也、重有遲義、重遲雙聲、稑者速也、稑速疊韻、說文又於種前列稙字云早種也、引詩稙穉尗麥、於稑後列穉云、幼禾也、蓋種與稑・一則先種後熟、一則後種先熟、稙與穉・一則早種先熟、一則晚種後熟、故說文以四字相次也、凡穀宜皆有重穋稙穉四

種、周官內宰獻穜稑之種、後鄭謂、詩云黍稷穜稑是也、後鄭引詩以證穜稑、黍稷特連言之、非以穜稑專屬黍稷也、賈疏以屬黍稷、誤矣、○禾麻菽麥、馬瑞辰曰、禾有爲諸穀通稱者、聘禮・及周官掌客・皆言禾若干車、通謂粟之有藁者、及此詩十月納禾稼、是也、有專指一穀言者、呂氏春秋云、禾黍稻麻菽麥六者之實、又曰、今茲美禾、來茲美麥、淮南子、雒水宜禾、又曰、中央宜禾、及此詩禾麻菽麥、是也、據說文、禾・嘉穀也、粟・嘉穀實也、米・粟實也、粱・米名也、四者相承而言、是粱者粟之米也、梟者禾之實也、此詩以禾與麻菽麥、竝言者、禾卽粱也、戴侗六書故云、北方多陸土、其穀多粱粟、故粱粟專以禾稱、正義謂・更言禾字以總諸禾、誤矣、又按、粱爲今之小米、稷爲今之高粱、程瑤田九穀考辨之甚精、秦漢以來、多以稷爲小米、俱誤、馬說是也、麻者今之胡麻、其實可爲油、其糝可以糞田、不止於供食矣、此廣舉禾稼之類、以見其多、謂至十月則此等諸種、皆成熟矣、不專是十月納之也、月令、五月登黍、四月登麥、非十月也、安井氏曰、收麥在四月、亦於此言之者、冢宰待諸穀盡收、從年之豐凶、以制國用、民家亦傚此、以制其財、故待我稼既同、以言麥耳、○嗟我農夫二語、一時欣慰、正見終歲關心、甘苦相喻也、以下皆田畯戒督之言也、龜井氏曰、是篇八十八句、無句不韻、合徵商頌、只是一句無韻、余久疑之、蓋農夫出前章、夫字爲韻、此以農爲韻、夫爲餘聲、下以宮功受之、二字連叶、○我稼既同者、上八穀凡一歲所種者、先後大小皆舉之矣、故復總言之曰既同、謂畢聚也、○上入執宮功、上入言自鄙入都也、宮功、周語所謂清風至而修城郭宮室也、夏時傚曰、收爾場功、徛爾畚挶、營室之中、土功其始、火之初見、期於司里、此其事也、言上言宮、明是公室官府之役、下文乘屋爲私、亦見先公後私之義、正義曰、經當云執于宮公、本或公在宮上、誤耳、今定本云執宮功、不爲公字、據靈臺𣊻瞍奏公、江漢肇敏戎公、傳竝云、公、事也、又六月傳以奏膚公、傳、公・功也、據此似當依正義作公、然本詩載纘武功、傳、功・事也、崧高世執其功、傳、功・事也、古者公與功、字本通用、如漢樊安碑以公德加位、功亦作公、史記孝武紀申功、封禪書作申公、此其據也、同聲字例得假借、段玉裁以作功爲襲唐定本之誤、未免過泥、○晝爾于茅、宵爾索綯者、宮功旣畢、當自脩其屋、所謂公事畢然後敢治私事也、取茅將以蓋屋也、索綯將以縛屋也、索者糾繩之名、綯卽繩也、索綯猶言糾繩、趙岐注孟子曰、晝取茅草、夜索以爲綯、是也、淮南氾論篇緂麻索縷、高誘注曰、索・切也、切與紉同、謂切撚之使堅也、是索爲糾繩之名也、爾雅綯爲絞者、絞亦繩也、墨子辭過篇曰、古之民未知爲衣服時、衣皮帶茭、茭與絞同、儀禮喪服傳絞帶者、繩帶也、是絞卽繩、又楚詞離騷、索胡繩之纚纚、索當讀與詩索綯同、王逸注云、糾索胡繩、是也、索本亦繩名、而詩則是索之爲綯、猶繩本物名、而爾雅釋器云繩之謂之縮之是也、○亟其乘屋、言百穀之播將始、不亟無及也、鄭箋、乘・治也、安井氏曰、經云乘屋、必不徒乘之、其葺治之可知矣、故傳唯訓乘字而不釋其義、鄭以治述之、非易傳也、趙岐注孟子曰、及爾間暇、亟而乘蓋爾野外之屋、春事起、爾將始播百穀矣、言農民之事無休已、是也、箋以乘屋以下爲皆十月之事、迂矣、但上章塞向墐戶、是備寒之事、此乘屋此備雨之事、春雨將降、故備雨在備寒之後、其乘屋亦當謂都邑之屋、其野外之廬蕞爾容膝、臨時治之、亦不妨於事、不必鄭重陳之也、趙亦失之、○其始播百穀、播布種也、農事畢矣、猶晝夜拮据以治其屋、此見其終歲之勤、而農之汲汲以治屋者、正以專力於耕、此見其本務之篤、荀子大略篇、子貢曰、賜願息耕、孔子曰、詩云晝爾于茅、宵爾索綯、亟其乘屋、其始播百穀、耕難、耕焉可息哉、此亦第以播百穀爲耕事耳、孔子引是四句、爲耕之難也、孟子以徵民事不可緩、葢農隙而日夜若是、劇故也、

二之日鑿冰沖沖。三之日納于凌陰。四之日其蚤獻羔祭韭。冰盛水腹堅、則命取冰於山林、沖沖・鑿冰之意、凌陰・冰室也、九月肅霜。十月滌場。肅・縮也、霜降而收縮萬物、滌・埽也、場功畢入、朋酒斯饗。曰殺羔羊。兩樽曰朋、饗者鄉人以狗、大夫加以羔羊、躋彼公堂。稱彼兕觥。萬壽無疆。公堂・學校也、觥所以誓衆也、疆・竟也、○・蚤音早、韭音九、滌廷歷反、延文本、傳意下有也字、降下無而字、物下有也字、

箋曰、末章首紀歲終政令、因復追述歲晚農功告成、而以民之祝君終之、安井氏曰、寒甚・水氣著地上者、凝結爲仌字形、故說文云凍也、象水凝之形、如川澤冰合、蕩蕩堅平、未嘗爲仌字形、故說文又云、冰水堅也、正義曰、沖沖非貌非聲、故云鑿冰之意、說文沖・涌䌛也、䌛與搖同、涌搖者狀水之動、此鑿冰

沖沖・亦是狀冰凌被鑿動搖之意、正義以爲非貌非聲、是也、○三之日納于凌陰、漢五行志師古注、凌室・藏冰之室也、風俗通云、積冰曰凌、冰壯曰凍、冰流曰澌、冰解曰泮、然則凌字以積冰言、陰・闇處也、讀同亮陰之陰、納・藏也、二之日鑿冰、此時便隨鑿隨納、特至三之日而畢耳、非二之日專主鑿、而三之日專主納也、鄭曰上章備寒、此章備暑、是也、古人藏氷、全供人用、非爕理之謂、其閉藏以時也、亦不得不然耳、方苞曰、蘇氏藏氷以節陽氣、乃無稽之談、冰之出入・乃物理人事之自然也、十二月鑿冰、至是始壯也、正月納之、間有冬煖凍閉不密、而春始嚴凝者、故以畢入之期言之也、左傳日在北陸而藏冰、謂十一月、蓋天地嚴凝之氣、盛於此三月、中候之不齊、早則十一月已凝、遲或正月始畢、而常候則在十二月也、四月啓冰、蓋前此隆寒、賓食喪祭俱無所用之也、火出而畢賦、蓋春夏之交、癘疫將作、至是而國之老疾、無不受冰、非爲節陽氣也、鄭以其說推之、四月陽盛、以冰節之猶可通、十二月微陽蘊伏於下、惟恐其不盛長、何故反納冰地中以解之哉、方說是也、箋引左氏昭四年傳、日在北陸而藏氷、西陸朝覿而出之等語、正義引三統暦謂、立夏之日、日去昴星之界已十二度、昴星得朝見、於此時可出氷也、謂立夏以後開氷、近之、○四之日、其蚤獻羔祭韭者、蚤・早也、二月朔也、呂覽仲春紀注・引詩作四之日其早、王制注同、說文云、蚤齧人跳蟲、越語・蚤晏無失、孟子蚤起、竝假借通用、士相見禮注云、古文早作蚤、士喪禮疏云、蚤古早字、韭菜名、人家所常種、說文、韭一種而久、故謂之韭、韭宿根在地、年年分栽、故言一種而久也、夏小正正月囿有韭、時韭新出、故薦之、羔韭祭之、古朴也、經文第言藏氷、未言開氷也、旣以時藏之、自當以時開之、不待言矣、鄭氏引月令獻羔開氷、乃後世天子之禮、亡論豳公爲夏商之侯國、不能知後世天子之禮、經言獻羔祭韭、明是庶人之祭、豳風原係民風、以本經證之、下文朋酒斯饗、曰殺羔羊、庶人未始不可用羔也、至於卿執羔、大夫無故不殺羊、乃王朝典禮、不可以例殷人尙質之列國、至於庶人薦韭、更禮有明文矣、豳民之獻羔祭韭、適綴于納凌陰之下、月令又有獻羔開氷之文、遂牽合爲一事、下文尙有朋酒斯饗、曰殺羔羊之語、幸而肅霜滌場、古無典禮、不然亦將牽合爲一事矣、○九月肅霜、言天時之順成也、上言藏氷、故暖月皆不擧、直以寒霜時降受之、左傳所謂無菑霜雹也、○十月滌場、紀農終也、場地淨潔、則晚田亦畢矣、○朋酒斯饗、曰殺羔羊者、曰、爰也、與上曰爲改歲皆語詞、埽場是農人之事、則斯饗・是民自飮酒、鄕飮酒禮、尊兩壺于房戶間、士冠禮注、置酒曰尊、禮記鄕飮酒義編、鄕人士君子尊於房戶之間、賓主共之也、詩言朋、傳以兩尊釋之、此卽兩壺、賓主所共之尊也、蓋豳民勤勞終歲、至滌場以後、於是朋酒燕樂、殺羊以饗、謂之行鄕飮酒之禮可、謂之飮蜡以息老物亦可、與唐風之終歲勤儉、至歲晚務閑之時、相與燕飮爲樂同意、又思我民之所以得此燕饗之樂者、皆我君公之所賜也、因相與躋彼公堂、而稱觥上壽、頌聲於是乎作焉、吁何其盛也、此不過尋常燕飮、必言饗者、以趁韻耳、非謂饗食之禮也、曰殺羔羊者、民間有事、未聞禁用羔羊、況鄕飮酒飮蜡、揆之于禮、似皆得用少牢、不必其有大夫也、○躋彼公堂三句、言民皆升堂燕樂、以祝其君也、公堂與公館一例、不必專爲君之堂、如鄕庠黨序亦是也、鄭箋云、國君閒於政事而饗羣臣、此言躋堂稱觥在滌場納稼之後、於君饗羣臣、義不相屬、故朱傳以爲民進酒于君而曰、公堂君之堂也、民忠愛其君之甚、殺羊以獻其君、舉酒以祝其壽、然環一國之民、竝具羔羊朋酒、旣大勞費、而集于君之堂上、競舉觥以獻醻、野人無禮、喧豗狠藉、豈復有上下之章、且豳國雖小、但有千井卽有萬夫、阿房建章之大、不足以容、而況豳公之堂乎、○稱彼兕觥、說文、稱・揚也、揚亦舉也、兕觥則鄉飲酒禮所謂獻用爵、其他用觶者是也、許愼說、觶・飲酒角也、又曰、觥・兕牛角可以飲者也、蓋凡以角飲者或曰觶、或曰觥、名皆相通、觥卽觶也、毛傳曰觥所以誓衆、則周南我姑酌彼兕觥、亦將何所誓乎、下云萬壽無彊、則其非誓衆亦明矣、萬壽無疆者、舉觴祝其君也、廣雅、萬・大也、萬古訓大、故鄭訓萬壽爲大壽、正義云、使得萬年之壽、失箋旨矣、

七月八章章十一句

箋曰、此詩以編紀月令爲章法、以蠶衣農食爲節目、以豫備儲蓄爲筋骨、以上下交相忠愛爲血脈、以男女室家之情爲渲染、以穀蔬蟲鳥之屬爲點綴、一詩中而藏無數小詩、而又其事淺近、其辭顯易、雖沖幼之主、皆能諷耳而動於心、閭閻婦孺・皆可傳說而知其意、其義本於九歌之勸、而感人之心、較之洪範之敷言・更切以著矣、王應麟曰、七月見王業之難、亦見王道之易、孟子以農桑言王道、周公之心也、方舟曰、人君當愛民如子、而地勢隔遠、或漫不相關、故特陳豳之舊俗、民愛其君、不啻父母、則先公所以敎養撫循者、不待言矣、人君玉食、視爲當然、或忘其所自、故具言一絲

一粟、無非耕夫織婦終年竭蹶而成、人君一日萬幾、或見爲煩苦、而思自暇逸、故覼縷民間耕稼蠶桑、師田力役、樵蘇茨葢、闔扇墐塗、無一日得自休息、故陳豳風以感王恤民勤政之心、作無逸以示王保身省慾之要、自古陶成君德、無若周公之慮詳而心苦者也、顧廣譽曰、是詩首章以衣食提綱、而下七章分應、先儒已言之矣、至以首章言、則自七月至四之日、循序推衍、更復渾成、以全詩言、則前三章言暑退將寒、故以七月始、其次則以四月五月六月順遞爲始、而迄乎九月、七章遂以九月始、繼以十月、八章則以二日始、而終於十月、其所舉時月、雖若參差不齊、而細觀之、則亦次序如此、且由五月而六月、衣食更端、渾然無迹、此皆在有意無意間、故曰化工之文、又曰文有詳略之法、有所詳以見其纖微曲折、如是之周、至其略者則由詳者可推而知也、故詳衣則食略、詳蠶則績略、然非眞略也、於績舉其始於八月、則九月至二月胥舉之矣、於食舉其終於十月、而黍稷重穋禾麻菽麥、一切幷言於此、則三月至八月胥舉之矣、又七章言農功之正、而七月之菽、十月之稻、九月之苴、先於上章言之、惟上首言六月、不能更及四月麥、六月黍、又於此因稼禾之納、而總數焉、其變化誠不易測也、

鴟鴞。周公救亂也。箋曰、鴟鴞陰雨、亂也、恩勤綢繆、救也、然成王之疑未釋、則亂尚未弭也、故作此詩以遺王、而告以王業艱難、不忍毀壞之意、都是救亂也、**成王未知周公之志。**箋曰、罪人斯得、而未知也、**公**

乃爲詩以遺王。箋曰、釋文、遺本亦作貽、**名之曰鴟鴞焉。**箋曰、惡武庚、故以名篇、警發成王、以怨巳志之存王室也、武王崩時、成王方十三、金縢曰、管叔及其羣弟乃流言于國曰、公將不利孺子、周公告二公曰、我之弗辟、我無以告我先王、周公居東二年、則罪人斯得、于後公乃爲詩以貽王、名之曰鴟鴞、王亦未敢誚公、據于後之辭、是既誅管蔡之後、成王疑猶未釋、故作詩貽之、然則鴟鴞之詩蓋作於東征二年之後周公未歸時也、故次在東山前、蔡仲之命曰、惟周公位冢宰、羣叔流言、乃致辟管叔於商、全縢之弗辟、蔡仲之致辟、其爲誅殺一也、其曰我之弗辟、我無以告我先王、蓋言先王以此顧託於我、我不討定其亂、則無以告我先王、故破斧之所以美周公者、專言其征四國之亂・爲大爲嘉爲休、則周公之東、爲討罪人無疑也、大誥序言武王崩、三監及淮夷叛、金縢言武王既喪、管叔及羣弟流言、則流言與叛・皆在武王始崩之時、不得分兩節矣、亦非養寇三年而始征也、成王幼未親政、凡事皆理於師傅、二公居中調護、成王中心雖不能無疑、亦未敢明沮周公之行、兼成王諒闇、國家之事、惟冢宰是任、周公固可專其事矣、四國之變、征之少緩・則蔓延莫遏、周公豈顧一己之小嫌、忘宗社之大計哉、迨夫三監伏辜、居東以俟朝命、而不欲遽歸、此則公之避遠權勢、以待成王之悟、以經證經、不必遷就牽合矣、說又具東山篇、

鴟鴞鴟鴞。既取我子。無毀我室。興也、鴟鴞・鸋鴂也、無能毀我室者、攻堅之故也、寧亡二子、

不以可毀恩·愛、鬻·稚、閔·病也、稚。子·成王
我周室、也、○鴟尺之反、鴞于驕反、鬻

恩斯勤斯。鬻子之閔斯。

由六反、鸋乃丁反、鴂音決、延文本、傳周室
下恩愛下鬻稚下並有也字、稚子作鬻子、

箋曰、連章皆比也、爲鳥言以自比焉、室·鳥自名其巢也、鴟鴞攫其子去、故其鳥哀鳴告鴟鴞曰、汝既食吾三子、再勿毀壞我巢也、巢敗則稚子無所庇、故也、言其既誘三叔、無更傷毀周室、以鳥室喻周室也、孟子言管叔以殷畔、而詩以鴟鴞取子喻武庚誘管蔡者、所以末減管蔡倡亂之罪、而不忍盡其詞、親親之道也、後三章皆明己憂勞王室之心、情危詞迫、使成王知其心之無他而已、序所云成王未知周公之志、公乃爲詩以貽王者此也、瞻卬曰、爲梟爲鴟、是鴟鴞同類而二物、鴞梟同、鴟亦梟類、又有鵂鶹、鴟俗名夜鷹、鴞俗名服鵩、鵂鶹俗名耳衝、然本同類、故連言以爲一鳥耳、墓門有鴞萃止、傳、鴞·惡聲之鳥也、泮水翩彼飛鴞、傳、鴞·惡聲之鳥也、鴞或作鵂、廣雅釋鳥、鴟鵂·怪鳥也、爾雅郭注、引以釋怪鴟、莊子秋水篇云、鴟鵂夜撮蚤、察豪末、晝出瞋目、而不見丘山、釋文引司馬彪、蚤作蚉云、夜取蚉食之、崔譔作爪云、鵂鶹夜聚人爪於巢中也、博物志云、取人爪甲知吉凶、凶者輒鳴、此怪說不足信、夜撮蚤蚤、特言其目明耳、非實事也、鴟又詳大雅瞻卬篇、毛傳釋鴟鴞爲鸋鴂、正義引陸疏云、鴟鴞似黃雀而小、其喙尖如錐、取茅莠爲巢、以麻紩之、如刺襪然、縣著樹枝、或一房、或二房、幽州人謂之鸋鴂、或曰巧婦、或曰女匠、關東謂之工雀、或謂之過贏、關西謂之桑飛、或謂之襪雀、或曰巧女、文選陳琳檄吳將

校部曲文云、鸋鴂巢于葦苕、苕折子破、下愚之惑也、李善注•引荀子云、南方鳥名蒙鳩、爲巢、編之以髮、繫之葦苕、苕折卵破、巢非不牢、所繫之弱也、是李善以鴟鴞爲卽蒙鳩、楊倞注荀子亦云、蒙鳩鷦鷯也、蒙當爲蔑、引方言桑飛或謂之蔑雀爲證、胡承珙曰、爾雅以鴟鴞爲鸋鴂、郭注以爲鴟類、而方言之桑飛、廣雅之鷦鷯、雖有鸋鴂之名、然竝無鴟鴞之目、毛又竝未明言鴟鴞是小鳥、然則鴟鴞名鸋鴂、與巧婦名鸋鴂者實爲二物、陸疏乃因韓詩之說、誤合爲一耳、郭注方言鸋鴂云、爾雅鸋鴂、非此小雀、區別甚明、一切經音義十九•佛本行集經標目梟鴞注云、古堯反、土梟也、下爲驕反、字林•鸋鴂也、形似梟而青白、出于山、卽惡聲鳥也、楚人謂之鵩鳥、亦鴟類也、山東名鸋鴂、俗名巧婦、字林所言鸋鴂之狀甚晰、其以鸋鴂單名鴞、與說文鴞下訓鴟鴞鸋鴂者合、又以爲鴟類、與郭注爾雅合、又云俗名巧婦、可見此鳥因鸋鴂名同、遂致溷于桑飛、大小善惡之不辨耳、楚辭九歎云、葛藟虆於桂樹兮、鴟鴞集於木蘭、王叔師謂、鴟鴞貪鳥而集於木蘭、以言小人進在顯位、貪佞升爲公卿也、史記賈誼列傳、鸞鳳伏竄兮、鴟梟翱翔、漢書作鴟鴞翱翔、蔡邕弔屈原文云、鸋鴂軒翥、鸞鳳挫翮、然則爾雅之鴟鴞鸋鴂、漢儒亦多以爲梟鴟之屬、郭注可謂有據、韓詩傳謂鴟鴞之所以愛養其子者、適以病之、不託於大樹茂枝、而託於葦苕、箋於末章云、巢之翹翹而危、以其所託枝條弱也、是卽用韓詩之義、後儒輒謂、毛鄭皆以鴟鴞爲小鳥、而不知毛義實與鄭不同、三章傳云、手病口病、故能免乎大鳥之難、經中竝無大鳥字、則所謂大鳥卽指鴟鴞、難卽指取子毀室可見、鴟鴞鴟鴞•確是呼而告之、與魏風碩鼠碩鼠無食我黍、小雅黃鳥黃鳥無集于穀、文例正同、箋云重言鴟鴞者、將述其意之所欲言、丁寧之也、直以旣取我子以下爲鴟鴞之言、非毛意也、○恩斯勤斯、鬻子之閔斯、恩訓愛、則勤當讀昔公勤勞王家之勤、三斯字並語辭、取我子之子、指三叔也、鬻子之子、指成王也、意重毀室、卻復說鬻子、接頓入妙、言我之甚愛此室者、以我之於成王恩愛之、勤勞之、又憂恤之故也、恩斯勤斯之上、各加鬻子之三字看、則其意明了、七月詩七月在野、八月在宇、九月在戶、十月蟋蟀入我牀下、下蟋蟀字通于上七月八月九月而言、句法與此正同、鬻傳訓稚者、鬻卽育之借字、樂記、毛者孕鬻、淮南原道作毛者孕育、是也、育爲幼稚之義、禮記粥粥若無能也、義亦同此、鬻通作鞠、爾雅、鞠·稚也、鞠一作毓、毓卽育字、說文引書敎育子、史記五帝紀作敎穉子、穉卽稚也、是知此詩之鬻子、卽書之育子、亦卽書之孺子也、閔者、柏舟覯閔傳、閔予小子傳並云、閔·病也、左氏宣十二年傳、少遭閔凶注、閔·憂也、此閔字當兼憂病二義、憂之深必至於病也、

迨天之未陰雨。徹彼桑土。綢繆牖戶。迨·及、徹·剝也、桑土·桑根也、**今女下民。或敢侮予。**○迨音待、綢直留反、繆莫侯反、女音汝、延文本、傳及下有也字、

箋曰、次章承上章毀室而言、亦是鳥言、迨·及也、及者、汲汲之辭、一字有妙理、便是周易豳風作用、此亦述已先不虞之變、憂勤勞苦、以經營王室焉、徹彼

桑土、徹與撤通、撤猶剝也、故毛傳卽以剝字釋徹耳、釋文云、土韓詩作杜、義同、方言云、東齊謂根曰杜、是毛詩作土、卽杜之假借、故傳以桑根釋之、孟子趙岐注、謂取桑根之皮、是也、詩第言桑土者、省文耳、綢繆猶纏綿也、牖所以通氣、戶其出入處、牖戶猶室家、並借言巢也、○今女下民、或敢侮予、据鳥在樹上、故謂人爲下民、侮予言輕侮王室也、前以毀室屬鴟鴞、而此以侮予屬下民者、蓋室一毀則探鷇取卵之事、必有取而乘之者、所以武庚蠢動・而四國亦洶洶不靖也、

予手拮据。予所捋荼。予所蓄租。予口卒瘏。 拮据・撠挶也、荼・萑苕也、租・爲、瘏・病也、手病口病、故能免乎大鳥之難、

曰予未有室家。 謂我未有室家也、○拮音吉、据音居、捋力活反、荼音徒、蓄延文本作畜、勅六反、租子胡反、瘏音徒、撠京劇反、挶俱局反、萑音丸、苕音條、延文本、傳租爲下、口病下、難下、並有也字、

箋曰、鳥之足、自踐而言謂之足、自操而言謂之手、拮据二字並從手、釋文引韓詩云、口足爲事曰拮据、說文、拮、手口共有所作也、正本韓詩爲說、然本文明言手拮据、而不言口、口又在下文、故毛則以拮据爲撠挶之假借、古者局居音近、撠音近戟、哀二十五年左傳・褚師出、公戟其手、杜注・抵徒手屈肘如戟形、是也、挶音與臼同、玉篇、兩手捧物曰臼、臼从兩手倒相向、會屈兩手以受物之意、音與局近、故別作挶、戟挶者謂屈兩肘如戟形以捧物也、兩手有

所事事、故拮据有不遑之義、言爲巢之辛苦、兩手皆不得休息也、○予所捋荼者、捋・攟取也、七月傳、藡爲萑、此言萑苕、謂藡之秀穗也、出其東門箋云、荼茅秀、然則茅藡之秀、其物相類、故皆名荼也、爾雅云、葦醜芀、郭注、其類皆有芀秀、說文芀・葦華也、苕是芀之假借、凡茅一莖、秀只一條、旋卽作華、廣雅、蔿・茅穗、蔿卽荼、淮南子說林篇、藡苗類絮、而不可爲絮、高注云、藡苗・萑秀、楚人謂之藡、藡讀敵戰之敵、幽冀謂之萑苕也、皆敫文可通之例、○予所蓄租、馬瑞辰曰、蓄租與捋荼義正相承、租當讀如蒩、說文、蒩・茅藉也、引禮曰、封諸侯以土、蒩以白茅、又通作苴、說文、苴、履中草、謂以草藉履、賈誼傳、冠雖敝不以苴履、是也、漢郊祀志、席用苴稭、如淳曰、苴讀如租、師古曰、苴・藉也、鳥之爲巢、必以萑苕茅秀爲藉、與藉履之以苴者正同、故曰蓄租、正義本作祖、卽租之叚借、傳、租・爲也、爲乃薦字形近之譌、說文、且・薦也、古祖字多消作且、二字同義、故傳訓租爲薦、薦猶藉也、薦與荐通、說文、荐・薦席也、薦譌作爲、正義遂以爲字釋之、誤矣、又按、釋文租本又作祖、如字、爲也、是釋文本亦誤薦作爲、但據釋文又引韓詩云積也、積累與薦藉義正相通、租之訓積、猶荐之訓聚也、益證毛傳訓爲・是薦字之譌、○予口卒瘏、卒者悴之省、作卒者用古文、卒瘏者悴瘏也、與拮据相對成文、楚辭九歎、躬劬勞而瘏悴、瘏悴卽卒瘏也、作瘏悴者趁韻、語蓋本詩、至傳又云、手病口病、故能免乎大鳥之難、乃通釋予手拮据予口卒瘏二句、言我手拮据、其所勉而捋者是芀、所勉而蓄者是租、以經營室家之故、我口瘏悴、所以然者、其心曰、予巢未攻緻、未可以安息也、此喻東征救亂、爲王室勤苦、以慮萬全、猶昔日之志焉、○曰予未有室家、是王室骨肉語、周公所遺者非止國難、實家難也、上文四予字、皆爲周公自我、以鳥之所巢勤苦爲喩、而繼以曰予未有室家、則曰字正自明其作苦之由、如前二章所言、既有室家也、有而曰未有、其亾其亾繫于苞桑、周公諸書多是意、所以定文武受命也、說者或因是句、說是章遡言作巢之始、非也、是章與卒章聯、予手予口、予羽予尾、並東征匡四國而吪遒之時也、

予羽譙譙。予尾翛翛。譙譙、殺也、翛翛、敝也、予室翹翹。風雨所漂。

搖。予維音嘵嘵。翹翹、危也、嘵嘵、懼也、○譙在消反、傳殺延文本作煞、色界反、翛素彫反、唐石經作翛、翹祁消反、漂延文本作飄、嘵呼堯反、傳敝延文本作弊、

箋曰、予羽譙譙、譙釋文云譙或作燋者、淮南汎論訓、燋而不謳、高注、燋・悴也、譙音義又同噍、譙譙卽噍殺之義、故傳訓爲殺、考工記矢人羽豐則遲、羽殺則趮、殺與豐正相反、樂記、其哀心感者其聲噍以殺、鄭注、噍・踧也、釋文、噍謂急也、殺色界反、又志微噍殺之音作、正義曰、噍殺謂樂聲噍蹙殺小、殺又與鎩同、淮南俶眞訓・覽冥訓・俱云飛鳥鎩翼、李善注文選蜀都賦、引許愼曰、鎩・殘也、高注俶眞訓、以鎩翼爲折翼、亦其義也、○予尾翛翛、正義云、消消定本作脩脩、然則正義所據本作消消、釋文云、翛素彫反、注同、與正義本文異、脩翛消皆聲之轉、脩有蕭音、故中谷有蓷篇與嘯叶、當以脩爲正、因修訓敝也、

岳珂九經三傳沿革例云、監本蜀本越本皆作翛翛、興國本及建寧本作翛翛、是宋刻翛翛二字。各本互異、朱文公閩人、所據必建寧本、自朱傳行。而世遂不復知有翛翛之本矣、岳氏所見正義云定本作修修、今譌作翛翛、唐宋石經皆作翛翛、翛與修同、或曰、翛。長貌、尾敝敗而細小、乃見其長也、亦通、上章爲東土大亂、人心騷動故、憂王室而手病口病也、是章爲王惑於流言、周室將復有變、故羽殺尾翛、是周公旅瘁也、成王聞是瘁態、能無戚然乎、○予室翹翹、鳥巢曰我室、曰扉戶、曰室家、曰予室、以比王室、自白其志存王室、以闢解王惑、異日成王泣曰、昔公勤勞王家、豈亦有感於是詩與、風雨所漂搖、漂颻雨、搖颻風、與陰雨綢繆相應、○予維音曉曉、言爲王室故、作是恐懼之聲、告愬於王也、夫公勤勞王家、先陰雨綢繆甚牢、叛臣之不敢毀我室、公之力也、今武庚雖伏誅、殷民未靖、而王未知周公之志、使公淹于外、是昔者陰雨猶未已、又漂搖我室也、若夫滂沱而周室無公、王誰與救亂乎、此周公所以哀愬也、曉曉之音、眞一聲一血、

鴟鴞四章章五句

東山。周公東征也。

箋曰、周在豐鎬、三監叛、其地在王都之東、周公自周征之、是自西而東、故謂東征、破斧至狼跋、其作在前、進東山上錄、與鴟鴞並而始終故也、

周公東征。三年而歸。 箋曰、書云居東二年、言罪

人斯得之年、詩云三年、言其歸之年也、**勞歸士。**箋曰、勞力報反、**大夫美之。**箋曰、大夫、美之四字蓋講師所益、辯說謂、周公勞歸士之辭、非大夫美之、駁正當矣、**故作是詩也。**箋曰、此勞詩也、然周公自勞其從者耳、饗而歌之、蓋在于周公之家也、若以東山、爲王朝勞詩、則當入于小雅、不得在豳風、延文本、故字作而、**一章言其完也。**箋曰、能全其身也、周公以仁義之師、又好謀而成、故在彼無屠戮之慘、在我無輿尸之凶、全師而出、全師而還、斯時父慶其子、兄慶其弟、里閭族黨之相歡樂、無不包舉其中、蓋惟我能勝人、然後可以不妄殺人、亦惟不忍殺人、然後不爲人殺之、智之盡仁之至也、**二章言其思也。**箋曰、三其字皆謂征士、則二章之思亦是士在外思其家之荒蕪也、**三章言其室家之望女也。**箋曰、上半居東、下半歸家、女音汝、**四章樂男女之得及時也。**箋曰、周公樂之也、及時謂及男女婚嫁之年也、三章歸士有妻孥者、四章歸士新昏者、未婚者得及時畢婚、已婚者得完聚故可樂、而周公以歸士之樂爲樂也、延文本、得下有以字、**君子之於人。序其情而閔其勞。所以說也。**箋曰、代其人而陳其私情也、是語通於四牡采薇諸勞詩、**說以使民。民忘其死。其唯東山**

乎。箋曰、說以使民、民忘其死、周易兌卦彖辭、言惟此東山之詩可以當忘其死之言也、馬瑞辰曰、箋以周公東征在王迎公後、非也、金縢周公居東二年、則罪人斯得、某氏傳、周公既告二公遂東征之、是以公之居東卽東征矣、王肅注金縢云、武王九十三而崩、其明年稱元年、周公攝政、遭流言作大誥、而東征、二年克殷殺管蔡、三年而歸、是王肅以詩東征三年、卽書居東二年、特合歸年數之、故三年耳、今按、史記周本紀云、周公攝行政當國、管叔羣弟疑周公、謂流言也、卽繼言與武庚作亂叛周、則畔與流言相去不遠、魯世家、流言與畔雖先後分序、然云管蔡武庚等、果率淮夷而反、亦明其去流言無幾時耳、則周公東征固不得遲至成王迎公後也、獨鄭君謂在迎公後者、蓋鄭讀書我之弗辟爲避、以居東爲避居東都、與東征爲兩事耳、夫公當流言四起之時、明知三監之必畔、使徒引嫌避位、舍而去之、則三監得乘虛而入、是直墮其術中而不知、豈周公之智而出此哉、且周公攝政僅七年耳、若居東避位二年、成王迎歸後又復東征三年、則公之在朝、僅止二年、有以知其必不然矣、說文、辟治也、引周書曰我之弗辟、是書言我之弗辟無以告我先王者、謂不平治其亂、無以告我先王也、居東二年則罪人斯得、罪人非一之辭也、破斧詩四國是皇、毛傳以爲管蔡商奄、是也、斯得謂得其人而治之、東山破斧諸詩是也、至居東鄭君以爲避居東都、王肅亦以東爲洛邑東都、皆非也、史記魯世家言、周公興師東伐、寧淮夷東土、二年而畢定、以今考之、蓋管蔡商奄地也、而居奄地尤多、何以言之、逸周書作雒解云、武王克殷、乃立王子祿父、俾守商祀、建管叔於東、建霍叔蔡叔於殷、俾監殷臣、殷亦東土、周公征之、則必居其地矣、知其居奄地者、孟子、周公相武王誅紂、伐奄三年討其君、當从武億說、以周公相武王誅紂作一讀、以伐奄三年討其君作一讀、伐奄三年、與此詩三年東征合、其證一也、逸周書・周公相天子、殷東徐奄從三叔爲亂、其證二也、尚書大傳曰、武王殺紂、而繼公子祿父、及管蔡流言、奄君薄姑謂祿父曰、武王已死矣、今王尚幼矣、周公見疑矣、此百世之時也、請舉事、然後祿父及三監叛、是三監之叛、奄實倡之、其證三也、說文、鄣周公所誅、在魯、定四年左傳因商奄之民、命以伯禽、而封於少皞之虛、續漢書郡國志以魯爲古奄國、是魯地卽奄地也、魯頌閟宮詩、一則曰俾侯于東、再則曰保彼東方、三則曰遂荒大東、知魯之稱東、則知奄之在東、故趙岐孟子注云、奄東方無道國、其證四也、周公東征不一國、所居亦非一地、特以奄國倡亂、又最强大、爲三監所倚、故孟子伐奄・可統諸國、因知周公居奄時爲多、奄爲東方大國、周公雖東征而定之討其君、未能滅其國、故周公歸政之後、成王又踐奄而遷之、書序成王東伐淮夷、遂踐奄、作成王政、成王旣踐奄、將遷其君於蒲姑、周公告召公作將蒲姑、是其事也、書序又言、公薨、告周公作亳姑、是奄遷亳姑、尙在周公沒後也、

我徂東山。慆慆不歸。我來自東。零雨其濛。 慆慆・言久也、濛・雨貌、

我東曰歸。我心西悲。 公族有辟、公親素服不舉樂、爲之變・如其倫之喪、 **制彼裳衣。**

勿士行枚。士、事、枚、微也、蜎蜎者蠋。烝在桑野。蜎蜎、蠋貌、蠋、桑蟲也、烝、窴也、敦彼獨宿。亦在車下。○慆徒刀反、枚莫杯反、蜎烏玄反、窴音田、又音珍、一音陳、敦徒丹反、延文本、裳衣作衣裳、

傳雨貌下、事下、蠋貌下、並有也字、蜎下有者字、

箋曰、一章四句、言方啓行也、故下云我東曰歸、二章言在途益久、歸心益急、故下云伊可懷也、三章言家已近而將至也、故下云我征聿至、每章重述一過、一步近一步、至末章則東山零雨、是追憶之境、東土曰東山、詩辭也、非地名、非山名、蓋東方多山之處、汎稱爲東山耳、慆、唐風蟋蟀日月其慆之慆、慆慆卽滔滔之借也、短言之爲慆、長言之爲慆慆、文選王仲宣從軍詩注、魏文帝與吳質書注、引詩慆慆皆作滔滔、昭廿六年左傳天道不慆、釋文慆本又作滔、哀十七年傳天命不慆、釋文同、是二字同音通、滔滔、水流不已也、淹滯之意自見矣、楚辭謬諫、年滔滔而日遠兮、正言久也、詩已代歸士、我者皆爲軍士自道之辭、我徂東山記其地也、慆慆不歸記其久也、我來自東記其還也、零雨其濛、有陰雨之窘也、零、落也、行役最以雨爲苦、零雨濛濛、極狀羈旅愁慘之景、此四句卽景紀事、故每章以爲起語、○我東曰歸以下、又追言其將歸時之情、曰字可玩、西者家室所在、向未言歸、乃心敵愾、幾忘其家矣、纔說將歸、則室家入念、翻以喜極生悲、故身猶在東、而心已西望而悲、此羈旅之情也、少陵詩、喜心翻到極、嗚咽淚沾巾、後山詩、往遠猶相忘、歸近不可忍、

詩中兼此二意、一經注破、便索然矣、傳公族有辟五句、文王世子文、彼注云、倫爲親疏之比也、毛意蓋謂、鴟鴞東山二詩、皆未嘗明言其事、蓋周公於骨肉之變、有不忍言者、故鴟鴞但託鳥言、以述其艱難危急之情、而不及流言之故、惟於既取我子一句、微露其詞、東山但爲軍士歷叙其勞苦思念之事、而不及定亂之由、惟於我心西悲一句、略致其意、傳引文王世子解經西悲、雖不合經旨、然可謂知周公之心矣、○制彼裳衣、勿士行枚、此預擬歸後之事也、意在厭苦行陳上、所謂叙其情而閔其情、制·古製字、裳衣·平居之服也、勿者、蓋亦勿思之勿、胡承珙曰、傳云枚微者、蓋訓枚爲徽也、鄭注周官大司馬云、枚如箸、銜之、有繣結項中、軍法止語爲相疑惑、又注銜枚氏云、銜枚止言語讙囂也、枚狀如箸、橫銜之、爲之繣結於項、賈疏云、繣謂以組爲之、繫著兩頭於項後結之、顏注漢書高帝紀、引鄭注作繣絜於項云、繣者·結礙也、絜·繞也、爲結紐而繞項也、玉篇、㦂、乖戾也、離騷、忽緯繣其難遷、王注、緯繣·乖戾也、馬融廣成頌、徽嫿霍奕、別騖分奔、是則銜枚於口、組繫兩頭·分紐於項、有違戾結礙之意、毛但訓枚爲微、不釋行字、釋文云、勿士行毛音衡、是讀行如縱橫之橫、謂橫銜於口用枚也、行枚者·謂衡徽、徽取徽嫿、亦取止義、爾雅釋詁、徽·止也、說文以徽爲三糾繩、文選解嘲云、徽以糾墨、李善注引服虔曰、徽縛束也、是徽有縛止之義、故陸機挽歌云、悲風徽行軌、李善注引爾雅徽止爲證矣、枚所以止言語讙讙者、故亦可訓徽、傳作微者、徽微字通、廣韻二十一麥云、徽嫿·乖違也、而十五卦又云、嫿徽乖違、集韻、嫿有古賣胡·卦胡麥三切、竝云徽也、類篇則皆云、微也、是已、至鄭箋云初無行陳銜枚之事、正以行陳銜枚釋經行枚、猶傳以樂道忘飢釋經之樂飢也、惟其以行陳釋經之行、故下又引春秋傳曰、善用兵者不陳、以自足其初無行陳之語、若非釋經行字、則箋中行陳乃是閒文、何用復引他經作證乎、行與銜古音不相近、釋文云、鄭音銜、蓋陸氏誤以箋銜枚爲釋經之行枚、而以箋行陳爲言銜枚所用、不爲釋經也、○蜎蜎者蠋、烝在桑野、蜎蜎蠋貌、謂橈曲也、考工廬人、制兵欲無蜎、取不橈曲之意、蠋字本作蜀、毛晃云、蜀本从虫而又加虫、俗字也、釋蟲、蚅·烏蠋、樊光引此詩郭注云、大蟲如指、似蠶、今所目驗桑蟲與蠶相類、但色淺黑、頭大而身小、此爲異耳、然此詩蠋恐非桑蟲、疑邦俗所謂蕓蟲也、此蟲不擇木、諸草木皆有之、以絲卷葉居其中、人之寢、必敷褥蒙被其常也、行旅軍中不能備被褥、則或一被、或一氈、其半敷于下、半蒙于上、卷而纏身、若蠋在卷葉中、又蜀有獨義、爾雅釋山、獨者蜀、郭注、蜀亦孤獨、方言、蜀一也、南楚謂之蜀、郭注·蜀猶獨耳、是也、故詩以興人之獨宿、傳云、烝·寘也、鄭箋云、古者聲寘塡塵同也、鄭以寘塵同聲取疊韻、轉寘爲久、而釋詁云、塵久也、塵有久義、故叚借塡、不免迂囘、說文、烝·火气上行也、生民烝之浮浮、卽今烝煮字、烝飯必良久而後熟、故烝有久義、則久乃烝字引申之義也、烝有三義、衆也、進也、久也、此詩言烝在者二、以爲進則可以言蠋、不可以言瓜、以衆爲喩則獨宿不取衆義也、此詩皆言久役之情、則久義以勝、○敦彼獨宿、亦在車下、下章有敦瓜苦與此同、下章毛傳、敦猶專專也、專古團字、敦本器名、爾雅釋丘、如覆敦者敦丘、注、敦·盂也、周禮九嬪職、凡祭祀賛玉齍、注、玉齍·玉敦也、受黍稷器、孝經緯說、敦與簠簋、容受雖同、上下內外皆圓爲異、郭氏言敦盂者、舉其類而言之、敦之形狀、可以想見矣、言獨宿者、孑然如覆敦之形、故曰敦彼獨宿、竟不離於圓形特然之狀、俗言胡盧裹是也、又以爲投擲之義者、亦由此一轉耳、意自相發、皆帶輾轉之意、彼者、既歸後彼東山也、獨宿以離室家、而言、蠋在桑野、是其常處、實非勞苦、似有勞苦、軍士獨宿車下、則實有勞苦以不實喩實者、取其在桑野在車下、其事相類故也、古用車戰、戰則將卒有所蔽倚、止則爲營衞、與塹柵無以異、兵械衣服之屬、皆可以載其中、獨宿車下、情感無限、直激射到婦嘆于室、其舊如之何等處、看亦字正匪兕匪虎之意、以語出于上人、則爲能體其情耳、顧夢麟曰、首章歸字、隔二句與下歸悲衣枚叶、如生民三章之例、次章以下則因首章而以獨韻起調、古樂府及唐宋人詩餘長調、亦有獨韻起者、

我徂東山。慆慆不歸。我來自東。零雨其濛。果臝之實。亦施于宇。伊威在室。蠨蛸在戶。町畽鹿場。熠燿宵行。不可畏也。伊可懷也。 臝力果反、

果臝、括樓也、伊威、委黍也、蠨蛸、長踦也、町畽、鹿迹也、熠燿、燐也、燐、螢火也、

蠨音蕭、蛸所交反、町他典反、或他頂反、畽他短反、延文本作疃、傳同、熠以執反、燿以照反、

箋曰、釋草、果臝之實括樓、李巡曰、括樓、子名也、孫炎曰、齊人謂之天瓜、本草、一名地樓、一名天瓜、一名澤姑、一名果臝實、一名黃瓜、說者曰、出近道、藤生、

狀似土瓜、其實黃色、大如拳、山中人呼生牛膽、徐實夫云、許愼曰、在木曰果、
在地曰蓏、蓋此草蔓生附木、故得兼名、其根作粉、色白如雪、俗名天花粉、方
藥中恒用之、施・延也、施于宇謂延蔓及于簷上也、可知人在家隨宜剪伐、必
不至於其放恣如此也、二語寫得荒涼滿目、○伊威在室、室不埽則有之、在
室在戶、此在塗而預計家中景況也、馬瑞辰曰、陸疏云、伊威一名委黍、一名
鼠婦、在壁根下・甕底・土中生、似白魚者是也、是伊威與鼠婦爲一、今以目驗
之、其色與白魚相似、長僅一二分、形扁、似鼈多足、凡濕處皆有之、圖經本草
所謂溼生蟲也、至蟅蟲、本草謂之地鼈、名醫別錄云、一名土鼈、蘇恭注云、狀
似鼠婦、而大者寸餘、此與鼠婦相似、而大小不同類、玉篇合而一之誤矣、○
蠨蛸在戶、釋文云、蠨說文作蟰、音夙、釋蟲蟰蛸、釋文・蟰詩作蠨、亦收二音、古
蕭肅聲通轉、故蕭橚㩋瀟皆有平入二音、蟰古音肅、俗从今音寫作蠨、蠨蛸・
小蜘蛛也、一名長蹻、股頗長、結網極速、偶有驚觸、便分開後兩股如排八字、
毛傳謂之長踦、長腳長股亦皆指後兩足言也、此蜘蛛中能作網者、戶無人
以候飛蟲而擒之、說文云、蠨蛸長股者、蠨蛸後兩足於前六足較長、故爾雅
出入則結網當之、又有壁上結白膜如錢大、其白膜窠中抱子者、名壁錢、壁
錢亦蜘蛛類、其足長短若齊、不能作網、二者俗通呼之爲喜子、或謂喜母、然
網之蜘蛛、亦同類別物矣、事物紺珠曰、喜母小於長踦、著人衣、當有親客至、
蠨蛸長踦、斷非作白膜之壁錢、則其爲能作網之蜘蛛、而與壁錢爲不能作
名親客、此亦分長踦喜母爲二物、○町畽鹿場、說文・町下云、田踐處曰町、畽
下云、禽獸所踐處也、詩曰町畽鹿場、釋文云、畽本又作疃、又作墥、古重童聲

毛詩會箋

同、从田从土字亦通、町畽爲鹿之跡、或以町畽爲泛言全㫄畦隴、失之、爾雅釋宮、場亦爲道之異名、然則鹿場卽鹿之蹊徑、方言六・有蟥場・及蚍蜉鉏鼠之場、皆謂其所居途徑耳、爾雅釋獸、麋其跡躔、郭注、腳所踐處、說文、躔・踐也、方言躔・循也、歷行也、後漢郡國志、廣陵郡東陽有長洲澤、劉昭注云、縣多麋、引博物記曰、十百爲羣、掘食草根、其處成泥、名曰麋畯、民人隨此畯種稻、不耕而穫、其收百倍、然則畯之言猶躔也、躔畯古音相近、麋畯卽麋躔矣、王逸九思云、鹿蹊兮蹦蹦、說文、蹦・踐處也、是蹦卽鹿之迹、詩鹿場猶麋畯、皆謂所踐處也、詩必詠鹿場者、鹿性慕群、國歌所詠牡鹿戀牝之意、鹿尤易驚、今乃就舍旁息焉、亦無人故也、○熠燿宵行、正義曰釋蟲云、熒火卽炤、舍人云、螢火卽夜飛有火蟲也、本草、螢火一名夜光、一名熠燿、案諸文皆不言螢火爲燐、淮南子云、久血爲燐、許愼云、謂兵死之血爲鬼火、然則燐者鬼火之名、非螢火也、陳思王螢火論曰、詩云熠燿宵行、章句以爲鬼火、或謂之燐、未爲得也、天陰沈數雨、在於秋日、螢火夜飛之時也、故云宵行、然腐草木得溼而有光、亦有明驗、衆說竝爲螢火、近得實矣、然則毛以螢火爲燐、非也、案正義失傳意矣、說文無螢字、古蓋借熒字爲之、後漢書靈帝紀、帝與陳留王協夜步、逐熒光行數里、字正作熒、燐・炗明也、劇秦美新云、炳炳麟麟、卽燐燐之叚借、猶言熒熒也、是火炗明貌、故說文、熒・屋下鐙燭之炗是也、曰熠燿、曰燐、曰熒、皆狀其光之閃爍耳、段注說文、釋熒爲光不定、引淮南熒惑語證之、甚塙、然則淮南氾論篇云、久血爲燐、注以燐爲鬼火、不必然也、廣雅景天・螢火・鱗也、字作鱗、與釋文燐又作鱗者合、燐與熒・皆火光、傳於熠燿燐也下・必增燐熒火也、正以燐爲鬼火、恐人誤會、故以熒火明之、猶小弁之鷽卑居・卑居雅鳥也一例、以螢火之蟲・雅鳥之鳥・人所易知耳、不然經文但言熠燿與鷽、則以燐卑居釋之、足矣、毛傳本簡、肯如此辭費乎、廣雅疏證云、鬼火有光謂之燐、螢火有光亦得謂之燐、說文、熒・鐙燭之光、鐙燭有光謂之熒、螢火有光亦謂之熒、若謂螢火與鬼火不得同名爲燐、則螢火與鐙燭之光・亦不得同名熒乎、若陳王作論、乃駮熠燿之爲鬼火、而非難螢火之名燐、辨韓詩章句之疏、而非救毛公詁訓之失、此說是也、文選張華勵志詩・涼風振落・熠燿宵流、潘岳秋興賦・熠燿粲於階闥兮、蟋蟀鳴乎軒屛、此皆義本毛、李善引崔豹古今注曰、熠燿・燐也、一曰燿夜、腐草爲之、食蚊蚋、蓋魏晉人皆知熠燿爲螢火、又皆知毛傳之燐與熒卽螢火、竝不以爲鬼火也、安井氏曰、經序五者、以不可畏也承之、則五者不近人之物、箋云家無人則然、是也、若熒火卽炤、人反愛之、原非可畏之物、其飛行又不關人有無、故傳以爲燐、然亦不謂兵死之血爲鬼火者、蓋指夜間有光者爲燐耳、今荒草朽塵間、宵中蠕動有發光者、蓋謂此也、經云宵行、不言飛、亦以此、此說宵行二字不通、集傳以熠燿爲明不定貌、蓋欲與卒章熠燿其羽字義畫一、不知古人用字有虛有實、熠燿之爲熒火、實也、熠燿爲倉庚之羽、虛也、是豈可畫一乎、又夜行爲宵行・出周禮諸書、集傳以宵行爲蟲名、其所言形狀本於董逌陸佃、然董陸祇云熠燿別一種蟲、非螢火、初未嘗以其名爲宵行也、〇不可畏也、伊可懷也、畏者是別家已久、作許多淒涼之想、便生出許多恐懼之情、唐人詩近家心轉急、不敢問來人、畏也、妙在從征夫意中說出非實事、要得想當然口氣、畏字有十二分、懷字亦有十二分也、漢人從軍行云、兎從狗竇入、雉從梁上飛、中庭生旅穀、井上生旅葵、老杜云、行見空巷裏、日夜氣慘悽、但對狐與貍、竪毛怒我啼、彷彿似之、伊可懷也意、卽在亦可畏也句內、惟其可畏、所以可懷、懷從畏出、故懷字倍爲情深耳、夫以身役王事、家雖瀦乎、畏之可邪、抑亦可不懷乎、不畏·公也、懷之·私也、以公滅私、人臣之義也、棄親如遺、亦非人也、子曰、於東山見周公之先公而後私也、蓋指是周公之訓矣、淮南子規孟賁之目、大而不可畏、言無可畏也、語氣自別、畏之不可也、懷之可也、所謂先公而後私者、通篇陳歸士之私情、故於是句發先公之義矣、果羸之實六句、狀荒涼之景、周公爲軍士設身以處、舉其甚者言之耳、嚴緝謂爲無室家者、拘甚、

我徂東山。慆慆不歸。我來自東。零雨其濛。鸛鳴于垤。婦歎于室。洒埽穹窒。我征聿至。垤·螘冢也、將陰雨則穴處者先知之矣、鸛好水、長鳴而喜也、**有敦瓜苦。烝在栗薪。**敦猶專專也、烝·衆也、言我心苦、事又苦也、**自我不見。于今三年。**

鸛古玩反、垤田節反、傳螘延文本、作蟻、者字摺本無、矣字延文本作也、敦徒丹反、傳專專、延文本、作團團、

箋曰、鸛鳴于垤、婦歎于室、受零雨而言之、我來二句始爲實境故也、將雨則蟻上垤、鸛乃鳴、鸛之所鳴不必於垤、但垤亦與將雨有關、故成辭如是、鄭箋

鸛、水鳥也、將陰雨則鳴、陸璣曰、鸛似鴻而大、長頸赤喙、白身黑尾翅、樹上作巢、大如車輪、卵如三升杯、望見人、案其子令伏、徑舍去、一名負釜、一名黑尻、一名背竈、一名阜裙、本草注云、頭無丹項、無烏帶、身似鶴不善唳、但以喙相擊而鳴、釋文、鸛本又作雚、說文、雚、小爵也、从萑吅聲、詩曰雚鳴于垤、廣雅、背竈阜裙、雚雀也、酉陽雜俎、江淮謂羣雚飛謂之雚井、必有風雨、據各書、當依釋文作雚、爲水鳥、與从鳥者小大迥殊、陸疏合爲一物、非也、或曰、垤、小丘也、孟子泰山之於丘垤可徵、方言曰、楚郢以南、蟻土謂之垤、則以蟻土爲垤者、楚以南耳、詩人在西岐、未有是矣、此說拘甚、文選張茂先情詩注、引韓詩鸛鳴于垤、鸛水鳥、巢處知風、穴處知雨、天將雨而螘出壅土、鸛鳥見之、長鳴而喜、毛傳與韓同義、孟子趙岐注亦曰、垤、螘封也、封者聚土之義、冢其墳然者也、詩人鸛垤二字、含包天時物理之精微、毛義未可訾議也、至集傳謂將陰雨、蟻出垤而鸛就食之、則不免附會、草木疏言鸛食魚、埤雅言鸛甘帶、帶、蛇也、二書竝不云好食蟻也、婦歎于室者、此想其婦在家之歎望、蓋行人念家之情、如白居易詩云、想得家中夜深坐、還應說著遠行人也、世間唯閨情旅況最爲人人傷心之事、然種種旅況、即是種種閨情、歸士在途遇雨、人以爲一人受之、不知蚤已兩人受之、但征途尚有感慨可敘、而室中獨寫怨於景象而已、三章重婦歎、所謂室家望女、因是句而繫辭也、○洒埽穹窒、我征聿至、上句以待夫歸也、應上伊威蠨蛸等語、聿爲語詞、與遹曰等字竝通、此二句、見居者方思行者之勞、而行者適慰居者之望、光景宛然、穹窒解見七月、○有敦瓜苦、敦當讀如敦彼獨宿之敦、後漢書張衡傳、志團圓以應懸兮、注、團圓垂貌、此敦亦貌也、狀瓜之懸也、行葦敦彼行葦、傳、敦・聚也、葦之爲物散、故敦訓聚、瓜之爲物梱、故敦訓專、專卽今團字也、周禮大司徒、其民專而長、注、專・圜也、字亦作摶、考工記梓人、摶身而鴻、廬人刺兵摶、弓人紾而摶廉、注並云、摶・圜也、瓜苦與桑柔一語法、言苦匏也、匏瓜不食者也、烝在栗薪者、烝・久也、栗薪・栗樹也、棘薪桑薪同、瓜所繫木亦多矣、獨言栗薪者、栗周土所宜木也、此二句受聿至字、而賦歸日之事也、歸士至家、見栗瓜之喜內、暗伏見妻子面之喜、然而曰苦曰栗、自有苦辛戰栗之意、以寓夫婦兩心怵惕多年之苦焉、一以久濶相慶、一以苦況相弔、寃結三歲、夫婦悲喜之情、摸寫盡矣、此二句非比體、只是賦中之寓意、兼葭伐木亦一例、傳於烝在桑野云、烝・寘也、此云、烝・衆也、語同而訓異者、彼當獨宿車下之時、蠋爲在野之所見、故當念其久、此承我征聿至之後、瓜爲在家之所見、故不言久而言衆、釋文、栗韓詩作蓼、力菊反、衆薪也、韓詩謂蓼薪爲衆薪、衆薪者承烝字言之、毛傳云、烝・衆也、韓詩義當亦同、衆義兼瓜與薪而言、薪衆則在薪者非一瓜、而瓜苦之衆亦可見矣、故云衆薪、明其所繫者之非一瓜也、毛意以瓜之苦喩征夫之心苦、以瓜之衆繫於栗薪、喩征夫之繫於軍事、是其事又苦也、〇自我不見于今三年、此言三年、與書言二年一也、二年是紀周公居東歲月日數、三年則軍士統計往反始末、並在途言之、二句乃悲喜交集到頭語、其舊如之何、與此相應、夫婦方洒掃、而我征聿至望外之喜、難以言喩、却又無端感及苦瓜栗薪、與前意連而若斷、合而忽離、妙極、三年遠歸、別情萬種、俱不及吐、卻於小物繾綣不已、且不言既見、而言不見之久、用意較深一增、我徂東山。慆慆不歸。我來自東。零雨其濛。倉庚于飛。熠燿其羽。之子于歸。皇駁其馬。黃白曰皇、騂白曰駁、親結其縭。九十其儀。縭、婦人之褘也、母戒女、施衿結帨、九十其儀、言多儀也、其新孔嘉。其舊如之何。言久長之道也、○駁邦角反、褘許韋反、衿其鴆反、

箋曰至此而亡論東山之慆慆也、零雨之濛亦爲一場昨夢、猶繫首四句者、勞歸士之本意在此故也、○倉庚于飛、熠燿其羽、興也、熠燿・鮮明也、反應零雨之濛、亾論上半苦景、三章鸛垤瓜栗尙有餘感、至此興於倉皇、俄而如宿霧消滅、而春天駘蕩、特著熠燿二字、便見日麗禽飛、恰與皇駁之馬、九十之儀相映、周禮媒氏賈疏引孔晁申毛義、以熠燿其羽、爲喩嫁娶之盛非紀時、此說是也・苦瓜在栗、乃秋時景、方知周公之西歸在秋也、則此倉庚斷非紀仲春之時、箋以倉庚爲紀時、而礙於全詩皆非春令、故又推本於歸士始行之時新合昏禮、果然則少陵之新婚別矣、○之子于歸、皇駁其馬、之子・嫁子也、婦人謂嫁曰歸、以倉庚飛而其羽燁然、興新婦之歸、車馬爛然焉、嫁時執燭前馬、熠燿字極合、爾雅黃白皇、騂白駁、與青驪駽同一文法、皆謂全身一色之馬、皇之言黃、釋鳥、皇・黃鳥、是也、而與黃微異、故魯頌有驈有皇、與有驪有黃竝擧、毛傳黃白曰皇、黃騂曰黃、是也、是皇謂黃馬而發白色者、非黃白

二色相襍也、孔謂馬色有黃處有白處、誤、釋畜、騂白駁、孫注、騂赤色也、騂爲赤馬、以騂馬而發白色者是謂之駁、淡赤非深赤、故說文云、駁馬色不純、謂非正赤色耳、○親結其縭、親卽之子之母也、爾雅釋器、婦人之褘謂之縭、尒疋釋文、縭本或作褵、縭褵古今字之異、馬瑞辰曰、方言、蔽厀江淮之間謂之褘、說文、褘蔽厀也、是褘爲蔽厀之名、爾雅、衣蔽前謂之襜、下卽繼以婦人之褘謂之縭、二語相承而言、蓋言男子之蔽厀謂之襜、婦人之蔽厀則名縭也、釋名、韠蔽也、所以蔽厀前也、婦人蔽厀亦如之、是婦人有蔽厀之證、小爾雅、蔽厀謂之袡、方言、蔽厀齊魯之郊謂之袇、袇卽爾雅之襜、蓋襜與縭對文則異、散文則通、雜記、繭衣裳與稅衣纁袇爲一稱、鄭注、袇婦人蔽厀、是知士昏禮女次純衣纁袇、卽蔽厀也、是昏禮女服蔽厀之證、蔽厀一名褘、是知毛傳婦人之褘、卽婦人之蔽厀也、傳又引士昏禮施衿結帨者、上古蔽前、蔽厀象之、示不忘古、其制於衣帶前、以韋爲一幅巾、說文、巿从巾、象連帶之形也、巿或作韍、又作帗、說文、帗一幅巾也、又名大巾、方言云、蔽厀魏宋南楚之間謂之大巾、釋名亦云、婦人蔽厀齊人謂之巨巾、是也、大巾巨巾蓋對佩巾爲巾之小者言也、佩巾名帨、蔽厀有大巾巨巾之稱、故得同名爲帨、正義引孫炎曰、褘帨巾也、其義正本毛傳、傳既以褘釋縭、又引結帨以證結縭、褘與帨爲一、褘既爲蔽厀、則知所謂帨者卽蔽厀、非佩巾也、內則、女子生、設帨於門右、亦當指縭言之、後人止知佩巾之名帨、不知縭亦得名帨、故皆以爲佩巾耳、結縭謂結其蔽厀之帶、士昏禮、施衿結帨、衿紟古通用、說文、紟衣系也、漢書揚雄傳、衿芰茄之綠衣兮、注引應劭曰、衿音衿系之衿、衿帶也、衣帶謂之衿、帨帶亦謂之衿、是知施衿結帨、即施帶以結其帨也、郭璞爾雅注、以縭爲今之香纓、士昏禮鄭注、以帨爲佩巾、孔疏以施衿爲内則之衿纓、胥失之矣、馬說是也、士昏禮母戒女施衿結帨、曰勉之敬之、夙夜無違宮事、列女傳云、母醮房之中、結其衿縭、後漢書馬融傳云、施衿結縭、申父母之戒、張華女史箴曰、施衿結離、虔恭中饋、注、離與縭古字通、此皆用士昏禮文、皆以縭字代帨字、然則縭之爲帨審矣、○九十其儀、九之十之、言盡裝也、九者數之盛、十者數之終、舉九與十、極言其多也、語意與二三其德極相似、皆約舉之詞也、○其新孔嘉、其舊如之何、上句結本章、下句結通篇也、婚禮名嘉、以陰陽際會謂之嘉、蓋樂莫樂兮新知樂、其新之嘉固也、然悲莫悲兮生別離、況征夫畏其家之爲瀦、怨女哀生離之將爲死別、三年之久、寢食皆廢、人生之苦、荼毒極矣、此從新婚時結褵之誠、儀文之盛、鋪張點綴、而其妙趣全在其舊如之何五字、如之何者、欣慕讚嘆無可形容之詞也、孔嘉二字從上文皇駁其馬三句說來、此句不言樂、樂處在如之何三字想出、末結一句、通篇精神之所棲、以大歡喜之辭、吐盡昔日之大苦腦者也、傳云言久長之道也者、蓋謂歸士有新昏者、初來甚善、當更思所以久長之道、此以夫婦之道不可以不久、專爲新昏言之也、恐非經旨、

東山四章章十二句

箋曰、東山周公所作以勞歸士、猶杕杜勞還役也、然杕杜之辭簡、言室家之望而已、東山則并室廬之荒、歸後之樂、無不詳敘、蓋周公與歸士居東

三年、患難同之、情之繾綣、言之諄復、宜與杕杜不同也、王夫之曰、東山勞還卒之詩、獨惓惓於夫婦之情者、何不毗於憂樂者、可與通天下之憂樂矣、惟毗於憂、則不通天下之樂、並不通天下之所憂、毗於樂將不通天下之憂、抑將不通天下之所樂、故曰、一葉蔽目、不見泰岱、一豆塞耳、不聞雷霆、言略也、周公之徂東山也、其憂切矣、自東凱旋、其樂大矣、獨宿之悲、結縭之喜、夫何足以當公之憂樂、而爲爾不忘邪、於以見公之裕於憂樂、而旁通無蔽也、謂宗社大而行旅之勞細、謂君臣兄弟之故大、而夫婦之情私、然則率天下以生死於君子之一情、而尙不足厭也、則亦理之所固不可矣、故曰、不裕於理、未有能通天下之志者也、

破斧。美周公也。 箋曰、自此以下四篇皆居東之時也、 **周大夫以惡四國焉。** 箋曰、周大夫是從周公於東者、下三篇皆同、

既破我斧。又缺我斨。 隋銎曰斧、方銎曰斨、斧斨民之用也、禮義國家之用也、 **周公東征四國是皇。** 四國、管蔡商奄也、皇、匡也、 **哀我人斯。亦孔之將。** 將、大也、○斨七羊反、隋徒禾反、銎曲容反、傳方銎曰斨四字、摺本無、

毛詩會箋

箋曰、破我斧缺我斨、言周公之勤勞於外也、曰既、曰又、見其時之久、役之勞也、於斧言破、於斨言缺、互詞、司馬法、輜輦載一斧一斤一鑿一梩一鋤二版二築・皆軍中樵蘇築壘用之、集傳謂、斧斨、征伐之用也、是以斧爲斧鉞之斧、誤矣、詩言戎器、惟車馬弓矢干戈矛戟而斧斨以析薪伐木、司馬法輜輦所載可見矣、傳隋銎、銎者斧柄之孔、隋、孔形狹而長也、斧柄廣三寸、厚一寸有半、斧首隋圜、故斧柄亦爲狹長之形、斨方銎見七月、此重釋之者、欲借斧斨以設喻、傳固有此例、毛以斧斨喻禮義、禮義爲王朝所定、故曰我、四國不守禮義、故曰破曰缺、視鄭箋破斧喻破毀周公、缺斨喻損傷成王、則其意正大然亦非經旨也、安井氏曰、足利學古本、曰斧下有方銎曰斨四字、與七月正義所引合、校勘記以七月正義爲誤、謂古本采彼正義而致誤、不知我古本傳自隋初、歷世寶守、不敢移易一字、不類朱明以後任意增損經傳、豈能采孔穎達正義而補之哉、足利學又有宋板注疏、其書易戴記板心・有剞劂氏李忠王定名氏、此二人亦見淳熙板荀子及東坡集、則此三經爲淳熙中所刻、而周易第十三卷有陸子遹手書跋、云端平二年正月十日、鏡陽嗣隱陸子遹遵先書手摽以手點傳之、時大雪始晴、謹記、子遹陸務觀第六子、先書手摽謂務觀、此最可寶重、其餘雖係附釋文本、據板式書樣、亦皆純然宋板、而校勘記以爲朱明嘉靖間所翻刻、肆其醜詆、阮元著校勘記、撰生員有才學者、各付一經、毛詩乃嘉應李恒春所校、謬誤最多、阮元晚年欲廢校勘記、良有以也、〇四國是皇、傳云四國管蔡商奄者、管、地理志・河南郡中牟有管叔邑、在今河南開封府鄭州、是管叔所封國也、蔡、地理志汝南郡上蔡故蔡國、周武王弟叔度所封、度放、成王封其子胡、十八世徙新蔡、今河南汝寧府上蔡縣、縣西南十里有故蔡城、是蔡叔所封國也、商、謂祿父也、奄、詔武庚以叛、而爲成王所踐者、霍叔罪輕不數、又不數淮夷、以淮夷與奄爲一也、奄地未詳所在、左傳・蒲姑商奄吾東土也、又云、魯公因商奄之民、則奄是東方之國、近魯之地也、括地志・兗州府曲阜縣奄里卽奄國之地、疑此卽杜氏所謂迸散在魯者、其後故得奄名、非奄之初封在魯也、書序稱成王踐奄、則東征之日、周公討而定之、未嘗滅其國、至歸政後、成王始滅之、而徙其君耳、朱傳以四國爲四方之國、然書多方篇曰、告爾四國多方、旣于四國之下復言多方、則四國之非泛指四方明矣、又多士云、昔朕來自奄、予大降爾四國民命、則奄爲四國之一明矣、逸周書作雒解、周公立相天子、三叔及殷東徐奄及熊盈以略、其下云、凡所征熊盈族十有七國、俘維九邑、俘殷獻民、遷于九畢、然則當時東方之國、畔者尙多、周公所征不止管蔡商奄、言四國者、舉其重者耳、安井氏曰、昭二十年左傳、載晏子對景公言、曰昔爽鳩氏居此地、季萴因之、有逢伯陵因之、蒲姑氏因之、而後大公因之、蒲薄古同聲、蒲姑氏卽薄姑氏、武王克殷、封大公於齊、則成王之時、薄姑氏亡已久矣、薄姑地名、時人因其所都、稱爲薄姑氏、猶晉君居鄂稱爲鄂侯耳、書序云、成王踐奄、遷其君於薄姑、蓋管蔡流言之時、奄君漏網、及後又叛、成王遷之於薄姑、書傳並前後稱之、以見成王所踐之奄君、卽爲勸祿父叛之奄君、非晏子所謂蒲姑氏也、傳云皇匡也者、爾雅・皇匡竝有正義、故皇又可訓匡、古人於字義同者得轉相爲訓、不必以皇爲匡之假借、此言正叛亂之罪以誅其君也、逸周書作雒解云、王子祿父北奔、管叔經而卒、則非加刃也、傳稱周公殺管叔、春秋於上所不赦而自殺自縊者、皆曰殺、三監挾殷以叛、管死而蔡霍生者、蓋於法分首從也、金縢亦曰、管叔及其羣弟、罪固有輕重矣、○哀我人斯、我人通言天下之人、詩之主腦在此句、當時頓師三載、蓋非特靖此一方、凡當日所以設致首渠散脅從、及一切處置後事之方、必有成紀、惜詩人不及頌耳、若非公身親此舉、則煽于邪者非一國、罹于辟者何限千百、篇中哀之一字、如見聖人之心、哀字古有數義、有作悲哀解者、詩哀哉爲猷、亦孔之哀之類、是也、有作哀憐解者、此詩哀我人斯、及哀此鰥寡之類、是也、有訓愛者、呂氏春秋・人主何可以不務哀士、高注、哀・愛也、關雎詩序哀窈窕、卽愛窈窕也、哀憐之意卽與愛近、○亦孔之將、將偏之反、周公明大德于東土、治渠魁赦脅從、使民復業之類、哀恤甚大、故大夫美之曰、公之德施普哉、嗟汝四國、爲汝流言故、使公慆慆不歸、破斧缺斨、其勤勞如何哉、是惡四國也、

既破我斧。又缺我錡。鑿屬曰錡、**周公東征。四國是吪。**吪化也、

哀我人斯。亦孔之嘉。○錡巨宜反、吪五戈反、

箋曰、鑿・穿木之器也、傳云鑿屬、則非錡卽鑿也、曰說文錡、鉏鋙也、鋙或从吾作語、廣韻、鉏鋙不相當也、鉏鋙二字疊韻、蓋器之有齒參差不齊、能相錯磨者、猶齒不相値曰齟齬也、蓋卽今之鋸也、管子・一車必者一斤一鋸一釭一鑽一鑿一銶一軻、則鋸與斧鑿銶・同爲軍資所需、○四國是吪、王風爰・小

雅無羊傳。竝云、吪、動也、吪訓化者、乃動引申之義、非借吪爲化、釋文云吪又作訛、此則以訛爲吪之假借耳、四國是吪、言化頑嚚之心、以宥其黨也、○亦孔之嘉、嘉、凶之反、使父母兄弟妻子各得其所、是嘉也、猶曰周公至仁、戮其鯨鯢、而比黨之徒、則從末減、化其惡心、改而止、使女輩室家團欒、哀恤所至、可謂嘉矣、

既破我斧。又缺我銶。木屬曰銶、**周公東征。四國是遒。**遒、固也、

哀我人斯。亦孔之休。休、美也、○銶音求、遒在羞反、

箋曰、說文無銶、木部、梂一曰鑿首也、鑿所以穿木也、鑿首謂鑿柄、疑卽銶之異文、廣雅云、梂、柎也、柎與弣同、弣亦柄也、鑿柄以木爲之、故傳云木屬、管子輕重乙曰、一車必有一斤一鋸一釭一鑽一鑿一銶一軻、蓋鑿首謂之梂、其柄別爲一器、亦謂之梂、猶矛戈之柄曰矜、而杖亦曰矜也、胡承珙曰、器之以木爲者多矣、要不得云木屬、竊疑木爲苿字之誤、說文、苿、兩刃臿也、从木丫象形、釋名、臿、插也、掘地起土也、銶蓋亦起土之物、故大雅捄之陑陑、箋云、捄、捊也、說文、捊、引取土也、捄與銶皆從求得聲、所以取土者謂之銶、因而取土亦謂之捄、周禮鄉師注引司馬法云、輜輂載一斧、一斤、一鑿、一梩、一鋤、周輦加二版二築、賈疏云、梩或解爲臿、或解爲鍬、鍬臿亦不殊、然則司馬法之一梩、或卽管子之一銶、皆鍬臿之類、故傳以銶爲苿屬歟、○四國是遒、遒者揫

之叚借、商頌長發百祿是遒、傳、遒・聚也、彼遒說文引作揫、此四國是遒、董氏引崔集注本亦作揫、古遒揫聲通、說文、揫・束也廣韻、揫・固也、與傳訓遒爲固同義、爾雅、揫・聚也、凡物斂而收束之、則固結而不搖、此言鳩離散之民以安其土也、○亦孔之休、休・咎之反、樂樂利利、而優游五福中、是休也、皇曰將、正之公而不偏也、吪曰嘉、化之而使得其嘉也、遒曰休、聚之而使附其休也、離散之民、不無惡物、然肆大眚、安堵如故、是以休哀恤之也、民皆免六極而歸五福、此謂哀恤之休也、

破斧三章章六句

箋曰、東征之役、三年而後克之、不爲不久、所云斧斨錡銶、特軍中除道樵蘇築壘炊爨所用、非如弓矢干戈矛戟之爲兵器也、然此物至于破且缺、則其無完器、亦可知矣、玩詩既字又字語氣、是言艱難勞苦、逆折出下文四句來、言所以如此而不辭者、非爲一己、乃欲匡正此四國之人、使不陷于逆亂也、嚴氏乃云、管蔡之亂、何能爲哉、但能破我之斧而已、缺我之斨而已、于兵器原無損也、則與詩神氣全然不似、且四國是皇句、亦一毫無氣力矣、蓋此日時勢、與牧野不同、武王伐殷、民苦紂虐久矣、王師之來、如苗得雨、若東山之役、紂惡既消、故君生感、祿父有必死之心、頑民有從義之勇、加以管蔡霍奄徐淮夷諸國、方且歸罪周公、而周公欲以片詞解散其黨、吾知其難也、觀於既平之後、猶營洛邑以處頑民、則此日之時勢可

知矣、故東征不免於誅殺者勢也、然公仁人也、全籍兵力則一將之能、何必周公、公於此時、手提京旅、又合庶邦友君尹氏御事、兵力既強、戰則必勝、而必遲之三年、以至器用敝壞者、卽多士所謂予大降爾四國民命、今予惟不爾殺之心也、蓋公之心固不忍己之人爲四國殺之、並不忍四國之人爲我殺之、四國之人、亦我人也、哀我人、周公之心無彼此之分矣、哀之至、故俟之久、始以文告、繼以招撫、而禮義之所不能諭者、然後兵之、而猶不忍妄動多殺也、易所謂神武者非耶、○范氏論周公處管蔡、與舜之處象所以異、集傳載之、中井氏駁之曰、管蔡於成王臣也、成王誅叛臣、何容異議、但其幼弱、故周公代而爲之耳、豈容以兄弟之私、而廢天下大義哉、周公主其事、故相傳曰周公誅管蔡耳、其實非周公之誅、乃將王誅而已、後人不之察、動以舜與周公比方立論、不倫之甚者、又曰、周公之事、唯君臣之義爲重、而天下治亂繫焉、舜無君臣之分、而治亂不與焉、安得比方、象之得志、死一人而已、管蔡事成、天下騷動、死亡流離幾萬人哉、此亦不可不知、又曰、周公管蔡皆成王之叔父也、蓋叔父兩字、隱然衡於議者胸中、暗爲之蔽也、故其論皆不瑩、試掃棄此兩字、以周公爲異姓之卿、則無足論者矣、譬之大甲居桐宮、伊尹爲政、伊尹之兄弟、共邀桀之子于南巢、將發師復夏家、伊尹其如之何、人無智愚、萬口唯有一誅字而已矣、何曾容異議、蓋議者皆暗被兩字之祟、而不自知也、

伐柯。美周公也。 箋曰、言成王惑於流言、故伐柯九罭次之、 周大夫刺朝廷之

不知也。箋曰、是時成王幼冲、罪有所分、故汎言而稱朝廷、詩固亦不直指王也、呂記曰、觀金縢所載、二公之知周公至矣、今曰朝廷、則二公亦與焉、蓋大臣與國同體者也、主未悟而事未回、國人所當責、而二公所當受也、二公、召公太公也、又嚴氏於卷阿曰、周公居東之初、成王未悟之日、伐柯九罭等詩、人心顒顒、謂朝廷一日不可無周公、在召公必不但默也、史傳略耳、此亦知二公之心者、○柯古河反

伐柯如何。匪斧不克。柯、斧柄也、禮義者亦治國之柄、**取妻如何。匪媒不得。**媒所以用禮也、治國不能用禮、則不安、○延文本克作尅、取作娶、之柄下、安下、並有也字、

箋曰、此章四句皆比也、爾雅、柯・法也、考工記車人以柯爲度、柯長三尺、博三寸、厚一寸有半、五分其長、以其一爲之首、首六寸卽斧頭、柯其柄也、伐柯比執國之柄、伐斧柄必待斧而後成、猶治國之柄必待禮而後成、克・能也、○取妻如何、匪媒不得者、取妻必用禮、媒者用禮之人、故傳云媒所以用禮也、又申之云、治國不能用禮則不安也、卽承所以用禮之故、傳中兩云治國、皆明經義、斧喩禮、媒喩用禮、雖兩喩實一意也、媒以喩周公也、夫制禮作樂、王者之事也、然制作非聖人不能焉、周公能制禮用之、王何不速迎之以爲政也、毛意以禮爲國家之用、以美周公之禮敎、與序首句合、曰不克、曰不得、風刺之意自見、序所謂不知、卽是也、

伐柯伐柯。其則不遠。以其所願乎上交乎下・以其所願乎下事乎上、不遠求也、我覯之子。籩豆有踐。踐、行列貌也、○覯古豆反、踐賤淺反、延文本、傳貌下有也字、

箋曰、比也、則・法也、其則近在手中柯、一睨可知矣、上古之事質、不別立尺度、即以斧斤之柄爲則、柯長三尺、凡爲車之事、皆以此爲尺度、曰一柯、三柯半柯、故爾雅曰、柯・法也、所謂其則不遠、言其長短博厚之尺度可近取則也、不然則柯一直木耳、可任意爲之、但求與斧孔相入耳、何所容其睨視如中庸所云乎、是章言伐斧柄之法、以喩治人之法不在遠求、夫禮行於與人相接之間、而其意在恕、中庸云、道不遠人、人之爲道而遠人、不可以爲道、詩云、伐柯伐柯、其則不遠、執柯以伐柯、睨而視之、猶以爲遠、故君子以人治人、改而止、忠恕違道不遠、施諸己而不願、亦勿施於人、此傳與中庸引詩義合、乃美周公能用禮、以人治人也、○我覯之子、汎見曰見、接見曰覯、之子、指周公也、白華中后稱幽王曰之子、亦此類也、我覯之子、與九罭文無異詞、則皆爲指周公無疑也、籩豆有踐者、籩以竹爲之、形制如豆、亦受四升、盛棗栗桃梅菱芡脯脩膴鮑糗餌之屬、是也、豆以木爲之、其實四升、用薦菹醢、周禮醢人、掌四豆之實、朝事之豆、其實韭菹醓醢之類、是也、豆形制詳大雅生民、籩豆同類、用不單行、故單言豆者、即可統籩、楚茨爲豆孔庶是也、其單言籩者、亦可概豆、周語云品其百籩、是也、踐乃翦之叚借、玉藻、凡有血氣之類、弗身踐也、注、踐當爲翦、聲之誤也、書成王政序遂踐奄、疏・鄭玄讀踐爲翦、翦踐同聲、故

假借、閟宮實始翦商、傳、翦・齊也、爾雅同、說文・翦作𦑘、云、羽生也、羽生必齊、毛訓踐爲行列貌、亦讀踐爲翦也、有行列卽齊也、詩人言以我觀於周公、其於小禮儀之間、亦知其動容周旋爲盛德君子、使之爲政、天下必大治、刺朝廷不速迎之也、箋以籩豆爲王迎周公有饗燕之禮、殊與伐柯取則、詞意不相聯貫、朱傳更因取妻之文、而以籩豆爲同牢之禮、陋矣、況昏禮所載夫席婦席饋舅姑、皆有豆無籩、安得云籩豆有踐邪、

伐柯二章章四句

九罭。美周公也。 箋曰、伐柯唯刺其不知、九罭悲公之不歸、 **周大夫刺朝廷之不知也。**

箋曰、此詩序以爲周大夫美周公、而責朝廷不速迎公之詞、朱傳改爲東人愛慕公之詞、以末章語氣而定之也、蓋當時人情、周大夫則願速迎公歸、以相王室、東人則望公少留以盡私情、要爲美周公其義一也、而詩人述東人猶能愛公、卽所以刺朝廷之不知也、

九罭之魚鱒魴。 興也、九罭・緵罟、小魚之網也、鱒魴・大魚也、 **我覯之子。袞衣繡裳。** 所以見周公也、袞・卷龍也、○罭于逼反、鱒才損反、魴音房、袞古本反、緵子弄反、罟音古、延文本、傳罟下有也字、

箋曰、比也、九罭數罟也、鱒魴名魚也、以比周公盛德而來留下匽焉、以九罭之小網、而得鱒魴之大魚、有喜出望外意、爾雅・緵罟謂之九罭、九罭・魚網也、

緵本或作總、緵數一聲之轉、卽孟子所謂數罟、趙岐注、數罟・密網也、是也、文選西京賦布九罭、注云、罭與緎同、召南羔羊素絲五緎傳、緎・縫也、凡字以或爲聲者、皆有界限之義、故从絲爲縫、从木爲門限、从土爲區域、从囗爲邦國、則从网爲網目、是字義之可推者也、蓋網長一尺九目、則一目之長一寸一分一厘、周尺短、一尺當我曲尺七分三厘弱、其爲促目小網可知、正義云、以其緵促網目能得小魚、不謂網身小、此誤解百囊之說耳、其實旣是小魚之網、卽網目網身皆當小也、正義又言、鱒魴非大魚、不知此自對小網言之、則爲大矣、西京賦布九罭摷鯤鮞、九罭但取鯤鮞、則以鱒魴處之、當爲大魚耳、郭注爾雅謂、九罭今之百囊罟、是知九罭非謂九囊、蓋以九者數之究極、甚言其密且小則謂之九罭、正義引孫炎云、九罭謂魚之所入有九囊也、失之、至鄭箋云說九罭之網、乃後得鱒魴之魚、則以九罭爲大罟、蓋孫炎說所本、與毛異義、正義謂不異於傳、殊誤、釋魚、鮅・鱒魴、樊光讀以鱒魴相屬、據釋文引字林說、明以鮅字訓魴、則呂忱亦讀鮅鱒魴爲句、毛傳訓鱒爲大魚、是以鱒爲魴之大者、从魚尊聲、與大鰕之爲鰝・从魚高聲意同、釋魚鮅鱒魴、與鮥鮇鮪同例、字雖从魚、不得分析爲二魚名、說文訓鱒爲赤目魚、別自爲一義、魴見汝墳。○我覯之子、我、東人自我也、傳云所以見周公者、承上傳而言、言下國有聖人、猶數罟有大魚、東都之人、所以得見周公也、袞衣繡裳與淇奧充耳琇瑩同意、蓋周公之德不窮、言美其服、卽所以頌其德、而一以著其德容堂堂、不可以患難動焉、一以著其威嚴神明可以位冢宰正百官焉、釋文・袞字或作卷、音同、毛傳云、袞衣・卷龍衣也、卷龍・謂龍拳曲、天子之龍・一升一降、上公但有降龍、王制・三公一命卷、鄭注・卷俗讀也、其通則曰袞、正義云、禮記文皆作卷、是記者承俗之言、玉藻龍卷以祭、注云、字或作袞、袞與卷古音同、故假卷爲袞也、袞衣裳九章、一曰龍、二曰山、三曰華蟲、雉也、四曰火、五曰宗彝、虎蜼也、皆繢於衣、六曰藻、七曰粉米、八曰黼、九曰黻、皆繡於裳、龍取其變也、山取其鎭也、華蟲取其文也、火取其明也、宗彝取其孝也、藻水草、取其潔也、粉米白米、取其養也、黼若斧形、取其斷也、黻兩已相背、取其辨也、據周禮、子男之服自毳冕而下如侯伯、則上不得服鷩冕可知、侯伯之服、自鷩冕而下如公、則上不得服袞冕可知、公之服自袞冕以下如王、則袞冕而上、明有日月星辰、公不得上服十二章可知矣、王享先王以袞冕、則祀天地之大裘、襲襲以十二章之服也、

鴻飛遵渚。鴻不宜循渚也、**公歸無所。於女信處。**周公未得禮也、再宿曰信、○女音汝下同、

箋曰、比也、受上而詠水景、渚小洲也、鴻當高飛雲路、而乃下循洲渚、正以喩公當在朝廷、不宜居東也、不宜居則公應歸矣、而未有所也、故猶於東信處耳、公歸二字略逗、無所・猶孟子云無處、二章三章願朝廷迎公以歸、而託爲東人自相謂之語、四章則託爲東人留公之語、是時公居東已二年矣、信處信宿、諷王之速迎公也、女者、東人相呼之辭也、胡承珙曰段氏云、說文曰、鴻者鴻鵠也、鴻鵠卽黃鵠也、黃鵠一舉知山川之紆曲、再舉知天地之圓方、見

楚辭惜誓、最爲大鳥、鄭箋祇云鴻大鳥、不言何鳥、學者多云鴈之大者、夫鴻雁遵渚遵陸、乃其常耳、何以傳云鴻不宜循渚、陸非鴻所宜止、則鴻非大鴈也、正謂一舉千里之大鳥、常集高山茂林之上、不當循小洲之渚、高平之陸也、經傳鴻字有謂大雁者、曲禮前有車騎則載飛鴻、易鴻漸于磐是也、有謂黃鵠者、此詩是也、單呼鵠棄呼黃鵠、鴻鵠、黃言其色、鴻之言琟、言其大也、段說是也、陸疏云、鴻鵠羽毛光澤純白、似鶴而大、長頸、肉美如雁、此亦以鴻鵠連言、與說文合、其云色白、又與莊子天運篇、鵠不日浴而白、司馬相如賦、弋白鵠皆合、說文言黃鵠者、疑歲久而黃耳、史記索隱引尸子云、鴻鵠之㲉、羽翼未全、而有四海之心、則爲大鳥可知、陸但云肉美如雁、是亦不以鴻鵠與鴻雁爲一也、朱子曰、二章飛歸叶、是句腰亦用韻、詩中亦有此體、

鴻飛遵陸。 陸非鴻所宜止、 **公歸不復。於女信宿。** 宿猶處也、

箋曰、此陸與渚對、謂平地也、公歸不復者、小雅言歸斯復、傳云復反也、公歸二字亦須讀斷、謂公本應歸、而不得所以反之道、乃與上無所一列、〇於女信宿有客傳、一宿曰宿、與此傳不同者、信宿不平列、此信宿猶上章信處、處・止也、說文、宿・止也、

是以有袞衣兮。無以我公歸兮。 無與公歸之道也、 **無使我心悲兮。**

箋曰、是以二字、緊承上信處、信宿來、言是以東土偶有此袞衣之人而幸見之、既有袞衣之人、豈能遽舍、故又以下二句一氣疊去、公歸則我悲矣、無以公歸、無使我悲、猶冀王之不遽迎也、想似癡而情愈眞、文似緊而意愈婉、二章三章、又致其挽留之意、夫欲迎公者、爲國之公心、不忍公去者、亦親德之私願、故以推轂勸駕之思、翻作攀轅臥轍之語、妙處全在末章、若留公而願公之歸者、隱然言外、胡承珙曰、此詩首尾兩言袞衣、毛於袞衣繡裳傳云、所以見周公也、末章傳云無與公歸之道也、二語正相應、言袞衣固爲見公之服、然王無迎之之禮、是以有此袞衣、而終無與公歸之道、能無使我心悲乎、蓋卽首章袞衣之語、又推進一層、傳文雖簡質、然讀無以之以爲與、又於公歸增之道二字、其意已明、毛蓋謂、是以二字緊承上二章公歸無所、公歸不復來、無所不復、正言無與公歸之道、故以是以二字直接、言雖有其服而無其道也、此說蓋得毛旨、然從毛則第二句不與上句緊接而末句作反語亦文勢不順、故今不從、

九罭四章一章四句三章章三句。箋曰、首章九罭之魚鱒魴六字、當作一句、則是詩各章三句爲齊整、尤覺穩、舊讀不可從、

狼跋。美周公也。箋曰、美周公之盛德、故以終之、跋卜末反、周公攝政。遠則四

國流言。箋曰、破斧所惡、近則王不知。箋曰、伐柯九罭所刺、周大夫美其不失其聖也。箋曰、安井氏曰、序言周公攝政、遠則四國流言、近則王不知、則武王已崩、周公卽攝政、與金縢武王既喪、管叔及其群弟乃流言于國合、金縢不言攝政者、若周公不攝政、管叔及其群弟、無由流公將不利于孺子之言、故詳于流言、而略于攝政、以其可推知也、序遠近、傳進退、皆指經二章上二句、鄭解孫爲遜遯、遂以不失其聖爲及復辟後留爲大師之事、果然、大史何以編之豳風也、不思甚矣、吳英曰、流言之起、在成王諒闇聽於冢宰之日也、非終喪之後也、惟幼主新立、故有不利之疑、若已終喪、則君位之定已久、人情之定亦已久、卽爲流言、人誰信之、蓋流言之年月雖不可考、然以管蔡之情觀之、必在既葬武王而成王反於諒闇之時也、管叔畔逆之萠、雖非一日矣、然其毒念之發、自因入王宮來、見機生情、以爲已有得爲天子之便、而阻於周公也、於是而有流言之計、一流言而害周公計在此、已仍得爲天子計亦在此耳、天子七月而葬、同軌畢至、管蔡爲武王親弟、豈有周公不令其來送葬者、管蔡既來、卽爲布置奸諜於京師、令俟羣叔既行、而流言乃發、人不能覺其爲羣叔所爲者、竹書紀年曰、成王元年夏六月葬武王于畢、則金縢謂既喪者、殆指成王元年夏六月秋七月之間也、

狼跋其胡。載疐其尾。興也、跋·躐也、疐·跲也、老狼有胡、進則躐其胡、退則跲其尾、進退有難、然而不失猛、

公孫碩膚。赤舄几几。公孫、成王也、豳之孫也、碩、大、膚、美也、赤舄、人君之盛屨也、几几、絇貌、○膚丁四反、舄音昔、蹵力輒反、跲其劫反、絇其俱反、延文本、傳猛下大下几下貌下、並有也字、

箋曰、比也每章上二句言老狼進退有難、以喩周公之遠近有難、下二句言周公之不失其聖、進退有難、自當專指周公攝政、四國流言時事、蓋其時疑謗忽起、王室傾危、二叔不咸、沖人未悟、周公欲進不能、欲退不得、正跋前疐後之狀、陳啓源曰、詩以狼爲興、但取其跋胡疐尾爲進退兩難之喩、初不計其物之善惡也、伊川以狼爲惡獸、非所以喩聖人、故變其說、以爲狼以貪欲而陷於機穽、公以無欲而舒泰自如、意甚美矣、然以狼喩聖、固爲儗非其倫、反狼之惡以見聖之美、是又以聖與狼較論善惡也、亦非所以尊聖、陳說允矣、跋躐也、亦訓爲躐、漢書楊雄傳集注、引張晏跋躐也、亦訓爲蹋、文選羽獵賦跋犀犛注、引韋昭跋蹋也、說文、胡、牛頷垂也、今狼稱胡、以其頷下垂皮亦如牛然、狼之老者則頷下垂胡、疐與躓通、說文、疐、礙不行也、足部躓、跲也、邶風願言則疐、傳訓與此同、蓋疐爲礙、躓亦爲礙、列子說符、其行足躓株陷、注云、躓、礙也、故傳即以跲訓疐、○公孫碩膚、俞樾曰、孫毓云、詩書名例、未有稱天子爲公孫者、成王之去豳公、又已遠矣、此篇美周公、不言成王、何害成王之大美乎、孫說洵足以闢毛矣、然鄭義亦未得、公孫明是指目其人、何得讀從公孫于齊之義、詩序云、周公攝政、遠則四國流言、近則成王不知、而鄭箋乃言周公歸政、成王留爲大師、則與周公攝政不合、與成王不知、更不合矣、

故箋義亦非也、公孫執謂、謂周公也、豳風自破斧以下諸篇、破斧明斥周公、伐柯則云之子、九罭則云之子、又云我公、皆斥周公、然則此篇公孫亦斥周公無疑、成王爲豳公之孫、則周公亦得爲豳公之孫、然豳公遠矣、此詩雖編豳風之內、作者原非豳國之人、何必繫豳公而言之、謂之公孫者、蓋周有先王有先公、天保篇禴祠烝嘗于公先王、箋云、公先公、謂后稷至諸盩、周公爲王季之孫、禮記大傳篇曰、牧之野、武王之大事也、旣事而退、追王大王王季文王、則王季在武王時已追王矣、周公應稱王孫、不稱王孫稱公孫者、蓋諸侯不敢祖天子、故不推本先王謂之公孫、此詩人立言之得體也、其後成王以周公爲有勳勞於天下、賜之天子之禮樂、祀帝于郊、配以后稷、周制郊祀后稷以配天、宗祀文王於明堂以配上帝、魯得以后稷配、不得以文王配、亦卽此義矣、俞說得之、六月傳、膚大也、碩膚者、心廣體胖之象、周公處變不失其常、異於狼之跋疐、唯見其舒泰自如、若未嘗經意者、然是其所以爲周公、而序所云不失其聖也、○赤舃几几、複下曰舃、單下曰屨、此折言之也、屨其大名也、赤舃其色也、天官屨人注、舃有三等、赤舃爲上、冕服之舃、然則赤舃是舃之最上、故傳云人君之盛屨也、赤舃周公所服、上公袞冕、故赤舃几几・安重貌、蓋几者尻省文、古文居作尻、座也、安也、其字从尸得几而止、几人之所凭坐而得安也、赤舃几几、所以言碩膚之狀、蓋公之大美、豈能彷彿形容、但於赤舃几几想見之耳、猶淇奧篇云寬兮綽兮倚重較兮、寬綽何從描寫、但於倚重較兮想見之耳、觀聖賢者、俱從閒處着眼、所謂頰上三毛也、凡人遭利害之變則舉趾不安、其甚懼者或至於喪屨、喜者或至于折屐、故詩人以赤舄几几形容其安舒、而心廣體胖之象自見矣、周語云、足以踐德、又云足高曰棄其德、亦與詩人之意合、傳云几几絇貌者、謂舄頭飾之貌、士冠禮注、絇之言拘也、以爲行戒、狀如刀衣鼻在屨頭、疏云、古絇以物繫之爲行戒、故用繒一寸、屈之爲絇、爲拘著屨頭、以容受繫穿貫、其屈之形、以漢時刀衣鼻也、

狼疐其尾。載跋其胡。公孫碩膚。德音不瑕。瑕·過也、

箋曰、有德必有聲、故德謂之德音、古言也、不唯詩、如左傳大國不加德音、先王務修德音、皆非令聞之謂也、說文、瑕·玉小赤也、小赤玉之疵也、聘義瑕不掩瑜、注瑕、玉之病也、不瑕、與烈祖不瑕同、言大變之間、泰然而其德無一闕也、蓋攝政似過專、用二叔似不知、鴟鴞似怨、東征似憤、竝管叔誅之似忍、皆所謂瑕也、詩人特揭德音不瑕一語、以見周公所以如此者、皆出於天理人情之至、而無一毫私意行乎其間、其在當日已如日月之昭明、萬古而下豈爲奸邪之口實、故狼跋詩人已綜周公之全局、而盡元聖之生平也、

狼跋二章章四句

豳國七篇二十七章二百三句

毛詩會箋

毛詩卷第八

毛詩卷第九

竹添光鴻會箋

鹿鳴之什詁訓傳第十六　毛詩小雅

箋曰、周禮小司徒職云、五人爲伍、五人謂之伍、則十人謂之什也、故左傳曰、以什共車必克、然則什伍者部別聚居之名也、雅頌無諸國別、而篇數既多、故分其積篇、每十爲卷、卽以卷首之篇爲什長、卷中之篇皆統焉、鹿鳴至魚麗凡十篇、總名之鹿鳴之什、故樂師注云、徹者歌雍、雍在周頌臣工之什、言雍篇在臣工之什中、是卷首之篇爲什長、以統餘篇之目也、嚴粲曰、雅之大小、特以其體之不同耳、蓋優柔委曲、意在言外者、風之體也、明白正大、直言其事者、雅之體也、純乎雅之體者爲雅之大、雜乎風之體者爲雅之小、今考小雅正經十六篇、大抵寂寥短簡、其首篇多寄興之辭、次章以下、則申複咏之、以寓不盡之意、蓋兼有風之體、大雅正經十八篇、皆春容大篇、其詞旨正大、氣象開闊、不惟與國風夐然不同、而比之小雅亦自不侔矣、至于變雅亦然、其變小雅中·固有雅體多而風體少者、然終有風體、不得爲大雅也、離騷出於國風、言多比興、意亦微婉、而世以風騷並稱、謂其體之多同也、太史公亦曰、國風好色而不淫、小雅怨誹而不亂、若離騷者可謂兼之矣、言離騷兼國風小雅、而不言兼大雅、見小雅與風騷相類、而大雅不可與風騷並言也、詠呦呦鹿鳴、食野之苹、便會得小雅興趣、誦文王在上、於昭于天、便識得大雅氣象、小雅大雅之別則昭昭矣、又曰、考菁莪育材、棫樸官人、所言之事同也、然菁莪之詩、惟反覆吟詠于菁菁之莪、是有風體、而不純乎雅、故爲小雅、至棫樸之詩、言左右奉璋、髦士攸宜、周王于邁、六師及之、周王壽考、遐不作人、勉勉我王、綱紀四方、皆正言其事、其辭旨氣象、與菁莪大有間矣、故爲大雅、此小雅大雅正經之別也、嚴說得大要、蓋大序所謂政有大小、以正雅言之、周公之所定也、大雅所陳者、皆受命配天造邦繼伐守成諸大端、而稱文武成王之修德凝命、直從根源處抉其底蘊、而大綱大紀無不幷包、小雅則賓賢兄弟朋友之燕飲、遣勞報上澤下之賡揚、舉一事而各見其盡善也、故同一求賢、而卷阿之彌性、主百神而嗣先公、自大於小雅之得賢才而燕享矣、同一稱願、而既醉之太平、進以高朗令終、自大於蓼蕭湛露之同樂矣、詩無優劣、義有偏全、總綱者爲政之大原、而分見者爲政之節目、總綱爲大、節目爲小、此周公所定之大小也、總之大雅由夫政之大者而爲樂之大、天子用之、諸侯饗禮亦得進而用之焉、小雅由夫政之小者而爲樂之小、諸侯用之、天子燕禮亦得降而用之焉、厲幽以降、君臣之義薄、而燕享朝會受釐陳戒之文缺、於是賢士大夫憂國愛君、哀思怨誹之心、油然而生、不復悉言其政之大小也、但各以體之大小從之而已、今觀幽王之世、大雅僅二篇、而小雅四十有四、厲王則有大雅五篇、而無小雅、此非幽王之失政小於厲王、而厲王之失政大於幽王也、刺幽王者從其體之小者爲之、則小雅變矣、刺厲王者從其體之大者爲之、則大雅變矣、若夫宣王之雅、各因一事、故大雅錄雲漢一詩、以爲中興之本、已無餘藴、而其他南征北伐、無非天下之政、但以如嚴氏所謂純乎雅之體者爲雅之大、雜乎風之體者爲雅之小、而不拘乎事之大小也、其幽厲刺詩、有出一人之手而分大小者、抑戒賓筵皆衞武所作、而以諷君德爲大、戒湎酒爲小也、此皆史官之達乎事變、而體裁從此分也、范處義曰、季札觀周樂、歌大雅則曰文王之德、歌小雅則曰周衰有遺民、意其一時觀樂、豈能盡歌、工人於大小雅間取一二、以審其音耳、大雅所歌必受命等篇、故曰文王之德、小雅所歌必思古等篇、故曰周衰有遺民、魏源曰、正小雅皆周公述文武之德、不獨魚麗以下始爲周公、而陳啓源力斥集傳文王之三作於周公之說、且據譜疏謂、正小雅不言諡、多作於未稱王以前、大雅棫樸靈臺下武三詩不言諡、旱麓并不稱王、或生時及未稱王所作、今正譜疏之失、以申周公成王繼志述事之義、毛詩魚麗序發正小雅之通例、但言文武以天保以上治內、以下治外、始於憂勤、終於逸樂、則是以魚麗以前爲文武憂勤之詩、魚麗以後爲文武太平之詩、而常棣之爲周文公詩又見於左傳、何待南有嘉魚以下始爲周公詩乎、且謂正雅多作於文武生前、或未稱王以前、則岐周侯國之風、其詩宜入二南、何得爲王者之雅、卽譜疏亦言、詩之大體、事有在前作或在後、大雅述文武之詩、多在成王時作、論功頌德之詩、可於後追述其美、何又函矢自陷乎、苟以序不明言、則二雅周頌、將無一周公之什、史記何以言周公能論歌文武之德、達太王王季之思慮、且毛序於大雅特著召康公成王四詩、以明前此述文武者皆周公之詩、毛傳於小雅、特著鹿鳴四牡至常棣、皆作於周公、孰謂其不明言乎、呂覽言、周公旦作詩曰、文王在上、於昭于天、以繩文王之德、韋昭謂、文王大明緜爲兩君相見之樂者、周公欲昭其先王之德於天下、杜牧曰、大雅皇矣周公美周之詩、陳氏尙謂呂覽不足取信、然則更有何書可信乎、據大雅文武詩分先後例之、則知小雅亦以文武分先後、惟常棣爲周公傷心之詩、非文非武、雖詩廁於文武之間、而樂不常奏、故召穆公亦必傷時糾族、而後奏之、蓋文王有其德而無其位、不敢作禮樂、武王有其位而未遑作禮樂、故成王周公承百年必世之後、始制雅頌、一切繼文武之志、述文武之事、使天下後世法文武而已、四牡毛傳謂、周公歌文王使臣之事、皇皇者華與國語胥臣言文王卽位詢於八虞、咨於二虢、度於閎天、謀於蔡原、訪於莘尹者合、文王惟有好問之德、故亦以是教其臣、國語曰、皇皇者華、君教使臣諏謀詢度必咨於周云云、先王取人以身、苟己無是德則不敢以教人、周公欲後世君使臣臣事君者、皆法文王、故聘享燕射皆歌是三詩、使常若文王之存焉、天下世世懷我文王於不替、則懷我周於不替矣、

鹿鳴之三爲周公事述文王者明矣、

鹿鳴。燕羣臣嘉賓也。

箋曰、關雎爲風之始、修齊之本也、鹿鳴爲雅之始、治平之本也、燕羣臣嘉賓之事屬文王、而詩則作於周公、故實兼文武之治、爲天子燕王人諸侯之詩也、敘云、燕羣臣嘉賓、此作詩之本意、與四牡之勞使臣、皇華之遣使一例、燕禮鄉飲大學廣其用也、孔叢子曰、於鹿鳴見君臣之有禮也、可以知此詩所由作、而以下三篇、有通之諸侯饗使臣者、左傳工歌鹿鳴之三、是也、其義穆叔已言

之、有用之諸侯燕禮者、燕禮通於卿大夫士、惟敵體者不別立主、而三詩皆得歌之也、有用之於鄉飲酒禮者、鄉飲酒禮有四、一則鄉大夫賓賢能、二則黨正正齒位、三則州長習射於州序、四則鄉大夫飲國中賢者、皆歌此三篇、有用之大射禮者、大射儀歌鹿鳴三終、言三終則兼三詩矣、有用之於大學之始教者、學記、宵雅肆三、入學之始、教以知君臣之義也、其所用廣矣、朱子見儀禮學記之文、而改訓之曰、此燕饗通用之樂歌、夫作鹿鳴者、專爲燕、而歌鹿鳴者則不僅燕、燕饗通用亦非誤、然非所以釋詩耳、

既飲食之。 箋曰、人情非飲食不親、

又實幣帛筐篚。以將其厚意。 箋曰、將幣所以將厚意、馬瑞辰曰、箋云、飲之而有幣、酬幣也、食之而有幣、侑幣也、瑞辰按、周官掌客言、上公之禮、三饗三食三燕、若弗酌則以幣致之、鄭注、不饗則以酬幣致之、不食則以侑幣致之、經文以幣致之、承上饗食燕三者而言、鄭注獨言饗食者、特以明酬幣侑幣之分耳、聘禮云、饗禮乃歸、鄭注、禮謂食燕也、王或不親、以其禮幣致之、略言饗禮、互文也、是鄭君亦謂食燕皆以幣致矣、饗主於飲、用酬幣、食主於食、用侑幣、燕則飲食兼之、當並用酬幣侑幣、此詩主燕羣臣、而經曰承筐是將、序曰既飲食之、又實幣帛筐篚、以將其厚意、正可爲燕禮兼有酬幣侑幣之證、箋云酬幣侑幣、皆指燕禮、正義謂指饗食者誤也、周語、先王之燕、體解節折、而共飲食之、于是乎折俎加豆、酬幣宴貨、以示客合好、此皆燕禮有幣之證、正義謂燕禮無幣、失之、

然後忠臣嘉賓得盡其心矣。

箋曰、上以厚意親下、則下皆感悅盡心、上不親下、則下欲盡其心亦有不得者、故曰得、鹿鳴、親之至也、

呦呦鹿鳴。食野之苹。興也、苹、大蓱也、鹿得蓱草、呦呦然鳴而相呼、懇誠發乎中、以興嘉樂賓客、當有懇誠相招呼以盛其禮也、**我有嘉賓。鼓瑟吹笙。吹笙鼓簧。承筐是將。**簧、笙也、吹笙而鼓簧矣、筐、篚屬、所以行幣帛也、**人之好我。示我周行。**周、至、行、道也、○呦音幽、苹音平、傳蓱延文本作荓、揩本苹下大字、得下蓱字草字、盛下其字俱無、盛作成、卷子古本同、延文本篚下有之字、屬下至下並有也字、

箋曰、鹿得苹必相呼而共食、興君有承筐、必笙簧以相將、通篇以二句興四句、鹿得食則相呼、其性然也、風首關雎、雅首鹿鳴、絕妙好對、而二詩之意盡在興中矣、是故欲知詩必先知鳥獸草木、不知芣苢、何以知其爲婦人樂有子、不知脊令、何以知其爲兄弟急難、知鹿之所以鳴、斯可知其燕樂嘉賓之意之厚矣、中井氏曰、呦呦、相呼聲也、雞之得食、必呼雌喚雛、其音呴呴、與報晨之聲大異、鹿之得食而呼友、猶雞之呴呴矣、與秋夜求雌之聲大有間、集傳和聲、失當、爾雅釋草、苹有二種、一云、苹、蓱、其大者蘋、此水草也、一云、苹、藾蕭、郭璞曰、今藾蒿也、釋文云、蓱本又作萍、玉篇云、蓱字同萍、羅願曰、古人以水草之交爲麋、鹿亦食水草、今鹿豕亦就水旁食、又人家養豕、皆以萍食之、何嫌於鹿不食乎、下章食蒿、自陸草耳、胡承珙曰、莊子齊物論、麋鹿食薦、漢

書景帝紀、或地饒廣薦草莽水泉、如淳注引莊子麋鹿食曰薦、是麋鹿未嘗不食水草、黃山谷帖云、胡居士言、鹿食九草、其中卽有水芹、羅氏之說、似非無據、安井氏曰、野有水、水中生苹、亦可稱野苹、不必待其生陸而後言野也、苹、水中浮草、然不皆在水中央、從風東西南北、其著岸者、可口牽而食、況狹池淺沼、鹿能涉之、何待水落草枯而始食之哉、○我有嘉賓、一語三述、將嘉賓鄭重之志、此中誠懇、已在幣帛未將之先、旣鼓瑟、又吹笙、又承筐、裏面愛敬無已、不覺外面禮文曲至、以冀得當嘉賓之心、纔見君臣絕少睽隔處、兪樾曰、正義因有嘉賓之文、謂容有鄰國聘客、決其爲未稱王時作、此大不然、周禮大宰八統、八曰禮賓、小宰六聯、二曰賓客之聯事、大宗伯以賓禮親邦國、以賓射之禮親故舊朋友、以饗燕之禮親四方之賓客、然則天子於諸侯、何嘗無賓禮乎、周禮一書、屢以祭祀賓客喪紀竝言、賓客之重如此、鄭注饗燕之禮親四方賓客云、賓客謂朝聘者、然則諸侯來朝、卿大夫來聘、皆賓也、孔謂、稱王之後、不應有聘客、豈其然乎、彤弓序曰、天子錫有功諸侯也、一章曰、我有嘉賓、中心貺之、二章曰、我有嘉賓、中心喜之、三章曰、我有嘉賓、中心好之、與此章三言我有嘉賓一律、豈得謂非天子之詩、○鼓瑟吹笙者、奏絲竹以燕樂之也、鼓謂動其聲、易繫辭鼓之以雷霆、注、鼓、動也、堂上兼有瑟琴、如益稷篇之搏拊琴瑟以詠、謂以琴瑟協比歌聲也、堂下有笙、則如儀禮之笙入立于縣中也、鼓瑟卽升歌、吹笙卽笙間、間乃堂上堂下代作、升歌以瑟爲主、故儀禮有瑟無琴、與此首章言鼓瑟不言鼓琴合、然非堂上無琴也、末章言鼓瑟琴、不及吹笙、當指合樂、合樂堂上歌詩、以琴瑟弦之、堂下則衆音并作、詩但就其堂上琴瑟爲說、亦非堂下衆音不作也、陳暘曰、八音以絲爲君、絲又以琴爲君、故爾雅既釋五音、卽次以琴、而必先言瑟者、瑟與琴相需爲用、異於琴者、以絲分而音細耳、書琴瑟以咏、大傳大琴大瑟、皆並言之、然鄉飲酒禮、二人皆左何瑟、燕禮、小臣左何瑟、樂記、淸廟之瑟、詩、並坐鼓瑟、何不曰鼓瑟、皆不及琴者、以瑟見琴也、○吹笙鼓簧、簧者管器中金薄鍱也、毛以經言簧恐人爲別器、故以笙實之、曰吹笙而鼓簧、明其爲笙之簧、非竽笙之簧也、笙以匏爲底、十三管列匏中、而施簧管端、吹笙則動其簧而發聲、○承筐是將者、行幣帛以燕樂之也、承猶奉也、將·行也、筐與筐筥不同、詩之筐猶書之篚、所以盛幣帛者也、書曰、篚厥玄黃、玄黃卽幣帛也、奉筐而行幣帛、飲則以酬賓送酒、食則以侑賓勸飽也、笙簧其聲盛、故於將幣言之、與卒章於和樂言琴瑟、各有所當、○人之好我者、鼓瑟承筐自我也、詩與于鹿鳴、則嘉賓得禮而歡燕、此主意所在也、故曰好我、言善好愛我飲我酒歡洽也、言賓言人、便文無義、示我周行者、乃導情通款、冀聞大道之意、周頌敬之篇示我顯德行、與此正同、言賓之好我既如是、願又語周行以終其好焉、是因旅語言之、然曰示曰行、非乞言合語之類、說者因鄭引鄉射記古者於旅也語、遂謂通篇重乞言、卽嘉賓式燕以敖、以燕樂嘉賓之心、亦謂樂之正所以乞之也、玩詩旨殊不然、古人燕飲、本以洽上下之情、爾雖瞍誦、史諫、士傳、民語、無一日忘乞言、而禮意所重、則在此而不在彼、歸重乞言、認客作主、

呦呦鹿鳴。食野之蒿。蒿、菣也、**我有嘉賓。德音孔昭。視民**

不恌。君子是則是傚。恌、愉也、是則是傚、言可法傚也、**我有旨酒。嘉賓式燕以敖。**敖、遊也、○蒿呼毛反、延文本傳蒿下有牡字、菣作藍、恌他彫反、傚胡教反、菣去刃反、愉他侯反、又音踰、

箋曰、以呦鹿之仁于友、興嘉賓之昭于德、篤于民、孫炎爾雅注、荊楚之間謂蒿爲菣、莪蕭皆至秋通名爲蒿、蒿之言槁、但色枯槁、或黃或白、乾蕘而已、郭璞曰、今人呼靑蒿香中炙啖者爲菣、中井氏曰、蒿類甚多、詩單稱蒿、又無取義、宜泛指諸蒿、何必定證一蒿、凡蕭蒿其種繁多、難窮名、然當判作二類、葉如菊者、皆蕭類矣、葉不成片、細長如毛者、皆蒿類矣、本草諸書異名相通、蕭蒿混淆、都無統紀、豈足辨哉、唯詩中名物、隨二類而求焉、庶幾乎無所大失也、○德音孔昭、德音卽德也、音字不當泥、德音是活套語、言行皆可稱焉、以音受呦呦、是詩人之巧也、孔・甚也、昭・明也、上我有嘉賓內、已有德音孔昭意、此方明言之、視民二句、皆德音所由著也、就平日言、此正示我周行之根本、方見其所言者皆從躬行心得來也、○視民不恌者、視民古書多出、此視民與視民如傷同義、言其視民無恌薄不仁之事也、左傳昭十年、季平子伐莒取郠獻俘、始用人於亳社、臧武仲曰、周公其不饗魯祭乎、周公饗義、魯無義、詩曰、德音孔昭、視民不恌、恌之謂甚矣、而壹用之、將誰福哉、實此詩確證、說文、視・瞻也、示・天垂象見吉凶、所以示人也、是視與示・二字各別、鄭以視爲古示字者、謂古字多借視爲示也、禮記、幼子常視無誑、士昏禮、視諸衿鞶、鄭注皆以視爲示、是也、然非是章之義、說文、恌・愉也、愉・薄也、左傳及說文玉篇人

部引詩、皆作視民不佻、當以作佻爲正、今本佻作恌、定本愉作偷、皆俗字、君子是則是傚、言儀刑君子也、昭七年仲尼曰能補過者君子也、詩曰君子是則是效、孟僖子可則效已矣、嘉賓刑先哲、是古義也、德音孔昭、盡于視民不佻一語、周家以忠厚立國、不佻固其舊德、而是則是傚、若惟恐不及其訓者、美嘉賓之德、有戒之以休之道、所以爲聖言也、傳云言可法傚者、謂君子可爲人則傚、是謂君子卽嘉賓、但經言是則是傚、不言可則可傚、則傳義未允、傚卽效之或體、說文效象也、詩民胥傚矣、左傳引作民胥效矣、引此詩亦作君子是效、○嘉賓式燕以敖、燕安也、下章同、兩安字卽燕禮司正命安賓之義、說文、敖出遊也、燕飲非遨遊之地、蓋借用字、手足無所拘攣、而自見從容、容止不待矜持、而自比禮樂、如遨遊之自得者然、

呦呦鹿鳴。食野之芩。芩、草也、**我有嘉賓。鼓瑟鼓琴。鼓瑟鼓琴。和樂且湛。**湛、樂之久者、**我有旨酒。以燕樂嘉賓之心。**燕、安也、夫不能致其樂、則不能得其志、不能得其志、則嘉賓不能竭其力、○芩其今反、樂音洛、下同、湛都南反、延文本傳草下有名字、者下有也字、者字摺本無、

箋曰、芩、陸疏莖如釵股、葉如竹、牛馬喜食之、釋文引說文云、芩、蒿也、與今本異、段注詩若訓蒿則與第二章不別、且說文當以芩與蒿篆類廁、今不然者、

恐是一本作蒿屬、釋文也字、或屬字之誤耳、段說是也、首章食野之苹爲蘋蕭、卽蘋蒿、三章食野之芩亦蒿屬、正與二章食野之蒿相類、足證古人因物起興、每多以類相從、○我有嘉賓者、左傳、鹿鳴、君所以嘉寡君也、國語、鹿鳴、君之所以嘉先君之好也、嘉賓本稱君人者、故穆叔不敢當而讓於君也、可見本是天子燕公卿諸侯之詩、○鼓瑟鼓琴、首章言鼓瑟吹笙、至此復言鼓瑟鼓琴者、蓋旅酬將終、作無算樂之時也、禮旅酬既畢、無算爵、以醉爲節、不限數也、公有命徹冪、初公尊有冪、徹之示欲罄此尊也、然後升堂反坐・作無算樂、向者獻酬有節、笙歌閒合皆三終、今曰無算、不限三也、○和樂且湛、湛是浸漬之義、入之以深、遲之以久、不見易盡、所以樂心、燕以示慈惠、湛露詩有厭厭夜飲、不醉無歸之語、故傳云湛樂之久也、○我有旨酒者、言爲嘉賓湑酒如灑也、再言之者、卽不醉無歸之意、此詩本重燕飲、故當以酒爲主、若琴瑟之類、不過侑觴而已、以燕樂嘉賓之心、之心兩字、但長言之以諧韻耳、不必深看、如云旨酒豈足爲敬、特借以歡娛其心而已、皆所以形容好德之誠也、時解君臣一心地天交泰等語、腐甚、大抵詩人之語、深求反淺、淺看自深、此詩三章文法參差、而義實相承、首章前六句、言我之敬賓、後二句言賓之善我、二章前六句卽承首章人之好我言、後二句乃言我之樂賓、三章前六句卽接言賓之樂、後二句又申言我之樂賓、以明賓之樂、實我有以致之也、傳於末章云、夫不能致其樂、則不能得其志、不能得其志則嘉賓不能盡其力、蓋通釋全詩之義、竭力卽首章末二句是、

序所謂盡其心也、我樂其心、而後彼盡其心也、

鹿鳴三章章八句

箋曰、困學紀聞云、鹿鳴在小雅之首、馬遷蔡邕以爲風刺、蓋齊魯韓三家之說、猶關雎刺時作諷也、胡承珙曰、左傳穆叔曰、鹿鳴君所以嘉寡君也、卽此一語、決非刺詩、陸賈新語道基篇、鹿鳴以仁求其羣、淮南泰族訓、鹿鳴興於獸、君子大之、取其見食而相呼也、此皆與毛義有合者、且卽三家亦不過謂陳古以諷、非謂鹿鳴出於衰周、其他伐木釆薇以爲刺詩者皆同、

四牡。勞使臣之來也。

箋曰、四牡皇華之使臣、皆王人也、與鹿鳴之羣臣同、後通用之諸侯、以勞歸使、又以勞聘使、序舉本義也、凡風雅歌文王之事、非卽作于文王之時、周道大行、而後禮樂興、是成王周公之世矣、故稱王事・稱天子・文武同焉、來、至也、謂竣事而來歸也、故下接以有功而見知則說矣、○勞力報反、

有功而見知則說矣。

箋曰、此經五章、皆勞辭也、其有功見知則說矣、總述勞意、於經無所當也、嚴粲謂、人臣之事、皆職分所當爲、不計其君之知不知也、此特序詩者之辭、以爲臣有馳驅之勞、而其君能深體之、其心之喜說當如何、非使臣必待見知而後說也、嚴說得之、序固主爲人君言之耳、

四牡騑騑。周道倭遲。

騑騑、行不止之貌、周道・岐周之道也、倭遲・歷遠之貌、文王率諸侯、撫叛國而朝聘乎紂、故

周公作樂以歌文王之道、爲後世法、**豈不懷歸。王事靡盬。我心傷悲。**盬·不堅固也、思歸者私恩也、靡盬者公義也、傷悲者情思也、◯倭於危反、盬音古、延文本·傳貌下有也字、下同、乎作于、法下悲下有也字、

箋曰、通篇使臣自述之辭也、下篇同、詩有以馬病而形人之勞者、卷耳是也、有以馬強盛而形人之勞者、此篇是也、蓋馬強盛則疾行不能止、正與靡盬映合、首章未知四牡爲何馬、二章而知其有駱馬、至卒章始知四牡皆駱馬、◯周道逶遲者、周道與魯道一義、使臣初發自岐周往、故以周道言之、集傳以爲大道、非是、傳云周公作樂以歌文王之道爲後世法、則此勞使臣之事屬文王、而詩作於周公、故正小雅實兼文武之法、當武王周公之時、普天下莫非周道矣、下文言王事、亦以此也、說文逶字注云、逶迤衺去之貌、邪曲則必紆遠、故義又轉爲長、遲有遠義、故毛以歷遠釋逶遲也、楚辭、遵曲江之逶移、文選登樓賦、路逶迤而修迴、皆卽詩逶遲之義、而變其字耳、廣雅釋訓、委蛇、逶衺也、甘泉賦躡不周之委蛇、此則倂召南之委蛇、鄘風之委蛇、皆與逶遲相近、蓋古人凡雙聲疊韻形容之語、字多不同、義每相近也、文選天台山賦注、秋胡行注、引韓詩周道威夷、薛君曰、威夷·險也、威可畏也、夷傷也、故薛君曰險也、倭威聲相近而義別、◯王事靡盬、詳唐風鴇羽、靡盬謂王事之堅固嚴密也、我之所以不當輕脫也、不當以靡盬屬我之行事、◯我心傷悲、傷悲二字、冒後三章念父母、然含而未露、

四牡騑騑。嘽嘽駱馬。嘽嘽、喘息之貌、馬勞則喘息、白馬黑鬣曰駱、**豈不懷歸。王事靡盬。不遑啓處。**遑・暇、啓・跪、處・居也、臣受命舍幣于禰乃行、○嘽他丹反、駱音洛、喘川兗反、鬣力輒反、舍音釋、禰乃禮反、延文本・傳貌下駱下暇下跪下行下並有也字、

箋曰、傳訓嘽嘽爲喘息貌、取疲苦之義、故又云馬勞則喘息、蓋以馬之勞見使臣之勞也、朱子見采芑嘽嘽毛云衆也、常武嘽嘽毛訓盛貌、遂合彼兩傳・以訓此詩曰、嘽嘽・衆盛之貌、與勞使臣、義不相蒙矣、此爲勞使、彼皆出軍、義各有當也、嘽嘽字原从口旁、說文云、嘽、喘息也、則喘息乃本訓矣、○不遑啓處者、見無日不奔走也、長道悠遠、受以我心傷悲、行馬喘息、受以不遑啓處、是詩人之巧、爾雅、啓、跪也、郭注、小跽、李巡云小跪也、釋名、啓起也、啓一舉體也、啓一舉體蓋卽小跪之謂也、古人坐與跪皆膝著於席、惟跪聳其體、坐下其髀爲異、而跪與跽又微有別、係於拜曰跪、故說文曰、跪・拜也、不係於拜曰跽、跪爲兩膝據地、有危象、跽則半跪、有安象、故爲小跪、又曰小跽、至蹲踞之踞、古只作居、謂足底著地而下其髀、聳其膝、與啓爲小跪不同、若箕踞則髀著席、而伸其腳於前、爲大不敬、三代所無也、大約古人有危坐、如今之跪、詩所謂啓也、有安坐、乃說文之尻、詩所謂處也、采薇出車皆言不遑啓居、采薇又有不遑啓處、是處與居義略同、故傳以居釋處、則居非蹲踞之居、當爲尻之借字、說文、尻、處也、从尸几、尸得几而止也、凡人閒居之時、皆凭几而坐、故

云處居也、傳又引聘禮者、證不遑啓處、言臣受命卽行、是不遑啓處也、聘禮、使出釋幣、歸釋奠、竝於禰廟、蓋列國交聘必以卿、五十服官政、則父母必篤老矣、必無父母而後承使、故皆於禰廟也、下聘不過大夫羣士、則具父母者多矣、故勞還之詩、諄諄及此、春秋王使至魯多公卿、衰世之過禮耳、

翩翩者鵻。載飛載下。集于苞栩。鵻夫不也、**王事靡盬。不遑將父。**將養也、○鵻音錐、栩况甫反、

箋曰、與也、翩翩飛貌、使臣陟岵之情、方動於內、故感於途中所見而詠歌之也、鵻爲孝鳥、觸景關情、代寫至此、不特善體人情、抑亦曲傳景物、蘇氏謂、鵻之飛也、則亦下而集于栩、不若使者之久行不返、不獲養父母也、作反興說、是也、釋文、鵻本又作隹、說文、隹、鳥之短尾總名也、象形、又說文、鳥、長尾禽總名也、象形、又鵻、祝鳩也、从鳥隹聲、以兩象形建首字、合爲一形聲字、亦僅有者也、鄭箋曰、夫不、鳥之慤謹者、俞樾曰、箋義非也、昭十七年左傳正義、引樊光注曰、春秋云祝鳩氏司徒、祝鳩孝、故爲司徒、是祝鳩乃孝鳥、故詩因不遑將父不遑將母、而有感於翩翩之鵻也、南有嘉魚篇亦云翩翩者鵻、傳曰壹宿之鳥、箋云、壹宿者、壹意於其所宿之木也、此箋所云鳥之慤謹者蓋此意、而不知大非傳義矣、夫鵻字、毛已於此經解訖、壹宿之鳥不卽繫於此傳下者、因彼經下文云嘉賓式燕又思、毛公之意謂、鵻是壹宿之鳥、今夕宿此、明夕又宿此、與下文又字相關合也、然則詩人託物起興、各有所取、此經取其

孝、彼經取其壹、雖同一雖、而所取不同、鄭君殆猶未得其旨矣、王夫之曰、春秋傳杜解曰、祝鳩鷦鳩也、方言、鳩大者謂之鴉鳩、梁宋之間謂之鷦鳩、則祝鳩鷦鳩一鴉鳩耳、鴉斑音相近、今俗書作斑鳩、古者老人杖首刻此鳩、取其不噎有祝噎孝養之義、故謂之祝鳩、而四牡以興將父之思、嘉魚以興燕又之養、其鳥不善鳴、斑如梨花點、方春尙小、則綠褐色、或謂之黃褐侯、舊注以爾雅隹其夫不當此之雛、誤矣、夫不者䳕鳩也、其色白、故舟之白者名爲白浮鳩、劉宋童謠所謂可憐白浮鳩、枉殺檀江州者也、其名隹其、不名爲隹、况名爲雛、雛隹異音、雛與隹其異名、概而一之、則失其實矣、王說似可從、爾雅釋文引毛詩草木疏云、斑鳩似䳕鳩而大、項有繡文斑然、故曰斑鳩、廣雅謂之鴿鳩、鴉與斑同也、其背青黑、故呼之青肩、其膺紫斑、故謂之斑鳩矣、栩詳鴇羽篇。○不遑將父、將當如我將我享之將、奉也、持也、奉持之意、傳訓養、未盡將義、夫內顧之奉、厚郵之恩、豈缺於使臣家哉、特所謂觀志觀色、視無形、聽無聲、先意以迎、如曾子養志一段光景、爲有歎爾、故將者孝子之極思也、

翩翩者鵻。載飛載止。集于苞杞。杞、枸檵也、王事靡盬。不遑將母。○枸音苟、檵音計、

箋曰、杞、爾雅郭注、今枸杞也、陸疏云、一名苦杞、一名地骨、春生、作羹茹微苦、其實如莓子、秋熟正赤、莖葉及子、服之輕身益氣、蘇頌圖經云、春生苗、葉如

石榴葉、而軟薄堪食、俗呼爲甜菜、其莖榦高三五尺作叢、六七月生小紅紫花、隨便結紅實、形微長如棗核、其根名地骨、吳普本草、一名羊乳、蓋以其子形似也、何楷曰、今人相傳謂枸杞與枸棘、二種相類、其實形長而枝無刺者、真枸杞也、圓而有刺者枸棘也、○不遑將父、不遑將母、此我心傷悲之實也、一篇真情本意、至此方點出、而以王事靡盬爲眼目、所以風厲之自存焉、此王事也、雖不啓處、敢以爲勞乎、雖不遑供養、非失子之道也、臣節所在、父母亦何謂不孝之子矣、君之教臣、不獨皇華、

駕彼四駱。載驟駸駸。駸駸、驟貌、**豈不懷歸。是用作歌。將母來諗。**諗、念也、父兼尊親之道、母至親而尊不至、○驟助救反、駸楚金反、諗音審、延文本・傳貌下有也字、

箋曰、載、詞也、說文、驟、馬疾步也、駸、馬行疾也、載驟猶載馳、玩載驟駸駸、則其爲來諗故旋車也可見、○將母來諗、猶云來諗將母、詩中多有此倒裝文例、言懷歸、故作歌來愬之耳、以使臣之來爲諗父母之養、立言之妙、匪夷所思、鄭箋、諗、告也、君勞使臣、述敘其情、女曰我豈不思歸乎、誠思歸也、故作此詩之歌、以養父母之志、來告於君也、閔二年左傳辛伯諗周桓公、鄭故知諗爲告也、說文、諗、深諫也、諗字从言从念、惟其念之、是以有言而告之也、形聲字之兼會意者也、箋所云實能達出勞之意、蓋欲以將母意來告於君、私情也、亦至情也、臣欲告而不敢告、君卽以其欲告不敢告者、作歌以代申其欲賦

之詩、其體會周至、君臣一體情形、至今猶宛然如繪、從傳則來語詞、莊子大宗師篇、子桑戶死、孟子反子琴張相和而歌、曰、嗟來桑戶乎、嗟來桑戶乎、嗟來猶嗟乎也、孟子離婁篇曰、盍歸乎來、莊子人間世曰、嘗以語我來、又曰、子其有以語我來、來字皆語助、此詩與鴇羽篇同意、但鴇羽作之自下、說到父母何嘗、已覺悲痛入骨、此詩作之自上、說到不遑將父將母、愈見仁心悱惻、而代之言曰、豈不懷歸、又曰、王事靡盬、忠孝備、恩義兼矣、忠不忘孝、義不揜恩、故懷之而至於傷悲也、次章啓處、且不遑、況歸乎、既曰懷歸、又曰不遑啓處、奉公既誠、則歸亦付之空懷也、翩翩者鵻三句、代爲傷悲之語、鵻猶得止、豈子獨不能養乎、不遑將父、不遑將母、乃其所以傷悲也、忠孝難全、賢者所憂、人君能憂其所憂、則其感之也至矣、俞樾曰、上章一言將父、一言將母、此專承將母而言、屬辭之宜耳、如曰將父母來諗、則累於辭矣、詩人之言、有具於前而略於後者、裳裳者華篇、左之左之、君子宜之、右之右之、君子有之、下曰維其有之、則專承右之而言、采綠篇、之子于狩、言韔其弓、之子于釣、言綸之繩、下曰其釣維何、則專承之子于釣而言、版篇、天之牖民、如壎如篪、如璋如圭、如取如攜、下曰攜無曰益、則專承如攜而言、並其例矣、許深曰、一章二章五章賦也、自爲一體、上二句爲一節、下三句爲一節、第二句第五句用韻、其命辭用意皆同、三章四章興也、亦自爲一體、上三句爲一節、下二句爲一節、第二句第三句五句用韻、命辭用意亦同、一篇之中賦興既異體、其文又自各爲一體也、

四牡五章章五句

箋曰、東山專言私情、四牡兼言公義、東山之私、單指室家、四牡之私、單指父母、三軍使臣、身分不同、使民禮臣、故應分別如此、

皇皇者華。君遣使臣也。 箋曰、風雅頌四始、莫不提文王爲標準、以垂法萬世、所謂儀刑文王、萬邦作孚也、此序以君臣成辭、文相變、天保以上下對言、又曰、君能下下、湛露彤弓與諸侯對、故稱天子、**送之以禮樂。** 箋曰、禮樂之送、遣使臣之時、具飲食之禮、奏金石之樂、以餞之也、**言遠而有光華也。** 箋曰、首途既有光華、是詩乃言愈遠而愈有光華也、遠而有光華、乃取皇華之興意、非光華之華、即草木之華也、遠對于彼原隰、有光華對皇皇者華、蓋華之鮮明、正與使者車馬旌節兩相輝映、而使臣能恪恭君命、其於輿衞、分外光彩、李氏集解以爲先遣後勞、皇華當在四牡前、此曲說也、詩之次第、雖間有倒置者、然鹿鳴四牡皇皇者華三詩、所謂工歌鹿鳴之三也、見儀禮左傳諸書、其先後不可易、況使臣往反、固非其一、四牡所勞、不必是皇皇者華所遣之使、二篇先後、本無定例、不必深求、

皇皇者華。于彼原隰。 皇皇猶煌煌也・高平曰原、下濕曰隰、忠臣奉使、能光君命、無遠無近、如華不以高下易其

色、

駪駪征夫。每懷靡及。

駪駪・衆多之貌、征夫・行人也、每・雖也、懷・和也、○駪所巾反、延文本・傳君下有之字、色下有也字、

箋曰、比也、皇古煌字、煌煌・華色明也、華・草木之華也、以華之無不煌煌、喻使者之有光華、序所云遠而有光華也、○駪駪征夫、說文、駪・馬衆多貌、从馬先聲、馬多則爭先、故字从先、此亦形聲字之有義意者、言征夫之馬、駪駪爭先、車必四牡、兩服兩驂、故云衆、非謂使臣衆多也、晉語引詩作莘莘、韋注莘莘衆多也、王逸注招魂引作侁侁、云侁侁、行聲也、亦以衆多故有聲耳、駪莘侁皆古聲轉通用、傳征夫行人也者、左傳云、書曰行人、言使人也、是一時奉使之人、非專官也、行人卽序之使人、唯此一人稱使、其餘上介衆介不稱使也、○每懷靡及者、每卽每人而說之之每、每懷者每事而思之也、蒸民征夫捷捷、每懷靡及、正同、靡及言汲汲以爲不及事也、非不及而惟恐不及、當讀如學如不及、方得使臣之心、通篇以駪駪征夫每懷靡及爲主、下四章、前三句度詢、皆有一番虛心誠意・貫注其間、非泛然廣咨博采也、此蓋於遣使之時、駪駪征夫也、下一句每懷靡及也、著每字・便含諏謀度詢、著懷字・便見諏謀若預知其能如此、而勑戒之意・自於言外見之、傳每雖也者、爾雅釋訓、每有雖也、毛所本也、今本爾雅衍一有字、莊子庚桑篇、每發而不當、釋文引爾雅云、每・雖也、不誤、玉篇廣韻皆曰、每・雖也、常棣每有良朋、又曰雖有兄弟、是每有卽雖有也、然此詩每字、如字自通、不必從爾雅訓雖、國語懷和爲每懷、言

夙夜懷和協使命也、懷和雙聲得義、毛傳卽以和釋懷、實本之外傳也、鄭箋改和爲私、將仲子烝民箋皆同、誤也、毛曰、雖和若作雖私、文不可通、孔疏據晉語姜氏引此詩、以證懷私、不知姜語義取征夫無及·不可懷安、故復取西方書、及鄭詩之言懷、以戒重耳、與詩每懷本不干涉、安井氏曰、案詩本義、蓋謂懷和爲懷、毛傳簡奧、故直云懷和也、穆叔義解、故云懷和爲每懷、不復解每字、以義既足也、毛公字詁、故云每雖懷和也、其義始不異也、

我馬維駒。六轡如濡。載馳載驅。周爰咨諏。 忠信爲周、訪問於善爲咨、咨事爲諏、○諏子須反、延文本作諮、

箋曰、我·我使臣也、釋文、駒音俱、本亦作驕、株林乘我乘駒、釋文作乘驕、引沈重云、或作駒字、後人改之、皇皇者華篇內同、是沈所據此篇作驕也、說文、馬高六尺爲驕、引詩我馬維驕、是古本作驕之證、古蓋讀驕如駒、以與濡驅諏合韻、與漢廣詩以駒韻蔞、株林詩讀以駒韻株者正同、後人據音以改字、遂作駒耳、驕騏駱駰皆駟之良選、所以賁使臣之行也、六轡如濡、鮮明有光澤也、如濡、美也、如絲、調也、首章奇、而後四章兩兩相比、沃若、美也、既均、調也、走馬曰馳、策馬曰驅、○周爰咨諏者、國語、忠信爲周、言咨於忠信之人、卽內傳之訪問於善爲咨、忠信之人卽善人、非二義也、訪問於善人爲咨、故四章皆有咨、爰、於也、諏謀度詢、必咨於周、而詩文乃云周爰咨諏者、古語多倒也、咨事爲諏、左傳文、

我馬維騏。六轡如絲。載馳載驅。周爰咨謀。諮事之難易爲謀也。○騏音其。言調忍也。

箋曰、騏詳小戎篇。六轡索轡也。遠征者固當非絲轡。傳云調忍者、忍韌同、調忍猶云和柔也。前後如濡沃若、皆帶柔意。蓋轡之柔、御之善也。○周爰咨謀者、咨謀左傳曰咨難、國語曰咨事亦同、所至之國、或有患難之事、或遇事難處置者也。謀蓋譔字之寫誤。淮南修務篇引作周爰諮譔。

我馬維駱。六轡沃若。載馳載驅。周爰咨度。咨禮義所宜爲度。○沃烏毒反。度待洛反。延文本・傳度下有也字。

箋曰、駱見上篇。六轡沃若、若猶然也。氓傳云、沃若猶沃沃然、是也。沃若有鮮澤之義。猶二章之如濡。○周爰咨度者、左傳咨禮爲度、國語咨義爲度。毛兼內外傳作訓也。

我馬維駰。六轡既均。陰白雜毛曰駰。均、調也。載馳載驅。周爰咨詢。親戚之謀爲詢、兼此五者、雖有中和、當自謂無所及、成於六德也。○駰音因。詢音荀。延文本・傳及下有則字。

箋曰，傳陰白，郭璞曰，陰，淺黑，今之泥驄，或云目下白，或云白陰，皆非也，璞以陰白之文，與驪白黃白蒼白彤白相類，故知陰是色名，非目下白與白陰也，陰之爲言幽也，隰桑傳，幽，黑色也，陰白雜毛，謂黑馬發白色，而間有雜毛，是曰駰也，○周爰咨詢者，左傳國語並曰咨親爲詢，故毛據此爲之說曰，親戚之謀爲詢，通篇是使臣之辭，左國並曰君教使臣，治詩者宜以是察詩本體，託己志於人之口，是序所示也，各章末一句，皆是勸以義，諷詠之卽以風厲之也，方遣之時，固應激以公，所以絶口不道及私情，詩之曲當如此，夫咨訪固使臣之大務，然必問於善人，乃可以徵信，否則所訪不實，爲害滋大，惟忠信之人，能舉其真實之情勢，而盡言以告，故教以擇而咨訪焉，然必先以每懷靡及者，時以不得稱職爲心，而後問於善人者無不審也，周禮小行人之職，萬民之利害爲一書，有咨事之義焉，禮俗政事教治刑禁之逆順爲一書，有咨禮之義焉，悖逆暴亂作慝犯令者爲一書，札喪凶荒厄貧爲一書，有咨難之義焉，康樂和親安平爲一書，有咨親之義焉，凡此五物者，每國辨異之，以反命於王，以周知天下之故，與此詩正相表裏，傳云兼此五者，雖有中和，當自謂無所及，成於六德也者，外傳云，懷和爲每懷，咨才爲諏，咨事爲謀，咨義爲度，咨親爲詢，忠信爲周，君貺使臣以大禮，重之以六德，據此文義，則所謂六德，卽上六語明矣，傳於篇末總發全詩之旨，謂使臣兼咨諏謀度詢之五善，由其雖和而自謂無及，故能成於六德，乃總括內外傳而用之，王肅孫毓皆以毛傳雖有中和者，卽上每雖懷和是也，中謂禮，和謂樂，傳曰中和，序曰禮樂，意正相合，鄭箋以傳之中和爲周，而又謂雖得此五者於忠信之賢人、猶當云已將無所及於事、不知經文首章言靡及、下四章乃言咨諏謀度詢、惟靡及所以必兼此五者、非得此五者而又自謂靡及也、安井氏曰、忠信爲周、國語之文、訪問於善爲咨、左傳之文、此二句毛據內外傳釋周咨二字之義、諏謀度詢、所問各異、而皆帶咨言之、明此四事皆問於忠信之人也、故周咨又得爲一善、內傳兼周咨解之、故云訪問於善、外傳上文有必咨於周、咨字既明、故特解周字、訪問於善・卽咨於周、毛非分周咨爲各一善也、故此傳統承之曰兼此五者、內外傳有五六之異者、左氏以己所獲立言、不敢謂己獲每懷靡及之德、故曰臣獲五善、魯語以君所賜立言、無嫌於并數每懷、故曰重之以六德、言各有當也、毛知之、故曰成於六德、言五者必以每懷靡及而成也、王引之不能通傳意、詆毛爲不辨五六之數、多見其不知量也、魏源曰、咨諏謀度詢、書傳通用、自是變文爲韻、且內傳無咨才咨義、外傳無咨禮咨難、本乏定訓、而泥之者何、曰散文則通、對文則別、且人之性情、有好詩典禮者、有好延交親者、有好聞政事者、有好圖疑難者、有好論道義者、有好詧人材者、各詳於所偏、而略於所忽、卽我所咨之人、亦或能語我以人材、而不能資我以道義、能解我之患難、而不能廣我之聞見、能納我於交親、而不能佐我於典禮、是以諏謀詢度必本諸周、矧聖人天下一家、視異國之民猶其民、異國之事猶其事、其教使臣、豈特將命不辱、而不使勤求民隱、明目達聽乎、孔子告哀公曰古者明主、必盡知天下良士之名、既知其名、又知其數、既知其數、又知其所在、墨子尙同篇、引是詩而申之曰、助之視聽者衆、則其所聞見者遠矣、助之言談者衆、則其德音之所撫循者博矣、助之思慮者衆、則其營謀度速得矣、謠俗得失、閭里疾苦、人才淪逸、利害興革、險阻阨要、敵國外患、其國人未盡知、其君臣未及謀、而文王已皆得而知之、得而告之、得而度度籌維之、故曰文王若日若月、乍光顯於西土、於皇華教使臣見之矣、

皇皇者華五章章四句

常棣。燕兄弟也。箋曰、公卿諸侯之同姓者、○常延文本作棠、下經傳並同、棣大計反、閔管蔡之失道。箋曰、二叔誅而親親之道闕、故作常棣以親之、使天子治不忘亂、以篤同姓、使兄弟之國知封建之爲亂世藩屏、以奬王室、蓋周公之志也、顧廣譽曰、夫燕兄弟之詩、當極其和樂、以篤兄弟之好、而此詩專言死喪急難之事、其志切、其詞哀、故叙者以閔管蔡之失道發之、所謂閔管蔡之失道者、非以詩爲正言管蔡也、心有所閔、故爲詩志切情哀、惻然動聽、閔者管蔡、而戒勸者凡今之兄弟也、若兄弟無故亦爲是言、則爲無病之呻吟、公既遭變、故作和平之音、則爲骨肉而秦越、常棣之詩、公之憂患爲之也、故作常棣焉。箋曰、胡承珙曰、正義引外傳云、周文公之詩曰、兄弟鬩於牆、外禦其侮、明此爲周公所作以親兄弟、又引左傳富辰曰、昔周公弔二叔之不咸、故封建親戚以藩屏周、召穆公思周德之不類、故糾合宗族於成周、而作詩曰、常棣之華、鄂不韡韡、凡今之人、莫如兄弟、周之有懿德也猶曰莫如兄弟、故封建之、其懷柔天下也猶懼有外

侮、捍禦侮者莫如親親、故以親屏周、召穆公亦云、杜注、周公作詩、召公歌之、故言亦云、此序言閔管蔡之失道、左傳言弔二叔之不咸、二叔卽管蔡也、不咸卽失道也、實是一事、案此疏融會內外傳、以常棣爲周公之詩、其說甚當、杜注左傳以二叔爲夏殷之世、蓋用馬融說、左傳疏謂、封建之中、方有管蔡、不得云傷其作亂、始封建之、不知下文所叙十六國有管蔡者、特推本封建之全局而言之耳、不當因此別生夏殷之說、或疑左傳召穆公亦云、乃承上文以親屏周而言、卽指召穆公作常棣之詩、然其上文又云、周之懿德也猶曰莫如兄弟、杜注云、當周公時、故言周之有懿德、此則尤爲周公作詩之明證、可見內外傳本無異同也、後儒又以魚麗序云文武以天保以上治內、常棣爲周公在成王時所作、不應入天保以上、不知鹿鳴以下皆文武之事、而周公作樂以歌詠之、毛於四牡傳云、周公作樂以歌文王之道、爲後世法、此爲正小雅鹿鳴至魚麗之總例、顧棟高曰、朱子謂、文武之際、固有燕兄弟之詩矣、周公以管蔡之爲亂、故制作之際、更爲是詩、委曲致意、以申兄弟之好、此不然、夫燕饗國家之大政、兄弟遘難、周公一人之私事、若文武已有樂歌以燕兄弟、周公乃因一身遭管蔡之亂、更作是詩、以改易先王之樂章、無乃僭乎、蓋鹿鳴至菁菁者莪、皆周公制禮作樂時所撰、文武時無此也、文王未嘗登天子之位、亦不敢作禮樂也、武王克商、二年而不豫、又四年而崩、其時剖符析圭、同律度量、日不暇給、亦未遑及禮樂之事、善乎程子之言曰、自鹿鳴以下二十二篇、各賦其事而用之、其周公之爲乎、且四牡云周道倭遲、奉使鄰邦、而概云周道、明是有天下後氣象、文王時安得有此、天保云于公先王、文王時周未有稱先王者、其爲周公所作無疑、汪梧鳳曰、是詩與鴟鴞相爲表裏、鴟鴞告王・事在言中、常棣告兄弟・意在言外、因歡觸悲、人情所同、既難恝乎往事、又未忍乎直陳、故其言如此、不然燕樂之詩、而死生急難閲牆喪亂諸章、何其哀音怨亂・不堪卒讀耶、今味其詞、曰凡今之人、人兄弟也、莫如兄弟・言莫如兄弟之親愛也、若曰今我文考所生之人、當知莫如兄弟之義、毋若昔之兄弟然也、殆不啻呼諸兄弟、垂涕泣而道之矣、昔者二叔當周初定、受命監殷、所謂喪亂既平、既安且寧也、資祿父之餘孽、恃殷頑之助逆、親私人、殘同氣、所謂雖有兄弟不如友生也、忘急難之心而發難、昧禦務之義而肆務、逮至難已成・務已極、其所恃之私人、誰能引手援者、所謂雖有良朋永嘆而無戎也、迄喪亂威矣・原隰裒矣、求之者獨有兄弟耳、孰謂兄弟而不如友生哉、蓋由目前之悲、而推極於始禍之本、此詩言外之旨也、得此旨以讀是詩、雖千載下、猶如見公之心、如聞公之聲、而謂當日之兄弟有不戚然感之者乎、吾故謂、常棣非周公不能作、非誅管蔡後・亦必無此作、

常棣之華。鄂不韡韡。興也、常棣・棣也、鄂猶鄂鄂然言外發也、韡韡・光明也、**凡今之人。莫如兄弟。**聞常棣之言爲今也、○鄂五各反、韡韋鬼反、

箋曰、比也、一章發端、姑言兄弟之常、而辭氣抑揚之間、已有感嘆不盡之意、不猶豈不也、不韡韡言韡韡也、常棣之華、鄂然而外見者甚美、以比兄弟懿

親相愛之爲美焉、蓋常棣花兩三相麗、莖長而花下垂、萼柎相騈粲然、見相依之狀、以梨花海棠花驗之可知也、花則混接一團矣、詩人所以取興、在其相依焉、咢取咢布之意、正義云謂華聚而發於外也、鄭箋訓咢爲花萼之萼・不是、常棣解詳何彼襛矣、趙佑曰、常棣唐棣名同而字別、說者多混爲一、故有以論語唐棣之華卽小雅常棣之首章、妄也、蓋二者爾雅本分爲二種、故正義曰、此與唐棣異木、又爾雅及詩釋文、于常棣常字並不爲音、然則讀止當如其本字、何時何人乃訛常爲棠、因通棠于唐、不知棠唐可通、常棠古未嘗通、得非小學不講之一端與、韓詩序、夫移燕兄弟也、藝文類聚引夫移之華萼不煒煒、卽釋文所謂作移者非也、常棣解見召南何彼襛矣篇○凡今之人、莫如兄弟者、言唯親兄弟爲要也、小序兄弟廣言宗族、非專同父母同祖、詩中兄弟專爲親兄弟之稱、至糾合宗族、固自親其同父母同祖之兄弟而推之、周公懲管蔡之變、親兄弟猶或相夷、而況其餘、故作詩重致叮嚀、召穆公以之糾合宗族於成周也、全詩大意在此二句、既言死喪、又言急難、又言外侮、大小變故、皆從艱難中推勘人情、描寫世態、以見莫如兄弟之故、蓋同父之人、平時則往往寬於疎逖、而刻於骨肉、一旦有事、朋友惟聞浩嘆、惟有兄弟、爲我圖之、及至時平事過、安樂重見、釁隙又生、舉向者孔懷急難禦侮種種至情、頓忘之矣、惟思及變故之時、死喪莫如兄弟、急難莫如兄弟、禦侮莫如兄弟、又思及安寧之時、酒食和樂、莫如兄弟、妻子好合、莫如兄弟、展轉反覆、舉莫如兄弟之言、究之圖之、其不然乎、層層換醒、字字欲泣、胡承珙曰、此詩首章方以常棣起興、而卽曰凡今之人莫如兄弟、豈前此後此之人、皆不必厚於兄弟乎、毛蓋以此詩閔管蔡之事、而不欲明言、故特著此語、見痛定思痛、聖人之心、有不能不抱憾於終身者、而作詩以爲世法、則勸戒之道存焉、故傳曲會詩意、以闡常棣華鄂之言爲今、言外有追傷既往作戒將來之意、

死喪之威。兄弟孔懷。威・畏也、懷・思也、**原隰裒矣。兄弟求矣。**

裒・聚也、求矣・言求兄弟也、○喪息浪反、裒薄侯反、

箋曰、喪亂日久、今而太平、故受凡今而遡詠亂世焉、威畏雙聲、古通用、列女傳引詩而釋之曰、言死可畏之事、兄弟甚相懷也、正以畏釋詩之威、又呂覽勸學曰、曾點使曾參、過期而不至、人皆見曾點曰、無乃畏邪、高注、畏猶死也、是古通謂死爲畏、亦取可畏怖之意耳、兄弟孔懷、言唯兄弟不避死喪以相恤也、死喪下一威字、何等慘惡、兄弟下一懷字、何等纏綿、他人見威則避、兄弟見威愈懷、莊子山木篇所云、以利合者、迫窮禍患害相棄也、以天屬者、迫窮禍患害相收也、孔懷從威字看出、便深、○原隰裒矣者、左傳我是以有輔氏之聚、言聚衆合師也、裒聚一義、言成軍於原野也、大衆雖聚、唯兄弟有互相死生之情、三軍之懼・死喪之大者、是言兄弟至情見於逆境、不得保其所居、而裒聚於原隰之中、當是時、人各親其親、則非兄弟孰肯相求哉、兄弟患難相求、常人之情自然如此、裒聚原野如衞爲狄滅、戴公文公廬於漕邑之類、或曰、釋文、裒古字作褎、本或作捊、說文繫傳徐鍇引作原隰捊矣、玉篇同、

易謙、君子以裒多益寡、釋文、裒鄭荀董蜀才作捊、與此詩裒或作捊或作褎者正同、據此則裒捊字通、小爾雅、裒、取也、書序俘厥寶玉、傳、俘、取也、據此則裒俘義同、裒卽褎之別體、褎孚古同聲、說文褎从衣保省聲、保古文保、孚、古文作孚从禾、禾亦古文保、故二字通用、此詩裒字當依殷武箋讀爲俘、言在原隰之地爲人所俘獲也、上言兄弟或死或喪、其威可畏、人不敢懷、惟兄弟甚相懷、此言兄弟在原隰之間爲人所俘獲、他人不知求、惟兄弟相求也、此說亦通、集傳謂至於積尸裒聚於原野之間、亦惟兄弟爲相求、是朱子偏泥死喪、不知詩義上下各開說、試看威與裒下、各以兄弟承接、明是兩事、非蒙上文者、且上云孔懷、懷而相求則是生存、非必積尸之謂、觀下喪亂既平既安且寧可見、

脊令在原。兄弟急難。脊令、雝渠也、飛則鳴、行則搖、不能自舍耳、急難、言兄弟之相救於急難也、**每有良朋。況也永歎。**況、茲、永、長也、○難乃旦反、唐石經歎作嘆、延文本、傳耳作爾、茲下有也字、

箋曰、興也、死喪大變也、故首之、急難外侮其事汎、兩章相比、釋文云、脊亦作卽、又作鵖、左傳作䳭、韓詩作鶺、古本同、令本亦作鴒、爾雅左傳韓詩俱同、一名精列、精列鶺領聲相轉、正義引義疏云、脊令大如鷃雀、長尾尖喙、背上青灰色、腹下白、頸下黑、如連錢、故杜陽人謂之連錢、小宛篇、題彼脊令、載飛載鳴、傳、脊令不能自舍、君子有取節爾、兩傳並以不能自舍爲喻、飛鳴行搖、卽其不能自舍也、鄭箋云、雝渠水鳥、而今在原、失其常處、則飛則鳴求其類、天

性也、嚴粲謂、脊令非水鳥、以箋說爲非、然上林賦、煩鶩庸渠箴疵鵁盧羣浮乎其上、庸渠卽雝渠、則其爲水鳥明甚、脊令之首動尾搖、一體相應、猶兄弟之於患難、如左右手之相助也、安井氏曰、脊令有二種、一陸所說是也、一腹背白、首尾翼皆黑、比背上青灰色者差大、其長腳長尾、飛則鳴行則搖則同、好居水邊、邦人謂之川脊令、箋云水鳥、蓋指此鳥、○兄弟急難、謂兄弟相急於患難、言相救也、六月我是用急、孟子盡心上、急先務也、急親賢也、猶言以此爲急、不敢緩耳、史傳多言急人之難、急卽相救之事、魯語、急病讓夷、國策、以公子高義、能急人之困、字法皆本此、急字甚活、難爲患難之難、下文雖有良朋不過長嘆而已、與此急字正相照應、舊說以急難二字平列、須添字方明、不可從、死喪原隰、是禍患已成、無處相助、兄弟惟相恤、惟求與之相依而已、急難是禍患將至、必併力相助、存亡一體、○每有良朋、況也永歎者、每猶言時常也、有輒字意、謂之良朋、亦非朋友之薄也、義合之分、止如是爾、何則朋友亦自有父母兄弟、患難之際、必不能舍我之父母兄弟、而致死于他人、是自當然之理、周公蓋謂、患難作而奔走供命者、必兄弟也、在異族雖大國未易恃、及我滅宗周、晉鄭衛實羽翼平王、卽兄弟也、況益也、大雅多出、況歎者、歎又歎而已、言愛莫能助也、急難之事、卽良朋有氣誼者、尙付之浩嘆、勢利之交可知矣、傳況茲也者、說文、茲、艸木多益也、滋、益也、是茲與滋同義、詩之辭意、言不能如兄弟相救、空滋之長歎而已、韋昭國語注云、況、益也、釋文況本或作兄、說文、兄長也、卽滋長之義、況爲滋益之詞、又爲譬況者、凡譬況之詞、皆於此詞之外、有所增益故也、古書中凡言而況者、爲更進之詞、又睍賜之貺・古字只作况、皆茲益義之引申也、此蓋本無其字、依聲託義、其字或作况或作兄、不得定以何者爲是也、集傳以况爲發語語、其義無據、且加也字、未見語例、陳啓源曰、况从水兄三點、說文云、寒水也、有从冫兄二點者、玉篇廣韻以爲俗字、得之、宋郭忠恕佩觿集始別况況況爲三字、云况發語之端、况寒水也、况形況、此乃妄說、古止有一况字訓寒水、餘義皆借、正韻襲佩觿之謬、

兄弟鬩于牆。外御其務。鬩・很也、**每有良朋。烝也無戎。**烝・塡、戎・相也、〇鬩許歷反、很戶懇反、相息亮反、延文本・傳塡下有也字、

箋曰、說到鬩牆、已是人欲昏迷、而同心禦侮、天理爛然、是交好之良朋、猶不如小忿之兄弟、於此自驗良心激動、尤爲親切、曲禮、很無求勝、鄭注、很鬩也、是很鬩二字互訓、說文、鬩・恒訟也、訟・爭也、方言、宋衞之間、凡怒而噎噫謂之脅鬩、俱與很義近、牆與外相應、安井氏曰、牆宮牆也、古者自命士以上、父子異宮、是故有東宮、有西宮、有南宮、有北宮、經所云言鬩於宮牆也、鄭箋、御・禦、務・侮也、兄弟雖內鬩、而外禦侮也、左僖二十四年傳、及周語、引詩皆作外禦其侮、務卽侮之假借、務侮二字雙聲、故通用、鄭訓務爲侮、卽讀如侮矣、〇每有良朋、烝也無戎、此篇妙在將良朋二字擡高朋友一層、將鬩牆一事放低兄弟一層、又妙將死喪大故漸說到患難、又漸說到外侮、由深入淺、語愈淺而意愈深、烝解詳東山、此傳訓烝爲塡、而箋訓烝爲久、謂古聲塡窴塵同者、

據爾雅釋詁・塵久也、釋言・烝塵也爲說、謂傳塡卽塵也、塵者陳之叚音也、我取其陳、傳、尊者食新、農夫食陳、是陳有久義、史記平準書云、於是大農陳、集解韋昭云、陳・久也、通作塵、文選思玄賦云、允塵邈而難虧、舊注、塵・久也、正義引釋詁文而云、古者塵陳同、又引孫炎曰、塵・居之久也、久則生塵矣、此妄說也、塵陳以聲爲義耳、非塵垢塵居之謂也、又通作塡、詩倉兄塡兮、毛傳、塡久也、孔塡不寧、鄭箋亦以塡爲久矣、毛傳、戎・相也、本爾雅・集韻引爾雅・作挀相也、廣雅、挀・推也、玉篇、挀・如勇切、推車也、推挽者相助之意、顧氏詩本音曰、戎字詩凡四見、旄邱三章與東同韻、出車五章與蟲螽忡韻、此章則與務韻、常武首章與父祖韻、疑古戎字有汝音、故又訓爲汝、民勞崧高烝民韓奕箋、並云戎猶汝也、此說本之元熊朋來五經說、曰此詩外禦其務、當以左傳侮字爲據、烝也無戎、與常武以修我戎並當音汝、崧高戎有良翰卽汝有良翰、民勞戎雖小子卽汝雖小子、可見古者戎汝同音、吳氏改務爲蒙、而不顧左傳引詩之文、失之矣、馬瑞辰曰、務从敄聲、與霧从敄聲正同、以霧讀近蒙證之、則務亦得讀若蒙、正與戎音協、同在東冬部、荀子禮論曰、薦器則有鍪而無縱、注、鍪之言蒙也、冒也、注中曰、鍪蒙冒語之轉、亦務可轉蒙之證、或疑蒙在東韻、戎在冬韻、東冬之界、唐人始淆之、然旄邱詩、狐裘蒙戎與東同相協、則東冬亦間有合韻者、不得謂狐裘蒙戎一句爲非韻也、

喪亂既平。既安且寧。雖有兄弟。不如友生。 兄弟尚恩、怡怡然、朋

毛詩會箋

友以義、切切然、

箋曰、喪卽死喪之威喪字、亂指急難、兩既字蒙上文之辭、前三章言喪亂、後三章言安寧、播此反掩之筆、小歇以作過渡、緩舒以發深思、左傳謂亂平爲寧、多出、有及寧告寧文、此安寧言上下無虞、日用娛樂、○雖有兄弟不如友生、是聖人曲盡人情者也、前三章所言、皆處變時、固皆知凡今之人莫如兄弟、及至安常無事之時、人情自然從己氣稟所合、故或者曰、雖有兄弟不如友生、反言以起下三章、前四章以莫如兄弟正喝下文、後四章以不如友生反喝下文、篇法甚古、上下二章連言每有良朋、而此言雖有兄弟、每與雖當有別、舊説以雖易每作解、故此章雖字無光彩、殆失詩旨、馬瑞辰曰、生・語詞也、唐人詩太瘦生、及凡詩何似生、作麼生、可憐生之類、皆以生爲語助詞、實此詩及伐木詩友生倡之也、

儐爾籩豆。飲酒之飫。 儐・陳、飫・私也、不脫屨升堂、謂之飫、 **兄弟既具。和樂且孺。** 九族會曰和、孺・屬也、王與親戚燕則尚毛、○儐賓胤反、飫於慮反、樂音洛、孺如具反、延文本・傳陳下飫下有也字、

箋曰、是詩爲宴兄弟而作、故以飲酒發論、言籩豆以延賓、燕飲至於飫、可云樂矣、必兄弟既具、而後和樂且孺者、樂兄弟、非樂燕飲也、下章意同、飫字之解、蘇氏訓饜、程子謂飲樂飫足、意亦同、卽左傳襄二十八年加膳則飫賜之飫、而非周語立成之飫也、毛傳、飫・私也、釋言文、飫禮在路寢內、不在公朝、故

爲私、私者厶之假借也、說文引韓非曰、蒼頡作字、自營爲厶、通作私、方言云、私小也、凡物小者謂之私、然則私有纖嗇之意、對公爲小也、毛則以飫爲立飫之飫、周語、王公立飫則有房蒸、親戚宴享則有肴蒸、又曰、飫以顯物、燕則合好、此立飫之禮、大於燕者也、初學記引韓詩內傳曰、夫飲之禮、不脫屨而卽席者謂之禮、跣而升堂者謂之宴、能飲者飲、不能飲者已、謂之醧、其所云不脫屨而卽席者謂之禮、與毛傳云不脫屨升堂謂之飫合、此立飫之禮也、安井氏曰、飫・燕・比・饗皆私也、故傳云私也、但有脫屨與不脫屨之別、傳欲見其別、故又云不脫屨升堂謂之飫、正義引外傳釋之曰、燕由坐而脫屨、明飫立則不脫矣、是也、此章上二句陳飫、下二句陳燕、自踈入親、言之次也、段玉裁據韓詩以飫燕爲一、遂謂韓用正字、毛用假借、不知內外傳皆有飫字、其義與毛合、則毛是正字、韓則假借字也、且韓說脫屨升席曰宴・釋宴、以見飫之立而不脫屨、能者飲不能者已・釋醧、以見宴之及無算爵、本互見爲義、而段强合而一之、謬甚〇兄弟既具、和樂且孺者、具、具集也、所謂兄弟無故也、孺、言中心相愛也、山海經、少昊孺帝顓頊於此、棄其琴瑟、莊子、烏鵲孺、魚傳沫、可證、程子謂、孺、親慕之義、小兒親慕父母謂之孺子、蓋比附不可解之謂孺、言其情之真也、傳訓屬亦依戀之意、尙毛者、中庸曰、燕毛所以序齒、文王世子曰、公與族人燕則以齒、而孝弟之道達矣、王與宗族之人燕、以毛髮年齒爲次弟也、司儀曰、王燕則諸侯毛、亦謂同姓諸侯也、安井氏曰、九族漸踈、故名其會曰和、說文、屬・連也、从尾蜀聲、徐云、屬相連續、若尾之在體、故从尾、是屬有連著之義、九族易離、故解孺爲屬也、飫燕皆私、而燕禮現存、故傳擧

燕明飫、非謂飫燕雜陳也、

妻子好合。如鼓瑟琴。兄弟既翕。和樂且湛。翕·合、〇好呼報反、翕許急反、湛答南反、延文本·傳合下有也字、

箋曰、兄弟之燕、室內亦雍熙以扶歡也、妻子猶所謂妻女、女妻也、不必如正義分言、妻子不患其不好合、而患其間兄弟之恩、故經終致意焉、合者如鼓瑟琴之聲相應和也、明堂位有大琴大瑟中瑟中琴、凡用大琴必用大瑟配之、用中琴必用中瑟配之、然後大者不陵、細者不抑、而五聲和、蓋取其相配以爲和也、以下雖二章、六句一貫、中庸所引、及左傳賦常棣之七章以卒可見、箋於好合句引王與族人燕、宗婦內宗之屬亦從后燕于房中、正義又從而衍之、枝葉尤多、不知經言妻子、只是襯出兄弟耳、〇兄弟既翕者、人苦於兄弟視爲兩人、不知兄弟一本、直是一身、方言、翕、聚也、合與聚義相近、手足合爲一身、不以兩人視之矣、不比夫婦兩姓之合、但況以琴瑟之異器而同聲也、和樂且湛者、鹿鳴傳云、湛樂之久也、夫妻子瑟琴以鼓兄弟之歡、其和樂不滋深乎、七章言妻子好合、八章言樂爾妻孥、安頓兄弟既翕於中間、詩情最妙、蓋人情各私其妻子、自非賢者、鮮不爲衽席所移、故教以和樂且湛、欲其永有此室家之樂也、顏之推曰、兄弟之際、異於他人、望深則易怨、地近則易狎、譬猶居室、有穴則塞之、有隙則塗之、方無頹毀之處、如鼠雀之不恤、

風雨之不防、壁壞楹摧、無可救矣、僕妾
之爲鼠雀、妻子之爲風雨、可不畏哉、

宜爾室家。樂爾妻帑。帑・子也、 **是究是圖。亶其然乎。**究・深、
圖・謀、亶・信也、○帑音奴、亶都但反、
延文本・傳深下謀下並有也字、

箋曰、室家一本作家室、誤倒、禮記引作室家、以家帑圖乎爲韻、唐石經可據
也、卒章言室家之少長咸在、而兄弟不具、則必有岌然不安者、兄弟而樂且
孺、則有以宜其室家矣、妻帑聚處、而兄弟不樂、則必有慘然不怡者、兄弟而
樂且湛、則有以樂爾妻帑矣、蓋由兄弟及之、而無不各協其情也、○樂爾妻
帑者、前章好合、專以妻言、故曰妻子、此方兼及其子、故曰妻帑、不徒取其協
韻、帑訓爲子者、左傳襄十四年並帑於戚注、漢書文帝紀集注引應劭、並云
帑子也、是也、又有稱妻子爲帑者、左傳文六年、宣子使臾駢送其帑、注、帑・妻
子也、亦作孥、鄭語寄孥與賄焉、楚語見藍尹亹載其孥、注並云妻子曰孥、孟
子梁惠下、罪人不孥、注孥妻子也、有訓爲子孫者、中庸引詩注、古者謂子孫
曰帑、左傳襄二十八年傳疏云、帑者細弱之名、於人則妻子爲帑、於鳥則鳥
尾爲帑、是也、凡妻子奴僕家私皆得謂之帑、與妻對文則爲子爲子孫、散文
則爲妻子奴僕家私之通稱也、或者其字从奴从巾、後世所以亦用爲帑藏
字也、左文六年疏云、說文・帑・金幣所藏、廣韻引通俗文庫藏曰帑、徂浪切、始
以別於妻帑之乃都切耳、○是究是圖、說文究窮也、究有推極到底意、末二

句總通篇以訓人、異格也、夫妻子好合則兄弟和、兄弟和則妻子樂、和樂所自、旋相爲本、是六句之貫也、言妻子妻帑、不外兄弟於室家之義也、篇中良朋、卽中庸所謂朋友之交、列之五達道者、非不欲助也、勢不能助也、兄弟和樂而後家可長久、故宜室家樂妻帑必由之、此自天子至庶人所同者、而人往往昧之、故以是究是圖終焉、亶其然乎、猶云豈不信其然乎、乎、疑辭也、不自以爲然、而使之反求諸心、以見其眞情實理之所在、周公可謂善教人者也、程子曰、此詩句少而章多、章多所以極其鄭重、句少則各陳一義故也、

常棣八章章四句

箋曰、此詩言兄弟、而推於死喪急難鬩牆安樂、以及情之變、理之常、當戒當法、無不纖悉畢具、凡天下之爲兄弟、幷人生所以處兄弟之遇者、皆不外此、懸空設想、欲人之反覆究圖、而知凡今之人莫如兄弟也、中井氏曰、視兄弟不如友生、固是不可、然人情事勢多如此、是詩舉而指點之、使人反本耳、且不如友生雖情之薄、比於鬩牆有間、集傳人道或幾乎息等、貶斥太過、却失詩意、凡讀是詩、其熟於人情處、尤宜著眼、又曰、朋友非天屬、於衆人中擇其資質相近、好尙相類者、相取結交、故情親意合、樂於相從、若資質相反、好尙不同者、則固不與友矣、是故平時交情有加於兄弟也、兄弟是天屬矣、然資質相反者有之、好尙不同者亦有之、智愚賢不肖之不均、無奈之何也、是故賞月之會、玩花之遊、往往願與朋友共之、而不樂

於兄弟相從、長者尚可肆意取樂、至少者唯曲意承奉之不遑、何能自娛哉、其優寬嗜飲者、與躁急不能飲者、最爲不相中、是人情之大段、不可深尤者、唯賢者能察於天倫之懿、急難之情、不以彼易於此也、此詩之作、意蓋在於此、宜見聖人盡人情處也、兄弟之變、唯大舜爲能盡其道、未可用此律衆人也、

伐木。燕朋友故舊也。

箋曰、周禮大宗伯以賓射之禮親故舊朋友、故舊朋友者、凡世臣遺老皆是、鄭注云、王爲世子時共在學者、是鄭舉其一耳、胡承珙曰、經首章但言求其友聲、則知朋友足該故舊、二三章諸父諸舅兄弟・似言故舊、其實皆朋友也、故六月序但云伐木廢則朋友缺矣、二章傳云、國君友其賢臣、大夫士友其宗族之仁者、亦祗言朋友、而故舊自在其中、若此序之朋友故舊、則並兼宗族兄弟言之、但其所謂兄弟乃儀禮所云小功以下爲兄弟者、固與常棣之兄弟不同耳、古者人君以嘉禮賓臣有四、宗族兄弟也、朋友故舊也、孤卿士大夫也、公侯伯子男也、其禮之行、有饗、有食、有燕、其燕也・有因祭而餕、有因勞而勞、有因閒暇而會、所謂饗者、亯大牢以飲賓、几設而不倚、體薦而不食、爵盈而不飲、以訓恭儉也、食者、饗禮之中、舉樂以薦牲體焉、雖設酒而不飲、燕則異於饗食之禮、以示慈惠、一獻之禮既畢、皆坐而飲酒、其樂無算、取其驩而已、其爵無算、取其醉而已、至於中庸曰・燕毛序齒、坊記因其酒肉・聚其宗族・以教民睦、是祭畢而燕、四牡皇皇者華所歌・是因勞而勞、伐木之燕・所謂迨我

暇飲此湑、因閒暇而會也、

自天子至于庶人。未有不須友以成者。

箋曰、是泛論求友之道·通乎上下、非以此詩亦用於庶人也、傳於陳簋八簋云天子八簋、明以此爲天子燕朋友故舊之詩矣、其又言國君大夫士之友者、亦因天子而推言之、猶序義也、民之失德乾餱以愆、不過借庶人之事、以見燕樂友朋·貴賤一致耳、延文本·者下有也字、

親親以睦。

箋曰、親卽諸父兄弟也、是詩雖主異姓、而同姓亦有朋友故舊、疏云指上常棣、非也、卷子古本以作已、

友賢不棄。

箋曰、卽求友生也、

不遺故舊。

箋曰、朋友故舊主異姓、故曰不棄不遺、

則民德歸厚矣。

箋曰、王者以此化民於上、民則效之於下也、李光地曰、此蓋因燕朋友而及親戚之詩、詩意與前篇實相首尾、前篇言兄弟分形連氣、死生安危憂樂共之、非朋友可比也、似乎朋友之義緩而不親者、故復作爲此篇、言天倫所以立、爲朋友之意、在乎德義相規、學業相成、雖生死患難之際、未曾不盡其心力焉、然倫之出於天叙者、本意則不爲此也、世衰道微、故有同氣而緩急相舍者、覆賴朋友救助、其流至於疏其所親、而植私死黨之風盛、恩義倒置、德業無聞、於是先王肇修人紀之道、蕩然盡矣、是故平居家室之閒、飲食宴樂、雖朋友不在可也、若朋友好會、則兄弟未嘗不存焉、一則緣朋友之懽、而念及親親者益篤、一則資朋友之益、而助於親親者益多、此兩詩相爲首尾之義也、抑大倫有五、夫婦其本也、父子兄弟天屬之恩也、君臣朋友·人合之義

也、父子則與君臣之分相較、不以私恩廢公義、不以公義背私恩、是鹿鳴四牡皇華之義也、兄弟則與朋友之誼相較、懼其忘本然之恩・而以義相夷也、懼其廢當然之義・而以恩相狎也、是常棣伐木之義也、風首夫婦、正其本也、小雅開篇、而君臣父子兄弟朋友之倫正焉、夫然故可以窮本極源而達於天地、子思言道、自造端夫婦、次及子臣弟友、以終於鬼神、其夫子序詩之志乎、

伐木丁丁。鳥鳴嚶嚶。 興也、丁丁・伐木聲也、嚶嚶・驚懼也、 **出自幽谷。遷于喬木。** 幽・深、喬・高也、 **嚶其鳴矣。求其友聲。** 君子雖遷處於高位、不可以忘其朋友也、 **相彼鳥矣。猶求友聲。矧伊人矣。不求友生。** 矧・況也、 **神之聽之。終和且平。** ○丁陟耕反、嚶於耕反、相息亮反、矧尸忍反、延文本・傳深下有也字、

箋曰、一章引起下二章燕朋友之意、詩所云伐木者、斲削以成材、求友者、切劘以成德、故三言伐木、此以伐木鳥鳴興人之求友也、丁丁與椓之丁丁義同、兩物相當相擊有聲也、嚶嚶鳥聲也、此亦純取諧聲、而無關字義者、嚶嚶與下文嚶其鳴矣之嚶一也、緩言之爲嚶嚶、急言之爲嚶也、傳驚懼者、言此鳥爲驚懼而鳴耳、非以嚶嚶爲驚懼也、釋訓、丁丁嚶嚶相切直也、切直卽切磋、切是切劘、直左傳直曲爲直之直、文選遊西池詩注引韓詩云、伐木廢朋

友之道缺、與毛詩序合、然則詩爲朋友而作、故以相切直爲言耳、此鳥鳴・先儒莫著爲何鳥、胡承珙曰、李綽尙書故實曰、今謂進士登第爲遷鶯者久矣、蓋自伐木詩人嚶其鳴矣求其友聲、並無鶯字、頃歲省試早鶯求友詩、又鶯出谷詩、別無證據、王楙野客叢書引東皋雜錄曰、詩正文與注、皆未嘗及黃鳥、白樂天作六帖、始類鸎門中、洪駒父稱禽經鸎鳴嚶嚶、要是後人附會、葉大慶考古質疑曰、緗素雜記謂、今人吟詠多用遷鶯出谷事、又曲名喜遷鶯、皆循唐人之誤、大慶按、詩嚶嚶雖非指鶯、然漢張衡歸田賦王雎鼓翼、倉庚哀鳴、交頸頡頏、關關嚶嚶、又東京賦、雎鳩鸝黃、關關嚶嚶、蓋倉庚鸝黃卽所謂鶯也、張衡皆以嚶嚶言之、則唐人以嚶嚶爲鶯、又未必不本於此、又梁元帝言志賦、聞鶯而懷友、陳楊謹從祀麓山廟詩、簷巢始入燕、軒樹已遷鶯、自梁陳已用遷鶯事、而曰承襲唐人之誤、非也、承珙謂漢賦言關關嚶嚶者、似是泛舉鳥聲、未必分屬二鳥、且如羽獵賦、又云鴻雁嚶嚶矣、卽玉篇鶯字注、云鳥有文、此本桑扈毛傳、文選王元長曲水詩序云、亂嚶聲於緜羽、李善注雖引詩鳥鳴嚶嚶、又引詩緜蠻黃鳥、然本文究無鶯字、惟梁昭明太子錦帶書、姑洗二月啓曰、啼鶯出谷、爭傳求友之聲、始明出鶯字、唐人殆沿此而誤耳、◯出自幽谷遷於喬木、廣韻云、遷去下之高也、據毛傳喻始爲臣子今爲君父之意、嚶其鳴矣、求其友聲、安井氏曰、序云自天子至於庶人、未有不須友以成者、謂首四句、友賢不棄・不遺故舊・謂嚶其鳴矣求其友聲、此詩燕朋友故舊、所重在此二句、故毛至此始說正意、下二章則不過敷衍此章之意、◯相彼鳥矣猶求友聲、詩以伐木爲章首、則固三章而非六章也、然上六句、下六句、意一往而又起、相・視也、○神之聽之、終和且平者、聽字承聲字來、言天子親公卿諸侯、得其歡心、神將賚以和平之福、和平孝經所謂天下和平、災害不生也、蓋以和召和、則萬邦協和、而永無拂逆之風、終於和也、以平致平、則四方既平、而永無傾危之患、終於平也、他日周公嘉成王曰、無怨無惡、率由羣匹、欲使成王得公卿諸侯之歡心、是公之至忠也、

伐木許許。釃酒有藇。許許・柿貌、以筐曰釃、以藪曰湑、藇・美貌、既有肥羜。以速諸父。羜・未成羊也、天子謂同姓諸侯、諸侯謂同姓大夫、皆曰諸父、異姓則稱舅、國君友其賢臣、大夫士友其宗族之仁者、寧適不來。微我弗顧。微・無也、於粲洒埽。陳饋八簋。粲・鮮明貌、圓曰簋、天子八簋、既有肥牡。以速諸舅。寧適不來。微我有咎。咎・過也、○許延文本作滸、傳同、呼古反、釃所宜反、藇音叙、羜直呂反、洒所懈反、埽素報反、饋其位反、柿孚廢反、藪素口反、延文本・柿貌下美貌下並有也字、摺本傳無諸父之諸字、

箋曰、二章三章仍言伐木者、本感所自也、一句實含首章十二句之意、傳云許許柿貌者、柿卽梻之隸變、廣韻、梻・斫木札也、類篇削木片也、說文、梻、削木

札樸也、樸、木皮也、木皮謂之樸、削木皮謂之札、又謂之柿、柿字又借作肺、史記惠景間侯者年表序云、諸侯子弟若肺腑、索隱曰、肺音柿、腑音附、柿・木札也、附・木皮也、以喩人之疏末之親、如木札出於木、樹皮附於樹也、許許者、削柿衆多之貌、如晉書所謂王濬伐吳造船、木柹蔽江而下、魏書太祖紀、營梓宮、木柹盡成林也、顏氏家訓書證篇、引詩作滸滸、唐石經初刻亦作滸、此蓋本無其字、依聲託義、說文引詩伐木所所云、所所伐木聲也、玉篇亦云、所・伐木聲也、許所古同聲通用、史記東方朔傳、率取婦一歲所者卽棄去、漢張良傳、父去里所復還、師古注云、行一里許而還來、原涉傳涉居谷口半歲所、疏廣傳・數問其家金餘尙有幾所、注云、幾所猶言幾許也、並與許通、所者削柹・猶斯者析薪、故斯所皆从斤、許說蓋本三家詩、許許固柿貌、而削柿亦當有聲、義本相足、正義曰、伐之爲聲而有柿、是也、朱傳解許許爲衆人幷力之聲、引淮南子擧大木者呼邪許證之、然邪許者擧木之聲、一作邪軤、見文子、一作嘘噢、見列子、一作輿謣、見呂氏春秋、挽車者呼邪軤、牽石拖舟者歌嘘噢、擧大木者呼輿謣、皆勸力之歌、前呼後應、然則伐木而後許許、非伐木聲也、○釃酒有藇者、說文、釃・下酒也、凡作酒者、以筐漉酒、是謂之釃、下猶漉也、經言釃、傳必兼云以藪曰湑者、探下章有酒湑我作訓也、下章傳湑莤之也、莤之謂以藪漉之、是謂之湑也、藪者籔之誤、說文段注、筐者盛飯之器、較細、籔者漉淅之器、較麤、籔今人謂之深箕、皆可以漉酒、藇亦作醧、廣韻曰、釃酒有醧、醧、酒之美也、○既有肥羜、以速諸父者、與下寧適二句應、故曰既、說文、羜、五月生羔也、正義引薛綜荅韋昭云、羊子初生名達、小名羔、未成羊曰羜、大曰羊、長幼之異名、廣雅云、羍羜羳羔也、是皆未成羊之名、速、召也、諸父、故友之同姓者也、詩是詠天子燕耳、傳已連及諸侯、而并下及大夫士者、此卽序所云自天子至庶人皆須友以成之義也、○寧適不來微我弗顧者、言今日不來、他日請來、勿以適不來故、竟不顧我、云適非必不來也、凡人有厭心、則託他故不來、故致其殷勤如此、此正先王之曲體人情也、式微之微訓無、無與有對文、微我之微訓無、無與勿同義、二傳訓同意別、我、王自我也、通章七我字同、○於粲洒埽、陳饋八簋、釋文云、於如字、作歎詞者、非也、桒中傳、爰、於也、於與爰皆發聲、粲・鮮明貌、進物曰饋、黍稷在簋、稻粱在簠、方曰簠、圓曰簋、八簋、器之盛也、鄭箋云、有酒有羜、以召族人飲酒、又云、粲然灑攈、陳其黍稷、謂爲食禮、正義申以爲有酒有羜是燕禮、非饗諸侯燕其羣臣及賓客、其牲狗、不用羊豕、此云有肥羜者、左傳王饗有體薦、燕有折俎、天子燕饗禮、異於諸侯、牲亦不同、正義是也、劉氏以簋八則籩豆倍之、天子燕禮之數、不知燕禮無用黍稷者、劉特欲合上下爲一事、而不知其非禮制也、諸父言燕禮、諸舅言食禮、是詩主異姓故也、食在廟、燕在寢、食重於燕、其實互相備也、燕詩而及食禮、亦廣厚意也、此詩言有肥牡、羅願以牡爲大牛、說者因謂是用太牢則爲饗禮、此說非也、詩但言牡、且在肥羜之下、只正義肥羜之牡爲是、詩主言情之殷、不主言禮之備、又釃酒洒埽陳饋羜牡、皆一時事、互文以相通耳、以速諸舅者、諸舅、故友之異姓者也、呼叔父伯父者是諸父、呼叔舅伯舅者是諸舅、或曰父曰舅氏、皆尊之也、不必尊行、○寧適不來、微我有咎、鄘詩無我有尤、文義皆同、聖人之言、不遠俗情、如此詩寧適不來、豈有王召而不來之理、有酒湑我、無酒酤我、豈有王燕而無酒之理、以雅樂而用民俗間直語、所以曲盡人情、天家醉飽之誼、猶是布衣樂羣之歡、文之至、質之至也、

伐木于阪。釃酒有衍。衍、美貌、籩豆有踐。兄弟無遠。民之失德。乾餱以愆。餱、食也、有酒湑我。無酒酤我。湑、莤之也、酤、一宿酒也、坎坎鼓我。蹲蹲舞我。蹲蹲、舞貌、迨我暇矣。飲此湑矣。

○踐賤淺反、遠于萬反、乾音干、餱音侯、愆起虔反、湑思敍反、酤音戶、蹲徂尊反、食音嗣、莤所六反、延文本傳美貌下舞貌下並有也字、餱食也下有愆過也三字、

箋曰、三章伐木既下于阪、則地益廣、而人益衆、水溢曰衍、蕸、言其美、衍、言其多、○籩豆有踐、陳設之盛也、亦謂食禮、踐、陳列貌、見伐柯篇、兄弟無遠者、兄弟亦朋友也、無遠謂咸在也、於諸父諸舅曰寧適不來者、不敢意其必來、尊之也、於兄弟則直曰無遠、又深樂其皆在、親之也、鄭箋因上章速諸父諸舅、故兄弟兼異姓言、非也、沔水傳、兄弟、同姓臣也、葛藟刺桓王棄九族、其詩曰、終遠兄弟、頍弁刺幽王不親九族、其詩曰、兄弟匪他、兄弟具來、角弓刺幽王不親九族、其詩曰、此令兄弟、不令兄弟、行葦內睦九族、其詩曰、戚戚兄弟、莫遠具爾、皆謂兄弟爲九族之親、不爲異姓矣、姜炳璋曰、朋友以義合者也、諸

父兄弟以恩合者也、諸舅義與恩之間也、上篇燕兄弟、重在恩、蓋至親莫如兄弟、故言兄弟已該得諸父、此篇燕朋友重在義、故先諸父而後諸舅、由親以及疏也、先諸舅而後兄弟、由尊以及卑也、於兄弟敘家人之禮、但曰和樂而已、若朋友雖禮極其盛、情極其洽、而欲如兄弟之依依若孺慕則不可得、故友道之廣、諸父諸舅兄弟皆在所友之內、而友道之嚴、雖諸父諸舅兄弟皆在輔仁之中、友也者、友其德也、故燕兄弟德位不之拘、其情意在禮文之外、常棣所以不言盛禮也、燕朋友雖諸父諸舅兄弟、聯以情者未嘗不縮以義、其情意在禮文之中、伐木之所以備言盛禮也、此燕兄弟朋友之別也、○以民之失德、乾餱以愆、失德言忘好相怨也、餱、乾食也、乾餱句正爲無酒酤我作影筆、言外見民且不可、況於君臣之間、勸而寓誡、告兄弟之辭也、於諸父諸舅皆言速、而兄弟不言速者、略於卑者也、速之而曰不來、未知其不來而慮之也、其辭婉、爲尊者也、至兄弟則直言無遠、而卽繼之以民之失德乾餱以愆者、亦卽弗顧有咎之旨、若曰我應速而不速、汝應來而不來、亦不過飲食細故、一乾餱之愆耳、而失德或自此始、申言無遠之義、以期其必來也、○有酒湑我、無酒酤我、連用五我字、情意肫肫、正與上章兩微我相應、湑我酤我倒字法、於我乎湑之、於我乎酤之、言有無必設是酒也、傳湑莤之也、釋文、莤·古縮字、與左傳縮酒同義、謂沛而去其糟也、沛又謂之漉、卽上章釃酒傳以筐曰釃、以藪曰湑、釋文、釃謂以筐漉酒、漉湑字同、唐人詩謂之壓酒、今謂之濾、皆沛之之義、酤對湑言、湑必以暇時縮之、酤則可以猝爲之、鄭箋云、酤·買也、釋文、酤·毛音戶、說文同、鄭音顧、又音沽、戶音卽酒名、上聲讀、酒與酤對則別、散則通、商頌旣載淸酤、是也、顧音卽漢武初榷酒酤之酤、沽音論語沽酒酒、漢書引作酤酒、是也、去平二聲讀、乃賣買通稱、音隨訓別、說文、酤、一宿酒也、一曰、買酒也、以買酒爲別一義、蓋以其非古耳、說文又曰、醴、一宿孰也、是一宿酒名醴、又名酤、周禮酒正注曰、醴猶體也、成而汁滓相將、如今恬酒矣、上傳云、以藪曰湑、湑、莤之也、埤蒼曰、湑、湑美也、是有酒湑我、謂久釀之酒已經泲莤、則淸滑而美、此無酒酤我、謂始釀之酒、未經澄濾、所以應倉卒之求而已、小徐注說文云、一宿酒謂造之一夜而熟、若今雞鳴酒、是也、汁滓之酒、禮非常設、故下文但云飮此湑矣、不更及酤也、酤本一宿酒名、後市肆中多賣此酒、故謂賣酒曰酤、亦謂之沽、漢時又有官酤、漢書武帝紀、初榷酤、注謂禁民酤釀、獨官開置、如道路設木爲榷、獨取利也、又食貨志、王莽時、魯匡言、酒者天之美祿、帝王所以頤養天下、享祀祈福、扶衰養疾、百福之會、非酒不行、故詩曰、無酒酤我、而論語曰酤酒不食、二者非相反也、夫詩據承平之世、酒酤在官、和旨便人、可以相御也、論語孔子當周衰亂、酒酤在民、薄惡不誠、是以疑而弗食、鄭氏據此訓酤爲賣、不知官酤乃後世之法、周制不聞也、魯匡引詩爲酒酤在官、正爲莽時榷酤而設、所謂文六藝以飾姦者、其言豈足爲據、周禮萍氏幾酒謹酒、則市沽者固有之、然古者祭神燕賓、飮食之物、皆不買於市、士大夫尙然、況天子有酒正酒人、必無無酒而爲之酤之理、鄭訓酤爲買、非也、詩言雖一宿之酒、亦可飮我、不在酒之新陳也、如此解則結言迨暇飮湑、正有意趣、此蓋虛序以述王厚於朋舊之意、非實事也、鄭以爲實事、故又云族人陳王之恩、夫王燕族人、而代之陳己之恩、有此理乎、可謂謬矣、○坎坎鼓我、蹲蹲舞我者、坎坎、擊鼓聲、見宛丘、說文士部、壿、舞也、玉篇曰、从士、不从土、蓋土旁尊者與樽同、釋訓、坎坎壿壿、喜也、言鼓有喜聲舞有喜態、釋文、蹲七旬反、本或作壿、蓋作壿者其本字、蹲則其假借字也、蹲音徂尊反、陸音七旬反者、以蹲爲壿之假借耳、鼓我舞我、亦倒字法、○迨我暇矣飲此湑矣、言不失我暇日而使飲是湑也、迨者不愆時之辭也、詩中多出、皆一意、飲乘於暇、既不拘好會燕饗之常、亦不廢蒞朝考政之期也、連用五我字、情意肫肫、正與上章兩微我相應、鄭氏以上四我字爲族人、下一我字爲王、正義謂傳亦然、誣矣、末章是燕樂正文、數我字與上諸父諸舅兄弟·相映成文、若曰來則在諸父諸舅兄弟、來而湑酤鼓舞之樂則在我、於是結之曰、迨我暇矣飲此湑矣、則更爲後期焉、虞舜欲常常而見之、故源源而來、同此心也、可以觀古君臣之盛矣、

伐木三章章十二句

箋曰、劉器之謂此詩每章首輒云伐木、凡三云伐木、故知當爲三章、陳啓源曰、劉說良然、然此不自劉氏始也、凡傳箋下疏語、統釋一章者、例置每章之末、今此詩總十二句爲一疏、作三次申述、又序下疏指伐木許許爲二章上二句、伐木于阪爲卒章上二句、又指諸父諸舅爲二章、兄弟無遠爲卒章、是此詩三章章十二句、孔疏已然、不始於劉氏也、阮元曰、案序下標起止·云伐木六章章六句、正義又云、燕故舊卽二章卒章上二句是也、燕朋友卽二章諸父諸舅、卒章兄弟無遠是也、與標起止不合、當是正義本自

作三章章十二句、經注本作六章章六句者、其誤始於唐石經也、合併經注正義時、又誤改標起止耳、

天保。下報上也。箋曰、篇內有于公先王之文、是當在武王之世、大臣頌祝其君之詞、而定爲樂歌、則周公時也、報上云者、如後世上壽之禮、安井氏曰、大史編此詩於五篇之次、以示君臣相與之美、故云報其上、非後世所爲賦後詩以答前詩之類也、君能下下。以成其政。箋曰、降心其臣、慈仁以成其政也、是什三篇一轄、以魚麗終之、則是句主常棣伐木繫之、然前二篇非一時之作、就其後世用之以燕親疏、亦未必一日之事、惟盛世之君臣、勞勉頌規、矢揚賡遂、斯固事之必然、藉非一時酬答、而序詩者意則存焉、不必臣能歸美。以報其上焉。箋曰、歸政化之美以報其上也、是詩所用、未可知爲據此爲疑端、何時、春秋時有君歌鹿鳴之三勞臣者、而臣以天保答賦者無有乎爾、集傳沿鄭說而主臆、不取也、臣能能字、卷子本傍書本作亦、

天保定爾。亦孔之固。固、堅也、俾爾單厚。何福不除。俾、使、單、信也、或曰、單、厚也、除、開也、俾爾多益。以莫不庶。庶、衆也、○單都但反、除治慮反、延文本、傳使下有也字、曰作云、

箋曰、是詩上三章下三章分爲兩段、是篇法、首章爲天所保定、此福之所由生也、俾爾以下、則天之所以保定者、保是抱持愛護之意、保則不危、定則不移、爾、指君也、謂君爲爾者、古人質樸、猶自稱爲朕、亦上下之通稱也、詳大雅卷阿、此篇爾字十一、眷眷之意見矣、固者盤石不磷、金湯不易也、○俾爾單厚、單毛讀爲亶、故訓爲信、鄭讀單爲殫、故訓爲盡、毛義爲長、單者亶之假借、盤庚誕告用亶、馬融本亶作單、潛夫論愼微篇、引詩作俾爾亶厚、單與亶同聲、故通用、爾雅亶字兩見、一云亶誠也、一云亶厚也、此當訓厚、周頌單厥心、周語作亶、曰、亶、厚也、單厚二字相連、猶多益戩穀、皆二字同義也、單厚卽指下福、言予福之厚、何福不除、毛訓除爲開、開猶啓也、僖二十三年左傳、叔詹諫曰、臣聞天之所啓、人弗及也、襄二十九年左傳、天又除之、奪伯有魄、言天又開除子產、猶言天又啓之、蟋蟀日月其除、傳、除、去也、小明日月方除、傳、除·除陳生新也、此云何福不除、不當用除去義、故云開、如開通道路謂之除耳、皆因文立義、言各有當也、開與閉對文、左傳、秦饑晉閉之糴、古以不與爲閉、則知以開爲與、是言開卽有予義、故箋言開出以予之、以申傳義、開卽予也、凡史記言除吏、漢書言除官、皆謂授以官、與此詩同義、又除者殿陛之名、陛以次漸進、亦與引申之義相近、諸家多從除舊生新之解、然除而又生、則何以但言除不言生乎、且福祿之來、但欲其增新、何取於去舊、新舊積累、不尤爲福之大乎、○俾爾多益、以莫不庶者、庶衆也、無時而不受福、則積之也極厚、故以單厚言、無事而不受福、則得之也極多、故以多益言、何福不除、以莫不庶、正以申言單厚多益之意、開端四字、鄭重之極、曰何不、曰莫不、自是撇過語、意主承當、則責難深矣、此詩之義、與天位難哉、奈何不敬等語、同一意旨、運箴規之心於頌禱中、一片祝釐、皆是忠愛至性、詩之敦厚、於斯爲至、

天保定爾。俾爾戩穀。罄無不宜。受天百祿。

戩・福、穀・祿、罄・盡也、

降爾遐福。維日不足。

○戩子淺反、延文本・傳福下祿下並有也字、

箋曰、戩古讀如晉、易晉九三、晉如愁如、貞吉、受茲介福于其王母、是晉有進福之義、集傳取聞人滋之說、謂戩與翦同、而訓爲盡、然說文戩字注云、滅也、轉滅義爲盡義、迂矣、爾雅、履、戩、祓、福也、此謂樛木之福履、天保之戩穀、卷阿之祓祿、皆得訓福、胡承珙曰、生民疏引孫炎云、祓除之福、祓旣爲祓除之福、則戩當爲薦進之福、毛傳之用爾雅、多因詩文立義、如樛木福履連文、則用釋言之履祿、而不用釋詁之履福、卷阿訓茀爲小、則用釋言茀小也、以茀爲茀之借、而不以爲祓之借、獨於此戩訓爲福者、當由下文罄無不宜、罄乃訓盡、不應戩亦訓盡、故以戩穀爲福祿、而下文受天百祿、降爾遐福、正承此二字申言之耳、方言云、福祿謂之祓戩、此又以戩爲祿、可見戩字本兼福祿之義、不得以說文滅字一訓盡之也、○降爾遐福、維日不足者、遐・遠也、言天使爾戩穀、而爾能受天百祿、故天之降爾遐福、日亦不足也、百以盛言、遐以久言、在天爲降、在人爲受、我能有以受福、福可遐矣、惟日不足、未艾之福也、日豈有不足哉、然以未艾之福視之、雖日降以福、猶若不足、所謂受者已倦、施尙未厭也、是章戩穀爲主、而百祿卽戩穀之衆多也、遐福卽戩穀之永久也、

罄無不宜、横言之、維日不足、縱言之、

天保定爾、以莫不興、如山如阜、如岡如陵、言廣厚也、高平曰陸、大陸曰阜、大阜曰陵、**如川之方至、以莫不增、**

箋曰、興、起也、讀中庸寶藏興焉之興、以莫句、合前後凡三出、此言既庶而又興起發作也、前三章爲一段、連用五如字以結之、言天之所以福之者無以擬之、擬之以下五者、下三章言神之所以福之者亦無以擬之、擬之以四者云爾、○如山二句、山脊曰岡、山之高處、山岡一類也、阜陵一類也、李巡曰、土地獨高大名曰阜、最大名爲陵、如山已高、而如岡是山脊則愈高、如阜已大、而如陵是大阜則愈大、所謂莫不興也、如川二句、蔡邕曰、衆流注海曰川、此因百川注河、水勢日增而言、山阜岡陵固有定體、故又欲其福之增、又欲其增不可量、以莫不增、言其福無量、猶前章所謂惟日不足也、言山則山阜岡陵、文經四變、而言川則一方字括之、句法詳略伸縮俱妙、

吉蠲爲饎、是用孝享、吉、善、蠲、絜也、饎、酒食也、享、獻也、**禴祠烝嘗、于公先王、**春曰祠、夏曰禴、秋曰嘗、冬曰烝、公、事也、**君曰卜爾、萬壽無疆、**君、先君也、尸所以象

神、卜·予也。○蠲古玄反、饎尺志反、享許丈反、禴餘若反、延文本·傳善下有也字、

箋曰、四章先言祭者、特本致福之由耳、非若他詩盡事神之禮、而始獲神之福也、夫成王之福祿、乃先王先公之餘澤也、唯能事宗廟、而後可以保福祿矣、故特言之、且孝一字甚緊、遍爲爾德、亦唯刑於斯也、朱傳、吉·言諏日擇士之善、蠲·言齋戒滌濯之潔、於字精切、然此系爲饎言之、則祓除不祥以致明潔之義也、左傳嘉粟旨酒、言祥敬以薦之旨酒也、此言爲饋之祥潔也、釋文、蠲舊音圭、士虞禮饗辭曰、哀子某圭爲而哀薦之饗、注、圭·絜也、詩曰吉圭爲饎、周官蜡氏令州里除不蠲、注、蠲讀如吉圭惟饎之圭、圭·絜也、蓋古音蠲讀如圭、音同而義亦同、故白虎通曰、珪之爲言潔也、孟子趙注、廣雅、並曰、圭、潔也、呂覽曰、臨飲食必蠲絜、高注、蠲讀爲圭、蓋三家詩作吉圭爲饎、故高讀從之、傳饎酒食、釋訓文、爾雅釋文引字林云、熟食也、士虞禮及特牲饋食禮注並云、炊黍稷曰饎、是饋本炊食之名、但酒食同類、故爾雅連言、郭注云、猶今云饎饌、皆一語而兼通、邢疏云、言饎之一字通酒食兩名也、饎又詳大雅泂酌篇。○禴祠烝嘗、于公先王者、宗廟之祭、若以四時、當云祠禴嘗烝、詩主音節、故不依先後、夏殷之祭則礿禘嘗烝、見於王制祭義、至周去夏禘之名、以春禴當之、更名春曰祠、禴與礿同、公、先公也、先王、大王以下也、武王周公以王業肇於太王王季文王、故追王三王、其不窋以下至於組紺以上皆爲先公、周禮祀先王以袞冕、祀先公以鷩冕、乃是天子祭先公之禮也、傳訓公爲事、然時祭不止大王王季文王、未祧七廟以時祭之、則公當訓先公、經於公

上不言先者、以先王在公後、王尙言先、則公爲先可知、故省文以完句耳、○君曰卜爾、萬壽無疆者、君卽先公先王也、尸所以象神、以象先君故謂之君、君曰謂尸傳神意也、少牢云、皇尸命工祝、承致多福無疆于汝孝孫之等、是傳神辭嘏主人也、卜猶占也、言考度爾前途、楚茨卜爾百福如幾如式亦同、皆借用作知後之義、乃有保任之意、人君之福、莫大於壽、故此章以壽爲頌、

神之弔矣。詒爾多福。 弔·至也、詒·遺也、 **民之質矣。日用飮食。** 質·成也、 **羣黎百姓。徧爲爾德。** 百姓·百官族姓也、○弔都歷反、詒以之反、

箋曰、五章以祭祀致福而廣言之、神亦指先公先王而言也、此人鬼而言神者、亦所謂對文則異、散文則同也、由吉蠲爲饎以下、又自爲一段、亦以四如字結之、章法井井、說文迅·至也、弔卽迅之省借字、神之弔矣、猶云祖考來格也、天曰降、此曰詒、別天神與人鬼也、○民之質矣、日用飮食者、質卽文質之質、以下句日用飮食四字知之、鑿井耕田、胥忘帝力、是民之質也、然使普天之下、能安其人道之常、而盡其天倫之樂、所謂比戶可封者、人君得此、福莫大焉、下二句亦是神所以福之者、惟人君能自脩德、和氣熏蒸、始克臻此、故曰羣黎百姓徧爲爾德、羣黎百姓、鄭箋、黎·衆也、朱傳改訓黑、而以秦言黔首證之、然用秦言以解周詩、不如從古訓耳、百姓卽百官、蒙上民之質矣言、故先羣黎後百姓耳、顧氏謂、民之質矣兼百官與庶人言、猶云人之生也直、然

欲以民兼百官庶人、則百官有天工人代之責、不當但以日用飲食爲美、不必以民兼百官也、傳云百姓百官族姓也者、古者族姓之始、皆由於有官爵者、如黄帝之子二十五人、得姓者十四、而已姓者百世不改、族卽氏也、左傳云、天子建德、因生以賜姓、胙之土而命之氏、諸侯以字爲諡、因以爲族、官有世功則有官族、邑亦如之、楚語、子期對昭王曰、民之徹官百、王公之子弟之質、能言能聽、徹其官者、而物賜之姓、以監其官、是爲百姓、韋注、百姓、百官也、官有世功受氏姓也、此傳以百姓爲百官族姓者、亦以族姓出於官、縱其後亦有無官爵者、然庶民不得有姓、故言此以別於上文日用飲食之民耳、徧爲爾德者、徧爲爾所教之德也、何以日用飲食、在乎周禮以治之、井田以安之、何以徧爲爾德、在乎躬行以率之、教化以淑之、日用飲食、乃徧爲爾德之本、徧爲爾德、則日用飲食之成也、至徧爲爾德、天下皆法君之德以爲德、所謂德教加於百姓、刑於四海、是也、大雅曰、應侯順德、夫神格民服、而後王祿乃全、善頌中自含風規、聖人之周於言也、此詩祝其君受福之辭、不以福言福、而以德爲福、不以德言德、而以質實爲德、可謂知所本矣、蓋浮華侈靡、或以啓爭亂之原、而質實無僞、實能基阜安之治、顧寧人曰、夫使機智日生、而姦僞萌起、上下且不相安、神奚自而降福乎、是故有道之世、人醇工龐、商樸女童、上下皆有嘉德、而至治馨香感於神明矣、然則祈天永命之實、必在於觀民、而斲雕爲樸、其道何由、則必以厚生爲本、

如月之恒。如日之升。 恒·弦、升·出也、言俱進也、 **如南山之壽。不騫**

不崩。騫·虧也、 如松柏之茂。無不爾或承。○恒古鄧反、延文本·傳弦下有也字、

箋曰、起語蒙上無痕、如月之將盈、如日之方出、言天祿之日益盛大也、升如字、日既離地而方升也、非就明之謂、不曰如月之望、而曰如月之恒、不曰如日之中、而曰如日之升、此易豐卦彖傳所謂日中則昃、月盈則食、及易卦不終於既濟、而終於未濟之意、天保爲周道之極盛、而立言如此、故詩中有易理也、釋文云、恒本亦作縆、正義云、縆字集注定本作恒、是正義本亦作縆也、然說文引詩作恒、則毛詩字本作恒、而傳訓爲弦、自以恒爲縆之假借耳、恒及縆絙古通用、考工記恒角而短、鄭司農曰、恒讀爲裻縆之縆、說文縆、引急也、王逸注九歌云、縆·急張絃也、廣韻縆、急張、亦作絙、是縆爲急張絃之貌、故以狀月之上弦也、每月八日九日、月體半昏、而中似弓之張而弦直、謂之上弦、凡張之急者、無弓弦若焉、故古稱弦月爲縆耳、○如南山二句、言天祿之不易也、上如山、言凡山、而取其高、此言終南、而取其壽、考工、犀甲壽百年、壽字同、騫與褰通、虧也、自上墜下曰崩、不騫是無缺損、指山之一處言、不崩是無傾覆、指山之全體言、○如松柏二句、言天祿之無疆也、鄭箋云、或之言、有也、如松柏之枝葉常茂盛、靑靑相承、無衰落也、鄭以或者未定之詞、此歸美君上、不當言或、故轉爲有、承是繼承相接續之義、松柏非葉不凋、但舊葉凋時、新葉已生、其靑靑相承、卽子子孫孫引無極也、故以取結、日月南山雖盛、無世世相承之義、終於松柏、而萬子孫秩斯佑之禱乃全矣、是意不可不繹、不然松柏之於日月南山汔徵、足以終九如乎、九如以華封三祝擬之、日月

以上、富也、南山・壽也、松柏・多男子也、

天保六章章六句

箋曰、人臣將以福祿祝其君、不敢自爲之詞、必稱天保之天定之、先王先公以詒之、尊敬之義也、而歸重乃在民之質矣、日用飲食、羣黎百姓、徧爲爾德四句、又所謂善言天者必有驗於人也、自古君臣未有舍民而言福者、

采薇。遣戍役也。箋曰、戍・守也、謂遣守衛之役人、單曰戍役、則將率亦包焉、文王之時。箋曰、采薇三篇、文王之雅也、之時二字、卷子古本無、西有昆夷之患。箋曰、出車所謂西戎是也、昆古門反、北有玁狁之難。箋曰、采薇止言北役、而不言西戎、是序賅三篇之義也、故西北並舉、玁音險、狁音允、難乃旦反、以天子之命。箋曰、天子・殷王也、侯伯之師、以王命行之、雖春秋時乃然、朱子舊說云、文王既受命爲西伯、得專征伐、而其征伐也亦必稱天子之命以行之、此足以見服事殷之實矣、命將率遣戍役。箋曰、將子亮反、率所類反、本亦作帥、以守衛中國。故歌采薇以遣之。箋曰、將帥士卒遣以一詩、出車

以勞還。杕杜以勤歸也。箋曰、還率還役出下文、故是文略、勞其勞曰勞、勤其勤曰勤、勞與勤、還與歸、一也、但變文耳、采薇三篇、此文王爲西伯四年中事、陳啓源曰、正雅篇次、其先後之序、自有取義、不以作詩時世爲斷、如天保以上治內、采薇以下治外、義各有當、非苟而已、常棣詩雖作於成王時、既在治內之列、則不得不先、朱子因常棣一篇是周公作、遂謂以後諸詩皆非文王事、左矣、采薇詩序云云、朱子力詆其說、不知序之昆夷、卽詩之西戎、緜詩之混夷、孟子之昆夷也、史記言文王伐犬戎、書大傳言西伯伐犬夷、顏師古注漢書、以犬夷畎夷昆夷爲一、帝王世紀亦言文王時有混夷、此伐西戎爲文王事、歷歷有據者也、玁狁不見他典、獨見於逸周書序、其言曰、文王立、西距昆夷、北備玁狁、謀武以昭威懷作武稱、非伐玁狁之一證歟、姜炳璋曰、周世居戎狄之間、其西爲昆夷、卽西戎也、後此伐周弒幽王者也、其北爲玁狁、卽前此迫逐大王以遷岐者也、文王伐昆夷、大雅孟子皆言之、但無伐玁狁之文、後人遂疑文王無此事、因以此爲宣王詩、然以經證之、六月篇宣王時之大將爲吉甫、非南仲也、豈同一事、而南仲吉甫並爲大帥、作一詩美南仲、又一詩美吉甫乎、孟子大王事獯鬻、卽玁狁也、緜之詩混夷駾矣、則玁狁之服可知、伐玁狁曰于襄于夷、而不言平西戎者、程子曰、用師專在玁狁、而西戎不兵自服、著手在此、收效及彼、兩事不煩再舉也、然則采薇三詩、是言當日之事、故重玁狁、緜之篇追言德化、故止言昆夷、義各有當也、況玁狁叛商、文王奉天子之命、遣將伐之、臣道無成、周公頌德、安得以商王之功爲文功也哉、此大雅詳言伐密伐崇、而不及伐玁狁也、胡承珙曰、史記匈奴傳云云、是不獨混六月出車爲一、並魯頌亦牽引及之、蓋其時詩始萌芽、經師抱殘守闕、太史公雜采衆家、每多牴牾、本不足怪、漢書亦同、此皆沿元朔元年封衞青等爲侯詔書、引此二詩、然引詩爲美者、漢詔之常、並無宣王襄王明文、史漢又誤從而實之耳、後漢書西羌傳云云、范蔚宗必本華嶠謝承等書、所言周初戎狄之患、與孟子逸周書竹書紀年皆合、蓋毛詩序傳、至後漢時始大著明、其事蹟不槪見他書者、卽當以此爲據、無庸復惑於史記漢書之互異者矣、勞力報反、

采薇采薇。薇亦作止。 薇菜、作生也、 **曰歸曰歸。歲亦莫止。靡室靡家。玁狁之故。不遑啓居。玁狁之故。** 玁狁北狄也、○延文本傳菜下有也字、經莫作暮、

箋曰、是篇設爲戍役者之言也、將出而歌之、蓋先王勞民、實出於不得已、遣戍之時、憫惻極其眞摯、故戍者欲歷之境、一似人君親履其地、親嘗其苦、方見痌瘝至意、薇菜詳草蟲篇、重言采薇者、不一采也、作生出也、卽春作夏長之作、止通作只、語已詞、戍役以楊柳依依發、則二三月也、至戍所而采薇、北地多寒故也、作柔剛並在戍處之事矣、不當以爲行道之事、始而發生、繼而柔嫩、又繼而堅剛、前三章取於薇者、其次第如此、當自爲一段、彼爾維何章

又以常棣之華起興、言所望者一日三捷、祗五章爲正面文章、指出玁狁孔棘、有不得不遣戍之勢、末章豫擬歸期、承首三章三憂字、而結以我心傷悲、而風厲以義者、每章皆有之、○曰歸曰歸者、心口相語也、歲亦莫止、言歲將暮、非謂歲終也、釋文、莫音暮、本亦作暮、說文、莫・日且冥也、从日在茻中、茻亦聲、人不分四聲、故莫與作韻、莫讀去聲、亦與作入去爲韻也、絕非協韻、莫已从日、會意字、又加日作暮、非古也、言昔來時則薇方作、今日欲歸則歲方莫矣、念歸之切、當在歲晚、雖託爲軍士自計之辭、亦因示歸期以安其心也、當時戍役更代之法不可考、然以理推之、春往冬還、一年一代耳、程子謂古者戍役兩朞、是以後世之法誣古也已、周代邊戍、戍於有人之地、是助士兵作守禦也、故一年一代、而守備無闕、秦漢以後、往往戍於無人之地、若一年一代、則守備必闕、且兵衆加倍、故有兩期之法也、不得以此爲周制、○靡室靡家者、主妻子而言、終歲在外、與室家永離也、玁狁卽商之獯鬻、孟子曰、文王事獯鬻、而詩序言文王命將伐玁狁、是殷時兼名獯鬻玁狁之證、漢之匈奴、唐之突厥、宋之契丹是也、古雍州地、其北皆狄、總謂之北狄、春秋時白狄、亦其類也、啓居詳四牡篇、前三章合將率士卒言之、四章五章專言將率、卒章又合而言之、

采薇采薇。薇亦柔止。柔・始生也、曰歸曰歸。心亦憂止。憂

心烈烈。載飢載渴。我戍未定。靡使歸聘。聘·問也、

箋曰、薇亦柔止者、鄭箋、柔謂脆脕之時、脕、肥澤也、安井氏曰、上傳作生也者、謂初生出地時、此傳柔始生也者、釋所以柔、謂薇既成形而尚柔軟、下傳少而剛、謂未老而剛、故箋申之曰、謂少堅忍時、○憂心烈烈、載飢載渴者、烈烈如惔也、以室家之憂、合著玁狁之憂、憂國憂家、兩情合併猛熾、故云烈烈、載、則也、行役者所苦常在飢渴、故王風曰、君子于役、苟無飢渴、○我戍未定、靡使歸聘者、戍、守也、定、平定也、聘、問也、遣使候安也、聘問俱是問安否之義、散則通、對則別、言戍事未終、故未得歸、又無人可使歸而問室家之安否也、含先公後私之義、

采薇采薇。薇亦剛止。少而剛也、曰歸曰歸。歲亦陽止。陽·歷陽月也、王事靡盬。不遑啓處。憂心孔疚。我行不來。疚·病、來·至也、○延文本·傳病下有也字、

箋曰、薇亦剛止者、柔者亦剛而不可食也、歲亦陽止者、釋天、十月爲陽、謂其和暖也、十月多暖、桃李或華、故後世有小陽春之稱、如純陰用事等、皆肇於周季五行家之妄說、不當采入、傳云歷陽月者、毛欲見戍役之久、故云歷陽月亦言歷過十月也、上章歲亦莫止、言歲將暮、非謂歲終也、○王事靡盬、不

遑啓處者、卽首章不遑啓居玁狁之故意、旣以玁狁爲王事、則義無所逃矣、○憂心孔疚、我行不來者、孔・甚、疚・病也、釋名、疚・久也、久在體中也、此則形聲字之會意者也、久古音若記、故與來爲韻、來讀釐音、古人不分四聲、故平與去韻也、來猶反也、據家曰來、我行不來、蓋代爲捐軀致死、不肯生還之語、嘉其義、作其氣也、

彼爾維何。維常之華。爾・華盛貌、常・常棣也、**彼路斯何。君子之車。**

戎車旣駕。四牡業業。業業・壯也、**豈敢定居。一月三捷。**捷・勝也、○爾乃禮反、傳貌卷子古本無、

箋曰、興也、爾當讀爲薾、說文引詩作薾、云華盛、从艸爾聲、又爾字注、麗爾猶靡麗也、爾有靡麗義、故薾字从之、詩作爾者用古文、三蒼解詁云、爾、華繁也、是爾與薾音義同、載驅、瀰瀰、衆也、新臺、瀰瀰、盛貌、凡從爾聲之字、並有衆盛之義、言彼爾者乃常棣之華、以興將率車馬服飾之盛、此章言軍容之壯、下章言兵陳之整、乃成守要著、而聲響噲呟、自是戎歌本色、爲後鐃吹之祖、若無此則不成戎歌、不足以勸士、○彼路斯何、君子之車、馬瑞辰曰、斯爲語詞、斯何猶維何也、白虎通、路者、君車也、天子大路、諸侯路車、大夫軒車、士飾車、此蓋周制、至殷時、車蓋通名路、論語乘殷之輅、輅卽路也、後漢輿服志注、引

服虔曰、大路總名也、如今駕駟高車矣、尊卑俱乘之、其采飾有差、蓋以釋殷大路之制、文王伐玁狁在殷時、故戎車亦通稱路、但上文彼爾維何、傳云爾華盛貌、而非卽華名、則彼路亦當爲車大之貌、而非卽車名可知、釋詁、路・大也、書疏引舍人注云、輅・車之大也、此詩之路、車之大則可、若以爲車名、則與彼爾之文不相稱矣、至周制、大路及路有別、後漢輿服志云、夷王以下、周室衰弱、諸侯大路、此諸侯僭用大路也、至春秋、王賜鄭子蟜及叔孫豹皆以大路、較之諸侯僭用大路・尤爲失禮、其未賜者不得名路、故左傳又云、冢卿無路、鄭君箴膏肓直謂卿以上所乘車皆曰大路、恐非、胡說亦同、君子謂將率也、上叙軍士之情、所以體邮其私者至矣、此乃教以將卒之相親、戰守一心、以風厲之、◯戎車既駕、四牡業業者、言非唯車之大、馬亦壯矣、烝民傳、業業言高大也、壯卽高大之意、◯豈敢定居、定居、安處也、一月三捷、三捷、屢勝也、古者言數之多、每曰三與九、蓋九者數之究、三者數之成、不必數之果皆三九也、是故楚詞九歌九辨皆十一章、而並曰九、此以九爲紀也、易王三錫命、晝日三接、終朝三褫之、論語令尹子文三仕三已、柳下惠三黜、泰伯三以天下讓、此以三爲紀也、此詩一月三捷、亦三錫三接之類、釋文、三息蹔反、是也、言戍守而及於一月三捷者、善守由善戰乃固也、一月三捷原非實事、然在軍中不可無此快想、此乃狀其不敢定居之心、以速勉其立功、合下章總是以戰爲守、玩豈敢豈不、是互相激厲語、月捷者、不可使敵有輕我之心、日戒者、不可使我有玩敵之心、兩下相關、方知期捷卽是戒意、

駕彼四牡。四牡騤騤。君子所依。小人所腓。騤騤·彊也、腓·辟也、

四牡翼翼。象弭魚服。翼翼·閑也、象弭·弓反末也、所以解紒也、魚服·魚皮也、豈不日戒。

玁狁孔棘。○騤求龜反、腓符非反、傳辟延文本作避、弭彌氏反、傳紒音計、經日延文本唐石經作曰、

箋曰、業業言其壯大、騤騤言其作足、戎車既駕、加馬於車也、駕彼四牡、我乘其馬也、乘業業壯馬、則其驟騤騤疾也、騤騤亦出烝民、○君子所依、小人所腓、依猶乘也、王肅述毛云、腓所以避患也、毛訓腓爲辟者、辟爲隱避之意、廣雅、腓·避也、集韻、萉通作腓、漢書叙傳顏注、萉本作腓、音義引韋昭萉避也、文選幽通賦、安慆慆而不萉兮、曹注、萉·避也、戎車爲小人所避者、蓋用兵時、鋒刃相接、矢石交加、小人賴此戎車庇之、以避患也、鄭箋腓當作芘、亦所以申傳辟字、芘蔭與隱蔽義同、鄭雖破字、意實相成也、然從車以避患、是教士卒以怯、非軍中所宜言、此蓋言士卒隨車而動、如足之腓也、步乘相資、短長相衞、行止相扶、此所以爲節制之師也、朱傳引程子曰、腓·隨動也、如足之腓、足動則隨而動也、語類云、案易咸傳、腓足肚、行則先動、足乃擧之、非如腓之自動、由程子前說觀之、則腓爲隨足以動之物、由後說觀之、則腓爲先足而動明矣、不當引以解此詩之義、然考之字書、腓·脛腨也、易之咸艮、皆取象于腓、以著其隨物而動也、何乃以先動爲疑、世豈有足不動、而足肚自先動者乎、上云彼路斯何、君子之車、此云君子所依、小人所腓、示以將率士卒上下同

心、一如人身之頭目手足也、○四牡翼翼、言行列整治也、象弭句言器械精好也、此詩五章、皆上四句下四句分之、君子所依與君子之車相應、而一收之、此四牡更端提起、故不複、象弭者、弭・弓末受弦處、象齒飾之、鄭箋、弭弓反末彆者、以象骨爲之、以助御者解轡紒、宜滑也、鄭云以象骨爲之者、象必用牙也、非骨、然通稱象骨耳、古者弓末通名弭、釋名、弓其末曰簫、言簫捎也、又謂之弭、禮稱獻弓者執弭、此弓末通名弭也、爾雅弓有緣者謂之弓、無緣者謂之弭、儀禮疏引孫炎云、緣謂繳束而漆之、弭謂不以繳束、骨飾兩頭者也、繳生絲也、蓋繳兩頭而漆者、得弓之大名則謂之弓、骨飾兩頭者爲弭、郎指弓兩頭之名、非以弭爲弓之名、象弭猶象路之類、特以象牙爲飾、非全以象牙爲弓也、其下文云以金者謂之銑、以蜃者謂之珧、以玉者謂之珪、亦皆因其飾以名之、儀禮既夕禮、有弭飾焉、弭非弓名可知矣、太平御覽三百四十七引毛詩拾遺云、左傳曰、左執鞭弭、弭者弓之別名、謂以象牙爲弓、今西方有以犀角及鹿角爲弓者、此由不善讀爾雅、以弭與上文弓對、誤以爲亦弓名耳、毛傳解紒、紒與結同、釋文、紒本或作紛、釋文又云、弭弓反末、彆也、彆說文方血反、正義引說文彆弓戾也、如釋文則傳有彆字、箋言弓反末彆者、郎傳文成句耳、魚服、羅端良以魚爲鮫魚、謂其皮有珠文、而堅勁可飾物、從古以然、按皇國以鮫皮韜刀鞘、漆而磨之、皮珠鮮明如玉、尤爲堅牢、魚服者用鮫魚皮韜矢服也、左傳齊桓歸夫人魚軒、注云、以魚皮爲飾、蓋亦鮫魚云、傳云魚皮也者、魚皮專釋魚字、傳語簡奥、不言以魚皮爲服耳、箋故以服爲矢服申明之、矢房本當作箙字、从竹、服聲、作服者省借字、周禮司弓矢、中秋獻矢服、注、服・乘矢器也、以獸皮爲之、齊語服無矢、注、服・矢服也、漢書五行志、檿弧箕服、注、服・盛箭者、即今之步叉也、據此則服矢箙也、又周禮車人牝服二柯有參分柯之二、司農注、牝服謂車箱、周禮巾車、小服皆疏、注、小服、刀劍短兵之衣、據此則服不專訓矢箙也、對弭則專訓矢服、散文則矢服車服小服之通訓也、○豈不日戒者、鄭箋、豈不日相警戒乎、誠日相警戒也、釋文云、曰戒音越、又人栗反、以鄭義求之、當作日月之日、釋文後一音是也、唐石經初刻正作曰、後改爲日、古日曰字形相似、惟於音辨之耳、漢書匈奴傳、一切經音義六、引詩並作豈不日戒、知作日是、作曰非也、此受一月三捷言之、豈敢定居者、戰、勇氣也、期於必勝、故曰我戰則克、豈不日戒者、戰又危事也、貴立於不敗、故曰臨事而懼、二者行軍要法也、兩章是將率奪情自奮者、借彼口而寓己意、教之奮揚、教之戒懼、此不是身家語、然爲身家計亦不出此、玁狁孔棘、迴應首篇有力、棘、急也、言以玁狁飄忽、至如風雨、不可以忘備也、

昔我往矣。楊柳依依。今我來思。雨雪霏霏。 楊柳・蒲柳也、霏霏・甚也、**行道遲遲。載渴載飢。** 遲遲・長遠也、**我心傷悲。莫知我哀。** 君子能盡人之情、故人忘其死、○延文本、死下有也字、

箋曰、此章設爲成人歸路之述感也、昔我往矣、釋文、昔、韓詩云始也、說文、昔作昝、乾肉也、从殘肉日以晞之、此亦叚借字之有意義者、乾肉由溼肉而來、

今日之乾肉·昔日之溼肉也、故借昔爲昔日字、引申之·訓始、訓久、訓古、又訓爲終、呂覽任地、孟夏之昔、注云、昔·終也、此如爾雅以落訓死、又訓始、以相反而爲義也、楊柳、夏小正·正月柳梯、稊也者·發孚也、按發孚者·發芽也、三月委楊、楊則苑而後記之、按委·垂也、楊葉之垂者也、苑·茂也、蓋楊柳本一物二種、故故書雅記則皆通名、而說文云柳小楊也、毛詩分而言之者、折柳樊圃、苑彼柳斯、有苑者柳、隰有楊、東門之楊、是也、合而言之者、此詩楊柳依依是也、本草云、楊枝硬而揚起、故謂之楊、柳枝弱而垂流、故謂之柳、是爲定說、爾雅以楊爲蒲柳、不必拘守、依依者·初抽條時、質柔性弱、嫋嫋不定、如欲依倚他物也、此言故國楊柳愁殺遠別之人也、〇今我來思、雨雪霏霏者、霏霏雪飛貌、北風雨雪其霏、傳霏甚貌、霏卽霏霏也、徐言急言之分也、詩傳兩見、皆訓爲甚、今用爲霏微字、非古義也、雨雪惱殺人、此想像而豫言之耳、歲亦陽止、亦是一時、歸日未期、則陽月之感深矣、旣上歸路、則雨雪之苦切矣、並以其所傷悲成辭、來思與往矣對文、思猶矣也、漢廣傳云、思·詞也、出車篇同、楊柳卽采薇之時、首尾暗相呼應、昔之往也、獨有楊柳依依、可哀也、今之來者、長途重繭、又值雨雪、路上泥濘、歸心如駛、愈覺行步之遲耳、道途勞苦、莫甚於饑渴、故載饑載渴在方去與既歸之時反覆言之、我我成者也、莫知我哀、雖蒙上文歸途說、然已統結全篇、蓋到得歸途、痛定思痛、從前憂思可哀、卽奮發處亦可哀也、莫知我哀四字、何敢上訴、而王者固已知之矣、且當初遣之日、而卽預爲莫知我哀之想、別他人不知、而王者已深知之矣、卒章全序情閔勞者、而不復風厲、一韻一貫、成章之體、自不同前章、唯是文王視民如傷

之意惻然、厥後漸石之征人、何草之率曠、
哀不自上而自下、盛衰之際、詩可以觀矣、

采薇六章章八句

出車。勞還率也。 箋曰、師還而犒之、故無風厲之意、主序情閔勞而已、此本美南仲而作、後乃移用爲勞還帥之樂歌也、舊謂此詩與采薇同時之作、然采薇三言玁狁、而不及西戎、且有一月三捷之文、似乎專爲征伐玁狁而作、出車則玁狁西戎並言、而玁狁曰于襄于夷、西戎曰薄伐、亦與前篇不同、故後儒或疑二詩非一時之作、不知采薇序止云遣戍役也、戍者守也、故詩亦祇曰我戍未定、其曰一月三捷、不過其偶有侵軼、自爲不可勝、以待敵之可勝耳、出車曰、往城于方、亦第爲戍守之計、其曰薄伐西戎者、乃因城築之師、移而用之、故采薇序但言遣戍、而其下即合出車杕杜而總言之、可見三詩本無不同、不必疑非一時之事、至其往來時月似有參差、凡始行及在道、皆可曰往、采薇之昔我往矣、謂始行之時、此昔我往矣、鄭箋云、黍稷方華、朔方之地、六月時也、此時始出壘、征伐玁狁、是也、至今我來思、雨雪載塗、亦是謂歸而在道之時、惟采薇遣戍之時、期以歲暮言歸、而今至雨雪載塗、猶然在道者、則以城方之後別有戒命、故四章又云王事多難、乃爲移伐西戎起語、謂築城既畢、即已懷歸、復被簡書、受命徂征西戎、自北而西、歸計轉緩、故五章即接言西戎、末章乃結言春日還歸之時物、五章之末、云薄伐西戎者、以終四章簡書之言、六章之末、云玁狁于夷、

又以終三章城方之命也、勞力報反、還音旋、

我出我車。于彼牧矣。出車、就馬於牧地也、自天子所。謂我來矣。

召彼僕夫。謂之載矣。王事多難。維其棘矣。僕夫、御夫也、○難乃旦反、

箋曰、首章言南仲受命而治車馬、我、我南仲也、起二句與下二句倒置成義、謂我命我也、自天子所謂我來矣、乃大將告軍士之言、提出天子、便見啣命握符、何等兢業、卽下文王命南仲及天子命我也、命彼僕夫以下、號令嚴肅、便有君言不宿於家之意、傳云牧地者、放牧之地也、郊外謂之牧、非是詩所涉、○召彼僕夫、謂之載矣者、周禮戎僕掌馭戎車、注、師出、王乘以自將也、馭夫掌馭從車、注、從車、戎路之副、是知天子僕夫當卽是戎僕、與馭夫別官、若將帥乘戎車、其僕夫卽馭夫、更無戎僕之官、故毛以僕夫爲御夫也、六月篇載是常服、此載亦載常服也、常服者戎車所常載之械器戈殳矛戟弓矢之類、左傳所謂戎路之服者、○維其棘矣者、維、發聲、棘、獵狁孔棘之棘、言難之棘也、難棘、故急裝亟行、是命車人僕夫之言、見受命忘家、卽日上道、此章有尊敬王命之禮、有憂勤王事之志、有整暇勇決之材、有奔走犯難之忠、而一篇之中、或爲詩人之詞、或爲大將之詞、或爲室家之詞、錯舉成文、與上篇迴

別、

我出我車。于彼郊矣。設此旐矣。建彼旄矣。龜蛇曰旐、旄干旄、

彼旟旐斯。胡不旆旆。鳥隼曰旟、旆旐垂貌、**憂心悄悄。僕夫況瘁。**

○旐音兆、旄音毛、旟音餘、旆蒲貝反、瘁似醉反、旒音留、延文本・傳旄下有也字、貌作也、

箋曰、二章言南仲出師、郊卽牧也、周語、國有郊牧、韋注、國外曰郊牧、放牧之地、據此知對文則牧與郊異、散文則牧亦郊也、○設此旐矣、建彼旄矣者、設與建、此與彼、皆互文、旄、注旄於旗干之首也、○彼旟旐斯、胡不旆旆、旄旟解見鄘干旄、旆本旌旗之名、見六月篇、旆旆疊字、則爲飛揚之貌、生民荏菽旆旆、亦揚起也、王夫之曰、凡旗幟之屬、有縿有旒者、爲常、爲旂、如今之鑲邊大旗是也、雜帛爲物、通帛爲旃、其制皆方、通帛者、數幅一色、如今五方大旗是也、雜帛者、每幅色相間、如今五色大旗之類是也、常旂物旃、廣大而方、以備美容、爲文旌、旐旟旗旞、狹小而長、以便戎車、爲武旌、○憂心悄悄、僕夫況瘁者、悄悄、憂貌、命爲將帥、軍容非不盛也、然以凶器赴死地、有輿尸之懼、是以憂心如削、僕夫亦顏色滋憔悴也、僕夫再出、故曰況、蓋以主將之憂爲憂者、

憂心詩中皆一義、此序情閔勞、故成辭如是、非將率實臨軍行而憂傷矣、

王·殷王也、南仲·文王王命南仲。往城于方。出車彭彭。旂旐央央。之屬、方·朔方、近玁狁之國也、彭彭·四馬貌、交龍爲旂、央央·鮮明也、天子命我。城彼朔方。赫赫南仲。玁狁于襄。朔方·北方也、赫赫·盛貌、襄·除也、延文本·傳屬下有也字、無朔方二字、屬下方字盛下貌字卷子古本無、

箋曰、三章纔點南仲、見上所云出車建幟以急難者、乃承此命耳、王、文王也、毛於此詩以王與天子俱爲殷王、非是、文王未王而稱王者、追稱之詞、文王以王命命南仲、仲因得謂天子命我耳、傳云文王之屬、屬者只是屬大夫、上篇序以天子之命命將率、卽命此人也、此詩爲文王時事、其稱天子、謂商王、文王知南仲之才、舉賢自代、以商王命文王者命南仲、故旂旐等物諸侯儀仗、南仲並得建之、南仲之名、見出車常武二詩、胡承珙曰、考文王時、本有南宮氏、國語云、謀于南宮、是也、逸周書克殷解、命南宮忽振鹿臺之財、巨橋之粟、命南宮伯達、史佚遷九鼎三巫、則文武之時、本有南宮氏爲臣、蓋南宮氏世臣于周、故書君奭有南宮适、顧命有南宮毛、至春秋時、尚有南宮嚚、南宮極、見昭二十三年二十六年、則宣王時復有南仲、亦如雲漢仍叔美宣王、而春秋有仍叔之子來聘、節南山家父刺幽王、而春秋有家父來求車之類、南宮氏或單稱南、亦猶南宮縚之稱南容、隱九年天王使南季來聘、當亦南宮氏也、後漢書龐參傳、馬融上書曰、昔周宣玁狁侵鎬及方、是以南仲赫赫、列在周詩、此則似以出車六月誤合爲一、不知宣王之時伐玁狁者乃吉甫、非

南仲、常武之南仲、又係征伐淮夷、與玁狁無涉、故知毛傳以文王宣王時、各有南仲、當時必有所據、先秦圖籍、至東漢之末已多不存、如箋意但以文王時有南仲、而宣王時無南仲、他家又多言宣王時之南仲、而罕及文王之臣、或卽以出車之南仲、誤指爲宣王時、所謂知其一不知其二者也。○往城于方者、俞樾曰、方猶竟也、古者建國、必用開方之法計之、故四竟謂之四方、竟內謂之方內、史記孝文紀、方內安寧、是也、往城于方、猶言往城于竟、傳曰方、朔方、蓋逆探下文爲說、明此所謂方者、乃近北之一方、非其餘三方也、正義云、北方大名皆言朔方、此直言方、卽朔方也、是知朔之可言方、而不知東西南之亦可言方、大非毛意矣、陳奐曰、漢書地理志、朔方郡、武帝元朔三年開、郡國志同、不云卽詩之朔方也、唯水經河水注、東南逕朔方縣故城東北、詩所謂城彼朔方也、元和郡縣志、夏朔方縣什賁故城在縣治北、卽漢朔方縣之故城、詩所謂城彼朔方是也、魏唐人言朔方、其說始混、然不知朔方本無定向、堯典宅朔方、與嵎夷南交西爲四表、不謂書之朔方、卽詩之朔方、而謂殷周之朔方、卽漢郡之朔方、必不然矣、漢朔方城在今薩哈賚喀河之南、延安慶陽・殷周已屬荒服、焉得北濱河套而築城以禦狁邪、三代西北疆域、地不廣大、自趙武靈王攘北地、西至雲中九原、秦始皇使蒙恬將逐匈奴、築長城、漢武帝遣衞青等、度西河、歷高闕、收河南、築朔方城、後立朔方郡、皆非三代時疆域所有也。○出車彭彭、旂旐央央者、彭彭衆盛也、如行人彭彭、傳云四馬貌者、亦謂馬盛、傳交龍爲旂者、司常鄭注、諸侯畫交龍、一象其升朝、一象其下復也、覲禮、侯氏載龍旂弧韣、詩於元帥言龍旂、與諸侯載旂似、旂旐詳采芑篇、釋文、央本亦作英、同於京反、又於良反、六月詩白旆央央、出其東門疏、引作白旆英英、公羊宣十二年疏、引作帛旆英英、釋文、央音英、是央英古同聲通用、白華詩英英白雲、雲之鮮明曰央央、旂之鮮明曰英英、其義一也、舊讀以央爲英之假借、故音从英、或讀爲於良反者失之矣、此二句大軍進發之形容、與六月四章同、〇天子命我、城彼朔方、唯此二句作南仲之言、前後六句皆敘事矣、城彼朔方、如春秋之諸侯城緣陵、箋釋爲築軍壘、然築壘究不可以言城也、〇赫赫南仲、玁狁于襄者、赫赫、威名光顯也、釋文、襄本或作攘、史記龜策傳、西攘大宛、徐廣曰、攘一作襄、是襄與攘相通、牆有茨不可襄、是掃除之義、姜炳璋曰、後世如漢衞青蘇建築朔方城、唐張仁愿築三受降城、而匈奴不敢犯邊、皆師其智、信是制戎狄要著、然禦邊之道、雖以守備爲先、攻戰爲後、然未有不能戰而足以守者也、此篇但寫兵車之盛、而伐玁狁之戰功、只在玁狁于襄一語、蓋既城朔方、設險據城、然後出兵、則進可以攻、退可以守、綽有餘地、于襄者戰而獲勝矣、

昔我往矣。黍稷方華。今我來思。雨雪載塗。王事多難。不遑啓居。塗、凍釋也、豈不懷歸。畏此簡書。簡書、戒命也、鄰國有急、以簡書相告、則奔命救之、〇雨于付反、難乃旦反、延文本・傳命下有相字、之下有也字、

箋曰、四章述將帥之詞也、前六句已包括在上章玁狁于襄內、此不過借將帥自言其勞、以遞下伐西戎耳、昔我往矣、言往伐玁狁也、今我來思、玁狁既襄自朔方而來也、黍稷方華、六月時也、華如字、穗吐花也、雨雪載塗、十二月時也、載、則也、塗者、雪落而釋爲泥塗也、夏小正正月寒日滌凍塗、古人專用爲塗泥塗附字、作路塗字用者、叚借字也、但塗是道路泥濘雪中之常事、不必作正月凍釋解、蓋玁狁最强、朔方既城、屯師於此、或待其來、或邀其去、或乘其懈、不出南仲運籌、詩所謂往者、以朔方既城之後、王師出城往伐之第一次也、出車至六月、而後伐玁狁者、一則養士氣、一則城築之事、正須自春至夏也、自六月以至冬盡、或爲善後之計、或爲招撫之策、經略爲難、所謂王事多難不遑啓居、蓋指此也、至伐西戎、全不費手、閱一月而畢其事、故雨雪載塗而往、春日而凱旋也、〇畏此簡書者、古者無紙、有事書之於簡、凡鄰國有難、則書之於簡以相告、謂之簡書、使臣奉命以戒敕相救、是謂之戒命、左傳簡書同惡相恤之謂也、戎狄是諸夏所同惡、集傳簡書載二說、前說同毛、後說云、簡書策命臨遣之詞也、未知所據、說文、簡、牒也、牒、札也、蓋古者編竹爲策、不編爲簡、字多書之於策、字少者書於簡、簡以單札爲之、國有急難不暇聯簡爲策、但以單簡相告、故謂之簡書、若策字本當作册、說文、札册符命也、諸侯進受於王者也、象其札一長一短、中有二編之形、後人多假策字爲之、此詩簡書、正指鄰國告急、蓋上文王命、祇有城朔方一事、薄伐西戎、確是城畢移師、雖亦由于王命、而義取奔命救鄰、故但云簡書、若謂是臨遣之策命、則經文何以但云天子命我城彼朔方乎、喓喓草蟲。趯趯阜螽。未見君子。憂心忡忡。既見君子。我心則降。赫赫南仲。薄伐西戎。○喓於遙反、趯吐歷反、螽音終、忡敕中反、

箋曰、忽插入一段室家之思、以慰其私、何限烟波、首二句比也、草蟲鳴則阜螽躍而從之、以喻夫唱婦隨、比意與召南草蟲同、召南亦大夫妻也、蓋詩人構詞、或取通用之語、故適同耳、猶毋逝我梁四句、兩見於谷風小弁之詩、非必相蹈襲也、上有懷歸、因受以室家之情、非突出也、君子者、室家斥南仲之辭、我則室家自我也、赫赫南仲、薄伐西戎、詩人之詞也、此承上簡書來、正寫平戎之易、綿篇曰混夷駾矣、言奔突而去、正此時也、此甚不費經營、自冬盡至春初足了此、故下章春日可以整隊而歸、蓋西北二虜相犄角爲寇、故征玁狁則西戎作、既城朔方、則玁狁不能乘虛爲害、而西戎可伐、西戎既敗、則有以翦玁狁之羽翼、而玁狁可平、事實相因也、朱右曾曰、西戎之患、與周相終始、史記匈奴傳曰、公劉邑於豳三百有餘歲、戎狄攻大王亶父、亶父亡走岐下、其後百有餘歲、周西伯昌伐畎夷、其後二百有餘年周道衰、穆王伐犬戎、穆王之後二百有餘年、申侯與犬戎共殺周幽王於驪山之下、秦襄公救周、伐戎至岐、始列爲諸侯、由是言之、小雅出車、大雅緜皇矣所詠、蓋一時之事、周語曰、穆王將征犬戎、祭公謀父諫曰、荒服者王、蓋犬戎本在西垂、殷之衰、入居雍土、文王逐之、遂居西垂、宣王之世、犬戎滅秦成之族、王命秦仲誅之、不克見殺、則時已入居秦隴之鄙、逼近西畿、至幽王十一年、遂覆宗周、襄

公攘之、乃有小戎之詠、而春秋閔公二年、虢公敗犬戎于渭汭、則秦所攘而未盡者與、西羌傳曰、平王之末、渭首有狄獂邽冀之戎、涇北有義渠之戎、洛川有大荔之戎、渭南有驪戎、皆昆夷之支流餘裔矣、

春日遲遲。卉木萋萋。倉庚喈喈。采蘩祁祁。執訊獲醜。薄言還歸。 卉、艸也、訊、辭也、 **赫赫南仲。玁狁于夷。** 夷、平也、○卉許貴反、祁巨移反、訊音信、

箋曰、卒章言凱旋之歡景、說文、卉、艸之總名也、方言、東越楊州之間、名草爲卉也、卉木萋萋、言草木皆萋萋然也、萋萋、茂盛貌、美諸將愷入、故累麗句以欣動之、如東山之卒章、與采薇送別之語、苦樂相反、蘩以生蠶、采蘩婦人之事也、釋訓、祁祁、遲遲、徐也、言春日長而女心舒、凱旋之樂如此、直要在四方無事時、看出一片蕩平光景、與物同春、其功豈小焉者哉、○執訊獲醜、正月傳、訊、問也、此傳訓辭者、安井氏曰、如奉辭伐罪之辭、謂有可問之辭者、蓋酋長之屬、故與衆對言之、此說是也、鄭箋訓訊爲言者、廣雅、言、問也、古者通以言爲問、故箋複舉言問、以申釋之、恐人以言問之言、誤爲言語之言也、此篇獲字無傳、蓋義見於大雅皇矣也、皇矣傳云、馘、獲也、不服者殺而獻其左耳曰馘、彼傳釋馘爲獲、則此詩獲字卽爲馘之義、蓋執訊、生口也、獲醜、馘也、王

制以訊馘告、頌有獻馘獻囚、左傳重獲在木下、言見殺也、又射襄老獲之、射穀臣囚之、囚生、獲死也、詩執獲對文、宜以死生別之、薄言還歸者、薄言、詩辭也、還歸與上文懷歸兩歸字相應、○赫赫南仲、玁狁于夷、襄者、驅逐之也、夷者、寇退無事也、獨言玁狁不言西戎者、舉出師所主也、

出車六章章八句

箋曰、勞還師詩、句句是大將舉止、出師尙嚴、讀首三章、便凜如秋霜、凱歸貴和、讀後三章、便藹如春露、其間有整有暇、有勤有愼、有威有斷、我出我車、責任專也、自天子所、寵命渥也、憂心悄悄、臨事懼也、執訊獲醜、恩威著也、全是專閫氣象、一字移杕杜不得、

杕杜。勞還役也。

箋曰、征役士卒、勤苦最多、故多愍恤之意、采薇歌詩以遣之而已、此與出車並云勞、則有凱還飲至之禮焉、率役分勞、固以殊尊卑、且同日則隆於尊貴、情將無以周浹於卑賤、故必如此而後上下之交各愜也、先王於此義盡而仁亦至焉、夫將帥所喜者功名、故出車之詩、著其功而兼言其情、軍士所恤者妻子、故杕杜之詩、但述其室家之懷而已、此詩首章日月陽止・卽采薇之歲亦陽止、謂遣戍年之歲莫也、次章卉木萋止・卽出車之卉木萋萋・謂遣戍明年之春日也、三詩一遣二勞、語意相應、出師之初、告以歲莫卽歸、至期而望之情也、此陽止之時・女心所以傷也、然連半二寇、未獲遽歸、踰期至春、則卉木萋矣、勞還兩詩、皆實紀歸時之景色也、故首章云征夫遑止、僅言可以歸耳、次章云征夫歸止、

則實欲歸矣、前雖望之、明知其未歸、後則知其將歸、而望之益切也、一傷一悲、情同而事異矣、次章傳云室家踰時則思、正謂踰曰歸之時耳、

有杕之杜。有睆其實。王事靡盬。繼嗣我日。日月陽止。女心傷止。征夫遑止。

興也、睆·實貌、杕杜猶得其時蕃滋、役夫勞苦、不得盡其天性、○睆華版反、延文本·傳貌下性下並有也字、經遑作皇、

箋曰、比也、杜雖孤特、其實睆然、則殊不寂寞、以比人一身室家團聚則多賴焉、因感己不如杕杜也、唐風傳、杕、特貌、杜、赤棠也、有睆其實、言紅實熒熒相照也、如禮記華而睆、左傳睆其目、大東睆彼牽牛、可徵、杜野梨、其實至秋紅熟、霜後可食、感時物也、○繼嗣我日、繼嗣與期逝不至應、繼、續也、嗣者續之無已也、自屈指歸期日復一日而言也、蓋往役之始、其日爲王家之日、及期以後、其日則我之日也、故曰繼嗣我日、下文日月陽止、卽承此謂積日爲月、而至於陽也、陽、溫暖也、十月爲陽月、而兼言日者、謂陽月之日也、征夫遑止、遑止二字有味、謂繼不得歸、豈至此猶不暇乎、暇者將歸之漸也、是詩異格、前三章上四句言征夫、下三句言思婦、卒章全以思婦收結、女心傷止、女心悲止、是正面文字、征夫遑止、征夫歸止、皆女心中算計之詞、三章說到父母、要知女心之傷悲、雖父母亦不得而知、而且多方以解父母之憂、末章卜筮偕止、會言近止、皆自解以解父母之詞也、

有杕之杜。其葉萋萋。王事靡盬。我心傷悲。卉木萋止。女心悲止。征夫歸止。室家踰時則思、

箋曰、比意與前章同、亦卽杜葉蕃盛之貌以爲喻耳、謂因所見而爲言、當以實在去年之秋、葉在次年之春、呂記以萋萋爲新葉者是也、范氏以有睆其實、近于十月、其葉萋萋在十月以後、實已落、惟有葉耳、不知杕杜之生、先有葉而後有實、不當於言實之後、始言其葉之盛也、我心傷悲、受繼嗣、繼嗣故傷悲也、以上征夫歎、傷悲字、征夫合、女心分、◯卉木萋止、詩人所詠、與上章同、萋猶萋萋也、卉木萋止、復從杕杜而推廣之、見萋萋不獨一杕杜也、

陟彼北山。言采其杞。王事靡盬。憂我父母。檀車幝幝。四牡痯痯。征夫不遠。檀車、役車也、幝幝、弊貌、痯痯、罷貌、◯檀徒丹反、幝尺善反、又勑丹反、痯古緩反、

傳罷延文本作疲、兩貌下並有也字、

箋曰、北山、北地之山也、采杞、望鄉遣悶也、杞見四牡篇、當是枸杞、杞之可食者、惟枸杞也、朱傳有春暮杞可食之語、說詩者遂謂、采杞又過於木萋之時、殊不知采杞是託言、原不當泥時爲說、蘇頌謂、枸杞春夏采葉、秋采莖實、冬采根、彼雖爲藥籠之須、然亦足見其隨時可采、不必拘於春初春暮作時物

之變觀也、舊說以是詩爲通篇思婦之言、誤矣、北山首章剜是四句、大夫勞王事、不得養父母之詩也、意正同、憂我父母者、繼嗣我日、故憂及父母也、杕杜則思室家也、至是章變句法而明稱父母、勸忠之內卽寓教孝、可謂王言矣、○檀車幝幝以下、皆女之言也、檀木堅、宜爲車、檀車幝幝、以役久故、堅車亦既敝也、不必役車、大明檀車煌煌可徵、釋文引說文云、幝、車敝也、从巾單聲、韓詩作繟、音同、說文、繟、偏緩也、呂覽處方、韓昭釐侯出弋、靷偏緩、二字當本此、後漢書劉陶傳引詩作檀車嘽嘽、卽樂記其聲嘽以緩之嘽、皆叚借字、樂記注、嘽、寬緩也、史記樂書正義、嘽、寬也、从單之字訓緩者、說文、繟、帶緩也、廣雅釋詁、繟、緩也、又曰、闡、緩也、老子繟然而善謀、注、繟、寬也、車敝則枘與鑿皆鬆而欲脫、故其行緩也、蓋本無正字可用、而終於叚借者、故毛作幝、韓作繟、後漢書作嘽、並無正字也、車敝馬罷、非目所見、以行役之久料之、征夫不遠、又於車敝馬罷料之、皆意度之辭、○四牡痯痯、爾雅、痯痯、病也、大雅板云、靡聖管管、傳云、管管無所依也、廣韻十四緩引詩傳作悹悹無所依也、是毛詩管字乃悹之借、此痯字當亦悹之借、說文、悹、憂也、引申之爲無所依、又引申之爲罷憊、其義皆相因耳、○征夫不遠、不遠者望之之辭、言無多日也、

匪載匪來。憂心孔疚。期逝不至。而多爲恤。 逝、往、恤、憂也、遠行不必如期、室家之情、以期望之、

卜筮偕止。會言近止。征夫邇止。 卜之筮之、會人占之、

邇・近也、○疚居又反、延文本・
傳往下占之下、並有也字、

箋曰、載、裝載也、受上章車馬、而義見矣、車馬意已罷倦矣、然不裝載不來歸也、此二句當合下二句言、征夫之歸、已有日期、乃至期而不載不來、使我憂心孔疚、期逝而仍不至、則以疑而益憂、疑則可憂者多矣、疾病死傷皆疑中事、卽皆憂中事、故曰多爲恤、蓋憂從中來、癡情百變、此皆悲傷中情事所必有者矣、○卜筮偕止、偕、言卜筮並問也、喪服小記、父母之喪偕、惟其多恤、故決之卜筮也、凡事卜筮不相襲、今曰偕止、蓋閨思無聊、求之龜又求之筮、婦人常態也、○會言近止、鄭箋、會・合也、或卜之、或筮之、俱占之合言於繇爲近、正義云箋以上句言偕止者俱占之、若不爲占、則文皆空設、偕旣爲占、則會當爲合、故易之爲合言於繇、謂合言於兆卦之繇也、傳云會人占之者、謂三人合占之也、馬瑞辰曰、孔廣森謂會合之字、皆从亼、說文亼・三合也、禮旅占必三人、會有三義、故傳云會人占之、孔說是也、古者卜用三兆、筮用三易、各以一人掌之、卜筮皆三人、洪範立時人作卜筮、三人占則從二人之言、鄭注、卜筮各三人、大卜掌三兆三易、周官九筮、筮參其一、謂占必三人參之也、士冠禮、筮人還、東面旅占、注、旅・衆也、還與其屬共占之、國語三人成衆、旅占亦卽三人占之義、又國語、天子舉以太牢、祀以會、韋昭注、會・會三大牢、三大牢謂之會、三人占謂之會、其取義於三合一也、若但以爲卜與筮會、則傳不得言會人也、又說文亼讀若集、又曰、合、亼口也、會、合也、三口相同爲合、是皆會爲三合之證、說文集字正作雧、云羣鳥在木上、从雥木、雥从三隹、亦有三合之義、○征夫邇止、言著龜皆曰近矣、則我征夫之歸、當不日也、曰遑、曰歸、曰不遠、曰邇、其言有叙、邇止、將至而未至之辭、但前曰不遠猶在疑信之間、今曰邇止則信矣、此詩四章、皆唯述其未歸之時、室家思望之切如此、而不言及歸家之喜、蓋言喜則思淺、言思則喜深、喜在思後、故深也、

杕杜四章章七句

箋曰、借室家望歸之情、婉曲說來、按時數節、都是聖王感動妙用、篇中有悲有喜、有疑有信、卽使此詩出於室家所自作、則與雄雉君子于役諸篇同一哀怨矣、惟下之人不言、而上之人曲盡其情、代爲言之、彼見九重之上、不獨憫我勤勞、且能念我家室、卽令我家室自陳其痛苦、不過如是愷切也、夫是以感激奮勵、樂爲之死而不辭矣、故曰君子能通天下之志也、

魚麗。美萬物盛多。能備禮也。 箋曰、文武之治功、至此而成矣、故曰可以告於神明矣、此所以終鹿鳴之什也、小雅稱美、唯魚麗一篇已、以假樂嘉成王終大雅、亦宜合觀、以上九篇、皆主其用而作之者也、魚麗用於燕禮鄉飲者、猶采蘩采蘋爲射節、嘉魚有臺亦同、本末不可錯解、郝敬曰、此詩朱子改爲燕饗通用之樂歌、非也、明王盛時、品物蕃阜、詩人作歌以美豐亨富有之祥、聖人删詩正雅、師文武、崇王道、而說者但爲上下飲酒樂歌、道主人優賓之意、則全詩所言皆口腹肴饌而已、執儀禮鄉飲酒工歌爲據、則雅頌祇爲儀禮外傳、何以

言詩、**文武以天保以上治內。以采薇以下治外。**箋曰、內謂諸夏、外謂夷狄、天保以上武王成王也、采薇以下文王也、合而曰文武、古文多例、周公成文武之德、而禮樂作、大小正雅乃其物也、繫之文武、猶尚書之例、唐石經摺本並無以字、**始於憂勤。終於逸樂。**箋曰、憂勤・文武也、逸樂・成王也、詩正言萬物盛多能備禮耳、文武四句、乃推原言之、以其道同、故舉文幷及武、正義乃謂、文王以此九篇治其內外、是始於憂勤也、武王承文王治平之後、內外無事、是終於逸樂、竟以始終畫分二王、試思逸樂豈武王之心、而武王時亦安得謂之逸樂哉、**故美萬物盛多。可以告於神明矣。**箋曰、成王之大平、是文武之成功也、故作魚麗以美其盛也、告於神明、告其盛於天地宗社也

魚麗于罶。鱨鯊。麗・歷也、罶・曲梁也、寡婦之笱也、鱨・揚也、鯊・鮀也、太平而後微物衆多、取之有時、用之有道、則物莫不多矣、古者不風不暴不行火、艸木不折不操斧斤不入山林、豺祭獸然後殺、獺祭魚然後漁、鷹隼擊然後罻羅設、是以天子不合圍、諸侯不掩羣、大夫不麛不卵、士不隱塞、庶人不數罟、罟必四寸、然後入澤梁、故山不童、澤不竭、鳥獸魚鼈皆得其所然、**君子有酒。旨且多。**○麗力馳反、罶音柳、鱨音常、傳揚延文本作鰑、鯊音沙、鮀待何反、獺勑錯反、罻音畏、鼈延文本作𪓟、亡兮反、卵魯短反、數七欲反、罟音古、延文本傳多下有也字、

箋曰、賦也、麗者來而附離之也、嫠婦之笱且獲是多魚、與彼茁者葭氣象相似、詠一魚以示萬物盛多、易曰、離·麗也、此麗卽是離、與小過飛鳥離之、邶風鴻則離之之離同、羅也、傳云麗歷也者、爾雅、歷·傅也、傅與附同、周禮大司寇注、麗、附也、麗歷皆有附箸之義、故以爲訓、釋訓云、凡曲者爲罶、釋器云、嫠婦之笱謂之罶、釋訓注、郭璞引詩傳曰、罶·曲梁也、凡以薄取魚者、名爲罶也、釋器注·孫炎曰、罶·曲梁、其功易、故謂之寡婦之笱、然則曲·薄也、以薄爲魚笱、其功易、故號之寡婦笱耳、非寡婦所作也、胡承珙曰、釋訓·凡曲者爲罶、此似非專指魚器、謂凡以曲薄爲之者、通得罶名、惟釋訓以罶爲凡曲者之大名、故釋器寡婦之笱謂之罶、由其亦以曲爲、故亦得罶名耳、毛傳罶曲梁、則分別以曲爲梁者、專屬之寡婦之笱、非用釋訓凡曲者爲罶之罶也、邶風毋逝我梁、毋發我笱、傳云、梁·魚梁、笱·所以捕魚也、先鄭注周禮獻人云、梁·水偃也、偃水爲關空、以笱承其空、然則梁以絕水遏魚使入笱者、笱以承梁而取魚者、但梁不皆以曲爲之、故衛風傳云、石絕水曰梁、說文、笱·曲竹捕魚笱也、惟以薄爲梁、以笱承之者、則謂之寡婦之笱、笱與罶本非一物、以其相爲用、故爾雅云寡婦之笱謂之罶耳、安井氏曰、曲者爲罶、言梁之曲者、承之以罶、故收之釋訓、嫠婦之笱謂之罶、直釋罶字、故收之釋器、郭璞以曲爲薄、是以梁爲笱矣、後儒不曉其非、不復說曲梁之制、古法不可得而聞焉、我鄉貧民、疊石於川之一邊、上廣而下狹、形曲如開摺扇、缺狹處二尺許、承以竹笱、水注笱中如瀑、魚入不能出、其功易成、豈古所謂曲梁之遺制與、經不言梁而言罶者、梁大而罶小、小者猶多獲魚、大者可知矣、故特言罶、以見萬物盛多耳、陳啓源曰、孟詵食療本草、有黃顙魚、卽魚麗詩之鱨也、亦名黃鱨魚、又名黃頰魚、無鱗而色黃、羣游作聲軋軋、故又名鉠魟、李時珍曰、身尾俱似小鮎、無鱗、腹下黃、背上靑黃、腮下有二橫骨兩鬚、鯊、郭璞曰、今吹沙、小魚、體圓而有點文、陳啓源曰、鯊大者長四五寸、居沙溝中、吹沙而游、唼沙而食、味美、俗呼阿浪魚、正義以爲鱨鯊大魚者、此特對寡婦之笱言之耳、陸璣以鱨爲大魚、鯊爲小魚、陸佃又云、鱨鯊小魚、魴鱧中魚、鰋鯉大魚、然詩人言此、不過如潛頌言有鱣有鮪、鰷鱨鰋鯉、多著魚名、以見魚之多、非謂止有此六魚也、必一一爲之說、則潛六魚、又豈皆有說乎、鱨鯊大小、不必泥可也、傳不風不暴、安井氏曰、正義云、風暴者、謂氣寒風疾、自十月始、然風疾言不風足矣、不必更言不暴、按說文、暴、晞也、至冬其風勁疾、草木之葉、枯憔晞乾、然後行火以田也、釋文、暴蒲卜反、是陸訓暴爲乾、是也、安井說可從、不折者、艸木枝折葉隕、謂之折、言寒霜之勁也、士不隱塞、釋文、隱本又作偃、偃、堰、古今字、古通作隱、塞如字、不隱塞者、梁止可爲防於兩邊、不得當中皆隱塞、○君子有酒、旨且多者、君子言天子、凡詩言且者、多連上爲句、正義讀旨且多三字爲句、是也、釋文云、有酒旨絕句、且多此二字爲句、後章倣此、不知旨且多、多且旨、旨且有、與盧令篇其人美且仁、其人美且鬈、其人美且偲三章一律、彼不於美字絕句、此乃於旨字多字絕句、亂其句例也、且魚麗于罶、與君子有酒爲韻、鱨鯊與旨且多爲韻、若讀旨字絕句、則失其韻、箋以且多且旨且有屬魚、亦非、旨且多、多且旨、旨且有、自專指酒言、是詩上三章疊言鱨鯊魴鱧鰋鯉、魚之盛多已在言外、三言君子有酒旨且多、多且旨、旨且有、不過趁韻、無甚精義也、下三章提出物字推開說、言盛多之象、豈但魚與酒爲然哉、推而至於一切物類、物其多矣、且不維其多、而維其嘉矣、物其旨矣、且不維其旨、而維其偕矣、物其有矣、且不維其有、而維其時矣、章法句法、一氣渾成、恰是一團萬物盛多、可以備禮氣象、

魚麗于罶。魴鱧。鱧、鮦也、**君子有酒。多且旨。**○鱧音禮、延文本傳鮦作鯀、

箋曰、正義曰、釋魚云、鱧鯇、舍人曰、鱧名鯇、郭璞曰、鱧鮦、偏檢諸本、或作鱧鱯、或作鱧鯇、若作鮦、似與郭璞正同、若作鯇、又與舍人不異、或有本作鱧鰥者、定本鱧鮦、鮦與鱯音同、胡承珙曰、據正義是定本始依郭璞改作鮦、陸孔皆誤同定本耳、爾雅鱧自名鯇、若鮦則下文有大鱯小鮵之目、而與鱧絕不相涉也、廣雅、鱺鮦也、韓詩外傳、南假子過程本、本爲之烹鱺魚、南假子曰、聞君子不食鱺魚、然則詩之所詠必非鮦魚、傳必不訓鱧爲鮦可知矣、馬瑞辰曰、下章傳鰋鮎鱧鯉皆從爾雅、則此章亦从爾雅作鱧鯇爲是、鯇鯶古今字、卽今俗稱鯶子魚、舍人曰、鱧名鯇、是也、郭注誤分鱧鯇爲二、因誤以鱧爲鮦、鮦卽今之烏魚、後人又因郭注以鱧爲鮦、遂改毛傳鱧鯇作鱧鮦矣、陳奐曰、郭注爾雅云、鯇今鯶魚、似鱒而大、鱒下注云、似鯶子赤眼、是鯶子之赤眼者曰鱒、不赤眼者曰鯇也、陳藏器本草拾遺云、鯇魚似鯉、生江湖間、○多且旨、多、受前章末字、將以下三章應上三章、故倒上句、不易一字、結構巧緻、

魚麗于罶。鰋鯉。鰋、鮎也、**君子有酒。旨且有。**○鰋音偃、鮎乃兼反、

箋曰、爾雅、鰋・鮎、孫炎以爲一魚、郭璞分爲二云、鰋今偃額白魚、鮎別名鯷、然本草綱目列鮧魚之名、曰鯷魚、曰鰋魚、曰鮎魚、注云、古曰鰋、今曰鮎、北人曰鰋、南人曰鮎、是鰋鮎直爲一魚矣、郭注偃額、偃者仰也、此卽鮎魚之狀、爾雅翼云、鮧魚偃額、兩目上陳、頭大尾小、身滑無鱗、謂之鮎魚、是也、蓋以其仰額故名鰋、以其身滑無鱗故名鮎、鮎猶黏、謂其黏滑也、安井氏曰、案鳥獸草木之名、傳自孔門、毛據以解詩、而前儒亦無異說、陸取晉以後之名、以解三代之魚、宜其以毛爲與目驗不協也、凡此類皆當以傳爲正說、○旨且有、有言酒常有而無無也、仍與多同、多、橫言之、有、豎言之、夫時和歲豐、兆民飽食、而後天子之酒可以旨且有也、故是篇之既詠多魚、又詠旨酒、以著天造人造飮食歡樂之具、上下皆足、

物其多矣。維其嘉矣。

箋曰、物謂水陸之羞、不專指魚酒、序云萬物盛多、傳於首句下云、大平而後微物衆多、取之有時、用之有道、則物莫不多矣、因歷陳古者畋漁山澤之制、以見必有撙節愛養之方、而後可以致魚麗之盛、傳所引者似有成文、要在王制之前、其書最古、且此爲全篇大義、極言物之衆多、可見序傳皆以經文物字卽爲衆物、鄭箋專屬之魚、非序傳之意也、多・受首章末字、○維其嘉矣、嘉・善也、下三章、每上一句皆承上三章末一字而言、多旨有皆指物、其下一句嘉偕時、若再指物、文義殊複、宜皆指政而言、

物其旨矣。維其偕矣。

箋曰、旨、受二章末字、○維其偕矣者、荀子大略篇曰、禮云禮云、玉帛云乎哉、詩曰、物其指矣、唯其偕矣、不時宜、不敬交、不驩欣、雖指非禮也、楊倞注云、指與旨同、荀子引詩、以時宜敬交驩欣爲偕、與序云美萬物盛多皆備禮合、

物其有矣。維其時矣。

箋曰、有、受三章末字、○維其時矣、卽首章傳所云取之有時、用之有道也、故六月序云、魚麗廢則法度缺矣、且經文維其二字、確是推本萬物盛多之由、猶言維其如是、所以如是、棠棠者華、維其有章矣、是以有慶矣、維其有之、是以似之、凡言維其者如此、此詩文法倒裝耳、說苑辨物篇曰、天子南面、視四星之中、知民之緩急、急則不賦藉、不舉力役、書曰敬授民時、詩曰物其有矣、維其時矣、物之所以有而不絕者、以其動之時也、此解有爲常有、時爲用之以時、最合經旨、○物其多矣以下三章、疑當合爲一章、左傳季武子賦魚麗之卒章、似非賦二句、所謂卒章、蓋謂是六句也、

魚麗六章三章章四句三章章二句

南陔。孝子相戒以養也。

箋曰、陔當訓戒、鄉飲酒燕禮、賓醉而出、奏陔夏、鄭注、陔之言、戒也、正以戒

釋陔、陔祴古通用、周官鍾師祴夏、杜子春曰、祴當爲陔鼓之陔、賈疏引儀禮奏陔爲證、知陔卽祴之叚借、白虎通五行篇、南方者任養之方、萬物懷任也、樂記注、南風、長養之風也、孝養與長養、義正相似、是知序言孝子相戒以養者、戒以釋陔、養則以釋南也、

白華。孝子之絜白也。

箋曰、俞樾曰、按六月篇序曰、南陔廢則孝友缺矣、白華廢則廉恥缺矣、南陔言孝友、與南陔序合、白華不言孝友、與白華序不合、疑白華之詩、止戒人以潔白自守、不可玷辱、序孝子或君子之誤、詩序中每有稱君子者、如兔爰曰君子不樂其生、羔裘曰、言古之君子以風其朝、揚之水曰、君子閔忽之無忠臣良士、椒聊曰、君子見沃之盛彊、能脩其政、如此類甚多、他如君子于役、君子陽陽、篇名本有君子、風雨篇、伐檀篇、詩中皆言君子、更無論矣、然則此序云君子之絜白也、與序例亦合、涉上篇序言孝子而誤作孝子耳、

華黍。時和歲豐。宜黍稷也。有其義而亡其辭。

箋曰、義如孝子相戒以養、是也、亡、亡之也、讀若無自可、而字義微別、無、本無者也、亡之爲無、自有而無也、如今亡矣夫之例、檀弓、孔子旣祥、十日而成笙歌、笙而曰歌、有辭明矣、劉原父曰、南陔以下六篇、有聲無詩、故云笙不云歌、有其義亡其辭、非亡失之亡、乃本無也、朱子本之、據儀禮曰笙曰樂曰奏、而不言詩、明其有聲無辭、且云、意古經篇題之下、必有譜焉、如投壺魯鼓薛鼓之節、而亡之耳、今綜合諸家之說辨之曰、詩必有辭、無辭安得爲詩、鄉射、命太師奏騶

虞、籥章逆寒暑吹豳詩、鄭注、豳詩・七月也、夫騶虞豳詩皆有辭、亦曰奏曰吹、而不言歌、安得以南陔六詩言笙奏・而不言歌、遂斷以爲無辭乎、燕禮升歌鹿鳴、下管新宮、管・笙類、笙詩有聲無辭、則管詩亦當無辭、而左傳昭二十五年宋公享叔孫昭子賦新宮、謂之賦、則有辭矣、儀禮・升歌笙入閒歌合樂各三終、於是工告樂正曰、正歌備、凡樂四節、爲詩十八篇、皆謂之歌、而可云六詩有聲無辭乎、如謂笙必無詩、則當云笙譜、如謂亡於刪詩之前、宜名亦不存矣、毛西河答李恕谷書曰、所謂笙詩、謂笙必有詩、非謂笙詩之必有歌也、蓋笙與箾管籥、四器皆主聲、詩皆應歌之、器皆在堂下、原無徒器者、但有歌而器、有不歌而器、總必有詩、如鄉射禮之工歌于上、而堂上堂下之笙瑟皆應之、卽鄉飲酒禮之合樂、是也、此有歌之笙也、不歌而器、如大射禮之管新宮、始奏禮之管象、堂下俱不歌、而但以管笙聲其詩、卽鄉飲酒禮之笙入間歌是也、此不歌之笙也、然而歌工必在上、卽笙管鐘磬皆列堂下、而皆可以應其歌、是以合樂之法、工歌關雎、則堂上之瑟、堂下之笙管、皆羣起而應之、其歌葛覃卷耳鵲巢采蘩采蘋皆然、舊注所謂合樂者、合金石絲竹以歌之、金石者鐘磬、絲竹者瑟與笙管也、乃孔仲達誤注鄉飲酒義、謂上歌關雎、下笙鵲巢以應之、則世無有以張家之聲合李家響者、毛說是也、笙詩乃不歌、而笙之詩卽鄭注儀禮所云、以笙吹此詩以爲樂也、惟其專以笙吹、故其辭易亡、不然、他詩具在、而獨亡此六篇、亦屬可疑、得此無疑義矣、然此六笙詩、本不在三百篇之數也、班固藝文志曰、孔子純取周詩、上取殷、下取魯、凡三百五篇、龔遂謂昌邑王曰、大王誦詩三百五篇、王式曰、臣以三百五篇諫、史遷曰、孔子去其重、取可施于禮義者、凡三百五篇、以及王充之論衡、趙岐之孟子後敘、皆無稱三百十一篇者、而張揖之注上林賦則明云、大雅之材三十一人、小雅之材七十四人、皆不數笙詩之明證、如謂三家詩或有其序、則鄭注禮時用韓詩、而其注鄉飲酒禮、於此六詩皆云今亡其義未聞、則三詩無此序明矣、乃知夫子一則曰詩三百、再則曰誦詩三百者、蓋始關雎、終魯頌、其全數如此、王通所謂詩三百始終于周也、其後於宋得頌五篇、因附其後、以爲餘數、則無六笙詩明矣、但六笙詩本有辭、故有其義、而猶傳于世、作序者偶得其義、因連而及之、按儀禮樂章依數以排之、然尙列什外、則亦不以爲夫子原目、自鄭箋謂毛推改什首、後人遂列入什中、升南陔白華華黍於魚麗前、以南陔殿鹿鳴之什、以白華爲什之始、而古經亂矣、蓋古之作樂者、取三百篇以爲歌用、其施于匏竹諸器者、則準諸律呂、別製爲詩、猶漢以下一代皆有樂章也、此六詩者、樂中用以吹笙者也、郊特牲云、歌者在上、匏竹在下、貴人聲也、樂以人聲爲貴、匏竹爲賤、以堂上爲貴、堂下爲賤、故歌于堂上、用三百篇之詩、笙于堂下、用此六詩、既取其協于律呂以爲樂章、南陔三篇則獨奏之、由庚三篇則間歌奏之、此儀禮作樂用詩之大略也、其云作樂歌鹿鳴諸詩、與詩旨亦不相涉、況其爲笙詩、于三百篇更奚與哉、序詩者見儀禮此文、認以爲三百篇中所遺者、于是妄以六篇之名入于詩中、夫儀禮之樂章甚多、不止此六篇、燕禮記、大射、皆云奏肆夏、禮記左傳亦同、鄉飲酒燕禮大射皆云奏陔、大射又云奏貍首、及公入驁、燕禮記又云下管新宮、此等皆樂章名、皆有辭也、笙詩六篇、同是一類、觀此則當時作樂、被于八音諸器、皆係別有樂章、唯用三百篇爲歌甚明矣、左傳于文王之三、鹿鳴之三、曰工歌、于肆夏之三曰金奏、亦可驗、第此諸樂章、所習者爲工瞽之徒、附于樂以行、又篇帙寥寥無多、故樂亡而詩與之俱亡耳、不若三百篇經聖人手定、褒然巨帙、傳之于學士大夫、朝夕絃誦、宜乎其獨存也、若集傳所引投壺魯鼓薛鼓之節、尤不可通、射與投壺所歌者、貍首騶虞、以鼓爲之節也、若以南陔諸詩爲鼓而無辭、則貍首騶虞亦無辭乎、魚鼓薛鼓有譜無辭、則僅冠以國名、不能更立別名、若笙詩有聲無辭、則南陔由庚等名、何自來乎、至于執儀禮工歌之序爲據、謂毛公篇次爲失、于是復移易之、則此以儀禮爲經、三百篇爲傳、顚倒惑亂、至于如此、更何足與辯哉、金鶚曰、古樂節次有六、一曰金奏、堂下用鐘鎛、兼有鼓磬、以奏九夏、春牘應雅以節之、笙師云、春牘應雅以教祴樂、鄭注、祴樂祴夏之樂、牘應雅教其舂者、謂以築地、笙師教之、則三器在庭可知矣、賓醉而出、奏祴夏、以此三器築地、爲之行節、明不失禮、案國語論樂云、革木以節之、牘應雅皆木音、柷敔之類、皆所以節樂者也、鄭謂以爲行節者、禮云趨以肆夏、是金奏肆夏以爲行節、牘應雅以節樂、即以節行也、但賓出奏陔夏、惟鄉飲酒燕禮用之、若兩君相見、及天子大饗、諸侯賓出入、皆奏肆夏、禮所謂趨以肆夏者、兼出入言也、笙師所掌、又天子之樂也、然則祴樂非止陔夏、疑九夏通名爲祴樂、猶言縵樂燕樂也、王出入奏王夏、亦奏之以爲行節、諸夏皆當類、此春字統牘應雅三件、猶上以歈字統竽笙壎籥簫篪篴管也、此樂之始也、二曰升歌、堂上鼓琴瑟、歌詩、階間以拊節之、堂下鐘磬應之、亦樂之始事也、無金奏者、以升歌爲始、有金奏者、升歌亦爲始事、蓋金奏爲堂下樂之始、升歌爲堂上樂之始也、三曰下管、堂下以管奏象、或新宮、鼗鼓柷敔以節之、亦鐘磬應之、此樂之中也、四曰笙入、堂下笙奏南陔白華華黍、亦用鼗鼓柷敔節之、鐘磬應之、此亦樂之中也、五曰間歌、堂上歌魚麗、堂下笙由庚、歌南有嘉魚、笙崇邱、歌南山有臺、笙由儀、此亦樂之中也、六曰合樂、堂上歌詩、琴瑟與堂下之樂合作、其詩或雅或南、其器八音畢奏、此樂之終也、後又有無算樂、其詩惟所欲、其樂不限幾終、此不在正樂之數、且惟鄉飲酒燕禮有之、饗食則否、蓋無算樂乃無算爵所用、非燕飲不得有無算爵也、南陔六篇、本不在詩中、然六篇亦有辭、其體當稍與詩異、蓋載在樂經、樂經亡而遂失其傳也、今樂記亦樂經之遺、蓋所以釋樂經者也、故止言其理、至于樂之節次、以及五聲八音六律六呂、與笙管金奏之曲、皆載于經、今不可考矣、鄭氏以九夏新宮、及南陔等六篇皆爲詩、謂九夏頌之逸篇、南陔等小雅之逸篇、皆非也、頌非大夫士所得用、而鄉飲酒賓出奏陔夏、則九夏非頌可知也、金奏下管、樂之大者、笙入間歌、樂之小者、故天子諸侯有金奏下管、而無間歌、書笙鏞以間、東方之鐘磬曰笙、西方之鐘磬曰頌、鏞與頌通、謂下管之曲、以鼗鼓柷敔節之、而以笙頌鐘磬間迭應之也、若是間歌、則笙與歌相間、不當言鏞矣、說者多以爲間歌、非也、然則兩君相見、與天子饗諸侯、其不間歌可知、而無笙入亦可知矣、徧考諸經、皆無天子諸侯樂用笙間之說、乃鄭氏謂、諸侯相與燕、天子燕諸侯、其笙間之篇未聞、是謂天子諸侯亦有笙間、非也、天子諸侯之樂、以金奏爲第一節、升歌爲第二節、下管爲第三節、合樂爲第四節、每節皆三終、然金奏所以迎賓送賓、祭祀以迎尸送尸、始終皆有之、故非樂之正則止三節九終而已、樂爲陽聲、陽極於九、又禮樂相準、饗禮極於九獻、故樂亦不過九終也、九終卽九成、虞書云簫韶九成、周樂亦如是也、

鹿鳴之什十篇五十五章三百一十五句。

○延文本百下無一字、

箋曰、詩序辨說云、魚麗以下篇次、爲毛公所移、因據儀禮考正篇次、升南陔白華華黍于魚麗之前、謂鄕飮酒燕禮歌鹿鳴四牡皇皇者華、笙奏南陔白華華黍、是也、陳啓源駁之曰、朱子之據儀禮、則奏樂之次、非編詩之次、夫奏樂·南陔在笙入之列、則不得不先、魚麗在閒歌之列、則不得不後、各以類相從耳、若必據此以定詩之先後、則閒歌之後·尙有合樂三終、所奏者關雎之三、鵲巢之三也、亦當移置二南於小雅後乎、朱子旣憑儀禮之文、定詩篇之先後、又謂六月序魚麗句、本在華黍下、而鄭氏移置於南陔之上、夫鄭未移之詩序、遠在千餘年前、朱子何自見之哉、胡承珙曰、今考鄭箋云、孔子時、南陔等篇第、當在於此、是謂南陔三篇在魚麗後、足見魚麗殿鹿鳴之什、非毛公所移、而六月序魚麗一句在南陔之上、亦必非鄭氏所移可知、且六月序列次小雅二十二篇、自鹿鳴至華黍皆言缺、自由庚以下則變其文、孔疏以此爲別、謂華黍以上爲文武之詩、由庚以下爲周公之詩、亦可見序文原本

如此、非由鄭氏移魚麗一句於南陔上也、陳胡之駁是也、但毛傳闕六笙詩不入什數、以南有嘉魚至吉日爲次什、以下每相差者六篇、凡小雅七什、末什爲十四篇、奇零之數、歸於末什、大雅及頌皆然、翁方綱謂、當從蘇呂所定、收入六詩於什中、夫分什者、止因篇數既多、簡札煩重、不得不分、六詩既亡、自無庸分篇數而入什目、況六笙詩本不在三百篇之中乎、

毛詩卷第九

毛詩卷第十

竹添光鴻會箋

南有嘉魚之什詁訓傳第十七　毛詩小雅

南有嘉魚。樂與賢也。箋曰、樂與賢者、遊息詢謀也、不必燕飲一事、然非此則與賢之心・無以將之也、蓋開創之朝、須才孔亟、及至太平、嗣主罔識艱難、往往漸趨逸樂、親近小人、草野之賢、無由得進、成王天資敦厚、又加以學問、其於賢人、求之不憚其勞、既至、任之惟恐不盡、樂與之共事也、太平之君子。箋曰、言成王也、是什以太平之樂二首爲弁、至誠樂與賢者共之也。箋曰、至誠相與、百事共之也、至誠當斷句、惟至誠則能致賢之來、又能任賢之久、詩直言與賢、序更推其與賢之心、非必於詩辭有專指也、魚麗嘉魚有臺、鄉人邦國用之、與笙詩間、三篇相比、而三序皆有樂字、夫創王業者文武也、成王業者成王也、魚麗以終文武憂勤而結鹿鳴之什、故曰終於逸樂、嘉魚有臺、什首也、故全以成王爲辭、曰與賢者共之、曰立太平之基、

南有嘉魚。烝然罩罩。江漢之間、魚所產也、罩罩・籗也、君子有酒。嘉賓

式燕以樂。○烝延文本作蒸、之丞反、罩張教反、徐又都學反、罺助角反、

箋曰、興也、讀其詞、似以有魚興有酒、然其意實以嘉魚興嘉賓也、南泛指其方耳、猶言南有樛木也、豐鎬以南、無地無水、無水無魚、必言江漢之間、恐非詩意、嘉是嘉卉嘉薦嘉樹嘉名之嘉、嘉魚言魚之美善也、猶下章樛木之樛、甘瓠之甘云爾、非魚名也、埤雅乃謂嘉魚鯉質鱒鱗、肌肉甚美、食乳泉、出於丙穴、丙穴在漢中沔陽縣北、穴口向丙、故曰丙也、集傳因之、嘉魚出於丙穴、見左太沖蜀都賦、其名之來已然、是好事者采詩語以名之耳、丙穴之魚、亦未必原名嘉魚也、烝然・衆多貌、烝民天生烝民傳、烝・衆也、棫樸烝徒楫之、箋云、烝・衆也、烝訓衆、本是古義、此經烝然當訓爲衆、經文重言罩罩、正承烝然而來、說文、罩・捕魚器也、凡自上籠下謂之罩、故淮南子說林訓云、釣者靜之、罧者扣舟、罩者抑之、抑卽按也、蓋漁人以手抑按於水中、以取魚也、釋器、罺謂之罩、李巡曰、罺編細竹以爲罩捕魚也、無竹則以荊、謂之楚罺、馬瑞辰曰、罩罩汕汕、皆疊字形容之詞、不得訓爲捕魚器、說文引詩烝然鯙鯙、不言其義、據說文、汕・魚游水貌、引詩烝然汕汕、則罩罩亦當同義、罩罩汕汕、蓋皆衆魚游水之貌、安井氏曰、烝然旣是形容之詞、又以罩罩爲形容、一句四字盡爲形容、恐不成文義、胡承珙曰、經言罩罩汕汕、自是取魚之名、傳以取魚由魚具得名、故釋罩爲罺、釋汕爲樔、經言其用、傳言其體、義相成也、毛於單文者每以疊字形容之、如洸洸武也潰潰怒也之類、此則重文者、又以單字釋其實義、訓詁之精如此、胡說可從、嘉魚羣然入于網、罩之又罩、取之不竭、興

得賢之多也、君子、太平君子也、嘉賓、謂賢者也、天子之酒、嘉賓烝然來以燕樂者、至誠相接故也、莊子、於蟻棄意、於魚得計、於羊棄智、與于魚、至誠相忘之妙、趙佑曰、關雎樂與芼爲韻、此樂與罩爲韻、釋文皆云樂音洛、協句五教反、然今西北語音、快樂之樂多作去聲、如慰勞之勞、自足與芼罩協、不待另反切、以南音讀之、始多所不順、而叶韻興矣、予嘗謂、古之詩皆西北人爲之、而今之韻多東南人定之、于是古韻亡、而曰以叶求古、陸氏精於字學、不多言協韻、第一二偶及、而已在可省、後此專務叶韻言詩、安能免於穿鑿也、卷阿令聞令望、釋文望如字、叶韻音亡、韓奕韓姞燕譽、釋文、譽叶句音餘、譽望字原有平聲、不必叶、俱是多事、

南有嘉魚。烝然汕汕。 汕汕、樔也、 **君子有酒。嘉賓式燕以衎。** 衎、樂也、○汕所諫反、衎苦旦反、樔側交反、延文本、傳樂下有之字、

箋曰、興也、汕卽罾矣、自下而上者爲罾、卽撩罟也、自上而下者爲罩、卽提罟也、撩與撈同、沈取曰撈、罩罩汕汕、蓋牢籠賢者不漏之意、是戒勸也、傳汕汕樔也、釋文、字或作罺、同、胡承珙曰、爾雅毛傳皆以汕爲樔、此古名也、鄭箋云、今之撩罟、乃以今曉古、御覽引舍人云、以薄罺魚曰罺、皆未詳著其狀、惟埤雅云、罩罩言嘉魚欲逸則罩之使入、汕汕言嘉魚欲伏則汕之使出、淮南子曰、罩者抑之、罾者舉之、爲之雖異、得魚一也、古者橧巢同義、禮運夏則居橧

巢、鄭注云、聚薪柴居其上、廣雅、橧、巢也、大戴禮、鷹隼以山爲卑、而曾巢其上、皆是、楚辭九歌罾何爲兮木上、御覽引風土記云、罾・樹四木而張網於水、車輓之上下、形如蜘蛛之網、方而不圓、蓋罾者樹木爲之、其高如巢、故得樔名、纇濱欒城集、有車浮詩、序云、結木如巢、承之以簀、沈之水中、以浮識其處方、舟載兩輪、挽而出之、卽詩所謂汕也、此言結木挽輪、與風土記合、承之以簀、與舍人李巡言以薄者合、要之皆罾也、罾乃自下舉上之物、而劉逵注吳都賦罺鰝鰕云、罺抑魚之器也、誤矣、◯嘉賓式燕以衎者、衎、樂之甚也、易曰、飲食衎衎、言君子至誠樂與賢、故嘉賓亦如魚之相忘於江湖、視君子之酒猶己酒、式燕以衎也、

南有樛木。甘瓠纍之。興也、纍・蔓也、**君子有酒。嘉賓式燕綏之。**◯樛居虯反、瓠音護、纍力追反、傳纍蔓也、卷子本傍注云、三字本無、

箋曰、傳云興也、舉中以明上下、足知魚鵻皆興也、後儒因毛於三章始言興、遂謂上二章言魚者、乃因所薦之物以達意、然則末章言鵻、亦曰烝然、與上二章文同、豈鵻亦所薦之物邪、木下曲曰樛、詳周南、長而瘦者曰瓠、短項大腹曰匏、瓠甘而匏苦、故曰苦匏甘瓠、因味爲名耳、國語、苦匏不材于人、甘瓠則喩其材也、鄭箋云、君子下其臣、故賢者歸往矣、此與周南樛木、以木枝之下垂喩后妃之逮下、葛藟之上蔓比衆妾之樂親者意同、蓋魚猶有情、猶有

聚散、詩人以爲未盡、故以瓠瓜之纍于樛木形容之、愈親切矣、嘉賓以樂以衎、猶有驩虞之意、至於綏之、則安適之甚、暤暤如有家人父子之歡焉、纍之綏之兩之字、末章來思又思兩思字、皆助詞、故纍與綏韻、來與又韻、皆不用句尾爲韻、

翩翩者鵻。烝然來思。 鵻、壹宿之鳥、 **君子有酒。嘉賓式燕又思。** ○鵻音隹、延文本・傳鳥下有也字、

箋曰、興也、鵻解見四牡、鄭箋云、壹宿者、壹意於其所宿之木也、讀壹爲專壹之壹、慤謹專壹、鵻之性也、上章言下曲之木、喻君子與賢之誠、此章言壹宿之鳥、喻賢者之一心乎君子、甘瓠得樛木而後纍之、鳥則擇木而烝然來集、以是興嘉賓、有賢者雲集至誠作人之勢、魚曰嘉、瓠曰甘、所以興嘉賓也、鵻則直提之、而謹慤壹宿自見、故不言其德、○嘉賓式燕又思者、又字當讀如賓之初筵室人入又、矧敢多又之又、燕而又燕、頻與之燕、言親之甚也、此句係嘉賓說之、與前章一例、首二章上二句興太平君子羅致賢者之不一也、謂上之於下、三章興君子屈己下賢・賢者歸附也、謂上下之交、四章興賢者專壹相率而來也、謂下之於上、由淺而深、下二句、首章以樂、二章以衎、三章綏之、四章云又、此亦皆由淺而深、以見綢繆之情、有加無已、豈非至誠與賢之所致乎、黄佐曰、東坡嘗曰、天下無事、則公卿之言、輕於鴻毛、天下有事、則匹夫之言、重於太山、此非智有所不及、而明有所不察、緩急之勢異也、唐太

宗以大亂之後，欲致太平，則專任魏徵，至貞觀之後，則漸不克終，德宗當播遷之中，則姑任陸贄，明皇當富庶之後，而乃好近小人，蓋天下無事之際，則人君有自足之心，自足之心萌，則謂天下無事於賢者矣，雖勉强與賢，而非出於中心之所樂，則不能久矣，火不與燥期而就，水不與濕期而流，人若苟有好賢之心，則賢者將自至，故曰烝然來思也，陳啓源曰，詩以又字協韻，凡四見小雅，南有嘉魚，及小宛各有其一，賓之初筵有其二，古人韻緩，凡與右又同韻者，所協字多在支紙寘韻內，如仇協逵，毋協杞止，裘協試之類，不勝屈指，又古不分四聲，支紙寘質可通爲一讀，而職物緝亦與質通用，多又之識，古注元讀如字，不必音職吏切，燕又之來，入又之時，亦不必作去讀也，來字古陵之反，時用今音，本自協耳，至富字古方二反，我行其野協異，瞻卬協刺，召旻協時，閟宮協熾，併小宛凡五見，所協皆同，

南有嘉魚四章章四句

南山有臺。樂得賢也。箋曰，樂得賢者爲用也，樂字不與經胷合，前序亦同，**得賢則能爲邦家立太平之基矣。**箋曰，爲如字，王者勞於得賢，逸於爲邦，既得賢則唯樂只而已，嘉魚，至誠與賢者樂也，是篇以賢者立太平之基也，大小雅太平四出，是二篇及既醉鳧鷖也，嘉魚似既醉，是篇全與鳧鷖同，其反復淫液之辭，雅淡而不厭，

體雖因事異，其意則相類，序所示深遠矣，是詩全無燕饗之辭，移用之猶四牡皇華明矣，文王之三，兩君相見以歌盛德，亦同，陳啓源曰，魚麗南有嘉魚南山有臺三詩，朱傳皆釋爲燕饗通用之樂，特見儀禮鄉飲，及燕，皆間歌此三詩，因據以立說耳，不知古人之用樂，與作詩之本意，不必相謀，小序所謂萬物盛多能備禮者，作魚麗之本意也，樂與賢者，作南有嘉魚之本意也，樂得賢者，作南山有臺之本意也，既有此三詩，後乃取爲間歌之樂章，非專爲間歌而作此三詩也，敘自釋詩不釋樂，有何誤哉，朱子專以燕饗釋三詩，故於魚麗嘉魚皆謂以所薦之羞起興，魚麗傳云，極道其美且多，以見主人禮意之勤，嘉魚傳云，道達主人樂賓之意，夫對客而自誇其饌，何鄙也，對客而自稱君子，是何禮也，至南山有臺篇，玩其詞意，殊與燕飲不類，凡詩爲燕飲作者，必言酒肴樂舞之事，及爲勸侑之詞，如燕羣臣則云鼓瑟吹笙，云我有旨酒矣，燕兄弟則云儐爾籩豆，云飲酒之飫矣，燕朋友則云釃酒有藇，云有肥牡有肥羜，云陳饋八簋矣，燕諸侯則云厭厭夜飲矣，今有臺篇所稱南山北山之所有，既非饌客之需，而頌美君子，又絕無勸侑之意，若鹿鳴之式燕以敖，常棣之和樂且孺，與伐木湛露之飲此湑矣，不醉無歸者也，安在其爲燕饗之詩也，

南山有臺。北山有萊。興也，臺，夫須也，萊，艸也，**樂只君子。邦家之基。樂只君子。萬壽無期。**基，本也，

箋曰、比也、南北指周地之南北也、南山則有臺、北山則有萊、喻周家得賢之盛、安井氏曰、凡才以性殊、雖賢者亦然、此篇取喻於卉木者凡十、蓋喻賢人衆多、才無所不備也、南山北山喻居之高位也、故序云樂得賢、若一物取一義則鑿矣、此說是也、臺可以爲蓑笠、都人士篇臺笠緇撮、是也、舊說、夫須•莎草也、羅願以臺與莎爲兩物、云臺者莎艸、可爲衣以禦雨、編之若甲、毿毿而垂、故雨順注而下、莎、莖葉都似三稜、根若附子、周匝多毛、人謂之香附子、爾雅臺夫須、又云、薃侯莎、爾雅之薃侯莎、卽夏小正之緹縞、據此則臺與莎自是兩物、羅說是也、集傳以臺爲卽莎草、沿舊說之誤、傳萊草也者、因其草爲當時人所共知、故但云某草足矣、如召南蓬草名也•王風揚之水蒲草也之類、皆與此萊草也同例、非以萊爲草之總名也、齊民要術引陸疏曰、萊•藜也、莖葉皆似菉王芻、今兗州人蒸以爲茹、謂之萊蒸、大戴禮、聚橡栗藜藿而食之、莊子藜羹不糝、韓非子藜藿之羹、是古人以此爲貧者之常食、嫩時可食、老則莖可爲杖、原憲藜杖應門、卽是物也、萊藜二字、古同聲通用、玉篇廣韻竝云、萊•藜草也、是萊卽藜也、萊草多生荒地、後遂言萊以概諸草、故周禮言萊田、詩亦言汙萊、其實萊卽爲藜、亦草名、正義乃云、非有別草名萊、由不知萊卽藜耳、○樂只君子、安井氏曰、樂只之只、猶彼其之其、直取其聲以助辭、無義也、故彼其之其、或作己、或作紀、樂只之只、亦作旨矣、樂只君子者、言君子之心樂易而不險也、鄭杜依字生訓、皆失之、安井說是也、樂只君子、人臣贊美其君之通辭、邦家之基者、如屋有基址、所以安也、萬壽無期、期•爲窮極之義、白駒篇逸豫無期、亦謂無窮極也、萬壽無期承邦家之基來、言根基厚

而綿長、所謂博厚而悠久也、

南山有桑。北山有楊。樂只君子。邦家之光。樂只君子。萬壽無疆。

箋曰、南山北山、無物不備、所謂杞梓楩楠皆君材也、得賢之盛也、邦家之光者、基所以安也、光所以榮也、詩舉草木、各有倫類、臺也・萊也・附地者也、故曰邦家之基、桑也・楊也・葉之沃若者也、故曰邦家之光、杞也・李也・多子者也、故曰民之父母、栲也・杻也・枸也・楰也・耐久者也、故曰眉壽黃耇、非直叶韻而已、

南山有杞。北山有李。樂只君子。民之父母。樂只君子。德音不已。

箋曰、以陟彼北山言采其杞例之、則此杞當即是枸檵、解見四牡、枸檵及李、果也、故並之、嚴粲斷此詩之杞爲山木、蓋據陸璣之說、云杞一名狗骨、山材也、云云、此所引陸疏正在南山有枸之條、乃釋枸、並非釋杞、嚴殆誤據云爾、◯民之父母者、上章言邦家之基之光、贊其德之辭、此正指其德之實・足爲人所利賴、故曰民之父母、孟子云如此然後可以爲民父母、亦以用賢去不賢而言、是民之父母莫要于得賢也、◯德音不已者、言其德日進也、

南山有栲。北山有杻。栲、山樗、杻、檍木也、樂只君子。遐不眉壽。眉壽、秀眉也、○栲音考、杻女九反、樗勑居反、樂只君子。德音是茂。檍音億、延文本、傳樗下有也字、擢本傳檍下無木字、

箋曰、栲可爲車輻、杻可爲弓弩幹、二木俱詳唐風山有樞篇、○遐不眉壽者、遐不、何不也、儀禮士冠禮、永受胡福、注、胡猶遐也、古者遐胡同音、遐古書多叚借胡、載芟胡考之寧、傳、胡、壽也、左傳僖二十二年雖及胡耉、注、胡耉、元老之稱、此胡字皆遐之叚借也、惟此經與遐不謂矣、又爲胡之叚借、胡不眉壽、胡不黃耉、必之之辭也、秀眉、眉有秀毛也、眉壽黃耉、皆古者老壽之稱、烈祖篇亦云綏我眉壽、黃耉無疆、經於眉不言秀、而黃不言髮、此乃行文之例、傳嫌但解眉爲秀眉、而壽未見、故必連壽言之、云眉壽秀眉也、下章黃耉不箸明黃髮、而黃字之義未見、故又必分釋之、黃爲黃髮、耉爲壽、此傳義也、○德音是茂者、辟之草木、基是根、光是華、故先基後光也、先不已、所謂日新之謂盛德也、後是茂、所謂富有之謂大業也、言日進而所至盛大、全詩或先德後壽、或先壽後德、或專言德、或專言壽、或言德而壽之意已兼、或言壽而德之意亦寓、錯綜變換、自有疎落之致、

南山有枸。北山有楰。枸、枳枸、楰、鼠梓、樂只君子。遐不黃耉。

樂只君子。保艾爾後。黃・黃髮也、耇・老、艾・養、保・安也、○枸俱甫反、楰音庾、枳諸氏反、耇音苟、艾五蓋反、延文本・傳枸下梓下老下養下並有也字、

箋曰、枸又通作椇、婦人以爲贄、見曲禮、人君燕食、以爲庶羞、見內則、明堂位注作枳椇、莊子山木篇作枳枸、宋玉風賦作枳句、淮南王書作枝枸、風賦之枳句、卽謂是樹枝句曲、但其本義、當以枳枸之木多枝句曲而名、陸疏云、枸樹山木、其狀如櫨、一名枸榾、高大如白楊、所在山中皆有、理白可爲函板枝柯不直、子著枝端、大如指、長數寸、噉之甘美如飴、八九月熟、江南特美、今官園種之、謂之木蜜、古語云、枳枸來巢、言其味甘、故飛鳥慕而巢之、崔豹古今注云、枳椇子一名樹蜜、一名木錫、實形拳曲、核在實外、味甜美如錫蜜、所言與陸疏合、楰、陸疏云、其樹葉木理如楸、山楸之異者、今人謂之苦楸、郭注爾雅云、楸屬也、今江東有虎梓、郝懿行云、今一種楸、大葉如桐葉而黑、山中人謂之檟楸、卽郭所云虎梓、○遐不黃耇、知黃爲黃髮者、閟宮黃髮台背、又閟宮四章言黃髮眉壽、七章言眉壽黃髮、此黃卽黃髮之義也、舍人曰、黃髮老人髮白復黃也、孫炎云、耇、面凍梨色如浮垢、耇垢疊韻、故取以爲訓、或謂耇、傴也、字從句、老人傴僂不伸也、冠禮、再加曰眉壽萬年、三加曰黃耇無疆、亦先眉壽而後黃耇矣、○保艾爾後者、不唯其身黃耇、又以保艾後世子孫也、艾之義訓最多、鴛鴦福祿艾之、傳、艾、養也、與此傳同、曲禮五十曰艾、注、艾、老也、方言、艾、長也、東齊魯衞之間、凡尊老或謂之艾、此一義也、孟子萬章則慕

少艾、注、艾、美好也、此又一義也、庭燎夜未艾、傳、艾、久也、此又一訓也、左傳哀十六年、是得艾也、注、艾、安也、此又一訓也、小旻或肅或艾、傳、艾、治也、孟子萬章、自怨自艾、注、艾、治也、左傳昭元年、國未艾也、注、艾、絕也、管子侈靡、地與他若一者、從而艾之、注、艾謂減削也、此又一義、艾乂古通用、乂爲芟草本字、治與斷絕皆芟艸引申之義也、據毛傳先艾後保、似經文原作艾保爾後、否則毛傳錯倒耳、是詩五章五反、詩境甚淡、太平之氣、千古在目、刮去太平字、有何興觀、沈守正曰、首三章曰、邦家之基、邦家之光、民之父母、是美其已然之德也、曰萬壽無期、萬壽無疆、德音不已、祝其將然之壽也、曰不已、則壽亦可知矣、下二章曰遐不眉壽、遐不黃耇、美其必然之壽也、曰保艾爾後、有引翼之道寓焉、亦德也、雖通是贊美之詞、而未嘗不諷之以惠迪感召之理、是之謂盛世之雅也、

南山有臺五章章六句

由庚。萬物得由其道也。 箋曰、成十八年左傳、以塞夷庚、夷、平也、庚、道也、是三篇在儀禮與魚麗三篇間奏、故附南山有臺之後耳、南陔三篇附於鹿鳴什末亦同、其本叙乃在六月、

崇丘。萬物得極其高大也。 箋曰、釋詁、崇、高也、漢書楚元王傳集注、引何晏注邱大也、崇邱二字平列、謂高大也、萬物得極其高大、正釋崇邱二字之義、

由儀。萬物之生各得其宜也。 箋曰、馬瑞辰曰、由儀之由、與由庚異、由者𢎘之省借、說文、𢎘·木生條也、从马由聲、商書曰、若顛木之有𢎘枿、古文作由枿、蓋𢎘正字、由借字也、𢎘本木生條之名、因而萬物之生、通謂之由、左傳史趙曰、陳、顓頊之族也、歲在鶉火、是以卒滅、陳將如之、今在析木之津、猶將復由、由對滅言、卽生也、序以萬物之生釋由字、以各得其宜釋儀字、正就篇題以釋其義、束皙補亡詩、乃曰由儀率性、以率性類由儀、是誤讀由爲率由之由、失其義矣、**有其義而亡其辭。** 箋曰、儀禮歌鹿鳴四牡皇皇者華、然後樂南陔白華華黍、又歌魚麗、笙由庚、歌南有嘉魚、笙崇丘、歌南山有臺、笙由儀、鄉飲酒燕禮並同、歌在堂上、笙在堂下、南陔三篇、亦堂下之笙也、不歌故曰樂、曰笙、非爲有聲無辭也、說已見前、

蓼蕭。澤及四海也。 箋曰、前二首相匹、終之以是篇、賢賢而德澤及萬國也、且是詩以諸侯有慶者爲辭、則亦諸侯之賢者也、序云及四海、極遠而言、不必指夷狄君長、鄭失序意矣、

蓼彼蕭斯。零露湑兮。 興也、蓼·長大貌、蕭·蒿也、湑湑然蕭上露貌、**既見君子。我心寫兮。** 輸寫其心也、**燕笑語兮。是以有譽處兮。** ○蓼音六、湑息敘反、

箋曰、一章言諸侯來朝、天子燕以示慈惠、○首二句比也、蓼者得露日長也、蕭・微草也、以比率土之濱、莫不被王澤焉、湛露在豐草、白雲露菅茅、其意同、裳裳者華傳、湑・盛貌、盛曰湑、重言曰湑湑、謂蕭上露盛多湑湑然也、○既見君子者、謂諸侯之見天子也、我心寫兮者、我諸侯自我也、經言寫、傳云輸寫、此以雙字釋單字、輸亦寫也、泉水傳、寫・除也、輸寫與除義亦相近、諸侯來朝、得見天子、而心如洗也、箋疏皆以君子指天子、朱傳創爲天子美諸侯之說、然經文爲龍爲光、明是諸侯見天子、爲遇恩寵而被光熠、君子自當指天子、非諸侯也、○燕笑語兮者、燕與諸侯燕飲也、或謂、燕・安也、與下章孔燕同、此詩未見飲酒之事、則此朝諸侯、下篇方與之燕飲、此詩兩燕字、自當皆訓安、不知諸侯朝見天子、不得云笑語、蓋與之宴而笑語歡洽也、至孔燕宜訓甚安、鄭兩釋之、固未嘗誤也、燕笑語兮、言澤及四海之德度也、詩中神情、全在各章既見君子四字、一種款洽、俱從既見後想出、我心寫兮一寫字、極狀傾倒之誠、方來朝之初、體統尊嚴、豈容假借、朝罷而燕、於是有笑語矣、誦此二句、太平天子和藹氣象、恍然如遊春日、方知唐人以九天閶闔萬國衣冠等語描寫太平、終是鋪張聲口耳、○是以有譽處兮者、譽者豫之假借、孟子梁惠王下、一游一豫、左傳昭二年服注、作一游一譽、文選王元長曲水詩序、信可以優游暇譽、注、譽猶豫、古字通、是以者、承上之文、此詩言天子燕以示慈惠、笑語亦所時有、是以有此樂耳、車舝曰式燕且譽、韓奕曰韓姞燕譽、射義引詩則燕則譽、而釋之曰則安則譽、皆樂之意也、處與義所烈所之所同、蓼彼蕭斯。零露瀼瀼。瀼瀼，露蕃貌。既見君子。爲龍爲光。龍，寵也。其德不爽。壽考不忘。爽，差也。○瀼，如羊反。延文本，傳貌下有也字。

箋曰，二章言諸侯有慶，○爲龍爲光者，加恩寵光耀於已也，言有加地進律之事，裳華所謂有慶，是也，龍者寵之假借字也，左傳昭十二年，宋華定來聘，享之，爲賦蓼蕭，不知，又不答賦，昭子曰，宴語之不懷，寵光之不宣，令德之不知，同福之不受，將何以在，四句分指四章，而以龍爲寵，商頌何天之龍，與勇總爲韻，箋云，龍當作寵，○其德不爽者，受上而言其德無有差忒，故賞罰正而無偏頗焉，雖借諸侯之口出之，戒勸存焉，○壽考不忘，與終南文同，謂四海稱頌之不忘，是祝語也，以下每章末一句，皆諸侯頌天子之辭也，

蓼彼蕭斯。零露泥泥。泥泥，霑濡也。既見君子。孔燕豈弟。豈，樂也，弟，易也。宜兄宜弟。令德壽豈。爲兄亦宜，爲弟亦宜，○泥乃禮反，豈弟延文本作愷悌，傳同，傳霑作沾，易夷豉反，

箋曰，三章言諸侯燕見，○孔燕愷悌者，孔，甚也，燕，安也，諸侯未見天子，謂天威難邇，既見之，而甚安和樂易，不自知天子之尊，故曰孔燕豈弟，釋文云，豈

弟本亦作愷悌、後倣此、說文云、豈、還師振旅樂也、愷、康也、又云、愷、樂也、大司樂大司馬職、皆作愷樂、毛詩豈訓樂、是豈與愷通、釋天凱風、李巡注、凱、樂也、玉篇、凱或作愷、說文新附悌云、經典通用弟、亦後人增益字、毛詩爲古文、愷悌、樂易也、然不當分屬施訓、○宜兄宜弟者、燕見在宮、故言兄弟、宜猶宜其家人、兄弟自同姓諸侯親者言之、四海諸侯莫不在其中、夫四海諸侯、遠近大小親疏、亦不齊矣、而王者德施之普、各稱其分、莫不滿足、夫曰各稱其分、莫不滿足、則畛域不分之中、自有等差不紊之義、非竟混淆無別也、周道親親、故於此特揭言兄弟、必有加厚於疏且遠者、大公至正之道、固如是、○令德壽豈、令德卽指宜兄宜弟、既有此令德、壽而且豈、蓋不僅壽考而已、自今以後、壽考之年、皆豈樂之境、頌祝之至也、

蓼彼蕭斯。零露濃濃。 濃濃、厚貌、 **既見君子。鞗革沖沖。和鸞雝雝。萬福攸同。** 鞗、轡也、革、轡首也、沖沖、垂飾貌、在軾曰和、在鑣曰鸞、○濃奴同反、又女龍反、鞗徒彫反、延文本、傳垂飾貌下有也字、鑣彼苗反、

箋曰、是章反述燕見之初、天子迎門之事以結之、燕見在朝見之後、○鞗革沖沖二句、箋疏皆指天子車飾、謂諸侯燕見天子、天子必乘車迎於門、秋官大行人亦說車迎之法、是古者天子謙、有迎諸侯事也、若爲卽諸侯之車、則偏駕不入王門、無由得天子見之、左傳昭公二十年、宋華定來聘、享之、爲賦

蓼蕭云云、在詩本四海被澤而歡說之辭、賦者惟取同福之義、然不得因魯賦此、遂以君子指諸侯也、湛露天子燕諸侯、則君子自是諸侯矣、鞗革二字見於雅者、此詩及采芑韓奕、見於頌者載見、凡四見、鞗革或作鋚勒、見石鼓文、及鐘鼎款識寅簋銘、或作攸勒、見周伯姬鼎銘・及焦山周鼎、或作攸革、見博古圖周宰辟父敦銘、說文、鋚、鐵也、一曰轡首銅、辪尚功王俅以下、皆釋攸爲鋚、革爲勒、蓋合言之、鋚勒、轡首也、以革爲之、以銅飾之、析言之、鋚、轡首銅也、故字从金、蓋以銅爲飾、勒、轡首也、以革爲之、故字从革、轡首之飾當在馬口兩旁、橫豎作結、所以名勒、卽以繫鑣、馬瑞辰曰、鞗者鋚之叚借、玉篇鞗一作鋚、爾雅、轡首謂之革、轡以絡馬頭者爲首、不以人所靶者爲首、正義謂、馬轡所靶之外有餘而垂者謂之革、殊誤、說文、勒、馬頭絡銜也、革卽勒之渻、古人多加飾以金、說苑、田子方載黃金之勒、鋚卽勒之金飾垂者、采芑詩鉤膺鞗革、箋、鞗革、轡首垂也、載見詩、鞗革有鶬、箋、鞗革、轡首也、鶬、金飾貌、並與說文以鋚爲轡首銅者合、蓋革爲轡首、以皮爲之、鋚爲轡首之飾、以金爲之、正義謂鞗皮爲之、誤矣、據正義釋傳故云鞗革轡首垂也、是知毛傳原作鞗革轡首垂也、爲采芑鄭箋所本、傳下云沖沖垂飾貌、則上云轡首垂者、垂卽飾也、段玉裁謂、傳當作轡首飾也、亦非也、○和鸞雝雝者、周禮注、和鸞皆以金爲鈴、桓二年左傳杜注云、鸞在鑣、和在衡、服注同、說苑說叢篇亦云、鸞設於鑣、和設於衡、此云鸞在鑣與毛同、而云和在衡與毛異、大戴禮保傅篇、升車則聞和鸞之聲、在衡爲鸞、在軾爲和、馬動而鸞鳴、鸞鳴而和應、韓詩內傳鸞在衡、和在軾前、升車則馬動、馬動則鸞鳴、鸞鳴則和應、白虎通義、鸞者在衡、和者在軾、此云和在軾與毛同、而云鸞在衡、又與毛異、鄭於駟鐵箋、置鸞于鑣、異於乘車、是乘車之鸞在衡、田車之鸞在鑣、亦主鸞在衡之説、烈祖箋、鸞在鑣、四馬則八鸞、則又主鸞在鑣之説、鄭本無定解、左傳孔疏云、考工記、輪崇車廣、衡長參如一、則衡之所容惟兩服馬耳、詩每言八鸞、當謂馬有二鸞、鸞若在衡、衡惟兩馬、安得置八鸞乎、以此知鸞必在鑣、宋羅願謂、詩言四牡八鸞、鑣、馬銜也、馬口兩旁、各置一鸞、四馬應八鸞矣、殆祖此疏、今以秦風輶車鸞鑣、與夫屢言八鸞者證之、其説是也、鸞象鸞鳥鳴聲、此又以其聲起義者、和則在軾、鳴相應和也、◯萬福攸同、曰萬福則不止於壽、而壽亦在其中矣、攸同、歸聚之也、言有德如彼、有威儀如是、以是事宗廟・親諸侯、實是萬福會同之聖君也、蓋首章之燕笑譽處、初見天子、喜慰之詞、末章美其鞗革和鸞、則極寫其德充之符、猶之趨中采齊・行中肆夏者是也、於是以萬福攸同祝之、義斯備而辭亦終矣、

蓼蕭四章章六句

湛露。天子燕諸侯也。

箋曰、文四年左傳甯武子云、諸侯朝正於王、王燕樂之、於是乎賦湛露、此統言諸侯、不分同姓異姓、朝正燕禮、當與祭畢之燕不同、六月序云、湛露廢則萬國離矣、尤可見此兼同異姓言之、安井氏曰、序言天子燕諸侯也、不始分同姓異姓、首章傳、宗子將有事以下、毛引成文、以證不醉無歸之義、非以前二章爲燕同姓諸侯也、其實離離、傳云、垂也、亦未見薦俎禮物多於諸侯之意、凡木

實可觀、在於垂下、蓋以喻君子之令儀耳、箋以後二章末二句、與前二章異文、謂三章喻庶姓、卒章喻二王之後、煩碎已甚、恐非詩人之旨也、且同姓夜飲、異姓則否、當各別賦一篇、今於一篇內、言待同姓異姓之殊、將爲同姓歌之、抑爲異姓歌之邪、若所待殊、而所歌同、樂之與禮異其道、恐亦非先王所以制禮樂之意也、今詳詩意、前二章述王厚於諸侯、後二章述諸侯雖醉不失其儀、盛世君臣、各盡其道、詩人從而詠之、所以前後不同文也、

湛湛露斯。匪陽不晞。 興也、湛湛、露茂盛貌、陽、日也、晞、乾也、露雖湛湛然、見陽則乾、**厭厭夜飲。不醉無歸。** 厭厭、安也、夜飲、私燕也、宗子將有事、則族人皆入侍、不醉而出、是不親也、醉而不出、是渫宗也、○湛直減反、晞音希、厭於鹽反、渫息列反、延文本傳盛下有之字、貌下有也字、族人上無則字、

箋曰、露被草木、非日出照之則不晞、以興夜飲非醉足不許歸焉、夜飲、上恩也、故興于天澤、天之潤澤于物、如雨若雪・其類非一、而獨以露言者、露以夜降者也、因其夜飲、故近取以爲興、醉者天子之命也、○厭厭夜飲、說文、懕、安也、从心厭聲、引詩懕懕夜飲、毛詩作厭厭、古文省借字也、小戎厭厭、訓安靜、人安未有不靜者、靜義亦由安出也、釋文引韓詩作愔愔、云和悅之貌、與安義殊、而亦相近、集傳又添久足二意、尤透、久足二意、在不醉無歸內見之、蓋不醉無歸、乃所以中厭字之義耳、燕必以晝而曰夜飲者、以燕禮又有宵則設燭之儀、所以曲致其殷勤之意也、厭厭夜飲、卽燕禮君曰以我安、下文不

醉無歸、卽燕禮君曰無不醉、賓及卿大夫皆曰諾、敢不醉也、無歸是天子留歡之辭也、正義曰、楚茨云、備言燕私、傳曰、燕而盡其私恩、明夜飲者亦君留而盡私恩之義、據正義引楚茨爲證、傳私燕當爲燕私之譌、燕禮宵則庶子執燭于阼階上、司宮執燭于西階上、甸人執大燭于庭、閽人爲燭于門外、蓋燕以醉爲期、未醉雖至宵可也、非燕必以夜、

湛湛露斯。在彼豐草。厭厭夜飲。在宗載考。豐茂也、夜飲必於宗室、

箋曰、興也、下二章皆放之、豐草之露、湛湛以殖其生、以興天子之宴、厭厭以成其歡焉、○在宗載考、載之言則也、考是考槃之考、歡成而恩洽也、宗是大小宗之宗矣、謂宗家、左傳宗不余辟、孟子吾宗國、魯之宗、同姓諸侯皆以天子爲大宗、而王者又爲天下之大宗、卽爲天下諸侯之宗矣、在宗載考者、在天子之路寢成此燕禮也、若直以宗爲路寢、路寢豈可謂之宗哉、或謂采蘋傳云宗室大宗之廟、此大夫士之禮、故有宗子、若湛露之在宗、乃天子之燕禮、則宗室者直謂宗廟之寢室耳、夫諸侯燕在路寢、儀禮有明文、天子當亦同之、此燕朝正諸侯、非祭畢之燕、豈晝燕在路寢、至夜飲而忽移於廟後之寢室乎、且采蘋本言宗室、此詩但云在宗、非可以采蘋爲比也、傳引宗子與族人燕者、鄭箋謂天子燕諸侯之禮亡、假宗子與族人燕爲說爾、是也、但鄭言同姓諸侯則成之、於庶姓讓之則止、是從楚茨諸父兄弟備言燕私、及儀禮燕族人於室、燕內兄弟於房看出、末又引陳敬仲事、皆臆說也、既燕飲有

宵而設燭之禮、安見止可行于同姓乎、且諸侯朝正於王、王宴樂之、則非祭畢而燕也、桓公欲以火繼、亦燕飲故事耳、本未嘗踰禮、敬仲以義辭之、臣之享君、弗納于淫、臣之道也、亦未嘗引禮以拒也、然則湛露之燕、厭厭夜飲、其非有同姓異姓之分別明矣、

湛湛露斯。在彼杞棘。顯允君子。莫不令德。

箋曰、後二章亦承上一醉字來、又見其令德令儀如此也、杞卽枸杞也、棘木低小、則杞非大木可知、以後章例之、桐椅相類、杞棘亦當相類、且木之叢生者、被露獨厚、杞莖幹叢生、與棘並有苞稱、故以杞棘並言、○顯允君子、顯者其心明白洞達、允者其心忠信誠慤、無一毫可疑也、君子指諸侯、蓼蕭諸侯朝於天子作也、君子謂天子、湛路天子燕諸侯作也、君子謂諸侯、莫不令德、言其所爲無非令德、不專指飲而不亂也、然飲而不亂亦在其內、下章放此、

其桐其椅。其實離離。豈弟君子。莫不令儀。 離離、垂也、○椅於宜反、豈弟延文本作愷悌、

箋曰、桐、白桐也、實大如巨棗、長寸餘、椅、梓屬、實紅如南天燭、十數顆垂枝梢、葉落、滿樹如火、以興君子威儀焉、杞棘中實、故興令德、桐椅外文、故興令儀、正義謂、桐椅不言露在、承上露在可知、此說非也、只是春露所殖、至秋乃實、卒章取變、豐草與其實非一時之景也、○莫不令儀者、小雅飲酒孔嘉、維其

令儀、書曰、用燕喪威儀、夫威儀所以臨士大夫也、子曰、知及之、仁能守之、不莊以涖之、則民不敬、左傳、君有君之威儀、其臣畏而愛之、則而象之、故能有其國家、令聞長世、夫桐椅之實、人仰而望之、所興在是、是亦非唯席上之儀、戒勸之使用是儀於士大夫也、是謂王者之言、莫不者、卒獲之辭也、醉可以觀德、言令德令儀於不醉無歸之後、其意自深、

湛露四章章四句

彤弓。天子錫有功諸侯也。 箋曰、文四年左傳、諸侯敵王所愾而獻其功、王於是乎賜之彤弓一、彤矢百、玈弓矢千、以覺報宴、言錫彤弓之時、歌是詩以顯明報功之宴禮也、

彤弓弨兮。受言藏之。 彤弓、朱弓也、以講德習射、弨、弛貌、言、我也、 **我有嘉賓。中心貺之。** 貺、賜也、 **鐘鼓既設。一朝饗之。** ○彤徒冬反、弨尺昭反、弛式氏反、

箋曰、此詩以首章爲綱、下二章申明其事、賜弓所以爲諸侯之寶藏、由藏而推及於載、由載而推及於櫜、至於貺之饗之、皆實指其事、喜好乃所以貺之之心、右醻乃所以饗之之禮、全詩條理井然矣、說文云、弨、弓反也、謂弛弦而體反也、賜弓不張、彤弓色赤、玈弓色黑、賜彤弓一而玈弓十、有弓則必有矢、

言彤弓則彤矢、旅弓矢可知也、胡承珙曰、荀子大略篇、天子雕弓、諸侯彤弓、大夫黑弓、禮也、毛學出於荀卿、行葦敦弓既堅傳云、敦弓、畫弓也、天子敦弓、蓋卽本諸師說、此不言諸侯彤弓者、以序文自明也、山海經海內經、帝俊賜羿彤弓素矰、以扶下國、管子輕重丁篇、諸侯不以彤弓石璧者、不得入朝、漢書韋孟詩云、肅肅我祖、國自豕韋、彤弓斯征、撫寧遐荒、總齊羣邦、以翼大商、是則三代皆以彤弓爲諸侯之制、正義謂、色以赤者周之所尚、非是、如果時王所尚、則不應天子以雕、而諸侯轉用彤矣、疑雕與彤、以精粗爲等差、如周禮司几筵、諸侯祭祀右彤几、筵國賓於牖前亦如之、左彤几、後鄭注云、國賓諸侯來朝、孤卿大夫來聘、後言几者、使不蒙如也、朝者彫几、聘者彤几、亦其差次也、襄八年左傳范宣子曰、城濮之役、我先君文公獻功於衡雍、受彤弓於襄王、以爲子孫藏、卽此詩受言藏之也、然則王肅述毛爲藏之以示子孫、當得毛旨、安井氏曰、凡錫弓矢、王先賜之、諸侯受以出、然後再入饗之、故僖二十八年傳曰、晉侯出策以出、出入三覲、三覲者、既饗復入謝也、禮無饗後入謝之文、故杜預解出入爲從來至去、然出入之出、卽以出之出、則三覲者一時之事、非謂從來至去、蓋命爲侯伯、非常大禮、故有饗後入謝之禮、卽所云出入三覲也、以此推之、知諸侯受弓以出、反入、王饗之、故此篇首二句、從諸侯受弓立言、下四句從王饗之立言、故具述王嘉之之意、詞有賓主、始不妨分言之也、鄭欲通章爲王詞、故訓言爲策命、既失之迂僻、後儒取其意而易其義、謂王受弓人所獻之弓而藏之、待諸侯有功以貺之、夫王府所有、皆諸官所獻、自非宗廟彝器、何必鄭重言其所由來哉、且顯與范宣子之言乖、

○我有嘉賓、嘉賓、諸侯之有功者也、中心貺之、貺之以中心也、○一朝饗之、一朝者指斯日之辭、經言鐘鼓既設、已見鄭重之意、則一朝二字、亦鄭重言之、形弓非常賜也、鐘鼓・大樂也、饗・盛禮也、詩多言燕、此獨言饗、見其重形弓之賜也、天子饗禮雖亡、然大饗用鐘鼓、周官大司樂樂師大師小師眡瞭鐘師鎛師典庸器、皆有其文、魯語金奏肆夏繁遏渠、天子所以享元侯也、詩但言其樂之盛、即可以知其禮之隆矣、箋云、大飲賓曰饗、饗者亨太牢以飲賓、是禮之大者、故曰大飲賓曰饗、謂以大禮飲賓、獻如命數、殺牲俎豆、盛於食燕、朱子以爲此詩天子燕有功諸侯、而錫以弓矢之樂歌、夫錫弓矢大禮也、豈可舍饗而用燕禮哉、且詩明言饗之、何容異議、又此詩專主賜弓、饗亦因賜弓而設耳、故敍云錫有功、不云饗也、今先言燕而後及賜、已失經意矣、況經不言燕乎、中井氏曰、弨兮之弓信良、亦是形容之辭已、其實弓之良窳、無加損於事、受此貺者、懿其寵賚、崇奉爲至寶耳、豈真美是物、亦豈張此弓殺獸殪人哉、究竟儀物而已、呂說王府寶藏之弓、未嘗有顧惜等、皆過於抑揚、非詩旨也、

形弓弨兮。受言載之。載以歸也、**我有嘉賓。中心喜之。**喜・樂也、

鐘鼓既設。一朝右之。右・勸也、

箋曰、載、清酒既載之載、載形弓於弓檠、抗弓體使正、言其藏之謹也、中心喜之、喜、言悅其人、一朝右之、毛訓右爲勸、蓋以右爲侑、周禮大祝、以享右祭祀、

注、右讀爲侑、此右侑聲通之證、侑本字、假借作右、又作宥、上言鐘鼓既設、則右醻是饗時之事、不當泛以勸報有功釋之、楚茨傳云、侑、勸也、與此正同、爾雅、酬酢、侑報也、然則右亦爲報、醻亦爲勸、右之醻之、當主侑幣酬幣爲義、

彤弓弨兮。受言櫜之。櫜、韜也、我有嘉賓。中心好之。好、說也、鐘鼓既設。一朝醻之。醻、報也、○櫜古刀反、好呼報反、醻市由反、本又作酬、韜吐刀反、

箋曰、櫜、弓衣也、此活用者、亦謂弓衣盛之耳、猶戴冠曰冠、藏之者必載之櫜之也、中心好之、好、言愛其人、一朝醻之、瓠葉傳云、醻導飲、箋云、醻導引主人、又飲以導賓而醻之、要之醻有報義、有導義、後世他事借用者、皆取報義、故後人慣習焉、必欲執報義作解、是以往往不通、胡承珙曰、何氏古義曰、禮于饗有侑賓勸飽之幣、上章言右、是也、于飲有酬賓送酒之幣、下章言醻、是也、饗爲飲禮、兼言右酬者、以饗亦兼食故也、承珙案、何氏以右爲侑幣、醻爲酬幣、甚是、左傳莊十八年、虢公晉侯朝王、王饗醴、命之宥、皆賜玉五瑴馬三匹、僖二十五年、晉侯朝王、王饗醴、命之宥、僖二十八年、晉侯獻楚俘于王、王饗醴、命晉侯宥、是則饗禮本有侑幣、王禮或更有玉與馬、至酬幣既見於儀禮、春秋時、秦后子享晉侯、歸取酬幣、終事八反、魯侯享范獻子、展莊叔執幣、皆饗有酬幣之證、郊特牲、大饗、君三重席而酢、三獻之介、君專序而酢、有酢必有酬、此所以用酬幣也、儀禮、覲禮、饗禮乃歸、注云、禮謂食燕也、王或不親、以

其禮幣致之、略言饗禮、互文也、疏云、以此文爲互、則饗食燕、皆有酬幣侑幣、是以掌客職·三饗三食三燕云云、卽云、若弗酌則以幣致之、此節注疏最爲明晰、饗禮既有侑酬、則此詩右之醻之、卽饗時之侑幣酬幣、

彤弓三章章六句

箋曰、王制諸侯賜弓矢然後征、然與詩意稍隔、孔叢子孔子曰、於彤弓見有功之必報也、序以爲天子錫有功諸侯者得之、中井氏曰、集傳所載呂氏專征之論、以爲救弊之言則可矣、然未可爲通論、夫拜表輒行者、元非有急事、但知朝廷必弗許、可於已故也、其人凶、其事逆、廢公營私、故爲可憎耳、苟其人忠、其事順、可以輔君匡國、亦何不可之有、周賜齊大公履、可徵也、且後世方鎭擁兵者、權臣脅主者、皆與三代諸侯事體固有不同、未可概論焉、錢澄之曰、愚按玁狁之伐、本承商王之命、至于伐崇伐密、詩但稱文王之赫怒、未曾言請命于天子也、豈非文王方伯得以專征耶、管仲之對楚使曰、昔召康公命我先君太公曰、五侯九伯、汝實征之、以夾輔周室、此卽專征之命矣、然則彤弓之賜得專征伐、未爲謬論也、李樗曰、周平東遷、晉文侯有夾輔之勳、故賚彤弓一、彤矢百、盧弓一、盧矢百、其後襄王之世、晉文公獻楚俘於王、王賜之彤弓一、彤矢百、玈弓矢千、東遷之後、賞罰無章、然弓矢之賜、惟及此二人、可謂不妄賜矣、則先王盛時可知矣、

菁菁者莪。樂育材也。 箋曰、樂、天子樂也、應什首二篇、皆太平樂也、曰樂育材、則舉四章之大旨括之、非釋首章樂字也、 君子能長育人材。則天下喜樂之矣。 箋曰、人君以能育才爲樂、則人亦以得其養爲樂矣、喜樂因我心則喜、喜者喜己之成材、言我心正與上樂字相別、蓼蕭括前二篇、以四海爲言、是詩亦括前二篇、始以天下爲言、蓋終正雅亦在茲也、顧鎮曰、鹿鳴以下、皆朝廷禮樂之典、而歸於樂育人材、見周家制治之隆在於得人、而得人之本在於養士、正小雅終以此篇、編詩之義深矣、

菁菁者莪。在彼中阿。 興也、菁菁、盛貌、莪、蘿、蒿也、中阿、阿中也、大陵曰阿、君子能長育人材、如阿之長莪菁菁然、 **既見君子。樂且有儀。** ◯延文本、傳貌下有也字、

箋曰、比也、阿、丘之曲也、中阿喻培植之廣厚、次章中陵同、胡承珙曰、傳莪蘿句、蒿也句、此傳上二字用爾雅文、以蘿釋詩之莪、下二字乃毛自爲文、以釋爾雅之莪蘿、爾雅以疊韻爲訓、猶釋蟲之蛾羅耳、毛傳既引爾雅、而後明莪爲蒿類、不當讀爲蘿蒿也、陳藏器本草拾遺以爲生高岡、陸疏以爲生澤田漸洳之處、以詩文證之、陵阿則高地也、沚則水中也、然則澤田高岡俱有莪矣、安井氏曰、蓼莪篇云蓼蓼者莪、匪莪伊蒿、然則莪蒿雖相類、本是別草、莪

美而萬惡、故此詩亦以莪喻賢材耳、○既見君子、樂且有儀、君子、即序所謂能長育人材之君子、樂即樂易之樂、凡詩言樂只豈樂之屬、皆謂其心樂易不險、言既見君子、其心樂易而又有威儀、宜矣其能長育人材也、是不序己喜、而喜得見之意在其中、所以下章以我心則喜休承之也、此說可從、鄭箋云、既見君子、官爵之而得見也、此不然、官爵之者、在成材之後耳、此詩主君子長育人材而天下喜樂之、至於成材而授官、乃其餘意、觀序語可見、呂氏曰、長育人材之道、固多術矣、而莫先於禮儀、禮儀者內外兼養、非心過行、無所從入、此人材所以成也、故曰菁菁者莪廢、則無禮儀矣、

菁菁者莪。在彼中沚。中沚、沚中也、**既見君子。我心則喜。**喜、樂也、

箋曰、蒹葭傳、小渚曰沚、中沚喻浸灌之滋深、朱子舊說云、先王盛時、家有塾、黨有庠、術有序、國有學、其制見於周官孟子、與夫禮記、漢儒之說者、皆不同也、蓋其詳不可得而考矣、至以爲教之以孝弟忠信詩書禮樂、養其良知良能之善、以俟其成德、而賴其用焉、則其意未嘗不同也、故孟子曰、學則三代共之、皆所以明人倫也、此所謂長育人材者、是說是也、夫天子樂教、則弦誦四起、萬國競學、序所謂天下喜樂之者也、既見君子、則令德協于素聞、故喜也、與蓼蕭我心寫兮一意、此非遠方之人不允當、故蓼蕭序曰四海、此曰天下、

菁菁者莪。在彼中陵。中陵·陵中也、**既見君子。錫我百朋。**

箋曰、天保傳、大阜曰陵、中阿、阿中、中沚、沚中、中陵、陵中、皆倒句以就韻、○錫我百朋、易損、或錫之十朋之龜、崔憬注、雙貝曰朋、朋卽古文鳳字、借以爲朋友字、人與人爲朋、故亦爲朋比字、兩貝謂之朋者、卽朋比字也、七月朋酒斯饗、傳、兩樽曰朋、亦同、說文、貝、海介蟲也、古者貨貝而寶龜、周而有泉、至秦廢貝行錢、是古用貝爲貨、周兼用泉布而貝不廢、漢書食貨志、王莽貨貝五品、大貝四寸八分以上、壯貝三寸六分以上、幺貝二寸四分以上、小貝寸二分以上、此四品皆二枚爲一朋、不成貝不盈寸二分、不得爲朋、但數枚而用、龜貨四品、元龜當大貝十朋、公龜當壯貝十朋、侯龜當幺貝十朋、子龜當小貝十朋、此自莽法、鄭箋詩云、古者五貝爲朋、注易十朋·以爾雅之十龜、未嘗用莽歆法也、五貝爲朋、蓋撮擧之詞、言有五種之貝、貝中以相與爲朋、非總五貝爲一朋也、此詩但言育材之事、未及官之、聖王視學、其鼓舞作興、有加無已、業賴以廣、德賴以成、故曰錫我百朋、言受賚於王之多也、鄭於首章卽云官爵之而得見、夫天子有親視學之典、是多士之見君子也、奚待官爵之而始得見乎、

汎汎楊舟。載沈載浮。楊木爲舟、載沈亦浮、載浮亦浮、**既見君子。我心則休。**○傳木爲延文本作木也、卷子本云爲本无、

箋曰、末章總括始終結之、汎汎、流貌、楊木爲舟、謂之柏舟、松木爲舟謂之松舟、鄭箋云、舟者沈物亦載、浮物亦載、蓋傳以載爲任載、如謂之載矣、受言載之、載是常服之載、以沈浮爲所載之物、亦浮之浮字、非經中浮字、箋申明傳意、沈物浮物、猶言重物輕物耳、文選登廬山香鑪峯詩注、引蔡邕月令章句、沈者雲之重也、楚語、教之樂、以疏其穢而鎭其浮、注、浮、輕也、亦以重爲沈、以輕爲浮、傳意謂、物不論重輕、舟無不載、喻才不論大小、朝無不用也、蓋以舟不可言沈、故曲爲之辭、不知載沈載浮、特言舟泛泛然于水中、無所維繫、或上或下不定之貌、詩中載字多以則訓之、如載淸載濁、載馳載驅、是也、詩意謂、楊舟汎汎然於水中、無所維繫、或沈或浮、人材汎汎然於天下、無所依歸、或成或壞未定也、見君子能長育之、則人材皆可以成就、故我心休休然安定矣、休亦喜也、周語爲晉休戚、韋注、休、喜也、廣雅同、蟋蟀詩良士休休、傳休休樂善之貌、是休休爲喜樂也、舟自中沚來、詩之貫也、美材猶舟也、君子則操舟之長年也、不見則浮沈有風波之患、既見則操舟有人、而浮沈者定、我心與之俱定矣、

菁菁者莪四章章四句

箋曰、王制、鄉子弟卿大夫餘子皆入學、九年大成曰秀士、升之司徒曰選士、司徒論選士、升之大學曰俊士、升于司徒者不征于鄉、升于大學者不征于司徒曰造士、大樂正論造士、進于王曰進士、司馬論定而後官之、任官然後祿之、此先王所以樂育材也、鄭云、長育之者、既教育之、又不征役

也，周自文王建豐水之辟廱，而詩歎之曰，於樂辟廱，武王建鎬京之辟廱，而詩詠之曰，無思不服，成王繼治，修明學校，造士之法，備詳王制，育材之盛，蔑以加矣，雖此詩未實指其事，不能定其爲何王而作，然要是周公相成王時所制之樂歌也，序主於育材，其義不可易，左傳，晉侯饗公，賦菁菁者莪，莊叔以公降拜，曰，小國受命於大國，敢不慎儀，君貺之以大禮，何樂如之，朱子以爲燕飲賓客之詩，想本此，然作白鹿洞賦，中有曰樂菁莪之長育，則又主序說矣，門人請問其故，答曰，舊說亦不可廢，可見朱子傳詩之意，祇爲從來遵序者株守太過，不能廣開心眼，玩索經文，領其微旨，故悉埽舊詁，別開生面，爲學詩者示一變通之法，以救後學之滯，俾與古注相輔而行，原不謂集傳一出，便可盡廢諸家之義也，

六月。宣王北伐也。

箋曰，宣王使吉甫北伐也，此詩王不親征，文義本明，左傳僖二十三年，秦伯享晉公子賦六月，趙衰曰，君稱所以佐天子者命重耳，是毛傳出征以佐其爲天子語之所本，佐天子者，言爲天子征伐耳，不必從王而後爲佐也，此序云宣王北伐也，采芑序云宣王南征也，皆以征伐繫之王，而采芑詩但稱方叔，並無一語及王，又豈得謂王爲親征哉，經於發端即舉元帥者，采芑之方叔是也，於中間揭出元帥者，出車之南仲，江漢之召虎是也，至篇末始及元帥者，此詩之吉甫是也，然詳繹之，前四章孰非所以言吉甫乎，篇末傳使文武之臣征伐，孝友之臣處內，是宣王使吉甫征伐，而與張仲在國也，則毛意亦昭然可知矣，

鹿鳴廢則和樂缺矣。

箋曰、小雅之用、不可一廢、故此歷舉以示之也、四牡廢則君臣缺矣。箋曰、不知其功則離也、鹿鳴之什皆以缺字成文、箋詩三首準之、以異嘉魚之什、皇皇者華廢則忠信缺矣。箋曰、詩有四周、諏謀度詢、必以周爲本、常棣廢則兄弟缺矣。箋曰、諸姬離矣、伐木廢則朋友缺矣。天保廢則福祿缺矣。箋曰、臣下不感悅而祝上也、采薇廢則征伐缺矣。箋曰、遣戍役也、故特曰征伐、出車廢則功力缺矣。箋曰、將率有功而不見知則解體、延文本力作臣、杕杜廢則師衆缺矣。箋曰、士卒離也、魚麗廢則法度缺矣。箋曰、賓祭不備、國無節也、君臣上下百事不得從分、謂之無節、魚麗在詩則居鹿鳴什末、及用之鄉燕、以爲間歌之首、朱子云是句本在華黍下、鄭氏私移而升之、未知何據、南陔廢則孝友缺矣。箋曰、儀禮先歌鹿鳴之三、然後樂南陔三篇、白華廢則廉恥缺矣。華黍廢則蓄積缺矣。箋曰、以上爲前段、由庚廢則陰陽失其道。理矣。箋曰、儀禮樂南陔三篇之後、歌魚麗、笙由庚、歌南有嘉魚、笙崇丘、歌南山有臺、笙由儀、延文本其下無道字、下同、南有嘉魚廢則賢者不安。箋曰、安字、因式燕之燕、四章皆有燕字、下民不得其所矣。箋曰、君子賢賢是爲民人也、摺本唐石經無民字、崇丘廢則萬物不遂矣。箋曰、上不安、下不得、則庶類亦不遂、南山有臺廢則爲國之基隊矣。箋曰、不得賢則何以爲國基矣、隊延文本唐石經作墜、直類反、由儀廢則萬物失其道理矣。箋曰、如基壞、則堂構百材、傾圮失宜矣、以上五首似示歌笙相比之義、文亦別格、宗尤本其下有道字、蓼蕭廢則恩澤乖矣。箋曰、恩澤不下流、湛露廢則萬國離矣。箋曰、湛露天子所以禮諸侯也、故曰萬國離、彤弓廢則諸夏衰矣。箋曰、諸夏對四夷之辭、左傳、諸侯有四夷之功則獻于王、中國則否、又蠻夷戎狄、王命伐之、則有獻捷、兄弟甥舅告事而已、不獻其功、又范宣子曰、我文公獻功于衡雍、受彤弓、據是則甯武子所謂諸侯獻功、王賜彤弓者、主四夷之功言之、此曰武威衰、蠻夷猾夏、如合符契、菁菁者莪廢則無禮儀矣。

箋曰、萬國與諸夏並、而受以無禮儀終焉、夫禮儀所以育人才也、禮儀亡則中國亦爲戎夷、宗尤本義作儀、

小雅盡廢則四夷交侵。中國微矣。

箋曰、北伐南征於是作矣、是序所以示小雅正變之辨也、宣王四詩雖曰變雅、亦復古美事、故繫之正雅之末、合而成什也、朱子分湛露彤弓、以彤弓爲什首、正雅二首變雅八首、以鶴鳴爲什首、全不見編集之有條理耳、姜炳璋曰、周之先世、常患戎翟、文王奉命出師、采薇三篇所由作也、至昆夷駾矣、翟患遂息、武王伐商、蠻夷君長皆會、成王通道九夷八蠻、所謂天子有道、守在四夷也、成康既沒、周室寖衰、歷昭穆共懿孝、以至夷厲之世、玁狁復熾、諸戎並興、宣王於是有六月之師、序者於正變相承、特著此序、見內治缺而後四夷侵、其云廢者、至夷厲蕩然、而不自夷厲始也、四夷者治亂之鑒也、治則後服、亂則先動、驪山之禍、殆兆於厲宣之時乎、又曰、宣王北伐南征、及淮夷徐夷四役、詩人皆作詩美之、獨西戎無聞焉、豈四夷並起、戎獨帖然乎、蓋千畝之敗、王師無功、大原之料、事後莫補、然則不足以服犬戎也久矣、東遷之禍、殆萌蘖於此、顧炎武曰、六月采芑車攻吉日、宣王中興之作、何以爲變雅乎、采芑傳云、言周室之强車服之美也、言其强美斯劣矣、觀夫鹿鳴以下諸篇、其於君臣兄弟朋友之間、無不曲當、而未嘗有夸大之辭、大雅之稱文武、皆本其敬天勤民之意、至其言伐商之功、盛矣大矣、不過曰會朝淸明而止、然則宣王之詩、不有侈於前人者乎、一傳而周遂亡、嗚呼此太子晉所以謂自我先王厲宣幽平而貪天禍、固不待沔水之憂、祈父之刺、而後見之也、

六月棲棲。戎車既飭。四牡騤騤。載是常服。棲棲·簡閱貌、飭·正也、日月爲常、服·戎服也、玁狁孔熾。我是用急。熾·盛也、王于出征。以匡王國。○飭音勑、騤求龜反、玁漢書作獫、熾尺志反、延文本飭作飾、傳貌下有也字、

箋曰、首章言出師之急遽也、經文兩言六月、明有非時舉事之意、故鄭箋云、記六月者、盛夏出兵、明其急也、下我是用急句、正承首二句而言、說者謂當以周正紀月、不知玁狁入寇嘗在秋冬、今六月入寇、故分外匆遽、不必疑爲周正也、棲棲猶云皇皇也、棲栖古同字、與論語栖栖同、往來不止之貌、因又訓爲急遽也、漢書董仲舒傳、皇皇求財利、常恐乏匱者、庶人之意也、是也、傳爲簡閱貌者、與下文戎車既飭、相顧爲義、蓋倉卒出兵、其簡閱戎馬兵甲最爲急遽、故云簡閱貌也、戎車·兵車也、飭讀爲敕、誡也、傳訓正者、正同整、常武篇整我六師、以修我戎、是其義也、既飭、言速整備之也、○四牡騤騤、載是常服者、騤騤、彊也、常服者、戎車所常載之械器、戈殳矛戟弓矢之類、左傳所謂戎路之服者、毛誤以常爲日月之常、而服乃戎服、則謂王親自簡閱、果爾、則也、閔二年左傳、帥師者有常服矣、杜注同、然出車篇召彼僕夫謂之載矣、豈載常可矣、載服何爲、且常服二字分析、似不成辭、鄭云、戎車之常服、韋弁服止韋弁服之謂乎、○玁狁孔熾、我是用急者、上四句是急於興師處、以下四句則推其急之故也、我、吉甫自稱也、下皆同、此戒六軍之人也、王事多難維

其棘矣一意、鹽鐵論繇役篇引作我是用戒、謝靈運述征賦作我是用棘、棘亦急也、蓋本三家詩、爾雅釋言、悈急也、釋文、悈本或作亟、又作亟、同、紀力反、淮南覽冥訓、安之不亟、高注、亟急也、然則亟亟戒悈棘等字皆同聲、故通用、此詩作急作戒皆協、今作急者、後人用其義改其字耳、○王于出征、以匡王國者、言王使我出征、以匡王國也、于、語詞、王于出征、猶秦風王于興師、凡奉王命勤王事、立言皆如此、不得謂王自興師、爾雅、于、曰也、曰古讀聿字、王于興師、王聿興師也、王于出征、王聿出征也、聿曰古字通、故爾雅訓于爲曰、箋每以爾雅之于曰、爲論語子曰之曰、失其指矣、匡者、正中外之防、正中外者、所以安天下也、故三章曰以定王國、此詩多倒揭文法、王命於首二章末言之、見當此六月興師者、王命出征玁狁、以匡王國佐天子故也、王所命之大將則吉甫也、至三章正指吉甫言、五章所謂四牡、所謂薄伐、與此相應、上晦下明耳、吉甫名至五章末始顯、此倒揭法之尤易見者也、

比物四驪。閑之維則。物、毛物也、則、法也、言先教戰而後用師、**維此六月。既成我服。我服既成。于三十里。**師行三十里、**王于出征。以佐天子。**出征以佐其爲天子也、○延文本・傳里下有也字、

箋曰、二章言軍行之整暇也、上章寫車馬處、一氣趕來、只完得一急字、故此章見急中有暇、比、齊同也、比物者比同力之物、傳云毛物者、夏官校人云、凡

大祭祀朝覲會同、毛馬而頒之、凡軍事物馬而頒之、注云、毛馬齊其色、物馬齊其力、是毛物之文也、安井氏曰、物猶類也、故可以言力、可以言色、此有四驪、不得不言毛、戎事貴力、最不可不言物、故毛物並言耳、此說是也、閑・習之也、則・法也、進退馳驅、不失其則也、既比其物而曰四驪、則其色又齊、可以見馬之有餘矣、閑習之而皆中法則、又可以見教之有素矣、○維此六月既成我服、覆言首章也、○于三十里者、軍法以三十里爲限、漢書賈捐之傳、文帝詔曰、吉行五十里、師行三十里、又王吉上疏曰、古者師日行三十里、吉行五十里、吉行言如郊廟巡守之類、唐石經三十作卅、無羊三十維物、噫嘻終三十里、並同、說文云、廿・二十幷也、古文省、卅・三十幷也、古文省、秦刻石多作廿卅字、論語年四十而見惡焉、漢石經作卌、是唐石經卽仿熹平石經體、段玉裁曰、廿讀如入、卅讀如趿、詩三十字石經作卅、是三字爲句、不可從也、廣韻注、廿今直以爲二十字、卅今直以爲三十字、蓋唐人仍讀爲二十三十、不讀入讀趿耳、○王于出征、以佐天子者、言王使我出征、以佐天子也、大雅幹不庭方、以佐戎辟、儘似、受王命征北狄、所以佐天子也、亦戒令軍旅之言、傳云佐其爲天子者、安井氏曰、夷狄內侵、不成爲天子、伐而攘之、是輔佐成其爲天子也、

四牡脩廣。其大有顒。 脩・長、廣・大也、顒・大貌、 **薄伐玁狁。以奏膚公。** 奏・爲、膚・大、公・功也、 **有嚴有翼。共武之服。** 嚴・威嚴也、翼・敬也、 **共武之服。**

以定王國。○題玉容反、傳嚴卷子本傍書本無、延文本傳長下貌下爲下大下並有大字、功下、有之字、

箋曰、三章言軍容之嚴也、車馬服物、上二章已盡、故此只以四牡二句遞過、以歸重將帥之德、大雅四牡奕奕、孔脩且張、周頌於薦廣牡、莊子、其廣數千里、未有知其脩者、其名爲鯤、脩言其身之長、廣言其腹背之充、二者相稱、所以成其大也、上章言毛物之整、服習之閑、此特言其壯大以起下句、○薄伐玁狁以奏膚公、自此以下六句皆王言也、宜一氣直讀、奏、薦也、奏膚公猶曰獻大功、狼跋、公孫碩膚、傳云、膚、美也、大雅文王、殷士膚敏傳同、蓋大與美義略同、故此傳又以膚爲大、七月上入執宮公、正義云、定本作執宮功、江漢肇敏戎公、後漢書宋弘傳作戎功、此傳公功也者、當卽以公爲功之假借也、漢書劉歆傳引此詩、正作功字、○有嚴有翼、共武之服者、共恭古通用、服、事也、共武之服、卽言敬武之事、正承上有嚴有翼言之、紀律不嚴則軍心不肅、上下不敬、則軍事不整、嚴翼二字、乃用師要道、以定王國者、所謂外攘夷狄、復文武之竟土也、大雅四方既平、王國庶定、言曰望太平也、王命之曰、薄伐玁狁、嚴嚴翼翼、申明天威、以平寧王國矣、此吉甫稱王命、以督厲將士之語也、王于出征、前章成對、故是章變以取結、

玁狁匪茹。整居焦穫。侵鎬及方。至于涇陽。焦穫、周地、接乎玁狁者、

織文鳥章。白旆央央。鳥章、錯革鳥爲章也、白旆、繼旐者也、央央、鮮明貌、元戎

十乘。以先啓行。元大也、夏后氏曰鉤車、先正也、殷曰寅車、先疾也、周曰元戎、先良也。○茹如豫反、穫音護、織音志、旆蒲貝反、延文本·傳者下有也字、經央央作英英、傳同、錯七路反、傳貌延文本作也、鉤古侯反、

箋曰、四章言趨敵之疾也、匪·不也、茹·度也、並見邶柏舟、匪茹猶左傳云息不度德耳、言玁狁不自度量、敢整齊其大衆、盤據於焦穫、而侵及鎬京之境、且至乎涇水之北、言其深入爲寇也、鎬即鎬京、侵鎬非必已侵及鎬、只是因欲侵鎬而及方、遂至涇陽、則勢將犯闕明矣、先言侵鎬、重京師也、焦穫爾雅十藪之一、大澤曰藪、其地必美水草、玁狁所以久駐牧而不去也、焦穫在渭北涇東、本周都畿內之地名、而傳云接乎玁狁者、宣王時狄侵中國、迫近王都、漢書西域傳所謂、自周衰戎狄錯渭之北也、史記匈奴傳、犬戎殺幽王、遂取周之焦穫、而居于涇渭之間、侵暴中國、蓋至幽王已後、竟入爲戎地矣、王夫之曰、爾雅、周有焦穫、郭璞曰、今扶風池陽縣瓠中、焦穫總一澤之名、而集傳謂、穫、瓠中、焦未詳、則似未徵之爾雅也、瓠中在今武功乾州界、地接西安鳳翔之間、既深入而整居於此、則游騎所侵至鎬京之竟、亦其勢也、集傳乃謂方爲朔方、而鎬爲千里之鎬、夫整居者在乾州之南、反以慶陽之鎬、甯夏之方爲侵及之地、則亦未曉於邊腹之形矣、虜入畿甸、故曰孔熾、猶漢之烽火達甘泉、唐之突厥至渭橋也、俞樾曰、毛傳說整居焦穫云、焦穫周地接于玁狁者、而於鎬方則無解、疑毛公之意、以鎬爲鎬京、蓋焦穫乃周藪、玁狁既居焦穫、復由焦穫內侵、則鎬方不得更在焦穫之外明矣、侵鎬及方者、侵鎬京

而及其方也、方猶竟也、古者建國必用開方之法計之、故四竟謂之四方、竟內謂之方內、史記孝文紀、方內安寧、出車篇、往城于方、猶言往城于竟、傳曰、方、朔方、蓋逆探下文爲說、明此所謂方者、乃近北之一方、非其餘三方也、毛於此無傳者、蓋既知焦穫爲周地、則侵鎬及方、其爲侵鎬之邊竟、固不待言、卽下句至于涇陽、亦可知其所在矣、漢書地理志、安定郡涇陽、幵頭山在西、禹貢涇水所出、東南至陽陵入渭、按漢涇陽縣乃今甘肅平涼府平涼縣、此漢之涇陽、非詩人所詠之涇陽也、水北曰陽、至于涇陽、謂至涇水之北耳、非必其在涇水所出之幵頭山也、後世於涇水所出之處設縣、名之曰涇陽、在周時未有此名也、所謂涇陽者、卽指其入渭之處、陽陵故城在今陝西西安府高陵縣、高陵在府東北七十里、上文焦穫在今西安府三原縣、三原在府北九十里、然則居焦穫、而侵及涇陽、固勢所必至者矣、春秋時晉伐秦、必由涇水、成十三年曰、師遂濟涇、襄十四年曰、及涇不濟、周時玁狁侵及涇陽、疑卽春秋時秦晉用兵之路、故下文曰、薄伐玁狁至于太原、傳曰言逐出之而已、蓋卽從其來路逐之也、○織文鳥章者、織者幟之借、漢書食貨志治樓船十丈餘、加旗織於其上、師古注、織讀曰幟、是也、鳥章者蓋旗幟之文以鳥爲章、章・表也、晉語王章也、注、章・表也、蓋旗幟之文、以鳥隼爲章表也、鄭箋、織・徽識也、是讀織爲識、說文、徽、識也、以絳帛徽著於背、鄭以織爲徽識者、乃因旌旗而推及於衣服、呂記云、以其古之軍制故附見焉、是也、然非經旨、傳云錯革鳥者、安井氏曰、錯、畫也、采芑傳云、錯衡、文衡也、然則錯革鳥之錯、亦是文畫之義、爾雅孫注訓置、失之、安井說是也、革・急也、畫急疾之鳥於縿也、急疾之鳥、隼是也、白旆央央、爾雅釋天、旌旂縿廣充幅、長尋曰旐、繼旐曰旆、中井氏曰、爾雅所謂繼旐、蓋指身下裂帛爲續他帛者也、郭注帛續旐末爲燕尾、亦此物而未盡其形狀矣、旆與鳥章之旗是二物、旆亦旌旗之名、今旗屬有吹貫者、上端設弧以圈旗身、而歧裂其末、圈中納風以吹裂帛、尤能飛揚者、古所謂旆・蓋此類也、左傳先鋒稱旆者、載此故也、又建而不旆謂結旗不飛揚也、中井說得之、釋名云、雜帛爲旆、公羊宣十二年、疏引孫炎爾雅注云、縿・黑繒也、帛續旐末亦長尋、詩云帛旆英英是也、據此則旐之制用黑繒爲之、其繼旐之旆・則以絳帛續之爲燕尾、縿絳相雜、故云雜帛爲旆、絳得專帛名者、周之正色・時王所尚也、白與帛古字通、左氏春秋隱二年紀子帛莒子盟于密、公穀帛作伯、可證、此詩正義云、九旗之帛皆用絳、言白旆者・謂絳帛、猶通帛曰旃、亦是絳也、說與前儒合、惟出其東門正義及周禮司常疏引此詩、均以白旆爲白色、則誤也、毛詩茷本又作旆、陸孔同引定四年左傳蒨茷爲證、謂茷與旆古今字、央央釋文音英、知舊讀以央爲英之假借、故音从英、詳出車篇、此二句師俄進發之形容也、戰則旆之、左傳平丘之會可徵、○元戎十乘、以先啓行者、戎是戎車、元是首始之義、故謂先鋒爲元戎也、行是行首行前之行、啓行與公劉爰方啓行同義、啓帶導意、言敵之大衆在焦穫、偏師已至涇陽、而我之全軍卽於涇陽與之遇、織文鳥章二句、已通寫全軍旗幟、元戎十乘軍之前鋒、司馬法所謂選鋒也、蓋諜知至涇陽者、不過敵之偏師、故選精銳以先驅、出其不意、一鼓勝之、則敵之氣奪、於是全軍繼進、敵褫其魄而遁矣、集傳、啓・開、行・道也、猶言發程也、行如字讀、亦通、箋云、可以先前啓突敵陳之前、史記三王世家集解、引韓詩薛君章句曰、元戎、大戎、謂兵車也、車有大戎十乘、謂車縵輪馬被甲、衡軛之上畫盡有劍戟、名曰陷陣之車、所以冒突先啓敵家之行伍也、據左氏宣十二年傳、孫叔曰、進之、寧我薄人、無人薄我、詩云元戎十乘以先啓行、先人也、軍志曰、先人有奪人之心、薄之也、是冒突先啓正所謂薄人、故鄭亦用韓詩義、以爲先前啓突敵陳之前行也、然若如鄭薛說、宜爲摧陷之名、不得但謂之啓矣、正義曰、傳夏后氏曰鉤車以下、司馬法文也、先疾先良、傳因名以解之、先正者、鄭箋云、鉤・鉤股、行曲直有正也、是取曲鉤直股爲義、寅・進也、此車能進取遠道、故云先疾也、元大也者、言大車之善者、故云先良也、鄭箋曰、其制之同異未聞、

戎車既安。如輊如軒。四牡既佶。既佶且閑。輊・摯、佶・正也、

薄伐玁狁。至于大原。言逐出之而已、**文武吉甫。萬邦爲憲。**吉甫・尹吉甫也、有文有武、憲・法也、○輊竹二反、佶其乙反、摯音至、延文本・傳摯下有也字、

箋曰、上章元戎二句、已包勝敵一層、此章言王師克・而民安堵也、考工記、大車平地既節軒摯之任、輊與摯聲義相近、故傳以摯詁輊也、摯與輊通、輊軒者・低昂之謂、淮南人間訓、道者置之前而不輊、錯之後而不軒、後漢書馬援疏云、居前不能令人輊、居後不能令人軒、皆謂平均調適、無所輕重低昂之

意、中井氏曰、如輊如軒、猶言或輊或軒也、道路非如礪、則軒輊車行之常、然舉此以見車行之閑調而雄武耳、輊軒只是俯仰矣、非覆前却後之謂、軒輊二字本無美義、但或輊或軒之間、乃見其美、譬如隼載飛載下、飛下二字本無安適之義、但載飛載下之間、乃見其安適之狀矣、○四牡既佶、既佶且閑、書甘誓、御非其馬之正、彼疏云、詩兩驂如手、傳云、進止如御者之手、是爲馬之正也、出車、箋云、憂其馬之不正、卽此傳所謂正・鄭於此箋又云佶壯健之貌者、蓋以壯健乃可狀馬、然此詩上二句言車之善、下二句言馬之善、車以適調安穩爲善、馬以整齊馴習爲善、佶者整齊閑者馴習、不必言其壯健也、○薄伐玁狁至于大原、後世露布、盛稱殺敵、不特啓好殺之心、并亦失立言之體、此詩只言車馬之盛・籌畫之善、而戰而獲勝・只以薄伐玁狁至於太原括之、方是堂堂正正王者之師、趙佑曰、經文先言焦穫、後言鎬方、下言涇陽、明方在焦穫之內、涇陽之間、不得如秦漢以後、朔方之遠、周時戎狄、與秦漢匈奴情形不同、其城朔方、亦與秦築長城不同、今既整居焦穫、卽其逐而出之、亦至太原而止、左傳籍談曰、晉居深山、戎狄之與鄰、而遠於王室、王靈不及、拜戎不暇、則太原卽晉地之太原明甚、又曰、後漢西羌傳、穆王遷戎于太原、夷王命虢公、帥六師伐太原之戎、至于俞泉、則太原之爲戎地、與晉雜居蓋久、每歎此事實由穆王、亦如魏晉之劉淵石勒、唐之回紇吐蕃、貪一時之功、忘萬世之計、引盜入室、以貽子孫、可爲龜鑑、然僅于太原、尙非近在京師、至整居焦穫、則更以漸內侵、涇陽則尤近矣、故吉甫伐之至于太原、蓋特逐之使還其本部、使勿爲京師近患而已、戎固未嘗出塞、未嘗服也、于是宣王三十三年、王師伐太原之戎不克、見竹書、至左傳昭元年、尙有晉荀吳敗狄于太原事、因是又考、宣王料民于太原、爾時太原旣爲戎廷、且屬晉地、距鎬京遠、宣王何從而料之、知彼太原、只是近在京周、偶與晉陽者同名、而固不得以疑詩之太原耳、俞樾曰、朱傳太原亦曰太鹵、今在太原府陽曲縣、其說是也、史記匈奴傳、韓信降、匈奴因引兵南踰句注、攻太原、至晉陽下、周時玁狁之禍、正與漢匈奴同、漢文帝幸太原、卽用吉甫伐玁狁故事也、日知錄謂、太原當卽今之平涼、若是晉陽之太原、豈有寇從西來、兵乃東出者乎、顧氏之說、蓋誤以漢之涇陽爲詩之涇陽故耳、其致誤之由、皆因鄭君解鎬方爲北方地名、而不知其卽爲周之鎬京、於是竝涇陽所在而失之、○文武吉甫、至是始提吉甫、則大將爲吉甫、下篇顯允方叔征伐玁狁、知此時方叔亦在行間矣、萬邦爲憲者、吉甫武以驅逐強狁、乃施文德、以安亂後之民、果能定王國者也、北方諸侯莫不取法、崧高稱申伯云文武是憲、史記晏嬰薦司馬穰苴、文能附衆、武能威敵、疊山謝氏謂、漢唐而下、縉紳介胄、分爲兩途、愚儒武夫、各持一說、不知三代將帥、必文武全才、可以爲萬邦之法則者也、

吉甫燕喜。既多受祉。祉福也、**來歸自鎬。我行永久。飲御諸友。炰鼈膾鯉。**御進也、**侯誰在矣。張仲孝友。**侯維也、張仲、賢臣也、善父母爲孝、善兄弟爲友、使文武之臣征伐、與孝友之臣處內、○炰白交反、延文本、內下有也字、

箋曰、吉甫既伐玁狁而歸、天子以飲至之禮燕之、則歡喜矣、又多受賞賜也、漢書陳湯傳、劉向曰、吉甫之歸、周厚賜之、卽引此詩、江漢是逾等之賞、故必詳言秬鬯土田、六月蓋常格之賞、故但以既多受祉總言之、此二詩之別、然云多則非功高而酬薄可知也、既已事之辭、言既畢飲至之禮、而歸私邑也、吉甫此行、遠至太原、若依公至自晉、公至自楚之例、當云來歸自太原、方與上文薄伐玁狁至于太原文義相應、今乃云來歸自鎬者、上云既多受祉、則凡飲至策勳、具統其中、來歸自鎬、當是受王燕後歸沐私邑之辭、於是賓友迎勞、有燕飲之禮、而詩作于其時矣、左傳王子朝入於尹、杜注、尹氏邑、今山西汾州府平遙縣有尹吉甫墓、卽其地、雖未可卽此爲據、而吉甫之必有采邑、則不煩左證而知、又何疑於來歸之說乎、如必以鎬爲千里之鎬、則吉甫何以僅至太原、而不至鎬、如云太原在鎬之外、故舉遠以該近、則下當云歸自太原、何以又沒其遠略之勞、而第曰來歸自鎬、如謂來歸自鎬、而天子燕勞之、何得並及吉甫之友、而燕之乎、劉向指爲千里之鎬者、止緣詩云侵鎬及方至於涇陽、謂必由鎬而方而涇陽、則鎬必在方與涇陽之外、詩又云來歸自鎬、則自鎬之鎬、必北方地之與鎬京同名者、故爲是臆度之說耳、○我行永久以時之久暫言、非以地之遠近言也、是吉甫意中語、作詩者代寫之、○飲御諸友、私燕曰飲、御、進也、以御賓客同、言燕飲而進諸友酒也、此友爲朋友字、下友爲孝友字、連用不妨也、吉甫燕喜、是王燕、飲御諸友、是私燕、傳乃云、張仲賢臣也、使文武之臣征伐、與孝友之臣處內、是以飲御諸友謂王燕飲、恐非經旨、○炰鼈膾鯉者、炰、毛燒肉也、鼈無毛、非可炰者、炰是炰字之假借、缹鼈猶內則之濡鼈、招魂之胹鼈、韓奕詩炰鼈鮮魚、箋、炰鼈以火熟之也、正義云、案字書、炰·毛燒肉也、缹·蒸也、通俗文曰、燥煮曰缹、然則炰與缹別、玉篇、缹·火熟也、一切經音義卷十七引字書曰、少汁煮曰缹、火熟曰煮、蓋缹與煮、對文則異、散文則通、箋訓炰以火熟之、正謂烝煮之也、炰與缹古亦同聲、故通用、缹或作炰、或作炮、皆叚借字、○侯誰在矣、張仲孝友、上言諸友、而下獨揭張仲者、蓋張仲爲之賓也、春秋侯國之史、故於天子之大夫稱字、雅乃王朝所作、恐無名卿而字大夫之例、蓋仲其家號、猶虢仲虢叔耳、稱孝友者、所謂事君不忠非孝、臨陳不勇非孝、故言忠順之臣必及孝友之友、而孝友爲百行之全矣、此篇以張仲作結、表章張仲、正表吉甫、後太史公以東陵結蕭何世家法此、龜井氏曰、稱孝友者、矢其文德洽此四國之意、宣王好武、遂以武敗、夫欲復盛周之美者、宜以鹿鳴至菁莪爲監、戰伐豈足賴乎、故江漢常武之卒章、皆有是風規、須相照以窺當時賢者之忠意、

六月六章章八句

箋曰、六月之師、蓋宣王中興第一舉、而不與江漢常武並列大雅者、彼之爲告廟策勳、此之爲燕賓叙款、彼之爲六飛親駕、此之爲四牡徂征、彼則歸功于天子、此則歸美于人臣、詞氣固不侔也、至于常服元戎驪牡一切軍容、亦大雅所未暇詳也、陳啓源曰、大抵東西南三夷、皆有城郭室廬、知慕德義、易馴伏、故可招致而臣屬之、北狄逐水草、轉徙無常居、性桀鷔好殺、不可德綏威攝、揚子雲所謂中國之堅敵也、善謀國者、但固其疆圉、令

不我犯足矣、故采芑詩曰、蠻荊來威、江漢詩曰、于疆于理、至于南海、常武詩曰、徐方既來、徐方既同、或致其朝貢、或正其封域、如臂使指、且彼三詩不言諸國之來侵也、意所云背叛者、止是不修貢職、自稱雄於一方、又甚則㫄犯鄰境耳、而宣王輒舉兵入其地、彼亦惶懼引罪、稽首王廷焉、若六月詩則異是、玁狁入寇情形、縱兵蹂躪、京畿重地、半爲戎馬之場、彼三詩寧有是乎、至吉甫出征、僅僅驅之遠遁、不若蠻荊淮徐諸國、望風懷附也、彼三詩多稱詡國威、此一詩反張皇敵勢、豈勇於彼、而怯於此哉、當年事勢實應爾爾、後世東南荒服、漸內屬爲郡縣、惟北狄倔彊沙漠、長與中國抗衡、古今事略相同、讀宣王征伐四詩可得其概矣、

采芑。宣王南征也。

箋曰、上言伐、此曰征、便辭耳、無義例、玁狁入寇、北邊騷亂、不得不急其禦也、荊蠻背叛王命耳、故六月采芑氣象不同、詩格亦六月繫之王命、而吉甫後出、采芑則全繫之方叔、此詩前三章兩言師干之試、明是先期練治、以習號令、信賞罰、猶左傳楚子將圍宋、使子文治兵於睽、子玉復治兵於蔿、而鄭箋釋第三章以將戰罷戰言之則舛矣、末章方言威蠻荊事、豈有未至其地而先戰者、又豈有已經罷戰、而乃言方叔率止執訊獲醜者乎、

薄言采芑。于彼新田。于此菑畝。

興也、芑·菜也、田一歲曰菑、二歲曰新田、三歲曰畬、宣

王能新美天下之士、然後用之、**方叔涖止。其車三千。師干之試。**方叔・卿士也、受命而爲將也、涖・臨、師・衆、干・扞、試・用也、**方叔率止。乘其四騏。四騏翼翼。路車有奭。簟茀魚服。鉤膺鞗革。**奭・赤貌、鉤膺・樊纓也、〇芑音起、菑側其反、涖音利、奭許力反、茀音弗、鞗音條、畬音餘、延文本・傳臨下衆下・扞下・貌下・並有也字、膺下有鉤字、

箋曰、此詩是寫方叔行師之善、而歸結在方叔元老二語、前三章皆言方叔之簡習士衆、只寫上公車服之盛、便見元老率師、六軍聽命、車馬騈闐、旌旗烱爍、已有如霆如雷之勢、早爲壯猷寫出一段氣燄、後一章則言其一戰伏敵、告厥成功、克盡壯猷之實、方不愧元老之名、傳以采杞爲興者、厲王之亂、天下蕩蕩如荒榛之地、宣王經理弊壞之天下、如耕墾荒榛之地以爲田、故以采芑於新墾之地喻宣王取民爲兵、皆新撫之民也、猶言采芑者于何取之、必于新田菑畝而後得之、方其治田也則勞、而及其采芑也則佚矣、集傳以爲因賦起興、是采菜民田乃實事矣、豈三代節制之師乎、又毛以此篇采芑爲菜、豐水有芑爲草、維糜維芑爲穀、王氏皆以爲穀、然詩凡言采、並指菜、不指穀也、馬瑞辰曰、正義引陸疏云、芑菜似苦菜也、莖青白色、摘其葉白汁出、脆可生食、亦可蒸爲茹、青州謂之芑、西河雁門藘尤美、據齊民要術引詩義疏云、藘似苦菜、青州謂之芑、是知詩正義引兩芑字皆藘之譌、藘芑聲之

轉、故藘又謂之苣也、苣卽苦菜、而陸疏云似苦菜者、宋嘉祐本草謂、苦苣野生者名褊苣、今人家常食爲白苣、是苦菜有二種、陸蓋以苣爲家中種者、以苦菜爲野苦苣、今北人呼藘蕒菜、故云藘似苦菜也、據詩言于彼新田于此菑畝、則苣爲田中所種、不爲野苣明矣、○于彼新田、于此菑畝者、說文、菑·反耕田也、謂初耕反草、孫炎曰、菑、始災殺其草本也、新田新成柔田也、畬、和也、田舒緩也、並同毛義、鄭注坊記、二歲曰畬、三歲曰新田、然臣工云如何新畬、明是由新而畬、則不當以畬爲二歲、新爲三歲矣、經文兩言新田、自是專以新田爲中興之喻、故傳云宣王能新美天下之士、菑畝、中鄉、皆對新田而言、中鄉至狹之地、蓋謂采芑者既于彼新田矣、亦于此始災之畝、至狹之地、而皆有可采、所以起下文其車三千之衆也、畝古音若每、說文本作晦、六尺爲步、步百爲晦、从田每聲、故與師干之試、乘其四騏、試騏二字爲韻、○方叔涖止、傳云、方叔卿士者、卿士不見周官、商書微子之命有曰、卿士師師非度、商頌亦曰降予卿士、則其稱蓋始於商、而周因之、士、事也、卿士謂卿之有士者、六卿中執政者是也、詳十月之交、○其車三千者、治兵之禮、陳其六軍也、後儒多疑其車三千、不過極言其盛、本非實數、夫詩人誇詡之談、容或過甚、然此詩其車三千、一語而三及之、殆是紀實之詞、非虛張之說也、晉霸國耳、昭十三年治兵邾南、甲車四千乘、而薳啓彊所言長轂九百、尙不在其中、合而計之、幾及五千乘矣、宣王成周中興天子、三千之車、詎足爲多而過疑之、胡承珙曰、其車三千、自是實數、惟依鄭孔之說、三千乘當有甲士九千、步卒二十萬六千、三代用兵、必不若此之多、又六鄉地居四同、合上中下地、正羨卒通而率之、家二人半、一鄉得三萬一千五百人、六鄉共十八萬七千五百人、乃空國而授之方叔、使百里之內、曠然無人、此尤必無之事、竊謂説經當先以經文爲據、經無明文者、取之傳注、然當觀其會通、不宜執一、周禮大司馬云、王六軍、詩亦三言六師、然則六軍者、王國之大法矣、注家因小司徒之伍兩卒旅軍師、與大司徒之比閭族黨州鄉相應、極似家出一人爲兵、六鄉七萬五千家、六軍亦七萬五千人、故謂天子六軍出於六鄉、而六遂之鄰里酇鄙縣遂、又與比閭族黨州鄉、同亦七萬五千人、故又謂六遂亦出六軍、而天子乃有十二軍矣、然而經文無此也、竊意王之六軍出於鄉遂、非鄉遂各爲六軍、費誓云、魯人三郊三遂、可知大國三軍亦鄉遂所同出、疏云出於三鄉、非是、其計家出卒之數不可詳知、大約合數家而出一人爲正卒、選其精壯、汰其老弱、截長補短、舍絀取贏、其尺籍伍符、必有通融調劑之法、居則用以守衛王國、有事則用之巡狩師田、其用之也亦必有番休更調之制、以砥遠邇、而均勞逸、斷非如疏家所云出軍之賦、先六鄉、賦不止然後次六遂者、雖都鄙邦國・皆可徵兵、然天子所常用者惟六軍耳、故經但言六軍六師也、至以士卒配車乘、則司馬法有二數、一云革車一乘、士十人、徒三十人、鄭引以注小司徒者也、一云長轂一乘、甲士三人、步卒七十二人、鄭用以箋此詩、及注論語者也、然七十五人之法、按之經文、實多不合、魯頌閟宮云、公車千乘、公徒三萬、若一乘七十五人、千乘當有七萬五千人、何以止言三萬、箋云、大國三軍、合三萬七千五百人、言三萬者、舉成數也、第舉成數則當以少言多、不當以多言少、閟宮方侈僖公之盛、何爲反從其減、周官伍兩卒旅師軍、配偶均齊，人有卒伍，車亦有卒伍，故小司徒一曰會萬民之卒伍，再曰會車人之卒伍，步卒七十二人不成伍兩之數，若合甲士三人，則似以三兩爲一乘，而謂一甲士主射，帥二十四人，一甲士主御，帥二十四人，一甲士爲右，帥二十四人，是甲士與步卒爲伍，一甲士而與二十四步卒爲伍，則伍兩卒旅師軍之法皆亂矣，且人之卒伍卽車之卒伍，一車七十五人，惟王六軍用千乘，大國三軍用五百乘，尙可配割，若次國二軍，用三百三十二乘，尙餘二十五人，小國一軍用一百六十六乘，尙餘五十人，如此奇零，成何車人之卒伍，近時江愼修謂，左傳諸言戰處，雖曰車馳卒奔，而車上甲士被傷，未聞車下七十二人爲之力救，遇險猶待御者下而推車，似車徒各自爲戰，而徒亦不甚多，齊語云，有革車八百乘，又云，有此士三萬人，以方行於天下，則八百乘亦止用三萬人耳，戴東原據閟宮之文，謂一車士卒共三十人，千乘適三萬，分言之曰士曰徒，合言之，則皆公徒爾，武王革車三百乘，虎賁三千人，齊侯使公子無虧帥車三百乘，甲士三千人，蓋不言步卒，而但舉甲士，其數亦合，孔顨軒云，周禮萬二千五百人爲軍，不言其車數，以詩考之，軍蓋五百乘，乘蓋二十五人，天子六軍，而采芑之詩，其車三千，魯僖公時二軍，而閟宮之頌曰公車千乘，五百乘爲軍，是其明證，周法五人爲伍，五伍爲兩，兩之言輛也，二十五人而車一兩，百乘成師則二千五百人，五百乘成軍，則萬二千五百人矣，金誠齋云，一乘七十五人，必非用之于戰，周官言五伍爲兩，兩者車一乘也，是明言二十五人爲一乘矣，蓋兵車一乘，甲士十人，步卒十五人，甲士二伍，步卒三伍，士卒不相雜也，凡用兵，選其尤者，使居車上，左人持弓矢，主射，右人持矛，主擊刺。中人主御。是謂甲首。左傳言獲其甲首三百，甲首者甲士之首也。三百人則一百乘也。餘甲士七人，蓋在車之左右，步卒十五人，蓋在車之後也。調發之制，一乘三十人，而戰止用二十五人，蓋以步卒五人將重車也。杜牧注孫子云，炊家子十人，固守衣裝五人，廄養五人，樵汲五人，此將重車二十五人也。每一乘兵車所出之卒，除五人將重車，是兵車五乘，重車一乘也。五乘凡百五十人，馬二十四，其糗糧芻茭，宜以一大車載之矣。重車駕牛，將重車者，大抵皆老弱之人，故不用以戰，行則將重車，止則爲炊爨樵汲等事也。江氏謂，四兩爲卒，以一兩之人將重車，不知伍兩卒旅皆戰士也。將重車者，非戰士也。以一兩之人將重車，則無以成卒，又何以成旅師與軍乎。夫惟以二十五人爲一乘，則按之諸書皆合。方叔南征，車三千乘，每乘二十五人，三千乘得七萬五千人，是王六軍之制也。閟宮詩言公徒三萬，僖公時止二軍也。二軍二萬五千人，言三萬，舉大數也。抑或兼將重車者言之。重車每乘亦二十五人，兵車千乘，當有重車二百乘，爲五千人，合之二軍二萬五千人，適三萬也。孟子言虎賁三千人，是甲士三千，每乘甲士十人，故革車三百兩也。韓非子言，武王素甲三千與紂戰，亦一證也。管子云，一乘四馬，白徒三十人，奉車兩，皆無不合矣。至齊語云五十人爲小戎，此乃管仲變易周制。然五十人是二十五人之倍，則卽變法之中，亦可以知古法也。承珙案，國策蘇秦說趙魏皆云，車三百兩，卒三千人。呂氏春秋簡選篇，武王革車三百，甲卒三千，征敵破衆。淮南泰族訓亦云，湯武革車三百乘，甲卒三千人，則近儒謂，虎賁三千卽甲士，爲一車士十人之證，是也。孔晁注逸周書克殷解云，戎車三百五十乘、有虎賁三千五百人、亦是以虎賁爲一車士十人、至一乘士徒二十五人、則伍兩卒旅、配合整齊、於詩禮之文皆合、可爲定論矣、惟出車之制、經無明文、竊意、古者寓兵於農、士卒固計地所出、而車乘未必皆責民之供、禮記坊記正義云、據司馬法之文、諸侯車甲馬牛皆計地令民自出、若鄉遂之衆七十五人、則遣出車一乘馬四匹牛十二頭、恐非力之所能、蓋皆是國家所給、故周禮巾車職、毀折入齎于職幣、又周禮質人云、凡受馬於有司者、書其齒毛與其賈、馬死則旬之內更、又司兵職云、及授兵、從司馬之法以頒之、及其受兵、輸亦如之、是國家所給也、春秋成元年正義云、長轂馬牛甲兵戈楯、皆一甸之民、同共此物、若鄉遂所用車馬甲兵之屬、皆國家所共、此二條雖皆言諸侯之事、而天子之制、亦從可知、司馬法甸爲一乘、乃以甸起數、而推之稍縣都三等采地、其出車之制皆同、出車傳云、出車就馬於牧地、周禮牧田任遠郊之地、正在六鄉、而曰出車以就之、則鄉遂之不出車、尤爲明證、其甸稍縣都之兵、本非常用、故使共其車馬甲兵之屬、儻猶不足、則官自作之、如此可無疑車之不足用矣、然采芑卽用多車、亦何至三千之衆、此則後儒以爲治兵之禮、陳其六軍者、於義爲近也、馬瑞辰曰、金榜謂小司徒職、凡起徒役、毋過家一人、不言可任者、蒙上可任也者家三人、二家五人、家二人省文、非謂家作一人爲徒役、其云田與追胥竭作、亦非竭作家三人、家二人、爲羨卒也、自均土地、至田與追胥竭作、皆小司徒稽民數而辨其可任者之事、下云大事致民、大故致餘子、乃小司徒臨事徵調之事、據此則正卒於家出一人中、十而取一、正羨之卒、亦於二家五人中十而取一、正義謂、家出一人爲起軍之數、故鄉出一軍、又以羨卒竭作爲二家五人盡用之者、皆非也、今按、周官凡萬五千五百人爲軍、特平時簡閱制軍之數、至出兵則每軍所屬人數車數、必量其敵之强弱、事之緩急、初無定數、晉文三軍、而城濮之役七百乘、魯僖二軍、而詩曰公車千乘、公徒三萬、皆車數無定之證、魯頌公車千乘、蓋以五百乘爲一軍、此詩爲天子之制、不過六軍、而曰其車三千、蓋亦以五百乘爲一軍、正義泥於周官制軍之數、謂其車三千則十八軍、失之、○師干之試者、軍士之衆、足爲扞禦之用、故曰師干、試乃肄習之也、闔廬謂孫武曰、子之十三篇、吾盡觀之、可以小試勒兵乎、試字汔似、其車三千、所謂簡車也、師干之試、所謂簡徒也、○方叔率止者、率師而講之也、古將帥之帥作衛、毛詩多作率者、衛之省借、韓詩多借作帥、若率之本義自爲捕鳥畢、帥之本義自爲佩巾耳、○四騏翼翼、路車有奭者、猶吉甫四驪閑而則也、采薇傳云、翼翼、閑也、路車、革路也、奭、說文云、大赤也、周禮、凡兵事韋弁服、皆韎韋也、韎韋韋染爲赤色者也、則軍中衣弁裳芾之類皆用赤色、故統稱有奭也、○簟茀魚服者、簟字从竹、用竹爲席、其文必方、故載驅傳云、簟、方文席也、又云、車之蔽曰茀、謂車之後戸也、此經與韓奕無傳者、以載驅已有傳、勿須再見、省文也、蓋茀爲車蔽之通稱、爾雅、輿革前謂之鞎、後謂之茀、竹前謂之禦、後謂之蔽者、爾雅對文故別、他經散文則通、故碩人翟茀、巾車注引作翟蔽、鄭箋、魚服、矢服也、服古箙字、夏官繕人、凡乘車充其籠箙、說文、籠、笭也、笭、車笭也、車笭卽茀、矢服繫於笭、故曰籠箙、是卽詩之魚服矣、魚、鮫魚也、以鮫魚皮爲之、故云魚服、詳采薇篇、○鉤膺鞗革者、鉤膺是一物、鉤卽馬腹帶之飾、帶必有鉤以拘之、以金爲鉤、施之於膺、崧高鉤膺濯濯傳、與此傳同、毛意蓋以鉤膺與小戎鏤膺同、彼傳云、膺、馬帶也、以帶在馬膺卽謂之膺、猶巾車鍚面彫面、亦以當馬面飾卽謂之面、集傳馬婁頷有鉤、本之巾車注、頷者馬之腮頷也、婁同縷、繫馬曰維、繫牛曰婁、散文則通、婁頷之鉤、猶云繫頷之鉤也、然韓奕詩曰、鉤膺鏤鍚、旣云鉤膺、又云鏤鍚、此鉤膺之鉤非婁頷之鉤之明證、今則以鉤膺之鉤爲婁頷之鉤、謬矣、傳樊纓、周官巾車注、鄭司農曰、纓謂當胷、士喪禮下篇曰、馬纓三就、禮家說曰、纓當胷、以削革爲之、三就、三重三帀也、釋名、鞅、嬰也、喉下稱嬰、言嬰絡之也、鄭注周官云、纓今馬鞅也、樊爲緐之假借字、緐今俗作繁、纓之飾也、蔡邕獨斷云、緐纓在馬膺前如索帬、蔡以漢索帬比況緐纓、謂下垂緐多之狀、旣夕士禮、夷吾出亡、未立爲君、故馬皆有纓而無緐、成二年左傳、衞仲叔于奚請緐纓以朝、新書審微篇云、緐纓者、君之駕飾也、是緐纓爲尊者之馬飾、馬有緐纓、猶人有緌纓、緌與纓異材、賤者止有冠纓、尊者以緌爲飾、人之纓結頷下、馬之纓結胸前、據正義釋傳故曰鉤樊纓也、與延文古鈔本合、是知傳原作鉤膺、鉤樊纓也、今本脫下鉤字、巾車鄭注、金路有鉤無鍚、而韓奕詩云鉤膺鏤鍚、則金路未始無鍚、周官鍚鉤、蓋隨舉一以言之、因知革路亦宜有鉤、此詩兵事、宜用革路、正義因鉤膺一句、遂定爲金路、非也、儵革詳蓼蕭篇、

薄言采芑。于彼新田。于此中鄉。鄉所也、方叔涖止。其

車三千。旂旐央央。方叔率止。約軝錯衡。八鸞瑲瑲。

軝·長轂之軝也、以朱而約之、錯衡·文衡也、瑲瑲·鸞聲也、

服其命服。朱芾斯皇。有瑲葱珩。

朱芾·黃朱芾也、皇猶煌煌也、瑲·珩聲也、葱·蒼也、三命葱珩、言周室之强、車服之美也、言其强美、斯劣矣、◯延文本·泄作莅、央央作英英、軝祈支反、瑲七羊反、傳以字摺本無、延文本·芾作茀、傳同、傳皇下無猶字、珩音衡、傳强延文本作彊、矣作也、

箋曰、中鄉、鄉中也、言鄉閭之中、非六鄉之鄉、民居在焉、故其田尤治、傳鄉所也者、殷武居國南鄉、傳云、鄉·所也、箋云、居中國之南方、文選東京賦授時順鄉、薛注、淮南原道以知禍福之鄉注、荀子賦四時易鄉注、俱云鄉方也、方字與所字意近、毛以中鄉爲中所者、蓋謂在此地之適中耳、康成以爲美地名、未識何據、首章云新田菑畝、不言地名、則此亦非地名可知、◯旂旐央央、交龍爲旂、龜蛇爲旐、周禮大司馬、中秋教治兵、王載大常、諸侯載旂、軍吏載旗、師都載旜、鄉遂載物、郊野載旐、百官載旟、而司常大閱贊司馬、頒旗物、王建大常、諸侯建旂、孤卿建旜、大夫士建物、師都建旗、州里建旟、縣都建旐、道車載旞、斿車載旌、皆畫其象焉、官府各象其事、州里各象其名、家各象其號、金榜曰、司常所云王建大常、至縣都建旐、此七旗蓋無羽、賓祭之所用也、其曰旞曰旌、則以有羽爲異、道車謂象路、斿車謂革路木路、變路言車、闕孤卿大夫士也、旞旌皆張縿幅屬旒焉、畫於縿如日月爲常己下、旜與物不畫、全羽

爲旞、道車以朝夕燕出入者載旞、夏采以乘車建旞、復於四郊、襚當爲旞、說文、旞亦作旜、因訛而爲旜、復者求之平生常所有事之處、故以道車建旞以復、雜記、諸侯死於道、以其綏復、又曰、大夫士死於道、以其綏復、綏皆旞之訛、言其旞者明異物、天子以大常、諸侯以旂、孤卿以旜、大夫士以物、鄭君謂、去其旒異之於生、失之矣、析羽爲旌、亦有用犛牛尾者、故爾雅曰、注旄首曰旌、左氏春秋傳又謂之羽旄、詩出車設此旐矣、建彼旄矣、兵車之旌也、車攻建旐設旄、田車之旌也、大司馬中秋教治兵、自王載大常至百官載旟、此指師田所用者凡七旗、卽所謂斿車載旌者、司馬辨於治兵、司常贊於大閱、胥此物也、司馬所頒旗物、與司常互異、禮尙相變、載旞者設旗、宜從司常之序、載旌者設旗、宜從司馬之序、大閱禮備事煩、故司常贊之、其所頒固卽治兵之旗物也、王建大常以下文、與下經皆畫其象爲緣起、而與上贊司馬頒旗物文不相屬、胡承珙曰、金說於周官互異之處、辨析最當、此詩所以獨言旂旐者、自以除王大常之外、言旂旐而旜物旗旟皆在其中、故箋曰、軍衆將帥之車皆備也、○約軝錯衡二句出商頌、約、束也、車輪內有輻、輻內有轂、轂內有軸、轂者輻所湊也、軝者轂之外長而旁出者、卽轂端是也、以革約軝、而朱漆之曰約軝、卽考工記之幬革也、兵車轂長、恐其觸物傷敗、故以革幬之、正義以軝爲長轂名、非也、考工記、輪人五分其轂之長、去一以爲賢、去三以爲軹、容轂必直、陳篆必正、施膠必厚、施筋必數、幬必負幹、既摩革色青白、謂之轂之善、毛傳云、長轂之軝、軝在轂置輻之外明矣、段玉裁曰、大車轂長尺五寸、兵車田車乘車、轂長三尺二寸、五分其長、一爲賢、得六寸四分、三爲軹、得尺九寸二分、虛其一者、留以置輻也、取此尺九寸二分者、以革約之、而朱其革、詩所謂約軧也、考工記作帜字、卽毛詩之軧字、帜者、同音假借字也、容轂必直者、容如製甲必先爲容之容、先爲容轂之範、盛轂於中、以治之飾之、陳篆者、刻畫其文、而以革縷若絲嵌約之、而後施膠施筋、而後幬之以渾革而丸漆之而摩之、革色青白而後朱畫之、段釋陳篆依輪人序次言之、其實輪人亦概言治轂之法有此數者耳、若以陳篆在幬革之先、則通轂皆幬以革而漆之矣、其先之刻畫、而以革縷嵌約之者何爲乎、考工記欲其幬之廉也、注云、縵轂之革也、又云、幬必負幹、注云、幬負幹者、革轂相應、無贏不足、此謂通轂、皆以革裹之者也、既幬而後加以朱漆、幬者轂之所同、朱則軧之所獨、第朱其軧而無他飾者謂之縵、巾車卿乘夏縵、晉語乘縵不舉、注云、縵、車無文也、既朱而復約束之以爲文者、謂之篆、巾車孤乘夏篆、先鄭云、夏、赤色、後鄭云、畫轂約也、詩釋文引廣雅、以軧爲轂篆、鄭注考工、篆、轂約也、蓋轂有約者謂之篆、約施于軧謂之約軧、傳云、朱而約之、明是既朱其革、復加約束也、錯衡、說文、文云錯畫也、許以錯訓文、毛以文訓錯、皆謂畫耳、不必別有物飾之、荀子云、錯衡以養目、和鸞之聲以養耳、輿人注云、衡之長容兩服、八鸞瑲瑲者、鈴在鑣曰鸞、馬口兩旁各一、四馬故八也、瑲瑲聲也、烈祖八鸞鶬鶬、載見鞗革有鶬、二詩皆作鶬、韓奕八鸞鏘鏘、有女同車佩玉將將、庭燎佩玉將將、又皆作將、釋文瑲本又作創、亦作鎗同、皆七羊反、此亦純取音者、故叚借字居多、○服其命服以下三句皆指方叔言之、命服、天子所命之服也、朱芾蔥珩、卽所謂命服、斯干傳云、天子純朱、諸侯黃朱、此傳云朱芾、黃朱芾也、則爲諸侯之服可知、傳又云三命蔥珩、正義謂、玉藻是據諸侯而言、雖至九命皆蔥珩、然則此爲方叔以天子之卿視諸侯、故服諸侯之命服、傳意未必以爲戎事之韋弁服也、其不用戎服者、前二章所云率止、尙是率之簡習、未至戰地、故不戎服耳、有瑲蔥珩者、珩、佩上之横梁、以蒼玉爲之、有瑲蔥珩之聲也、玉藻注、青謂之蔥、說文、蔥、菜也、珩有蔥色、故謂之蔥珩、猶綬有艾色、故謂之艾綬也、珩亦作衡、晉語云、白玉之衡六雙、大戴禮云、上有雙衡、韋注、珩似磬而小、孔疏、佩玉上繫於衡、下垂三道、穿以蠙珠、前後下端、垂以璜、中央下端、垂以衝牙、觀晉語大戴禮皆有雙珩、則珩雙設矣、佩玉之制、詳鄭風女曰雞鳴、此章從戎車之盛、旌旗之美、寫出大將命車命服、照耀耳目、不是說車服、是寫車服中人耳、傳云、言周室之强、車服之美也、言其强美斯劣也者、此上三章皆云其車三千、言周室之強也、路車朱芾、言車服之美也、毛意殆不滿於是詩、故云然、顧炎武曰、周世有戎禍、始於穆王之征犬戎、宣王之世、其患如漢之安帝也、幽王之世、其患如晉之懷帝也、戎之所由來非一日之故、而三川之震、檿弧之謠、皆適會其時、然則宣王之功、計亦不過唐之宣宗、而周人之美宣、亦猶魯人之頌僖也、事劣而文侈矣、書不盡言、是以論其世也、如毛公者、非獨見其情於意言之表者哉、

鴥彼飛隼。其飛戾天。亦集爰止。戾至也、**方叔涖止。其車三千。師干之試。方叔率止。鉦人伐鼓。陳師鞠旅。**

伐·擊也、鉦以靜之、鼓以動之、鞠·告也、**顯允方叔。伐鼓淵淵。振旅闐闐。**淵淵·鼓聲也、入曰振旅、復長幼也、○鴥惟必反、鉦音征、鞠居六反、闐徒顚反、鞠延文本作鞫、傳同、

箋曰、興也、鴥、疾飛貌、鼓翅以高颺又來集而止息、以興方叔之大衆、進退自在焉、毛詩兩言隼、俱無傳、蓋隼人所習知、故不詳其名物、鄭箋云、隼·急疾之鳥也、舍人爾雅注、以隼爲鷂屬、又云、齊人謂之擊征、或謂之題肩、或謂之雀鷹、王夫之曰、郭璞云、隼·鶻也、按鶻似鷹而大尾長翅短、土黃色、多力、盤旋空中、無細不覩、出遼東者最俊、謂之海東靑、其羽用爲箭翎、亦有黑色者、張華謂似鷹而大、俗呼皂鶻、是也、出西方者謂之鷲、若隼則似鷹而小、一名題肩、今人但呼爲鷂子、其尾翹起、以翅擊鳥、擊鳥必準、故水準之準從隼、鶻自鶻、隼自隼、故禽經曰、鶻以周之、隼以尹之、明其非一物矣、若李善文選注云鷙擊之鳥、通呼爲隼、其謬尤甚、案爾雅鷹隼醜、其飛也翬、注、鼓翅翬翬然疾、秦風鴥彼晨風、小雅采芑沔水、兩言鴥彼飛隼、咏鸇咏隼、皆言鴥、鴥者迅疾貌、正爾雅其飛也翬之謂、可見鷹鸇與隼同是鷙鳥、易解卦、公用射隼、以象誖逆之人、亦以其貪殘善搏擊也、其與鳩殊類明矣、○鉦人伐鼓、周官司馬職云、中春教振旅、辨鼓鐸鐲鐃之用、以教坐作進退疾徐疏數之節、又曰、王執路鼓、諸侯執賁鼓、軍將執晉鼓、師帥執提、旅帥執鼙、卒長執鐃、兩司馬執鐸、公司馬執鐲、今考周官無鉦人、而錞鐲鐃鐸統於鼓人、蔡啓盛曰、蓋鉦鼓實掌于一人、卽方叔也、鼓以進軍、掌于上將、如郤克勝齊之事可見、此下文亦

謂顯允方叔、伐鼓淵淵、是固不待繁言、惟鉦不見于羣經、毛鄭亦不詳其形制、正義曰、說文云、鉦、鐃也、似鈴、柄中上下通、然則鉦卽鐃也、說文又曰、鐲、鉦也、則鐲鐃相類、俱得以鉦名之、凡軍進退、皆鼓動鉦止也、蒙案、此疏之失厤出、周禮地官鼓人職曰、以金鐃止鼓、以金鐲節鼓、並見而異其用、又大司馬職曰、卒長執鐃、公司馬執鐲、且並見而異其人、是又何說乎、卽如其似鈴柄中上下通之式、止賴柄與體相擊而鳴、其聲必不洪遠、以此爲鼓之節奏則可、若車馳馬驟之際、欲其一鳴而三軍皆聞、是必不可得矣、至謂進退皆鉦則尤不顧其與毛顯悖矣、鉦之始制、蓋卽以一片方金爲之、其字從金正聲、聲所在卽義所在、朱豐芑謂、正之本訓當爲侯中、象方形、卽曰從止亦矢所止也、以受矢曰正、拒矢曰乏爲證、其說甚有理、且正之古文作𤴓、由此可悟其不從足、中從○者、乃象其有至中處以爲受也、然則擊金使鳴、必以椎當其中而聲始大、與矢之必集于的宛肖、此卽從正之義也、惟其始止取一片金爲之、故或亦止稱金、如左氏傳之金鼓並言者、皆是、至後規而圓之、而必別其中爲臍以受椎、則從正之本義不易也、大司馬職有鐃鐸鐲以爲節奏、蓋講習之時、不嫌于繁文縟節、若至接戰、不得不擇其簡捷者用之、故止有鉦鼓、鉦聲足以掩鐃鐸鐲三金、而止用片金、非別有形制宜詳、又其用爲退軍、必至戰而不利、始一用之、是亦非吉金、此周禮所以不載也、進退之令、皆出于上將、則鉦必與鼓同掌于上將、其人非方叔而誰、此句言將戰之際、至下文曰顯允方叔、伐鼓淵淵、則言其戰觀伐鼓之屬于方叔可見其非別有鼓人、卽可見其非別有鉦人、詩不曰擊鉦伐鼓、而曰鉦人伐鼓者以此、○陳師鞫旅者、陳師而鞫之、陳旅而鞫之、曰陳師鞫旅者、省文也、自其大衆而言爲師、自其部分而言爲旅、事同而文各有當、亦非互文、鞫讀與告同、十月之交告凶、漢書告作鞫、此古鞫告聲通之證、告讀誓誥之誥、周禮、誓用之于軍旅、文選東京賦注、引尹文子云、將戰、有司讀誥誓、三令五申之、既畢、然後卽敵、卽是也、司馬法曰、有虞氏戒于國中、夏后氏誓于軍中、殷誓于軍門之外、周將交刃而誓之、此言鞫旅、亦周法也、○顯允方叔者、顯允蒙鞫旅而言、顯、謂號令明、允、謂賞罰信、伐鼓淵淵、振旅闐闐者、見大衆隨鼓聲而開闔、堂堂整整之狀、伐鼓於陳師誓衆之後、明是麾軍出戰、如武王於甲子昧爽誓師、卽於昧爽伐紂也、左傳鞌之戰、張侯曰、師之耳目、在吾旗鼓、艾陵之戰、陳書曰、聞鼓而已、不聞金矣、故鼓聲不絕則戰不止、必聞金而後退、周禮中春教振旅、中秋教治兵、本皆習戰之名、左傳出曰治兵、入曰振旅、亦對偶取義耳、元非定名、故穀梁傳云、出曰治兵、習戰也、入曰振旅、習戰也、又晉語云、治兵、振旅、鳴鐘鼓以至于宋、此行師習戰、亦皆有治兵振旅、又吳語、王乃秉枹、親就鳴鐘、三軍皆譁釦以振旅、其聲動天地、李廣傳、振旅撫師、以征不服、漢武詔、朕將巡邊垂、擇兵振旅、皆言振其威武也、爾雅郭注、闐闐、羣行聲、說文門部、闐、盛貌、是闐爲衆盛之意、傳祇訓淵淵爲鼓聲、自是以闐闐繫振旅之下、則不爲鼓聲可知、且鼓聲既曰淵淵、又曰闐闐、詞不贅乎、是知闐闐以形容羣行之盛、而非言鼓聲也、不必以孟子塡然鼓之爲證、

蠢爾蠻荆。大邦爲讐。蠢、動也、蠻荆、荆州之蠻也、**方叔元老。克壯其**

猶。元大也、五官之長、出於諸侯、曰天子之老、壯大、猶道也、方叔率止。執訊獲醜。戎車嘽嘽。嘽嘽焞焞。如霆如雷。嘽嘽衆也、焞焞盛也、顯允方叔。征伐玁狁。蠻荊來威。蠢尺允反、訊音信、嘽吐丹反、焞他屯反、霆音廷、延文本猶作猷、傳出下有使字、大下有也字、

箋曰、卒章言一戰而荊蠻平也、蠢爾猶蠢然、小蟲蠕動貌、釋詁、蠢、作也動也、釋訓、蠢、不遜也、說文、蠢、蟲動也、然則動其本義也、惟其亂動、所以不遜、不遜者由動義引申而出也、北魏目柔然爲蠕蠕、蠕與蠢意略同、書蠢茲有苗、越茲蠢、今蠢、允蠢、禮記、春之爲言蠢也、先儒釋之、皆不離動義、集傳曰、蠢動而無知貌、無知義古未之有、是誤以蠢愚義爲蠢義矣、傳云荊州之蠻、是則詩固作荊蠻、今本作蠻荊、傳寫誤倒之也、晉語、叔向曰、楚爲荊蠻、韋注、荊州之蠻、正用毛傳爲說、漢書韋元成傳引荊蠻來威、文選吳都賦、跨躡蠻荊、李善注、引詩蠢爾荊蠻、然則唐初詩尙不誤、左思倒字以與幷精坰爲韻耳、鄭語、史伯曰、當成周者、南有荊蠻、竹書紀年、宣王五年秋八月、方叔帥師伐荊蠻、史記、成王封熊繹於荊蠻爲楚子、通典兵四引詩作荊蠻、皆可以爲詩作荊蠻之證、蓋荊州之地、禹貢所分、其建國如漢陽諸姬江黃道柏之屬、非皆蠻也、若作蠻荊、則是以蠻概一州矣、詩書所稱如荊楚徐戎淮夷、皆州若川名在上、戎夷之名在下、與此一例、傳休奕鼓吹曲、蠢爾吳蠻、虎視江湖、句法亦本於詩、又說者謂荊蠻爲荊楚者非也、厲王時、熊渠已去王號、而若敖至宣

王晚年始立、度其背叛、宜非楚一國所能爲也、不然何不直稱荊楚、而統云荊蠻哉、大邦爲讎、大邦言王國也、○方叔元老者、元老・尊稱之也、王制、屬於天子之老二人、注、老謂上公、又曲禮自稱於諸侯曰天子之老、此自以官爵言、然師貞丈人則吉、自古元勳總不出於少不更事之人、所謂元老者、未始不兼齒與德言也、克壯其猶者、爾雅釋詁、猶・謀也、書君奭、告君乃猶裕、疏云、猶訓爲謀、論語好謀而成者也、鄭以爲兵謀、意極諦當、此一句通詩結穴、下俱說他壯猷處、據竹書宣王五年秋八月、方叔帥師伐荊蠻、是年六月、正玁狁入寇時、使荊蠻或聞之、以爲朝廷方急西北、而緩東南、猖獗肆掠、莫我制爾、方叔北伐爲副將、今南征卽命爲專閫、此朝廷以威名震之也、大與蠢相形、壯與老相形、字法神品、安井氏曰、毛以猶爲猷之假借、故云道也、旣訓猶爲道、故訓壯爲大、言方叔元老、不獨恃兵威、能大其道以導之、所以荊蠻來威也、正義以箋述傳、失之矣、五官之長者、古者播五行於四時、故稱百官爲五官也、○方叔率止、直貫至如霆如雷、言接戰也、正是伐荊蠻實事、兵威在其中、壯猷在其中、執訊獲醜、詳出車篇、嘽嘽焞焞、大兵鎮壓、信有如雷霆之自天下也、南征大功、全在此節、或說不戰而服者失之矣、嘽嘽競進盛貌、常武、王旅嘽嘽、如飛如翰、焞焞據下句如霆如雷、則亦車盛聲也、釋文、焞本又作哼、王風大車哼哼、亦聲也、霆、疾雷也、○征伐玁狁、蠻荊來威者、威畏同、來而畏服、照雷霆字、左傳、畏之如雷霆、今征荊蠻、而忽出征伐玁狁一句、則知北伐之役、方叔佐吉甫以成功、而六月之詩、但美吉甫、略不敘及方叔、至此因南征之功、而始倂及之、於此見古人將權之一、而諸將不爭功之美、趙佑曰、出車主乎玁狁、而兼伐西戎、破其連結之勢也、采芑主乎蠻荊、而并言玁狁、示以先聲之威也、亦由宣王戰功、以平玁狁爲最、乃時事之盛大者、故詩屢矜言之、非直以方叔嘗與玁狁之役、又曰、采芑首章、畝試翼革、次章鄉央瑲珩、三章止試、末章雷威、俱三句韻體、與他詩殊、但其間時有插韻如田千天千、有連韻如奭服衡皇、相錯可諧、止依兩句常格讀之、遂有不可韻、而剩句韻外者、作三句分段、則節次自然明洽、其三章之鼓旅淵闐、又就本段中自相韻、仍是三句、唯末章讎猶醜、是兩句耳、以此法推之、崧高之七章、嘽翰憲爲韻、首尾亦是三句韻、謝與喜不得相韻也、與韓奕首六句、道考爲韻、次章韓侯入覲三句、四章韓侯取妻三句皆然、但不純、顧已開史記秦人諸刻石之先矣、

采芑四章章十二句

車攻。宣王復古也。 箋曰、復古者、復其祖宗之舊也、卽下文所謂復文武之竟土、復會諸侯於東都是也、夫小雅盡廢、則四夷交侵、中國微矣、宣王六月采芑以攘四夷、車攻吉日以興中國、是猶小雅廢而又興、故以是四篇緝於正雅之後、以成南有嘉魚之什、而說者曰笙詩亡而毛公改篇第妄甚、**宣王能內脩政事。外攘夷狄。復文武之竟土。** 箋曰、三句六月采芑是也、吉日亦用能字、宣王大雅亦同、安井氏曰、周之王業、文王始之、武王成之、言文武則成康在其

脩車馬。箋曰、詩中多出、備器械。箋曰、中、不必問三分一統之殊也、正義拘矣、攘如羊反、延文本·竟作境、

旐旄旆旌、決拾弓矢、復會諸侯於東都。箋曰、周公營洛邑爲東都、以朝諸侯、宣王中興、重舉是禮、故曰復會、

此與復古復字同、正義云、對上篇爲復、猶卷耳言又、誤矣、因田獵而選車徒焉。箋曰、是詩主意在此

一句、若主東都之會同、則當以大雅美之、二雅之別、序所明示也、周禮大田之禮、簡衆也、卽天子以諸侯田之禮也、選僎同、具也、說詳三章、方苞曰、宣王中興、詩人不舉其內政之修以示後、而六月采芑車攻吉日皆言征伐田獵之事、大雅江漢常武城齊營申、亦皆外事、何也、未有內政不修、而外威能振者、古之將帥、卿士也、卒伍、農夫也、觀車馬之殷盛、則井甸之蓄實可知矣、觀軍帥之謀武、則宅俊之得人可知矣、觀衆志之向方、則政教之素洽可知矣、觀庶邦之時會、則德威之遠孚可知矣、蓋繼體守文之君所患者、因循弛縱、不能建威銷萌、使萬事墮壞於冥冥之中、故周公訓成王則曰、其克詰爾戎兵、以陟禹之跡、召公戒康王則曰、張皇六師、無壞我高祖寡命、詩人之意·亦猶是耳、夫自夷王下堂、諸侯張矣、繼以厲王之亂、玁狁內侵、荊蠻外叛、諸侯之心、向背不一、征之則不可勝征也、故因東都會同、諸侯咸集、而選車徒以行狩、使知天子神武·克詰戎兵、則順者益致其恭、逆者潛移其志、觀兵乃所以止兵也、此蓋吉甫方叔之流克壯其猶、而宣王用之、可以想見中興之規模矣、

我車既攻。我馬既同。攻·堅、同·齊也、宗廟齊豪、尚純也、戎事齊力、尚强也、田獵齊足、尚疾也、四牡龐龐。駕言徂東。龐龐·充實也、東·洛邑也、○龐鹿同反、延文本·傳堅下有也字、强作彊、洛作雒、

箋曰、詩主田獵、故以車馬發端、前便包內修外攘、後便包會同田獵、中間便包修車馬備器械、而曠典創聞、人心鼓舞、百戰待命、無不在內、攻、治也、書甘誓、左不攻于左、傳、攻、治也、周禮瘍醫、凡療瘍以五毒攻之、注、攻、治也、鶴鳴可以攻玉、治玉也、靈臺庶民攻之、庶民治之也、攻訓治古義、毛訓堅者、治之使堅也、引申之義也、傳云宗廟齊豪云云、古無毫字、毫毛字亦作豪、齊豪、謂齊其毛色、如乘黃駟驪等爲齊色、四牡乘駒爲齊力、六月之四牡既佶、既佶且閑、卷阿之君子之馬、既閑且馳、傳雖未明言齊足、而齊足之意、已在言外、此篇雖言田獵、然有會同戎事在內、所謂同者、必兼三齊言、○四牡龐龐、駕言徂東者、龐龐、大貌、傳云充實者·强盛之意、又傳東洛邑也、序下箋云、東都·王城也、漢書地理志、河南故郟鄏地、是爲王城、雒陽周公遷殷民、是爲成周、傳箋似各言一處、然王城成周、相去不過數十里、周人通謂之東都、首章將會諸侯、整頓車馬、從鎬京往東都也、

田車既好。四牡孔阜。東有甫草。駕言行狩。甫·大也、田者大艾艸以爲防、或舍其中、褐纏旃以爲門、裘纏質以爲槸、間容握、驅而入、擊則不得入、左者之左、右者之右、然後焚而射焉、天子發、然後諸侯發、諸侯發、然後大夫士

發、天子發、抗大綏、諸侯發、抗小綏、獻禽於其下、故戰不出頃、田不出防、不逐奔走、古之道也、○芟魚廢反、㰅魚列反、頃苦穎反、傳擊延文本作繫、卷子本傍注本作繫、

箋曰、田車、田獵之車、在周禮巾車謂之木路、蓋樸素渾堅之制也、上章泛言車馬、而此章特提出田車、然言行狩猶未行也、○東有甫草者、文選西都賦注、後漢書班固傳注、並引韓詩東有圃草、薛君章句、圃、博也、有博大茂草也、蓋圃甫古字通、薛注義與毛同、而皆不言地名、周語藪有圃草、韋注、圃、大也、茂大之草、蓋甫草與茁葭茁蓬一意、虞箴云、獸有茂草、是百獸所羣、故於是狩也、所謂敖卽甫草之地、此舉其方、下詳其地也、鄭箋易傳、以甫爲地名、引爾雅鄭有圃田、蓋謂田必芟草爲防、故有取于圃田之草也、職方、豫州其澤藪曰圃田、左傳僖三十三年、鄭之有原圃、猶秦之有具圃也、圃卽原圃也、宣王之時、鄭尚未封、圃田仍在東都畿內、然以甫草爲甫田之草、其說爲迂、且下章言獵于敖地、不應又言圃田也、圃田在今河南開封府中牟縣、敖山在今鄭州滎澤縣西北、相去尙遠、鄭說非是、○駕言行狩、受首章主天子也、傳田者大芟草以下、皆所以明甫草行狩之事、其所述似有成文、未知其所出、言大芟殺野草、以爲防限、作田獵之場、殺圍之處、未田之前、誓士戒衆、在其間止舍也、其防設周衛而立門、以織毛褐布纏通帛旃之竿、以爲門之兩傍、其門蓋南開、以袠纏椹質、以爲門中之闑、馳走而入門、若軸頭擊旃竿及質闑、則不得入、所以罰不工也、椹質者、使罪人伏其上、以鉞腰斬之、田獵以軍

法從事、故亦備椹質也、樾讀爲闑、闑爲門之中央所豎短木、是在中間兩扉相合之處、常設而不動、閒容握者、車兩軸頭去旃竿與闑之間、各容一握、握入四指爲四寸、兩傍故八寸、是門廣狹之度也、左者之左、右者之右者、由闑左入者往左傍、由闑右入者往右傍、左右以入者言、故西爲左、東爲右、大司馬職曰、以旌爲左右和之門、是也、其言左右者、亦以闑在中央而言、非有二門也、孔疏以擊爲擊著門旁旃竿、則一門只入一車、左者之左、右者之右之語、不可得而解、故別撰出一門爲有二門皆非也、教戰既畢、士卒出門、乃驅禽納之於防、然後焚此防草而射之、焚所芟之草也、發謂發矢射之也、抗、舉也、大綏、大麾也、下、綏下也、舉綏爲表、因獻其禽於其下也、戰不出頃者、言習戰陳不出其頃界也、大司馬職所謂及表乃止、是也、不逐奔走、謂出於頃防者不逐之、

之子于苗。選徒囂囂。 之子、有司也、夏獵曰苗、囂囂、聲也、維數車徒者爲有聲也、 **建旐設旄。搏獸于敖。** 敖、地名也、○囂五刀反、延文本、傳維作唯、搏作薄、卷子本傍書本作薄、

箋曰、之子又見卒章、謂軍帥也、不敢指天子、大田之禮、大司馬宜主其事以戒治之、周禮四時皆田、以四時皆有農隙也、然王制已有天子諸侯無事則歲三田之文、蓋夏禾方盛、於田獵不甚相宜、云于苗者、但詩借用諧韻耳、上章狩字亦然、○選徒囂囂、選、具也、字本作僎、說文云、僎、具也、周官內饔、選百

羞醬物珍物以俟饋、謂先具百羞等物以俟饋也、字亦作撰、大司馬羣吏撰車徒、謂具車徒、此言選徒亦謂具卒徒也、囂囂、讙也、夏官銜枚氏掌司囂、司虣禁鬬囂者、注、囂・讙也、囂有讙譁之意、故說文云聲也、此章只稱徒而不言車、又未見車徒不譁之意、夫野獸猛悍、非徒卒所能搏捕、此章蓋敍敺獸之事也、其衆持梃棓搏擊林莽、敺出諸獸以赴獵處、其聲囂囂然也、此在四章會同之前、未可言取獸之事、◯建旐設旄者、樹以致民、非建之于車之謂、設旄者、以旄牛尾結爲之、施于旐之首、◯搏獸于敖、後漢書安帝紀注、水經濟水篇注、並引詩搏作薄、諸本作搏者、音近而誤、鄭箋、獸田獵搏獸也、文選東京賦、薄狩于敖、薛綜注、謂周王狩也、引詩薄獸于敖、與延文抄本合、若經作搏獸、箋云田獵搏獸、不已贅乎、此經薄獸于敖、猶豳風言一之日于貉也、彼箋云、于貉・往搏貉以自爲裘也、古人搏貉卽謂之貉、搏獸卽謂之獸、故此箋亦以搏獸訓獸、要鄭所見毛詩、自作獸也、臧氏段氏謂、經搏當作薄、是也、而謂獸當作狩、箋上獸字亦當作狩、則似是而實非也、若經作狩、而箋云狩田獵搏獸也、則上文已有駕言行狩、何不於次章箋之、薄者語辭、薄獸于敖者、猶云薄伐玁狁、薄采其芹耳、敖本山名、傳云地名者、以所狩之地言也、續漢書郡國志、河南滎陽縣有敖亭、劉昭補注云、周宣王狩于敖、左傳宣十二年晉師在敖鄗之間、呂氏讀詩記竝引左傳士季設七覆于敖前、則敖山之下、平曠可以屯兵、翳薈可以設伏、所謂東有甫草、卽謂此地也、

駕彼四牡。四牡奕奕。言諸侯來會也、赤芾金舄。會同有繹。

諸侯赤芾金舄、舄・達屨也、時見曰會、殷見曰同、繹・陳也、○
舄音昔、繹音亦、延文本・芾作韍、傳同、傳舄卷子本本無、

箋曰、四章言諸侯從狩之盛也、首章以我斥宣王、此章以彼指諸侯、奕奕、文選謝惠連秋懷詩注引薛君章句曰、奕奕盛貌、韓以諸侯皆來會、故以盛言之、集傳訓連絡布散之貌、則誤認奕爲弈、奕从大、弈从廾、二字自別、○赤芾金舄、周禮注、複下曰舄、疏云、下謂底、複重底、傳金舄舄達屨也、卷子古本無一舄字、胡承珙曰、毛傳本以諸侯赤芾絕句、下云金舄達屨也、蓋衍一舄字、觀正義曰言諸侯赤芾、對天子當朱芾也、言金舄達屨者、天官屨人注云、舄有三等、冕服之舄、下有白舄黑舄、此云金舄者、卽禮之赤舄也、傳文句讀此其明證、正義又曰、箋云、金舄黃朱色、加金爲飾、故謂之金舄、白舄黑舄、猶有在其上者、爲尊未達、其赤舄則所尊莫是過、故云達屨、言是屨之最上達者也、段云、達沓古字通、單下曰屨、複下曰舄、達屨取重沓之義、案正義引傳明言金舄達屨、不得援複下之文、以達屨專屬舄義、且君爲舄字作解、何不於狼跋赤舄下言之乎、小爾雅、屨尊者曰達屨、謂之金舄、舄而金絇也、絇者舄頭飾也、案古人文義質實、謂之金舄、必是以金爲飾、詩中如金罍金卮皆然、達猶孟子達尊之義、自當以疏說爲是、豳風傳云、赤舄、人君之盛屨、盛屨猶達屨也、或疑絇在屨頭、如刀衣鼻似難飾之以金、考晏子春秋諫篇曰、景公爲屨、黃金之綦、飾以銀、連以珠、良玉之絇、其長尺、是古人本有以金飾屨之制、又晏子對曰、古者人君大帶重半鈞、舄履倍重、不欲輕也、趙注孟子一鈞金、謂一帶鉤之金、則此所謂大帶之重者、亦是帶鉤、鄭注周禮云、今東萊稱

或以大半兩爲鈞、則此云大帶重半鈞者、當是一帶鈎之金、重三分兩之一、舄履倍重者、當是謂兩舄之金重一鈞爲大半兩、此古人金舄之制、可爲明證者也、○會同有繹者、宣王以會同之諸侯田獵、故曰會同者絡繹竟野也、非至此而來會朝也、會同二字亦活、如上稱狩苗、豈冬獵而又夏、此云會同、豈時見而復殷、詩言會、而同則連及耳、時見曰會、殷見曰同、大宗伯文、時見者無常期、殷、衆也、十二歲王如不巡狩、則六服盡朝、傳引之者、乃就經文泛釋其名義、非以此舉兼有會同也、說文、繹・抽絲也、論語、繹・如也、皇疏、繹・尋續也、漢書循吏黃霸傳、語次尋繹、注、繹謂抽引而出也、是繹有相續不斷之義焉、或曰繹、或曰繹繹、其義一也、中興關係俱在此章、然前後但言田狩、獨于中間點出、於法便妙、夷厲以後、諸侯不朝天子久矣、宣王初立、北伐南征、威振中外、會同諸侯、特以收拾天下之人心、使之奮揚震肅、田獵射御原與征伐之事相通、即此田獵射御寫得嚴肅整齊、而君子大成全副精神、於此可見一斑、

決拾既佽。弓矢既調。 決・鉤弦也、拾・遂也、佽・利也、 **射夫既同。助我舉柴。** 柴・積也、○決古穴反、佽音次、柴子智反、

箋曰、觀下章四黃既駕・專主王車而言、則此佽決拾調弓矢、皆是待王射之事、決卽芄蘭篇所謂韘也、用象牙爲之、著於右手大指、所以鉤弦以利發、拾

以韋爲之、韜左臂、拾其衣袖以利弦、故曰拾、亦名爲捍、爲其可以捍弦也、捍、拾、遂、一物而三名、傳云佽利者、疊韻爲訓、利者便利之謂、既佽者、謂決拾皆便利也、說文、佽、便利也、一曰遞也、是佽兼二義、至箋云手指相次比、卽說文遞也之訓、乃別一義、但手指次比、祇可言決、於拾著左臂者不合、故不如傳訓便利爲賅括也、孔疏誤合傳箋爲一、且謂傳言佽利謂相次然後射利、非訓佽爲利、失之、弓矢既調、謂弓强弱與矢輕重相得也、弓强而矢輕、則不中、弓弱而矢重、亦不中、此弓矢之調也、○射夫既同、助我舉柴者、夫者男子之通稱、賓之初筵紀天子之射事、亦詠射夫既同、可見與射之諸侯、皆通稱射夫也、此射夫亦主諸侯言之、然曰助我、則王人射亦見、同者齊其心力也、胡承珙曰、舉柴似不必謂澤宮積禽、凡原野所獲亦當助而舉之、且下章方言射獵正文、而此章先言田畢之事、於次不順、今考石鼓詩有射夫寫矢、具奪舉㧘、其徒盱來、或羣或友、悉率左右、燕樂天子語、與此詩文義大同、而以射夫舉㧘、與悉率左右連言、則明是田獵之時、非澤宮之射矣、蓋助我舉柴者、猶言助我田獵耳、柴當本作骴、西京賦收禽舉胔、胔與骴同、毛詩作柴者借字、說文引詩作㧘、或出三家亦借字也、傳云柴積也者、積與漬同、曲禮、四足曰漬、注云、漬謂相瀸污而死也、公羊莊十七年傳、瀸、積也、釋文積又作漬、傳蓋以柴爲骴、故以瀸積釋之、若但爲積聚之積、則必如鄭箋增禽字以足義矣、馬瑞辰曰、柴又通胔、西京賦薛注、胔、死禽獸將腐之名、李善曰、胔聚肉名、不論腐敗也、又曰、此詩以中二句調同爲韻、與楚詞求矩矱之所同、與摯咎繇而能調韻、及東方朔七諫恐矩矱之不同、與恐操行之不調韻合、又韓非揚權篇、形名參同、上下和調、亦同與調韻、錢大昕謂、同調以雙聲爲韵、錢說是也、詩古音有正韻、有通韻、其通韻多以同聲相轉、卽雙聲也、如欲與猶雙聲、而文王有聲詩匪棘其欲、禮記引作猶、而毛詩以欲與孝韻、卽讀欲如猶也、集與就雙聲、小旻是以不集、韓詩集作就、而毛詩以集與猶韻、卽讀集如就也、慘與懆雙聲、而月出勞心慘兮、及正月憂心慘慘、抑詩我心慘慘、卽讀慘如懆也、東與當、空與匡、皆雙聲、而大東詩、小東大東、杼柚其空、陳第以東空與霜韻、卽讀東如當、空如匡也、造與次雙聲、而思齊詩矯矯王之造與士爲韻、卽讀造如次也、鞏與固雙聲、而瞻卬詩無不克鞏、與後爲韻、卽讀鞏如固也、以此推之、則錢氏雙聲亦韻之說益信、是知調同雙聲、卽可讀調如同矣、

四黃既駕。兩驂不猗。言御者之良也、不失其馳。舍矢如破。言習於射御法也、○猗於寄反、舍音捨、

箋曰、六章方言田獵之事專主宣王言、四黃與六月比物四驪同、皆因馬之齊色、而見其有餘于馬也、猗乃掎之借字也、說文、掎、偏引也、後漢書馬融傳注、掎、偏引一足也、言兩驂之行、與兩服步步相應、絕無偏引、正所謂齊足也、四黃則是兼兩服兩驂、而只云兩驂不猗者、兩服居中、易於控勒、驂則在外、故有游環脅驅、以制其出入、蓋驂馬偏引、則服馬爲所牽制、而車行不調、故兩驂不倚、乃爲御之善也、○不失其馳二句、馳、馳驅之法也、御者範其馳驅、

而射者之發無虛鏃也、趙注孟子云、言御者不失馳驅之法、則射者能必中之、似所重在御、然孟子述王良之言、範我馳驅不獲一、爲之詭遇則獲十、因引此詩、正見御良射善、相需而成、故謂嬖奚小人不貫與乘、自當以鄭箋、御者射者竝美爲是、前章傳云田不出防、不逐奔走、古之道也、又說苑修文篇云、不抵禽、不詭遇、抵與題通、不題禽者、不迎禽而射也、不詭遇者、不橫射也、不失其馳、蓋兼數者言之、舍矢如破、舍之言釋也、破謂手持鋋刃衝破物也、易而不愆之甚、是論其巧中也、未言及其力、

蕭蕭馬鳴。悠悠旆旌。言不讙譁也、**徒御不驚。大庖不盈。**

徒・輦也、御・御馬也、不驚・驚也、不盈・盈也、一曰乾豆、二曰賓客、三曰充君之庖、故自左膘而射之、達于右隅爲上殺、射右耳本次之、射左髀達于右䯊爲下殺、面傷不獻、踐毛不獻、不成禽不獻、禽雖多擇取三十焉、其餘以與大夫士、以習射於澤宮、田雖得禽、射不中不得取禽、田雖不得禽、射中則得取禽、古者以辭讓取、不以勇力取、○延文本旆旌作旆旍、膘頻小反、隅音愚、延文本作髃、髀方爾反、䯊餘繞反、延文本作骬、音羊紹反、得禽二得字、卷子本旁書云本無、

箋曰、七章言其終事嚴、而不讙譁也、軍旅齊肅、唯聞蕭蕭然馬鳴之聲、見悠悠然旆旌之狀、寫紀律閑靜處、沖穆入神、顏之推每嘆其精妙、杜詩落日照大旗、馬鳴風蕭蕭、仍是此二語也、而自有悲涼和大之異、歐陽公詩、萬馬不嘶聽號令、諸蕃無事樂耕耘、蘇東坡詩、令嚴鉦鼓三更月、野宿貔貅萬竈烟、

皆效此詩而作、○徒御不警者、此徒御與大雅徒御無射異、是徒行而輓輦輸其獲者、與大庖映帶、馬瑞辰曰、爾雅釋訓、徒御不警、輦者也、正以輦者釋徒御二字、若單言徒則爲步兵、不得爲輦、御本使馬之稱、而人之輓車亦曰御、猶駕本駕馬之名、而輦亦可曰駕、漢書注、駕人以行曰輦、是也、說文、輦・人輓車也、輓・引也、廣雅疏證曰、輦之言連也、連者引也、引之以行曰輦、以其徒行而引車、故亦曰徒御、華嚴音義引玉篇曰、馭古御字、諸書裝皲爲駕、牽控爲御、牽控皆爲引、是御亦引也、以馬引車謂之御、以人引車則謂之徒御、馬說是也、毛則御與徒對、通謂車上之士、非特指馭夫、與黍苗篇我徒我御同、失爾雅之旨矣、不驚唐石經同、卷子本・傍書本作警、延文本經傳箋俱作不警、正義曰、豈不警戒乎、言相警戒也、以戒釋警、正義本經傳作警審矣、箋云、不警、警也、不盈、盈也、反其言美之也、若不驚而驚、爲師中之大忌、何美之有、易震卦、震驚百里、鄭注、驚之言警戒也、文選歎逝賦、節循虛而警立、注、警猶驚也、莊子知北游注、則理未動而志已警矣、釋文、警本亦作驚、據此則警與驚本亦相通、作驚者叚借字也、大庖不盈者、君之庖也、故曰大庖、徒御豈不警戒乎、舉徒御之警、而諸侯以至大夫士可知、大庖豈不充滿乎、舉大庖之盈、而乾豆賓客可知、吉日以御賓客且以酌醴、亦此大庖不盈之義、毛因大庖之盈、而及澤宮班餘之射、此善說詩者也、其云一曰云云者、禮記王制、及春秋桓四年公羊穀梁傳皆有其文、與此略同、一者第一之殺也、自左膘射之、達于右腢、以其貫心死疾、肉最鮮絜、故乾之以爲豆實、供宗廟也、二者第二之殺也、自左膘射之達右耳本、以其遠心死稍遲、肉已微惡、故別之以待賓客也、箋云、射右耳本、射當爲達、是也、傳不言所射、亦自左膘而射之也、三者第三之殺也、中腸胃汙泡、死最遲、肉又益惡、故取之以充實君之庖廚也、膘、釋文引三蒼云、小腹兩邊肉也、髃、公羊釋文引字林云、肩前兩間骨也、說文、髃・肩前也、髀・謂股外、髃、釋文云、謂水䏰也、字書無此字、一本作髃、䏰・腰左右虛肉處、凡射獸皆逐後、從左厢而射之、面傷不獻、謂當面射之者、踐毛不獻、踐如字、謂毛遭蹂躪狼藉者、不成禽不獻者、惡其害幼少、禽雖多擇取三十焉者、三殺各取十、凡三十也、

澤宮爲習射之宮、在國中者也、

之子于征。有聞無聲。有善聞而無讙譁之聲、**允矣君子。展也大成。**○延文本・傳讙譁下有也字、無之聲二字、

箋曰、卒章言獵畢而歸、大衆嚴肅、遂美其復古也、之子謂軍帥也、征、行也、易爻多例有聞、車行馬鳴有所聞也、無聲、謂無人聲也、此篇雖寫車馬之盛、朝會之衆、而嚴肅意尤多、蓋周室積衰、人心渙散、宣王力爲整頓、號令嚴明、軍政修擧、凡在從行之師徒、來會之諸侯、莫不震疊悚息、極其恪恭、故此章以有聞無聲結盡通篇之旨、而末乃贊美之也、○允矣君子、展也大成者、邶風展矣君子、實勞我心一例、集傳二句對說、失語氣、君子指天子、允是愜當之義、展如實勞之實、允字贊君子、展字實其大成、大成言中興之業成、所謂復古也、武帝弊內以事外、不治中國而治夷狄、夷狄雖困而吾民亦與之俱弊、

此不知內脩政事、外攘夷狄之說也、蕭傒之徒、知幸安而不知遠慮、故境土之復未幾、而河北已爲賊有、此不知脩車馬備器械、因田獵而選車徒之說也、宣王備政事以攘夷狄、繕兵器以戒不虞、何宣王之能自治也、田獵一事、必因之選車徒焉、則豈若好田獵畢弋而不脩民事者哉、

車攻八章章四句

吉日。美宣王田也。 箋曰、車攻吉日、皆言田獵、車攻會諸侯於東都、其禮大、吉日專田獵、不出西都畿內、其事視車攻差小、故二詩之辭、其氣象大小詳略、亦自不同、**能愼微接下。** 箋曰、愼微因既伯既禱言之、前三篇其事大、今將田則馬祭、禱馬不傷、又不傷人、是愼微細也、以御賓客、是接下也、**無不自盡以奉其上焉。** 箋曰、天子之所、曰以燕天子、自盡奉上之辭也、羣下競以樂天子、所以爲宣王田也、延文本下下重下字、

吉日維戊。既伯既禱。 維戊、順類乘牡也、伯、馬祖也、重物愼微、將用馬力、必先爲之禱其祖、禱、禱獲也、**田車既好。四牡孔阜。升彼大阜。從其羣醜。** ○禱丁老反、

箋曰、首章言將田而禱、且飭車馬也、是詩一意貫通之篇法、戊、剛日也、必用戊者、日有剛柔、猶馬有牝牡、將乘牡馬、順剛之類而求彊健也、此序所謂愼

微也。○既伯既禱，觀三既字一孔字，見天子舉行蒐狩，正一事不苟。傳云伯馬祖者，謂祭馬祖，名爲伯耳，非謂伯卽馬祖也。周禮夏官校人春祭馬祖，祭馬社在春其常也，而將用馬力，則又用彼禮以禱之，若天駟房星當時恐無是說。胡承珙曰，先鄭注大司馬云，貉讀爲禡，禡，師祭也，本之爾雅，杜子春注甸祝，讀貉爲百，當亦以貉爲禡祭，而別其音義爲百耳。甸祝既云掌四時之田，表貉之祝號，又云，禂牲禂馬皆掌其祝號，杜子春於禂牲禂馬下，乃引詩既伯既禱，然則周禮之貉，乃皇矣之禡，而非吉日之伯明矣。爾雅是類是禡，師祭也，既伯既禱，馬祭也，分別皇矣吉日二詩甚明，此傳云伯馬祖也，皇矣傳云，於野曰禡，亦絕不相涉，後儒乃誤以伯爲禡，並牽合於周禮之貉耳。段注說文云，甸祝禂牲禂馬，杜子春云，禂，禱也，爲馬禱無疾，爲田禱多獲禽牲，詩云既伯既禱，杜引詩者，以伯證禂馬，毛傳云，伯，馬祖也，將用馬力，必先爲之禱其祖，此周禮之禂馬也，又云，禱，禱獲也，此釋既禱，周禮之禂牲也，杜蓋又本毛說。承珙謂，禂牲禂馬，杜子春雖分爲二義，然只是一祭，傳以伯爲馬祖，又云，必先爲之禱其祖，似本以伯與禱爲一事，蓋經文既伯既禱四字，作一氣讀，猶云既伯而禱也。○升彼大阜，從其羣醜，彼者未至而望之之辭也，從，從禽也，以追逐其後故曰從，猶言逐，謂驅逐也。醜，衆也，謂禽獸之羣衆也，羣下皆曰，伯禱既畢，車亦善，馬亦壯，我其將爲天子升大阜逐羣衆也，釋名，土山曰阜，阜，厚也，言高厚也，風俗通，阜者茂也，言平地隆踊，不屬於山陵也，四牡孔阜，訓盛大，用引申之義也，升彼大阜者用本字，

吉日庚午。既差我馬。外事以剛日、差。擇也、**獸之所同。麀鹿麌麌。**鹿牝曰麀、麌麌。衆多也、**漆沮之從。天子之所。**漆沮之水、麀鹿所生也、從漆沮、驅禽而至天子之所、○麀音憂、麌愚甫反、沮七徐反、

箋曰、二章言田而驅禽於王所也、戊辰禱、間一日乃田、傳云外事以剛日者、曲禮云、外事用剛日、內事用柔日、凡祭祀爲內事、田獵行師爲外事、日謂天干、辰爲地支、楚辭吉日兮辰良、是也、十干五剛五柔、十二支六陰六陽、皆奇爲剛、爲陽、偶爲柔、爲陰、傳言外事用剛日、則以庚爲吉、安井氏曰、以辰配當十二禽、蓋創於東漢之末、古無此法、疏云午爲馬、非毛意也、○既差我馬、爾雅田獵齊足、注、追飛逐走、取其疾而已、蓋差謂差次之也、譬自上上至下下、隨差等而配合結駟耳、○獸之所同、麀鹿麌麌者、同、猶聚也、麀、說文从牝省、虞箴麀牡猶牝牡、言牝鹿則以見蕃息之意焉、古田獵主鹿、故釋獸麀鹿麕皆有迹名、而易曰即鹿无虞、○漆沮之從、天子之所者、言於漆沮而從此羣醜、以其爲天子之所也、漆沮正著田獵之地、句法與截彼淮浦、王師之所同、如傳說以漆沮與天子之所判爲二、天子之所又在何地、此言差馬、猶車攻言我馬既同也、言漆沮之從、猶車攻言甫草敖地、彼則狩於東都、此則狩於西都也、從其羣醜、亦與是從同、爲天子逐禽奉之、唯以樂天子爲悅、首章至三章、皆自盡奉上之意、去此意則精神不貫、陳啓源曰、雍州有二漆沮、在馮

翊者入渭之下流、禹貢之漆沮既從、又東過漆沮、是也、在扶風者入渭之上流、綿詩之自土沮漆、潛頌之猗與漆沮、是也、潛傳云漆沮・岐周之二水矣、惟吉日之漆沮、宋蘇子由李迂仲皆指爲洛、則馮翊之水也、近世馮嗣宗祖其說、謂馮翊之漆沮、地近焦穫、多產魚獸、宜爲魚獵之地、然扶風之漆沮、正潛篇所云多魚者也、且其水經流岐下、而岐陽之地、實周家較獵之場、楚椒舉言成王有岐陽之蒐、語見左氏春秋昭四年傳、世傳石鼓文十篇、紀宣王田獵之事、地亦在岐陽、其文次篇、言漁于汧水、末篇言狩於吳岳、汧水出扶風汧縣、吳嶽卽汧水所自出、皆與扶風之漆沮相近、又文之體製、頗與車攻吉日相似、所述物產有麋豕麀鹿雉兔鰋鯉鱄鯿鯊鱮之類、其多獸多魚不下於焦穫、又其地卽周禮之弦蒲、爾雅之楊陓、周禮職方氏雍州之澤藪曰弦蒲、注云、弦蒲在汧、疏云、吳山在汧西、有弦蒲之藪、汧水出焉、爾雅、秦有陽陓、注以爲在扶風汧縣西、陽陓與焦穫各居十藪之一、吉日之漆沮、安在非扶風之漆沮乎、胡承珙曰、諸家分別馮翊扶風之漆沮者、宜用以說禹貢、而不必以釋詩、蓋禹貢導渭、東會于灃、又東會於涇、然後東過漆沮、若指扶風之水、則在灃之上流、與經文次序不合、故尙書傳云、漆沮一水名、亦曰洛水、出馮翊北、正義以爲與毛詩自土沮漆別者、是也、若毛詩之漆沮、則大雅緜傳云、沮・沮水、漆・漆水也、又曰、周原、沮漆之間也、周頌潛傳云、漆沮、岐周之二水也、是毛以漆沮爲二水、皆在岐周、吉日傳不言有異、則三詩之漆沮、皆爲一地可知、漢志、漆水出扶風漆縣西、此大雅所謂自土沮漆者也、箋云、公劉遷豳、居沮漆之地、傳則云周原沮漆之間、是豳岐皆此漆沮、箋言其源、傳舉其

委耳、潛正義云、漆沮自豳歷岐周、以至豐鎬、故潛之漁、吉日之獵、皆在於此、不必求諸馮翊之漆沮也、

瞻彼中原。其祁孔有。祁大也、**儦儦俟俟。或羣或友。**趨則儦儦、行則俟俟、獸三曰羣、二曰友、**悉率左右。以燕天子。**驅禽之左右、以安待天子發、○祁巨私反、儦表遙反、俟音士、延文本·傳儦下俟下友下發下·並有也字、摺本無發字、

箋曰、三章言聚禽於原、以樂天子也、中原、原中也、所謂周原在沮漆之間、傳、祁大也者、謂獸大、此承上章獸之所同而言、故但言其形體祁大、又甚多有、而其爲獸自明矣、有當讀如物其有矣之有、儦儦俟俟、或羣或友、皆言其有也、孔有者、取之而不盡也、下文悉率左右、卽率此祁有之獸、下章發豝殪兕·卽在此祁有之中、言自大阜逐而至於原中、大獸雲集、天子於是射獵也、○儦儦俟俟、後漢書馬融傳注引韓詩曰、駓駓騃騃、文選西京賦注引辟君章句曰、趨曰駋、行曰騃、毛詩與韓詩文異而義同、儦儦乃駋駋之假借、玉篇馬部云、駋駋字同駓駓、走貌、楚詞招魂·逐人駋駋些、王逸注·駓駓走貌也、言其走捷疾、西京賦云羣獸駋騃、廣韻云、駋騃獸行貌、驪駓一聲之轉、故古人通借用之、或羣或友者、羣以聚處而言、友以並行而言、其數不止二三、周語獸三爲羣、不必據也、○悉率左右、言也、玩傳意似訓率爲驅、而傳之字應解爲往、文選注李善引此傳云、驅禽於王之左右、句法較完成、然玩孔疏、則於王

二字乃李所益也、胡承珙曰、東京賦、悉率百禽、鳩諸靈囿、悉率二字卽本毛詩、而下系以百禽、則率不可以訓循、故薛注云、率、斂也、其實率亦有驅義、論衡率性篇云、闔廬嘗試其士於五湖之側、皆加刃於肩、血流至地、句踐亦試其士於寢宮之庭、赴火死者不可勝數、夫刃火非人性之所貪也、二主激率、念不顧生、此率字正作驅字解、故六朝人每以驅率連文、梁武帝紀、驅率貔貅、抑揚霆電、北史麥鐵杖傳、俛首事讎、受其驅率、何承天安邊論、疆場之民、難可驅率、易在振蕩、蓋皆以率與驅同義、然則此傳云驅禽之左右、正以經文悉率左右者、謂盡驅而之左之右、文義亦明、不必增字完句也、○以燕天子者、史記樂書宋音燕女溺志、集解引王肅、燕、歡悅也、後漢書鄭興傳注、燕、樂也、古者燕樂竝稱、鹿鳴以燕樂嘉賓之心、論語樂燕樂、燕樂、皆歡悅之義也、悉驅禽順其左右之宜、以待王射、所以歡悅我天子也、卽偶一射獵、亦有尊君親上之意、此指西鎬之諸臣從狩者、與車攻章異、彼蓋合天下言、此專以西都言也、

既張我弓。既挾我矢。發彼小豝。殪此大兕。殪壹發而死、言能中微而制大也、

以御賓客。且以酌醴。饗醴、天子之飲酒也、○挾子洽反、豝音巴、殪於計反、延文本豝作犯、傳死下有也字、

箋曰、卒章言天子親射以供賓享也、首二句承上而言、羣下從獸以燕天子、於是天子執弓矢而發也、○發彼小豝、殪此大兕者、射義發彼有的、注、發猶射也、據此則發爲射、合小豝大兕皆射而殪之、二句亦互文、非小豝射而不殪、大兕不發而能殪也、傳亦合訓之也、豕二歲曰豝、詳騶虞、殪、斃也、兕、左傳正義引說文曰、如野牛靑毛、其皮堅厚可爲鎧、晉語、先君唐叔射兕於徒林、殪以爲大甲、又兕觥屢見於詩、蓋以兕角爲觥、甲與觥皆常用之物、則兕亦常有之獸可知矣、又犀兕古人多連稱、左傳宣二年、犀兕尙多、蔡氏月令章句、犀兕水牛之屬、以爲甲盾鞁韝、文選吳都賦犀兕之黨、皆是也、今藥品尙有犀角、犀兕二獸、從無有見之者、此可以觀世變矣、傳中微言其巧制大言其力、騶虞之詩曰壹發五豝、吉日則曰既張我弓、既挾我矢、發彼小豝、殪此大兕、事非有盛于古、詞則倍衍于前、亦見文章之繁簡、風氣之升降、○以御賓客、且以酌醴者、以者以所獲也、御、進也、古人質樸、上下通稱爲御、自秦以後、始爲至尊之稱、周官酒正職五齊、二曰醴齊、注曰、醴猶體也、成而汁滓相將、如今甜酒也、漢書楚元王傳、常爲穆生設醴、注云、醴、甘酒也、蓋醴謂酒之不泲者、酒正五齊、自醴以上尤濁、其用之祭祀、必以茅泲之、然後可酌、故司尊彝曰、醴齊縮酌、包泛齊而言也、自盎以下差清、但以清酒泲之・而不用茅、故司尊彝曰、盎齊涗酌、該緹齊沈齊而言也、醴又入於六飲者、以其甜於餘齊、且不泲之、故與漿酏爲類耳、卒章天子之事、此二句天子心中之恩意、然亦羣下感戴之辭也、故主賓客、居然有南有嘉魚之趣、編集之協也、然御賓酌醴、爲田獵作餘波、謂全篇之意專重在此者非、

吉日四章章六句

箋曰、車攻吉日皆美宣王之詩也、宣王所以能成中興之業者、卽此可以覘其雄略、然而武功是尙、文德衰焉、卒至佳兵不戢、料民大原。其幾亦已兆矣、

附石鼓考

歐陽氏集古錄、石鼓久在岐陽、初不見稱於世、至唐人始盛稱之、而韋應物以爲周文王之鼓、至宣王時刻石、韓退之直以爲宣王之鼓、今在鳳翔縣孔子廟、鼓有十、先時散棄於野、鄭餘慶始置於廟、而亡其二、皇祐四年、向傳師求之民間得之、十數乃足、其文可見者四百六十有五、磨滅不可識者過半矣、按九鼓有文、其一無文、宣王時太史籀所書、韋應物謂文王之鼓、以從岐陽得之也、鄭樵以爲秦鼓、疑篆出李斯也、夫三代法物、真贋難辨、歐陽氏亦謂可疑者四、然又謂、退之好古、其說不妄、至於字畫亦非史籀不能作也、趙佑曰、大學石鼓、相傳以爲周宣王獵碣、近南豐劉氏凝著論、以爲夫子不收金石文字、愚意雅頌以備樂章、石鼓以勒功載、義固有別、然亦安見三百篇中、必無一詩嘗被金石者、使其詩果足以補國史之遺、著詩教之大、夫子寧必不收、而謂大聖人之好古、顧不及歐陽修趙明誠輩耶、且是石鼓之詩、亦猶是田獵詠歌之體、固非爲刻石而作者也、

凡古金石文字、各有年月款記、卽以始皇本紀所載諸刻石文衡之、則知石鼓之有間矣、當時第偶然刻之於石、假鉦鼓之形、以爲誇示之意、其於宣王復古盛烈、則已有車攻吉日二詩、足以備之、初非更繫此十章之存亡爲重輕也明甚、夫猶是田獵也、既有車攻、又有吉日、而又有此石鼓、則是宣王之侈也、車攻吉日之詞、較諸文武遺音、已不免於侈、而此十章之詞之繁複而參錯、則又加侈焉、乃其所謂吾車既攻、吾馬既同、吾車既好、吾馬既駘、會同有繹、射夫舉柴、麀鹿麌麌、或羣或友、悉率左右、燕樂天子者、迄亦無以易乎車攻吉日之所陳、太史公言古詩三千、孔子去其重、然則是石鼓詩之於車攻吉日也、將毋其重焉者與、而又何疑乎不收之與、故嘗爲之論曰、是石鼓之宜寶而詠歌之、摹搨且考辨之也、以史籀蹟重可也、不必其以宣王事重也、何也、史籀之篆、爲萬古言大小篆之祖、今則幸而僅存、若宣王之事則自有宣王之詩存也、而劉氏又謂周兩都並建、車攻吉日分而敘之、不若石鼓詩合而敍之、是不免於好古而惑也已矣、

大學石鼓、事之後先、文之疑信、聚訟紛糾、當以韓愈之說屬諸周宣王時者爲正、宣王爲周中興之主、修明武功、播美篇什、故有車攻吉日二詩、車攻言徂東、言甫草、則閱武於東都之作、吉日言漆沮、則閱武於西京之作、分紀其事、以爲雅章者也、石鼓之文則合東西二都事、總紀而推廣之、假鉦鼓之形、以張威伐垂久遠者也、故其言吾車既攻、吾馬既同、悉率左右、燕樂天子云云、卽與二詩不殊、其爲總撮成文明矣、古者舉大事成大功、往往勒諸金石、或在名山大川、如岣嶁宛委之蹟、紀載邈矣、皆非必有年

月款識、且爲正經史所未及、而後人從文殘簡斷之餘、猶得參攷什一、斷爲何王何人之作、用志嚮往寄品藻、則此石鼓之文、必以其無款記而疑之、忽彼忽此、亦適見其多事矣、

毛詩卷第十